현대문학 교수 350명이 뽑은

2020 올해의
문제소설

한국현대소설학회 엮음

 푸른사상
PRUNSASANG

2020 올해의
문제소설

초판 1쇄 발행 · 2020년 2월 29일
초판 3쇄 발행 · 2020년 4월 30일

엮은이 · 한국현대소설학회
펴낸이 · 한봉숙
펴낸곳 · 푸른사상사

주간 · 맹문재 | 편집 · 지순이 | 교정 · 김수란
등록 · 1999년 7월 8일 제2-2876호
주소 · 경기도 파주시 회동길 337-16 푸른사상사
대표전화 · 031) 955-9111(2) | 팩시밀리 · 031) 955-9114
이메일 · prun21c@hanmail.net / prunsasang@naver.com
홈페이지 · http://www.prun21c.com

ⓒ 한국현대소설학회, 2020

ISBN 979-11-308-1565-7   03810

값 15,900원

2020 올해의
문제소설

한국현대소설학회 엮음

『2020 올해의 문제소설』을 발간하며

제목에서부터 드러나듯, 『올해의 문제소설』이 가지는 가치는 크게 두 가지다. 우선 '올해'라고 하는 동시대성에 대한 구체적 반영이며, 또 하나는 강단에 서는 대학교수들의 전문적 시선을 경유하며 획득되는 '문제'의식의 구체화다. 특히 『2020 올해의 문제소설』를 엮고 펴내는 과정에서는 지난 2010년대를 마무리하는 시점에 큰 틀에서의 회고와 앞날에 대한 전망이 함께할 수밖에 없다. 따라서 최근 한국소설이 뿜어내는 동시대적 활기와 생동감을 온전히 전달하기 위해, 각각의 텍스트가 표현하는 여러 문제의식과 시대적 징후를 읽어내는 과정 또한 역동적일 수밖에 없었다.

예년부터 그랬지만 올해는 좀 더 치열하고 치밀한 선정 과정이 있었다. 일차적으로 2018년 11월부터 2019년 10월까지 여러 문예지에 발표된 단편 및 중편소설들을 읽어나가며 후보작을 추천했다. 8월부터 1차 추천작들을 선별한 이후, 11월에 다시 2차 추천작들을 추가 검토하여 반영하였다. 12월에는 추천자들이 의견을 교환하면서 추천작의 목록을 다시 다듬었으며, 전면적인 재검토를 수행할 정도로 여러 차례 회의를 거듭했다. 기획

위원회에서의 최종적인 선정 과정 역시 각각의 작품에 대한 평가와 이견을 거듭 주고받으며 최종적인 수록작들을 선정할 수 있었다.

1. 강화길, 「오물자의 출현」, 『릿터』, 2018/9년 12월/1월호

2. 김금희, 「기괴의 탄생」, 『자음과모음』, 2019년 여름호

3. 김사과, 「예술가와 그의 보헤미안 친구」, 『자음과모음』, 2019년 여름호

4. 박민정, 「신세이다이 가옥」, 『문학동네』, 2019년 가을호

5. 박상영, 「동경 너머 하와이」, 『문학동네』, 2019년 가을호

6. 백수린, 「아카시아 숲, 첫 입맞춤」, 『문학동네』, 2019년 가을호

7. 손보미, 「밤이 지나면」, 『문학동네』, 2019 여름호

8. 윤성희, 「남은 기억」, 『현대문학』, 2019년 7월호

9. 윤이형, 「버킷」, 『문학과사회』, 2019년 가을호

10. 정영수, 「내일의 연인들」, 『자음과모음』, 2019년 여름호

11. 최은미, 「보내는 이」, 『자음과모음』, 2019년 봄호

12. 최은영, 「아주 희미한 빛으로도」, 『릿터』, 2019년 2/3월호

12편의 수록작 전체의 경향을 하나로 아우르기는 어려울지라도, 각자의 개성들은 최근 한국문학의 포괄적인 경향을 선명하게 반영하는 지점들이 있다. 최근의 한국문학은 작가들 저마다의 방식으로 구체화되는 개별작업인 동시에 모종의 문제의식을 공유하는 암묵적인 공동작업이기도 하다는 감상을 준다. 불안정한 시대 속 젊은 세대의 불안을 연애와 가족 등 여러 형태의 사랑과 이해를 소재로 다루고 있다는 점에서 정영수의 「내일의

연인들」, 박상영의 「동경 너머 하와이」를 겹쳐 읽을 수도 있을 것이며, 조금 결을 달리하여 최은미의 「보내는 이」에서는 결혼 이후의 여성적 관계에서 발생하는 사랑과 집착을 바라볼 수도 있다. 부모의 사고 이후 외삼촌에게 위탁된 소녀의 침묵과 치유를 그리는 손보미의 「밤이 지나면」과 아들 부부를 잃은 뒤 과거에 못 박힌 것 같은 기억들과 함께 살아가야 하는 노년의 삶을 그린 윤성희 「남은 기억」이 공명하는 영역을 함께 읽어도 좋을 것이다. 타인의 삶에 대하여 굴절되고 흩어지는 우리 시대의 굴절된 심리를 도저하게 그려내는 김금희의 「기괴의 탄생」과, 자신의 과거임에도 사춘기의 열정 속에서 분열하는 여성의 섹슈얼리티와 심리를 되살리는 백수린의 「아카시아 숲, 첫 입맞춤」의 응시를 따라갈 수도 있다. 억압적인 상황에 짓눌려 있음에도 소중한 것을 간직하려는 여성적 유대 내부의 연속과 단속을 그리고 있는 윤이형의 「버킷」과 최은영의 「아주 희미한 빛으로도」는 어떤가. 김사과는 예술가와 보헤미안이라는 시대착오적 조합을 통해서 오히려 우리 시대를 다시 비틀어 보여주는 「예술가와 그의 보헤미안 친구」의 시도 역시 강렬하다. 오랜 세월을 버틴 가옥 공간에 각인된 한국적 가족의 기억을 복원하는 박민정의 「신세이다이 가옥」, 한 여성의 죽음과 그에 대한 해석적 충돌의 불가피한 파편화 내부에서 여성 존재를 그리는 강화길의 「오물자의 출현」은 서로 다른 기억에 대한 접근 방식이라는 점에서 흥미롭다.

　일련의 수록작 목록을 구성한다고 할지라도 우리 시대 문학의 단면을 깨끗하게 보여준다는 것은 거의 불가능한 일이다. 그런데도 각기 다른 패턴으로 어긋나 있으면서도 큰 틀에서 다시 맞물리는 문학적 시도들의 우리 시대의 풍경을 새롭게 환기하고 서로의 사각지대를 비춰준다는 사실만큼은 분명하다. 수록작 저마다의 소설적 시도들은 선명하게 우리 시대를 읽어나가는 과정의 즐거움은 시대와 불화하는 방식으로 동시대인이 되는 과정에 대한 암시이자, 문학이 우리 삶과 병행하며 현재진행형으로 작동할 때 전달되는 활기이기도 하다.

그런 의미에서 『2020 올해의 문제소설』의 수록작들은 앞으로의 2020년대에 대한 묵직하고 날이 선 경고인 동시에 재기발랄하고 즐거운 예고가 될 것이다. 다소 긴 관점과 호흡으로 한국문학을 바라보아야 하는 문학 연구자들의 시선에 있어서 단기적인 흐름과 성취에 지나치게 일희일비하는 태도는 어쩌면 소모적일지 모른다. 그러나 지나치게 포괄적 시선에 익숙해진 나머지 동시대 문학에 대한 온기를 잃어버린다면 그 또한 문학을 지나치게 대상화하는 방식일 것이다. 『올해의 문제소설』이 문학연구자들이 직면한 동시대적 감각, 미시적인 흐름 사이에서 문학의 독자들과 함께 호흡한 과정으로 기록되길 바란다.

2020년 2월
한국현대소설학회 『2020 올해의 문제소설』 기획위원회

차례

오물자의 출현

강화길

2012년 『경향신문』 신춘문예에 당선되어 작품
활동 시작. 소설집 『괜찮은 사람』, 장편소설 『다른
사람』이 있음.

오물자의 출현

이 글은 무영출판사 에토스 시리즈의 일곱 번째 책『오물자의 출현』광고를 위해 작성된 서평이다.

———

오물자, 그것은 전라도 말로 인형이라는 뜻이다.

———

2013년, 여배우 K는 영화 〈비 온 뒤〉 시사회 인터뷰에서 김미진을 비난했다. 그녀가 자신의 직업을 우스워 보이게 한다는 이유였다. "같은 꿈을 반복적으로 꿔요. 아주 오래된 저택이에요. 나는 침대에 누워 있어요. 어두운 방이지만, 촛불 하나가 켜 있고 주변이 희미하게 보여요. 그때 누군가 내 방으로 들어와요. 소리가 나요. 그르렁거리는, 위협적이고 잔인한 목소리. 희뿌연 시선 너머로 붉게 번뜩이는 눈동자가 보여요. 나는 겁에 질렸어요. 움직일 수가 없어요. 옷장 문이 열리는 소리가 들려요. 그리고 뭔가 찢겨 나가는 소리도 들려요. 그건, 다음 날을 위해 내가 준비한 옷이에요. 정성스럽게 준비한 내 모든 것이에요. 하지만 그 사람이 내 옷을 찢어요. 엉망진창이 된 옷들은 내 의도와 전혀 다른 것들이 되어버려요. 망가져버려요."

그런데 진실을 말해보자면, K는 김미진의 이름을 거론하지 않았다. "허세만 가득한 어떤 사람" 때문에 "악몽을 꿀 만큼 스트레스를 받는다"고 말했을 뿐이다. 문제는 그 사람이 김미진을 가리킨다는 사실을 모르는 이가 없었다는 것이다. 당사자인 김미진이 잡지 『마리 앙투아네트』와의 인터뷰에서 (묻지도 않았는데 뜬금없이) 이렇게 대꾸할 정도였으니까(물론 잡지는 그 발언을 실었다).

"저는 이 직업이 좋아요. 모두 저에게 관심을 갖잖아요?"

그런데 김미진의 직업은 무엇이었을까. 그녀는 다섯 편의 드라마와 두 편의 시트콤에 출연했다. 가장 알려진 작품은 데뷔작이라 할 수 있는 일반인과 연예인의 가상 연애 프로그램 〈진실을 말해봐〉(2009)였고, 그 이미지 덕에 몇 년간 예능 프로그램에 꾸준히 출연할 수 있었다. 그렇다면 그녀는 배우였나. 아니면 예능인이었나. K의 발언을 보면 알 수 있지만 그녀는 배우로서 나쁘지 않았다(그래서 K와 같은 사람의 신경을 긁었던 것이다). 실력이 뛰어나지는 않았지만, 그렇다고 형편없지도 않았는데 그건 예능인으로서도 마찬가지였다. 따라서 양쪽을 자유롭게 오갔다고 말할 수도 있을 것이다. 하지만 그녀는 자유로운 만큼 어느 쪽에서도 두각을 드러낸 적이 없었다. 솔직히 애매했다. 그러나 중요한 것은, 그럼에도 불구하고 그녀가 유명했다는 사실이다. 누군가 자신의 명예에 먹칠한다고 생각할 만큼. 그래서 공개적으로 짜증을 낼 만큼 말이다.

2년 전 가을, 그녀가 죽었다.

이마리는 그녀의 직업을 어느 쪽으로도 분명하게 정의하지 않았다. 이 시대에 그런 구분이 별 의미가 없기 때문이기도 했지만, 김미진의 유명세는 직업과 큰 상관이 없었기 때문이었다. 그러나 저 인터뷰에서 김미진은 자신의 직업을 언급했다. 이마리가 의문을 던진 부분은 오히려 바로 이것이었다. 김미진은 과연 자신을 무엇으로 정의했나.

이 질문이 유의미했던 건 이마리가 김미진의 일대기를 블로그에 연재하기 시작했을 무렵, 그러니까 그녀가 죽은 후에는 많은 것들이 달라졌기 때문이었다. 그러나 김미진이 살아 있던 당시에는 누구도 그 변화를 예상하지 못했다. 그녀가 자신을 어떻게 생각했는지에 대해서도 당연히 아무 관심이 없었다. 그저 김미진이 언급한 '모두'가 남자라고 생각했을 따름이다.

그랬다. 그녀는 열애설로 유명했다. 데뷔했던 스물네 살 무렵부터 결혼하기 직전이었던 서른 살까지 그녀가 만난 남자, 그러니까 열애설이 난 남자는 열일곱 명이었고, 저 인터뷰는 열세 번째 스캔들이 나기 직전에 이루어졌다. 그 시절 사람들이 그녀를 뭐라고 불렀는지 대부분 기억하고 있으리라 생각한다. 그 단어는 여기 적지 않겠다.

1

김미진은 이진오를 다섯 번 거절했다. 〈진실을 말해봐〉에만 해당하는 횟수이다. 평생 동안 그녀가 그를 몇 번 거절했는지 정확히 아는 사람은 없다(알다시피 그는 열일곱 번의 스캔들에 포함되지 않는다). 그러나 첫 번째 거절이 언제였는지는 모두 알 것이다. 그렇다. 바로 〈진실을 말해봐〉 제2화를 녹화했던 날이다. 당시 김미진은 지방에서 막 상경한 작가 지망생으로 소개되었는데, 이것은 사실이었으나 바로 그 때문에 논란이 되었다. 간단히 말하면 그녀는 작가 지망생치고는 예뻤지만, 역시 작가 지망생치고는 별로 지적이지 않았던 것이다. 문화비평가 W는 일간지 칼럼에서 작가에 대한 대중들의 편견을 보여주는 사례라고 지적하며, 글의 말미에 미녀 작가들의 명단을 나열하기도 했다(이후 그는 한국 작가들에 대한 정보가 필요한 기사마다 전문가로 등장했다). 물론 이런 해프닝은 〈진실을 말해봐〉 방영 기간 내내 벌어진 진짜 논란에 비하면 아주 사소한 일에 불과했다. 그

논란의 중심에는 역시 김미진이 있었다. 그녀가 남자를 거절하는 방식이 문제였던 것이다. 그러니까, 그녀는 상대에게 미안해하는 일이 거의 없었다. 도대체 그녀는 주눅 드는 법이 없었다. 때문에 방송이 끝나면 〈진실을 말해봐〉에서 김미진을 하차시키라는 시청자들의 요구가 빗발쳤다. 제2화의 그 사건이 이 길고 긴 논란의 시작이었다.

"아, 글쎄요? 재미가 없네요."

이 멘트를 기억하는가? 그날 방송을 본 이들이라면 모두 알 것이다. 설사 방송을 보지 않았다 해도 저 멘트를 모르기는 어렵다. 유명한 인터넷 짤방으로 지금까지 회자되고 있으니까. 〈진실을 말해봐〉의 콘셉트는 남자와 여자가 번갈아가며 데이트를 신청하는 것이었는데, 그날은 남자가 신청하는 차례였고 이진오는 김미진을 선택했다. 그는 김미진과 세트장 밖으로 나오면서 기쁨을 감추지 못했다. 제1화에서 김미진은 당시 아이돌 가수였던 S와 데이트를 하고 애프터 신청을 받았다. 하지만 김미진은 S를 거절하고 이진오의 데이트 신청을 받아들였다(지독한 악연의 시작이었다). 당시 이들의 관계는 (지금과 다른 의미로) 흥미로웠다. 〈진실을 말해봐〉의 인기 요인이기도 했다. 당시 이진오는 정말로 김미진을 좋아하는 것처럼 보였던 것이다. 그는 방송 기간 내내 그 태도를 한 번도 바꾸지 않았다. 그는 심지어 세 번 거절당하면 탈락한다는 규칙 때문에 실제로 방송에서 떨어지기까지 했다. 하지만 패자부활전으로 복귀한 이후에도 그는 김미진에게 마음을 계속 내비쳤다. 그는 빛이 났다. 연기를 하는 것 같지 않았다(사실 그는 그렇게 뛰어난 연기자가 아니었다). 사람들은 김미진을 향한 그의 시선에 자주 설렜다. 서울대 미학과에 다니며 연기 활동을 할 만큼 (뛰어나지는 않지만) 성실하고, 청량한 이미지의 훤칠한 신인 남배우가 평범하기 짝이 없는 여자를 좋아했다. 전 국민에게 그걸 숨기지 않았다.

반면 김미진은 어떠했던가.

제2화의 그 장면을 한번 돌려 보도록 하자. 그날 그는 그녀를 이태원의 어느 한적한 바에 데려갔다. 주인은 프랑스인이었다(나중에 드라마 〈꽃보다 남자〉 뉴칼레도니아 에피소드에 외국인 친구로 등장한 배우라는 것이 밝혀졌다).

그가 두 사람에게 (굳이) 영어로 물었다.

"무슨 사이인지 물어봐도 될까요?"

이진오가 대답했다.

"그녀의 마음을 얻으려고 노력하는 중이에요."

김미진이 미소를 지었다(사람들은 그녀가 알아듣는 척했을 뿐이라고 또 논쟁을 벌였지만).

그녀를 바라보는 이진오의 얼굴에 수줍은 표정이 떠올랐다. 그는 무슨 말을 할 듯 말 듯 망설였다. 그러다 아주 조심스러운 말투로 이야기를 꺼냈다.

"요즘 읽고 있는 책이 있어요."

그건 꽤 어려운 철학 이론이었는데, 정의할 수 없는 정의에 대한 정의를 논증하는 뭐 그런 내용이었다. 그걸 이야기하는 이진오의 표정은 살짝 상기되어 있었다. 약간 주저하면서도 분명한 목소리로 자신의 생각을 말하는 그의 태도는 시종일관 차분하고 진지했다. 어쩌면 다소 유치할 수 있는 발언이었고, 시청자들에게 반감을 살 수도 있었지만 그는 별로 신경 쓰지 않는 것 같았다. 그는 자신의 (진정한) 무언가를 그녀에게 전달하고 싶어 했다. 실제로 시청자들은 그에게 호감을 느꼈다(이때의 이미지는 그의 커리어에 큰 영향을 미쳤다). 그는 거만하지 않았다. 그 나이에 공부를 막 시작한 (잘생긴) 남학생에게서 느껴지는 치기 어림과 용기가 있었다. 매력적이었다(그래서였을 것이다). 그가 이야기하는 동안 김미진은 희미한 미소를 짓고 있었다. 그리고 그의 이야기를 경청하며 시선을 조금씩 움직였다. 그의 눈과 코, 입술과 속눈썹, 도톰한 귓불을 아주 천천히 그러나 자세히 들여다보았다. 뭐랄까, 어떤 근사한 작품을 감상할 때의 태도와 비슷했다. 그녀가 자신의 이야기에 흥미를 느낀다고 생각했는지 그의 목소리에 조금씩 자신감이 실렸다. 그리고 진짜 어려운 이야기를 꺼냈다. 실제 문학작품과 이론을 엮어 말하기 시작했던 것이다. 텍스트는 윤동주였다.

바로 그 순간, 김미진이 그의 소매를 잡았다.

"있잖아요."

그녀가 그를 올려다보며 말했다. 그가 따뜻한 시선으로 응시했다. 그녀의 말을 기다리는 것 같았다. 그녀가 미소를 지었고, 조용히 덧붙였다.

"저는 그런 거 관심이 없어요."

그의 얼굴에 무안함이 잠시 떠올랐다 사라졌다. 그는 약간 이해할 수 없다는 말투로 물었다.

"미진 씨가 작가가 되고 싶다고 하길래요."

"아, 맞아요."

"그래서 이런 이야기를 좋아할 줄 알았어요."

"아, 맞아요."

"좋아해요?"

"아, 글쎄요?"

그녀가 코를 찡긋거리며 미소를 지었다. 이때의 방송에 대해 김미진은 생전에 딱 한 번 이야기한 적이 있다. "어떤 연출도 없었다. 제작진은 나의 진솔한 모습을 담고 싶어 했고 나도 그러기를 원했다. 그날 방송의 매 순간마다 나는 매우 진실했다."

세트장으로 돌아온 김미진은 이진오를 차버렸다.

사람들이 김미진을 싫어하기 시작한 순간이다. 돌이켜보면 이례적이었다. 사실 그들의 관계는 괜찮은 구도였던 것이다. 평범한 여성이 특별한 남성의 사랑을 받는다는 것. 남자가 여자의 마음을 얻지 못해 쩔쩔매는 것. 시트콤이나 드라마에서 많이 다룬, 사람들이 다 알면서 즐기는 흔해빠진 구도였다. 사실 김미진은 스타가 되어야 마땅했다. 주눅 들지 않는 당찬 성격이라면 더더욱. 하지만 김미진은 미움을 받았다. 그 이유는 무엇이었을까. 이마리는 이렇게 정리한다. "허락된 털털함을 기준으로 살펴보면 김미진은 당차다기보다는 나대는 쪽에 가까웠다."

그날 김미진은 이진오를 거절한 이유를 간단명료하게 설명했다. 전혀 주눅 들지 않은 채, 잔뜩 폼을 잡은 목소리로. 그러니까 매우 허세 넘치는 말투로.

"아, 글쎄요? 재미가 없네요."

2

그러나 김미진은 이진오와 결혼했다. 다시 말하면, 이진오는 결국 김미진과 결혼했다. 누군가는 매우 놀랐지만, 누군가는 전혀 놀라지 않았다. 특별한 이유가 있다기보다는…… 글쎄, 원래 가십이라는 것이 그렇지 않은가. 다만 그들의 결혼으로 알려진 진실이 하나 있었다. 열일곱 명의 스캔들. 남자가 새롭게 바뀔 때마다 그사이에 김미진이 꾸준히 만난 사람은 이진오 한 명뿐이었다는 사실이다. 그는 결혼식을 앞두고 어떤 인터뷰에서 말했다. "그녀가 이틀을 만난 남자도 있었고, 석 달을 만난 남자도 있었다. 하지만 나는 신경 쓰지 않았다. 아내가 내게 매번 돌아오리라는 사실을 알고 있었기 때문이다." 여러모로 인상적인 이야기였다. 배우자에 대한 확신으로 가득한 남자의 어떤 면모를 그대로 드러내기 때문이기도 했지만, 오래전 〈진실을 말해봐〉 때와 달라진 점이 없었기 때문이었다. 프로그램의 애청자였던 이들은 일종의 데자뷔를 경험했다. 김미진을 따라다니는 다정한 시선, 애정 표현을 전혀 부끄러워하지 않는 솔직한 미소, 그는 이전과 똑같았다. 게다가 이렇게까지 말하지 않았던가.

"이제 나는 아내가 꿈을 이루도록 도울 것이다."

아내의 꿈이라. (여전히 연기파는 아니었지만) 스타의 삶을 지속한 이진오와 달리, 김미진은 애매한 위치에서 애매한 역할을 전전했다. 사람들에게 그녀는 적당히 살면서 비슷비슷한 연애를 계속해가며 희미하게 나이 먹어가는 여자였다. 그의 발언은 아내의 연예인 커리어를 돕고 싶다는 말처럼 들렸다. 그러나 김미진은 결혼과 함께 활동을 접었고, '그 사건' 이후에는 아예 은퇴했다. 만일 그의 의도가 정말로 아내의 커리어를 염두에 둔 말이었다면 결국 실패한 셈이다(여배우 K는 이에 대해 또 코멘트를 했지만 이전만큼 화제가 되지는 않았다).

이진오의 발언은 아주 잠시 주목받았을 뿐이고, 쉽게 잊혔다. 별로 자극적인 말이 아니어서 그랬던 것 같다. 게다가 이진오의 이미지는 이미 충분히 좋았다. 김미진만 계 탔다는 수군거림이 잠시 떠다녔을 뿐이다. 이 발언이 다시 주목받은 건, 이마리가 블로그에서 이렇게 말한 이후부터다.

"그것은 일종의 폭로였다."

결혼 직전, 김미진의 집에서 난동을 부려 체포된 남자가 있었다. (별 소문이 다 돌았지만) 그녀의 남동생으로 밝혀졌다. 김미진이 더는 그의 사업을 도와줄 수 없다고 하자 화가 나서 쫓아온 것이었다. 이마리는 당시 김미진의 경제 상황을 조금 더 자세히 서술한다. 그녀의 집에는 빚이 있었고, 그녀는 가장이었다. 그때 사람들이 김미진을 싫어했던 이유 중 하나는, 그녀가 소설가 지망생이라면서 결국 연예인이 되었기 때문이었다. 리얼리티 프로그램을 이용해 대중들을 우롱했다고 여긴 것이다. 이마리는 진실을 간단하게 정리해 이렇게 말한다.

"그 집에서 돈을 버는 사람은 김미진밖에 없었다."

그리고 그녀가 계속 돈을 벌 수밖에 없었던 이유를 설명한다. 장녀로서의 책임감, 무능하지만 안타까운 부모, 온 가족의 기대를 받고 자란 남동생, 그러나 도무지 재능이 뭔지 알 수 없기 때문에 계속 투자해줘야 하는 장남. 뭔가 익숙하지 않은가. 그렇다. 클리셰. 역사를 뚫고 전해지는 유구한 서사시 그 자체다. 김미진은 진부한 집안을 책임졌다. 소설가 지망생치고는 예쁜, 제법 '오물자' 같은 외모로 말이다. 문제는 끝이 없었다는 것이다(전형적인 집안 갈등 내용은 생략하기로 한다). 간단히 말하면, 가족들은 김미진이 더 버텨주기를 원했고 김미진은 더 버티고 싶어 하지 않았다. 그래서 김미진은 어떻게 했는가.

이진오를 선택했다. 오랜 시간 자신에게 애정을 표현했지만, 어쩐지 마음에 들지 않았던 남자. 그래서 열일곱 번을 들었다 놓으며 망설였던 바로 그 남자 말이다. 이마리는 김미진의 결혼을 일종의 도피라고 명명한다. 가족에게서 달아나고자 했던 그녀에게 이진오는 훌륭한 상대였다. 참 이상하다. 그렇지 않은가. 많은 것이 달라졌고, 때문에 이제 누구도 김미진을 이전처럼 생각하지 않을 것이다. 하지만 확신하건대 지금도 여전히 많은 사람들에게 익숙한 얼굴은, 고된 생활에 지쳐 달아나는 여자의 표정이 아니다. 코를 찡긋거리며 카메라를 쳐다보는 얼굴, 허세 가득한 바로 그 표정이다. 물론 허세는 허세였으니, 거짓은 아니었던 셈이지만.

그러나 모두가 알다시피 그 결혼은 6개월 만에 끝났다. 이마리는 여기에 흥미로운 사실 하나를 덧붙인다. "6개월간, 그녀는 소설을 썼다. 그중 한 편이 소설 공모전의 최종 심사에 올라갔다." 그리고 익명으로 제출한 그 소설의 심사평을 인용한다.

"끔찍한 가족에게서 탈출했다고 생각했으나, 그보다 더 지독한 덫에 걸리는 운명에 대한 이야기." 제목은 "지옥"이었다. 탈락 이유는 간단했다.

"진부하다."

그들이 결혼한 지 4개월이 되어가던 때였다. 여름이었다. 경관 두 명이 연희동의 한 주택으로 출동했다. 주민의 신고 때문이었다. "누군가 소리를 지르고 있어요. 두들겨 맞는 것 같아요." 그러나 집주인은 문을 열어주지 않았다. 그는 이런저런 핑계를 댔다. "별일 아닙니다. 오해입니다." "물건을 고치고 있습니다." "신경 쓰실 일이 아닙니다."

마지막 말이 끝나기도 전에, 집 안에서 비명 소리가 들렸다. 여자의 목소리였다.

경관들은 말했다. 당장 문을 열지 않으면 강제로 들어가겠다고.

문이 열렸다. 경관들은 조심스레 현관에 들어섰다. 조용했다. 거실은 깔끔하고 깨끗한 느낌의 가구들로 가득했다. 널찍한 공간에 소파와 텔레비전, 좌탁이 여유 있게 배치되어 있었다. 하지만 뭔가 이상했다. T 경관은 그렇게 생각했다. 집 안이 온통 베이지 색뿐이었던 것이다. 소파, 텔레비전 장식장, 벽지, 커튼, 카펫 모두 베이지 색이었다.

"안 계십니까?"

경관이 물으며 거실 안쪽으로 더 가까이 들어갔다. 여전히 조용했다. 다섯 걸음쯤 걸었을 때 발바닥에 가벼운 이물감이 느껴졌다. 그는 고개를 숙였다. 바닥에 매우 얇고 납작한, 손톱만 한 크기의 물건이 있었다. 빛에 비추자 여러 색깔이 빠르게 스쳐 지나갔다.

"자개 조각 같네요."

옆에서 동료가 말했다.

"자개?"

경관은 반문하며 바닥을 훑어보았다. 비슷한 조각은 더 이상 눈에 들어오지 않았다. 대신 눈에 띄는 것이 있었다. 소파 건너편, 텔레비전 장식장 옆자리가 휑하니 비어 있었던 것이다. 처음부터 아무것도 없었던 것 같지는 않았다. 허리 높이를 기준으로 위아래 벽지 색깔이 묘하게 차이가 났다. 부피 큰 물건이 그 자리에 놓여 있었던 것이 틀림없었다.

뒤에서 목소리가 들렸다.

"오셨군요?"

경관들은 그제야 집의 주인이 누구인지 알게 되었다. 이진오였다. 그가 특유의 서글서글한 미소를 지으며 두 사람에게 다가왔다.

"죄송합니다. 오해가 있었던 것 같아요. 아내가 지하실에서 청소를 하고 있었거든요. 그러다 갑자기 정전이 되어서 놀란 것 같습니다."

이진오는 베이지 색 니트에 하얀 면바지를 입고 있었다. 매우 깨끗했다. 보푸라기 하나 없었다. 그런데 눈길을 끄는 점이 있었다. 이진오가 한쪽 팔꿈치를 계속 매만지고 있었던 것이다. 뭐라 물을 필요도 없었다. 그가 먼저 팔꿈치를 흔들며 먼저 말했으니까.

"저쪽에 오래된 자개 장식장이 있었는데요. 그걸 수리하다 긁혔어요. 꽤 아프네요."

이진오가 가리키는 곳은 방금 전 T 경관이 살펴본 곳이었다. 그의 대답에는 망설임이 없었다. 그러나 T 경관은 계속 이상하다고 느꼈다. 설명할 수 없지만, 뭔가 이상했다.

T 경관은 물었다. "아내분은 어디 계신가요?"

"자고 있어요. 많이 놀랐는지 쉬고 싶다고 하더라고요."

이번에도 이진오의 대답은 막힘이 없었다. T 경관은 손끝으로 매만지던 자개 조각을 바지 주머니에 집어넣었다. 이상하다면, 조사하면 될 일이었다. 그는 진실에 관해 순진한 믿음이 있었고, 그런 믿음을 갖고 산다는 걸 자랑스럽게 생각하기도 했다. 그는 절차에 따른 질문들을 떠올렸다. 그때였다. 옆의 동료가 갑자기 앞으로 뛰어나가며 외쳤다.

"저쪽에서 소리가 나요!"

경관도 뛰었다. 그들은 이진오를 지나쳐 뒤에 보이는 복도로 들어갔다. 동료 말대로 안쪽에서 소리가 들렸다. 아득한 신음. 뒤에서 이진오가 소리쳤다. 무단 침입이라고 했고, 사생활이라고 했다. 변호사가 올 거라고도 했다. 그러나 경관들은 물러서지 않았다. 문 앞에 도착했다.

동료가 문고리를 꽉 쥐었다. 그 순간 T 경관은 고개를 돌려 이진오를 바라보았다. 텔레비전에서는 한 번도 볼 수 없었던, 이진오라는 사실을 믿을 수 없는 얼굴이었다.

문이 열렸다.

경관은 잠시 숨을 멈췄다. 김미진이 바닥에 쓰러져 있었다. 자개 조각 수백 개가 그녀의 온몸에 흩뿌려져 있었다. 뒤에서 이진오가 소리를 질렀다.

"아니야! 아니라고! 나는 아니야!"

———

그런데 말해두고 싶은 것이 있다. 김미진의 죽음은 미디어 탓이 아니다. 절대 아니다.

———

이마리는 그날 일을 상세히 서술했다. T 경관을 인터뷰했고, 비명 소리를 들었다는 신고자도 만났다. 그런데 막상 글 전체를 다 읽고 나면, 이마리가 전력을 다해 묘사한 건 다른 부분이라는 걸 알게 된다. 바로 최종 심사에 올라간 김미진의 소설 「지옥」에 관한 부분이다(그 소설이 김미진의 작품임을 확인하고, 출판사에 찾아가 그때 심사 위원을 만나 이야기를 듣는 과정은 거의 추리소설에 버금갈 정도이다). 이마리는 그 소설에 공포에 떠는 여성이 등장한다고 설명한다. 그리고 덧붙인다. "그 인물은 김미진의 페르소나이다." 자세한 설명을 위해 글에 인용된 심사 위원의 기억을 그대로 옮겨 보겠다.

"어떤 여자가 집 안에 갇혀 있다. 주위에 아무도 없지만 누군가 자신을 감시한다는 걸 느낀다. 여자는 집요하게 주변을 둘러보며 상황을 파악하려 애쓴다. 매일 집 안을 돌아다니며 물건들을 뒤져보지만, 혼란스러워질 뿐이다. 점점 기억이 희미해지는 걸 느낀다. 분명 어떤 기억을 잃어버려간다는 건 확실하다. 마지막에 여자는 거울 속의 자신을 들여다보며 겁에 질린다. 자기가 누구인지 기억할 수 없기 때문이다."

가족에게서 벗어나고자 했지만, 새로운 가족에게 속박되어버린 삶. 이마리에 따르면 김미진은 자신을 갉아먹는 상황에서 영원히 벗어나지 못하리라는 생각 때문에 두려워했다. 그 와중에 글쓰기를 멈추지 않았는데, 자신이 누구인지 기억할 수 있게 하는 유일한 방법이었기 때문이다. 그 익명의 행위야말로 진짜 김미진에 가까운 삶이었다. 그것이 비극이었다. "본명으로 산 삶은 오직 연기뿐"이었기 때문이다. 이 관점은 결국 김미진이 이진오를 떠난 이유를 설명해준다. 그리고 무엇보다 떠나지 못한 이유를 말해준다.

그날로 돌아가 보자. T 경관은 그녀가 의식이 거의 없었다고 증언했다. 처음에 이진오는 그녀에게 손끝 하나 대지 않았다고 말했다. 그러다 말을 바꿨다. 오해가 있어서 다퉜고 그러다 '서로' 격렬한 '터치'를 했다고 말이다. 그녀가 제풀에 지쳐 바닥에 누워 잠든 것이라고 했다. 뻔한 변명이었으나 구체적인 증거가 없었다. 무엇보다 충격적이었던 건 김미진이 그의 말에 모두 동의해버렸다는 사실이다. 그녀는 연예 프로와의 전화 인터뷰에서 아주 발랄한 목소리로 전부 다 실수였다고, 걱정할 필요 없다고 말했다.

"별일 아니라는데 왜들 그러시는지 모르겠네요."

그때 그녀는 코를 찡긋거리고 있었을까. 당연히 그랬을 것이다.

그런데 이마리는 왜 김미진의 삶을 조사했을까. 어떤 보수도 없는 그 일에 왜 매달렸던 것일까. 이마리는 그 이유를 밝힌 적이 없다. 그렇다고 의도를 알 수 없는 건 아니다. 오히려 그 의도와 방향은 선명하게 빛이 난다. 이마리의 글은 김미진이라는 사람의 진짜 모습을 밝혀냈다. 이마리의 글은 호소력이 있었다. 사람들은 그녀가 원한 것, 실패한 것을 마주했고, 그녀의 좌절과 기쁨을 이해했다. 그녀가 죽은 지 1년도 채 되지 않은 시점이었기 때문에 감정의 농도는 더욱 짙었다. 하지만 비판도 있었다. 이진오 때문이었다. 사실 이진오에 대해서는 지금도 많은 부분에서 의견이 갈린다. 그는 정말로 그런 사람이었을까. 그렇게 형편없는 남자였을까. 이진오를 옹호하는 이들은 이마리가 편협한 관점으로 김미진을 신비롭게 만들고 이진오에게 오명을 뒤집어씌웠다고 생각한다. 대표적인 인물이 김지우다.

　김지우는 문학작품에 드러난 인간과 사회의 병리적 상태를 주제로 박사 논문을 쓰던 도중 김미진에게 관심을 갖게 되었고 내용을 확장해 책을 썼다. 그 책의 주요 챕터인 제3장이 바로 김미진의 일화였다. 김지우는 이마리를 비판하면서 글을 시작한다.

　"공포에 떠는 여성은 김미진 소설 전반에 등장하는 시그니처이다."

　김지우가 조사한 바에 따르면 김미진은 결혼 기간에만 글을 쓴 것이 아니었다. 그녀는 〈진실을 말해봐〉를 촬영하던 시기부터 (본격적으로) 글을 썼다. 프로그램이 끝나고 방송 활동을 시작했던 때, 이진오와의 결혼을 준비하던 즈음, 열일곱 번의 스캔들에 휩싸였던 때, 그녀는 언제나 소설을 썼다. 김지우는 김미진의 가족과 오랜 친구들을 인터뷰했고, 그들이 보관하고 있는 작품들을 분석했다.

　"김미진이 그려내는 억압된 상황은 가족이나 남편을 은유한 것이 아니다. 그것은 다름 아닌 바로 자기 자신이다."

　그리고 한 가지 흥미로운 일화를 소개한다.

　그 사건이 일어나고 2개월 뒤, 김미진은 갑자기 기자 회견을 열었다. 요란했다. 아침부터 사람들에게 긴급하게 연락을 돌려 만든 자리였던 것이다. 신상의 변화에 대해 할 말이 있다고 했다. 김미진에게 관심 있는 사람은 많지 않았지만, 기자들이 많이 왔다. 이진오 때문이었다. 김미진이 그날 있었던 일을 제대로 밝히고, 어떤 조치를 취하리라, 그 이야기를 공개하리라 기대했기 때문이다. 이진오는 정말로 폭력을 휘둘렀는가. 데뷔한 이후 단 한 번도 스타가 아니었던 적이 없는 남배우. 친절하고 다정한 사람으로 유명한 남자. 한 여자만 바라보다 결국 결혼에 성공한 남자. 그의 모든 것이 정말로 거짓이었는가.

　김미진은 약속 시간에 5분 정도 늦었다. 그녀는 기자 회견장 안으로 천

천천히 걸어 들어왔고, 차분한 시선으로 기자들을 바라보았다. 평소답지 않았다. 곳곳에서 카메라 플래시가 터졌다. 아슬아슬한 긴장감이 회견장 안을 채웠다. 모두 김미진을 주목했다. 몇 분 후, 그녀는 입을 열었다.

"이혼을 결심했습니다."

순간 회견장 분위기가 살짝 싸늘해졌다. 아쉽게도 기자들이 원하던 이야기는 아니었던 것이다. 정확히 말하면 어느 정도 예상하기는 했지만 딱히 듣고 싶었던 말은 아니었다. 하지만 뒤집어 바라보면 그것은 이진오의 이혼 발표라고도 할 수 있었기 때문에, 정적은 아주 잠시 머물렀을 뿐이다. 그들은 김미진에게 질문을 퍼붓기 시작했다. 그날 이진오는 정말 당신을 폭행했는가. 그날 무슨 일이 있었는가. 이진오와의 결혼 생활은 어떠했는가.

김미진은 고개를 살짝 들어 먼 곳을 바라보았다. 그리고 덤덤한 목소리로 말했다.

"이제 그럴 때가 된 것 같아요."

그것이 끝이었다. 그녀는 아무 말도 하지 않았다. 김지우는 바로 그 순간, 그러니까 먼 곳을 응시하는 김미진의 얼굴을 담은 사진에 집중했다. 특별할 것 없는 사진이었다. 그녀는 녹색 블라우스에 검은색 스커트를 입었고, 갈색 구두를 신었다. 거의 화장을 하지 않은 얼굴이었다. 하지만 금방 샤워를 마치고 나온 사람처럼 피부결이 매우 좋았다. 다만 안색이 좋지 않았다. 전체적으로 조금 야위고 볼에는 엷은 홍조가 있었다. 시선이 살짝 올라간 덕에 긴 속눈썹이 도드라지기는 했지만, 그 바람에 충혈된 눈이 강조되어 보였다. 김미진이 공개적으로 찍힌 사진 중에 가장 어두워 보이는 표정이었고, 평소답지 않은 그 묘한 분위기 때문인지 유독 아름다워 보이기도 했다(이 사진은 결국 영정 사진으로 쓰였다). 김지우는 그 사진, 김미진의 그 얼굴을 가리키며 이렇게 말했다.

"이것은 알코올 중독자의 얼굴이다."

그리고 이어지는 김미진의 행적들은 우리가 누군가를 안다고 말하는 것이 얼마나 무색한 일인지를 실감하게 한다.

그녀가 술에 의존하기 시작한 건 방송에 데뷔했던 2009년 무렵부터다. 그녀는 세간의 비난을 잘 견디지 못했다. 불면증이 찾아왔다. 자기 전에 소주를 한 잔씩 먹는 걸로 해결했고, 그 양은 점점 늘어났다. 술을 끊기 위해 병원에서 수면제를 처방받기도 했지만, 그녀는 약과 술을 함께 먹었다. 가족들은 그녀가 술에 빠져드는 걸 막지 못했다. 거기에는 다소 복잡한 이해관계가 얽혀 있었다. 이마리가 주장한 것처럼 김미진은 집안의 경제를 책임졌다. 이 역시 불면증의 원인이었기에, 가족들은 김미진이 그 스트레스를 견디기 위해 또 다른 지옥을 선택하는 것에 대해 발언권이 없었다. 이것이 이마리와 상반된 견해였다. 김지우에 따르면 김미진은 가족들을 먹여 살리고 있다는 사실을 당사자들 앞에서 숨기지 않았고, 그에 걸맞은 대우를 받고 싶어 했다. 그녀가 원한 건 여러 가지였지만, 그중에서도 가장 자주 저지르고, 무조건 이해받아야 한다고 여겼던 건 (당연히) 술주정이었다. 이 대목을 읽는 건 놀랍다. 왜냐하면 이마리의 글을 읽으면서 김미진에게 이입했던 모든 것이 뒤바뀌는 경험을 하기 때문이다. 김미진의 상황을 상상하며 느꼈던 모든 감정적 상태는 그녀 가족들을 위한 것이 된다. 그런데 김지우는 이 대목에서 다소 예상치 못한 정보 하나를 추가한다. "김미진이 불면증에 시달리기 시작할 무렵, 술을 마시고 잠자리에 들어보라는 조언을 한 사람이 다름 아닌 이진오였다." 그리고 주장한다. "이진오는 김미진의 알코올 의존에 죄책감을 느꼈다. 김미진은 그것을 알고 있었다." 그녀는 이진오가 자신을 책임져야 한다고 말했다. 처음에는 정서적인 배려를 의미했지만, 시간이 지나면서 경제적 지원이 되어갔다. 일을 해야 했지만 대중들 앞에 서는 일이 끔찍했고 자신이 없었다. 술에 의존할수록 실수가 늘었다. 그녀는 자주 지각했고, 대사를 틀렸다. 이미지도 식상해졌다. 그녀는 어떤 것도 제대로 하지 못했다. 이진오는 그런 김미진을 진짜로 책임졌다. 그가 할 수 있는 방식으로. 모두 알고 있는 그 방법으로.

물론 약점은 있었다. 대부분 주변의 증언을 통해 완성한 이야기였다. 그녀의 알코올 문제가 어느 정도였는지 진단한 기록 같은 건 없었다. 특히 촬영 관련자들의 증언이 빈약했다. 그들은 김미진을 잘 기억하지 못했다. 설사 기억한다 해도 대부분 멀쩡한 모습을 떠올릴 뿐 촬영에 방해가 된 적은 없었다고 말했다(사실 김지우의 이야기는 이진오와 그 변호사들의 주장을 거의 그대로 받아들인 것이었다). 김지우는 이마리의 견해가 추정에 불과하다고 비판했지만, 본인의 주장 역시 그 기준에서 벗어나는 것은 아니었다. 대신 김지우는 다른 증거 하나를 제시한다. 바로 T 경관에 대해서였다.

"그는 믿을 수 없는 증인이다."

김지우는 T 경관이 근무 태만으로 징계를 받은 적이 있다는 걸 밝혀냈다. 사건이 일어나던 그해, T 경관은 야간 순찰 근무에 여러 차례 빠졌다. 근무를 연속으로 세 차례 빠진 뒤 순찰을 나간 날, 뺑소니 차량을 검거하는 과정에서 범인을 놓쳤다. 김미진의 집에 출동했을 무렵 그는 이미 서에서 요주의 인물이었다. 그러나 이런 근무 태도와 능력을 증언의 신뢰성과 결부시키는 건 올바른 판단이 아닐 것이다. 그럼에도 불구하고 김지우가 T 경관을 물고 늘어진 건 결정적인 이유가 있었기 때문이다. "그는 현장에 늦게 도착했다." 신고를 받고 출동하던 중 그는 동료에게 잠시 급한 일이 생겼다며 먼저 가라고 말했다. 김미진과 이진오의 집이라는 걸 알았다면, 그런 사건이 일어날 줄 알았다면 결코 그렇게 행동하지 않았을 테지만, T 경관은 늦게 도착했다. 그가 도착해서 본 것은 베이지 색의 가구들이나 자개 파편이 아니었다. 술을 먹고 난동을 부리는 아내를 달래다 무심코 밀쳐버린, 그래서 쓰러진 김미진을 보고 다급하게 소리를 지르던 이진오였다.

김지우는 주장한다. "그녀는 알코올 중독과 오래도록 싸웠다. 그건 통제할 수 없는 상황, 나약한 마음, 지독한 자기혐오와 싸우는 일이었다. 그녀의 공포는 다름 아닌 자기 자신이었다."

그녀는 자신이 사랑하는 사람들을 잃어간다는 걸 알고 있었다. 가족들이 그녀를 견디고 있다는 걸 알고 있었다. 특히 이진오의 인내심이 한계에 다다랐다는 걸 알고 있었다. 그녀는 그래서 무엇을 어떻게 했나. 아무것도 하지 않았다. 대신 글을 썼다. 무작정 썼다. 진짜 문제와 대면하는 대신, 가면 뒤로 숨었다. 자신이 만들어낸 이야기, 그 속에서 움직이는 사람들, 그들의 가면을 쓰고 그녀는 비명을 질렀다. "자신에 대한 공포가 투영된 것이다." 그리고 김지우는 이마리의 의견에 드디어 동의한다. "어쨌든 김미진에게 있어서 글쓰기는 진짜 자신을 표현하는 행위였다."

당연한 말이지만 이마리는 김지우의 책을 비판했다. 이마리는 김지우가 김미진이 처해 있던 구조적 폭력을 축소하고 개인의 문제로 바꿔버렸다고 지적했다. 그리고 T 경관이 현장에 늦게 나타났다고 해서 김미진이 쓰러져 있던 사실이 변하는 건 아니라고 했다. 또한 실수였다고 해도, 경관이 찾아올 때까지 아무 조치 없이 그녀를 방치한 건 엄연히 폭력적인 행위라고 주장했다. 김지우는 반박했다. 김미진이 계속 소리를 질렀기 때문에 이진오가 그녀에게 다가가지 못한 거라고 말이다. 이 뚜렷한 대비 때문에 두 사람의 글은 화제가 되었다. 독특한 현상이었다. 누군가는 김미진을 안타깝게 여겼고 누군가는 진저리를 냈다. 재미있는 건 이런 반응들이 김미진이 살아 있을 때 받았던 관심의 내용과 크게 다르지 않다는 것이었다. 급기야 이마리의 글은 『김미진 전기 : 지옥에서의 삶』이라는 제목의 책으로 출판되어 나왔다. 김지우의 책은 다른 부분은 거의 언급이 되지 않았고 제3장만 주목받았다.(제3장의 스캔본은 지금도 인터넷에 돌아다니고 있다.) 어쨌든 두 사람의 책은 한 달 동안 베스트셀러 1위에서 엎치락뒤치락했다. 아마 언제까지고 계속될 수 있었을 것이다. 김미진의 소설 『천국』이 출간되지 않았다면 말이다.

3

이제 이 이야기를 마무리할 때가 왔다. 김미진은 과연 누구였는가. 어떤 사람이었는가. 대체 그녀의 진짜 정체는 무엇이었는가. 소설『천국』이 출간된 이후, 그 모든 난리는 무의미해졌다. 지금은 바로 그 이후의 시간이고, 여러분은 모든 것을 알고 있다. 이마리와 김지우의 꼼꼼한 분석, 그 집요한 추정과 성실한 조사가 무의미해졌다는 것을 말이다. 왜냐하면, 소설『천국』은 그녀의 자전적 소설이었기 때문이다.

그 이야기를 접하지 못한 이들을 위해,『천국』의 마지막 챕터를 요약하고자 한다.

———

나는 나의 오물자다.

———

다 지나간 일이다. 하지만.
그것은 사랑이었다.

———

처음 만났을 때부터 알고 있었다. 정확히 말하면 만나보고 알았다.(보자마자 판별할 줄 알았다면, 나의 미래는 많이 달라졌을 것이다.) 그는 나쁜 새끼였다.

그가 내게 가장 많이 한 말은 "너를 사랑해"가 아니라 "네게 실망했어"였다. 그는 여자의 죄책감을 자극해서 자기가 원하는 방식대로 관계를 유지했다. (불행히도) 내게 효과가 있었다.

"네게 실망했어." 그 말은 나에게서 "예스"라는 대답을 꺼내는 버튼과도 같았으니까.

네게 실망했으니까, 그가 연락을 안 해도 예스. 그가 화를 내도 예스. 그가 다른 여자를 만나도 예스.

예스! 예스! 예스!

나는 매번 온몸에서 피가 다 빠져나가는 분노를 느꼈다. 동시에 흥분했다. 나를 지배한다고 생각하는 그를 떠올리면, 그런 기분이 들었다. 그 느낌은 실제로 그와 하는 섹스보다 좋았다.

나는 가끔 상상했다. 내가 있는 방에 그가 여자를 데리고 들어온다. 그가 내게 나가라고 말한다. 나는 용기를 내 항의한다. 내가 뭐가 부족하지? 내가 무엇을 잘못했지? 그가 역정을 낸다. 이러면 곤란해. 어른스럽지 않아. 나를 실망시킬 생각이야? 나는 밖으로 나온다. 가슴이 미어진다. 손이 떨린다. 나는 손등으로 입을 막고, 몸의 떨림을 느낀다. 그를 안고 싶다. 당장이라도 문을 열고 들어가고 싶다. 그때, 눈앞에 둥근 나무 기둥이 보인다.(왜 기둥이 있는지는 모르겠다. 앞에 그냥 보인다.) 나는 기둥을 끌어안는다. 그의 허리처럼 길고 단단한 기둥을 나는 꽉 끌어안는다. 혹시 이건 사랑일까. 빌어먹을, 팔자 사납게 나쁜 남자를 사랑하게 된 건가? 아아, 나는 그를 계속 사랑할 것이다.

그런 상상을 너무 많이 해서일까. 실제로 그를 보면 별로 흥분이 되지 않았다. 그래서 얼굴을 가만히 들여다봤다. 깨끗하고 하얀 피부와 쌍꺼풀이 진 커다란 눈을, 가느다란 턱선과 매서운 콧날을 지그시 바라보곤 했다. 그러면 아직은 괜찮다는 생각이 들었다.

그건 착각이었다.

그날 밤, 나는 집에 혼자 앉아 있었다. 그가 나를 버려뒀기 때문이다. 무슨 일이 있었던가. 그래. 나는 가지 말라고 말했고, 그는 내가 신경 쓸 일이 아니라고 대꾸했다. 그때 나는 청소를 하고 있었다. 청소기를 붙든 채 그에게 부탁했다. "이것만 마무리하고 같이 나가자." 그가 뭐라고 대답했던가.

기억나지 않는다. 귀찮게 하지 말라고 했던 것 같기도 하고, 어떻게 느닷없이 나를 데리고 나가겠냐고 했던 것 같기도 하고, 말없이 핸드폰만 쳐다보며 고개를 가로저었던 것 같기도 하다. 그가 현관에서 신발을 신던 모습만 분명하게 기억난다. 나는 길고 묵직한 청소기를 질질 끌며 그를 향해 걸었다. 그러나 문은 눈앞에서 쾅 하고 닫혔다. 그날 밤 그는 집에 들어오지 않았다.

나는 소파에 앉아 그대로 밤을 샜다. 청소기를 다리 사이에 끼우고 그대로 자리에 앉아 있었다. 내 마음에 큰 구멍이 뚫리는 것이 느껴졌다. 그 안으로 나의 많은 시간들이 빨려 들어가는 것을 느꼈다. 나는 깨달았다. 사실 그에게 인정받고 싶었다는 것을. 결국 그런 것이었다. 그가 나를 사랑해서, 그의 삶이 바뀌었다는 말을 듣고 싶었다는 것을. 나를 지배하는 너를 바라보는 일이란, 그 일을 계속 괜찮다고 생각하기 위해서는, 결국 너의 동의와 허락을 얻어야 한다는 것. 그리고 고개를 들었는데 눈앞에 해태가 보였다.

해태는 현관 옆 자개 장식장의 문양이었다. 앤티크 숍에서 간신히 찾아냈다며 그가 애지중지하는 물건이었다. 손님들이 올 때마다 그는 해태 장식장을 자랑했다. 얼마나 귀한 물건인지, 얼마나 조심스레 다루고 있는지. 그러나 장식장을 매일 깨끗이 닦는 사람은 나였다.

다음 날 아침, 집에 들어온 그는 나를 보고 흠칫 놀랐다. 내가 소파에 그대로 앉아 있었기 때문이다. 그는 약간 섬뜩해하는 것 같았다. 나는 그를 물끄러미 바라보았다. 머리는 헝클어졌고, 얼굴에는 취기가 남아 있었다. 그러나 여전히 그대로였다. 부드러운 눈썹, 가느다란 콧날, 도톰한 입술. 모두가 사랑하는 다정한 얼굴. 나는 자리에서 일어났다. 그는 내게서 고개를 돌렸다. 그리고 아무렇지 않게 현관에 올라섰다.

그 순간, 나는 청소기를 들고 현관으로 달려갔다.

"야! 너 미쳤어?"

그가 소리를 질렀다. 하지만 나를 막지 못했다. 나는 망설이지 않았다.

청소기로 자개 장식장을 내리쳤다. 그가 외쳤다.

"야!"

동시에, 자개 파편들이 흩어지면서 장식되어 있던 해태가 산산조각 났다. 나는 영물의 얼굴을 내리치고, 또 내리쳤다. 그때 그가 내 팔목을 잡았다. 청소기를 빼앗으려 했다. 나는 이를 악물고 청소기를 꽉 붙들었다. 그리고 내 무게를 실어 그를 힘껏 밀어냈다. 역부족이었다. 그는 미동도 없었다. 나는 고개를 쳐들고 그를 노려봤다. 그가 나를 내려다보며 피식 웃었다. 그 순간 나는 청소기를 확 놓아버렸다.

"어어, 야!"

그가 소리를 지르며 바닥으로 넘어졌다. 그가 여전히 내 팔목을 잡고 있는 바람에 나도 함께 쓰러졌다.

나는 바닥에 엎드린 채 이제 모두 끝이라는 생각을 했다. 그를 진짜 떠나야 한다고 생각하자 마음이 아팠다. 구멍이 커다랗게 늘어나는 것 같았다. 그를 떠나는 건 나의 인생 일부분을 잘라내는 것과 같았다. 어떻게 그걸 다 버리지. 어떻게 그걸 다 잊지. 기억 속에서 나는 나름대로 행복했다. 분명 그랬다. 나는 손바닥으로 바닥을 쓸었다. 작은 가루들, 부스러진 자개 조각들이 손바닥에 묻었다. 문득 그 순간 이상한 느낌이 밀려왔다. 마치 꿈속에 있는 것 같았다. 바닥에 누워 있는 내 모습이 눈앞에 보였던 것이다. 나는 나를 바라보며 중얼거렸다.

"이제 내게는 사랑하는 사람이 없다."

그러자 마음속 구멍이 펑, 하고 터지는 것 같았다. 깨달음이 밀려왔다. 나는 그를 떠날 준비가 되지 않은 것이다. 나는 소스라치게 놀랐다. 내가 그를 이렇게까지 사랑하는지 몰랐다. 한 번도 느껴본 적 없는 감정이었다. 나는 자리에서 급히 일어났다.

그 역시 몸을 일으키고 있었다. 앓는 소리를 내며 자리에 간신히 앉았다. 그리고 지긋지긋하다는 시선으로 나를 힐끔 봤다. 나는 그에게 외쳤다.

"당신을 사랑해."

"뭐?"

그가 어처구니없다는 듯 나를 쳐다봤다. 그리고 고개를 저었다.

"아니, 우리는 끝났어."

나는 애원했다. 당신이 얼마나 소중한지 몰랐다. 잠시 정신이 나간 것 같다. 나는 가슴을 치며 말했다. 당신을 사랑한다. 사랑한다. 사랑한다.

그가 손을 내저으며 말했다.

"알았어. 알았어. 잠깐만. 기다려봐."

그가 깊이 한숨을 내쉬었다. 나는 마음이 타들어 가는 것 같았다.

결국 그가 입을 열었다.

"지금 답할 수는 없어. 시간이 필요해."

"얼마나?"

"글쎄…… 일주일?"

나는 알겠다고 대답했다. 하지만 그 순간부터 끔찍한 고통이 밀려들었다. 생살을 칼로 저미는 듯했다. 밥도 먹을 수 없었고, 잠도 잘 수 없었다. 그의 얼굴이 자꾸만 떠올랐다. 혹시 그가 나를 거절하면 어떻게 되는 걸까. 불안해진 나는 몰래 다른 남자를 소개받았다. 끔찍했다. 그를 잊을 수 없다는 사실만 깨달았을 뿐이다. 나는 나쁜 여자였다. 다른 남자를 만나면서, 또 다른 남자를 떠올리고 있었다. 옳지 않았다. 알고 있었다. 하지만 사랑이 이런 걸까. 이렇게 걷잡을 수 없이 마음에 번져 가는 걸까.

마치 저주에 걸린 것 같았다. 지독한 운명에 얽힌 비극의 주인공이 된 것 같았다. 나는 정해진 길에서 벗어나기 위해 몸부림치고 있었다. 그러나 운명은 나를 놔주지 않았다. 내가 안간힘을 다할수록 나를 묶고 있는 거친 사슬이 더 세게 옭죄어 오는 것 같았다. 나는 두 눈을 찌르고 싶은 충동을 느꼈다. 그리고 외치고 싶었다.

봐라. 이것이 인간이다. 운명에 맞서는 인간의 모습이다!

마지막 날, 그에게서 연락이 왔다. 나는 초록색 블라우스에 검은색 치마를 입고, 베이지 색 베레모를 쓰고 카페에 나갔다. 그를 처음 만난 날 입었던 스타일과 비슷했다. 그날 내가 얼마나 행복한 여자였는지 기억하고 있었다.

내가 자리에 앉자 그가 안부를 건넸다. 나와 달리 그는 안정적으로 보였다. 그는 정말 많은 생각을 했다고 말했다. 나를 용서할 수 없다고 생각했고, 이해할 수 없다고도 생각했다.

"하지만 사람은 실수를 하니까."

그가 다정하게 말했다. 나는 고개를 끄덕였다. 눈물이 솟아올랐다.

"다시 시작해보자." 그가 말했다.

나는 결국 울음을 터뜨렸다. 그리고 고개를 저었다.

"미안해. 그렇게 할 수 없어."

"뭐?"

그가 황당한 얼굴로 나를 보았다.

"당신을 기다리는 시간이 너무 길었어. 너무 힘들었어. 나는 운명에 혼자 맞서야만 했어."

나는 더는 말을 이을 수 없었다. 마음속에 어떤 잔물결이 일렁이는 것 같았다. 나는 그 느낌을 가만히 음미했다. 그 바람에 그가 자리에서 일어나는 것을 눈치채지 못했다. 그는 내게 아무 말도 하지 않았고, 그대로 밖으로 나가버렸다. 정신을 차렸을 때, 그의 자리가 비어 있다는 걸 알았다. 나는 눈물을 닦았다(몸의 떨림을 느끼기 위해, 손등으로 입술을 꼭 눌렀다). 그리고 한 시간쯤 지났을 때, 그러니까 마음속의 파도가 잠잠해졌을 때, 갑자기 나는 깨달았다.

지금 내가 무슨 짓을 한 거지?

나는 그에게 다시 연락했다. 그가 소리 질렀다.

"너 미쳤어?"

"응, 미쳤어. 너한테 미쳤어. 제발 용서해줘."

"야!"

나는 애원했다. 진심을 말했다. 운명을 거스르고 싶었어. 맞서고 싶었어. 하지만 나는 나약한 인간이야. 당신도 이해하잖아. 잎새에 이는 바람에도 괴로워하는 그 마음을 당신은 알잖아. 두려웠어. 내가 당신의 일부가 되어버릴까 봐. 나 자신을 잃어버리게 될까 봐. 하지만 확실한 건 이것뿐이야. 당신을 사랑하고, 나는 당신을 떠날 수 없다는 걸. 알잖아.

그러나 그는 전화를 끊었다.

나는 곧장 그의 집으로 달려갔다. 그는 문을 열어주지 않았다. 나는 문을 두드리며 애처롭게 울었다. 내 울음소리가 아파트 전체를 울렸다. 옆집 아주머니가 문을 열고 내다보았다. 나는 그녀를 향해 흐느꼈다.

"제가 잃어버렸어요. 제가 잃어버리고 말았어요."

그러자 그가 문을 열었다. 하지만 나를 받아들인 것이 아니었다. 현관에 내 짐이 있었다. 그가 자신만만한 목소리로 말했다.

"나는 더 이상 못해. 여기서 그만하자."

나는 그의 바짓가랑이를 붙잡았다. 어딘가 드라마에서 나온 대사를 읊었다.

"사랑했잖아. 우리가 사랑했던 시간이 있잖아."

그러나 기대만큼 감정이 밀려오지 않았다. 그래서 나는 눈을 감았다. 영화에서 아이를 잃어버린 부모가 울던 장면을 생각했다. 눈물이 밀려들었다. 나는 가슴을 치며 끅끅 소리를 냈다.

"이렇게 보낼 수 없어. 이건 아니야."

"야, 진짜. 너."

그가 짜증이 가득 담긴 목소리로 말했다. 하지만 나는 그 순간, 그가 갈등하고 있다는 걸 눈치챘다. 그럴 수밖에 없었다. 그는 내가 그를 사랑한다는 걸 알고 있었다. 나만큼 그를 사랑하는 사람이 없다는 걸 알고 있었다.

나만큼 '예스'를 외친 사람이 없다는 것을. 그러니까 나만큼 그를 감당할 사람이 없다는 것을, 그는 알고 있었다. 때문에 어쩌면 내가 앞으로 영원히 모든 일에 예스, 를 말하게 될 수도 있다는 것까지. 예스. 예스. 예스.

그가 내 앞에 앉았다. 내 어깨를 부드럽게 어루만졌다.

"정말 잘할 수 있어?"

나는 고개를 끄덕였다. 그가 말했다.

"네 기대와 다를 수도 있어. 정말 괜찮아?"

나는 울먹이며 대답했다.

"알고 있어. 실망시키지 않을게."

"그럴 수 있겠어?"

"반드시 그렇게 할게."

가슴이 벅차 올랐다. 그때, 그가 나를 끌어안았다. 아아, 우리는 함께 있었다. 정말이지 그의 몸은…… 딱딱했다. 거대한 돌덩이를 안고 있는 것 같았다. 그가 나를 안은 팔에 더 힘을 줬다. 그 바람에 내 턱이 그의 어깨에 걸쳐졌는데, 철봉에 매달린 기분이 들었다. 나는 슬쩍 몸을 뒤로 뺐다. 그가 미소를 지으며 내 머리를 쓰다듬었다. 손가락에 거스러미가 일어났는지, 그가 만질 때마다 이마가 긁히는 기분이었다. 나는 애써 미소로 화답했다. 그러자 그의 입술이 내 입술로 다가왔다. 순식간에 그의 앞니가 내 앞니에 부딪혔다. 쨍, 하는 소리가 내 귓속에서 울렸다. 키스를 하는 내내 그 소리가 메아리쳐 울렸다.

한 시간쯤 지난 후, (뭘 했겠나. 뻔하지.) 나는 집 밖으로 나왔다. 볼일을 보고 들어와 그에게 저녁을 해주겠다고 말한 터였다. 어느새 계절이 바뀌어 있었다. 나는 하늘을 바라보았고, 숨을 크게 들이마셨다. 등이 배기고 목이 뻐근했다. 가랑이 사이가 간지러웠다. 그 순간, 나는 깨달았다. 나는 울고 있지 않았다. 끝나버린 것이다. 불 위에 갖다 댄 프라이팬의 물이 순식간에 사라지는 것처럼, 그를 향한 감정이, 그와 함께하는 나에 대한 열정이 메말라버린 것이다. 그와 함께 있는 내가 더는 상상되지 않았다.

　나는 그에게 돌아가지 않았다. 대신, 친구들을 불러 모았다. 나는 그들 앞에 똑바로 섰다. 이제 말할 때가 온 것이었다. 드디어 그때가 온 것이었다. 나는 말했다.

"이제 다 끝났어. 끝나버렸어."

다음 날, 온종일 그에게 음성 메시지가 왔다.

"정말 실망이다."

"네게 기대하지 말았어야 했어."

"야. 잘할 수 있다며?"

"어디야."

"장난해?"

"진짜 씨발. 야!"

"야!"

　나는 거울을 바라보며 전화기를 귀에 대고 있었다. 그의 목소리를 듣는 내 얼굴이 보였다.

　손끝으로 그 얼굴을 더듬었다. 그리고 그에게 답장을 보냈다.

"응, 당신을 영원히 사랑할게."

이것이 이야기의 끝이다. 지금 당신이 느끼고 있는 감정이 김미진에 대한 정확한 정의다. 그런데 중요한 것은, 이 결론 역시 그녀의 소설을 통해 알게 된 어떤 해석에 불과하다는 사실이다. 새롭게 확신하게 된 것, 판단하게 된 것, 앞뒤를 짜 맞춰 알아낸 것, 그런 것들이다.

만일 그 관점을 뒤집을 다른 이야기가 있다면 당신은 어떻게 할 것인가. 읽을 것인가? 아니면 지나칠 것인가.『오물자의 출현』은 올해 초 발견된 김미진의 일기를 편집한 것이다. 2009년부터 죽기 직전인 2년 전 가을까지 쓰인 이 기록에는 지금까지의 해석을 뒤집는 새로운 이야기가 있다. 무엇보다 이 책에는 그녀의 죽음에 대한 진실이 있다. 느닷없이 닥쳐온, 그 무엇보다 놀라웠던 죽음에 관한 이야기. 단언컨대, 이 책의 비밀과 진실은 김미진에 대한 모든 평가를 또다시 뒤집어놓을 것이다.

그런데 누군가는 이렇게 물을지 모르겠다. 대체 김미진이 뭐길래? 뭐가 그렇게 대단한 사람이기에? 수많은 인간, 연예인, 작가, 딸, 누나, 연인, 아내, 여자, 오물자. 그것들 중 하나에 불과한 그녀가 대체 무엇이길래?

글쎄. 굳이 대답을 해보자면, 가십은 모든 것이고, 모든 것은 가십에 불과한 법이니까. 알면 됐고, 모르면 또 됐고, 뭐 그런 거 아니겠나.

닥치고 잘 들어. 내 애긴 내가 할게,
혹은 낯선 실재와 마주하는 법

차혜영 한양대학교 한국언어문학과 교수

1.

이 소설은 『오물자의 출현』이라는 책 광고를 위한 서평으로, 2년 전 죽은 여자 연예인 김미진의 실체에 대한 몇 겹의 서사로 이루어져 있다. 김미진 이 누구인지, 그녀에게 무슨 일이 있었던 것인지 '실체진실'에 대한 물음이 독서를 추동한다. 그 진실을 말하는 각기 다른 위치에 있는 발화자들의 프 레임으로 축조되고 해석된 몇 겹의 액자 서사가 서로 충돌하고 뒤집히는 메타서사이다. 소설은 그러한 넘치는 김미진 이야기 들 속에 새로 나올 책 『오물자의 출현』에 대해 "단언컨대, 이 책의 비밀과 진실은 김미진에 대한 모든 평가를 또다시 뒤집어놓을 것"이라는 책 광고 카피로 끝난다.

그 몇 겹의 김미진 이야기를 말하는 발화자들은, 구체적으로 소설의 서 술자이이면서 김미진의 일기를 발췌한 책 『오물자의 출현』이라는 책 광고 를 위한 서평자, 김미진이 죽은 뒤 그녀의 전기를 쓴 블로거 이마리, 인간 과 사회의 병리와 문학의 관계에 관한 연구자로 김미진을 연구대상으로 삼은 김지우, 결혼 6개월 만에 가정폭력으로 고발당한 그녀의 남편이자 대스타 이진오, 김미진이 허세로 가득하다고 비난한 여배우 K, 그녀가 가정폭력 희생자라고 의심한 경관, 그리고 살아 있을 때나 죽어서나 미디어에 노출된 김미진을 잘 알았던 익명의 시청자─우리들 혹은 세상 사람들이다. 김미진 이야기는 그들의 시선, 입, 프레임에 의해 축조되고 해석되고, 증폭되거나 선택되어 구성되었다. 이런 '김미진 이야기'들은 각각 김미진의 진짜 모습이라고 주장되다가 뒤집히고, 새로운 이야기가 조명되고, 책이 나오고, 한동안 베스트셀러가 되어 세상에 넘실된다. 그리고 이 잡다스럽고 풍요로운 '김미진 이야기'들의 소란 끝에, 마치 극적 반전처럼, 그녀의 자전적 소설 『천국』이 유작으로 발간된다. 그리고는 그녀가 '누구인지' 하는 실체와 그것을 '안다는 것' 자체에 대한 냉소, 비아냥, 혹은 신경질적인 회의의 메타서사로 급하게 마무리된다.

이런 소란스러운 몇 겹의 이야기 조각들 속에서 그녀의 신상명세를 보자. 김미진은 지방에서 상경한 소설가 지망생이었고, 가난한 집안의 장녀였으며, 가상연애 프로그램으로 이름을 알리고, 배우이기보다 열애설로 유명한 여자 연예인이었다. 그리고 세상이 다 아는 남배우 이진오와 결혼하고 가정폭력과 이혼, 그리고 죽음으로 유명해진 여성이다.

구하라, 설리 그리고 그 많은 자살한 여자 연예인들, 그리고 가난한 집안을 책임지거나 무능한 남자 형제의 사업자금을 대거나 혹은 예쁜 여자 연예인 딸을 등골 빼먹는 이야기, 그 무게에 못 이겨 자살하든가 견디고 사는 여자 연예인들 이야기를 우리는 현실에서, 미디어에서 자주 봐왔다. 뿐인가 김미진의 남편 이진오처럼 조각 같은 미소년의 얼굴에 압도적 스펙, 거기에 낭만적 순정과 인성까지 겸비한 무수한 남자 연예인들이 미투, 가정폭력, 각종 스캔들로 감춰졌던 악마의 얼굴을 드러내는 연예뉴스 또한 거의 매일이다시피 보도된다. 김미진과 이진오, 김미진의 죽음은 화자가 반복해서 '진부하다'고 언급할 만큼, 그리고 김미진이 투고했지만 낙선했던 소설 「지옥」의 심사평에서 반복되듯 '진부하고 뻔한' 이야기이다. 어쩌면 이 소설은 소설이라기보다는 연예뉴스의 종합판 같은, 화자 스스로 자주 '진부'하다고 할 정도로, 소설과 지금 현재 현실의 사건들은 어느 쪽이 먼저랄 것도 없이 상호 지시하는 동시성 속에 있다.

그리고 이런 진부하기 짝이 없는 김미진의 이야기는, 앞서 언급한 대로 보는 주체와 관점에 따라 다르게 해석되고 선택되어 만들어진 몇 겹의 메타서사이다. 이런 메타서사 형식에 주목한다면, 이 소설은 90년대 포스트모던 담론이 휩쓸 때 소개되었던 몇몇 소설이나 영화들과 유사한 형식을 견지한다고 볼 수 있다. 블라디미르 나보코프의 『어느 망명 작가의 참 인생』[1]이나 제임스 미치너의 『소설』 등을 떠올릴 수 있다. 어떤 대상의 진실을 탐구하는 과정 자체를 소설화하면서, 결국 그 대상의 인식불가능성/재현불가능성 자체에 직면하고, 그것이 곧 소설쓰기의 과정이자 결과인 그런 종류의 서사물들 말이다.

『오물자의 출현』은 어떨까? 김미진의 삶이 각기 주관적인 이해관계를 가진 자들에 의해 해석되어 제공된 메타서사라는 점에서 동일한 서사적 추동력, 독서 추동력으로 진행된다. 김미진의 실체는, 세상 만물이 그러하듯 어차피 손에 잡히지 않으며 보는 시각에 따라 구성될 뿐이라는 듯한 결말에서 더욱 유사하다. 서평자이자 화자의 신경질적이기도 하고 교활하기도 한 마무리, 메타서사적 언급이 이를 보여준다. "중요한 것은, 이 결론 역시 그녀의 소설을 통해 알게 된 어떤 해석에 불과하다는 사실이다. 새롭게 확신하게 된 것, 판단하게 된 것, 앞뒤를 짜 맞춰 알아낸 것, 그런 것들이다."라

---

1   블라디미르 나보코프의 이 소설은 1941년 미국에서 발간되어, 한국에는 『어느 망명작가의 참 인생』(권택영 역, 1988)으로, 최근에는 『서배스천 나이트의 진짜인생』(문학동네, 2016)으로 재발간되었다.

고 언급하며 이 소설이 "김미진의 일기를 편집한"『오물자의 출현』의 서평
이자 광고임을 내세우는 결말, 그러면서 "단언컨대, 이 책의 비밀과 진실은
김미진에 대한 모든 평가를 또다시 뒤집어놓을 것이다"라는 능청, 이는 메
타적 글쓰기를 통해 거쳐온 '실체'에 대한 인식론적 회의, 재현불가능성과
인식론적 불가지론 앞에서 유쾌한 상대성으로 나아가는 방식이다.

그렇다면 결국 이 소설은 뉴스에 넘쳐나는 여자 연예인의 죽음, 그 죽음
의 진실을 둘러싼 대중들의 집요하고 잔인한 호기심, 그리고 실체에의 재
현불가능성이라는 인식론적 상대성을 핑계로 수다스런 소비를 거듭하는,
새로운 듯하면서 사실 예측가능하고 어디서 본 듯한 '진부한' 이야기일까?
그렇게 보이기도 한다.

그런데 그런 결론을 내리고 남는 어떤 찜찜함, 이건 무엇일까? 이 찜찜
함으로부터 다시 출발할 필요가 있다. 미리 말한다면, 이 소설은 현실에서
흔해빠진 여자 연예인 이야기와 재현불가능성 하의 포스트모던 메타서사
의 결합이라는 지점에서, 분명히 한걸음 나아간, 혹은 180도 나아간(?) 지
점이 있다. 이 한 걸음은 겉보기의 포스트모던 메타서사라는 형식을 뛰어
넘는 지점이자, 강화길 자신이나 최근의 한국 여성 서사가 부딪힌 막다른
지점에서, 한걸음 더 도약하거나 역전하는 어떤 전환의 지점으로 볼 수 있
다.

2.

그 한걸음을 살피기 전에, 먼저 강화길의 기존 소설의 여자들과「오물자
의 출현」의 김미진을 비교해보자. 강화길의『괜찮은 사람』에 실린 소설들

은, 존재감 없는 여자들의, 자신 없지만 분명한, 나쁜 남자에 대한 매우 기분 나쁘고 예민한 느낌을 참으로 섬세하게 포착해왔었다. 그 존재감 없는 여자들의 자신없는 발화, 머뭇대는 태도, '누가 봐도 멀쩡한 남자'들에 대한 그녀들의 예민한 의심, 공포, 불안…… 이런 것들이 잘 드러나 있다. 그리고 그녀들이 갖는 '남자에 대한 나쁜 느낌'은 선명한 반면 정작 그녀 자신들, 자신들의 욕망과 실체에 대해 자기발화를 한 적은 거의 없다. 피해자이거나 오해받거나 존재감 없거나 눈에 띄지 않는, 그래서 누구도 그녀들의 이야기에 귀 기울이지 않는, 스스로도 그래서 자기 욕망을 말한 적도 없고 확인한 적도 없다. 흐릿하게나마 그녀 자신 혹은 욕망을 드러낸 경우는, 조금 더 돈을 모으겠다고 욕심을 부렸던 「방」, 관계에서 조금 더 주목받고 독점하고 싶다는 욕망을 드러냈던 「벌레들」 정도일까? 그러니까 순수하거나 불쌍하기만 한 약자이거나 피해자이기만 한 건 아닐지도 모른다는 암시를 주긴 했었지만 너무나 흐릿하고 미약하고 존재감 없는 것이었다.

김미진은 정반대이다. 인형 같은 미모에 세상이 다 아는 존재감을 갖고 있고, 세상 모두가 동경하는 대스타 이진오 같은 남자를 감히 차버리기도 했다가, 결국 그와 결혼해서 익명의 대중들의 부러움과 질투를 사기도 했던 여자이다. 『괜찮은 사람』에 실린 초기의 강화길의 여자들과 「오물자의 출현」의 김미진은 이처럼 현격하게 달라졌다.

그런데 그런 김미진은 그녀 자신에 대해 그녀 스스로를 말하거나 표현하거나 주장한 적이 있던가? 거의 없다. 데뷔 초 가상 연애 프로그램에서 이진오의 구애를 거절하고 대중의 공분을 샀던 멘트 "글쎄요? 재미가 없네요"라는 말이나, 가정폭력 사건 이후 기자회견장에서의 이혼 발표 정도가 스스로 발언한 경우이다.

이렇게 본다면 가난한 노동과 주거 불안, 데이트 폭력에 노출된, 아무도 주목하지 않는 여자들과, 온 세상이 질투할 정도로 아름답고 도도한 여자 연예인 김미진, 둘 다 자기 자신을, 자기 욕망을 말할 기회가 없었다고 할 수 있다. 사람들은 그녀들의 내부에 대해, 진짜에 대해 귀 기울일 생각이 없었다. 김미진에게 그토록 카메라를 들이대고, 그녀에 대해 많은 말들을 쏟아내었지만, 그녀의 내부에 대해 그녀의 목소리에 기울일 생각이 없었다. 적어도 그녀가 죽기 전까지는. 죽고 나서야 그녀에 대해 궁금해하고 찾고 해석하고 책을 출간하고 베스트셀러가 되는 소란스러운 이슈가 된다.

그리고 이런 그녀 탐구서들, 그녀에 대한 재현서사들은 앞서 언급했듯 하나같이 진부하다. 이 진부한 서사들은 대개 다음 세 가지로 요약된다. 요컨대 살아 있을 때 그녀는 주제도 모르고 능력도, 재능도 없으면서 얼굴만 이쁜 채 이진오 같은 남자에게 시집 간 재수 좋은 여자(미디어/시청자)이거나, 죽고 나서는 가난한 집 장녀로 힘든 연예계 생활을 버티다 두 얼굴의 폭력 남편에 의해 희생된 가부장제 희생양(이마리), 혹은 모든 것을 가진 멋진 남자 이진오의 첫사랑이자 아내로서 구원받았지만, 과분한 남자에게 어울리지 못하는 무능과 자기모멸, 마침내 알코올 중독으로 사라진 가엾은 여자(김지우)로 서사화된다. 살아서도 죽어서도 그녀 자신의 이야기는 없는 채로, 모두들 자기들 프레임으로 떠드는 서사들, 그 서사들이 김미진의 실체를 손에 잡히지 않게 부숴뜨리며 몇 번씩 다시 써진다.

3.

그렇다면 김미진은 그녀를 놓고 떠드는 헛소리들에 둘러싸인 침묵당한 피해자, 희생양일까? 진짜로 그녀의 실체, 그녀의 욕망에 대해 말하는 그녀 자신의 목소리는 없는 것인가? 아니 그런 실체, 진실이 있다고 상정하는 것 자체가 유치하거나 순진한 것인가? 메타서사 형식으로 볼 때, 어차피 진실은 보는 사람에 따라 구성되는 것이니까?

그런데 바로 이 지점, 이런 방식으로만 해석하기에는 찜찜한 지점이 있다. 그것은 김미진이 소설가 지망생이었다는 점 때문에 발생한다. 그러니까 김미진에 관한 몇 겹의 서사 들 중에서 분명하게, 김미진에 관해 김미진이 쓴 이야기 「천국」이 나타났다는 것이다. 그것은 메타서사 형식으로 씌어진 이 소설에서 하나의 '복병'이자 '지뢰'가 된다.

「천국」은 이혼 후 죽기 전 그녀가 남긴 자전적 소설이고, 모두가 궁금해하는 그 사건—이진오가 가정폭력으로 고발당한 사건—이 묘사된 것이다. 유작으로 발견되어서, 누구의 평가도 미처 거치지 못한 채 갑자기 생짜로 존재해버렸다. 소설 전체에서 가장 긴 분량으로 중반 이후 전체를 차지한다. 「지옥」은 김미진이 살아 있을 때 투고되어 진부하다는 심사평과 함께 낙선한 소설이다. 이마리가 인용하여 그녀의 가부장제 희생양 서사를 구축하는 자료로 동원(이용)되었다.

그리고 여기에 나타난 나, 김미진은 매우 기괴하고, 징글맞고, 변덕스러우며, 종잡을 수 없고, 믿을 수 없다. 이 기괴하고 생뚱맞은 이야기가, 김미진이 쓴 자기 자신이다. 예컨대 「천국」에서 드러낸 이진오는 "여자의 죄책감을 자극해서 자기가 원하는 방식대로 관계를 유지"하는 "나쁜 새끼"였고, 그녀 김미진은 그런 그에게 길든 희생자이면서, 동시에 그녀 스스로가 변덕스럽게, 자기가 원할 때만 그 이진오를 길들이고 사랑하고 버리기도 하는 믿을 수 없게 징글맞은 여자이기도 하다. 마치 더럽고 징글맞은 '오물'을 연상시키면서 인형이라는 예쁜 풀이를 가진 낯선 단어 '오물자'처럼.

모두들 자신에게 익숙한 방식으로 김미진을 쓰고 해석하고 욕하거나 애도함으로써 돈도 벌고, 명성도 얻고, 추문도 얻었던 그 모든 '쓰기'를 무위로 돌려버린 진짜, 그 진짜 속 그녀는 참으로 뭐라 해석되기 난감한, 매끄러운 이음새로 봉합되지 않는, 구멍 숭숭 뚫린 불쾌하고 기괴한 어떤 것, 어떤 대상이다. 그러면서 분명 '이게 나다'라고 말하고 있는 주체이기도 하다.

그러므로 몇 겹의 메타 서사들—이마리, 김지우, 이진오, 사람들에 의해 발화된—이 모두, 유쾌하고 평등한 상대성의 영역에 속하는 것은 아니다. '김미진이 쓴 김미진'은 몇 겹의 교차되고 경합하는 서사들의 전쟁터에 난 하나의 구멍, 지뢰, 다른 경합하는 서사들을 빨아들이고 무화시키는 블랙홀이다. 가장 긴 분량을 차지하고, 가장 끝부분에, 기존의 모든 소란을 잠재우며 반전으로 등장한 그녀의 유작 「천국」이 '그녀의 자신의 이야기'인 것이다. 유희적 상대성의 이면에서, 기괴한 실체를 드러내며 생뚱맞고 낯설고, 거북살스럽게 드러난 나쁜 여자 김미진, 망가진 인형처럼 마주하기 징글맞은 인형, 이쁜 여자도, 가난한 집 장녀도, 가정폭력에 희생당한 여자도, 바람난 여자도 아닌, 또한 그 모두인 기괴한 여자. 그게 김미진이다. 그것을 해석해줄 적절한 언어가, 프레임이 없어서 '불쾌한 감정'을 불러일으키지만, 어떤 대상성과 주체성을 갖는 인물을, 김미진이, 강화길이 만들어 제시하고 있는 것이다.

4.

그런데 「천국」 소개 이후 화자이자 서평자는 짐짓 강력하고, 냉소적이고, 능청스런 첨언을 덧붙이고 있다. 이 첨언을 통해 메타서사를 갖고 소설을 써온 강화길이 내딛는 '한걸음'에 대한 자의식적 선택, 자기검열과 방어벽, 그리고 그것을 넘어서는 지난한 전략을 설핏 내비친다.

먼저 선명하고 강력한 첨언. 「천국」 소개 이후 화자는 "이것이 이야기의 끝이다. 지금 당신이 느끼고 있는 감정이 김미진에 대한 정확한 정의다"라고 확정적 진술을 보여준다. 망가진 인형처럼 구멍 숭숭 뚫린 채 드러난 징글맞은 오물자, 그것을 마주한 우리들의 불편한 감정, 즉 "지금 당신이 느끼는 감정", 이것은 미학적으로 말한다면, 추 혹은 불쾌와 맞서는 감정인 미학적 불편함이라 할 수 있을 것이다. 그리고 그것은 '대상 a'일 수도, 얼핏 드러난 '실재'의 그로테스크일 수도 있다. 그러나 미학적 분석보다 중요한 것은 아름답기도 하고 징글맞기도 한 오물자, 인간이기도 하면서 인간이 아니기도 한, 나이면서 실은 내가 아니기도 한 그 징글맞은 '대상성'과, 그 앞에서 눈을 돌려버리는 우리들(주체)의 감정이다. 이 낯설고 불편한 감정은, 우리들 인식주체가, 입을 틀어막아 대상화한 저 object가 어느 날 갑자기 자기 말을 하고 있을 때의 경악과 불쾌인 것이다. 대상=주체가 되어버린 타자 앞에서 주체가 소외되고 무화되는 경악과 불쾌의 감정.

그렇다면 이 경악과 불쾌의 감정 앞에 선 우리들 근대 인식주체는 어떤 행로를 선택하게 될까? 이에 대해 작가는 냉소적이고 비아냥 섞인 첨언으로 예시해놓았다.

> 그런데 누군가는 이렇게 물을지 모르겠다. 대체 김미진이 뭐길래? 뭐가 그렇게 대단한 사람이기에? 수많은 인간, 연예인, 작가, 딸, 누나, 연인, 아내, 여자, 오물자. 그것들 중 하나에 불과한 그녀가 대체 무엇이길래?(39쪽)

이 짜증 섞인 신경질적인 반응은 기실, 불편한 실재와 마주한 인간 주체가 경악과 불쾌의 감정 앞에서, 그 감정으로부터 빠져나오는, '실재를 회피'하는 가장 전형적인 방식이다. 그 실재를 회피함으로써 근대 인식론적 주체는 무사히 보존된다. 구멍 숭숭 뚫린 채(매끄러운 인과론적 봉합 없이) 강렬하고 징글맞게 모습을 드러낸 실체/실재 앞에서, 그 실체/실재를 묻거나, 그 물음이 역으로 되돌릴 '묻는 주체(인식론적 주체)의 자기 회의'에 대한 방어인 것이다. 어차피 궁금하지도 않았고, 알 가치도 없는 것이었다고 말하면서, 침을 퉤 뱉고 고개를 돌리는, 그리고는 다시금 익숙한 다른 대상, 만만한 다음 사냥감을 찾아나서는 것이 너, 나, 우리들의 모습이 아닌가? 여자 연예인을 대하는 우리들의 방식, 그래서 수많은 인간, 작가, 딸, 누나, 연인, 아내, 여자, 오물자, 그러니까 세상의 절반을 대하는 근대 주체의 방식 말이다.

이 대상 부정과 실재 회피는, 기실 일상적 현실에서든, 비평적으로든, 근대 인식론적으로든, 안다는 것(=쓴다는 것=말한다는 것)의 주관성과 상대성을 핑계로, 그 대상의 알 수 없음을 전면화하는 겉보기의 정치적 중립성의 이면에 있는 기반이다. '알 수 없음=파악할 수 없음=장악할 수 없음'에 대한 겸손한 인정처럼 보이는 것이, 실은 비열한 대상 부정과 교활한 자기 보존의 방식을 유지한다는 것이다. 앎의 주체를 유희하는 주체로 변환보존하면서, 대상 자체를 프레임 내부로 절단하거나 지워버리는 방식으로 말이다.

그러니까 묻거나 알거나 말할 권리가 그 대상 자체에 있다는 것을 추호도 인정하지 않는다는 점에서 모던과 포스트모던은 동질적 기반 위에 있다고 할 수 있다. 불편한 실재, 대상 앞에 마주해서, 묻고, 안다고 자신하고, 그것을 기정사실화하고, 유희했던 주체 자신에 대한 자기회의의 순간을, 유쾌한 상대성과 불가지론으로 날려버리고, 그 순간의 기회를 회피하며, 다른 사냥감을, 다른 대상을 찾아 어슬렁거리는 방식의 동일성이라니. 이 점에서 일상적 현실과, 비평적 시선과 지식 프레임이 공유한 기반의 그 튼튼한 동일성이 드러난다.

그렇다면 대체, 이 불쾌하고 낯선 실체/실재 앞에서 우리는 어떤 태도를 가져야 하느냐고 묻지 않을 수 없다. 이에 대해 또 작가는 친절하고도 능청맞게 첨언을 덧붙인다.

글쎄. 굳이 대답을 해보자면, 가십은 모든 것이고, 모든 것은 가십에 불과한 법이니까. 알면 됐고, 모르면 또 됐고, 뭐 그런 거 아니겠나.(39쪽)

어깨를 으쓱 들었다 놓는 이 냉소적인 포즈 뒤에 숨긴 말, 그것은 '그러니 남 얘기 그만 닥치라'는 것이다. 별 것 아닐 그 수많은 여자들을 엿보고, 헐뜯고, 덧붙이고, 부풀리고, 빼고 그런 수고하지 말라는 것이다. 그래봐야 가십이니. 그러니 그 여자들 그 숱하게 많은 여자들의 이야기는 각자 그 여자들 자신이 하게 내버려둬라. 보기 싫어도 인정하고 마주하든, 그럴 용기 없으면 그냥 조용히 닥치라는 것이다.

5.

어쩌면 이 소설 「오물자의 출현」은 '김미진이라는 인물(대상)'을 하나 쓴 것이 전부라고 할 수 있다. 대상(인물)을 창조하는 것이 소설의 가장 기본이자 전부라는 소설론의 초보적 규범에 가장 가까운 소설이라고 할 수 있다. 그런데 그 가장 초보적인 '인물 하나 이야기하기'가, 가면을 쓰고, 여러 번 숨어서, 서사들의 경합을 통과해야 할 만큼 얼마나 어려운 일인지를 동시적으로 보여주는/쓰는 소설이기도 하다. 그런데도 그렇게 창안된 대상=인물 김미진은 위에서 언급했듯, 설핏 드러낸 팩트들을 이어줄 매끈한 실도 바늘도 없이 누덕누덕 기운, 구멍 숭숭 뚫린 참 징글맞은 오물 같은 인물이다. 소설은 곧 캐릭터 창조라는 아주 초보적이고도 당연한 일을 수행하는 것이, 실은 어떤 사물이나 대상을 바라보는, 공기처럼 자연스러운 인식 프레임=현실과 대면하고 싸워야 하는 지난한 일임을 드러내고 있는 것이다. 그까짓 별것 아닌 김미진 따위, 세상에 널리고 널린, 그렇고 그런 여자 이야기 하나 쓰는데 가부장제나, 근대 인식론이나, 탈근대적 회의하는 유희성이나 그 모든 비평적 시선, 인식 프레임과 싸워야 하다니……. 참 피곤한 일이다. 이는 공기처럼 자연스러운 지금 현재 우리의 프레임이란 것이 결국, "김미진", "수많은 인간, 연예인, 작가, 딸, 누나, 연인, 아내, 여자, 오물자." 그러니까 세상의 절반인 여자들을 재현할 도구가 못 되기 때문인 것이다.

강화길은 「오물자의 출현」에서, 인식론적 회의에 입각한 메타서사라는 형식을 가져다 쓰고, 그 형식을 과감하게 용도 폐기해버리고, 다른 선택으로 한걸음 내딛는다. 요컨대 강화길은 가부장제나 포스트모던이 도긴개긴이라고 말하고 있는 것이다. 근대 인식론적 주체에 대한 회의 앞에서, 대상을 불가지의 영역으로 침묵시키고, 유희하는 주체로 도망쳤던 그 지점, 그 지점의 윤리학과 정치성을 오롯이 드러낸다. 그리고 대상 앞에서 도망가고 다른 사냥감을 찾아 유희하지 말고, 대상을 마주하고 대상이 말하는 것을 제대로 듣거나 보라는 것이다. 아니 그 대상에 대해 말할 권리는 오롯이 바로 그 대상만이 갖고 있다고 말하고 있다. 그 대상이 이 소설에서처럼, 기존의 인식 도구로 도대체 잘 꿰매지지 않는 징글맞은 오물 같은 것이라 해도, 그래서 그것을 마주한 당신의 지금의 감정이 아무리 불쾌하다 해도 그게 김미진, 그게 대상=주체인 것이다. 이것이 결국 김미진 이야기는 김미진이 하게 내버려두라고, 이게 나라고 김미진이라고 말이다.

대단하지 않은가? 강화길의 용기가. 도구를 갖다 쓰고, 그 도구가 참 별 볼일 없다는 것을 증명하면서, 이 세상에 도구가 참 제대로 된 게 없음을 드러내는 그 과정을 통해서, 목적한 바 대상을 오롯이 드러낸 그 능청맞은 담대함이라니.

우리는 이제 이 징글맞은, 낯설고 이상한 대상=주체인 실재와 마주하고 볼일이다. '진부한' 프레임은 걷어치우고, 눈 돌리지 말고. 세상의 절반인 실재들 앞에서.

기괴의 탄생

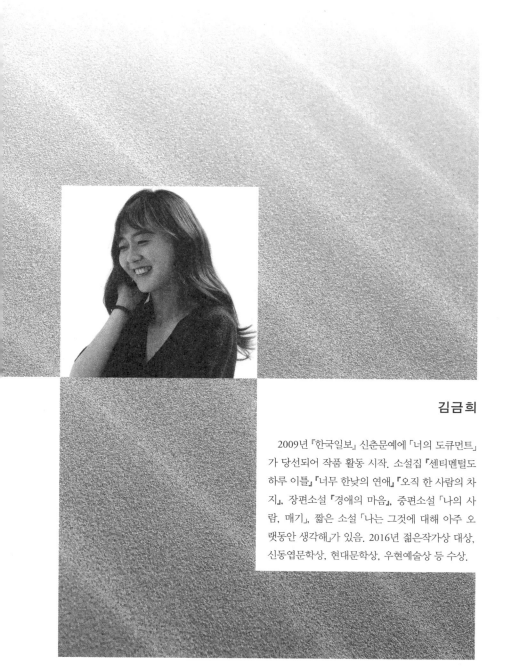

김금희

　2009년 『한국일보』 신춘문예에 「너의 도큐먼트」
가 당선되어 작품 활동 시작. 소설집 『센티멘털도
하루 이틀』 『너무 한낮의 연애』 『오직 한 사람의 차
지』, 장편소설 『경애의 마음』, 중편소설 「나의 사
람, 매기」, 짧은 소설 「나는 그것에 대해 아주 오
랫동안 생각해」가 있음. 2016년 젊은작가상 대상,
신동엽문학상, 현대문학상, 우현예술상 등 수상.

기괴의 탄생

1

그날 선생님을 보러 가는 기분은 착잡하고 긴장되었는데 정확히 무슨 위로의 말을 해야 할지 알 수 없었기 때문이다. 우리 부모는 사이가 좋지 않아서 이틀에 한 번은 나가 죽으라든가, 가만두지 않겠다든가 하는 말을 서로에게 서슴지 않았지만 무슨 이유에선지 이혼은 하지 않았고 그렇기 때문에 이혼한 누군가에게 해야 할 적당한 말을 배울 기회가 없었다.

나는 웬만하면 회사에서 개인적인 감정을 드러내지 않았고 그것이 프로다운 거라고 선배들에게 배웠지만 그날은 그러지 못했다. 점심에 부서 사람들과 초밥집에 가 마지못해 초밥 몇 알을 주워 먹으며 선생님에 대해 생각했다. 선생님이 그 한심하기 짝이 없는 대학원생 남자애에게 되돌아가기 위해 이혼을 선택한 상황을. 그건 정말 와사비 같은 일이다, 라고 생각했다. 와사비 같다는 것이 뭔지 설명은 안 되지만 한번 그렇게 생각하자 그 와사비 같은 자식을 가만두지 않으리라 싶었다.

선생님은 그 관계가 미뢰를 자극하는 쇄말적 맛이고 눈물콧물을 빼는 통속일 뿐이라는 사실을 알아야 했다. 그리고 다소의 부끄러움도. 선생님은 그런 일을 벌여놓고 감당이 되지 않는 듯 속내를 흘리고 다녔는데, 자기는 나를 포함해 소수에게만 말했다고 생각하겠지만 이미 제자들 상당수가 알고 있었다. 졸업생들이 모인 어느 술자리에서는 그 일을 소재로 농담이 오가기도 했다.

그럴 때의 선생님은 우리의 선생님, 어려서 피아노에 재능을 보여 서울의 유명 예고와 대학을 마치고 영국의 음악학교를 장학생으로 다니다 수석 졸업하고 음악이론 교수법으로 학위를 취득한, 예술대학의 교수이자 연말이면 자작 연주곡으로 콘서트를 열어 불우한 이웃을 돕는 그런 선생님이 아니라 술집 테이블 위라면 하나는 있는, 맥주에 반쯤 젖은 축축한 냅킨 따위가 된 듯한 기분이었다. 아무도 말리지 않았다. 졸업하고 강사로 취직하거나 단원으로 현장에서 뛸 때 선생님 도움을 받지 않은 인간들이 없는데도 그랬다. 오히려 그런 식으로 선생님을 귀찮게 하지 않고 일반 회사에 조용히 취직한 사람은 나였다. 못해도 보름에 한 번씩 안부를 물으며 스승의 날부터 크리스마스까지 줄줄이 챙긴 사람이 바로 나라고. 그런 빚진 것 없는 나도 말을 얹지 않는데 저것들이.

나는 열불이 났지만 치밀어 오르는 말들을 그냥 온더락으로 얼렸다. 보태면 길어지니까. 위스키를 목구멍으로 흘려보내느라 말할 틈이 없어진 건 좋았지만 하지 못한 말들이 쌓이고 쌓이면서 아주 불편한 질감의 체기가 느껴졌다. 지난 계절의 일이었다.

하지만 그사이 겨울이 가고 새해가 되고 봄이 오고 미세먼지가 부유하면서 선생님은 이혼을 감행하고 학교를 그만두었다. 학교에서 문제가 될까봐 미리 선수를 친 것도 아니었고 배우자 선생님이 알게 된 것도 아니었다. 고작 와사비와의 관계를 위해, 그것이 절대의 순도를 지닌 감정의 일이라는 사실을 증명하기 위해서였다.

선생님은 여전히 내게 큰사람이니까 그 포부야 이해할 수 있었지만 무용과 대학원생은 전혀 그런 타입이 아니었다. 일이 커지자 휴학하고 잠수를 타버렸으니까.

그는 카드장처럼 마르고 낯빛이 좋지 않았고 무용과 애들이라면 다 있어야 할 듯한 근육도 별로 없이 어깨가 안으로 말려 있었다. 그리고 손목이 얇았는데, 그건 뭐라도 제 손에 들면 얼마 못 가 다 내팽개치고 말 듯한 불신이 드는, 자라다 만 아이의 것 같은 손목이었다. 또 그에 비하면 손가락은 지나치게 길고 손도 커서 무용과 발표회 때 찍은 동영상을 보고 있자니 파리채가 공중을 횡횡 나는 형국이었다. 그뿐인가, 분장을 했는데도 감출 수 없는 여드름 자국하며 한편으로 뒤틀려 있는 치열하며…… 유튜브에서 수십 번 돌려 본 그 영상을 떠올리며 내가 그렇게 회오리치는 적개 속으로 빠져 들어가는데, 황 부장이 "윤령 씨, 왜 이렇게 죽상을 해? 누가 보면 죽은 생선들한테 묵념이라도 하는 줄 알겠어." 하고 농담했다. 당연히 하나도 안 웃겼고 아무도 안 웃었는데 오직 리애 씨만이 락교를 집어 들다 말고 얼굴 전체를 펴며 화사하게 웃었다.

90년대 초반 뉴욕으로 떠나 지난해에야 한국으로 돌아온 리애 씨는 그동안 한국어가 그리웠는지 아무 말이나 들어도 그렇게 성의 있게 반응했다. 문제는 그 반응이 일반적인 한국 직장인들의 감수성에 비해 지나치게 풍부하다는 점이었다. 나는 그냥 그것이 뉴욕 스타일인가 보다, 정확히는 뉴욕의 한국인 스타일인가 여겼지만 안 그래도 마흔 후반의 신입사원이 들어온 데 불만인 직원들은 점점 노골적으로 불편해하고 있었다.

초밥집에서 나와 산책을 하겠다고 했더니, 리애 씨가 자기도 걷겠다고 따라왔다. 거절할까 했지만 그러지 못했다. 우리는 생각보다 멀리, 경복궁역을 지나 역사박물관까지 걸었다. 그러면서 빌딩과 가로수, 신축건물에 임시로 설치해놓은 비계와 전광판들이 만들어내는 그늘로 들어갔다가 빠져나왔다가를 반복했다. 어디를 걷다 보면 자연스럽게 벌어지는 그런 상황들도 의미심장하게 느껴지는지 리애 씨는 여러 계절을 통과하는 것 같네, 하며 특별한 감흥을 덧붙였다. 나는 순간 리애 씨가 뉴욕에서 이혼을 하고 한국으로 돌아왔다는 사실을 떠올렸고 좀 물어볼까 싶었는데 혹시 그러면 예의에 어긋나는 건가, 아닌가 해서 망설였다. 그리고 회사 사람들끼리 그런 각자의 사연을 알게 되면 너무 가까워지는 게 아닌가 하는.

사수는 리애 씨가 뉴욕의 갤러리에서 일했다고는 하지만 이력서를 보니 전시기획자 서포트에 불과했는데 그 경력을 보고도 뽑은 건 희망연봉이 터무니없이 낮았기 때문이라고 차갑게 논평했다. 그런 건 시장의 교란이고 그렇게 해서 젊은 사람들이 일자리를 못 얻게 된다고. 나는 어차피 담당 업무가 다르니까 그런 내막까지는 알고 싶지 않았다. 그리고 나는 나대로 인상적으로 본 리애 씨의 행동이 있었으니까.

리애 씨는 탕비실이 제대로 정리되어 있지 않거나, 공동으로 쓰는 사무용품들이 제자리에 놓여 있지 않을 때 그렇게 만든 장본인을 꼭 찾아 지적하고 넘어갔다. 보통의 우리라면 한두 번은 억지로라도 이해의 실마리를 만들어 넘어가고 조용히 흉보고 그래도 안 되면 대체 누가 그랬어, 하는 혼잣말로, 당구로 치자면 쿠션을 넣은 저격으로 해결하는데 리애 씨는 그런 고려가 없었다. 언젠가 퇴근하면서 그런 지적하는 것 안 어려우세요? 저는 더구나 막내라 참게 되는데, 하자 리애 씨는 참으면 안 되죠, 라고 했다. 참으면 미워하게 돼, 그러기 전에 말을 하는 거예요. 그런 현명함이라면 선생님에게도 적당한 말을 전할 수 있지 않을까. 인생에서 경험은 너무 중요하고, 해서 회사에서도 경력자에게 월급을 더 주고 사수나 선임이라고도 부르고, '경로'도 우대하고 그러는 것일 테니까.

"여기 시시하죠? 뉴욕에서 살다가 여기 오면."

나는 이제 완연히 푸른 기운이 차오른 나무들을 올려다보면서 운을 뗐다. 층층이 다른 높이의 가지들이 바람에 흔들리며 오후의 소란과 리듬을 만들어내고 있었다.

"전혀 그렇지가 않아요. 나는 기쁘게 살 작정으로 서울에 있고 그렇게 살고 있어요."

"그렇구나, 그렇지 않으시구나."

나는 급하게 이사했다는 홍제동의 그 아파트에서 혼자 오후를 보내고 있을 선생님을 생각했다. 자기 물건 챙기는 데 젬병이니까 아마 숟가락 하나 제대로 식탁에 놓여 있지 않을 것이다. 배우자 선생님과 함께 모았던 2천여 장의 CD들은 어떻게 되었을까. 같은 학교의 연극원 교수였던 배우자 선생님은 연말이면 독일의 전통 빵인 슈톨렌을 직접 구워 크리스마스카드와 함께 내게 주곤 했는데, 그 모든 안락의 기억들은 이제 안녕이었다. 나는 그 사실이 못 견디게 억울했다.

우리는 돌아갈 때는 택시를 타기로 했다. 산책에 어울리지 않지만 때론 그런 게 산책의 묘미라고 리애 씨가 말했다. 광화문을 지나는데 틀어놓은 분수 사이를 뛰어다니며 아이들이 환호하고 있었다. 이미 물에 젖어 신발 따위는 벗어던진 아이도 있고 그런 아이들의 명랑함을 지켜보면서 합류를 고민하는 아이도, 친구에게 물을 뿌리기 위해 두 손 가득 물을 담았다가 뛰는 동안 다 쏟아버린 아이도 있었지만 가장 특이한 아이는 누구에게 말하는지 알 수 없지만 뭔가 마음에 들지 않는 듯 잔뜩 인상을 쓴 채 안 돼애, 하고 손을 내젓는 안경 쓴 여자아이였다. 아이는 여섯 살이나 되었을까 싶었는데 한 손으로는 엄마 손을 잡고 있었지만 나머지 한 손으로는 누군가들에게 안 돼애, 안 돼애, 했다. 나는 그 애가 그렇게 손을 흔들 때마다 왠지 맞서고 싶은 기분이었다.

"내가 뉴욕에서 여기 왔던 2016년 말에 집회가 한창이었잖아요. 광화문에 그렇게 사람 많은 거 대학 때 시위 이후로 처음 봤어. 저도 구경을 다 했어요, 사람들이 와― 모여 있는 거 보니까 나도 살 수 있겠더라고. 뉴욕 떠나면서 한국에서 죽어야지, 했는데 오호 살겠구나 하고 생각했어. 너무 오래 떠나 있어서 정치적 이슈들이야 나랑 상관없고 알 수도 없다 싶으면서도."

그때 마음의 뭔가가 풀리면서 말이 한 마디, 두 마디 새어나오기 시작했다. 어차피 선생님과 리애 씨는 아는 사이도 아니니까. 그래서 택시에서 내릴 때쯤에는 이미 그 한심한 자식과 선생님의 숭고한 선택에 대한 나만의 관점과 해석과, 중간에 터져버린 눈물까지 이미 부끄러울 정도로 속내를 드러내고 만 뒤였다. 리애 씨는 그 얘기를 오, 어머나, 저런, 안 되지, 하는 적절한 반응과 함께 적극적으로 들었는데, 이 문제가 적어도 내게는 감당이 어려운, 매우 심각한 일임을 간파한 리애 씨는 오늘은 점심시간이 끝났지만 내일 또 얘기할 수 있을 거예요, 라고 기약하며 책상으로 돌아갔다. 그리고 어차피 위로의 말을 준비할 필요는 없으리라 안심시켰다. 말할 타이밍도 없이 선생님 쪽에서 쉴 틈 없이 말들이 쏟아져나올 테니까. 리애 씨는 이혼한 뒤 짐을 싸서 한국인이 운영하는 게스트하우스에서 머물며 출국일을 기다렸는데, 스태프를 붙들고 몇 시간을 아무 말이나 떠들어댔다고 했다.

"왜 그랬어요?"

내가 그렇게 묻자 리애 씨는 좀 씁쓸하게 웃었다. 살짝 찡그린 이마에 주름과 기미가 가득한 것이 눈에 들어왔고 이윽고 "두렵잖아요"라는 대답이 돌아왔다.

홍제동에 도착해서도 나는 아파트로 바로 들어가지 않고 근처를 배회했다. 바로 앞에는 홍제천이 있었는데, 서너 마리의 오리가 수풀을 주둥이로 뒤지다가 뭐에 놀랐는지 날지도 못하는 날개를 퍼덕이며 달아났다. 한동안 지켜보니 수중에 있거나 보 아래 있거나 어디든 마찬가지였고 그러면 저건 특정한 위협이 있어서가 아니라 일종의 패턴이 아닌가 싶었다.

문자메시지로 사 갈 것이 있냐고 묻자 선생님은 다 있어, 그냥 너한테 필요한 것만, 이라고 답신을 보내왔다. 나는 슈퍼에서 정종 한 병과 선생님이 좋아하는 약과를 샀는데 슈퍼 주인이 제사이신가 봐요, 해서 그 조합이 그렇다는 것을 깨달았다. 그냥 나는 약간 B급 감성으로 평소에 4홉들이 술을 사서 마시고, 명절이면 재미 삼아 주위 사람들한테 선물도 했는데, 그것도 때와 장소를 가려야지 이런 날에는 참 공교롭게도 공교로워진다고 생각했다. 내 자신이 한심해지면서 환불할까 싶었지만 그러자면 제사이신가 봐요, 하는 말에 네에, 하고 대답했던 게 이상해지니까 그냥 버릴까 싶다가 버릴 데도 마땅찮아 차라리 확 깨버렸으면 좋겠다, 하면서 별안간 화단으로 집어던지는 상상까지 한 뒤 얌전히 엘리베이터를 타고 선생님 집으로 올라갔다.

어둑어둑하게 조명이 다 꺼져 있으리라는 예상과 달리 집 안은 깨끗하고 환하고 레이스 커튼까지 달아 새 집 분위기가 났다. 구경해본 안방의 침대는 퀸 사이즈였고 냉장고도 혼자 쓰기에는 너무 클 것 같은 대용량, 소파역시 예사롭지 않은 4인용이었다. 베란다에 놓인 승마 자세를 이용한 운동기구까지 보고 나자 무릎이 팍 꺾이는 기분이었다. 거기에는 선생님의 포기하지 않은 계획이 있었다.

주방은 여기저기 토마토투성이였다. 나는 선생님도 요리를 하는구나 싶어 놀라면서, 사 온 것들을 식탁 다리 옆에 숨기듯 내려놓고 앉았다. CD는 여전히 많았지만 전보다는 확실히 수가 적었고 아마 반으로 나눈 듯했다. 어떻게 나눴을까, 협의했을까. 알파벳순으로 너는 L까지 가져, 나는 그 이하로. 그런 대화는 상상만으로 나를 침울하게 했다. 삼성동의 그 집에서 선생님과 배우자 선생님은 행복해 보였고 나는 어느 순간에는 그 다정한 광경이 닳을까 봐 보기 아깝다고까지 생각했으니까. 선생님은 토마토와 전분으로 엉망이 된 테이블에서 완자를 빚고 있다가 맞아, 음악이 없네, 하더니 오디오 버튼을 눌렀다. 들리브였고 〈꽃의 이중창〉이었다.

나는 들리브라면 그 대학원생을 처음 만났다던 그때의 음악 아닌가 생각했다. 무용과 리허설 시간에 선생님이 피아노 실연(實演)을 해주러 간 것이었다. 아니 그건 드뷔시의 〈아마빛 머리의 소녀〉였던가. 아무리 특수 조건의 만남이라도 레퍼토리는 결국 비슷비슷하니까 정확한 곡명은 까먹고 말았다. 하긴 기억해봤자 결국에는 내 손해였다. 뭐였든 간에 불세출의 명곡이었을 것이고 다시는 듣고 싶지 않을 테니까. 아직도 뭔가 기대를 하고 있지만 결국 선생님도 희망과 달리 관계를 회복하지 못하고 그런 몇몇 곡들에 대한 예민한 통증만 가지게 될 것이다. 산책하다가 그가 흥얼거린 몇 소절의 가락으로 만들었다는 선생님의 자작곡도.

그때만 해도 선생님은 정신이 나가 있어서, 내게 그런 사연까지 들려주며 곡에 대한 의견을 물었는데, 선생님의 연주는 당연히 훌륭했지만 나는 오히려 그래서 눈물을 흘리고 말았다. 그날은 선생님이 선생님에게는 전혀 필요 없을 듯한 저 승마형 운동기구를 사 들고 온 날이기 때문이었다. 그 와사비 같은 대학원생이 자기가 쓰던 물건을 판 것이었고 인터넷으로 찾아보니 가격은 시중가보다 정확히 5만 원 쌌다. 그 남자애가 자신의 여인에게 보여준 그 5만 원의 디시, 5만 원의 에누리, 5만 원의 희생과 그 곡은, 선생님이 피아노로 시연하고 있지만 실제 연주에서는 현을 손으로 직접 뜯는 피치카토 주법의 첼로가 끼어들어 음의 날카로운 피치를 드러낼 그 곡은 개탄스러울 정도로 어울리지 않았다. 선생님이 주위의 누군가들에게 영감 받았다는 곡들 중 단연 아름답고 환희에 차 있고 한편으로는 섬세하게 흔들리며 동요하는, 우리가 상상할 수 있는 가장 여러 겹의 감정이 담겨 있는 곡이었다.

선생님은 언젠가 내가 들려준 어린 시절 이야기—꽃밭에 놀러 가서 들었던 벌 몇 마리의 날개 소리—를 듣고 〈데이지〉라는 곡을 선물해주기도 했는데, 그 곡을 들으니 〈데이지〉는 완전히 왜소한 소품이었다. 연주가 끝나고 제목을 물었을 때 선생님은 '올라가려고 하면 내려오고, 올라가려고 하면 내려온다'라고 했다. 아니, 그 반대였나? 아무튼 리애 씨의 예언처럼 선생님은 평소보다 무척 말이 많았다. 자신의 신상 변화에 대해서만은 절대 언급하지 않는, 주로 이사 과정의 불합리와 어려움을 토로하는 긴 수다였다. 동작도 부산했는데 그 과정에서 계란이 깨지고 양파가 아슬아슬하게 채 썰리고 후추알이 갈렸다.

"선생님,"

"어? 왜? 왜 그러니?"

"너무 많아요."

둘이 먹기에 너무 많은 양이 요리되고 있었다.

"너무 많니?"

"많아요."

선생님은 그런가, 하면서도 재료를 솥에 다 쏟아넣었다. 그러고는 "얘, 이거 월세야" 하고 묻지도 않은 대답을 했다. 그리고 아무 말이 없었는데, 선생님이 왜 수다를 멈췄는지 의아해하다가 접시에 놓여 있던 생강정과 하나를 먹었다. 선생님은 추운지 한 손으로 시들하게 부엌 창을 닫았다. 한시간쯤 지나 탕이 완성되었을 즈음 벨이 울렸고 대여섯 명의 재학생들이 우르르 들어왔다. 나는 당황했다. 선생님은 내가 말 안 했던가? 하더니 조금 부드러운 얼굴로, 너는 손님은 아니니까, 라고 했다.

제자들은 너무 다 어려서 어쩐지 종이 인형에서 오려낸 존재들 같았다. 다들 씩씩하고 똑부러지는 어투로 학교를 떠나게 된 선생님을 향한 아쉬움과, 새 집의 훌륭함에 대한 예찬과 앞으로의 계획에 관한 적절한 질문을 하고 있는데도 걔들은 어쩐지 아까 아파트로 들어오기 전에 본 개천의 오리들처럼 뭔가를 경계하고 있는 듯한 과장된 흥분이 있었다. 나는 지금 학교를 다니는 사람도 아니고, 전공을 살려서 이들이 기억할 만한 선배가 된 것도 아니니까 화제에서 점점 소외되어갔다. 그들은 이런 상황에서 상대를 가장 잘 위로하는 길은 화제의 전환이고 그러니 학교의 이런저런 일들을 꺼내어 마치 선생님이 아직도 그 과의 촉망받는 교수인 듯한 착각을 주어야 한다는 점을 본능적으로 아는 애들처럼 노련하게 학교 이야기만 했다. 누가 준비도 없이 유학을 가려고 한다든가, 누가 휴학을 하고 싶어 하는데 휴학하면 재수하고 싶고 재수하면 삼수하고 싶은 것이 사람 마음이니까 그러면 안 된다든가, 누구는 피아노 과외를 열댓 명이나 한다는 등등.

선생님은 확실히 나와 있을 때보다는 안정되어 보였고 토마토탕도 내 기우와는 달리 적절하게 분배되어 비워지고 있었다. 나는 아까 발밑에 내려놓았던 정종을 꺼냈고 조용히 마시기 시작했다. 내가 은근히 취하고 나서야 한 명이 정종병을 가리키며 평소에 이거 마시는 분 처음 봐요, 선생님, 하고 내게 말했다.

"그러니?"

"네, 맨날 아빠나 삼촌들이 사 갖고 오잖아요. 제사 때, 그리고 다 먹지도 않고 끝나면 버리고. 선생님은 근데 이 술 좋아하시나 보다."

"나 선생님이라고 부르지 마."

나는 말 걸어준 학생 앞에 잔을 놓고 한 잔 따라주면서 그렇게 말했다.

"왜요?"

"우리 선생님이랑 헷갈리잖아. 선생님한테도 선생님이라고 하고 나한테도 선생님이라고 하면."

"그렇구나, 그러면 뭐라고 할까요?"

나는 지갑에서 명함을 꺼내 돌렸다. 선생님은 그런 나를 보고 있다가 약과를 접시에 담아 가지고 왔다. 벌건 국물이 남아 있는 식기들과 노란 조명과 흰 테이블보 그리고 다 비워진 정종병은 정말 있지도 않은 누군가의 죽음을 기억하는 자리처럼 기이하게 처량맞았다. 학생은 차를 가져왔다며 술은 마시지 않았다. 또다시 이야기는 지금 당장 선생님의 진짜 삶에서는 중요하지도 않을 콩쿠르와 거기에 입선하기 위해 줄을 서는 영혼이 병든 예술가들과 고가의 악기들, 테크니컬한 연주법들의 정련이나 발표회 준비로 흘러갔는데, 나는 이 대화의 모든 것은 사실 기만이고 우리는 지금 선생님을 위로하기 위해, 그러니까 죽어버린 선생님의 결혼 생활을 위해 있고 역시 죽어 마땅한 선생님의 1년여간의 그 외도를 위해 여기 있지 않은가 생각하다가 선생님, 하고 선생님을 불렀다.

"왜?"

"선생님."

"왜?"

"걔하고 잤어요?"

그 순간 바람이 지나가듯이 휙 하는 침묵이 아파트를 채웠다. 이미 그 영악한 애들은 학교에 떠도는 소문을 알고 있는 듯, 놀라는 척조차 하지 않았다. 그중 한 애 휴대전화가 울렸고 그걸 신호로 모두들 일어나 부산하게 그릇들을 정리하다가 내가 소파에 가서 누워버렸을 즈음에는 인사하고 아파트를 빠져나갔다. 나는 선생님이 나를 혼내거나 엄청나게 화를 내리라 생각했지만 그런 일은 일어나지 않았다. 나는 바람이 솔솔 들어오는 창가 앞 소파에 한동안 방치되었다. 집 안이 너무 괴괴해서 꼭 무슨 큰일이 일어나 모두가 일시에 사라진 듯했다. 그 침묵이 버거워 아무래도 일어나 내 집으로 가야겠다, 싶은 생각을 겨우 했을 때쯤 인기척이 나더니 선생님이 얇은 홑이불을 가져와 내게 덮어주었다.

2

그날의 실패한 위로 방문은 내 자신에게 상처가 되었다. 대체 왜 그런 행동을 했는지 이해할 수가 없었다. 정작 나는 그 가십에 한 마디도 보태지 않은, 어떻게 보면 선생님의 그 일에 대한 최종 수호자이자 보루의 역할을 하고 있지 않았던가. 하지만 이렇게 되고 보니 차라리 딴 애들처럼 굴었다면 선생님 앞에서 뭔가를 '가장'할 수 있었으리라 생각했다. 애들처럼 뒤에서 찧고 떠들고 말을 지어내면서 인류애도 없이 굴었다면. 나는 이제 친구에게조차 하지 않을 듯한, 섹스나 성관계라는 말에 대한 이상한 기피 때문에 유치하게 선택하는 잤니? 라는 표현을 떠올리며 괴로워했다. 그 말을 하고 있는 내 주둥이를 오리 부리처럼 늘여 처닫게 하는 상상을 여러 번 했다.

리애 씨는 내게 사과하라고 권했다. 그대로 두면 미안해지다가, 미안해지다가 결국에는 선생님을 미워하게 되리라는 얘기였다.

"미워하면 할 수 없죠. 뭐, 제가 어떻게 할 수 없는 거잖아요?"

우리는 점심을 먹고 아주 다디단 음료를 하나씩 물고 걸으면서 이런 대화를 나눴다. 그러면 장마철 쉰 음식처럼 부글부글 상해가고 있는 마음이 조금은 나아졌다. 이상하게 나는 리애 씨가 선생님이나 클래식계와 완전히 상관없는 사람이라 그랬는지 아무 말이나 감정적으로 내뱉기도 했다. 그동안 내 마음속에 있는지도 몰랐던, 선생님에 대한 박한 평가들이었다. 사실 선생님이 공부한 영국의 그 대학은 굳이 따지면 이류에 가깝다든가, 선생님 동기 중에는 이미 선생님보다 훨씬 유명한 연주자들이 많으며 서울 시내에 있기는 하지만 붙고 나면 꼭 재수하고 싶어지는 우리 대학 역시 그리 좋은 직장은 아니라든가, 그러니 버릴 만해서 버렸다든가, 하는 말들이었다. 하지만 그러고 나면 꼭 후회가 남아서 사내 메신저로 리애 씨에게 미안합니다, 라고 사과했다. 제가 왜 그랬는지 모르겠어요. 어느 날 리애 씨는 아마 선생님이 약자가 되었기 때문이리라고 알려주었다. 사람들에게는 약자를 알아보는 귀신같은 눈이 있으니까. 초여름의 산책과는 어울리지 않는 차갑고 맵짜한 말이었다.

"약자라니요? 우리 선생님이 어딜 봐서 약자예요?"

"약자죠."

"이혼했다고요? 요즘 세상에?"

"언제나 더 많이 사랑하는 사람이 약자인 거잖아요."

나는 그 말을 듣는 순간 말문이 막혔다. 사랑이라니. 내가 그 대학원생이 얼마나 이기적이고 형편없는 인간인지 설명했는데. 사실 나는 그보다 더한 그의 행실에 대해서도 알고 있었지만 차마 리애 씨에게는 말하지 못하고 있었다. 연인이라는 관계로 들어서자 그 남자애가 선생님에게 요구했을, 어떤 태도 같은 것. 선생님 휴대전화에 미리보기로 뜨던 은파야, 하는 반말로 된 메시지나, 선생님이 어느 날부터인가 먹기 시작한 경구피임약 같은 것. 선생님은 평소에 관심 없었던 왁싱에 대해 내게 묻기도 했다. 그러면 나는 양팔과 양다리를 말끔하게 제모하곤 하는 무용과 남자애들을 떠올리면서 아마도 선생님의 그것에 대한 불편한 논평이 있었으리라 짐작할 수밖에 없었다. 그러면 그건 그냥 그것일 뿐이잖아, 그냥 털일 뿐이잖아, 씨발아, 하는 화가 치밀어 올랐지만 삭힐 수밖에 없었다. 상황을 봐서 조금씩 돌려 말할 뿐이었다. 그러니까 선생님, 피임약을 먹는 건 여자 몸에 좋지가 않아요, 저희 엄마가 근종 때문에 자궁을 들어내고 에스트로겐을 오랫동안 복용했는데요, 유방암에 걸렸잖아요. 그거 안 좋아요, 선생님, 콘돔이라는 안전한 피임 기구가 있는데 왜요. 아니요, 제가 선생님 가방을 열어본 건 아니고요, 열려 있어서 시선이 간 거고요, 선생님, 조심해서 나쁠 것 없잖아요. 백세 시대인데 백세 못 살면 얼마나 억울해요, 그깟 것 때문에 명을 줄이면요, 죽은 사람만 서러워요. 산 놈은 계속 창창하게 사니까요……

하지만 나는 리애 씨 말에 대해 생각하지 않을 수 없었다. 리애 씨는 선생님의 사랑을 인정하지 않는다면 관계 회복은 요원하리라고 했다. 요원— 하다는 말, 아득히 멀어진다는 말. 나는 퇴근길에 일정한 간격으로 흔들리는 전철 소리를 듣다가, 모교의 연주실을 떠올렸다. 대학에 들어오자마자 나는 작정한 사람처럼 방황했는데, 그때 선생님이 연주실 조교라는 있지도 않은 직을 만들어 자기 일을 돕게 했다. 처음에는 시급도 터무니없이 적은데 왜 이런 일을 시키나, 그야말로 노동 착취가 아닌가 했지만 그 격일의 업무가 준 효과는 컸다. 서울의 북쪽에 있어서인지 유난히 춥고 서늘한 그 대학의 건물에서 내가 있어야 할 자리가 생긴 셈이었다. 마치 허허벌판의 운동장에 누군가 작은 원 하나를 그려준 것처럼, 어떤 서클 안에 들어 있다는 감각은 내게 안정감을 주었다.

물론 돈으로 따지자면 피아노 과외를 뛰는 편이 나았지만 나는 그 일을 졸업하던 해만 빼고 2년 반을 꼬박 했다. 뭐 지킬 것도 없는 연주실에 앉아 대관 스케줄을 조정하고 악기들의 입반출을 점검하고 선생님 곡을 기보하거나 연습곡을 들었다. 선생님 연주가 있을 때면 기꺼이 페이지 터너가 되고 때론 선생님의 추천곡으로 콩쿠르를 준비하기도 했다. 물론 나는 끝내 좋은 연주자가 되지는 못했지만 그 모든 시간이 내게 필요했던 건 사실이었다. 나는 지금도 선생님이 어떤 존재냐고 누가 물으면 이 세상에서 나를 가장 빈번하게 칭찬해준 사람이라고 답했다. 그 어려운 예술대학 입시에 돈을 댔으면서도 부모는 정작 이후에 내가 무슨 성취를 이루고 있는지 관심이 없었으니까.

선생님을 다시 만나러 가는 날에는 돌풍이 불고 비가 내렸다. 나는 어쩐지 그 기상 악화가 마음에 들었는데 꽃이 다 지고 말리라는 생각이 들어서였다. 이런 기분에 벚꽃이며 라일락이며 철쭉이 다 무언가, 그렇게 해살해살 피어나서 꽃가루나 날리며 자기 본능에 열심인 것들에 시비가 일었다. 더구나 꽃가루 알레르기도 있으니까, 선생님과 내게는.

선생님은 내 전화를 받지 않다가 회사와 황 부장의 이름을 붙여 부탁할 일이 있다고 하자 겨우 문자메시지를 보내왔다. 황 부장이 최근 대기업에서 수주해온, 프로젝트로 늦여름 고궁에서 한국의 내로라하는 뮤지션과 아티스트를 모아 케이-아트 행사를 열겠다는 계획이었다. 일정이 터무니없이 촉박해서 부서에는 비상이 걸렸다. 황 부장은 선생님과 동문이었고 사실인지 인사치레로 하는 말인지 몰라도 선생님 광팬이라고 했다. 선생님이 곡을 모아 몇 년 전 앨범을 냈을 때도 발매되자마자 사서 마르고 닳도록 들었다는 자기 말을 꼭 전하라고 했다. 그러니 함께 일을 한번 해보고 싶다고.

황 부장은 선생님에게 행사의 테마곡을 부탁하고 싶어 했다. 부장이 아무리 이 행사에 대한 긍지와 의지를 불태워도 이 정도 예산과 일정으로 대중이 알 만한 누군가를 데려올 수는 없으니 그러는 건가 의심했지만 사과도 할 겸 잘됐다 싶었다.

"애제자니까 가능하지? 섭외쯤이야 부러뜨릴 수 있겠지?"

그 부러뜨린다는 말은 부장을 비롯해 팀장과 사수 모두 쓰는 그들만의 전문 용어였다. 해내자, 도 아니고 해결해, 도 아니고 해치우자, 도 아닌 부러뜨리자라니. 참으로 해괴했다.

선생님은 오늘도 아파트로 오라고 했다. 나는 이번에는 슈퍼든 홍제천이든 아무 데도 들르지 않고 곧장 아파트로 직진해 들어가려 했다. 하지만 중간에 화원을 지나다 노란색 데이지 화분을 보았고 충동적으로 사들였다. 왜 나는 선생님을 만나러 갈 때마다 이렇게 뭘 사게 될까. 그런 돈은 대체 무슨 마음을 위해 지불될까, 불안인가. 하지만 그 생각을 했을 때는 이미 점원이 나의 데이지를 비닐봉지에 넣고 있었다.

선생님은 전보다 마르고 생기 없는, 잡으면 버석거릴 낙엽 같은 표정으로 무소륵스키의 〈전람회의 그림〉을 듣고 있었다. 요절한 친구가 남긴 그림을 보며 무소륵스키가 작곡한 그 연작은 선생님이 가장 황홀감을 느끼며 연주하는 곡이었다. 선생님은 허리 통증이 심하다며 소파 위에 쿠션을 놓고 앉아 있었다. 허리와 어깨 디스크는 연주자라면 흔히 겪는 직업병이었다. 부엌은 언제 밥을 해 먹었는지 휑하니 비어 있었고 선생님은 다른 건 없고 두유 한 잔을 주겠다며 냉장고를 열었는데 거기에는 상해서 갈변되고 축 가라앉은 샐러드 한 통이 있을 뿐이었다. 나는 괜찮다고 했다. 부장이 시킨 대로 일을 성사시키기 위해, 어차피 선생님도 일은 필요하니까, 열심히 설명했는데도 선생님은 별 반응이 없었다. 내 말은 선생님 쪽으로 흘러갔다가 어딘가에 있는 홀을 만나 그냥 쪼로로 흘러버리는 듯했다. 이런 식이라면 프로젝트건 우리의 화해와 용서이건 제대로 부러뜨려질지 알 수 없었다. 이윽고 선생님이 나는 요즘 우울증을 진단받았어, 라고 했다. 의사가 입원을 권했지만 집이나 거기나 마찬가지인 듯해서 그냥 여기에 있기로 했다고.

"그게 어떻게 같아요? 다르잖아요."

내가 걱정이 되어 그렇게 말하자 선생님은 그런가? 하고 잠깐 생각했다.

"하기는 다르지. 거기는 약을 먹을 때만 하나씩 주니까. 그 사람들은 저렇게 많은 약을 나에게 어떻게 맡기는지 모르겠어."

CD가 다시 첫 곡인 〈난쟁이〉로 넘어갔을 때쯤 나는 선생님께 사과했다. 그러나 그건 리애 씨가 용기를 주었듯이 선생님과의 화해를 바라는, 선의로 가득 찬 몽글몽글한 마음이라기보다는 무소륵스키의 곡이 그렇듯 딱딱하고 음울한, 어느 정도의 두려움과 강제가 깃든 것이었다.

"죄송해요. 선생님, 제가 그날 선생님의 그것을 모욕했어요."

"내 무엇을 모욕했지?"

선생님의 눈은 너무 고요해서 얼핏 보면 건강한 평안에 든 사람 같았다. 이제 막 휴양지에서 일어나 늦은 아침을 먹으러 가는 사람처럼, 저녁의 공원에서 자전거를 타다가 서서 강변이나 운동장을 응시하고 있는 사람처럼. 하지만 그 눈과 선생님 입에서 나온 말은 아주 달랐고 나는 우리가 이런 대화를 나누어야 한다는 점에 적잖은 노여움을 느꼈다. 정작 당사자는 내가 아닌데도 이 일에 끼어들어 사과를 하게 되었다는 상황이 아이러니했다. 하지만 한편으로는 이렇게 참여해 있다는 사실을 기꺼이 받아들이고 싶은 의욕도 느꼈는데, 왜냐면 선생님과 나는 그런 사이였기 때문이었다. 10여 년 동안 우리가 함께해왔던 시간이 있고 루틴이 있었다. 나는 선생님이 피폐하고 종내는 심적으로 파산하더라도 돌아올 만한, 2호선 순환선처럼 거대한 서클을 그려주고 싶었다.

"선생님이 하고 계신 사랑에 대해서 제가 너무 함부로 얘기한 것 같아요."

나는 뱉는 말 한 마디 한 마디에 신경 쓰며, 발음을 정확히 하며 대답했다. 선생님은 나를 물끄러미 바라보다가 "저거 데이지니?" 하고 화분을 가리켰다. 데이지는 아직 비닐봉지에서 나오지도 못하고 노란 꽃잎 한 장만 살짝 보이고 있었다. 그렇다고 하자 선생님은 내가 그때 뭘 잘 몰랐는데, 하고 말을 꺼냈다.

"너가 어렸을 때 봤다던 그 꽃은 데이지가 아닌 것 같더라. 데이지는 여러 겹인데 그건 팬지였어."

"괜찮아요, 선생님."

"아니야, 내가 미안하다. 데이지도 아닌데 데이지라고 하고, 사실은 팬지인데."

"아니에요, 사과하지 마세요, 선생님."

나는 괜히 눈물이 나서 엉엉 울었는데 그런 나를 보고 있던 선생님의 눈시울도 붉어지다가 고개를 돌려 재빨리 그 순간을 모면했다.

"그리고 그 일은 다 끝났어. 더는 걱정하지 않아도 돼. 너가 뭘 걱정했는지는 모르겠지만."

3

나는 한동안 사랑의 무구함을 인정할 수 있었다. 그것이 발생한다는 사실만으로도 빛무리처럼 갖게 되는 어떤 형질에 대해. 그건 더 이상 와사비 걱정을 할 필요가 없기 때문이기도 하고, 리애 씨가 자신의 얘기를 더 들려주었기 때문이기도 했다. 우리는 그 얘기를 점심 산책길에 잠깐잠깐씩 나눴지만 그렇게 고궁과 거리와 광장을 오가는 동안 언젠가 리애 씨가 했던 표현처럼 여러 계절들이 지나는 듯했다. 그러니까 26년 동안의 모든 계절이.

리애 씨가 뉴욕으로 간 데에는 당시 한국에 대한 참을 수 없는 염증─지체, 후진성─이 있었다고 했다. 언제나 여기를 떠나고 싶었고 돌아오고 싶지 않았다. 교환학생으로 와서 박사과정을 밟고 있던 '미스타 리'를 만난 건 그런 스물두 살의 리애 씨에게 행운처럼 여겨졌다. 그는 마흔에 가까운 병약한 사회학자였으며 이미 한 번 결혼한 경험이 있었지만 문제가 되지 않았다.

김포공항에서 뉴욕으로 가는 비행기를 타며 리애 씨가 떠올린 것은 프랭

크 시내트라의 〈뉴욕, 뉴욕〉이라는 노래와 영화 〈그렘린〉이었다. 〈그렘린〉은 리애 씨가 처음으로 극장에 가서 본 미국 영화였다. 1985년의 성탄절이었고 서울극장이었다. 귀엽고 선한 털뭉치가 물에 닿으면 단란한 가족을 파괴하는 괴물이 탄생한다는 내용이었다. 물에 닿는 것이란 얼마나 아무것도 아닌 사소하고 무심한 행동인가 싶은데 그래서 더더욱 두려워지는 공포였다. 그 영화에서 리애 씨에게 인상적이었던 건 등장인물도 인물이지만, 영화에 등장하는 그 가정의 평범한 가구와 평범한 가전제품, 평범한 침구류와 평범한 식기들이었다. 그런 것들이 마구 망쳐져갈 때, 괴물들이 접시를 깨고 오븐과 전자레인지로 장난을 치고 커튼을 긴 손톱으로 찢고 크리스마스트리를 엉망으로 휘저어놓을 때, 리애 씨는 오히려 그 모든 것을 그렇게 망치고 일소해버려야 좀 살 것 같은, 스테레오타입의 미국식 가정에 대해서 생각했다.

리애 씨는 학생운동의 전통이 있는 독서회에서 활동했는데, 그곳의 여자 선배들이 얼마나 투철한 신념과 의식을 지녔든 간에 결혼 후에는 대개 비슷비슷한 불행에 빠지는 것을 목격했다. 이상한 얘기이지만 남편을 두려워하지 않는 여자란 없는 듯 보였다. 그리고 남편의 폭력을 피해 과 학생회장이었던 선배가 리애 씨 집에서 자고 간 다음 날, 혁명의 날이 오더라도 거기에 여자들의 자리는 없을 것 같다는 생각을 했다. 여자는 노동자보다도, 노예보다도, 제3세계 식민지인들보다도 더 늦게, 어쩌면 영영 해방되지 못하겠구나.

여기까지 들었을 때 나는 리애 씨의 스토리가 한국을 벗어나 선진국에서 비로소 주체적인 여성의 삶을 찾으려다 가부장적이기 짝이 없는 남편 때문에 고생하고 이혼하고 귀국한, 배경만 세계의 시장인 뉴욕이냐, 그저 그런 시장인 서울인가만 다르지 결국 수없이 되풀이되는 패턴의 이야기가 아닐까 생각했다. 리애 씨 대신 우리 언니나 엄마나 누구를 갖다 대도 상관없는. 하지만 내 예상과는 달랐다. 리애 씨의 가정에는 그런 패턴은 없고 마치 무균실에 놓인 가정처럼 그런 게 너무 없어서 생기는 뜻밖의 고통이 있었다. 뉴욕에서 돌아오기까지 20여 년 넘게 미스타 리는 리애 씨와 단 한 번의 섹스도 하지 않았다.

그가 어떻게 해서 그런 삶을 선택했는가는 리애 씨가 매일 고통스럽게 생각했던 것이었다. 이유를 물으면 그는 병든 육체에 대해 언급했지만 그 것이 전부는 아니라는 사실을 그도 리애 씨도 느낄 수 있었다. 그가 그러기를 원해서 그렇게 살아야 한다는 것을. 리애 씨는 많은 감정들과 싸워야 했다. 분노, 의혹, 불신, 욕망, 냉소, 공격성, 자괴, 슬픔, 허무, 실망, 그중에서 가장 강렬한 것은 수치심이었다. 다른 누가 아니라―어차피 리애 씨는 누구에게도 이 얘기를 하지는 않았으니까―자기가 자신에게 느끼는 수치심. 그것은 깊은 상념 속에서만 있지 않고 매일의 일상에도 영향을 미쳤다. 매번 스스로를 창피 주고 모욕하려는 시선이 생겨나, 오븐에서 식기를 꺼내거나 바자회에서 입을 드레스풍의 옷을 고르거나 꽃밭에 물을 주거나 장을 보고 있을 때, 그렇게 사사소소한 욕망을 실현하고 있을 때마다 자신을 위축되게 하는 시선을 리애 씨는 느꼈다.

참으로 이상한 것은 섹스를 하지 않는 사람은 미스타 리인데 왜 자기가 자신을 그렇게 꾸짖고 경멸하는가 하는 점이었다. 그렇게 한번 분열되기 시작한 의식은 알코올로 조금씩 더 파괴되어갔다. 뉴욕의 꽤 부자 동네에 있었던 리애 씨의 집은 고요하고 점심에 열어놓은 창으로 들어온 벌 한 마리가 겨우 그날의 걱정일 정도로 평화로웠지만 리애 씨는 이 집이 〈그렘린〉에 나오는 어떻게 보면 천진무구해 보이는 괴물들로 들끓고 있어 특별한 악의 없이 자신을 죽이고 있구나 하고 생각했다. 그러니까 미스타 리가 대학에서 돌아와 다소 지쳤지만 다정한 얼굴로 여보, 나 왔어, 하면서 인사하는 그 손동작 속에, 샤워를 마친 미스타 리가 손발톱을 똑깍똑깍 잘 자르고 파자마를 입고 침대에 누워 먼저 잠이 들면 리애 씨 눈에 들어오던, 잠깐 발기되어 있는 그의 성기 속에, 교민들이 다니는 교회에 주일에 가서 한 자리를 차지하고 앉아 듣는 목사의 설교나, 반복해서 닦는 식기와 테이블 위에, 그것이 있었다.

"나는 미스타 리를 사랑했어, 윤령 씨. 하지만 지혜롭지 못해서 그가 미워질 때까지 아무 행동도 하지 못했지."

"뒤늦게라도 이혼을 하셨잖아요. 돌아오셨잖아요."

나는 과거의 미망이야 중요하지 않고 현재가 중요하지 않겠느냐며 최선을 다해 리애 씨를 위로했다. 그때는 이미 여름이 한창이라 그늘 속이 아니라면 걸을 수 없는 상태였다. 우리는 사무실에서 출발해 교보빌딩까지 갔다가 으레 건물의 그늘 속에 서 있었다. 그렇게 한발을 좀 더 어두운 쪽으로 향하는 것만으로도 우리는 살 만한 상황이 되었다.

"아니야, 윤령 씨, 이혼은 미스타 리가 결정했어. 신장이 거의 기능하지 않는다는 선고를 받고 나를 설득해 이혼했지. 이혼을 이루기 위한 그 노력은 얼마나 눈물겨웠는지. 하루 두 시간 겨우 일상의 일을 처리하는 병세 속에서도 계속되었어. 그 시간을 생각하면 윤령 씨, 그러면 미스타 리와 내가 했던 사랑도 전혀 이상할 것이 없잖아."

나는 평소에는 크게 관심도 없는 사랑의 면면을 왜 이 여름 이렇게 고심해야 하나 생각했다. 리애 씨도 선생님도 모두 나보다는 근 십수 년은 위인 여자들, 그러니까 더 늙고 경험 있는 연륜 있고 스펙 있는 여자들인데 인생의 중요한 마디마다 여전한 의문을 풀지 못한 채 살고 있는 듯했다. 어쩌면 신화에서 인간이 판도라의 상자를 열었을 때 다 날아가고 남은 건 희망이 아니라 의문이 아니었을까.

나는 대체 리애 씨 남편이 왜 그런 삶을 택했는지 궁금했고 어느 할 일 없는 밤, 구글링을 통해 그 사회학자의 부고를 찾아냈다. 리애 씨의 미국 이름은 산드라 R. 리였고 그들이 살았던 동네는 뉴욕의 퀸스였다. 나는 리애 씨가 이혼을 했다고만 했지 그가 죽었다고는 하지 않아서 당황했다. 그는 대학에서 홉스에 대해 가르쳤고 미술과 음악에 조예가 깊었던 듯 블로 그를 잠시 운영하기도 했다. 한 사이트에는 그의 짤막한 동영상 인터뷰가 올라와 있었다. 재킷을 그리 단정하지 않은 상태로 걸치고 말할 때마다 검지로 허공을 찌르듯 하는 버릇이 있는 그에게는 그러니까 그런 서사, 리애 씨가 말한 그 복잡한 욕망과 사랑의 서사는 없어 보였다. 그저 그 인터뷰에서 얘기하고 있는 공동사회와 이익사회라는 개념에 대한 지루한 설명처럼 그의 인생은 그런 고루한 것들로 채워져 있을 듯했다.

나는 리애 씨가 자신과 그의 관계를 여러 번의 산책을 통해 설명한 수고와 진정성에 대해서는 공감했지만 그 결론이 정당한 사랑으로 되는 것에는 여전히 의심을 거둘 수 없었는데, 영상 밑에 누군가가 달아놓은 노 모어 레이시즘이라는 댓글을 발견했다. 사회학자에게 붙은 인종차별은 안 된다는 댓글이라니, 나는 무슨 얘기인가 싶어 댓글을 단 사람의 프로필을 눌렀다. 그는 유학원을 운영하는 한인이었고 뉴욕에서 일어나는 다양한 한인 관련 뉴스들을 블로그에 올려놓고 있었다. 정식 루트로 알려진 뉴스뿐 아니라 한인들이 운영하는 크고 작은 매체, 종교시설, 친목단체 등에서 발설하는 루머나 잡담에 가까운 이야기들도 있었다.

나는 페이지를 넘기다가 그가 링크해놓은 한 기사를 발견했다. 뉴욕의 모 대학교수가 그의 배우자에 의한 살해의 가능성을 의심받고 있다는 내용이었다. 구역까지만 나온 집주소가 퀸스였고 전공이 같았으며 사건이 일어난 월과 부고의 날짜가 동일했다. 그는 자택에 설치되어 있는 내부 엘리베이터에 갇힌 채 발견되었는데, 그 고장 난 엘리베이터에 갇힌 지 불과 하루 만에 사망하였고 이와 관련해 배우자의 고의성을 경찰이 조사하고 있다는 것이었다. 기사를 인용해놓은 그는 이것이 한인들에게 종종 불리하게 적용되는, 인종차별적 수사는 아닌지 의심하고 있었다. 왜냐면 수많은 한인들이 그 사회학자 부부의 지고지순한 사랑을 증언했기 때문이었다. 거기에는 어느 솜털만 한 문제도 없었다고 표현한 사람도 있었다. 그들은 나이 차가 있었지만 서로를 존경하며 귀감이 되는 사랑을 실천 중이었다.

나는 좀 더 체중 감량을 해야겠다며 회사 근처에 있는 헬스장을 끊었다. 점심시간을 이용해 잠깐 들러 운동할 수 있는 프로그램으로 전부터 회사 사람들에게 유행하고 있었다. 나는 점심을 아주 간단히 때우거나 아예 먹지 않고 헬스장에 들러 스피닝을 돌리고 러닝머신을 뛰었다. 더 이상 산책을 하지 않는 날들의 적당한 변명이 되었다. 그러면서 한 번은 리애 씨에게 물어봐야 하지 않을까, 그런 일이 있었어요? 라고 해야 하지 않을까, 거리낌에서 출발해 나중에는 혐오 같은 미운 감정으로 바뀔 수도 있는 의혹에 대해 확인하고 넘어가야 하지 않을까, 그것이 관계의 기본 아닌가 싶었지만 그렇게는 하지 못했다.

왜 그런지는 알 수 없었다. 정말 리애 씨가 살인자라고 여기는 걸까? 그런 의심이 들면 운동을 하다가도 나는 와다닥 웃음이 났는데, 그런 건 정말 말이 되지 않았기 때문이었다. 나는 내게 밀려드는 그 말도 안 되는 통속과 신파의 서사를 거부하듯 실제로 헛손짓을 해가며 아, 될 말을 해, 라고 중얼거렸지만 어떨 때는 죽일 수도 있지, 뭐, 하는 생각도 들었다. 하지만 무수히 공회전하는 그 마음 상태에서도 리애 씨의 이 말에 대해서는 의식할 수밖에 없었다. 더 많이 사랑하는 자가 언제나 약자라는, 운동을 하다가 떠올리면 어쩐지 다리 힘이 빠지고 선득선득한 추위를 느끼게 되는 그 사랑의 무결함에 대한 말이었다.

4

거국적 행사의 이름에 대해서는 많은 의견이 오갔지만 이런저런 이유로 클라이언트에게 거절당하고 결국 '고궁에서—In The Old Palace'라고 결정되었다. 중요한 라인업들이 잡히자 어느 선을 탔는지도 모르는 낙하산들이 우르르 떨어져서 섭외를 종결했다. 비록 갑을 관계가 선명한 가운데 공연과 전시를 담당하는 기획자들이었지만 그래도 우리의 감식안이라는 것이 있는데, 그런 점에서는 절대 선택할 수가 없는 아티스트들이었다. 대체로 젊은 사원들이 선정에 불만을 갖고 입을 쑥 내밀었지만 사수가 너네는 정말 사회생활 할 줄 모르는 초랭이들이다, 하는 바람에 감정을 다스렸다.

"이거 넣으려면 이거 받아야 하는 거고, 현실과 이상을 적절히 조절하면서 부러뜨릴 생각 해야지. 어디서 순진을 떠니, 떨기를."

깊은 대화를 나누지는 않았지만 리애 씨에게도 골치 아픈 섭외 대상자들이 한둘이 아닌 듯했다. 그중 가장 난관은 영상 작업을 하는 돈수라는 작가였다. 작품을 상영할 스크린의 크기가 문제였다. 고궁 측에서 장소 허락을 하면서 걸었던 조건 중 하나는 어떠한 경우에도 고궁의 건물을 가리는 설치물이 있어서는 안 된다였는데 돈수는 그런 규정 따위는 납득하려 하지 않았다. 고궁의 담장을 훨씬 넘는, 웬만한 야구장 전광판만 한 사이즈를 고집했다. 그래도 들어줄 수밖에 없는 것이 초청 아티스트 중에서 가장 유명하고 국제적인 작가였다.

그 협상을 부러뜨리기 위해 부장과 이사까지 동원되었다. 그리고 어떻게 그런 각도를 찾아냈는지 몰라도, 고궁의 처마가 똑 끝나고 팔 벌린 나무들의 가지가 이어지기 직전 어떻게어떻게 45도 틀면 만인이 만족할 수 있는 대안이 나왔다. 하지만 그렇게 각도를 트는 데도 돈수는 예민해서 재차 설득을 해야 했다. 그리고 마침내 사무실을 방문한 돈수는 상영 중 작품의 가치를 떨어뜨리는 불의의 사고—화면이 일그러지거나 뒷배경에 뭔가가 비치는 등의—가 일어나면 배상한다는 각서를 받고 나서야 허락했다. 그는 외국에서 오랫동안 활동해서인지 아니면 국제적인 공증이 필요해서인지 서류를 영문으로 작성해달라고 했다. 그리고 딕션이 자기와 유사하고 매우 훌륭한 영어를 사용한다며 주로 리애 씨와 대화했는데, 뉴욕에 관한 이야기가 나오자 돈수는 살았던 지역을 물었고 리애 씨는 맨해튼이라고, 내가 알고 있는 것과 다른 지명을 댔다.

선생님은 곡은 완성했지만 제목은 붙이지 못하고 있다가 최종 단계에서야 '올라가려고 하면 내려가고, 내려가려고 하면 올라간다'라고 정했다. 곡 제목이 이전 것과 유사하다고 생각했지만 대놓고 물어볼 수는 없어서 "이거 초연이라고 팸플릿에 적을까요?" 했는데, 선생님은 무덤덤하게 그러라고 했다. 스타카토가 붙은 길고 짧은 아르페지오로 주로 구성된 그 곡은 좀 앙상한 느낌이 있긴 했지만 데모상으로도 훌륭했다. 그런데 선생님은 곡의 소개말은 쓰지 않겠다고 고집을 부렸다. 그냥 불러주기만 하면 받아 적겠다고 해도 선생님은 음, 하면서 뜸을 들이다가 나에게 일임했다. 행사 날 연주는커녕 참석하게 하는 데도 지난한 설득이 필요했던 터라 더는 강요할 수가 없었다.

어느 날 가보니 선생님은 짐 정리를 하고 있었다. 관리소장이 올라와서 선생님이 내놓은 운동기구를 고맙다며 가져갔고 이제는 몇 개의 소품만 식탁에 남아 있었다. 선생님은 마치 눈싸움을 하듯 그것들을 집중해 보고 있다가 카드와 편지 몇 장을 집어 천천히 찢었다. 유치한 서클 무늬가 그려진 스카프는 이따가 내려갈 때 옷 수거함에 넣어줘, 하면서 내게 건넸고 이제 남은 건 바싹 말린 꽃잎을 넣고 향수를 채워 넣은 유리병이었다.

선생님은 팔짱을 끼고 그 유리병을 내려다보고 있다가 엄지와 검지로 달랑 들어 쓰레기봉투에 넣었다. 나는 선생님이 워낙 살림에 젬병이라 쓰레기봉투에는 가연성만 넣어야 한다는 것조차 모르는가 싶어서 선생님, 이건 안 돼요, 하고 말렸다. 그러자 선생님은 도리어 그럼 어쩌니? 하고 내게 되물었다. 그런 선생님 얼굴에는 아직 다 정리되지 않은 복잡하고도 선명한 고통이 얼룩져 있어서 나는 차마 속을 알뜰히 비워 재활용으로 내놓으라고는 하지 못했다. 슈퍼로 가서 어떻게 하면 좋을지 묻자 주인은 별도의 특수 폐기물용 봉투를 내밀었다.

"얼마예요?"

"오천백 원 되겠습니다."

"아니, 왜 이렇게 비싸요?"

"오십 리터라서 그렇죠."

"그렇게는 필요가 없는데, 그냥 요만한 병 하나 버릴 거라서요."

나는 두 손으로 뭔가를 움켜잡듯이 해서 크기를 표시했다. 주인은 보더니 그래도 할 수가 없어요, 라고 했다.

"대형밖에 안 나와."

나는 하는 수 없이 잘하면 쪼그려 앉은 사람 하나라도 충분히 버릴 수 있을 듯한 그 봉투를 사 왔다. 선생님은 비닐봉지 안에 병을 떨구듯 넣더니 입구 부분을 느슨하게 묶었다. 거기에는 아직 충분한 양의 폐기물이 차지 않아서 버려진 것이 무엇인지 아주 오롯하게 보였다. 그날도 용건은 해결하지 못하고 쓰레기만 가지고 아파트를 나가려는데 선생님이 잠깐만, 하더니 뭔가를 더 가져왔다. 무더운 여름을 살아내지 못하고 선생님의 방관 속에 죽어버린, 아마도 내가 사다주었을 데이지 화분이었다.

선생님 곡에 대한 설명을 쓰기 위해서는 하는 수 없이, 그 곡을 썼던 선생님의 여름날들을 떠올려볼 수밖에 없었다. 타인의 마음을 헤아리기 위해서 최대한 가까이 가볼 수밖에 없는 과정이었고 아무래도 좀 더 어두운 편에 서보는 것이었다. 그 와사비 인간의 춤사위에 대해서도 다시 생각해볼 수밖에 없었다. 또다시 유튜브를 틀어서 밤마다 시청했는데, 너무 반복해서 눈에 무리가 간 것인지 아주 잠깐 눈물이 나기도 했다. 그는 리허설 영상에서 한국의 어깨춤 동작을 선보이고 있었다. 어깨가 올라가고 내려오고 올라가고 내려가는 동작을 전혀 유연하지 않게, 어색하게 느껴질 정도로 천천히 반복하면서, 올라가려고 하면 내려가고, 또 내려가려고 하면 다시 올라간다고 설명하고 있었다. 그 이상하게 허탈하고 비애가 번지는 표정, 그러면서도 이것을 춤의 신명이라 설명하는 상황이 서글프게 느껴졌다. 세상의 어떤 환희는 그렇게 자유자재가 아니라 불가피한 강제 속에 발생한다는 것이.

　나는 그것을 보고 나서 어떻게든 문장을 만들어보려다가 서양음악 작곡가 진은파가 만들어내는 동서양 음악의 조화, 한국적 선율의 재발견, 사랑과 평화의 메시지 같은 말로 대체해버렸다. 선생님의 그 여름에 대해서는 누구도 끼어들 수 없을 것 같았다. 스스로 어쩔 수 없는, 감정과 상태의 불수의근에 몰두해 있는 선생님의 연인조차도.

　소개글을 완성해 선생님에게 컨펌을 요청했지만 선생님은 내가 보낸 이메일을 읽지도 않는 것으로 예의 그 거부 의사에 다시 언더라인을 그었다.

　마침내 디데이가 되자 우리는 고궁 안을 종일 정신없이 뛰어다녔다. 특히 우리가 VIP라고 부르는 초대 인사나 클라이언트들이 왔을 때는 고궁의 경계석들을 허들처럼 넘어가며 일사불란하게 움직였다. 전시는 한 달 동안 이루어지는 상설이었고 디데이 행사는 공연이었지만 그래도 중간에 조명을 모두 암흑으로 만든 뒤 띄우는 돈수의 〈기괴의 탄생〉이 클라이맥스였다. 그걸 스크린에 띄우는 건 뭐 그리 어렵고 복잡한 과정도 아니었지만 각서까지 쓴 터라 직원들 모두 긴장했다. 어디서 수가 틀려 트집을 잡을지 몰랐다. 보름이라 더 둥실 떠오를 달마저 문제 삼을지 모른다고, 부장은 전시쪽 팀장에게 기상청에 전화를 걸어 오늘 달이 어느 방향에서 뜨는지 확인해보라고 했다.

　내게는 그 일 이외에도 긴장해 있는 대목이 있었는데, 선생님이 온다는 사실이었다. 나는 전처럼 선생님에게 편하게 연락하지는 못하고 있었다. 그날 선생님이 유리병과 함께 내 화분까지 치워버린 것이 어느 날은 청소를 하는 사람의 당연한 행동처럼 여겨지기도 하고 어느 날은 내게 보여주는 어떤 메시지처럼 느껴지기도 했다. 선생님이 리애 씨와 만나게 된다는 점도 신경 쓰였다. 물론 선생님은 리애 씨에 대해 모르고 리애 씨도, 내가 전한 것 이외에는 선생님에 대해 모르며 결과적으로 모두를 알고 있다고 생각한 나도 양쪽에게 무슨 일이 있었는지 지금은 아주 모르게 되었다고 결론 내렸지만 모종의 관련자들이 맞닥뜨리는 듯한 긴장이 있었다.

돈수의 작품은 선생님 곡이 끝난 직후 발표되기로 예정되어 있었다. 그리고 각자의 이유로 회사 사람들이 긴장하고 있을 때 마침내 작품이 상영되었다. 그날부터 우천 시만 제외하고 고궁에서 무한반복될 그 영상은 자신의 엄지손가락을 열심히 빨고 있는 어느 우량아의 모습이었다. 솜털 하나도 다 잡아낼 듯한 고화질의 영상이 거대한 스크린에 떠올랐고 무아지경의 자족감을 느끼며 엄지를 탐하고 있는 아기의 열띤 반복이 펼쳐졌다. 그 쌕쌕하는 숨소리와 손가락들을 축축히 적시며 흘러내리는 투명하고 농도 짙은 침과, 머리카락이 땀으로 범벅이 된 상황에서도 도무지 놓지 않는 엄지를 카메라가 담고 있었다. 그 갈구와 애착과 버둥거리는 팔 동작을.

아직 행사가 끝나지 않았는데도 선생님은 자리에서 일어났다. 나는 선생님에게 인사를 해야겠다, 인사를, 그러니까 다정한 배웅을 해야겠다 하면서도 인파가 많아 눈으로만 우선 따랐는데, 리애 씨가 선생님에게 인사하는 장면이 보였다. 선생님은 고개를 약간 숙이면서 몇 마디 말을 했다. 리애 씨가 밤하늘을 가리키는 것으로 보아 보름달 얘기를 한 듯했다. 그러니까 그 영상의 정확히 반대편에 떠 있는 그 환하고 거대하며 완전한 원형인 것을. 둘은 어깨를 가까이 하며 고궁의 돌담길을 걷기 시작했다. 나는 아직 행사가 진행 중인데 리애 씨가 어디까지 함께 가는 건가, 저러면 또 사수들한테 한소리 듣지 않겠나 하면서도, 벌써 중간문을 넘어가는 그들을 따라가지는 못했다.

* 진은파의 자작곡 제목인 '올라가려고 하면 내려가고, 내려가려고 하면 올라간다'는 국립현대무용단의 2017년 공연 〈댄서 하우스〉에서 착안했다. 어깨 춤 동작도 공연 장면에서 왔으나 그 의미와 해석 등은 관련이 없다.

사랑의 카운슬러도 제 사랑을 알지 못하고

임정균 문학평론가

사랑은 김금희 소설의 시작과 끝이다. 김금희의 인물들은 지금 사랑을 하고 있거나, 과거의 사랑이 지금에 영향을 주고 있거나, 혹은 다른 사람의 사랑을 지켜본다. 이들은 저마다의 사랑을 이야기하고 있지만, 이를 통해 사랑이 무엇이라 잘라 말하기란 쉬운 일이 아니다. 뚜렷한 실체가 없기 때문이다. 사랑을 정의하는 것은 신(神)을 논증하는 것만큼이나 어렵다. 중세의 신학자들이 신을 증명하기 위해 결코 신이 아닌 것을 증명했던 것도 그런 이유다. 어쩌면 사랑을 정의하는 일 역시 부정의 방식을 취할 수밖에 없는지도 모른다. 우리가 사랑을 말할 때 '그건 사랑이었어'라고 하기보다는 '그건 사랑이 아니야'라고 손쉽게 말하는 것은, 「기괴의 탄생」의 화자인 윤령이 대학교 은사인 진은파의 사랑에 대해 다음과 같이 생각하는 것은 그런 까닭이 아닐까.

선생님이 그 한심하기 짝이 없는 대학원생 남자애에게 되돌아가기 위해 이혼을 선택한 상황을. 그건 정말 와사비 같은 일이다, 라고 생각했다. 와사비 같다는 것이 뭔지 설명은 안 되지만 한번 그렇게 생각하자 그 와사비 같은 자식을 가만두지 않으리라 싶었다.

선생님은 그 관계가 미뢰를 자극하는 쇄말적 맛이고 눈물콧물을 빼는 통속일 뿐이라는 사실을 알아야 했다.(54쪽)

윤령은 선생님의 사랑과 사랑의 대상을 쇄말적이고 통속적인 와사비 같은 것이라 여긴다. 그렇다면 윤령이 생각하는 사랑은 부드러운 크림 파스타 정도는 되어야 한다는 말일까. 그게 무엇이 됐든 특정 형태의 사랑이 통속적이라는 생각 이면에는 더 본질적이고 순수한 형태의 사랑이, 이를테면 '진정한 사랑'이 어딘가에 존재한다는 생각이 전제되어 있다. 오사와 마사치는 『연애의 불가능성에 대하여』에서 "진정한 사랑"은 고유명사의 지시대상과 마찬가지로 유일한 대상을 갖는다고 말한다. 고유명사가 단일한 개체를 지시하듯 사랑의 대상 역시 유일해야 한다는 것이다. 고유명사가 대상의 성질에 대한 기술들로 온전히 환원될 수 없듯이 사랑의 이유를 대는 순간 사랑 역시 곧 의심스럽고, 불안한 것이 되어버린다. 사랑을 갈구하는 이들과 연인들에게 진정한 사랑은 믿음의 형식으로만 존재한다. 실체가 없으므로 믿을 수밖에 없고, 연인이 유일한 사랑의 대상이라는 것을 믿어야만 연애는 지속될 수 있다.

윤령이 보기에 그 무용과 대학원생은 유일한 사랑의 대상이라기에는 외모에서부터 태도까지 무엇 하나 마음에 드는 것이 없다. 윤령은 선생님이 "뭐라도 제 손에 들면 얼마 못 가 다 내팽개치고 말 듯한 불신이 드는, 자라다 만 아이의 것 같은 손목"(56쪽)을 가진 미성숙한 남자와 사랑에 빠졌다는 사실에 "회오리치는 적개"(56쪽)와 억울함까지 느낀다. 누구나 자신의 사랑에 관해서는 객관적일 수 없다. 그건 선생님도 마찬가지다. 사랑이 시작될 때 혹은 한창일 때 우리는 그 사람이 유일한 것만 같은 환상에 사로잡히기 마련이기 때문이다. "그것이 절대의 순도를 지닌 감정의 일이라는 사실을 증명하기 위해"(55쪽) 이혼을 하고 학교까지 그만둔 선생님에게 윤령이 알려주고 싶은 것은 바로 그 환상의 더께다. 말하자면 이 소설은 선생님의 사랑에 대해 카운슬러를 자처한 윤령의 이야기이다.

때마침 이혼 후 혼자 살기 시작한 선생님의 아파트에 초대를 받으면서 적당한 기회가 찾아온다. 하지만 윤령은 스스로 생각하기에도 선생님에게 조언을 할 만큼 성숙하고 잘 훈련된 카운슬러가 아니다. 제자가 스승의 사랑에 대해 조언하는 것이 부담스러운 일이기도 하고, 이미 다른 제자들 사이에서 선생님의 이야기가 "뒤에서 찧고 떠들고 말을 지어내면서 인류애도 없이"(64쪽) 술자리 농담으로 오가는 상황이어서 더욱 조심스러울 수밖에 없다. 그렇게 삼킨 말들이 체기가 되어오던 차에 윤령은 직장 동료인 리애 씨에게 고민을 털어놓는다. 도리어 윤령이 조언을 받는 입장이 되면서 이 소설은 누군가에게 조언하기 위해 또 다른 누군가의 조언을 받는, 말하자면 카운슬러가 되기 위한 윤령의 입문기의 형식을 띠게 된다.

윤령이 리애 씨를 카운슬러로 받아들인 이유는 두 가지다. 첫 번째는 리애 씨의 이혼 경험과 부당한 일에 대해 "참으면 미워하게 돼"(57쪽)라고 말할 수 있는 현명함이다. 리애 씨는 자신의 경험에 비추어 별다른 위로의 말을 준비하지 않아도 선생님 쪽에서 먼저 말들을 쏟아낼 거라고 조언해준다. 하지만 첫 번째 위로 방문은 실패로 돌아간다. 리애 씨의 말대로 선생님은 먼저 여러 말들을 쏟아냈으나 정작 자신의 사랑이 어떻게 되어가고 있는지에 관해서는 아무 말도 하지 않는다. 윤령은 그 문제에 관해 터놓고 이야기하고 싶었지만 어린 제자들까지 그 자리에 함께하면서 그날의 대화는 변죽만 울리는 데에 그친다. 그런 태도가 기만적이라고까지 생각한 윤령은 마치 연인의 외도를 감지한 사람처럼 "걔하고 잤어요?"(64쪽)라고 말해 서로에게 상처만 주고 만다.

이 실패는 처음부터 예견된 것이다. 그건 윤령이 리애 씨에게 속내를 털어놓은 두 번째 이유와 관련이 있다. 윤령은 "선생님과 리애 씨는 아는 사이도 아니"(59쪽)기 때문에 그녀에게 선생님의 러브스토리를 말할 수 있었다. 우리가 사랑을 말할 때 '그건 사랑이 아니야'라고 하는 경우의 대부분은 '나'의 사랑이 아니라 다른 누군가의 사랑이다. 사랑 이야기는 보통 그런 식으로 소비된다. 텔레비전 토크쇼와 대중 소설, 영화, 드라마 등의 각종 미디어에서 사랑은 다른 누군가의 쇄말적이고 통속적인 사랑이다. 단순하게 쇄말적인 것이 흥미있고, 재미있기 때문이기도 하지만, 한걸음만 떨어져 바라보면 사랑이란 본래 통속적인 것이기 때문 아닐까. 그렇기 때문에 우리는 종종 자신의 사랑에 관해 말할 때 '아는 사람의 이야기인데'라며 일종의 가장을 한 뒤에야 겨우 운을 떼는지도 모른다. 자신의 문제에 관해 직설적으로, 혹은 객관적으로 말하기 위해서는 일종의 "가장"(64쪽)이 필요하다. 그리고 그런 가장은 속내를 털어놓고도 자신을 지키기 위한 한 방편이기도 하다. 윤령의 경우 자신의 사랑 이야기가 아니므로 그런 가장이 불필요하지만, 선생님이 윤령에게 자신의 사랑 이야기를 하지 않은 것은 그 사랑에 관해 객관적일 수 없다는 것을, 여전히 사랑이 진행 중이라는 것을 의미한다. 그런 상황에서 그 사랑이 틀렸다고 말하고 싶었던 윤령의 카운슬링은 선생님의 이야기를 술자리 안주 삼던 다른 제자들의 태도와 크게 다르지 않다.

그것이 실패의 원인임을 모르는 윤령은 "선생님에 대한 박한 평가들"(65쪽)을 리애 씨에게 쏟아내고 그 때문에 자신을 책망하며 그녀에게 사과한다. 사실 윤령의 행동들은 리애 씨와의 관계를 교육적인 카운슬링으로 이해할 때 다소 과한 면이 없지 않다. 윤령은 리애 씨에게 솔직하게 말하고 있다고 여기지만, 실은 둘 사이에도 일종의 가장이, 해석되어야 할 수수께끼가 개입하고 있다.

어느 날 리애 씨는 아마 선생님이 약자가 되었기 때문이리라고 알려주었다. 사람들에게는 약자를 알아보는 귀신같은 눈이 있으니까. 초여름의 산책과는 어울리지 않는 차갑고 맵짜한 말이었다.

"약자라니요? 우리 선생님이 어딜 봐서 약자예요?"

"약자죠."

"이혼했다고요? 요즘 세상에?"

"언제나 더 많이 사랑하는 사람이 약자인 거잖아요."(65쪽)

리애 씨는 윤령의 사과에 선생님이 약자가 되었기 때문이라고 지적한다. 사랑이 권력관계의 메커니즘을 따른다는 것인데 언뜻 이 말은 선생님과 대학원생 사이의 관계에 관한 것처럼 들리지만, 실은 윤령과 선생님 사이의 문제이기도 하다. 하지만 윤령은 이 말의 진의를 파악하지 못하고, 여전히 선생님과 대학원생 사이의 문제에 몰두한다. 반면 이 문제를 정확히 간파하고 있던 리애 씨는 "선생님의 사랑을 인정하지 않는다면 관계 회복은 요원하리라"(66쪽)고 조언한다. 이에 윤령이 곧장 떠올리는 기억이 대학 시절 선생님으로부터 들었던 칭찬인 것을 보면 그녀가 내심 선생님에게 말하고 싶었던 것은 선생님의 사랑(그것이 무엇이었든)에 있어 자신이 유일한 대상이라는 점이다. 물론 둘 사이의 관계는 "그 어려운 예술대학 입시에 돈을 댔으면서도 부모는 정작 이후에 내가 무슨 성취를 이루고 있는지 관심이 없었"(67쪽)다는 진술에서 알 수 있듯 부모와 자식 간의 관계에 가깝다. 윤령이 대학원생에게 증오를 느끼는 것은 선생님에게서 얻은 "안락의 기억들"(58쪽)을 그로 인해 송두리째 빼앗겼다고 생각하기 때문이다. 부모님의 사랑을 독차지한 동생에게 질투를 느끼는 아이처럼 말이다. 이렇게 보면 이 소설의 결말부에 등장하는 〈기괴의 탄생〉이라는 설치미술이 제 손을 빨고 있는 우량아의 영상이라는 점은 공교롭게도 윤령의 상황과 맞아떨어진다. 갓 태어난 동생을 바라보는 아이의 시선에서 그 모습은 기괴 그 자체가 아닐 수 없다.

　리애 씨의 마지막 조언은 선생님에게 사과를 하라는 것이다. 하지만 사과를 할 적당한 기회도 용기도 갖지 못한 채 어영부영 시간만 흐른다. 마침 회사에서 진은파를 섭외하는 일을 맡으면서 윤령은 미처 선생님의 사랑을 인정하기도 전에 사과를 하게 된다. 섣부른 사과 후에 선생님은 뜻밖에도 윤령이 어릴 적 이야기를 듣고 〈데이지〉라는 곡을 선물해준 일에 대해 사과한다. 지금 생각해보니 데이지가 아니라 팬지였다고. 그 꽃의 이름을 모르던 윤령과 그것의 특징에 관해 오해했던 선생님은 윤령의 기억 속의 꽃을 지금까지 데이지라고 믿어왔던 것이다. 그리고 이제 선생님은 대학원생과의 관계는 끝났다고 직설적으로 말할 수 있게 되었다.

　하지만 이 대목이 대학원생과의 관계가 진정한 사랑이 아니었음을 인정하는 것으로 읽히지는 않는다. 오히려 진정한 사랑 역시 수많은 사랑의 양태 가운데 하나에 불과함을 인정하는 것이 아닐까. 리애 씨의 사랑도 누군가에게는 지고지순한 사랑으로, 또 누군가에게는 남편을 죽인 통속적인 서사로만 보일 뿐이었듯이. 생각해보면 진정한 사랑이라는 말 자체는 그것이 사랑의 '모든 것'이 아님을 또한 말해준다. 사랑 앞에 '진정한'이라는 한정사가 붙는다는 사실은 사랑에는 진정한 것과 진정하지 않은 것이 있으며, 나아가 사랑을 유개념으로 한 여러 아종들이 있음을 함의한다. 이를테면 연민과 애증, 우정, 가족애, 우애, 인류애 같은 것들이. 뿐만 아니라 폴리아모리에서부터 개인의 다양한 성적 지향까지 보태지면 유일한 대상을 갖는 (다고 하는) 진정한 사랑이라는 것도 사랑의 여러 양태 가운데 하나에 불과해진다.

　사랑은 수많은 사랑의 양태들을 아우르는 개념의 이름에 불과하다. 바꿔 말하면 사랑은 이 세상에 존재하는 모든 개별적인 사랑의 양태들의 총체다. 사랑을 하는 동안에는 그것이 가진 무결함에 압도되어 무구한 사랑을 하는 것처럼 느껴지지만, 우리는 고작 몇 번의 사랑을 하고 살 뿐이어서 결코 사랑이라는 단어가 지시하는 개념에 딱 들어맞는 사랑을 할 수는 없다. "완전한 원형"(80쪽)의 보름달조차도 달의 전부가 아니듯 사랑 역시 마찬가지다. 그러므로 윤령은 경험 많은 리애 씨로부터 조언을 얻은 후에도 "한동안 사랑의 무구함을 인정"(70쪽)할 수밖에 없다. 그것이 '한동안'일 수밖에 없는 것은 다시 또 사랑하게 되었을 때 그 사랑은 마치 처음 겪는 일처럼 생소한 것이기 때문이다.

예술가와 그의 보헤미안 친구

김사과

2005년 제8회 창비신인소설상을 수상하며 작품 활동을 시작함. 장편소설 『미나』 『풀이 눕는다』 『나b책』 『테러의 시』 『천국에서』 『N.E.W』 『0 영 ZERO 零』, 단편집 『02』 『더 나쁜 쪽으로』, 에세이집 『설탕의 맛』 『0 이하의 날들』이 있음.

예술가와 그의 보헤미안 친구

1

이수영은 한비를 A대학교에서 만났다. 서울에 있는 유명 사립대학교, 인터넷을 떠도는 대학 서열에 따르면 스카이 아래아래아래 어딘가 위치하는 그 학교는 이수영이 태어나기 직전 모 대기업이 사들여 가차 없는 화이트칼라 양성소로 탈바꿈시킨 뒤 세련된 이미지를 소유하고 있었다. 그 대가로 학비가 놀랍도록 비쌌고, 아이비리그 대학들을 모델로 하여 좁은 캠퍼스 여기저기 비집고 들어선 신식 건물들이 풍기는 분위기는 급조된 신도시처럼 황량했다. 논술고사를 치르기 위해 모교 캠퍼스로 들어서던 순간을 이수영은 선명하게 기억하고 있다. 한마디로 끔찍했다. 만원 버스에서 내려 회색 먼지 속 검은 외투를 입은 사람들로 가득한 횡단보도를 가로질러 캠퍼스 입구에 도착한 순간, 눈 딱 감고 도망치고 싶은 심정이었다. 하지만 어디로? 케임브리지? 프린스턴? 하버드? 그녀는 아주 잠깐 동안 서울대에 갈 정도로 충분히 공부하지 않은 스스로를 원망했다. 이어 좀 더 일찍 유학길을 알아보지 못한 것을, 차라리 지방 국립대에 지원할 것을 그랬나 싶기도 했고 하지만 무엇보다도 결점 없는 유전자와 교양 있는 가정환경 그리고 완벽한 사교육을 통해서 자신을 아이비리그에 보내지 못한 부모님의 한계, 즉 물질적 자본과 문화적 자본 양쪽의 명백한 부족, 그리고 그 부족함을 아버지의 엄청난 야심이라든지 광기에 가까운 모성애 등으로 메꾸려는 노력조차 하지 않은 그들이 너무나도, 뼈아프게 원망스러웠다. 그녀가 그렇게 분노에 가득 차 교문 너머 얼기설기 들어선 대학 건물들을 노려보는 사이에도, 그녀와 비슷하게 두툼한 겨울 외투를 걸친 수험생들이 꾸역꾸역 학교로 밀려들고 있었다. 그들은 그녀와 달리 아무런 분노를 느끼지 않는 듯했다. 오히려 더없이 진지하고 차분하게 가라앉은 표정들이 성스럽게 느껴질 정도였다. 하여 그녀는 퍼뜩 정신을 차렸으며, 짧게 지속된 착란의 순간에서 얼른 빠져나와 수험생들의 무리에 끼어들었다. 하지만 직전의 짧지만 날카로운 혼란의 순간은 그녀의 기억에 영원히 각인되었으며, 예상치 못한 순간들에 튀어나와 그녀를 당황케 했다.

이수영은 원하던 과에 무난하게 합격했다. 그녀의 부모는 엄청난 학비가 걱정되기는 했지만 일단은 기뻐했다. 1년, 길어야 2년가량 무리하여 지원하면 그 뒤에는 대출을 받든지 아르바이트를 하든지 알아서 해나갈 것이라는 계산이었다. 물론 좀 더 무리하여 4년 전체를 지원할 생각도 없지는 않았다. 졸업과 동시에 번듯한 직장에 취직이 가능하다면, 그것이 성공적인 결혼으로까지 이어진다면 그렇게까지 무모한 투자는 아니라는 계산이었다.

문제는 그녀가 합격한 과가 국문학과라는 것이다. 문제의 국문학과는 2년 전 예산상의 문제로 문예창작과와 통합되었으며, 다시 멀지 않은 미래에 지금의 절반 크기로 축소될 예정이었다. 학교 당국은 내심 국문학과 자체를 없애버리고 싶었다. 일본어학과, 베트남어학과 등과 통합하여 범아시아어학과로 만들면 좋을 것이다. 하지만 학교 측의 소망을 알아챈, 현 대통령과 깊은 친분이 있다고 알려진 원로 소장파 국문학과 교수가 들고일어나 민족의 얼을 파괴시키려는 학교 당국의 사악한 의도를 용납할 수 없다고 저항하며 여기저기 강연회와 신문 기고 등에서 학교 설립자의 친일 행적을 문제 삼기 시작하여 그 계획은 아쉽지만 중단되어 있었다. 다행인 것은 대통령은 언젠가 바뀌는 데다가 문제의 원로 국문학과 교수 또한 나이가 아주 많다는 것이었다. 서두를 것이 없다. 시간은 학교의 편이었다.

현명한 고3 학부모들은 이렇게 안팎으로 어수선한 A대학 국문학과의 상황을 꿰뚫고 있었고, 하여 해당 학과의 수험생 지원률은 눈에 띌 정도로 낮아져 있었다. 그 결과 이수영이 입학할 당시 같은 과에 합격한 학생들은 다른 해보다도 확연하게 눈에 띌 정도로 모호하고 비실용적인 분위기를 풍기고 있었으며 그 분위기의 정점에 한비가 있었다.

한비는 너무나도 엉뚱한 분위기를 풍기고 있어서 여타 비현실적인 국문학과 동기들조차 그녀를 기피할 정도였다. 그녀의 단순한 한글 이름은 우리말을 몹시 사랑하는 그녀의 친할아버지의 작품이었다. 한비의 아버지는 결혼 직후 아내와 함께 캐나다로 유학을 떠났고, 한비는 몬트리올에서 태어났다. 여섯 살 때 한국으로 돌아와 현지에 대한 기억은 거의 없지만 그녀의 국적은 캐나다이다. 한국으로 돌아온 뒤에도 아버지의 직업 문제로 한동안 이리저리 옮겨 다니며 살아야 했다. 부산, 울산, 광주 그리고 제주도와 대구를 거쳐 부모님의 고향인 서울 강남으로 돌아온 그녀는 중학생이 되어 있었다. 그녀가 입학한 중학교는 광기 어린 입시 열기로 유명했고, 여름방학이 끝나기 직전 그녀는 자퇴를 하겠다고 고집을 피우기 시작했다. 결국 대안중학교로 전학 가는 것으로 타협을 한 뒤 그 학교와 가까운 분당으로 이사를 가게 되었다. 이후 대안고등학교, 재수 생활 1년을 거쳐 그녀는 A대학교 국문학과에 입학하게 되었다.

국문학과 40명 남짓한 신입생 가운데 실제로 한국문학에 관심을 갖고 있는 것은 한비가 유일했다. 나머지에게 국문학이란 고교 수업과 수능 대비를 위해서 지겹도록 읽고 또 읽어야 했던 엄청나게 지루한 문장들이라는 느낌 그 이상도 이하도 아니었다. 독서에 조금이라도 관심이 있는 학생은 외국문학에 훨씬 익숙했다. 하여 그 지루한 것들을 앞으로도 4년간 읽고 또 읽어야 한다고 생각하면 엄청 우울해지지만 사실 인생이 그런 것이 아니겠는가? 신입생의 대부분이 공무원을 미래의 직업으로 점찍어놓은 채로, 하지만 그를 위한 실제적 대비는 시작하지 않은 채, 막연하고 모호한 신입생의 시기를 지나고 있었다.

대학 생활이란 게 당최 별것이 있는가? 물론 그것이 미국이나 영국의 환상적인 캠퍼스에 펼쳐진 뭔가라면 얘기가 달라질 수도 있겠지. 하지만 여기는 대한민국 수도 서울의 어정쩡한 도심권, 강남까지 안 막히면 택시 타고 15분이라는 것은 꽤 유리한 조건이기는 했다. 그러나 그것은 서울 밖에서 온 학생들을 위한 장점에 불과했다. 이미 중학교, 고등학교 시절 줄기차게 헤매고 다녔던 가로수길, 홍대 앞, 끽해야 이태원 일대, 몇몇 쇼핑몰과 백화점, 블로그 맛집, 티비에 나온 맛집, SNS 맛집…… 서울 출신의 학생들에게 서울 탐방은 권태로운 놀이에 불과했다. 자신들에게는 지겹기 짝이 없는 것들을 향해 눈을 반짝대는 이방인들에게는 호기심보다 불쾌감이 앞섰다. 그 불쾌감의 원인은 무엇인가? 왜 풋풋한 이방인을 향해 호기심 대신 불쾌감을 느끼는가? 그 감정의 근원은 무엇일까? 물론 그런 질문은 당연히 떠오르지 않았다. 그들은 서로를 너무나도 잘 아는 자신과 구분되지 않는 아이들과 조심스럽게 몰려다니거나 혹은 차라리 혼자 있는 것을 택했다.

이수영은 그녀답게 조용히 혼자 있는 것을 택했다. 혼자서 조용히 하지만 들뜬 신입생의 심정으로 인터넷을 헤매 다니기 시작했다. 쇼핑몰들, 게시판과 카페, 페이스북, 또 다른 쇼핑몰, 옛날 티비쇼들, 다시 쇼핑몰과 게시판…… 물론 그런 식의 인터넷 산책은 서울 도시 산책과 본질적으로 다르지 않았다. 하지만 훨씬 더 쉽고, 싸고, 자극적이라는 장점이 있었다. 아침 해가 떠오를 때까지, 핸드폰 배터리가 닳아빠질 때까지 그녀는 좁은 침대에 누워 그녀만의 순례를 이어갔다. 다름없는 하루하루, 겨우 몇 시간 잠들었다가 억지로 깨어나 향하는 학교는 전혀 정이 들지가 않았다. 칙칙한 빛깔의 건물을 가득 채운 학생들, 절대로 눈도 마주치고 싶지 않은 남자 선배들과 왠지 모르게 항상 화가 나 보이는 여자 선배들, 그리고 완벽하게 자신만의 세계에 쏙 들어가 있는 듯한 동급생들, 이따금 마주치는 경영대학이나 의대, 법대생들은 영 다른 종족같이 느껴졌다.

'뭐 이따위 대학 생활이 다 있담!'

어느 날 저녁, 런던에서 대학 생활을 하고 있는 중학교 동창의 페이스북을 훔쳐보던 이수영은 그런 생각에 도달했고, 분에 못 이겨 핸드폰을 집어던졌다. 다행히 핸드폰은 침대 매트리스 위로 떨어졌다. 그녀는 한참 핸드폰을 노려보다가 다시 침대에 누웠다. 그리고 뒤척이다가 방문 너머로 흘러들어오는 거실의 KBS 뉴스 소리가 너무나도 소름이 끼쳐 이불을 뒤집어쓰고 귀를 막았다.

'빌어먹을 운명! 저-주! 저-주!'

그녀는 흐느껴 울다 지쳐 일찍 잠이 들었다.

다음 날 아침 9시, 아슬아슬하게 시간에 맞춰 강의실에 도착했을 때 이수영은 혼자였다. 뒤쪽 창가 자리에 엉거주춤 앉으려다가 칠판에 쓰여 있는 글자들을 발견했다. '금일 휴강. 보강수업 일시는 주말 중 단톡방에 통보 예정.' 그녀는 핸드폰을 들여다보았다. 어젯밤 11시 조교로부터 카톡 알림이 도착해 있었다. 핸드폰을 분실해서 뒤늦게 휴강 공지를 하게 되었다며 죄송하다고 적혀 있었다. 허무한 심정으로 자리에서 일어나려는데 누군가 강의실로 들어왔다. 한비였다. 그녀는 이수영과 눈이 마주쳤고, 수영의 허무한 표정에서 휴강이라는 것을 직감했다. 한비는 큰 소리로 웃음을 터뜨렸다.

"하! 하! 하!"

이어 강의실을 빠져나가던 그녀는 갑자기 멈추더니 뒤돌아 이수영을 향해 걸어왔다. 그녀의 얼굴에는 장난기 어린 미소가 가득했다. 이수영은 두려운 눈길로 그녀를 바라보았다.

　우연히도 이수영과 한비 둘 다 그 강의 외에는 그날 수업이 없었다. 하여 자연스럽게 택시를 집어타고 가로수길로 향했다. 평일 아침의 가로수길은 한산했다. 주말이면 기본 한 시간 줄을 서서 기다려야 한다는, 절대 예약을 받지 않는 인기 만점의 브런치 가게 또한 텅텅 비어 있었다. 둘은 두 시간 넘게 식당에 머물며 조용한 평일 아침 도심의 사치를 누렸다.

　두 사람은 신입생 오리엔테이션에서 서로를 보았고, 강의실에서 종종 마주쳤으며, 당연하게도 서로의 이름을 알고 있었으나 한 번도 인사를 하거나 말을 해본 적이 없었다. 이수영은 동급생들이 한비에 대해서 이상하게 생각하고 기피한다는 것을 알고 있었다. 그녀 본인으로 말하자면 한비에 대해 아무런 입장이 없었다. 굳이 다가가지도 않고, 또 피하지도 않았다. 왜냐하면…… 솔직히 대부분의 학생들이 비슷한 입장이지 않을까? 피할 이유도 없지만 굳이 친해지고 싶지는 않다. 왜냐하면…….

　동기들이 그녀에 대해서 느끼는 묘한 위화감을 한비도 알고 있을까? 안다면 그에 대해 뭐라고 생각할까? 한비는 동기 누구와도 친하지 않았지만 놀랍게도 혼자가 아니었다. 항상 누군가와 함께였다. 그들은 다른 학과의 나이가 많은 남자 선배들이었다. 혼자 있을 때도 그녀는 항상 바빠 보였다. 누군가와 긴 전화 통화를 하고 있거나 아니면 책을 읽고 있었다. 수업이 끝나면 홀연히 사라졌다. 나와 완전히 다른 세상을 살아가는 여자애. 하지만 전혀 부럽거나 궁금하지는 않다. 그것이 한비에 대한 이수영의 이수영의 한비에 대한 입장이었다. 그렇다면 이수영에 대한 한비의 인상은 무엇인가?

　둘은 브런치 카페를 나와 근처의 한 커피숍으로 자리를 옮겼다. 그곳은 가로수길 중심부에서 멀지는 않았지만 좁은 골목을 여러 차례 비집고 들어가야 나타나는 곳으로, 간판도 없고, 네이버 맵이나 구글 검색에도 뜨지 않았다. 건물 외양은 허름해 보였으나 들어가니 생각보다 크고, 이국적인 느낌으로 고급스럽게 꾸며져 있어서 언뜻 상해의 힙스터 카페 같기도 했다. 한비는 그 카페 주인과 잘 아는 듯했다. 카페 주인은 냉정해 보였지만, 한비가 이수영을 같은 과 친구라고 소개하자 몹시 따뜻한 미소를 지으며 반겨주었다. 그녀는 이수영에게 좋아하는 커피라든지 위스키, 와인에 대해 꼬치꼬치 캐물은 다음 (이수영은 커피, 위스키, 와인 아무것도 즐기지 않았으므로 난감했다) 파나마의 게이샤 커피를 추천했다. 한비는 익숙하고 자연스러운 말투로 이디오피아의 예가체프 마타하리를 시켰다.

한참이나 정성스럽게 내린 핸드드립 커피는 맛이 아주 좋았다. 약간 차(글랜번에서 봄에 첫 수확한 다즐링) 같기도 하고 꽃(오렌지 재스민) 냄새가 나기도 하고 다크초콜릿과 건포도, 아몬드 맛이 동시에 나는 듯도 하다고 한비는 주장했다. 영 무슨 말인지 모르겠지만 이수영은 대충 동의했는데, 속으로는 스타벅스의 캐러멜 마키아토가 좀 더 자신의 취향이라고 생각했다.

카페인에 취해 둘은 많은 이야기를 나누었다. 이수영은 한비가 학교에서 어울려 다니는 사람들이 같은 대안학교 출신 선배들이라는 것을 알게 되었다. 한비는 이수영이 초등학교 시절 글쓰기를 좋아했다는 것을 알게 되었다. 이외에도 둘은 서로의 좋아하는 것들, 싫어하는 것들, 재미있는 것들, 화가 나는 것들 등등에 대해서 이야기했다. 이수영은 한비의 별명이 어른들 사이에서는 바람의 딸 한비야, 또래들 사이에서는 레니니즘이었다는 것, 빌어먹을 이름 때문에 너무 많은 놀림을 받아서 개명할 생각도 여러 번 했다는 것을 알게 되었다. 한비는 이수영이 고등학교 시절 같은 반에 수영이란 이름을 가진 학생이 네 명이나 있어서 그들을 분류해서 부르느라, 수영 2, 혹은 작은중간수영으로 불렸다는 것을 알게 되었다. (나머지는 작은수영, 큰중간수영, 큰수영 혹은 거인수영으로 불리었다.) 두 사람은 여러 가지로 달랐다. 사실상 겹치는 점이 아무것도 없는 듯했다. 놀랍게도 그 사실이 두 사람을 흥분하게 했다. 엄밀히 말해서, 둘은 아주 다른 곳에서 왔지만, 한편 모두가 서로의 복제품 같은 좁디좁은 환경 속에 들어 있다는 점에서 비슷했다. 이수영의 주위에는 그녀의 부모를 포함하여 자신처럼 적당한 불만족 속에서, 적당한 망상과 적당한 현실 사이에서 적당히 타협한 채 살아가는 인간들로 가득했다. 한편 한비의 주위에는 그녀의 부모를 포함하여 그녀처럼 어딘가 황당한 꿈을 품고 둥둥 떠서 살아가는 비현실적 인간들로 가득했다. 이수영은 한비의 과격함에 감명받았다. 한비는 이수영의 현실성이 놀라웠다. 아주 가까운 곳에서 미지의 세계를 발견한 둘은 감격했다.

한껏 달아오른 두 사람의 분위기를 감지한 카페 주인이 두어 번 더 커피를 리필해주었고, 유기농 쿠키도 한 접시 대령해 왔다. 마침내 조증 환자의 천장에 닿은 광기, 착란과 구분되지 않는 흥분감 속에서 카페를 뛰쳐나온 둘은 좁은 골목길을 이리저리 빙글빙글 지그재그로 걷다가 압구정 현대백화점에 도달했다. 두 사람은 지하의 분식코너에서 떡볶이와 튀김만두, 쫄면 등을 허겁지겁 나누어 먹은 다음 꼭대기층 팥빙수집으로 향했다. 빙수를 사이에 두고 둘은 다시 이야기꽃을 피웠다. 아니, 대체로 한비가 이야기하고 이수영은 들었다. 한비가 들떠 늘어놓는 이야기들, 음악, 미술, 문학, 철학과 패션, 예술과 인생 그리고 영화의 세계는 눈부시게 반짝거리는 빛으로 가득했다. 반짝이는 무지개 꽃가루가 끝없이 쏟아지고, 영롱한 오로라가 사방으로 퍼져 나가는 그런 세계 속에 이수영은 갑자기 들어 있는 느낌이었다. 그녀는 완전히 사로잡혔다. 하지만 절정에 이른 이야기를 한비는 무자비하게 중단하며, 앗 약속이 있는 것을 깜빡했네, 역시 절정에 이른 이수영을 다 녹아버린 빙수와 함께 버려둔 채 떠나버렸다. 버림받은 이수영은 그러나 여전히 알 수 없는 구름에 둥둥 뜬 심정으로 백화점을 빠져나와 무채색의 압구정 거리를 헤매 다녔다. 그러다 나타난 스타벅스에 들어가 캐러멜 마키아토를 주문했다. 아아, 너무 많은 카페인이 그녀의 혈관을 채우고 있었다. 그녀는 한 손에 커피를 든 채, 어둑어둑해지는 하늘과 그 하늘을 까맣게 채운 미세먼지 아래를 걷고 또 걸었다. 마침내 그녀가 정류장에 도착하여 버스를 기다리고 있을 때 갑자기 천둥번개가 치고 세찬 비가 내리기 시작했다. 사람들이 몸을 숙이고 서둘러 뛰었다. 때마침 기다리던 버스가 도착했고, 이수영은 버스에 올라탔다. 버스 밖은 순식간에 흥건히 젖은 물의 세계가 되었다. 쏟아지는 빗속을 버스는 잠수함처럼 전진했다. 창밖을 바라보는 이수영은 반쯤 넋을 잃은 채였다. 너무나도 비현실적인 기분이었다. 도대체 오늘 그녀와의 만남의 의미는 무엇인가.

우주가 나에게 보내는 메시지인가? 그렇다면 그 메시지의 내용은 무엇인가?

*

그날은 진정 이수영에게 계시의 날이 되었다. 집으로 돌아왔을 때, 어머니는 거실 티비 앞에 누워 졸고 있었는데, 티비에서는 하필이면 시인 윤동주의 삶에 대한 다큐멘터리가 방송되고 있었다. 마침내 그녀는 깨달았다. 저것이 바로 계시다. 저것이 바로 계시의 메시지다. 윤동주! 한비! 국문학과! 그렇다, 내가 국문학과에 입학하게 된 이유가 있다!

그렇게 그녀는 시인이 되기로 결심했다.

잠 못 이룬 그 밤, 그녀는 과제를 위해서 학교 도서관에서 빌려 온 『한국 대표 현대시 100선』을 단숨에 읽었다. 그리고 다음 날 아침 학교에 도착한 즉시 도서관으로 향하여 집히는 대로 열 권의 시집을 꺼내 들었다. 그렇게 시작된 독서는 지역과 시대를 가리지 않고 뻗어 나갔다. 온갖 난해하다는 시들이 우습도록 쉽게 이해가 되었다. 그렇게 이해한 것을 그녀는 다시 시로 옮겨 적었다. 그렇게 쓴 시 가운데 몇 개를 선별하여 학기 초 별생각 없이 신청했던 시창작 수업의 강사인 현직 시인 T에게 가져갔다. 그는 평범한 신입생처럼 보이던 이수영의 감춰진 재능에 깜짝 놀랐다. 그녀는 하루 아침에 국문학과 최고의 천재로 떠올랐다. 학과장인 원로 교수가 그녀를 만나기 위해 과방으로 친히 행차할 정도였다. 그녀는 T 강사의 수업 시간마다 모호하고 도사 같은 말들을 늘어놓기 시작했는데, 그럴 때마다 T 시인은 사랑스러운 눈길로 그녀를 바라보았다. 그녀는 T 시인과 그의 예술가 친구들과 어울리기 시작했다. 하지만 그녀가 가장 고대하고 또 함께 많은 시간을 보내는 것은 한비였다. 그녀는 한비의 소개로 한비의 대안학교 선배들과도 어울리기 시작했다. 그들은 그녀가 시인 지망생이며, 그녀의 천재성을 이미 T 시인이 인정한 상태라는 한비의 설명에 큰 감명을 받았다. T 시인은 30대 중반의 시인으로, 유명세가 크지는 않았지만 한국문학에 관심이 많은 소수의 젊은이들 사이에서는 꽤 인기가 있었다. 한비의 대안학교 선배들 가운데에서도 그의 열렬한 팬이 하나 있었는데 그는 즉각 이수영에게 큰 관심을 갖기 시작했다. 심지어 둘은 데이트 비슷한 것을 하기도 했으나, 이수영이 그에게 아무 관심이 없다는 것을 깨닫고 흐지부지되었다.

이수영의 관심은, 그녀의 유일한 관심은 한비였다. 그녀의 모든 시는 사실상 한비를 향한 것이었다. 그녀는 한비를 사랑하게 된 것인가? 아니면 집착인가, 질투인가, 그저 오해인가? 이수영의 열렬한 애정에 대해 한비는 언제나 거리감을 유지했다. 그녀는 이수영을 피하는가, 혹은 불편해하는가? 아무리 봐도 그런 것은 아니었다. 그녀 또한 이수영을 좋아했다. 그녀는 이수영이 귀엽고, 똑똑하며, 또 재능이 있는, 착하고, 매력 있고, 멋지고 또 멋진…… 문제는 수영에 대한 한비의 생각이 오래가지 못한다는 것이었다. 그녀는 산만했다. 그것이 그녀의 고질적인 문제, 동시에 이수영을 들끓게 만드는 매력이었다. 그녀는 항상 이리저리 기분 좋게, 사람들 속을 흔들려 다녔다. 다시 말해 인기가 많았다. 즉, 그녀의 주위에는 온갖 종류의 사람들이 있었다. 대안학교 친구가 있었고, 분당 동네 친구가 있었다. 서울 친구가, 제주도 친구가, 또 대구 친구가 있었다. 또 (자주 바뀌는) 남자친구가, (역시 자주 바뀌는) 짝사랑 상대가, 그리고 그녀를 오랫동안 짝사랑해 온 남자 사람 친구들이 있었다. 하지만 무엇보다 그녀의 가족이 있었다. 명상과 요가를 사랑하는 그녀의 어머니, 출장에서 돌아오는 길에 언제나 엉뚱한 선물을 사 오는 다정한 아버지가 있었다. 그녀를 아끼는 할아버지, 그는 이따금 장문의 손편지를 사랑하는 손자 손녀들에게 써 보냈다, 교양 있는 이모들과 숙모들 그리고 귀엽고 정신없는 사촌들이 있었다. 그들은 죄다 한비를 좋아했다. 그들은 모두가 한비의 편 혹은 팬이었다. 겹겹의 인간들 속에 한비는 들어 있었다. 열 겹의 지퍼백에 쌓인 양파처럼, 그녀는 쏙 들어가 있었다. 도대체 어떻게 이렇게 신기하고 완벽한 환경 속에 한 인간이 들어 있을 수 있단 말인가! 이수영은 한비가 겹겹이, 근사한 향이 나는 무지갯빛 포장재에 돌돌 싸인 채, 가득한 인간들 사이로 여유로이 헤엄쳐 다니는 장면을 홀린 듯이 바라보았다.

　이수영의 야심은 천재 시인이 되는 것이 아니었다. 그녀의 진짜 야심은, 한비를 둘러싼 인간 지퍼백들 가운데 최고가 되는 것이었다. 다시 말해 한비의 가장 친한 친구가 되고 싶었다. 아니 이미 그런 것이 아닐까? 한비도 이미 그렇게 생각하고 있는 것이 아닐까? 그렇지 않다면 왜 한비가 내년 여름에 몬트리올 친구를 만나러 갈 때 같이 가자고 했겠는가? 한비의 몬트리올 친구는 짐작건대 한비가 (이수영을 빼고) 가장 좋아하는 친구였다. 한비가 나를 최고의 친구라고 생각하지 않았다면 과연 그런 의미심장한 제안을 했을까?

　이수영은 열심히 시를 쓰는 한편, 한비와의 몬트리올 여행을 고대하며 여러 가지 준비를 시작했다. 영어 공부, 불어 공부, 그리고 여행 자금을 모으기 위한 아르바이트도 시작했다. 하루 24시간이 진정으로 모자란 나날들이었다. 한비를 자주 만날 수도 없었다. 하지만 그럴수록 그녀는 몬트리올

여행에 많은 것을 걸기 시작했다. 마침내 여행 당일 이수영이 인천공항에 도착했을 때, 한비는 이미 항공사 부스에서 수속을 시작하고 있었다. 그녀는 혼자가 아니었다. 사촌 남동생 한마음과 함께였다.

이후 이어진 3주가량의 몬트리올 여행의 디테일을 이수영은 가족을 포함하여 아무에게도 발설하지 않았다. 문제의 3주간, 마일엔드(Mile End)라는 근사한 백인 동네에 꼼짝없이 갇힌 이수영은 한비와 그녀의 캐나다인 친구인 데비 그리고 한마음이 선보이는 각종 이기적인 행태의 유일한 관객이었다. 그 3주간 한비와 데비 그리고 한마음은 따로 또 같이, 마치 묘기를 부리듯이 이수영을 향해, 또 한편 서로를 향해 마치 전위적인 춤을 추듯이, 뭐랄까, 그것은 정말이지 묘사하는 것이 불가능할 정도로 짜증나는 상황이었는데, 아마도 그래서 이수영은 그날들에 대해서 누구에게도 설명하는 것을 포기했는지도 모르겠다. 간단히 말하면 그 셋은 서로를 골탕 먹이는 데 중독된 일곱 살짜리 꼬마 녀석들 같았다. 하지만 언제나 서로를 사랑하는 다정한 삼총사라는 어처구니없는 콘셉트를 유지하려고 했고, 그 콘셉트가 단지 콘셉트가 아니라 세상에서 유일한 진리라는 것을 이수영에게 설득시키기 위해서라면 무슨 짓이라도 할 것처럼 보였다. 그 괴상한 3인조의 장난이 절정에 달한 것은 그 세 악당들이 금요일 밤, 이수영이 주방에서 요리를 하는 사이, 아무 말도 없이 우버를 불러 공항으로 향한 것이었다. 식탁 위에 접시를 차리다 말고 문득 텅 빈 집에 홀로 남겨진 것을 깨달은 이수영은 한비에게 전화를 걸었다. 그녀는 뉴욕에 간다고 대답했다. 목소리에서는 아무런 망설임도, 미안함도 느껴지지 않았다.

―뉴욕? 미국 뉴욕 말이야? 나를 여기 혼자 몬트리올에 남겨놓고? 너네 셋이서? 언제부터 그런 계획이 생긴 건데? 왜 나에게 아무 말도 없이 그런 결정이 이루어진 거야? 도대체 왜?

―Because I thought, I thought, what if she hated New York……?

한참을 뜸을 들이던 한비가 영어로 대답했다.

—내가 언제 뉴욕 싫어한다고 그랬어?

—Nooo, I mean 너가 싫어하면 어쩌나. 너가 싫어하면 어떡하나 그랬다구.

3일 후 한비는 홀로 돌아왔다. 데비는 브루클린에 있는 남자친구의 집에 좀 더 머물기로 했고, 한마음은 또 다른 사촌을 보러 보스턴에 간다고 했다. 홀로 돌아온 한비는 이수영에게 데비와 한마음의 욕을 끝도 없이 늘어놓기 시작했다. 그리고 이수영에게 처음 만났던 날처럼 몹시 잘해주었다. 며칠 뒤 한마음이 돌아왔다. 실제로 한비와 한마음은 사이가 좋지 않아 보였다. 가는 날까지 한비는 이수영의 옆에 딱 붙어 있었다. 데비는 끝내 돌아오지 않았다.

인천공항에서 집으로 돌아오는 길 이수영은 한 통의 전화를 받았다. 그녀가 공모한 모 출판사의 신인시인상에 당선되었다는 소식이었다.

2

시간은 흘러, 졸업 시즌이 다가오고 있었다. 이수영은 2년 차 젊은 시인으로서 이따금 청탁을 받거나 여기저기 불려 다니는 것을 제외하면 T 시인 패거리와 술을 마시러 다니거나 혹은 이따금 한비를 만나는 것이 생활의 전부였다. 자연스럽게 그녀의 부모는 자식의 앞날을 걱정하기 시작했다. 처음 그녀가 시인으로 당선되었다는 소식을 들었을 때 그들은 약간 어리둥절하기는 했지만 나쁜 일이 생긴 것은 아니라고 간주했다. 이수영이 얼마 안 되는 상금을 털어 어머니와 아버지에게 실용적인 외투를, 그리고 늦둥이 여동생에게는 두 달치 영어 학원비를 선물로 주었을 때, 또 온 가족이 시내 모 호텔에 있는 중식당에서 지나치게 비현실적인 가격의 탕수육에 짜장면과 짬뽕 등을 배가 터지게 먹었을 때 자신들의 딸이 기대 이상의 효녀일지도 모른다는, 그녀가 본인들의 인생을 활짝 펴줄지도 모른다는 근거

없는 상상에 아주 잠깐 빠져들기도 했다. 하지만 꿈은 꿈일 뿐이다. 이후 시인이 된 딸은, 시도 때도 없이 빈둥거리는 생활로 당당하게 접어들었다. 그녀는 매일같이 술에 취해 새벽 귀가 하였고, 하루도 빼지 않고 늦잠을 잤다. 어머니가 어느 날 조심스럽게 취업에 대한 계획을 물었을 때 이수영은 몹시 격앙된 반응을 보였다. 그 히스테리컬한 반응을 요약하자면 나처럼 위대한 사람에게 샐러리맨이라니 가당키나 한가.

이수영의 어머니는 깜짝 놀랐다. 내 딸의 어디에 이런 과대망상의 기질이 숨어 있었단 말인가. 그녀는 그날 밤늦게까지 고민한 끝에 딸이 자주 언급하는 같은 과 한비라는 여자애가 착하고 순진한 이수영에게 사악한 영향력을 발휘했다는 결론에 도달했다. 찰거머리같이 찰싹 달라붙은 그 여자애를 어떻게 떼어낸담! 그 요망한 년 때문에 내 딸은 정신이 나가버렸으며, 취직도 결혼도 물 건너가고 말았다고 그녀는 생각했다. 그 사악한 년이 내 딸을 망가뜨리고 있다. 하지만 어떻게 막는단 말인가! 그녀는 생애 최초로 우울증 증세를 보이기 시작했다.

한편 이수영은 한비가 요즘 대체 어떻게 살아가는지 전혀 감을 잡을 수가 없었다. 이따금 만나긴 했지만, 만날 때마다 놀랍도록 다른 사람 같았다. 어떤 날은 몬트리올에서처럼 사악해 보였고, 어떤 날은 수면제에 취한 사람처럼 어눌했다. 또 어떤 날은 예전처럼 반짝반짝한 한비였고, 또 어떤 날에는 수녀처럼 무정했다. 굳이 일관적인 특징을 꼽아보자면 여행이 잦다는 것이었다. 어떤 날은 부산에 있다고 하더니 다음 날은 일본이었고 얼마 뒤에는 방콕에서 찍은 사진이 페이스북에 올라와 있었다. 중간고사가 한창인 어느 날 밤늦게 걸려온 전화에서 그녀는 강릉의 한 호텔에 있다고 했다.

─혼자?

이수영이 물었다.

─응, 혼자.

한비가 대답했다.

―내 방에서 커다란 호수가 내려다보여. 별이 반짝거려. 아주 예뻐. 아주 예뻐.

다행히도 이수영의 졸업 이후 삶은 상상했던 것보다 훨씬 덜 끔찍했다. 어쩌면 대학 시절보다 낫다고 할 수도 있었다. 그녀가 그런 생각을 하게 된 가장 큰 이유는 전적으로 한비와 전보다 자주 어울려 놀게 되었기 때문이다. 어느새 한비는 예전의 한비로 돌아가 있었고, 한동안 멀리하던 대안학교 선배들과도 다시 어울리기 시작했다. 그들을 만날 때 자주 이수영을 불렀다. 얘기를 들어보니, 대안학교 선배 B가 서울시의 지원을 받아 스타트업 사업을 시작했는데 거기에 한비도 참여하기로 했다고 한다. 그 사업의 내용은 서울의 부촌에 신선한 유기농 채소를 새벽 배송 하는 인터넷 쇼핑몰을 만들어 거기에서 얻은 이윤을 바탕으로 소외 계층의 영어 교육을 지원하겠다는 것이었다. 이수영은 완전히 한심한 프로젝트라는 생각이 들었으나, 한비가 매우 진지한 표정으로 설명하였으므로 잠자코 있었다.

시간은 아주 잘 갔다. 이수영은 T 시인 패거리, 그리고 한비의 스타트업 패거리, 두 그룹과 번갈아 어울리며 남은 시간에는 T 시인의 주선으로 시작한 글쓰기 아르바이트를 했다. 그해 겨울 그녀의 시가 유명 문학상의 우수작에 선정되었다. 다음 해에도 또 다른 유명 문학상의 후보에 올랐다.

한비도 이런저런 일들 속에서 나이를 먹어갔다. 대안학교 선배의 스타트업 사업이 좌초된 뒤 그녀는 6개월간 몬트리올에서 지냈다. 이후 한국으로 들어온 그녀는 필라테스 마니아가 되었으며, 대안학교 선배 B가 새롭게 구상 중인 사업인 필라테스와 마사지, 명상을 테마로 하는 소규모 여행사 프로젝트에 합류하였다. 그녀와 B가 연인 사이라는 루머가 돌았다. 한비는 완강히 부인했다. 그녀는 B 같은 타입의 남자, 여유로운 집안 출신의 나이브한 도련님에게 아무런 매력을 느끼지 못한다고 주장했다. 하지만 그녀는 그 뒤로도 계속해서, 대략 2년에 한 번씩 새롭게 펼쳐졌다가 버려지는 B의 모든 사업에 동참했다.

그간 이수영은 몇 번의 연애를 했다. 상대는 문학계에 속하는 남자들이었다. 그들은 대체로 말이 많았고 섹스를 못했다. 다행인지 세간에 떠도는 사이코패스 타입의 예술가 남자들을 만난 적은 없었다. 그녀의 연인들은 대체로 착했지만 무능했다. 혹은 표면적으로 그렇게 보였다. 즉, 결혼에 이르기에는 뭔가 부족했다. 비슷비슷한 타입의 남자들에게 지겨워진 그녀는 한비의 스타트업 패거리들에게 눈을 돌려보기도 했으나 그들의 반은 오래된 여자친구가 있었고, 반은 이미 유부남이었다.

서른 살!

이수영보다 한 달 앞선 한비의 서른 살 생일 파티는 성공적이었다. 장소는 얼마 전 독립한 한비의 연남동 오피스텔이었다. 처음 방문해보는 한비의 새 보금자리는 생각보다 널찍했고, 온갖 비싸고 엉뚱한 소품들로 채워져 있었다.

한비의 친구들이 한 명 한 명 도착했고, 그녀의 독특한 보금자리는 온갖 별난 사람들로 가득 채워졌다. 한비는 그들 속을 한 마리의 이국적인 물고기처럼 유유히 헤엄쳐 다녔다. 꽤 늦게 도착한 B 선배는 모르는 여자와 함께였다. 약혼녀라고 했다. 그녀의 한국말은 서툴렀다. 일본인이라고. B는 한껏 흥에 겨운 목소리로 한 달 뒤 나고야에 있는 여자의 고향에서 결혼식을 올릴 예정이라고 선언했다.

─하지만 한국에서 살 거예요. 한국에 온 지 5년 됐어요. 서울이 참 좋아요.

B의 약혼녀가 수줍게 말했다. 그들은 옥수동에 있는 R 아파트 단지에 신혼집을 구했으며 사실 이미 신혼집에 들어가 살고 있다고 했다. 한비는 B의 약혼녀와 친한 듯했다. 그녀는 둘의 결혼을 몹시 부러워했으며 그래서

인지 B와 그의 약혼녀는 한비를 향해 노처녀가 되었다며 짓궂게 놀렸다.

파티가 절정에 이르렀을 때, 이수영은 떠나야 했다. 다음 날 아침 일찍 최근 취직한 국어학원에서 주말 보강수업이 있었기 때문이다. 술에 한껏 취한 한비는 몹시 아쉬워하였으며, 다음 달 이수영의 생일 때 만나기로 거듭 약속했다.

*

이수영의 생일날은 아침부터 일진이 좋지 않았다. 최근 그녀와 동료 학원 강사 C는 서로에게 호감을 갖게 되었다. 데이트를 할 수 있는 시간은 수업이 끝난 늦은 밤뿐이라서 한동안 얌전했던 그녀의 귀가 시간은 점차 늦어지고 있었다. 간밤에는 생일을 핑계로 다른 동료 학원 강사들까지 합류하여 늦게까지 술판을 벌이느라 더욱 늦게 집에 들어오게 되었는데 그것이 어머니의 화를 제대로 돋우고 말았다. 우울증에 갱년기 증세까지 겹친 그녀는 이제 딸의 모든 것이 마음에 안 들었다. 번듯한 직업과 멀쩡한 남자와의 결혼, 그것이 그녀가 딸에게 바라는 전부였건만! 그녀는 평범하게 여겨지는 그 두 가지 성취가 딸 세대에 있어서 최고급 사치재가 된 것을 이해하지 못했다. 차라리 다이아몬드라면 얼마든지 얻을 수 있다. 하지만 멀쩡한 결혼과 제대로 된 직업이라니 그런 것이 요즘 세상 어디에 있단 말인가? 하지만 이수영의 어머니는 자신의 딸이 그 두 가지를 갖지 못한 것을 오로지 한비 탓으로 여기고 있었다. 한비만 아니었으면 딸이 시인 나부랭이가 되어 학원 강사 짓이나 하며 노처녀로 늙어가게 되지는 않았을 것이라고 말이다. 하지만 그것은 사실인가? 한비가 아니라면 이수영은 번듯한 공무원이 되어 책임감 있는 멋진 남편을 갖게 되었을까?

한비가 그녀에게 엄청난 영향을 끼친 것은 사실이었다. 그것은 누구보다 이수영 본인이 인정하는 바였다. 하지만 그 영향이 과연 사악한 것일까? 물론 그녀는 처음부터, 혹은 최근 들어 더욱, 이따금, 하지만 강력하게, 한비와 그녀의 인생 사이에는 거대한 강이 가로지르고 있다는 것을 알았다. 하지만 그런 한비가 빠진 이수영의 젊음은 얼마나 무채색이었을까! 영어 공부와 취업 준비, 그리고 거지 같은 소개팅과 시시한 연애 정도로 채워진 꽤 비참한 것이었음이 분명하다. 정말이지 한비는 그녀의 인생을 전혀 망하게 하지 않았다. 이수영이 스스로, 그리고 나름 현명하게 한비에게로 끌려간 것이다. 그리고 앞으로도, 이따금 그런 기회가 있다면 그것으로 만족할 수 있다고 생각했다.

어쨌든 생일날 아침부터 어머니와 한바탕하고 집을 나선 이수영은 기분이 좋지 않았다. 저녁에 이태원의 모 술집에서 갖기로 한 생일 파티까지는 지겹도록 긴 시간이 펼쳐져 있었다. 동료 강사 C는 공교롭게도 오늘이 어머니의 생신이라서 대전에 있는 부모님 댁을 방문하러 가고 없었다. 집에서 나와 한참을 목적 없이 걷던 그녀는 오랜만에 도서관에 방문해보기로 했다. 걸어서 15분 만에 도착한 도서관은 하필이면 휴관일이었고, 그녀는 허무하고 울적한 기분에 잠시 망설이다가 광화문에 있는 대형 서점에 가기로 결심하고 택시를 잡아탔다. 그녀가 탄 택시는 유독 담배 냄새가 심하게 났고 운전기사의 말투는 사나웠다. 서점 앞에 내렸을 때 그녀는 이미 지쳐 있었다. 그녀는 서점 안에 있는 프랜차이즈 카페에서 샌드위치와 커피를 주문하여 꾸역꾸역 먹기 시작했다.

한 시간쯤 지나 그녀는 두 권의 책이 든 쇼핑백을 든 채 지하철을 타고 이태원으로 향하였다. 이태원역에 도착한 그녀는 한 카페에 들어가 커피를 주문하고 서점에서 사 온 책들을 뒤적이기 시작했다. 다시 시계를 봤을 때는 약속 시간까지 다섯 시간이 남아 있었다. 그녀는 찜질방에 가서 한숨 자다가 나오기로 마음먹었다.

찜질방을 나섰을 때는 이미 깜깜했다. 그녀는 약속 장소에 10분 늦게 도착했으나 그녀가 가장 먼저 도착한 손님이었다. 그녀는 씁쓸한 표정으로

10년산 아드벡 위스키를 한 잔 시키고 사람들을 기다렸다. 사람들이 약속 장소에 도착하는 대신, 이수영의 핸드폰에 꾸역꾸역 메시지가 채워졌다. 늦었어, 미안해, 가고 있어, 갑자기 일이 생겨서, 미안해, 정말 미안해, 거의 도착했어! 이수영은 위스키를 한 잔 더 시켰다. 한비는 아무 메시지도 없었다. 30분이 지나고 마침내 친구들이 하나둘 도착하기 시작했다. 한 시간 반가량 지나서 한비가 한 남자와 함께 나타났다. 그는 커다란 덩치의 금발 백인 남자였다. 이수영은 얼떨결에 자리에서 일어났다. 남자가 양팔을 활짝 쳐들며 서툰 한국어로 말했다.

"이수영 씨 생일 축하해요!"

한비가 하하하 호탕하게 웃으며 남자를 껴안고 뺨에 키스했다.

"수영아 인사해, 소개할게. 이쪽은 도미니크야."

그리고 다시 한번 뭐가 우스운지 자지러지게 웃었다.

도미니크는 독일계 스위스인으로 캐나다의 몬트리올에서 태어나 자랐으며 스위스, 캐나다 이중국적을 갖고 있었다. 그는 몇 달 전부터 캐나다의 한 제약회사 한국지부에서 일하고 있었는데 진짜 삶의 열정은 스키 타기에 있으며 대학 시절 스위스 국가대표로 동계올림픽에 출전한 적도 있다고 했다. 그는 겨울이 오면 한국에 있는 모든 스키장에 가보겠다는 야망을 불태우고 있었다.

그날 한비보다 더욱 늦게 도착한 것은 T 시인 일당이었다. 그들은 이미 거나하게 취해 있었고, 도미니크에게 커다란 관심을 보였다. T 시인은 한참동안 어설픈 영어로 스위스의 정치 시스템에 대해서 도미니크와 설전을 벌였다.

술에 푹 취한 이수영은 몽롱해진 눈으로, 자신의 눈앞에서 벌어지고 있는 일들을 바라보았다. 테이블을 가득 채운 술잔과 술병들, 알록달록한 안주, 터콰이즈블루색 접시 위에 늘어진 파스타 가닥들, 어느새 그녀의 손에 들린 무지개색의 칵테일, 스피커에서 흘러나오는 옛, 옛 노래들…… 문득 모든 것이 오래된 꿈처럼 느껴졌다. 그녀는 이 괴상한 꿈의 출발점, 이 전체 광경의 설계자, 그녀 20대의 전부, 진짜 사람 홀리게 만드는 Blower's Daughter(배낭여행가 한비야 말고 영화 〈클로저〉의 나탈리 포트만) 한비를 바라보았다. 그녀의 독특한 웃음, 묘하게 유혹적인, 엉뚱하게 선머슴 같은 순진한 표정과 반대로 수상하게 반짝이는, 상상 속의 일본 미니멀리스트 패션 브랜드의 뮤즈 같은, 납작한 검은 눈동자와 통통한 입술, 뾰족한 팔꿈치…… 아아 그녀는 정체불명의 열대 해변 같은 향기를 풍겼다. 이수영은 한비가 적어도 세 종류의 향수를 섞어 뿌린다는 것을 알고 있었다. '내 몸에서 나는 향이 뭐야? 나는 전혀 모르겠는걸……' 하고 속삭이는 미스터리한 열대 과일 같은…… 도대체 저 생명체의 정체는 뭐지? 도대체 어떻게 탄생하게 된 걸까? 왜 굳이 저런 식으로 만들어진 거지? 도대체 뭐가 되어가는 걸까? 진화일까 아니면 퇴화일까? 이수영은 궁금해졌다. 그녀를 거기에 이르게 한 그녀의 창조자, 설계자 너머의 창조자, 커튼 뒤의 진짜 얼굴, 그러니까 진실을 말이다.

*

이수영이 그 진실을 대면할 기회는 금세 찾아왔다. 그것은 한비의 결혼식에서였다. 그렇다. 한비는 이수영의 생일날로부터 정확히 3개월 뒤 강남의 한 예식장에서 도미니크와 결혼식을 올렸다. 한비의 다른 파티와 마찬가지로 결혼식 또한 대성공이었다. 예식이 끝나고 가로수길의 카페에서 거한 애프터파티가 열렸다. 그곳은 다름 아닌 이수영이 한비를 처음 만난 날, 함께 갔던 카페였다. 그 카페가 한비의 이모가 운영하는 곳이라는 것을, 그날 보았던 냉정한 바리스타가 바로 그 이모였다는 것을 이수영은 그때 처음 알았다. 알고 지낸 지 10년이 넘었건만 이제야 한비에 대해 알게 된 것이 많았다. 도미니크가 문제의 몬트리올 친구였다는 것, 몇 년 전 몬트리올에서 한비가 그렇게나 이상하게 굴었던 것 역시 그 때문이라는 것을 말이다. 몬트리올에서 만나기로 철석같이 약속했던 도미니크가 한비가 도착하기 며칠 전 친구들과 함께 멕시코 연안의 무슨 섬으로 여행을 떠나버렸고, 이후 몬트리올로 돌아오는 대신 뉴욕에 들른다는 소식을 들은 한비가 무작정 뉴욕으로 떠났던 것이라는 얘기도. 한편 한비에게 두 살 터울의 남동생이 있으며 그는 모든 여성이 바라는 이상적인 미혼 남성으로서(명문대, 전문직, 키 185센티미터) 그의 여자친구는 강남의 잘나가는 성형외과 의사인데 그녀 자신이 너무나도 완벽한 자연 미인이라서 그녀를 찾아오는 모든 환자들이 그녀처럼 고쳐달라고 애원한다는 것, 기타 등등…… 또한 놀라웠던 것은 그녀가 얼마 전 모교의 국문학과 대학원의 석사과정을 지원하여 합격했다는 것과 또 그녀의 신혼집이 옥수동 R 아파트 단지에 있다는 것이었다. 하지만 그날 충격의 하이라이트는 한비의 부모님이었다. 언뜻, 그들은 완벽한 중년 부부처럼 보였다. 고상한 인상의 어머니는 누구보다 세련되게 와인잔을 쥘 줄 알았으며, 아버지는 교양 있는 유학파 명문대 교수처럼 보였는데, 사실이 그러했다.

애프터파티가 한창인 카페의 한구석에 조용히, 그림같이 앉은 그 부부는 고막을 찢을 듯이 커다란 소리로 흘러나오는 데이비드 보위의 음악에 맞춰 자연스럽게 고개를 까딱거리며 한껏 자애로운 표정으로 카페를 채운 젊은이들을 바라보았다.

알록달록, 새콤달콤한 과일향 캔디처럼 싱그러운 젊은이들이라고 저 부부는 느끼고 있는 것일까? 적어도 한비와 도미니크는 그래 보였다. 알록달록, 새콤달콤한 캔디가 혀를 자극하듯 자극적인, 한 쌍의 완벽한 젊은이들. 한비가 몸을 흔들 때마다 그녀의 어깨에 걸쳐진 푸시아핑크색 크로셰 드레스가 불길하게 흔들렸다. 누군가를 유혹하듯, 깜—빡, 아무 감정 없는 눈동자를 깜빡이는 어항 속 신비한 색깔의 물고기처럼, 깜—빡. 이수영은 한비의 부모를 바라보았다. 그들 또한 어느새 물끄러미 자신의 딸을 바라보고 있었다. 이수영은 언뜻 차분해 보이는 그들의 표정에서 뭔가를 감지했다. 우아한 표정 너머, 자신의 딸이 보내는 유혹의 신호에 한껏 도취되어 있는 그들의 정신을 말이다. 그녀는 다시 한비를 보았다. 깜―빡. 이제 완전히 이해할 수 있었다. 한비가 보내는 유혹의 신호, 그 모호하게 열렬한, 자연스럽지만 필사적인, 그리하여 굉장히 그로테스크해지는 그녀의 구애가 다름 아닌 자신의 부모를 향한 것이라는 사실을 말이다. 하여 진실 또한 명확해졌다. 그녀가 청춘을 바쳐 선망했던 신비한 생명체 한비의 창조자가 바로 그녀의 부모라는 것이 말이다. 하지만 너무나 당연한 사실이 아닌가? 대체 어디에 그 진실의 충격적인 부분이 있는가? 그녀의 부모가 수십 년에 걸쳐 다듬고, 깎아 완성한 자랑스러운 작품, 희대의, 필생의 결과물이 바로 한비라는 것이 말이다.

너무나도 당연하고 단순한 진실이 가져다준 충격에 어리둥절해진 이수영 앞에 나타난 것은 바로 한비의 부모였다. 그들은 은은한 미소를 지은 채 그녀의 앞에 나란히 서 있었다. 이수영이 서둘러 일어나 인사했다.

"안녕하세요?"

이수영이 한비의 어머니와 아버지를 향해 공손한 미소를 보냈다.

"네가 한비 친구 이수영이지?"

한비의 어머니가 물었다.

"네, 정식으로 인사드려요. 축하드립니다! 한비가 오늘 너무너무 예쁘죠!"

이수영이 말하며 한비 쪽을 바라보았다. 그녀는 어느새 테이블에 앉아 B 선배와 이야기를 나누고 있었다. 도미니크는 보이지 않았다.

"우리가 축하받을 게 뭐 있니. 한비 쟤 인생인데! 자신의 삶을 살아가는 거지. 그렇지 않아요?"

한비의 어머니가 묘한 웃음을 지으며 남편을 바라보았다.

"암, 그렇지! 우리는 그저 한비의 행복을 바랄 뿐이지."

한비의 아버지 또한 묘한 웃음을 지어 보이다가는 별안간 진지한 표정으로 이수영을 향해 물었다.

"시인이라고 했던가, 이수영 양?"

"아…… 예…… 예, 맞아요. 요새는 잘 안 쓰지만……."

"그래그래, 맞아! 네가 한비의 예술가 친구!"

한비의 어머니가 멀리 한비를, 다시 이수영의 얼굴을 보며 말을 이었다. "그래그래, 맞아. 수영이 네가 우리 한비의 예술가 친구! 예술가 친구 이수영! 그렇다면 우리 한비는……?" 모호한 의문형의 문장으로 말을 끝내며 그녀는 남편을 바라보았다.

"우리 한비는?" 한비의 아버지가 의아한 얼굴로 아내를 보았다.

"그렇다면 우리 한비는 뭘까요?"

"우리 한비가 뭐긴 뭐야?"

"그러니까 우리 한비는…… 그러니까 우리 한비는……."

"이 사람아 무슨 말을 하고 싶은 거야? 한비가 왜?" 한비의 아버지가 답답한 표정으로 아내를 보았다. 그녀는 대답 대신 골똘히 생각에 잠긴 표정을 지어 보였다.

"여보……." 마침내 한비의 아버지가 애원하는 시늉을 하며 아내의 팔을 잡으려는 찰나,

"보헤미안! 우리 한비는 보헤미안!"

한비의 어머니가 손뼉을 짝, 치며 외쳤다.

"그쵸, 맞죠, 여보? 우리 한비는 보헤미안! 보헤미안!"

"뭐라구? 보헤미안? 하하하하!" 한비의 아버지가 웃음을 터뜨렸다.

"보헤미안! 으하하하 맞군, 맞아! 우리 한비 녀석이 보헤미안이었네! 맞군, 맞아, 영락없는 보헤미안이었어! 이럴 수가! 으하하하하! 왜 깨닫지 못했던가! 으하하하하하하!"

112   한비의 아버지가 너무나도 참을 수 없이 웃기다는 듯이 배를 잡고 몸을

뒤틀며 웃어댔다.

"맞죠, 그쵸, 여보, 그쵸? 그렇지, 수영아? 우리 한비는 보헤미안, 너는 예술가! 우리 한비는 보헤미안! 그리고 이수영이 너는 예술가! 예술가! 예술가!"

흥분한 한비의 어머니가 급기야 이수영에게 삿대질을 하며 소리치기 시작했다. 이수영의 표정이 급격히 안 좋아지는 것을 발견한 한비의 아버지가 아내의 어깨를 감싸 안으며 말했다.

"하하하, 여보 그만…… 이제 그만…… 하하…… 이수영 양, 만나서 반가웠어. 너무나도 반가웠어. 그렇지, 여보? 몹시 반가웠지? 하지만 우리는 이제 가봐야겠지? 그렇지, 여보?"

그는 강하게 동의를 구하는 표정으로 아내를 바라보았다.

"그쵸, 그쵸. 우리는 이제 가야겠죠? 그렇겠죠? 늙은 사람들이 있으면 젊은 사람들이 불편할 테니까, 우리는 이제 그만 가봐야겠죠? 쏙 빠져줘야겠지? 그렇지, 수영아? 그래야겠지? 여보? 여보?"

그녀는 계속해서 질문하며 한비의 아버지에게 끌려 어딘가로 사라졌다.

*

해 뜨기 직전, 가장 춥고 또 깜깜한 시간에 이수영은 집으로 돌아왔다. 그녀는 잠드는 대신 책상 앞에 앉아 골똘히 생각하기 시작했다. 자신의 20대에 대하여. 지난 10년, 그 긴 시간, 어쩐지 사기당한 기분이 드는 것은 왜일까? 알뜰살뜰 평생 모은 돈을 믿었던 동네 반찬가게 아주머니에게 맡겼더니 어느 날 반찬가게 셔터는 내려가 있고 아주머니의 전화기가 꺼져 있는 걸 발견한, 그런 느낌. 완벽하게 뒤통수 맞은 듯한 이 느낌의 정체는 무엇일까? 왜 그런 기분이 드는 걸까.

그녀는 찌푸린 얼굴로 눈을 감았다.

달뜬 얼굴로 한비와 자신을 번갈아 가리키던 한비 어머니의 모습이 아른
거렸다.

보헤미안 한비. 그리고 그의 예술가 친구. 이수영.

보헤미안 한비와 그의 예술가 친구, 이수영.

보헤미안과 그의 예술가 친구.

보헤미안과 예술가.

보헤미안…… 과 예…….

보헤미안과 예술가……?

"뭐 그딴 미친 인간들이 다 있어!"

이수영은 꽥 소리를 질렀다.

"별 미친 인간들을 다 보겠네!"

"아 재수 없어!"

"아이 씨발 재수 없어!"

"재수 없어!"

"미친놈들!"

이수영은 분한 듯 악을 썼다. 창밖으로 어슴푸레 해가 밝아오고 있었다.
이상한 소리에 잠에서 깬 이수영의 어머니가 자신의 방 안, 책상 앞에 앉아
발광한 듯 소리치는 딸을 발견하고는 서둘러 그녀의 입을 막았다.

"얘, 왜 그러니? 미쳤니? 술이 덜 깼어? 왜 이래? 닥쳐! 딸, 제발 닥쳐!"

이수영은 거칠게 엄마를 밀어냈다.

"몰라! 엄마는 몰라! 세상이 얼마나 미쳐 돌아가는지 엄마는 몰라! 아빠
도 몰라! 아무도 몰라! 모른다고! 아 진짜!"

그녀의 어머니는 딸을 바라보았다. 이수영의 시뻘건 두 눈에서 눈물이
줄줄 흘러내리고 있었다.

"어머, 얘, 수영아……."

"아아 난 어떡하라고!"

"뭘 어떡해, 얘……."

"아아 나는 어떡하냐고! 나는! 나는!"

이수영은 계속해서 악을 썼다. 그녀의 어머니는 처음 마주한 딸의 절망
에 망연자실한 채, 엉거주춤 서 있을 뿐이었다.

설계자는 결핍을 먹는다

전혜진 문학평론가

1. 『미나』에서 「예술가와 그의 보헤미안 친구」까지

김사과의 첫 장편 『미나』(2008)를 읽은 독자라면 우정이라 하기에는 너무 위험했던 10대 소녀의 집착과 파국적 결말을 기억할 것이다. 미나와 그녀의 특별함에 매료된 평범한 학생 수정의 관계가 친구를 넘어 피해자와 가해자로 급변하는 과정이 충격적이었던 이유는 단지 가시적인 폭력 때문만이 아니었다. 『미나』가 가져다 준 불편함의 정체는 이 같은 폭력의 동기가 모호했다는 점이다. 이 모호함은 원인을 알 수 없기 때문에 발생한 것이 아니다. 반대로 모든 것이 원인이었다. 스트레스를 구조적으로 양산하는 학교 시스템이 불안정한 10대의 심리와 접속하여 병적인 불안을 양산한 것일 수도 있다. 수정의 선천적 기질 탓일 수도 있다. 부모로 대표되는 기존 사회의 위선과 자본의 천박함 때문일 수도 있다 등. 모든 것이 문제의 원인이 되는 세상은 해석될 수도, 해결될 수도 없다. 김사과가 『미나』를 통해 고발하고 있는 세계상은 바로 이런 것이었다.

10여 년의 시간이 흐른 뒤 「예술가와 그의 보헤미안 친구」(2019)에서 미나와 수정의 관계는 한비와 이수영으로 다시 반복된다. 『미나』의 주인공들은 어른이 되었다. 이들은 이번에는 다른 삶을 살 수 있을까?

2. 결핍의 우정, 결핍된 우정

어디로 보나 평범한 삶을 살아온 이수영과 어딘지 모르게 독특한 매력을 가진 한비. 대학 신입생 때, 휴강으로 인해 빈 시간을 우연히 함께 보내면서 둘은 친구가 된다. 좋은 대학, 좋은 직장, 결혼, 안정된 삶을 최고의 행복으로 여기며 강요해온 부모에게 강한 불만을 느껴왔던 수영은 극심한 결핍감에 시달리는 인물이다. 하지만 "결점 없는 유전자와 교양 있는 가정환경 그리고 완벽한 사교육"(90~91쪽), 즉 "물질적 자본과 문화적 자본"(91쪽)을 가지지 못한 부모를 원망한다는 점에서 그녀의 불만 역시 상투적인 것이었다. 그런 수영에게 한비는 자신에게 결핍된 것들, 예컨대 교수 부모, 캐나다 국적, 서울 강남 거주, 대안학교 출신, 리버럴하고 탈권위적인 가풍, 세련된 취향 등, 그녀가 욕망하고 있는 모든 것을 가지고 있는 사람이었다. 수영이 한비에게 빠져드는 것은 시간문제였다.

수영은 한비와의 만남을 일종의 "계시"(98쪽)로 이해한다. 그것은 부모가 제시하는 평범한 루트를 거부하고 한비처럼 자신의 특별함을 찾는 행동으로 이어진다. 수영은 시인으로 등단하고 여러 예술가 친구들을 사귀며 한비의 친구 그룹과도 친교를 맺는다. 졸업 후에도 한비와의 교우는 지속된다. 한비는 스타트업 사업을 벌이고 망하기를 반복하기도 하고 여행을 다니기도 하며 여전히 보헤미안처럼 지낸다. 그리고 한비답게 스펙 좋은 스포츠맨이자 독일계 스위스인인 도미니크와 결혼을 한다. 각자 자신만의 특별함을 찾아 잘 지내는 듯 보이지만 둘 사이에는 기묘한 위화감이 감돈다. 문제는 이 둘의 관계가 비대칭적이라는 데 있었다.

수영이 한비의 가장 친한 친구가 되고 싶어 했던 데 반해 한비는 항상 수영에게 거리감을 두었다. 그것은 뜬금없는 전화나 무관심함을 넘나드는 예측 불가능한 변덕으로 나타났다. 하지만 이 같은 거리감은 수영을 한없이 서운하게 했고 그만큼 더욱 안달나게 했으며 한비에 대한 집착을 가속화했다. 그렇다면 한비의 그 매력이라는 것의 정체는 과연 무엇이었을까? 수영은 자신의 생일파티에서 그 일면을 엿보게 된다.

> 그녀는 이 괴상한 꿈의 출발점, 이 전체 광경의 설계자, 그녀 20대의 전부, 진짜 사람 홀리게 만드는 Blower's Daughter(배낭여행가 한비야 말고 영화 〈클로저〉의 나탈리 포트만) 한비를 바라보았다. 그녀의 독특한 웃음, 묘하게 유혹적인, 엉뚱하게 선머슴 같은 순진한 표정과 반대로 수상하게 반짝이는, 상상 속의 일본 미니멀리스트 패션 브랜드의 뮤즈 같은, 납작한 검은 눈동자와 통통한 입술, 뾰족한 팔꿈치…… 아아 그녀는 정체불명의 열대 해변 같은 향기를 풍겼다.(109쪽)

수영의 시선으로 보면 한비는 분명 신비한 매력을 가진 특별한 존재이지만, 수영의 언표 자체에 주목하면 한비는 온갖 유행하는 트렌드와 패션의 이미지 파편들의 집합체라는 사실이 드러난다. 게다가 이 파편화된 이미지는 수영의 욕망의 대상들이다. 한비가 수영의 욕망이 투사된 파편화된 이미지라는 점이 인식되면서 수영은 처음으로 질문을 하게 된다. "도대체 저 생명체의 정체는 뭐지?"(109쪽)

3. 설계자의 정체

이 질문에 대한 답은 이 소설의 결말부이자 클라이맥스인 한비의 결혼식 피로연에서 밝혀진다. 파티에서 한비는 여전히 아름다웠지만, 수영은 곧 한비의 몸짓에서 자동인형 같은 이질적인 표정을 읽는다. 그리고 그녀의 몸짓이 완벽한 중년 부부인 한비 부모의 시선 앞에서 펼쳐지는 공연이라는 사실을 깨닫는다. 자유로운 영혼이라 여겼던 한비의 성격은 궁극적으로 부모의 욕망이 투사된 설계물이었던 것이다. 자유분방한 영혼이 오히려 가장 순종적인 인간이었던 셈이다.

이 깨달음은 수영에게 상당히 외상적인 충격을 준다. 첫째, 통상적인 의미에서 한비가 자신이 알던(혹은 안다고 생각했던) 한비가 아니라는 점은 외부 대상 세계에서 찾은 애정의 대상에게 배신당한 듯한 상처가 되었을 것이다. 둘째는 진실의 층위와 관련되었다는 점에서 보다 근본적 차원의 충격을 던져준다. 결국 한비는 부모의 설계물일 뿐만 아니라 수영 자신의 설계물이기도 하다는 것, 나아가 자신 역시 누군가의 설계물이라는 사실의 대면이다. 이는 자신의 욕망을 여과 없이 직접적으로 대면하는 일과 관련한다. 즉 주체는 모두 누군가의 욕망의 투영이자 대리자이다. 이러한 사실은 '진정한 나'라는 또 다른 환상, 혹은 자신의 고유한 욕망이 존재한다는 착각에 의해 외면되곤 한다. 하지만 이 같은 환상 역시 타자의 시선에 의해 조율된 것이다. 수영이 내내 괴로워하던 결핍감, 불만은 궁극적으로 부모의 시선과 욕망을 거부하는 행위와는 무관하다. 수영 역시 현대 사회라는 대타자의 시선 앞에서 "유혹의 신호"(111쪽)를 보내는 한비와 다를 바 없는 것이다. 따라서 앞서 수영이 한비에 대해 던진 최초의 질문은 잘못되었다. 그녀는 한비의 정체를 물을 것이 아니라 자신의 욕망에 대해 질문을 던졌어야 했다.

4. 교환되는 결핍들, 관계의 어려움

어딘지 특별한 사람과 어디로 보나 평범한 사람의 조합은 흥미로운 이야깃거리를 만들어내곤 한다. 왓슨 박사의 인내는 홈즈를 명탐정으로 거듭날 수 있게 했으며, 살리에르의 질투가 없었던들 모차르트의 천재성을 그토록 매력적으로 만들 수 없었을 것이다. 극적인 서사를 가능하게 하는 관찰자이자 촉매자로서 범인(凡人)들의 역할에 찬사를 보내는 데에는 망설임이 없지만, 인생의 주인공으로서 특별함을 꿈꾸지 않을 수 없는 것 역시 평범한 사람들의 운명이다. 홈즈나 모차르트처럼, 대체 불가능하고 교환 불가능한 존재를 꿈꾸는 조연의 비애는 자신의 고유성에 대해 끊임없이 의심하고 불안해한다.

우정이나 애증, 어떤 식으로 부르든 간에 상대의 모든 것을 관찰하고 그가 어떤 사람인지 제대로 알아보는 이 같은 관계 맺음은 사랑의 영역에서 발생한다. 상대에 대해 잘 알고 있다는 생각이 착각이나 오만일 수 있다는 사실을 지적하는 것은 여기서 큰 의미가 없다. 중요한 것은 둘 사이에서 맺어지는 독점적인 연대감이다. 수영이 한비와의 관계에서 꿈꾼 것은 바로 이 같은 강력한 연대감이었다. 그러나 수영과 한비를 과연 친구라 부를 수 있을까? 둘의 관계에 대한 가장 정확한 설명은 바로 제목에 명시되어 있다. '예술가와 그의 보헤미안 친구.'

결혼 피로연에서 한비의 어머니가 수영을 "한비의 예술가 친구"(112쪽)로, 한비를 "보헤미안"이라고 부를 때 적어도 그녀는 진실을 말했다. 이들은 서로에게 이수영이거나 한비였던 적이 없다. 이수영에게 한비는 보헤미안이었고, 한비에게 이수영은 예술가였다. 더 정확히는 보헤미안의 이미지, 예술가의 이미지로서 존재했으며, 보통명사로서 불릴 뿐이었던 셈이다. 예술가에게 있음직한 보헤미안 친구, 보헤미안에게 있음직한 예술가 친구로서 말이다. 서로가 서로에게 일방적으로 자신의 욕망을 투사하고 원하는 이미지를 취했다는 점에서, 이 소설에서 가해자와 피해자는 구분되지 않는다.

그렇기 때문에 작품의 말미에서 여과 없이 터져나오는 수영의 분노는 카타르시스를 주지 못한다. 그녀의 분노가 궁극적으로 어디를 향해 있는지 알 수 없기 때문이다. 수영은 설계자로서 자신의 결핍과 욕망을 일방적으로 투사한 가해자였으며 동시에 대타자의 시선 앞에서 자동인형처럼 반응하는 피해자이기도 했다. 분노를 감당하지 못한 채 살인으로 치달은 『미나』의 수정은 이제 방에서 악을 쓰며 욕하는 게 고작인 수영으로 사회화되었다. 수영의 성장은 이 같은 순화된 인격에 있지 않다. 예술가와 보헤미안으로서는 친구가 될 수 없을 뿐 아니라 설계자의 손바닥에서 놀아나는 꼴에 불과하다는 진실에 수영의 분노가 향할 때, 이수영과 한비의 우정은 다시 시험받게 될 것이다.

신세이다이 가옥

박민정

소설집 『유령이 신체를 얻을 때』 『아내들의 학
교』, 장편소설 『미스 플라이트』 『서독 이모』가 있음.

신세이다이 가옥

후암동 옛집에 대해서는 누구도 먼저 말을 꺼낸 적 없었다. 가족들 사이에서는 그랬다. 그러나 밖에서의 나는 공공연히 후암동에 대해 말하곤 했다. 멀리 남산타워를 바라보며 끝없이 올라야 했던 낮은 언덕들과 지금은 카페가 된 옛 이웃집들이 있던 후암동에서 서울 토박이로서의 내 정서적 기반이 형성되었다고.

"아마 그 집들도 할머니 집처럼 권연벌레가 득실거렸을 거야."

종종 어린 나를 겁주기 위해 "말 안 들으면 삼광초등학교로 다시 전학 보낼 거야"라고 무섭게 을러대던 어머니는 얼마 전 넌지시 이야기했다. 그 집을 떠나고 몇 년 후 운전면허를 취득했을 때 후암동 쪽으로 차를 몰고 가본 적 있다고. 고가도로 밑에서 유턴하는데 속도를 줄이지 않아 옆에서 아버지가 고함쳤고, 어머니는 몇 번이나 시동을 꺼뜨려 줄담배를 피워대던 아버지에게 곧바로 핸들을 내주어야 했다. 그날 이후 어머니는 다시는 핸들을 잡지 못했고 20년을 장롱면허로 썩히다가 얼마 전 운전면허 갱신을 포기했다. 옛집을 떠난 이후 어머니의 입에서 '후암동'이라는 단어가 나온 적은 그때가 처음이었다. 그리고 얼마 지나지 않아 야엘이 한국에 왔다.

때문에 야엘이 한국에서 살았던 집에 대해 이야기했을 때, 나는 깜짝 놀

2020 올해의 문제소설

라고 말았다. 야엘이 한국에서 살았던 곳이라면 후암동의 그 집밖에 없었다. 동생과 함께 이층 방을 썼던 게 기억난다는 그녀의 말을 듣자, 순식간에 내 머릿속에 마루와 방들, 화장실이 경계 없이 이어진 그 집의 정경이 떠올랐다. 야엘은 자기가 한국에 대해 기억하는 거라곤 그 집과 꼬마 소년뿐이라며 그 집에 가보고 싶다고 말했다. 남양주경찰서 접견실에서 아버지는 금단 증상에 시달리는 사람처럼 계속 손을 떨었고, 간혹 가다 짧은 영어로 야엘과 내 대화에 끼어들기는 했으나 대체로 가만히 있었다. 야엘은 처음 보는 사촌동생인 내게 주로 말을 건넸다. 사촌동생이라는 말이 그토록 공허하게 여겨지긴 처음이었다. 야엘은 아버지 쪽은 쳐다보지 않았고 가끔 어머니 쪽을 일별했다. 그녀가 오래전에 본 젊은 부부가 노년에 가까워진 모습으로 변했다는 걸 어떤 기분으로 바라보는지 궁금했다. 가족 접견이라는 이름을 단 만남이었으나, 야엘을 포함해 우리들은 그 어느 때보다 가족이란 이름에 걸맞지 않았다. 야엘은 자기를 김포공항까지 데려다준 작은아버지인 우리 아버지를 기억했으나, 그 딸에 대해서는 아는 바 없었다. 야엘이 한국을 떠난 1983년에 나는 아직 세상에 없었다.

마당 있는 집…… 이층에 우리 방이 있었고, 일층 부엌 옆 쪽방이 아주머니 방이었다.

꼬마 소년. 작은 남자아이. 나의 가장 어린 동생.

아버지를 태우고 운전하는 건 처음이었다. 평생을 전방을 제대로 주시하지도 않고 한 손으로 운전하던 아버지는 그날 도저히 운전을 할 수 없겠다고 했다. 나는 긴장했다. 운전한 지 일 년밖에 안 되기도 했고 나는 유독 운전에 소질이 없었다. 고속화도로에서는 번번이 출입구를 헷갈렸고, 낯선 길에만 접어들면 내비게이션의 안내를 잘 알아듣지 못했고, 일방통행 골목을 역주행하는 일은 예사였다. 운전면허가 없는 남편을 태우고 다닐 때는 차라리 내 멋대로 할 수 있었지만 아버지가 조수석에 앉자 너무 긴장한 탓에 편두통이 밀려왔다. 의외로 아버지는 내 운전에 대해 아무런 타박도 하지 않았다. 그저 눈을 감고 침묵할 뿐이었다. 그날 운전은 평소보다도 엉망이었는데 말이다. 남양주 시내에 접어들었을 때, 좌회전 신호가 끝난 것을 알지 못하고 유도선을 도는 바람에 사방에서 경적이 울렸는데도 아버지는 눈을 뜨지 않았다. 어머니에게는 오래전 자신을 향해 고함을 지르던 남편의 모습이 떠올랐을 터였다. 위험천만했지만 아무도 입을 열지 않았다. 남양주경찰서로 가는 길이었다.

오랫동안 꿈꾸던 일이 이뤄지듯 그렇게 야엘이 한국에 왔다.

언젠가 경찰서에서 연락이 온다면 누가 대표로 가야 하나, 나는 오래전부터 생각했다. 그녀가 말하는 꼬마 소년은 내 사촌오빠 강장훈이었고, 그는 이제 마흔을 넘겼다. 프랑스인 야엘 나임, 한국 이름 강장희. 강장희와 강장선과 강장훈. 삼 남매의 사진을 본 적 있었다. 강장희와 강장선은 내가 태어나기 전에 한국을 떠났다. 강장훈에게는 새어머니와 아버지 사이에서 태어난 두 동생이 있었는데, 강예리와 강예은이 그의 친동생이 아니라는 것을 나는 초등학교에 입학하기 전에 눈치챘다. 강장희와 강장선이 평생 한국을 찾지 않는다면 다행이겠지만, 만약 다른 입양아들이 그러하듯 그들이 제 부모를 찾아 한국에 온다면 누가 그들을 맞을 것인가. 새 가정을 꾸린 지 30년이 넘은 큰아버지가? 그들의 존재를 아직도 모른다는 큰어머니나, 강예리와 강예은이? 그들을 외국으로 입양 보내자고 최초로 제안한 사람은 할머니였다. 그녀는 이미 죽고 없었다.

두 자매가 있다. 언니가 동생을 낳고 동생이 언니를 낳는다. 서로를 낳는 이 자매는 누구인가…… 스핑크스의 그 질문을 알게 되었을 때, 나는 강장희와 강장선을 떠올렸다. 정답은 낮과 밤. 옛날 옛적에 읽은 흔해빠진 이야기가 운전하는 내내 머릿속을 맴돌았다. 우리는 남양주경찰서에 도착할 때까지 야엘 나임이라는 사람이 강장희인지 강장선인지 모르고 있었다. 1983

년, 그들이 한국을 떠나기 반년 전에 내 부모는 결혼식을 올렸다. 가족사진 한구석에 양장을 맞춰 입은 장희와 장선이 있다. 장희와 장선은 자주색과 곤색으로 색깔만 다른 벨벳 치마를 입고 있다(그건 내 어머니의 결혼 예단이기도 했다). 장희와 장선의 생김새는 서로 매우 닮아 있다. 큰아버지를 닮아 둥근 얼굴에 몽고주름이 선명한 외까풀 눈, 그리고 언젠가 외국 영화에서 본 표현대로 '꿀색' 피부. 아버지는 그녀들을 구분할 수 있을까. 야엘을 보고 그 사람이 장희인지, 장선인지 알아볼 수 있을까. 경찰서에 도착해 주차하면서 나는 아버지에게 물었다.

"누군지 알 수 있겠어요?"

아버지는 미간을 찌푸리며 대답했다.

"누군들 그게 중요하냐."

후암동 집은 할머니가 죽기 전 소유한 집이었다. 비록 좁은 골목에 다른 집들과 다닥다닥 붙어 있었지만 마당까지 딸린 엄연한 이층짜리 독채였다. 그 집을 떠올리면 담벼락에 피어 있던 능소화부터 생각난다. 후암동은 부모님 손에 끌려가던 무서운 친가가 있는 동네였고 어린 내게 능소화는 할머니 얼굴처럼 섬뜩하기만 했다. 사업을 하던 아버지가 기어이 고덕동 아파트까지 해먹고 우리가 후암동 집으로 들어가게 됐을 때, 고덕동에서 후암동으로 가는 내내 아버지는 자꾸만 화를 냈다.

"십팔 새끼들 운전을 개좆같이 하네."

어머니는 평소와는 달리 나로선 생전 처음 들어보는 쌍욕을 아버지에게 퍼부으면서 여기 너만 운전하냐, 란 말을 반복했다. 어머니가 진짜 하고 싶은 말은 따로 있다는 걸 나는 알고 있었다.

우리가 후암동 집에 살았던 기간은 일 년이 채 되지 않는다. 아버지의 소유였던 고덕동 아파트를 판 게 아니었으니까. 훗날 돌이켜보며 나는 완전히 망했다고 생각했던 그 어린 시절이 실은 그다지 망한 것도 아니었다는 사실에 놀라워했다. 나와 남편이었다면 그렇게까지 가진 게 없었을 때 아파트를 팔지 않고 버텨낼 수 있었을까? 고덕동 아파트를 전세 놓고 다시 사업을 벌인 아버지는 반년 만에 회복해서 나를 원래 다니던 초등학교로 전학을 보내주었다. 다시 학교에 갔을 때 나를 기억하는 아이들은 몇 되지 않았다. 학급 부원들이 "교가를 가르쳐줄게" 하면 나는 그 노래를 안다고 말하기가 쑥스러워 그냥 배웠다. 살던 집을 전세 놓고 나갔다가 세입자를 내쫓고 다시 집에 들어가는 과정에 대해서는 몰랐으나, 고덕동으로 돌아왔을 때 '모든 것이 제자리로' 돌아왔다고 느꼈던 순간에 대해서는 명확하게 기억하고 있다.

고덕동 아파트는 내가 스무 살이 되었을 때 재건축되었다. 아파트가 새로 지어지는 동안 우리는 근처 빌라에서 살다가 78년식 아파트가 초고층의 주상복합건물로 변신했을 때 다시 그곳에 들어갔다. 남편을 처음 만났을 때 그는 내게 "그래도 평탄한 유년 시절을 보내셨네요"라고 했는데, 나는 그 말이 기분 나빴고, 그 말의 진의가 뭘까 일주일 동안 생각했다. 그는 이름도 처음 들어보는 깡촌 출신인데 나는 서울에서 태어나 자랐기 때문에? 우리집 숟가락 사정도 모르면서 그따위 말을 하는 데 기분이 상했었다. 연애할 때 우린 딱 한 번 크게 싸웠다. 결혼 얘기가 나오던 즈음이었는데, 그가 "그래도 자기네 집은 형편이 되니까……"라고 중얼거렸다. 사실 틀린 말도 아니었는데, 그때 나는 나도 모르게 후암동 집에 얹혀살던 시절이 떠올라 그에게 화를 냈다.

화가 났던 게 그것 때문만은 아니었다. 내게 부동산은 공포였다. 결혼 날짜를 넉넉히 일 년 후로 잡아뒀을 때부터 나는 스트레스에 시달렸다. 본래 식탐이 많았지만 그즈음에 나는 하루에 한 끼를 겨우 챙겨 먹었고, 죽어라 매달릴 건 그것밖에 없다는 듯 운동에 집착했다. 하루에 5킬로미터씩 운동장을 뛰었고 줄넘기를 했다. 그런 나를 두고 친구들은 웨딩 다이어트를 하냐며 웃었지만 나는 정말이지 공포를 느끼고 있었다.

서울에 방 한 칸 얻는 게 그렇게 힘들지는 몰랐다. 나는 내내 부모님과 함께 살았기 때문에 자취하는 다른 친구들처럼 피터팬 같은 집 구하기 커뮤니티를 들락거릴 필요도 없었고, 강남이 비싸다는 것만 알았지 서울 각 지역의 시세를 전혀 몰랐다. 내 눈에는 다 무너져가는 집의 전세가 몇억대라는 사실이 경악스러웠다. 남편의 집에서는 남편이 결혼할 때 주려고 마련해둔 돈 몇천만 원이 전부라고 했고, 우리집도 고덕동 아파트를 팔지 않는 이상 별다른 방도가 없었다. 남편의 입장에서야 우리집이 그나마 괜찮아 보였겠지만 나는 그때 말 그대로 공포를 느꼈던 것이다. 내게 집값을 전부 떠넘기면 어쩌지? 강남은 당연히 꿈도 못 꾸고 마포나 강변 같은 동네도 말도 안 되게 비싸고…… 용산은 놀랍도록 비쌌다. 내게 그 동네는 우리집이 망했을 때 기어 들어간 동네였는데? 결혼을 준비하는 일 년 동안 나는 예전보다 더 많이, 더 깊이 후암동 집을 생각했다. 1980년대의 상황과 지금의 상황은 물론 다르겠지만 어떻게 할머니는 그 집을 소유했을까. 그러고도 어떻게 작은아들에게 떡하니 고덕동 아파트를 사주었을까? 어머니는 결혼을 앞둔 내게 농담하곤 했다.

"가난한 남자랑 결혼하려니 피곤하지?"

내 문제에 공감한다는 듯 말했지만 아버지와의 결혼을 앞둔 1982년에 어머니는 가난과는 다른 문제에 직면해 있었다. 그건 바로 강장희와 강장선과 강장훈, 세 아이들이었다. 예비 시댁의 사정은 만만찮았다. 결혼 전 어머니가 후암동 집으로 처음 인사를 드리러 갔을 때, 큰아버지의 첫 번째 부인은 사라지고 없었다. 어머니는 그녀가 세 아이를 낳고도 그렇게 사라져버린 까닭을 얼마 안 돼 이해하게 됐다. 예비 시아버지는 돌아가신 후였는데, 그에 대해서는 "징용 끌려갔다 와서……"란 설명만 들었고, 어머니는 더이상 묻지 않았다. 당시 후암동 집에 살고 있던 식구는 할머니, 큰아버지, 장희와 장선과 장훈, 그리고 시댁 될 집에 인사드리러 간 첫날 어머니를 놀라게 한 아버지의 여동생, 고모였다. 어머니는 고모를 처음 본 순간을 영원히 잊지 못할 거라고 했다. 할머니 때문이었다. 고모는 누가 봐도 임부라는 게 티가 날 만큼 배가 불러 있었는데, 무슨 말을 하려고 하면 할머니가 득달같이 고함을 질렀다고, 임신한 여자를 어찌나 구박해대는지 소름이 끼쳤다고 했다. 그래도 어머니는 그때 그길로 도망 나오지 않은 것에 대해서 평생 후회하지 않았다. 비정한 어머니에 홀아비인 큰형에, 그리고 어찌된 사정인지 홀몸으로 애를 배고 있던 여동생이 있었지만 아버지를 믿을 만한 남자라고 생각했으니까. "자기 사업도 하고 아파트랑 차도 있었으니까?"라고 내가 물으면 어머니는 눈을 흘겼지만, 그게 가벼운 이유가 아니라는 걸 결혼을 준비하는 동안 확실히 알게 됐다.

그때 고모가 품고 있던 아이는 내가 어린 시절에 유일한 사촌언니라고 믿었던(장희와 장선의 존재를 몰랐을 때) 강수진이다. 그녀는 친가의 손주들 중 가장 공부를 잘했다. 예리와 예은이 재수없게 굴 때마다 앞장서서 내 편을 들어주기도 했다. 그녀는 중학교 때 자기 어머니를 일층 부엌 옆 쪽방에서 이층 큰방으로 옮기는 데 성공했다. 남양주경찰서에서 야엘이 후암동 집에 대해서 기억나는 대로 말하며 "일층 부엌 옆 쪽방이 아주머니 방"이었다고 했을 때, 나는 그녀가 말하는 아주머니가 누구인지 단번에 알아듣지 못했다. 그녀는 고모를 말하는 것이었다. 일곱 살의 어린아이의 머릿속에도 깊숙하게 새겨졌을 그 모습, 할머니에게 지독하게 구박당하던 고모.

우리가 그 집에 살 때 할머니는 아침밥을 야무지게 먹고 등교하려는 수진의 뒤에다 대고 뜬금없이 독한 년이라고 욕을 했는데, 수진은 못 들은 척 씩씩하게 걸어나갔다. 수진의 인내심을 시험하기라도 하려는 듯 그 뒤로도 욕을 퍼부어대던 할머니는 "언젠가 저년이 나를 죽일 거다"라고 뇌까리기까지 했다. 할머니가 돌아가시던 날 수진은 누구보다 열심히 울었다. 수진은 그때 서울에서 가장 들어가기가 힘들다던 외고 입학을 앞두고 있었고, 나에겐 동경의 대상이었다. 역시 수진 언니는 다르다. 나는 죽어라 쥐어짜

내도 눈물이 나오지 않는데. 자기보다 어린 예리와 예은이 식모 대하듯 하는데도 담대하게 견뎠던 수진은 대학교에 입학할 때까지 후암동 집에서 버티며 살았다. 고모를 지키면서. 나는 채 일 년이 못 되는 시간도 버티기 어려웠던 후암동 시절을 생각하면, 지금은 대기업 소속 변호사가 되어 남부럽지 않게 살고 있다 해도 그녀가 가엾어진다. 어떤 종류의 기억은 사람을 영영 망가뜨릴 수밖에 없기에.

어머니는 1980년대 당시의 유행대로 결혼식에 앞서 약혼식을 올린 후일 년간 출근하듯 후암동 집에 드나들었다. 장희와 장선과 장훈을 씻기고먹였고, 출산을 앞둔 고모를 돌봐주었다. 왜 도망치지 않았을까. 그땐 단지아버지의 여자친구일 뿐이었는데. 나는 몇 번이고 물었지만 어머니는 대답하지 않았다. 다만 어머니는 그게 두려웠다고 했다.

딸 둘에 아들 하나를 낳게 될까 봐.

나를 낳은 후 더는 아이를 낳지 않기로 한 부모님은 종종 할머니의 막말에 시달려야 했다. 유치원에 다닐 적엔 나도 그 말을 또렷이 들었다.

"너희들은 왜 피임을 하는 것이냐? 죄받고 싶냐?"

나는 그 '죄받는다'는 말을 할머니에게서 배웠다. 가톨릭은 불교, 개신교에 이은 할머니의 세번째이자 마지막 종교였다. 성당에서 그런 말을 들었던 걸까, 짐작해보기도 했다. 피임도 유산도 죄받을 일이라는 말. 그러나할머니는 혹시 생기는 게 딸이면 떼버리라는 말도 거침없이 했다.

딸 둘에 아들 하나란 아직도 설명이 필요한 자녀 구성이다. 많은 친구들이 "저희 집은 딸 둘에 아들 하나고요, 막내는 우연히 생긴 거래요"라거나, "저희 집은 딸만 셋이어도 괜찮았는데 남동생이 생긴 거래요"라는 식으로둘러대는 걸 봤다. 물론 그 어떤 경우에도 내 큰아버지의 자식들, 장희와장선과 장훈의 사례에 비할 수는 없었다.

어머니는 장희와 장선을 입양 보내는 날까지 그 사실을 몰랐다. 결혼한지 6개월이 지났을 때였고 후암동 집에 거의 붙어살다시피 했는데도. 그날도 어머니는 후암동 집에서 수진을 낳은 지 얼마 되지 않은 고모와 장희 삼 남매를 돌보는 데 여념이 없었다. 애들 넷을 보살피는 꼴이었다. 그런데 나란히 노란 가방을 메고 당시 탁아를 겸하던 미술학원에 간다고 나간 장희와 장선이 밤늦도록 돌아오지 않았다.

그 시절 어머니와 장희와 장선이 함께 찍은 사진이 있다. 주황색 능소화를 배경으로 어머니는 두 아이들의 어깨를 붙들고 있다. 아이보리색 투피스 정장 차림이다. 어머니는 언젠가 말했다.

"난 그건 기억난다. 장선이가 작은엄마 왜 요즘은 예쁜 옷 안 입어요, 했던 거."

그렇게 차려입고 예비 시댁에 가서 애들 보는 것부터 김장하는 것까지 다 했다고 했다. 그런데 그 말밖에는 딱히 장희와 장선이 어떤 말을 건넸었는지 기억나지 않는다고 했다. 묻는 말에도 대답을 잘 안 하던 아이들이었으니까. 아니, 어른이라면 덜컥 겁부터 내던 아이들이었다. 그런데 어느 날 변죽 좋게 그런 말을 해와서 기억이 난다고 했다.

"뭔가 내 처지를 알고 하는 말 같기도 하고…… 그때는 솔직히 그애들에게 많이 지쳐 있었어. 그래서 그 말에 대답을 안 해주었던 것 같다. 시큰둥하게 그냥 한 번 보고 말았지."

어머니는 자기가 기억하지 못하는 수많은 순간에 아이들에게 눈치를 줬으리라고 술회했다. 야엘은 어머니를 어떻게 기억할까, 나는 궁금했다.

대개 입양아들이 고국을 찾아오는 용건은 친부모를 찾기 위해서다. 하지만 야엘은 아니었다. 야엘은 우리가 경찰서에 도착하기 전에 자신의 의사를 분명히 밝혔다고 했다. 자기에게는 부모가 없다는 식으로 말했는데, 그게 비유인지 아닌지 잘 모르겠다고 경찰이 이야기했다. 그 집, 그리고 꼬마 소년. 야엘이 한국에 대해 기억하는 건 그것뿐이고, 한국에 온 까닭은 생전에 막냇동생을 꼭 한 번 만나보고 싶어서라고 했다. 오직 아들이어서 한국에, 남을 수 있었던 막냇동생 장훈. 그녀가 자기를 버린 아버지를 찾을 의사가 없다는 건 얼마간 다행스러운 일이었다. 야엘은 끝내 장선에 대해서는 이야기하지 않았지만 야엘과 대화를 하다가 나는 그녀들이 각각 다른 나라에 입양되었다는 걸 알게 됐다. 아이들을 데리고 김포공항에 나갔던 아버지조차 모르던 사실이었다. 야엘은 홀로 프랑스로 가 북동쪽 소도시 스트라스부르에서 평범한 가정의 외동딸로 자라났다고 했다. 아버지는 으레 해야 하는 말을 하는 것처럼 짧은 영어 문장으로 야엘에게 말을 걸기도 했는데, 결국 마지막 질문은 "결혼은 했니?"였다.

야엘은 정형외과 전문의와 결혼한 지 10년이 넘었다고 말했고, 그때 부모님의 얼굴에 처음으로 안도하는 기색이 어렸다. 나는 야엘에게 그녀가 그토록 보고 싶어하는 막냇동생 장훈의 메일 주소를 적어주었다.

야엘은 한국에 며칠 더 머무를 거라고 말했는데, 알고 보니 야엘은 남편과 함께 한국에 온 거였다. 야엘이 굳이 나올 필요가 없다고 했는지 그녀의 남편은 끝내 차에서 나오지 않았다. 어머니는 심란해하며 말했다.

"프랑스인이겠지?"

돌아가는 길에도 운전은 내가 해야 했다. 아버지가 자꾸 머리가 아프다고 했다. 나는 고덕동까지 가는 길을 머릿속으로 그려보며 심호흡을 했다. 심장이 아프다고 느꼈는데, 운전을 해야 하는 탓에 긴장한 것이라고 생각했다. 그냥 아버지를 이해하고 싶기도 했다. 아버지에게는 야엘을 만나는 순간이야말로 필생의 순간이었을 것이다. 1983년에는 미처 알지 못했겠지만.

장훈은 장훈대로, 수진은 수진대로 참 대단하다고 생각했던 건 그들은 후암동 집의 쇠냄새에 대해 아무 말도 하지 않았기 때문이다. 그 집에 살던 시절 나를 괴롭혔던 건 특유의 쇠냄새였다. 냄새의 원인은 그릇과 수저에 있었다. 어머니는 결혼 예단으로 갖가지 물건을 해왔는데, 할머니가 고집을 부리며 그릇붙이 따위는 필요 없다고 했다는 거였다. 아직도 후암동 집을 생각하면 그 비릿한 냄새가 코끝에 맴도는 것 같다. 거무튀튀한 쇠그릇에 담긴 반찬도 밥도 먹기 싫었지만 할머니 앞에서 밥투정이란 있을 수도 없는 일이었고, 묵묵히 밥을 먹는 사촌들을 보는 게 미안하기도 했다. 특히 장훈과 수진을 보는 마음이 그랬다. 장훈은 할머니가 죽고 못 사는 손자여서 비싼 배나 멜론 같은 것이 생기면 혼자만 먹을 수 있었고, 제사에서 절을 할 수 있는 유일한 손주였는데도 나는 늘 그가 불쌍했다. 그에게 어린 시절에 떠나보낸 누나들이 있다는 걸 몰랐을 때부터. 예리가 시도 때도 없이 장훈을 걷어차는 걸 봤기 때문이기도 했다. 예리와 예은 자매에 대해서는 별로 추억하고 싶은 것도 없고, 그녀들도 후암동 집에서 나름대로 버티며 어린 시절을 보냈다는 것에 대해서도 동정하고 싶지 않다. 내게 그 집에서 나 말고도 불쌍한 딸은 수진뿐이었다.

예리는 한참이나 언니인 수진에게 종종 너, 너 하며 반말을 했는데 그때마다 수진은 웃고 말았다. 수진은 키도 크고 덩치도 커서 곰 같았다. 둥글넓적한 얼굴이 희디희어서 백곰 같았던 수진은 온순한 곰처럼 예리와 예은의 예의 없는 행동을 참아냈다. 다만 그녀들이 내게 손찌검을 하려 들 때나 할머니에게 터무니없는 내 험담을 할 때면 미간을 찌푸리며 언성을 높였다. 그럴 때마다 나는 수진이 쓰고 있는 작은 무테 안경마저도 의젓해 보인다고 생각했다. 양보도 잘하고 인내심도 강한데 화도 낼 줄 아는 언니.

나는 그녀가 후암동 집에서 20년 가까이 살았다는 게 여전히 믿기지 않는다.

그 집에 대해 다른 방식으로 말해볼 수도 있다. 철근 콘크리트 블록조에 아스팔트로 방수 처리된 평지붕의 일본식 고택. 그 집을 일본식이라고 말할 수 있는 건 실제로 그 집이 해방 전에 지어지기도 했고, 다다미방이 있는 것이나 마루와 방들과 화장실이 경계 없이 이어져 있다는 점에서도 그랬다. 해방 전에 지어진 고택이 어떻게 징용공 출신의 아내에게 넘어왔는지 알 수 없었으나, 분명 그 집은 한때 일본인의 소유였을 터였다. 후암동 그 골목의 집들이 죄다 그런 구조로 이루어져 있다는 건 결혼을 준비할 때 알았다. 도대체 용산이 왜 이렇게 비싼지 알아보다가. 어릴 땐 그 이름을 알지 못했던 권연벌레가 나다니던 집. 마당이랍시고 송충이가 심심찮게 돌아다니던 집. 어느 날 수진이 제 발로 기어나가려다가, 정말이지 '기어나가려다가' 할머니에게 들켜 두들겨맞았던 집.

그 일은 우리 가족이 그 좁은 집에 비집고 들어가 얹혀살 때 일어났다.

나는 밤마다 꼭 두 번은 깨어나 화장실에 가는 아이였는데, 그게 후암동 집에서 살 땐 보통 곤혹스러운 일이 아니었다. 나중에는 보다못한 어머니가 내게 약을 먹이기까지 했지만 쉬이 고쳐지지 않았다. 문제는 부모님과 내가 머물던 방에서 화장실에 가려면 반드시 할머니의 방을 거쳐야만 하는 데 있었다. 처음에 할머니는 송충이처럼 오소소 걸어가는 나를 발견하곤 "아이고, 얘, 걸거처라" 하고 말았는데, 날마다 반복되자 나를 앉혀놓고 따귀를 때렸다. 부모님이 달려와서 항의하는데도 애 버르장머리를 운운하며 고함을 지르자 어머니는 처음으로 할머니에게 소리를 지르며 반항을 했다. 그때 아버지에게 매달려 있던 내가, 어머니를 노려보며 쌍욕하던 할머니를 향해 이 집에 망령이 들었나, 중얼거렸다고 나중에 부모님이 말해주었다. 기가 센 할머니조차 깜짝 놀라 나를 뜯어봤다고 하는데, 내 기억엔 없지만 그게 사실이라면 내가 그 말을 할 수 있었던 건 그 말도 할머니에게 배웠기 때문일 것이다. 할머니가 수진을 보며 그 말을 한 적이 있었다.

여름방학이었다. 수진은 하루종일 공부만 했다. 학원이나 과외 수업을 받지 않아도 수진은 항상 공부를 잘했다. 놀러 나가지도 않고 텔레비전이나 만화책 따위를 보지도 않고 앉은뱅이책상에서 공부만 하는데도 할머니에게 칭찬을 받기는커녕 "얘, 거시기야, 물 좀 떠와라" 같은 말만 들었다. 항상 일층에서 부엌일을 하던 고모가 어쩐 일인지 집을 비우고 집 안에는 할머니와 수진과 나밖에 없던 여름의 한낮. 나는 선풍기 앞에 바짝 다가가 입을 벌린 채 바람을 쐬고 있었고 할머니는 성당에서 돌아온 참이었다. 할머니가 갑자기 "요년이 미쳤나?" 소리를 꽥 질렀다. 달려가보니 할머니는 수진의 허리를 붙들고 있었고, 수진은 그 덩치 큰 몸을 비틀며 할머니의 손아귀에서 빠져나가려 애쓰고 있었다. 수진은 자꾸만 창 쪽으로 기어올라가려고 했는데, 나는 눈앞에 펼쳐진 광경에 놀라 어쩔 줄 모르고 발만 굴렀고, 할머니는 내게 가만히 서 있지 말고 얼른 와서 요년 좀 붙잡으라고 고함을 질렀다. 종종 수진을 따라 창밖을 바라보면 땅은 까마득히 멀어 보였다. 그렇게 수진을 놓쳐버리면 큰일이 난다는 것을 서슬 퍼런 할머니도, 나도 알고 있었기에 나는 사력을 다해 수진의 다리에 매달렸다. 그러다가 할머니는 급기야 울부짖듯 "아이고, 장희, 장선이가 어디서 뒈졌나 보다. 장희, 장선이 망령이 들었나 보다"라고 말했고, 그 순간 나는 그들이 누군지 단번에 깨달았다. 어머니가 가끔 아버지를 비웃듯 던지던 말이 있었다.

"딸들이라고 그렇게 버려놓고."

그때 말하는 딸이 고모인지 수진인지 헷갈렸지만 때로 아버지가 발끈하며 "그래서 우리집이 근본 없는 집구석이라고 말하고 싶은 거야?" 할 때면, 거기엔 내가 모르는 이야기가 숨겨져 있겠거니 싶었다. 그 딸들이 바로 장희와 장선이었다.

나는 그날에 대해서 부모님께 이야기하지 않았다. 수진을 지켜줄 수 없어 안타까웠다는 것도. 그날이 후암동 집에서 가장 끔찍한 날이었다는 것도. 나는 수진의 다리에 하염없이 매달려 있었고, 힘에 부쳐 보이는데도 계속해서 수진을 때리던 할머니는 한참 후에야 맥빠진 목소리로 "자빠진 강아지 앙알대듯 요년이"라고 말하며 매질을 거뒀다. 할머니의 마지막 말은 이랬다.

"그렇게 나가고 싶으면 네 에미랑 같이 처나가거라."

나는 아직도 그날 수진이 왜 창으로 기어올라가려고 했는지 모른다. 스무 살이 될 때까지 버티며 살았는데, 그땐 왜 도망가려고 했을까. 나이가 들며 수진과의 연락도 뜸해졌고 언제라고 수진과 속깊은 이야기를 할 기회도 딱히 없긴 했지만, 그날에 대해 언급해서는 안 된다고 생각했다. 다만 끝내 나를 혼란스럽게 만들었던 건 그날 죽어라 수진을 붙들던 할머니의 모습이었다. 할머니는 왜 수진을 두고 장희와 장선을 떠올렸을까. 딸들의 불우함이 마치 내력인 양 할머니는 왜 그녀들을 동일시했을까.

성당 정도는 나가야 끗발이 없어도 장례식이 붐빈다던 할머니의 말답게 장례식장은 할머니의 본당 교우들로 넘쳐났다. 빈소를 가득 메운 교우들의 연도(煉禱)가 이어질 때, 수진은 구석에 앉아 엉엉 울었다. 할머니가 천국에 갈 수 있을까? 나는 할머니의 영정사진을 보면서 할머니가 어머니에게 쌍욕을 퍼붓던 순간을 떠올렸다. 울기는커녕 누가 쥐어박는대도 눈물이 날 것 같지 않았다. 예리가 나를 툭 치며 "언니는 울지도 않아?" 쏘아댔다. 그리고 수진의 옆에 다가가 사이좋은 척을 하며 울기 시작했다. 그저 나는 그들을 멀리서 바라보며, 마치 고딕 소설의 한 장면처럼 망령이 깃든 집에서 빠져나가려 애쓰던 수진과 그녀가 악령이라도 되는 듯 그녀를 붙들던 할머니를 자꾸만 생각할 뿐이었다.

야엘을 만나고 온 후 나는 가장 궁금했던 걸 아버지에게 물어보았다. 할머니가 어떻게 그 집을 소유하게 되었는지. 아버지는 기억을 더듬으며 말했다.

"1970년대 후반이었나, 그 일대가 완전히 바뀌었던 때가."

큰아버지가 열 살 때부터 할머니와 함께 시장통에서 장사를 하며 악착같이 돈을 모았는데, 1970년대 후반에 강남과 동부이촌동 개발로 그 일대의 집값이 왕창 떨어져 할머니와 큰아버지가 평생 모아온 돈으로 마련한 집이라고 했다. 특히 일본 사람들이 살던 문화주택단지는 귀신이라도 들린 양 다들 꺼렸다. 할머니는 그 집을 사면서 매우 만족했다고 했다. 이렇게 마당도 딸린 기와집이 똥값이라니 행운이라며 좋아했다고. "일본 사람들이 버리고 간 집이면 어떠냐? 일본 귀신이 들린 집도 아닌데"라며 할머니는 그 일대 주택을 기피하는 사람들을 비웃었다고 했다. 아버지의 그 말을 들으며 나는 '망령 든 집'이라고 소리치며 수진을 붙들던 할머니의 모습을 떠올렸지만 입을 다물었다. 아버지는 내가 그렇게 싫어하던 삼광초등학교도 오래전엔 일본 애들만 다니던 소학교였다고 했다.

"후암동도 부자 동네였을 때가 있었다. 그런데 지금은 누가 거기서 살려고 하냐? 용산이라고 다 같은 용산이 아니란다."

그건 그렇지, 나는 생각했다. 같은 강남이어도 청담동과 포이동이 다른 것처럼. 마찬가지로 어떤 사람은 반포동과 내곡동을 같은 서초구라고 생각하지 않는다. 이런 걸 아예 몰랐으면 좋았을 텐데, 오랫동안 서울에 살다 보면 알게 되는 쓸데없는 정보들이었다. 내가 잠실에 있는 고등학교에 다니던 시절에는 용산에서 전학 온 아이를 두고 '강북 애'라고 놀리던 아이들이 있었다. 안양 출신의 대학 동기가 "나는 서울 애들이 동작구를 강남으로 안 친다는 걸 대학 와서야 알았다"고 했을 때 나는 이 일화를 들려주었다. 친구는 용산이 얼마나 비싼데, 하며 웃었다. 게다가 내 기억에 그 아이는 옥수동 아이였다고 하자 친구는 더 크게 웃었다. 옥수동 애를 두고 송파구와 강동구에 사는 애들이 강북 애라고 놀렸다니 코미디라며. 남편은 이런 이야기에 그다지 공감하지 못했고, 때로는 "역시 서울 토박이는 다르네"라고 말해서 내 신경을 거스르기만 했다. 몇 년 전 남편과 연애 중일 때 그의 고향에 간 적이 있었다. 그 동네의 이름이 입에 잘 붙질 않아 난처했다. "자기네 동네가 울진이었나?" 물으면 남편은 어이없어하며 "아니, 울진은 원자력발전소 있는 동네고 우리 동네는 죽변" 하고 대답했다. 죽변은 아주 작은 어촌이었다. 행정구역상으로는 '울진군 죽변면'인데 그는 꼭 울진과 죽변은 다른 동네라고 구분해서 말했다. 언젠가 그에게 '그게 바로 내가 고덕동과 둔촌동을 구분하는 이유다'라고 말하고 싶었지만 그만두었다. 결혼을 준비하는 혹독한 과정을 거치며 남편도 서울에 대해서 조금은 깨닫기 시작했다. 내게 깃든 후암동 집에 관한 기억이 어떤 것인지에 대해서도 아주 조

2020 올해의 문제소설

야엘이 후암동 집에 가보고 싶다고 말했을 때, 나는 딱히 대답할 말을 찾지 못했다. 장훈의 메일 주소야 얼마든지 전해줄 수 있었지만, 지금 후암동 집은 친척들 중 누구의 소유도 아니었고, 장희와 장선의 망령이 들었다는 할머니의 말마따나 모두에게 지긋지긋한 옛집일 뿐이었다. 그 집이 헐리지 않고 그대로 있으리란 보장도 없었다. 그리고 지금은 야엘이 된 강장희가 굳이 그 집에 가보고 싶은 까닭이 대체 뭐란 말인가. 뭐 좋은 기억이 있다고.

하지만 한편으론 이런 생각이 들기도 했다. 서울 사람들이 그토록 자주 이 구역에서 저 구역으로 이사 다닌다는 걸 프랑스 사람인 야엘은 모를 수도 있겠다고. 미술학원에 가는 줄 알고 나갔다가 다시는 돌아가지 못했던 어린 시절의 옛집에 가면, 미처 프랑스까지 챙겨가지 못했던 애착인형이나 스케치북, 혹여 어렸을 적의 사진첩 따위가 남아 있으리라고 생각할지도 모른다고도. 동생 장선과 장훈과 함께 지내던 시절의 한 자락이 거기 남아 있다고 여길지도 모른다고.

그렇지만 내가 할 수 있는 건 여기까지라고 생각했다. 아버지는 말했었다.

"장희는 의사랑 결혼해서 잘 산다니 다행이고 장선이도 어딘가에서 잘 살아 있겠지."

잘 사는지 못 사는지 모르면서 나까지 그런 무책임한 말을 늘어놓고 싶지는 않았다. 장훈에게도 따로 연락하거나 일이 어떻게 되어가고 있는지 묻지 않았다. 장훈이 친누나를 만나고 큰아버지가 곤란해한다는 그따위 구질구질한 이야기를 듣고 싶지 않았다. 물론 남편에게도 털어놓지 않았다. 그녀들이 불쌍하고 돌아가신 할머니가 지독히도 모질었다는 뻔한 이야기를 하고 싶지 않았다.

야엘에 대한 생각이 가끔 걷잡을 수 없이 커질 때면 나는 나도 모르게 구글 지도 앱을 켜 야엘이 사는 도시라는 스트라스부르를 검색했고, 맥없이 그 동네를 손가락으로 더듬어보았다. 어느 날엔 그러다 문득 '삼광초등학교'를 검색했는데, 내가 줄넘기와 크레파스를 사던 삼광문방구가 아직도 있다는 걸 알고 반가워하다 '일본인 문화주택단지'라는 이름을 발견하고 깜짝 놀랐다. 할머니의 소유였던 후암동 집을 비롯해 그 일대를 부르는 말이었다. 신세이다이, 미요시와, 쓰루가오카 가옥…… 낯선 외국어들이 '두텁바위길'이란 순한글과 함께 뒤섞여 있었다. 나는 능소화가 핀 그 집 담벼락을 올려다보며 집에 들어가기 싫어 발을 질질 끌었던 어린 시절을 떠올렸고, 쇠고기뭇국을 먹든 사골곰탕을 먹든 항상 비릿한 쇠냄새에 비위가 상했던 걸 생각했다. 수진은 전부 잊어버렸을까. 나는 후암동 집에 멋대로 신세이다이 가옥이라는 이름을 붙여보았다. 장희가 야엘이 되었듯. 사람들이 그런 집들을 적산가옥이라고도 부른다는 것은 꽤 나중에 알게 되었다.

우연히 살아남았다는 공포의 이름을 부르는 일

김건형 문학평론가

1.

만발한 능소화가 섬뜩하고 역겨운 쇠그릇의 냄새가 나서 신발을 질질 끌며 가기 싫어하던 후암동 옛집. 지금 다시 그 옛집이 문제가 되는 것은, 야엘이 갑자기 되돌아와 잊고 있던 그 집을 다시 찾는다는 소식 때문이다. 야엘의 귀환으로 '나'의 가족은 바삐 사느라 잊고 있었던 과거를 돌아보기 시작한다. 어린 시절 프랑스로 입양되었다가 한국으로 돌아온 야엘/강장희는 별다른 추궁을 하지 않고 그저 옛집을 다시 볼 수 있겠냐는 질문만을 남긴다. 그러자마자 아버지는 황망해한다. 아버지의 떨리는 손과 긴장한 침묵이 우리 가족의 과거를 더없이 의뭉스럽게 만든다. 야엘의 손을 잡고 김포공항으로 내보냈던 아버지는 모종의 죄의식에 압도당하고 만다. 그러나 '나'는 "우리집이 근본 없는 집구석이라고"(136쪽) 번민하는 남자의 필생을 건 진정성에는 전혀 관심이 없다. 아비를 이미 죽였거나 별다른 미련조차 남지 않은 우리 시대의 여성 청년들에게 아직 의문이 남아 있다면, 그것은 어미를 향하기 때문이다.

　여성 청년들의 자기 역사화의 욕구가 어머니들을 향하는 최근 한국 문학장의 분위기 속에서, 「신세이다이 가옥」은 자신을 길러온 어미들의 역사에 주목하면서도 특히 '공포'를 감각해내고 있다. 얼핏얼핏 단편적인 이미지로만 기억나는 할머니의 옛집은 의아할 정도로 무섭기만 하다. '나'는 그 어렴풋한 공포가 어디에서 유래하는지 정확하게 규정하진 못했다. 정확히 언명하지 못하면서도 몸이 느꼈던 공포감을 다시 기억해가는 서사의 얼개는 '나'가 어떤 삶을 견디고 살아남았는지를 잊지 않게 한다. 옛집에 살던 가족들의 풍경을 되살리자 '나'의 공포는 점차 그 실체를 드러낸다.

2.

　「신세이다이 가옥」은 '집'에 얽혀 반복되는 가족사를 그리고 있다. 징용으로 남편을 잃고 자식들과 "시장통에서 장사를 하며 악착같이 돈을 모"은 할머니는 1970년대 후반 강남과 동부이촌동 개발을 틈타 "일본 사람들이 버리고 간 집"(137쪽)인 후암동 문화주택단지를 구입해 근대적 모범 가족에 진입한다. 이 재산을 발판으로, 아버지는 1980년대 고도 성장기에 약진하는 미래를 향해 달려가던 핵가족의 표본처럼 마이카와 신시가지 아파트를 구매할 수 있었고, 이후 재건축을 통해 중산층의 위치를 확고히 한다. 이는 한국 사회에서 각 시기별로 장려되던 정상 가족의 열망을 '집'으로 응집하면서도, 지난 세대들의 열망이 여전히 서울의 사회·경제적 배치와 연결되어 있음을 보게 한다. 이성애 결혼 제도라는 생애 주기의 특정 시점에 있는 '나'는 '집'에 대한 한국 사회의 열망을 본격적으로 통과한다.

　"결혼을 준비하는 일 년 동안 나는 예전보다 더 많이, 더 깊이 후암동 집을 생각했다."(129쪽) 서울의 경제적 배치와 집값의 차이가 인간을 어떻게 주조하는지에 대해, 새로운 가족의 형성을 앞둔 '나'가 이토록 관심이 많은 것은 그 공간적 배치의 감각이 '집'에서 성장한 우리 모두의 공통 감각임을 환기하기 위함이다. 인구감소와 '내 집 마련'을 염려하는 국가와 언론이 호들갑스레 강조하듯 한국 사회에서 '집'은 결혼과 출산을 비롯한 정상 가족 이데올로기를 정초하는 핵심이다. '집'은 중산층 정상 시민으로의 편입을 열망하는 개인들의 일생을 결정짓는 규범이자 국민/가족 주체를 생산하는 국가적인 통치술이 교차하는 지점인 것이다. 그런 중산층 정상 가족의 내부에서 '집'의 욕망이 어떻게 젠더화 되어 있었는가를 소설은 추적하고 있다.

결혼을 앞두고 남편과 자신의 계급과 젠더를 견주며 그 욕망의 배치도와 그 역사를 파악하는 과정 내내 "내게 부동산은 공포였다."(128쪽) 그에 밀려나지 않고 편입되어야 한다는 강박은 "정말이지 공포를 느끼"(128쪽)게 한다. '나'는 신혼집을 구하며 결혼과 가족에 (양상은 조금 다르지만) 여전히 작동하는 젠더적 물리학을 체감한다. 그러면서 할머니와 엄마가 집에 대해서 보인 모종의 애착을 겹쳐보는 것은 우연이 아니다. 결혼이 단순히 애정의 산물이 아님을 확인하는 지금, 다시 '집'에 대해 말해보려는 것은 자신이 무엇을 딛고 어디에 서서 자라왔는지를 정확하게 알기 위함이다.

소설은 운전하는 아내와 딸을 향해 소리치던 아버지의 모습을 되뇌면서 시작해, 해외로 입양된 '딸'의 귀환 소식을 도입한다. 이는 공간의 젠더사와 이동의 젠더성이 보이는 궤적들을 추적하며 소설이 직조되고 있음을 암시한다. 생산 노동의 공간을 장악한 아버지들은 공적 공간인 도로로 나선 여성 운전자에게 마땅히 분노할 권리라도 가진 듯 고함을 지른다. 사적 공간인 집을 유지해야 하는 젠더 역할과 어긋나게 도로의 남성적 속도와 질서를 교란한다며 '김 여사'라는 멸칭을 쏟아내는 세계인 것이다. 공적 공간으로의 진입이 사회문화적 남성연대에 의해 차단당할 때, 여성들에게 '집'

이 가지는 의미는 더 각별해진다. 남성 담론이 젠더적으로 할당한 사적 공간이란 의미가 아니다. 정확히 그 반대로 남성이 장악한 노동/공적 공간을 거치지 않고서도 사회적 주체가 될 수 있도록 해주는 부동산이 여성들에게 갖는 전략적 가치 때문이다. 학군, 매매가, 가족의 동선 등을 따지며 부동산을 굴리는 주체들이 주로 기혼 여성(처럼 재현되는 양상)인 것도 이런 한국사회의 징후에 가까울 것이다. '집'을 통해 형성된 여성들의 주체화 욕망은 그 집에 같이 살고 있는 다른 여성들을 대하는 관계를 결정하기도 한다.

3.

할머니는 '집'을 향한 그 열망이 집 안을 어떻게 지배해왔는지를 잘 보여준다. 유년 시절 아버지 사업의 실패로 머물렀던 용산 후암동의 할머니 집은 일본식 다다미와 복도가 있는 고택이다. 사라진 일본식 근대국가의 열망이 남아 있는 기묘한 이 공간에는 사라진 가장들의 권력 형태만이 망령처럼 남아 있다. 징용으로 사망한 할아버지부터 사업 실패로 부재하는 아버지까지, 부권은 집 안에 없지만 할머니만은 오래도록 굳건하게 집을 다스리고 있다. 남성에 의존하지 않으면 생존하기 어려운 시대에 할머니는 남성적 질서를 대리함으로써 그 공백을 메우려 애썼겠지만 그것은 끔찍한 반복으로 이어진다. 남자가 없는 집에서도 여자들의 관계는 여성 혐오의 중력 안에 있다. 중핵이 부재한 채로 작동하는 이 질서가 공포감을 더욱 부채질한다. 그 집에서 할머니는 자신의 질서를 거스르는 손녀 '나'의 따귀를 때리고, 외손녀 수진을 이름 대신 '거시기'라고 부르며 하녀처럼 부린다. 며느리인 엄마뿐만 아니라 임신 중인 자신의 딸에게도 "득달같이 고함을 질"러대며 "어찌나 구박해대는지 소름이 끼쳤다고 했다."(130쪽)

결혼을 하기 전부터 그 집에 들러 큰아버지의 자식들, 장희와 장선과 장훈을 돌봐주었던 어머니는 "딸 둘에 아들 하나를 낳게 될까 봐"(131쪽) 두려웠다고 고백했다. 아들을 낳아야 한다는 할머니의 열망을 혹시라도 반복할까 두려웠다는 것이다. 할머니는 "피임도 유산도 죄받을 일이라는 말"을 하면서 동시에 "혹시 생기는 게 딸이면 떼버리라는 말도 거침없이 했다."(131쪽) 아들만이 보호받을 자격이 있는 생명이고 여아는 남아를 낳기 위한 판돈에 불과하다는 할머니의 말은, 남아선호의 잔존과 태아 감별 기술 발전이 겹쳐 1980~1990년대 집집마다 일어났던 여아 감별 살해를 환기시킨다. 살아남은 딸들인 장희와 장선은 그들의 의사와는 전혀 무관하게 아버지의 재혼을 위해 일방적으로 입양 보내진다. "오직 아들이어서 한국에 남을 수 있었던 막냇동생 장훈"(132~133쪽)을 제외하고. 여성 살해와 유기가 '정상 가족'의 일상이었던 악몽 같은 시대에 태어난 '나'는 그저 운 좋게 살아남은 셈이다.

그렇게 사라졌던 여성이 귀환하여 옛집에 대해 묻자 '나'는 또 다른 생존자 수진 언니를 떠올린다. 할머니로부터 그토록 학대받으면서도 수진이 견뎌내는 것은 '집'이 수진에게 절박한 생존 수단인 탓이다. 집에서 고통 받으면서도 그 외부에서 생존하기 어렵다는 이중의 굴레가 수진에게 드리워져 있다. 집을 빠져나가려고 벽을 기어오르는 수진에게 기가 눌린 채로, "장희, 장선이 망령이 들었나 보다"(136쪽)라고 중얼거리는 할머니의 말은 기실 정확하다. "딸들의 불우함이 마치 내력인 양 할머니는 왜 그녀들을 동일시했을까."(137쪽) 그것은 손녀딸들의 내력이 모두 할머니 내부의 망령에 의해 결정되었기 때문이다. "일본 귀신이 들린 집도 아닌데"(137쪽) 어쩌냐고 내 집 마련에 기뻐하던 할머니의 집에는 한국 귀신이 들려 있다. "어머니를 노려보며 쌍욕하던 할머니를 향해 이 집에 망령이 들었나, 중얼거렸"(135쪽)던 '나'는, 정상 가족이 되려는 할머니의 열망이야말로 망령임을 정확하게 짚고 있다. 할머니에게 (손자가 아니라서 자신에게 권력을 주지 못하는 데다가) 엄마가 없는 장희, 장선과 아빠가 없는 미혼모의 딸 수진은 모두 할머니에게 '중산층 정상 가족'으로부터의 철저한 탈락을 확증할 뿐이다. 실패의 증거인 딸들로부터 자신의 '집'을 지키려는 할머니의 필사적인 욕망이 이 고택의 유령이다.

손녀들을 죽게 만들고, 해외로 내버리고 혹은 살게 내버려두는 할머니의 권력은 이 '집'에서 온다. 집을 가진 자에게 딸과 며느리들을 선별하는 힘이 주어진다. 자식들을 품어주는 안온한 '모성'의 공간으로 표상되던 '할머니 집'이 실은 젠더적 선택과 배제를 통해 자식들을 살리고 죽이는 공포의 공간이었던 것이다. 그러니 "마치 고딕 소설의 한 장면처럼 망령이 깃든 집에서 빠져나가려 애쓰던 수진과 그녀가 악령이라도 되는 듯 그녀를 붙들던 할머니"(137쪽)는 한국적 여성 고딕 서사의 구도다. 전형적인 고딕 소설이 고택의 비밀스러운 공간 자체(지하실, 다락방)에서 불안과 외경심을 느낀다면, 박민정이 착안하는 한국적 고딕 소설은 부동산에 대한 열망이 어떻게 공포로 변하는지를 본다. 이 '부동산 스릴러'는 남성이 공적 영역으로 나가게 해주는 배경, 안온한 돌봄의 공간으로 상상되던 모성의 '집'에서 계승되고 유지되던 여성 혐오라는 역설을 부조해낸다. 박민정의 고딕 소설은 남성에 의한 일방적인 폭력으로 단순하게 간주되던 여성 혐오를 넘어 여성 주체에 의해서도 작용하는 복합적인 역학까지 그려내고 있다. 여성 간의 폭력이 문제인 듯 보이지만 그 배후에는 '집'에 대한 맹목적 열망과 그것을 주조하는 가부장제 정상 가족 이데올로기가 있다. 일상의 수면 아래 가라앉아 있던 옛집에 대한 기억이 그토록 무서운 것은, 자신이 그저 우연히 살아남아 그 시대를 건너왔음을 자각케 하기 때문이다. 실은 매일이 스릴러였던 것이다.

4.

　공포는 평온한 일상에 실은 누락되거나 잠재된 것이 있음을 다시 보게 만든다. 강남역 화장실에서 시작된 공포가 지금 여성 청년들로 하여금 일상을 조직하는 사회적 원리를 되묻게 하듯, 공포는 지금 일상의 원리를 새삼 재감각하게 한다. "야엘을 만나고 온 후 나는 가장 궁금했던 걸 아버지에게 물어보았다. 할머니가 어떻게 그 집을 소유하게 되었는지."(137쪽) 형체를 알 수 없던 공포를 다시 돌아보면 모호하고 잡히지 않던 '집'의 정체를 되물을 수 있다.

　그 내력을 확인한 끝에 "나는 후암동 집에 멋대로 신세이다이 가옥이라는 이름을 붙여보았다."(140쪽) 공포의 대상에 대한 명명은 더 이상 그 망령을 계승하지도 그것에 구속받지도 않겠다는 의지다. 그러면 입양된 "그녀들이 불쌍하고 돌아가신 할머니가 지독히도 모질었다는 뻔한 이야기를"(139쪽) 무책임하게 반복하는 대신 "그런 집들을 적산가옥이라고도 부른다는 것"(140쪽)에 대해 생각하게 된다.[1] 할머니의 성품이나 한 개인의 비극만이 아니라 그런 집들이 가득한 서울의 역사에 대해서. 전세가와 매매가라는 생존을 위한 가격으로만 인식되던 '집'을 넘어, 식민지 근대 이래 산업화 시대로 이어져온 여성 혐오의 사회적 메커니즘으로서의 '집'들의 역사에 대해서. 자신이 자라온 시간에 역사적 맥락을 부여하고, 자신을 길러온 '집'에 체화되어 있던 여성 혐오를 적확하게 명명하자, 공포는 도리어

1　적산가옥(敵産家屋)은 해방 후 정부나 민간에 귀속된 일본인의 주택이다. 일제의 신성성을 보증하는 남산의 조선신사, 지배 권력의 정점인 일본군 주둔지 및 서울역과 가까운 후암동에는 총독부 관사, 조선은행 사택, 미쓰비시 경성 합숙소를 비롯한 단지형 고급 주거지가 있었다. 신세이다이 주택을 비롯한 문화주택단지는 일본적 근대화의 상징으로 1930년대 매체에서 자주 언급되었다. 노주석, 「일본인들의 '경성 뉴타운'… 세월따라 주인 바뀐 '비극의 목격자'－후암동 문화주택단지」, 『서울신문』, 2018.12.05.

'나'의 힘이 된다. 그 이름이 불가해하던 시간을 명징한 분노로 바꿔준다.
지금 그 힘이 세계를 다시 명명하고 있다.

동경 너머 하와이

박상영

1988년 대구 출생. 성균관대학교 프랑스어문
학과 졸업. 동국대학교 대학원 문예창작학 전공.
2016년 문학동네 신인상을 받으며 작품 활동 시
작. 2018년 제9회 젊은작가상, 2019년 제10회 젊
은작가상 대상, 제11회 허균문학작가상 수상. 소
설집 『알려지지 않은 예술가의 눈물과 자이툰 파
스타』, 연작소설 『대도시의 사랑법』이 있음.

동경 너머 하와이

아빠가 벤츠를 샀다. S클래스로.

그것만으로도 뭔가 조짐이 좋지 않았는데, 역시나 예감이 틀리지 않았다는 것을 깨달은 것은 3개월 전 엄마의 전화를 받은 뒤였다.

"너네 아빠가 이상하다."

엄마 말에 따르면 허파에 바람이 들었는지 지갑을 닫을 수 없을 정도로 많은 수표를 꽂고 시도 때도 없이 여기저기를 쏘다닌다고 했다. 어딘가에 살림을 차렸거나 젊은 여자랑 바람이 났거나 그게 아니라도 최소한 뭔가 이상한 짓을 벌이고 있는 게 분명하다고 말하는 엄마의 목소리에는 체념과 약간의 설렘이 섞여 있는 것 같았다. 나로서는 그의 사정을 알고 싶지 않았고 알 바도 아니었다. 다만 그들의 갈등이 내 인생에 아무런 영향을 미치지 않기를 바랄 따름이었다.

때문에 보름 전, 아빠가 사라졌다는 연락을 받았을 때에도 나는 별로 놀라지 않았다. 그저 올 게 왔다는 생각이었고, 솔직히 둘 사이의 문제는 둘이서 알아서 처리해줬으면 하는 마음이 컸다. 지금껏 내가 그래왔듯이 말이다. 앞으로 얼마 동안 저 두 사람을 견디고 살아야 하나 생각을 하니 가뜩이나 무료한 삶이 조금 더 무료해지는 기분이었다. 한없이 무기력한 기분에 젖어 있던 와중에 문득 얼마 전 아빠와의 통화가 떠올랐다.

"삼성생명에 네 이름으로 들어놓은 적립형 보험 있지? 그거 해약해놔라."

"왜 벌써? 조금만 더 있으면 만기 아닌가?"

"어디 주기로 한 돈이 있는데, 아무래도 미리 좀 처리해야 할 것 같아서 말이다."

삼성생명에 전화를 걸어 지금까지 (아버지가 나의 명의로) 부은 돈이 얼마이며 만기일이 언제인지 물어보았다. 총액이 5천만 원이 넘는 꽤 큰 돈이었다. 3개월만 더 기다리면 만기일인데 아무래도 당장 해약하는 것보단 추이를 지켜보는 게 낫다는 생각이 들었고, 원래부터 부모님의 말을 곧이곧대로 잘 듣는 아들은 아니었으므로, 대수롭지 않게 그 일을 잊어버렸다. 그런데 엄마의 말을 듣고 나니 아무래도 심상치 않은 기분이 들었다.

아빠가 갑자기 사라졌다고?

부모만큼 탓하기 좋은 대상이 없긴 하지만 요즘 나는 정말이지 누구라도 탓하고 싶은 상태다. 3년 전에 (그토록 꿈꾸던) 작가가 됐을 때만 해도 자살의 종이 딸랑딸랑 울리고 있던 내 인생에 동아줄이 내려온 것만 같았고, 비단길이 펼쳐질 줄로만 알았다. 내가 걷는 이 길이 비단길이 아닌 진창이었다는 사실을 깨닫는 데는 오랜 시간이 걸리지 않았다.

다른 많은 작가들처럼 나 역시 생계를 위해 회사 생활과 작가 생활을 병행하고 있다. 새벽 4시에 일어나 글을 쓰고, 출근을 하고, 회사 근처에서 점심을 대충 때운 뒤 역시 글을 쓰고, 다시 사무실에 복귀해 무슨 일인지도 모를 일을 하고, 퇴근을 하고 집에 돌아와 스트레스성 폭식 증후군에 시달리며 위장에다 꾸역꾸역 음식을 구겨넣는 삶을 반복하다 보니 나는 어느새 나 자신이 누구이며 무엇을 위해 살아가고 있는지를 잊게 되었다. 마치 물에 빠진 채로도 쳇바퀴를 돌리는 햄스터처럼 말이다.

게다가 내가 다니는 회사는 중산층 가정에서 보수적인 교육을 받고 자라나 서울에 있는 4년제 대학을 졸업한 남성들이 주류를 이루고 있으며, 내가 쓰는 소설이라는 게 결코 옆자리에 앉은 동료에게 떳떳이 보여줄 수 없는 종류의 (동성애와, 섹스 중독과, 갖은 성병이 등장하는) 소설인지라, 나는 사무실의 누군가 내 책을 읽은 것은 아닐까, 그래서 모두가 내 뒤에서 나를 손가락질하고 있는 것은 아닐까, 하는 과잉된 자의식에 하루종일 사로잡혀 있곤 했다. 끊임없는 불안 속에서 이어지는 격무, 격앙된 감정 속에서 무뎌져버린 감각. 동력을 잃은 마비의 쳇바퀴를 굴리기 시작한 건 나지만, 적어도 내 의지로 내려올 수는 없었다. 정신을 차린 순간에도 이미 벗어날 수 없는 내 삶의 굴레, 내 삶의 중력.

나의 인생.

게다가 나와 이름이 비슷한, 작가 화자를 전면에 내세운 이번 책이 나온 뒤로는 회사 사람들뿐만 아니라 가족들과 나 사이에도 대단히 불편한 단절이 생겨버렸다. 지난해에 첫 책을 냈을 때에는 발간되자마자 그것을 사 본 엄마가 소설 속 여러 이상한 에피소드들이 내 얘기인지 아닌지 슬쩍 떠보려 들어서, 나는 앞으로 영원히 내 책을 읽을 생각도 하지 말고 설사 읽더라도 절대 읽은 티를 내지 말라고 으름장을 놓았다. 엄마의 성격상 책이 나왔다는 소식을 들으면 절대 안 읽을 사람이 아니라, 이번 책은 아예 발간된 사실조차 말하지 않았다. 40년 차 기독교인인 엄마가 동성애와 섹스 중독과 온갖 성병으로 점철된 내 책을 읽고 나서 무슨 생각을 할지 두려웠다. 심지어는 책을 내고 난 뒤로는 인터넷 포털 사이트에서 내 이름을 검색하면 '게이'라는 연관 검색어가 달렸고, 때문에 책이 안 되면 안 되는 대로 고민이고, 잘 돼서 기사라도 날라치면 또 누가 봤을까 싶어 불안하고, 노인들 스마트폰을 다 뺏어야 돼, 생각하다 나조차도 이런 생각을 하는 내가 웃기고 황당한 날들이 계속되고 있었다.

아무튼 아빠가 사라진 뒤로 엄마가 하루 걸러 한 번씩 전화를 해 너희 아빠가 바람이 난 거 같다느니, 카카오톡 메시지의 1이 지워졌다느니, 너라도 메시지를 한번 남겨놓으라느니 성화였고 그때마다 나는 조금은 심드렁한 기분으로 "그냥 엄마한테 서운한 일이 있었겠지. 별일 없을 거야. 요즘은 졸혼이다 뭐다 갑자기 그러는 경우도 많대……" 대충 대답을 하고 치웠다. 남들이 보기에 너무 무신경한 대응이라고 볼 수도 있겠지만 전국 단위의 물류업체를 경영하는 아빠가 며칠씩 집을 비우는 것은 자주는 아니지만 종종 있는 일이었고, 또 20여 년 동안 같은 집에서 살아본 결과 둘은 결코 사이가 좋은 부부는 아니었으므로 둘 중 누군가 갑자기 집을 뛰쳐나간다 해도 하나도 이상할 것이 없다고 생각했기 때문이었다. 인신매매나 납치나 뭔가 사고가 있었으면 협박을 하거나 연락이 왔겠지. 슬그머니 카카오톡 메시지를 읽고 전화기를 꺼놓는 대신. 엄마는 그런 나의 의연한 태도를 보고 역시나 혈관에 얼음이 흐르는 박씨 집안 사람답다고 평했다. 네, 잘 알겠습니다.

그리고 하나 더.

원모.

아빠가 사라졌다는 전화를 받았을 때는 이미 원모가 사라져버린 지 일주일쯤 지났을 무렵이었다. 원모는 나와 만난 지 3년 정도 된 남자고, 만나고 있긴 하지만 통상적인 의미로 만난다고 하기엔 우린 다른 남자도 많이 만나니까 뭐, 어떻게 설명해야 할지 잘 모르겠다. 어떻게 설명해야 할지 모르겠어서 아무에게도 우리 관계를 설명하지 않은 지 3년이 넘었다. 남들이 보기에는 섹스 파트너? 그러나 그렇게 부르기엔 우리 관계는 뭔가 더 끈적끈적하다고. 불가피하고 미지근한 온도가 남아 있고, 쓸데없이 정서적 교감 같은 것도 있단 말이야. 그러니까 그냥 섹스 파트너도 아닌데, 그렇다고 딱히 폴리가미 같은 것도 아니고 그냥 심심할 때 밥이나 먹고 섹스나 하고 서로 못할 짓을 하면 한심한 표정으로 혀를 끌끌 차주는 그런 존재. 그러니까 통상으로 설명할 수 없는 비통상의 관계.

그런 원모와 연락이 되지 않았을 때도 별로 놀라지 않았던 건 또 어디서 약이나 하고 나자빠져 있겠구나 싶은 생각 때문이었다. 원모는 은평구 출신이지만 부모님의 이혼 후 중학생 때 어머니를 따라 하와이로 이민을 갔으며 (그의 주장에 따르면 대학이라는 것을 졸업할 때까지) 쭉 그곳에 살았고, (또한 그의 주장에 따르면 취직을 위해) 한국으로 다시 건너왔다고 했다. 원모가 어떤 일을 하는지 정확히 아는 사람은 없다. 가끔은 원모 자신조차도 자신이 무슨 일을 하는지 모르는 것 같기도 했다. 그나마 원모와 제일 가까운 나조차도 그가 무역이나 통역과 관련된 회사에 다닌다는 것만 알고 있었고, 그마저도 원모가 대충 떠들어댄 것이니 아마도 거짓말일 확률이 높았다. 어머니를 만나러 간다는 핑계로 미국이나 일본 같은 데를 들락날락하곤 했는데 왠지 약이나 다른 많은 불법적인 것을 떼다 팔고 있을지도 모른다는 생각을 하기는 했다. 그도 그럴 것이 원모는 아는 사람은 다 아는 약쟁이로 '저놈 저러다 깜빵 가지'의 '저놈'을 맡고 있는 애였다. 그런 사정을 아는 다른 친구들은 나에게 도대체 원모랑 어울리는 이유가 뭐냐고 우려 섞인 질문을 하곤 했는데, 나로서는 원모가 일본이나 미국에 갔다 올 때마다 구찌 지갑이나 루이비통 키 링 같은 것도 사오고, 내 방 화장대 위에 파퍼스도 몇 통이나 올려놓고, 섹스도 잘하고, 외로울 때마다 귀신처럼 알고 먼저 전화도 걸어주고…… 아무튼 그를 마다할 이유가 전혀 없었다. 원모가 요즘 중독되어 있는 아이스를 하고 나면 짧으면 사나흘, 길면 일주일 동안 꼼짝도 않고 집안에만 처박혀 있었다. 며칠씩 연락이 되지 않는 경우도 부지기수였으며 혹시나 하는 마음에 집으로 찾아가봐도 이불을 뒤집어쓴 채 시체처럼 누워 있는 경우가 대부분이었다. 나는 그의 칩거를 나의 글쓰기와 비슷한 것으로 인식했다. 오로지 자기 자신만을 바라보는 일종의 자아도취 상태, 정도로.

아무리 그런 원모일지라도 열흘이 넘도록 연락이 끊긴 것은 처음이었다. 전화를 해봐도 전화기가 꺼져 있다는 안내음만 들리고. 이렇게까지 오랫동안 연락이 안 되는 건, 왠지 불안한데…… 혹시 거추장스럽게 자살씩이나 해버린 건가 싶어 그의 오피스텔에 가 반쯤은 떨리는 마음으로 (나머지 반은 설레는 마음으로) 문을 열어보았다. 당연히 원모는 그곳에 없었으며, 화장대 앞에 널브러져 있는 쓰다 만 일회용 주사기와 피가 묻은 알코올 솜이며, 뚜껑이 열린 키엘 수분크림이며 에스티로더 파운데이션이 그가 급작스럽게 방을 떠났다는 사실을 알려주고 있을 따름이었다. (원모는 때때로 거의 분장 수준으로 메이크업을 하고 약쟁이 친구들과 술을 마시러 나갔다.) 집안 여기저기에 정신없이 널려 있는 옷가지며 싱크대에 아무렇게나 쌓여 있는 일회용 용기, 그 위를 나선형으로 비행하는 초파리들. 모르는 사람이 보기에는 큰 사달이 난 것처럼 느껴질 수도 있으나 평소에도 워낙 개차반처럼 사는 애라 그냥 외출을 한 건지 아니면 급하게 어디 끌려가버린 건지 구별할 수 없었다. 나는 갑자기 들이닥친 경찰에 의해 끌려나가는 원모의 모습을 상상하며 벽장을 열어보았다. 하와이에 갈 때마다 들고 가는 커다란 트렁크가 그대로 있었다. 맥북도 침대 위에 얌전히 놓여 있었다. 열어보니 비번이 걸려 있었다. 원모의 영어 이름이며 생일 같은 것을 쳐보았지만 열리지 않았다. 이상하게 예감이 좋지 않았다. 나는 바닥에 굴러다니는 샤넬 쇼핑백에 원모의 노트북을 집어넣었다. 혹시나 싶어 피 묻은 주사기와 갈변한 화장솜도 쇼핑백에 넣었다. 그리고 침대에 누워 베개에서 나는 원모의 냄새를 맡으며 그에게 문자를 남겼다.

─어디야? 나 지금 너희 집임. 쥐굴도 니 방보단 깨끗할 듯.

─약쟁이 친구들이랑 약 때리다 죽은 거니?

─아님 네게 원한을 갖고 있는 남자 1030102명 중 한 명에게 살해를 당한 거니?

─니 **뼛가루**는 종로 포차 오줌통에 뿌려줄게. 니가 가장 좋아하며 너에

게 가장 어울리는 그곳에……

당연히 원모에게서 연락은 없었다. 큰일이었다. 원모에게 털어놓고 싶은 얘기가, 원모에게만 털어놓을 수 있는 이야기가 잔뜩 있는데…….

두 남자의 부재는 내 일상에 묘한 파문을 남겼다.

그들은 도대체 왜, 어디로 떠난 것일까.

남자들에게는 괴로울 때마다 파고들 동굴 하나가 있다고 하던데, 그들 모두가 자기본위라는 동굴의 끝자락에서 길을 잃고 만 것일까? 하긴 나 역시도 원모를 제외하고는 거의 누구도 만나지 않은 채 지난 3년을 보내왔으니, 나를 알고 지냈던 다른 사람의 입장에서는 내가 동굴 속을 헤매고 있다고 느낄지도 모르겠다. 처음 글을 쓰기로 마음먹었을 땐 분명히 세상에 인정받고 싶다는, 나름대로 개연성이 있는 욕망으로 가득 차 있었던 것 같은데, 정신을 차려보니 어느새 나는 이렇게 뭘 꿈꾸고 뭘 바라는지도 모르는 채 벽만을 바라보는 미라가 되어버렸다. 온갖 벌레들에게 살을 다 파먹힌 채 텅 비어 있는.

그리고 며칠 지나지 않아 나는 또다시 엄마의 다급한 전화를 받게 되었다. 국세청에서 서류가 날아왔다고 했다. 실상을 알아보니 아빠가 지난 5년 간 지속적으로 부가세를 탈루해 부당이익을 취했고, 벌금을 포함한 탈세액과 직원들의 퇴직금을 횡령한 금액이 총 50억이 넘는다고 했다.

50억.

그제야 나는 아빠가 충동적으로 사들인 벤츠며 지갑이 터지도록 꽂혀 있던 수표가 어디서에서 온 것인지 알게 되었다.

"뭔가 잘못된 것이 분명하다. 고작 한 명의 인간이 그렇게나 큰 돈을 쓸 수 있겠니……."

나로서는 충분히 그럴 법하다는 생각이 들었는데 일단 돈이라는 게 쓰면

써지기 마련이고, 아빠의 평소 모습으로 미뤄보건대 충분히 그럴 만한 사람이었기 때문이었다.

아빠는 서비스직 사람들에게 무조건 존댓말을 쓰며, 또래의 중장년 남성들과는 달리 냄새에 민감해 꾸준히 데오도런트와 향수를 사용했다. 매일 선크림을 바르고 주름이 지지 않은 셔츠만 입으며, 30년 전 받은 승진 기념 시계를 가죽끈을 갈아가면서까지도 차고 다녔다. 멀리서 얼핏 보면 점잖은 실용주의자나 잘 늙은 지식인처럼 보이지만(30년째 고수하고 있는 티끌 하나 없는 금테 안경이 그를 더욱 그렇게 보이게 만들었다) 자세히 살펴보면 말도 안 되는 면모를 갖추고 있었다.

그 시절에 나쁘지 않은 집안에서 자라나 대학 교육을 받고, 대학 교육을 받은 자가 들어갈 수 있는 고만고만한 회사에서 사회생활을 시작한 아빠는 경제발전기에 젊은 시절을 보낸 사람답게 인생에 대한 나이브한 낙관을 가지고 있으며, 경제 관념이 있긴 한 걸까 싶을 만큼 말도 안 되는 투자(를 빙자한 도박)를 해왔었다. 자기 혼자서 자기 돈 가지고 그렇게 살면 누가 뭐라고 할까마는, 문제는 그가 한 가족(그러니까 내 가족)의 가장이라는 점이었다. 임원 승진에서 밀려 충동적으로 회사를 그만두고 자신의 이름을 내건 사업체를 차린 뒤로 아빠는 엄마와 내 명의로 빚을 내 장외주식 투자나 부동산 경매, 땅투기 등에 몰빵하곤 했으며 (다른 모든 소시민들이 그렇듯) 투자는 언제나 처절한 실패로 끝나버렸다. 당연히 가정은 화목하지 못했으며, 신용불량자가 된 엄마는 몇 년 동안이나 내 명의로 금융거래를 해야만 했다. 그것도 모자라 나는 몇 번이고 (드라마에서 몰락의 클리셰로 등장하는) 검은 양복을 입은 사람들이 구두를 신은 채 집안에 들이닥쳐 빨간 차압 딱지를 붙이는 장면을 현실로 목도해야 했다. 맹세컨대 그런 장면은 십대의 정신 건강 및 발달에 좋을 게 없었다.

내가 아는 아빠는 언제나 타인에게 호인이었다. 대형 세단을 몰고 다니며 식사 자리에서 언제나 계산서를 집어들었으며, 모두의 경조사를 살뜰히도 챙겼다. 친가나 외가에 큰일이 생겼을 때도 조금 과하다 싶을 정도로 나서서 (금전적인 부분을 포함한) 일 처리를 도맡았으며 대학 동창들과의 골프 모임에도 빠지지 않고 참석했다. 술을 잘 마시지 못하면서도 거의 모든 술자리에 꼬박꼬박 참석하는 사람이 우리 아빠라는 사람이었다. 그것뿐이라면 그래, 사회적 역할 수행에 적극적인 사람이구나, 정도로 여길 수 있을 것이다.

고등학생 때, 야간자율학습을 마친 늦은 시간, (처음이자 마지막으로) 아빠가 나를 태우러 학교 앞에 온 적이 있었다. 교문 앞에 차를 세운 아빠는 5반에서 도무지 나를 찾을 수 없었다며 도대체 어디 있었냐고 물었다.

"아빠, 나 9반이야. 5반은 이과 반이고."

"너 문과였냐?"

"……."

조수석에 나를 태운 후 아빠는 교문 앞에서 담배를 태웠다. 나는 가방을 조수석 바닥에 내려놓은 뒤 무심코 글러브 박스를 열어보았다. 그 안에는 푸른 천으로 덮인 직사각형의 보석 케이스가 있었다. 열어보니 보증서를 포함한 다이아 목걸이였다. 엄마 선물인가? 엄마 생일은 멀었는데? 결혼 기념일도 한참 남았고…… 어느새 아빠가 차에 다가와 얼른 보석 케이스를 집어넣고 글러브 박스를 닫았다.

내가 기억하는 한 엄마가 아빠에게서 다이아 목걸이를 받은 적은 없다.

생긴 것도 멀끔하고 정중한 말투에 바깥에서 사장입네 하며 교양이란 교양은 다 차리고 다니는 아빠가 실상 최악의 가족 구성원임을 눈치채는 사람은 많지 않았다. 대외적으로 엄마는 사모님이었고 나는 사장 아들이었으므로, 우리는 또 우리 나름대로 우리에게 주어진 화목한 가정의 역할극을 수행하느라 바빴다. 내가 서울에 있는 대학에 합격해 방을 구하러 다닐 때에도 아빠는 아파트 전세금을 가지고 투자인지 뭔지를 하다가 완전히 말아먹어 나를 보증금이 없는 반지하 하숙집에 살게 만들기도 했다. 자고 일어나면 문 앞에서 바퀴벌레와 지네가 전투를 벌이고 있는, 그야말로 지하 생활이나 다름없는 환경이었다(정작 아빠 본인은 지하는커녕 단칸방에도 살아본 적이 없었다). 학자금 대출을 받아 등록금을 내고, 학교를 다니며 알바를 하고, 생계를 위해 직장을 구하고, 월급 중 일부를 대출금으로 상환하며 작가가 된 이후에도 계속해서 직장 생활을 해야만 하는 것에 대해 별 불만은 없었다. 다들 그렇게 살고 있으니까. 별것도 아닌 돈을 벌기 위해 하루하루를 버티며 살아가니까. 내 평생 빌리고 번 돈을 다 합쳐도 50억의 발톱의 때만도 못하다는 것은 확실했다. 그런데 그 큰돈을 다 썼다고? 자기혼자서? 뒤늦게 격렬한 분노가 일기 시작했다.

엄마는 아무래도 큰고모가 뭔가를 알고 있는 눈치라며 그 늙은 너구리(엄마는 다소 의뭉스러운 성격의 큰고모를 그렇게 부르곤 했다)의 옆구리를 살살 긁어 아빠의 소재라도 알아내라고 했다.

"일단 어딨는지라도 알아야지 파산선고를 내려 자리에 주저앉히든 감옥에 처넣든 대책을 마련할 수 있지 않겠니."

엄마는 아빠에게 아쉬운 소리를 할 때나, 친가 사람들이 필요할 때마다 번번이 내게 연락을 하게 만들었다. "너희 박씨 집안 사람들은 피에 찬바람이 불어서 말 한마디 섞기가 싫다"는 것이 이유였는데 그건 나도 동의하는 바였다. 나 역시 친척들이 보기 싫어 명절이며 제사 때 김포의 큰아버지 댁에 가는 대신 발리나 하노이에 가서 수영을 하거나 이태원에서 술이나 진탕 퍼먹는 노선을 택한 지 오래됐으니까.

엄마는 아무래도 불안해서 안 되겠다며, 엄마 명의로 된 남양주의 아파트며 빌라 같은 걸 지킬 수 있는 방법을 찾으러 변호사 사무실을 돌 것이라고 했다.

"아들아, 우리가 할 수 있는 건 하나다. 얼른 그 인간을 찾아내라."

나는 한숨을 쉬며 전화를 끊었다. 감옥이라. 감옥 가기가 어디 쉽나. 나는 갑자기 아빠가 부럽다는 생각을 해버리고야 말았다. 가족의 안위 따위

안중에 없이 제멋대로 돈을 펑펑 쓰다 결국에는 잠적해버리고야 마는 손쉬운 삶. 그러다 문득 얼마 전에 유명인사들의 부모가 빚을 지고 갚지 않아 사회적으로 물의를 일으킨 일련의 사건이 떠올랐고, 혹시 내 신간 인터뷰 기사에 빚쟁이들이 댓글을 다는 거 아냐? 북 토크 행사 자리에 찾아오기라도 하면 어쩌지? 하는 과잉된 자의식에 사로잡혔다가, 다행히 내가 하나도 유명하지 않다는 사실을 깨닫고는 정신을 차렸다. 이 와중에도 오로지 내 생각을 하고 앉아 있는 나. 어떤 일이 있어도 자기본위, 오직 나의 안위만을 생각하는 me, myself and I.

어쨌거나 나는 큰고모에게 전화를 걸었다. 큰고모는 요즘 사촌형의 애를 봐주느라 반포의 아파트에서 지내고 있다고 했다. 전화기 너머로 아이 우는 소리가 들렸다. 나는 아무것도 모르는 척 큰고모에게 물었다.

"고모, 요즘 아빠한테 연락 온 것 없어요?"

"그걸 왜 나한테 묻니."

평소에도 살가운 성격은 아니지만 묘하게 공격적이고 방어적인 큰고모의 말투를 들으니 아무래도 뭔가 있는 것 같다는 생각이 스쳤다.

"아니, 별일은 아니고, 아빠가 요즘 통 전화를 안 받아서요. 바쁜 일이 있나 했지."

큰고모는 자기는 잘 모르겠다고 말했다. 나는 사촌형의 약국 사정이며 큰고모부의 근황 같은 것을 살갑게 물었다. 큰고모는 금방 방어적인 태도를 거두고 실로 오랜만에 말이 통하는 사람을 만났다는 듯 반가워했고(실제로 한 살짜리 영아만 하루종일 상대하고 있으니 대화할 사람이 절실하기는 했을 것이다) 나는 아무것도 모르는 척 할아버지가 살아 계실 때 집안이 얼마나 융성했는지에 대해 늘어놓기 시작했다(경험상 말수가 적은 친가 친척들의 입을 열게 하는 데는 이만한 대화 주제가 없었다). 너희 할아버지가 시장이었을 땐 명절 때마다 이국의 과일이며 고기며 생선이 너무 많이 들어와 음식이 썩어나가는 일이 많았다느니, 너희 아버지는 스무 살이 될 때까지 소고기 말고 다른 고기는 입에 대지도 않았다느니(그 사실은 익히 잘 알고 있었는데 신혼 때 엄마가 해주는 돼지고기 요리를 냄새가 난다는 이유로 건드리지조차 않았다는 얘기를 귀에 먼지가 날 때까지 들었기 때문이었다. 엄마와 내가 눈에 보이는 거면 입구멍에 다 집어넣는 종류의 인간이라면 아빠는 과자 하나를 먹어도 꼭 미제 쿠키를 고르는 종류의 사람이다), 남들은 일 년에 한 번 먹을까 말까 한 바나나가 우리집엔 사시사철 넘쳐났다느니 하는 얘기를 들을 때면 뭐랄까, 그래서 그 많은 돈은 다 어디 갔는데요, 어디로 흩어져버렸길래 지금 난 이 꼴로 살고 있는데요, 묻고 싶어졌다. 물어 뭐 하나. 그러는 큰고모도 지금은 관절염이 걸린 다리로 아들 내외가 낳은 신생아를 봐주는 처지인데. 할아버지가 뒷돈을 대서 큰아버지와 아버지의 군대를 빼준 얘기며, 우리집이 구에서 처음으로 자동차를 몰고 다닌 집이었다는 둥, 큰고모가 신이 나서 온갖 자랑을 쏟아내는 동안 나는 슬쩍 아빠에 대한 질문을 얹었다.

"근데 고모, 아빠 어릴 적에 사고 같은 거 친 적은 없어요? 사람을 팼다든가, 물건을 훔쳤다든가, 도박을 했다든가."

"필수가 그런 걸 할 애는 아니지. 큰 사고는 아니고 일본 유학 갔을 때 찡빠에 다니는 정도였지 뭐. 친구들을 잘못 만나서."

일본 유학? 찡빠? 찡빠가 뭐지? 혹시, 빠찡코? 도대체 무슨 말을 하는 건지. 태어나서 처음 듣는 얘기였다.

"갑자기 그런 걸 왜 묻니?"

"아, 그냥 글 쓰다 뭐 참고할 게 있을까 싶어서요."

큰고모는 또 글쓰기에 관해 묘한 환상이나 경외심 같은 것을 갖고 있는 옛날 사람답게 소설 때문이라고 하니 아무렇지 않게 무장해제를 하고 아빠의 과거에 대해 말해주었다. 큰고모가 말하는 아빠의 젊은 시절은, 내가 알고 있는 것과는 완벽히 달랐다.

원모에게서 연락이 온 것은 그로부터 이틀 뒤였다.

031로 시작하는 모르는 번호였는데, 원모는 자신이 화성에 있다고 했다.

"화성? 마스? 세일러 마스!"

"아니, 경기도 화성."

"알아. 근데 거기를 왜? 또 약 때리러 갔니?"

원모는 속삭이는 목소리로 나에게 조용히 하라며, 자신이 현재 외국인보호소에 있다고 했다.

"거기를 왜?"

"안 좋은 일이 생겨서"라는 말을 듣는 순간 나는 줄줄이 사탕처럼 잡혀가는 마약 투약 연예인들에 대한 뉴스가 떠올랐다. 이 새끼가 언젠가 걸릴 줄은 알았지만 그 언젠가가 지금이 될 줄이야. 보나마나 어디서 신나게 약을 때리다 들통난 거겠지. 쭈뼛거리는 원모에게 닥치고 자초지종을 제대로 말하라고 하자 다른 말은 하지 않고 다만 자신의 여권을 보내달라고 했다. 여권이라니. 뭔가 단단히 문제가 생긴 게 틀림없구만.

"내 여권 어딨는지 알아?"

"잘 알지. 내 손에 있어. 이미 너희 집에 가서 알토란같이 다 훔쳐왔거든."

"그래, 잘했어. 내가 불러주는 주소로 보내주면 돼."

"알았어. 여권 부쳐줄게. 이번에 뭐 많이 잘못된 거야?"

"있잖아, 나……."

원모가 강제추방을 당한다고 했다. 그 말인즉슨 이제 다시 한국에 들어올 수 없다는 것이었다. 영원히? 다시 올 수 없다고? 갑자기 뜨거운 것을 삼킨 것처럼 싸한 기분이 들었다. 뭐야. 이거 너무 오버스럽지 않아? 라고 생각을 하면서도 감각되는 통증의 크기가 너무 커서 당황스러웠다. 한동안 침묵이 감돌았다. 평소에는 이런 상황에서 아무렇지 않게 농담을 던지는 게 내 주특기인데, 농담조차 나오지 않았다.

"맥북은? 옷이랑 화장품은, 니 물건들은 어떡하게."

"그냥 다 너 가져."

"필요 없는데."

"그래도 가져. 아님 버리고."

"오피스텔 보증금은 어쩌고……."

"어차피 이백에 이백 방이야. 다음달에 돈 안 내면 집주인이 알아서 방 빼겠지 뭐."

공항으로 배웅이라도 나갈까, 물어보니 경찰에 연행돼 추방당하는 거라 얼굴도 볼 수 없을 거라고 했다.

뭐야. 이건 정말이지 진짜 그럴듯한 이별이잖아. 마치 짠 것처럼 완벽한 단절이잖아. 그런 확신에 다다르자 갑자기 눈물이 날 것만 같았다. 그치만 나이가 서른몇인데 이런 일로 울기엔 난 좀 너무 멀리 왔잖아? 참자, 참어.

그나저나 그 후진 오피스텔, 좁아터진 방에 월세를 이백씩이나 내고 있었단 말이야? 눈탱이를 제대로 맞았네. 그러니까 돈이 없지. 등신 같은 새끼. 약쟁이 새끼. 등신 같은 약쟁이 새끼. 약을 하려면 곱게 어디 숨어서 하든가 칠렐레팔렐레 아무데서나 주사를 꽂고 다니니 안 걸리고 배겨…… 별의별 생각이 꼬리에 꼬리를 물고. 지가 지 몸을 망치다 조용히 자기 나라로 쫓겨난다는데 내가 무슨 할말이 있겠냐마는.

"그러길래 잘 좀 살지 그랬어…… 더도 말고 덜도 말고 남들처럼만."

남들처럼이라는 말을 해놓고도 스스로가 웃겨서 괜히 핑 돌던 눈물이 멎어버렸다. 남들이라니. 남들 같은 소리를 하고 앉았다, 내가.

"하와이 자주 놀러 와. 날씨도 좋고. 약하기도 좋고. 벌레도 많고."

전화를 끊은 후 책상 밑에 아무렇게나 던져둔 원모의 샤넬 쇼핑백을 열어 보았다. 맥북이며 화장품 사이에 놓인, 잔뜩 꾸드러진 알코올 솜을 집어 올렸다. 균이 득실득실해 보이는 갈색조의 말라비틀어진 솜을 무슨 애착 인형이라도 되는 것처럼 만지는데 뭐랄까, 이런 표현은 너무 센티멘털한 것 같지만 어쩐지 원모의 허벅지를 쓰다듬는 느낌인걸.

퍼석하게 죽어 있는 세포들의 조합.

원모의 허벅지에는 초승달처럼 생긴 작은 흉터 같은 게 있었는데, 코를 박고 자세히 보면 푸른 색조로 아주 작게 'One More NO LOVE'라는 문법에 어긋나는 문구가 비뚤비뚤한 점묘화 기법으로 새겨져 있는 걸 발견할 수 있었다. 뭘까. 이 중2스러움이 물씬 풍기는 문구는. 딱 봐도 프로의 솜씨는 아니었다. 내가 웃으며 흉터를 관찰하자 원모는 슬쩍 다리를 빼면서 말했다.

"별건 아니고, 중학교 때 하이테크로 펜빵 한 거야, 내가."

펜빵이라니. 칼로 조그맣게 상처를 내거나 뾰족하게 펜촉을 깎아 부러 흉터를 내는 것. 너무나도 투명한 자해행위. 이반의 상징이자 소심한 반항! 우리 학교에서도 칼빵이며 펜빵이 유행해 한동안 교사들이 단속에 나섰던 적이 있었지. 나 역시도 한 번쯤 호기심으로 손목에 글씨 같은 걸 새겨보려다 아플 것 같아서 포기한 적이 있는데, 이 정도 크기면 거의 상습적인 자해라고 봐도 되지 않을까? 반항조차 소심하면서도 요란하게 하는 게 참으로 원모다웠고, 이럴 때면 원모가 하와이가 아니라 안양이나 군포 어디의 중학생처럼 느껴지곤 했다. 나는 길쭉하고 흉측한 자국을 거듭 만지며 원모, 노러브, 라고 중얼거리다 또 웃어버리고야 말았다.

원모 너는 참, 날 웃기려고 태어났나 보다.

그런데 그 자국을 처음으로 본 게 언제였더라. 첫 섹스를 한 날 밤? 나란히 침대에 누워 뒹굴대며 만화책을 읽던 어느 날? 이제는 잘 기억나지 않는다.

기억나지 않는 것은 그것뿐만이 아니었다.

원모는 어느 순간부터 내 일상의 일부가 되었는데, 이를테면 이런 식. 희미한 빛에 눈을 떠보면 새벽 5시. 장소는 어김없이 원모의 오피스텔이나 나의 방. 수면무호흡증이 있는 원모는 당장이라도 숨이 멎을 것처럼 요란하게 코를 골고, 나는 간밤에 원모에게 놓아준 주사기와 알코올 솜을 치우고 함께 들이마셨던 파퍼스가 새어 나오지 않도록 다시 한번 뚜껑을 견고하게 닫고, 가방에서 노트북을 꺼내 원모나 나의 책상 앞에 앉았다. 이어폰을 끼고 내 머릿속에 떠오르는 아무 말이나, 대개는 누군가에 대한 원망이나 이루지 못한 욕망 같은 것들을 정신없이 쏟아냈다. 과거의 추악하고 부끄러웠던 순간들을 떠올리는 것을 통해서만 얻을 수 있는 구원. 나를 통해서만 나를 잊을 수 있는 역설. 어쩌면 한없이 배설에 가까운 그 과정을 통해 나는 내가 처한 현실로부터 도망칠 수 있었다. 그러다 문득 원모가 갑자기 코골이를 멈추면 혹시나 원모가 죽은 건 아닐까, 기어이 죽어버린 건 아닐까 하는 생각에 손가락을 코밑에 대보고 죽지 않았구나, 생각하며 그제야 회사에 갈 준비를 했다. 눈에 인공눈물을 넣고, 병원에서 처방받은 세로토닌과 도파민을 촉진하는 다섯 알의 약을 먹고…… 정신과 약은 잘 정제된 마약이야, 라고 말해준 게 원모였나? 아니면 다른 사람이었나? 느릿느릿 면도를 하고, 샤워를 하고, 뜨거운 물을 받으며 생각했다.

나는 원모를 왜 좋아하지.

젖꼭지를 잘 빨아줘서. 함몰된 내 왼쪽 유두에 고양이 저금통이라는 별명을 붙여주어서. 나랑 성감대가 같아서. 귀 뒤쪽에서 달콤한 냄새가 나서. 뒤통수가 잘 깎아놓은 감자같이 생겨서. 몸에 털이 하나도 없고 체온이 낮아 매끌매끌하고 시원한 물개를 안고 있는 기분이라서. 나에게 아무것도 묻지 않아서. 나에게 아무것도 기대하지 않아서. 인생이 커다란 구멍 같아서, 모두가 나를 스쳐 지나가버리고 온갖 더럽고 쓸모없는 것들이 껴 있지만 결국에는 무엇으로도 채울 수 없는 수챗구멍 같아서, 아무리 많은 것들을 때려 박아도 나아질 게 없어서, 그게 허무해서 매일 맥락 없이 웃다가 울다가, 또 이유 없이 화를 내고 있으면 아무것도, 정말이지 아무것도 묻지 않고 나를 꽉 안아주어서. 등을 쓰다듬어줘서.

그 손길만큼은 말도 못하게 따뜻해서.

숨고 싶으면서도 표현하고 싶어하는 내 욕망이 자연스럽게 느껴지게 해주어서. 아무것도 아닌 사람처럼 느낄 수 있게 해주어서. 아무것도 묻지 않아주어서.

약점을 틀어잡고 있으니 어디도 도망갈 수 없을 거라는 것을 잘 알아서. 원모가 다른 남자 천 명 만 명을 만나고 다녀도 결국에는 다시 나를 찾을 걸 알아서. 모든 게 사라져버리고 없어져버릴 것 같다는 과장된 공포에 사로잡힌 나에게 원모는 최고의 존재였지. 그러니까 원모는 나의 아이스. 나의 거울. 당장이라도 굴러떨어질 것 같은 내 일상을 간신히 붙잡아주는 낚싯줄.

원모에게 이 모든 얘기를 털어놓고 싶다. 그치만 원모는 여기 없네.

다음 날 어김없이 출근을 한 나는 오전을 대충 때우다 홀로 점심을 먹고 사무실로 돌아왔고 컴퓨터를 켰고 책상 서랍에서 칫솔을 꺼내 느릿느릿 양치질을 하기 시작했고 화장실에서 거울을 보며 아, 못생겼다, 생각하다 다시 자리에 돌아와 앉았다. 막 양치를 마쳐 건조한 입술에 침을 바르며 책상 위에 올려둔 바셀린의 뚜껑을 열었다. 3년 전 입사했을 때부터 이 자리에 있었던, 조금도 양이 줄어든 것 같지 않은 바셀린. 내가 죽어도 이 바셀린은 이대로 끈끈하고 기름진 채로 이 자리에 남아 있을 것만 같은 느낌.

바셀린처럼 살아야 했어. 유들유들하고 축축하게, 그러나 절대 소진되지는 않게. 말도 안 되는 자기 연민에 젖어 아무 쓸모도, 필요도 없는 일을 하기 시작했고, 내 옆자리의 차장이 외근을 나간 뒤로는 마치 내게 할당된 업무인 양, 워드 프로세서 창을 켜서 소설을 쓰기 시작했다. 그때 모르는 번호로 전화가 걸려왔다. 원모일까 하는 생각에 다급히 복도로 나가 전화를 받았다. 전화기에서 생각지도 못한 목소리가 흘러나왔다. 아빠였다. 아빠는 다짜고짜 일층으로 내려오라고 했다.

166 "갑자기 그게 무슨 소리야."

"너희 회사 앞이다. 너한테 할말이 있어서 왔는데 로비에서 들여보내주질 않네. 얼른 내려와봐라."

"아니, 아빠, 아무 말도 없이 이렇게 다짜고짜 오면 어떡해. 갑자기 자리를 어떻게 비워. 나도 일이 있는데."

"그럼 너 있는 팀 이름이랑 층수 말해봐라. 아빠가 올라가마. 가서 너희 팀장한테 인사도 하고 얼굴도 보면 되겠네."

"미쳤어? 여기가 유치원도 아니고, 오긴 어딜 와."

나는 아빠에게 일단 기다리라고 한 뒤 화장실에 가는 척하며 엘리베이터를 탔다. 일층에 도착하자 멀리 아빠의 모습이 보였다. 그는 간절기마다 교복처럼 입는 체크무늬 버버리 반팔 셔츠를 입은 채 다소 거만한 포즈로 뒷짐을 지고 있었다. 나는 아빠를 보자마자 얼른 밖으로 나가자고 팔을 잡아끌었다.

회사 건물 앞에는 떡하니 아빠의 벤츠가 서 있었다.

"아빠, 여기 차 세우면 벌금 내."

"나오면, 내면 되지."

이런 상황에서도 가오를 잡고 있는 아빠를 보니 복장이 터졌다. 벤츠 하나 몰고 다닌다고 누가 보면 이 회사 회장님이신 줄 알겠어. 다 망한 주제에. 하긴 빚 50억에 과태료 4만 원을 더 붙인다고 한들 뭐가 달라질까 하는 생각을 하니 모든 게 부질없게만 느껴졌다. 자꾸 복잡한 생각이 들어 괴로워지려는데 아빠는 내게 보험금이 어떻게 되었는지 물었다.

"어, 해약해서 통장에 넣어놨지. 오천 얼마였나."

나도 모르게 거짓말이 절로 나갔다.

"한 이백은 너 갖고, 오천만 원을 여기로 부쳐줘야겠다."

아빠가 대표이사, 라고 적힌 자신의 명함을 건네주었다. 명함 뒤쪽에 몽블랑 볼펜으로 적어놓았을 계좌번호는 처음 보는 사람의 명의였다. 아빠에게 돈을 빌려준 사람 중 한 명이거나 아니면 아빠가 차명으로 금융거래를 하는 계좌인 것 같았다. 나는 주머니에 명함을 넣고 아빠의 심중을 떠볼 생각으로 아무것도 모르는 척 물었다.

"근데 갑자기 서울은 어쩐 일이야."

"클라이언트 만날 일이 있어서 왔다. 일 끝나고 잠시 들렀지."

클라이언트 같은 소리 한다. 빚쟁이나 아니면 다행이지. 아무것도 모르는 척 또 질문을 얹었다.

"핸드폰 번호는 갑자기 왜 바꿨어? 아빠지도 몰랐네."

"쓰던 걸 잃어버렸다."

"엄마는 잘 지내? 요즘 바빠서 연락을 통 못했어."

"너희 엄마야 항상 똑같지 뭐."

아빠는 내가 현재 아빠의 (완벽히 망해서 감옥에 들어갈 위기인) 상태를 모른다고 생각하는 것 같았다. 하긴 엄마와 내가 속 얘기를 미주알고주알 나눌 만큼 대단히 살가운 사이도 아니고, 평소에도 몇 주 정도 연락하지 않고 지내는 것은 예사인지라 아빠의 추론이 영 틀린 것은 아니었다(책이 나온 뒤로는 내가 부러 엄마의 연락을 피하기도 했었다). 그러나 아빠가 간과하고 있는 사실이 하나 있었다. 엄마는 말수가 적고 다른 모든 사안에 대해서는 무심한 편이지만 단 한 가지, 남편 욕은 누구보다도 열정적이고 즉각으로 공유한다는 사실을.

아빠는 내게 "산보나 할래?" 물었고 나는 "아빠, 나 일하는 중이잖아. 나는 사장이 아니라 그냥 사원이라고" 대답했다. 아빠는 "그러냐 허허, 그러면 별수없지" 했고 이상하게 그 힘없는 목소리를 듣고 나니 앞으로 아주 오랫동안 그의 얼굴을 볼 수 없을 것 같다는 생각이 들었다. 그도 그럴 것이 평소와 같은 복장이라고는 하지만 정리되지 않은 구레나룻이며 운전을 오래한 듯 한쪽이 까맣게 타버린 얼굴이 묘하게 그를 도망자처럼 보이게 했다. 나는 또 슬그머니 마음이 약해져 50억에 반차 하나를 얹는다고 한들 뭐가 달라질까 하는 마음이 생겨나버렸다. 에라, 모르겠다. 나는 아빠에게 잠

간 기다려보라고 한 후 사무실로 올라가 급한 집안일 때문에 그러는데 반
차를 쓸 수 있겠냐고 팀장에게 말했다. "무슨 집안일?" "음, 그러니까, 아
버지의 병환(이나 다름없는 목숨을 위협할 만한 범죄 행각과 빚 때문)입니
다." 팀장은 언제나처럼 못마땅한 표정으로 "가봐"라고 말했고 나는 정말
집안에 대단히 큰일이 생긴 것처럼 황급히 가방을 싸서 사무실 밖으로 나
왔다.

다시 빌딩 밖으로 나오니 아빠는 벤츠에 기대서서 담배를 피우고 있었
다. 뭐라고 한소리를 하려다 말았다. 담배를 피우는 모습만큼은 예전과 별
다를 바 없었고, 중독에서만큼은 일관성을 가지고 있다는 게 이상하게도
반가웠다.

아빠와 나는 나란히 운전석과 조수석에 앉았다. 차가 세종로를 달리기
시작했다. 둘 다 막 점심을 먹은지라 딱히 갈 만한 곳이 떠오르지 않았다.
아빠는 커피나 한잔하자고 했고 나는 고개를 끄덕였다.

아빠가 차를 몰고 간 곳은 회사 근처의 플라자호텔이었다. 주차장 입구
가 잘 보이지 않는데도 아빠는 익숙한 듯 로비 옆쪽의 지하주차장 입구로
향했다. 이곳에 자주 와본 것일까? 내가 아는 아빠는 평생 동안 고향인 P시
를 떠나지 않은 사람인데. 차에서 내려 엘리베이터를 기다리며 아빠를 찬
찬히 훑어보았는데, 살이 많이 빠진 것 같았다. 살이 빠지다 못해 키까지
쪼그라든 느낌. 하긴 환갑도 한참 지났고 어느새 칠순을 바라보는 나이니
키가 준다고 해도 이상할 건 없었다. 모르는 사람이 보면 부자지간이라는
것을 알아챌 수 없을 정도로 우리는 생김새가 달랐다. 32년 동안 모르지 않
았던 그 사실이 사뭇 이상하게 느껴졌다.

일층의 커피숍에 도착해 커다란 테이블에 앉았다. 아빠는 언제나처럼 뜨
거운 아메리카노를, 나는 비엔나커피를 시켰다. 아메리카노, 라는 단어를
내게 처음 가르쳐준 사람이 아빠였다. 그는 주말에 나와 함께 목욕을 갈 때
에도 동네가 아닌 역 근처의 호텔 목욕탕에 가는 사람이었다. 목욕을 마친

후 호텔의 커피숍에서 아메리카노를 시켜 마시던 그의 모습이 내 기억 깊숙이 남아 있다. 아빠는 내 얼굴이 수척해진 것 같다며 덧붙였다.

"일이 많아도 쉬어가면서 해라. 너무 조바심내지 말고."

정말이지 조바심이라고는 하나도 찾아볼 수 없는 표정으로 뜨거운 아메리카노를 마시는 아빠의 모습을 보니 부아가 치밀어올랐다. 중학생 때 내가 학교에서 심하게 따돌림을 당해 미국 도피 유학을 준비할 때에도, 고등학생 때 부정교합 치료 수술을 받으려고 했을 때에도, 대학 입학금도, 나를 위해 마련된 목돈은 어김없이 아빠라는 이름의 블랙홀로 흡수돼버렸다. 어릴 적부터 누적된 그 경험들을 통해 나는 기꺼이 희망을 내다버리고 체념이라는 두 글자를 뼈에 새길 수 있었다. 내가 깨닫지 못하는 사이 나는 쳇바퀴를 돌리듯 일상의 관성에 젖어 단 한 순간도 쉴 수 없는 사람으로 자랐다. 그런데 그런 당신이 내게 쉬라고 말을 하네. 만 5천 원이 넘는 커피를 홀짝홀짝 마시며. 나는 어떤 말을 어떻게 해야 할지 몰라 아빠의 얼굴을 빤히 바라보았다. 아빠가 창문 쪽을 바라보며 말했다.

"신문에서 네 기사를 봤다."

"아, 응. 책 나와서 인터뷰 많이 다니고 있어."

"왜 아빠한테 말을 하지 않고. 책 나왔다고."

그러는 아빠도, 50억이 넘는 돈을 탈세하고 횡령하고 착복하고 출처 모를 곳에 써 없앨 때까지 나에게 한마디도 하지 않았잖아, 뭐 그런 말을 하고 싶었지만 할 수 없었고 대신에 아주 조용히, 아무 일도 없는 것처럼 덧붙였다.

"작가가 책 나오는 게 뭐 큰일이라고."

"기사에서…… 네가 퀴어…… 소설이라는 걸 쓴다고 하더구나."

"응, 그거 요즘 유행하는 거야. 노인들 보기 재미없으니까 보지 마."

얼른 말을 돌리고 싶었지만 무슨 말을 해야 할지 잘 떠오르지 않았다. 우리 사이에 한동안 무거운 침묵이 감돌았다. 침묵을 깬 것은 아빠였다.

"커피 다 마셨으면 잠깐 걸을래?"

나는 고개를 끄덕이고 계산서를 집었다. 아빠는 계산서를 뺏어 들더니 지갑에 빼곡히 꽂힌 5만 원짜리 중 한 장을 꺼내 계산서 사이에 넣어놓았다. 그리고 거스름돈도 챙기지 않은 채 밖으로 나갔다. 나는 한 발짝 늦게 계산대에 들러 아빠의 차번호를 등록하고 거스름돈을 챙기며 뭐랄까, 설명할 수 없이 복잡한 마음이 들었다.

바깥으로 나오니 오후의 끄트머리. 초가을의 하늘은 웬일로 깨끗했고 시청 앞 광장에는 사람들이 별로 없었다. 아빠는 잔디밭을 밟고 싶다고 했고 우리는 횡단보도를 건넜다. 아빠와 말없이 광장을 빙 둘러 걷다 아무것도 설치되지 않은 간이무대에 나란히 걸터앉았다. 아빠는 뒷주머니에서 손수건을 꺼내 자리를 닦고 그 위에 앉았다. 아빠가 내게 말했다.

"여기도 참 많이 바뀌었구나."

"아빠 여기 와본 적 있어?"

"내가 딱 너만 했을 때 여기 플라자호텔에 들어가려고 했었다."

태어나서 처음 듣는 말이었다. 하긴 내 기억 속의 아빠를 되짚는 것은 무의미했다. 내 기억 속의 아빠는 단 한 번도 자신의 꿈이나 희망이나 욕망에 대해서 말하지 않았다. 나는 아빠가 어떤 사람인지 전혀 모른다. 나의 부모님은 언제나 바쁜 사람이었다. 함께 놀이공원에 간 기억도, 진지하게 고민을 나눠본 적도 없었다. 단지 부모님들의 다툼을 통해서, 엄마를 통해 전해 듣는 아빠라는 사람의 악행을 통해서 나는 그에 대해 간접적으로 알고 있었을 뿐이었다. 그간 나는 아빠라는 이름의 허상을 좇고 있었을 뿐, 그라는 존재의 실체에 대해 아무것도 알지 못한다는 것을 요 며칠간 절실히 깨닫고 있었다.

며칠 전 큰고모가 내게 해준 말.

아버지는 고등학생 때부터 몇 번의 자살 시도를 해 정신병동에 입원한 전력이 있으며, 검정고시로 고등학교 과정을 마친 후 먼 친척이 이사장으로 있는 대학에 들어가게 됐다고 했다. 좋지 않은 성적으로 간신히 대학을 졸업한 후 할아버지가 알아봐준 몇 군데의 직장을 전전했던 아빠는 결혼을 전제로 사귀던 여자에게 이별을 고하고 일본 유학길에 올랐다. 당시 우리나라에서는 생소한 분야였던 호텔 경영을 공부하기 위해서였다고 했다. 가족들은 그의 선택을 지지했는데, 집안의 유일한 오점이자 망나니였던 막내아들이 태어나서 처음으로 뭔가를 하고 싶어하는 의지를 보였기 때문이었다. 해외여행 자유화가 시행되기도 전에 당시에는 몹시 드물던 유학길을 홀로 떠나며 아빠는 어떤 기분이었을까. 이곳이 아닌 다른 곳에서 이곳에 없는 학문을 공부하며, 일상이 아닌 다른 곳에서 구원을 찾을 수 있을 거라는 희망에 부풀어 있었을까? 지금까지와는 완벽히 다른 삶을 살 수 있으리라 기대하고 있었을까? 왠지 그렇지는 않았을 것 같다. 숨막히는 지금의 삶으로부터 탈출하고 싶어 낚싯줄처럼 가는 희망에 몸을 던진 것은 아닐까. 단지 이곳이 아니면 된다는 마음. 그저 현실도피와 진배없는 미래가 없는 감정을 나는 잘 알고 있다.

아빠는 꼬박 6개월 만에 다시 한국으로 돌아오게 되었다. 소식이 끊긴 아빠를 찾아 도쿄로 간 큰고모가 '빠찡코'를 전전하고 있던 아빠를 발견했다. 큰고모는 아빠에게 비보를 전했다. 한국에 두고 온 여자(즉 나의 엄마)가 임신을 했다는 사실을. 아빠는 며칠이고 큰고모를 피하다 결국에는 짐을 싸서 다시 한국으로 돌아오게 되었다. 그때 아빠는 어떤 생각을 했을까. 어떤 마음으로 다시 이곳에 돌아오게 되었을까. 그에게 나의 존재는, 가족의 의미는 무엇이었을까. 아빠가 강박에 가까울 만큼 지독하게 자신의 과거 얘기를 하지 않았던 것도 어쩌면……

아빠는 자리에서 일어나 잔디밭에 쪼그려앉았다. 그리고 뭔가를 뽑아 돌아왔다. 아빠의 손에 있는 건 잡초에 달린 작고 푸른 꽃 하나였다. 아빠는 한참이나 자신이 꺾은 꽃을 바라보고 있었다. 이 사람은 누구일까. 내가 아는 아빠는 또래의 남자들에 비해 섬세하고 심미적 기호가 남달랐지만, 적어도 잔디밭에서 꽃을 꺾는 종류의 감성을 가진 사람은 아니었다. 나이가 들어 호르몬 조절이 되지 않는 걸까, 이젠 하다 하다 별걸 다 하는군, 삐딱한 생각이 들었다. 꽃을 쥐고 있는 아빠의 등이 잔뜩 굽어 있어 가뜩이나 마른 몸이 더욱 말라 보였다.

나는 그 등의 모양을 잘 알고 있었다.

초등학교 4학년 때, 다른 모든 가정들처럼 우리집에도 IMF의 광풍이 불어닥쳤다. 내 기억으로는 그때가 우리집이 처음으로 망한 순간이었다. 태어나 한 번도 겪어보지 못한 경제적 곤란에 직면한 아빠는 백방으로 돈을 빌리고 다녔었다. 어린 내가 기억하는 아빠는 밤늦게 집에 들어와 우주를 짊어진 것처럼 고개를 앞으로 잔뜩 뺀 자세로 TV를 보는 사람이었다. 그 무렵 생일을 맞은 아빠에게 나는 『인생 2막, 당신에게도 희망은 있다』라는 책을 선물했었다. 그게 내가 그에게 건넬 수 있는 유일한 지지와 응원의 메시지라고 생각했다. 내가 준 선물을 받아든 아빠는 기뻐하는 대신 화를 냈다. 감정을 주체하지 못한 채 책을 집어던지며 소리쳤다.

"우리 가족에게 더이상의 희망은 없다. 더 나아질 일은 없을 거란 말이다!"

화를 내는 아빠의 얼굴은 잔뜩 일그러져 마치 우는 것처럼 보였다. 고개를 돌린 아빠의 어깨는 그 어느 때보다도 안으로 굽어 있어 당장이라도 구겨져버릴 것 같았다.

하나도 닮은 구석이 없는 우리 부자지만 구부정한 자세와 앞으로 쭉 나온 거북목만큼은 비슷했다. 언젠가 원모가 그런 나를 보고 허공에 이마를 기대고 있는 사람 같다는 말을 한 적이 있었다. 이상하게 그 말이 아직까지도 마음에 남았다. 허공에 이마를 기대고 있는 사람. 나, 그리고 필수 씨.

생각해보면 그와 내가 닮은 점이 하나 더 있기는 했다. 고등학생 때 자살 시도를 해 정신병원에 입원한 것. 아빠가 죽으려 한 건 나와는 다른 이유였겠지만. 하긴 또 뭐 그리 다른 이유였을까 싶기도 하다. 허공에라도 이마를 기대고 있어야만 하는 사람들에게는 어쩔 수 없는 일이었을지도 모르겠다.

나는 마치 대단한 보물이라도 되는 것처럼 꽃을 바라보고 있는 아빠에게 물었다.

"아빠, 근데 나 왜 낳았어."

"어쩌다가 낳았지."

"아빠, 근데 왜 그렇게 큰 빚을 졌어? 그 돈은 어디 갔어?"

아빠는 몇 초 정도 아무 말도 하지 않고 있다가 뭔가를 꾹꾹 누르는 듯한 목소리로 대답했다.

"어쩌다가 그랬지. 어쩌다 다 없어졌지."

"아빠."

"왜, 또 뭐가 궁금하냐."

때로 그런 말들이 있다. 입 밖에 꺼내는 순간 후회할 것을 알게 되는 말들. 상대방뿐만 아니라 말을 꺼낸 나 자신까지도 훼손해버리고야 마는 말들. 지금 이 순간 그렇다는 것을 알면서도 나는 나 자신을 멈출 수가 없었다.

"아빠, 그냥 남들처럼, 그렇게 살면 안 됐어? 남들처럼 그냥 매일 출근하고 퇴근하면서, 애 크는 거 보면서 집도 사고 빚도 갚고 눈치도 봐가면서, 회사에 계속 다니고 은퇴도 하고, 때가 되면 연금 받아서 바둑이나 두고, 더도 말고 덜도 말고 딱 남들처럼 그렇게 살면 안 됐어?"

남들처럼 살 수 없었냐고 말하는 나 자신이 우스워 당장이라도 웃음이 터질 것 같았다. 아빠는 아무 말도 하지 않고 고개를 숙이고 있었다. 입술이 떨려 입술을 꽉 깨물고 아빠의 얼굴을 바라보았다.

아빠는 고개를 숙이고 있었다. 다시는 해를 보지 않을 것처럼 고개를 푹 숙인 채 울고 있었다. 할머니의 장례식 때에도 울지 않았던 그가 이제는 손수건으로 콧잔등과 뺨을 연신 훔치고 있었다. 나는 그 모습을 못 본 척 고개를 돌렸다.

잔디밭에는 아이들이 뛰놀고 있었다. 세상천지에 아무런 근심이 없는 듯 웃으며 뛰어노는 아이들. 유모차를 미는 내 또래의 부부들. 눈이 부시게 맑은 날씨와 영원히 바래지 않을 것처럼 반짝이는 시청 청사. 나는 바지 주머니에서 명함을 꺼내 손바닥에 올려놓았다. 대표이사 박필수. 뒤쪽에 적힌 정체불명의 계좌번호를 한동안 바라보다가 주먹을 쥐며 명함을 구겼다. 그러고는 잔디밭에 명함을 버렸다. 다시 고개를 돌리자 아빠는 언제 그랬냐는 듯 눈물을 멈추고 허리를 꼿꼿이 편 채 먼 곳을 바라보고 있었다. 아빠의 콧등에 검은 흙 같은 것이 붙어 있었다. 아마도 손수건에서 묻어난 것 같았다. 나는 가만히 그 검은 자국을 보았다. 아빠가 내게 말했다.

"엄마가 네 소설을 읽고 걱정이 아주 많은 것 같더구나. 네가 그……."

"보지 말라니까. 왜 꼭 보고 그런대. 가족들이 봐서 좋을 게 뭐 있다고."

"그래서 내가 엄마한테 말했다. 우리 아들이 그렇게 태어났으면 그건 그것대로 어쩔 수 없는 것 아니겠냐고……."

더 무슨 말을 해야 할지 몰라서 그냥 가만히 있었다. 아무 말도 하고 싶지 않았다. 아빠가 나에 대해 조금이라도 더 알게 하고 싶지 않았다. 나의 숨은 욕망과 결핍과 나의 진실에 대해서 알게 하고 싶지 않았다. 내 인생의 중요한 순간마다 언제나 공란의 자리였던 그에게 나를 이해할 기회를 주고 싶지 않았다. 단지 공란에 불과해야 할 그에게 용서라는 자리를 내어주고 싶지 않았다. 나는 아랫입술을 꼭 깨물었다. 더 많은 감정들이 새어 나가지 못하게.

"적어도 내 생각은 그렇다. 살면서 어쩔 수 없는 일들이 더 많지 않니."

이 말을 어디서 들었더라.

그래, 원모.

아이스를 하고 나면 사나흘 동안 아무것도 하지 않고 방 안에만 누워 있던 원모. 나는 그런 원모에게 물을 먹이고 이불을 덮어주고는 묻곤 했었다.

원모는 힘없이 내 허벅지를 파고들며 말했다.

"있잖아, 나는 네가 부러워."

"뭐가 부러워. 거지같이 사는데. 매일 네 시에 일어나서 투잡을 뛰어도 십 년 넘게 원룸 신세를 못 벗어나는구만."

"그래도 너는 네가 무얼 하고 싶은지 잘 알잖아."

"누굴 죽이고 싶은지는 잘 알고 있긴 하지."

"응, 그런 거. 누굴 죽이고 싶은지 누구한테 화를 낼지, 알잖아."

"너도 뭘 하고 싶은지는 잘 알잖아. 약 때리기."

"뭐래."

"원모야, 근데 넌 약이 왜 그렇게 좋아? 주사 맞으면 눈에서 막 빛이 나와? 세상이 막 무지갯빛으로 물들고 머리가 쏟아질 것 같아? 근심 걱정이 다 잊혀져? 사는 게 미칠 듯이 행복해져?"

"아니, 그냥 정신을 차려보면 시간이 뭉텅이로 없어져 있어. 그게 좋아."

"우리 귀여운 원모, 어쩌다 이렇게 훌륭한 약쟁이로 자랐을까."

"별다른 이유가 뭐 있겠니. 살다 보니 그렇게 된 거지. 살면서 어쩔 수 없는 일들이 더 많지 않나."

아빠는 아무 말도 하지 않고 계속 플라자호텔 쪽을 바라보고 있었다. 리모델링을 한 후에도 왠지 퀴퀴한 구석이 남아 있는 그 건물, 32년 전 그의 꿈이었던 그곳을. 지금 내 나이에 아빠가 되어 32년 동안 제멋대로 살아온 뒤, 서른두 살의 아들에게 돈을 빌리러 온 그는 지금 무슨 생각을 하고 있을까. 자신의 인생이 완벽한 실패란 것이 만천하에 드러나버린 지금 그는 도대체 무슨 생각을 하며 이 순간을 버티고 있을까. 잔뜩 구겨지고 쪼그라들어 당장이라도 없어져버릴 것만 같은 아빠의 옆모습에 대고 나는 물었다.

"아빠, 하와이는 어느 쪽이야?"

"어디 보자…… 여기가 북쪽, 저기가 남쪽이니까. 저쪽이 동경이겠네. 하와이는 동경 너머의 어딘가 아니겠냐."

아빠는 손가락으로 끝이 보이지 않을 만큼 아주 먼 지점을 가리키며 말했다. 나는 손끝이 가리키는 곳을 바라보며 대답했다.

"나, 그쪽으로 가게. 하와이에."

"언제?"

"언제라도."

"회사는 어쩌고."

"그만두지 뭐."

"그래도 괜찮겠냐?"

"안 괜찮을 건 또 뭐야."

"네 말이 맞다. 살아보니 너무 열심히 살 필요는 없더라."

너무 열심히 살 필요가 없다는 아빠의 목소리가 너무 열심히 산 것처럼 고되게 들렸고, 이상하게 그 목소리가 내게는 너무나 익숙했다. 샤워기 아래에서 노래를 부르는 내 목소리, 내 귀에 대고 속삭이는 원모의 목소리, 살면서 한 번쯤은 들어본 적이 있는 누군가의 목소리.

나는 고개를 숙여 잔디밭에 떨어진 명함을 바라보았다. 잔뜩 구겨져 본래의 형태를 짐작할 수조차 없어져버린 종잇조각을. 원모는 지금 이런 내 모습을 본다면 뭐라고 할까. '또, 또 허공에 이마를 기대고 있네.' 핀잔을 주려나? 아니면 '거봐. 넌 누구한테 화낼지 알고 있는 사람이라니까' 확신에 차서 말하려나.

원모야, 있잖아. 틀렸어. 나 이제, 누구를 미워하고 어디에 화를 내야 할지 잘 모르겠거든. 아무리 생각해봐도 도통 모르겠거든.

목표가 있었던 시절은 적어도 지금보다는 삶이 조금 더 심플했던 것 같은데 이제는 이루고 싶은 지점도, 도려내고 싶은 지점도 다 희미해져버렸다. 누군가를 마냥 미워하거나 사랑할 수 있었다면 사는 게 이토록 힘들지는 않았을 텐데. 더이상 기댈 곳도 빠져들 곳도 없어져버린 나는 고개를 들어 아빠의 손끝이 가리켰던 아득히 먼 저 너머의 어떤 지점을 바라볼 뿐이었다.

'자연스러움'의 이데올로기에 저항하는 퀴어 서사

오창은 문학평론가, 중앙대학교 다빈치교양대학 교수

1. 박상영의 글쓰기 탐색

문학의 매력은 '왜 쓰고, 왜 읽는가?'라는 질문 자체에 있다. 진지한 질문은 정답이 아니라 새로운 상상을 부추긴다. 질문을 던지는 '지금'보다는 '텍스트'를 읽은 후에 어떤 변화가 있으리라는 기대가 '읽고, 쓰게' 만든다. '왜 쓰고, 왜 읽는가?'는 깨달음을 향한 각성이라기 보다는, 호기심을 향해 나아가는 상상력의 확장이다.

박상영의 「동경 너머 하와이」는 '왜 쓰고, 왜 읽는가'에 대해 진지한 질문을 던진다. 박상영의 소설세계에서 이 소설이 위치한 자리가 절묘하다. 박상영은 2016년에 「패리스 힐튼을 찾습니다」로 문학동네 신인상을 수상하여 등단했다. 그는 리듬감 있는 문장의 물결로 서사를 밀어붙이면서도, 자그마한 반전을 이끌어내 서사적 몰입도를 높일 줄 아는 소설가다.

박상영의 등장은 2010년대 한국문학의 귀한 발견이었다. 박상영의 소설은 디테일이 촘촘하여 밀도가 강하고, 이야기의 흐름이 거침없어 서사의

격랑이 박진감 넘친다. 게다가 작가로서도 성실하다. 첫 소설집 『알려지지 않은 예술가의 눈물과 자이툰 파스타』(문학동네, 2018)를 간행한 이후 바로 『대도시의 사랑법』(창비, 2019)를 발표했다. 한국에서 가장 돋보이는 '퀴어 소설가'로 소설적 개성을 획득한 이 작가의 등장은 2010년대 소설의 서사적 전환을 이끌었다. 「동경 너머 하와이」에서 그는 "뭘 꿈꾸고 뭘 바라는지도 모르는 채" 글을 쓰고 있다고 내적 독백을 뱉어낸다. 소설가에게 글쓰기의 방향상실은 존재의 위기 자체이다. 박상영은 "나 자신이 누구이며 무엇을 위해 살고 있는지를 잊게 되었다"며, 글쓰기의 전환을 예고한다. 그는 어디로 향해 나아가고 있을까?

2. 부재하는 인물들의 서사

「동경 너머 하와이」는 인생의 진로에 관한 소설이자, 발견으로 나아가는 소설이다. 소설 속 발견은 인물을 통해 이뤄진다. 작가와 독자는 소설 속 인물이 세계와 관계 맺는 방식을 통해, '삶의 방향'을 가늠하게 된다. 이 작품은 '아빠'와 '원모'라는 두 인물이 인생의 의미 탐구의 중요한 매개 역할을 한다. '아빠'와 '원모'는 둘 다 갑자기 사라진 '부재하는 존재'들이다. 존재자는 부재를 통해, 타자에게 존재감을 드러낸다. 존재하지 않음으로써, 존재의 의미가 두드러지는 것, 그것이 바로 '부재의 서사'이다. '부재의 서사'는 '발견의 서사'이기도 하다. 부재하는 인물은, 사라짐으로써 세계를 낯설게 만든다. 당연히 존재하는 상황에서 세계는 일상이다. 하지만, 존재가 사라지면 세계는 위기에 처한다. 누군가가 사라짐으로써, 남겨진 자들은 사라짐의 의미를 메꿔내야 한다. '의미 채워넣기'를 건너뛰면, 지독한 허무감에 시달리게 된다. 그렇기에 부재는 존재자의 부채이다.

먼저 '아빠'의 이야기다. 이야기가 쓰여진 시점으로부터, 3개월 전에 엄마가 '나'에게 전화를 걸어왔다. 엄마는 "아빠가 이상하다", 'S클래스 벤츠를 갑자기 샀다'고 알려온다. 엄마의 목소리에는 '체념과 설렘'이 공존한다. '내'가 30여 년 동안 관찰한 엄마와 아빠는 형식적 부부관계에 가까웠다. '내'가 기대하는 것도 "그들의 갈등이 내 인생에 아무런 영향을 미치지 않기"를 바라는 것이다. 이 이야기의 실마리는 여기에 있다. '아빠'가 '내' 인생에 영향을 미치지 않기를 바란다. 하지만, 가족관계는 아무리 멀리 떨어져 살아도 깊이 삼투되어 있다. 두 달 보름이 지난 시점에서는 엄마는 아빠가 행방불명이라고 알려오고, 그로부터 또 며칠이 지난 시점에서는 '50억'을 횡령하고 도피중인 아빠를 성토한다. '내' 인생에 영향을 미치지 않기를 열망했는데, 아빠는 수습하지 못할 정도로 큰 사건들의 족적을 남기며 '나'의 일상을 뒤흔들고 있다. 사회적 존재로서의 아빠와 집안의 가장으로서의 아빠는 전혀 다른 존재였다. 아빠의 성격은 다음의 인용문에 잘 표현되어 있다.

내가 아는 아빠는 언제나 타인에게 호인이었다. 대형 세단을 몰고 다니며 식사 자리에서 언제나 계산서를 집어들었으며, 모두의 경조사를 살뜰히도 챙겼다. 친가나 외가에 큰일이 생겼을 때도 조금 과하다 싶을 정도로 나서서 (금전적인 부분을 포함한) 일 처리를 도맡았으며 대학 동창들과의 골프 모임에도 빠지지 않고 참석했다. 술을 잘 마시지 못하면서도 거의 모든 술자리에 꼬박꼬박 참석하는 사람이 우리 아빠라는 사람이었다. 그것뿐이라면 그래, 사회적 역할 수행에 적극적인 사람이구나, 정도로 여길 수 있을 것이다.

고등학생 때, 야간자율학습을 마친 늦은 시간, (처음이자 마지막으로) 아빠가 나를 태우러 학교 앞에 온 적이 있었다. 교문 앞에 차를 세운 아빠는 5반에서 도무지 나를 찾을 수 없다며 도대체 어디 있었냐고 물었다.

"아빠, 나 9반이야. 5반은 이과 반이고."

"너 문과였냐?"

“…….” (157~158쪽)

아빠는 '경제발전기'에 젊은 시절을 보낸 축복받은 세대이고, 대부분의 다른 소시민들처럼 장외주식 투자, 부동산 경매, 땅투기 등에서 처절한 패배를 맛본 경제적 무능력자였다. '나'는 중학교때 심한 따돌림을 당해 미국 도피 유학을 떠나려다 아빠 때문에 포기했고, 대학 생활도 등록금은 학자금 대출을 받아 보증금 없는 반지하 하숙집에 살며 버텨야만 했다. 아빠는 집안일에는 무능력자이고, 외적으로 '사회적 역할 수행'에 탁월한 능력자라는 평가를 받았다. 아빠는 '내'가 문과인지, 이과인지도 모르면서도 뻔뻔하게 되물어볼 수 있는, 그런 사람이었다. 이 소설은 마지막 부분에서 '나'의 존재가 아빠의 인생을 어떻게 바꿔놓았는지에 관한 이야기에서 반전이 펼쳐진다. 아빠는 '나'의 나이 즈음에 호텔 경영을 공부하기 위해 도쿄로 유학을 떠났었다. 그때 아빠의 꿈은 '플라자 호텔'에서 매니저로 일하는 것이었다. 하지만, '나'를 임신한 엄마로 인해 모든 것을 포기하고 귀국해야만 했다. 그 후 아빠는 "단 한 번도 자신의 꿈이나 희망이나 욕망에 대해서 말하지 않"는 삶을 살아왔다. 잘나가는 사장님이었다가도 실패한 사업가가 되고, 집 밖에서는 점잖고 잘 늙은 지식인처럼 보이지만 집 안에서는 '최악의 가족 구성원'이었다.

3. 비가시적인 것을 가시적인 것으로

다음은 '원모'의 이야기이다. 3주 전 즈음부터 '원모'가 사라져 연락이 닿지 않는다. '원모'는 지난 3년 동안 만나온 '나'의 '비통상적 섹스 파트너 애인'이다. '나'와 '원모'의 관계는 명확히 규정짓기가 쉽지 않다. 다만, '나'에게 '원모'는 성감대가 같고, 기대 없이 만나 사랑할 수 있는 존재이다. 무엇보다 '원모'는 내 욕망의 거울이며, 구원의 낚시줄이다. '원모'는 은평구에서 태어나 이혼한 엄마를 따라 하와이로 이민을 가서 대학 졸업 때까지 그곳에서 산 미국 국적자이다. 그는 한국에서는 이방인이면서 이질적인 존재이다. 그 존재의 특이성으로 인해 동성애자로, 아이스 중독자(마약 중독자)로서 예외적 행위를 하는 것이 가능하다. '원모'와 '나'는 함께 '파퍼스'(마약 흡입 캡슐)를 들이마시며 서로를 구원했다. 그런 원모가 3주 가까이 아무 소식도 없이 사라진 것이다. '원모'는 갑작스레 '031'로 시작하는 모르는 전화로 내게 전화를 걸어와 '여권'을 보내달라고 부탁한다. 그는 외국인보호소에 있고, 강제추방당하게 되었다고 알려온다. 갑작스런 강제적 이별이자, 다시 만날 기약도 없는 '완벽한 단절'을 맞이하게 된 것이다.

'원모'의 부재는 '통상으로는 설명할 수 없는 비통상의 관계'에 대한 깊은 성찰을 가져온다. '나'의 '원모'에 대한 그리움은 다음과 같은 인상적인 문자 메시지로 표현했다.

> 침대에 누워 베개에서 나는 원모의 냄새를 맡으며 그에게 문자를 남겼다.
> ―어디야? 나 지금 너희 집임. 쥐굴도 니 방보단 깨끗할 듯.
> ―약쟁이 친구들이랑 약 때리다 죽은 거니?
> ―아님 네게 원한을 갖고 있는 남자 1030102명 중 한 명에게 살해를 당한 거니?
> ―니 뼛가루는 종로 포차 오줌통에 뿌려줄게. 니가 가장 좋아하며 너에게 가장 어울리는 그곳에……
> 당연히 원모에게서 연락은 없었다. 큰일이었다. 원모에게 털어놓고 싶은 얘기가, 원모에게만 털어놓을 수 있는 이야기가 잔뜩 있는데…….(155~156쪽)

위의 인용문은 박상영의 감각이 돋보이는 소설적 장면 제시이다. 애인이 사라진 방을 깔끔하게 정리한 후, 보내는 문자 메시지에는 '원모'에 대한 진한 애정과 그리움이 배어 있다. '원모'를 대하는 스스럼 없는 태도가 '쥐굴', '약쟁이', '종로 포차 오줌통'과 같은 언어에 잘 스며들어 있다. 원한을 산 남자가 '1030102명'이라는 숫자 표기 또한 작가의 위트가 돋보이는 표현이다. '나'에게 '원모'는 "아무것도 묻지 않고 나를 꼭 안아주어서, 등을 쓰다듬어줘서" 위로해줄 수 있는 존재였음을, 그의 부재 이후에야 절감하고 있음을 알 수 있다.

박상영은 아빠와 '원모'의 이야기를 통해 성 정치의 문제를 제기한다. 자연스럽다고 간주되는 아빠와 엄마의 부부관계는 "누군가 갑자기 집을 뛰쳐나간다 해도 하나도 이상할 것 없"는 갈등관계에 있다. '나'와 원모는 동성애 섹스 파트너이고, 마약도 같이 하는 아웃사이더이다. 둘은 "일상의 일부"로서 상호 교감하는 사이다. 이 소설은 자연스럽다고 간주되어 제도화된 이성애와 금기시되는 동성애의 위치를 역전시킨다. 아빠와 엄마는 끊임없는 갈등으로 인해 파국 직전이고, '나'와 '원모'는 물리적 이별이 강제되어 있지만 내밀성의 영역에서 서로를 깊이 위로하는 관계이다. 이 소설은 동성애 섹스가 스테레오타입화된 방식으로 재현하는 마약, 타락, 방종 등을 다룬다. 특이한 지점은 박상영이 이성애의 '자연스러움'를 뒤틀리게 그리고, 동성애의 '이질성'을 일상적 어조로 서사화했다는데 있다.

마크 피셔는 『자본주의 리얼리즘』에서 "해방의 정치는 언제나 '자연적 질서'의 외양을 파괴해야 하며 필연적이고 불가피하다고 제시되는 것이 그저 우연적일 뿐임을 폭로해야 한다"(37쪽)고 했다. 퀴어의 정치는 비가시적인 것을 가시적인 것의 영역으로 끌어오는 것이다. 박상영이 태연하게 일상인 양 동성애, 마약 등을 다루는 것은 '다른 존재'를 소설의 서사로 끌어들이는 것으로 의미화할 수 있다. 차이의 정치를 박상영의 소설은 적극적으로 실천한다.

박상영은 아빠와 원모의 삶의 태도를 자신이 직면한 글쓰기의 난관과 대비해 제시한다. 다른 존재로 그려진 아빠와 나는 "고등학생 때 자살 시도를 해 정신병원에 입원"했다는 공통의 상처를 안고 있다. 아빠는 '나'의 고통을 자신의 방식대로 이해함으로써 "우리 아들이 그렇게 태어났으면 그건 그것대로 어쩔 수 없는 것 아니겠냐"고 위로한다. 아빠의 체념은, 아빠의 과거 상처 때문에 '내'게 울림을 안겨준다. 아빠는 "살면서 어쩔 수 없는 일들이 더 많지 않냐"라는 말로, 동경에서 자신의 좌절된 꿈을 되돌아본다. '원모'가 마약에 취한 이유도 "시간이 뭉텅이로 없어져"버리는 경험이 좋아서다. 원모도 '나'에게 "살다 보니 그렇게 된 거지. 살면서 어쩔 수 없는 일들이 더 많지 않냐"라는 이야기를 한다. 아빠의 체념이나 원모의 마약으로의 도피는 "어쩔 수 없는 일들"에 대한 인간적 반응이다.

4. 글쓰기와 문화정치

박상영은 아빠와 원모의 "어쩔 수 없는 일들"을 글쓰기의 영역으로 끌어안는다. 박상영 소설은 「동경 너머 하와이」에서 그간 자신이 쓴 소설이 "동성애와, 섹스 중독과, 갖은 성병이 등장"한다면서, 아빠나 엄마가 읽지 않기를 바란다고 이야기했다. 그렇다면, 작가는 퀴어 소설을 통해 어떤 세계에 가닿으려고 했을까?

여기서 소설 속 '나'의 이야기를 적극적으로 재구성할 수 있다. '나'는 고교 시절에 자살 시도를 했고, 3년 전까지만 해도 "자살의 종이 딸랑딸랑" 울릴 정도로 위태로운 삶을 영위하고 있었다. 작가로 등단하고 나서야 "내 인생의 동아줄"을 움켜쥔 것 같은 해방감을 느끼게 된다. '나'는 "세상에 인정받고 싶다는, 나름대로 개연성이 있는 욕망으로 가득 차 있었"고, 글을 통해 자기표현을 해방감을 만끽하기도 했다. '나'에게 글은 "머릿속에 떠오르는 아무 말이나, 대개는 누군가에 대한 원망이나 이루지 못한 욕망 같은 것들을 정신없이 쏟아"내는 것이었다. 글쓰기를 통한 정신적 치유는 "과거의 추악하고 부끄러웠던 순간들을 떠올리는 것을 통해서만 얻을 수 있는 구원"이고 "나를 통해서만 나를 잊을 수 있는 역설"이기도 했다. 어떤 의미에서 '나'의 글쓰기는 "한없이 배설에 가까운 그 과정을 통해 나는 내가 처한 현실로부터 도망"칠 수 있었기에 "어쩔 수 없는 일들"에 대한 '나'만의 저항 방식이었다고도 할 수 있다. 그 해방의 글쓰기가 이제는 내게 "과장된 공포"를 불러 일으키고, 유명해지면 유명해질수록 망상적 피해의식을 키운다.

박상영은 아빠와 원모가 경험한 과거의 상처로 인해 "살면서 어쩔 수 없는 일들이 더 많지 않나"라는 체념의 언어를 통해 자신의 과거 글쓰기가 향해 있던 방향에 대해 스스로에게 위로를 한다. 박상영은 새로운 글쓰기의 방향을 고민하고 있음을 이 소설에서 내비친다. '퀴어 소설' 이후의 세계에서 "누군가를 마냥 미워하거나 사랑할 수 있"는 목표를 탐색한다. 그 길은 박상영이 이야기하듯이 "오로지 자기 자신만을 바라보는 일종의 자아도취 상태"로 온전히 글쓰기에 칩거하는 것과 같다. 주변의 저항이 강해지면 강해질수록, 내적 투쟁을 통해 극복 가능한 새로운 세계의 탐색 열망이 강해진다. 글쓰기는 필연적으로 자기극복 과정을 통과해야 하는 문화정치의 길이다.

아카시아 숲, 첫 입맞춤

백수린

2011년 『경향신문』 신춘문예에 당선되어 작품
활동 시작. 소설집 『폴링 인 폴』 『참담한 빛』, 중편
소설 『친애하고, 친애하는』, 엽편집 『오늘 밤은 사
라지지 말아요』 등이 있음.

아카시아 숲, 첫 입맞춤

중학교에 입학했고 어른이 됐다. 같은 초등학교를 졸업한 대다수의 아이들과 달리 버스를 타고 한참 가야 하는 중학교에 배정이 되었다는 것을 알고 울음을 터뜨렸을 때, 엄마는 "너는 이제 더이상 어린아이가 아니니까"라고 말했다. 엄마는 내가 입학식에 참석하기 위해 교복을 갖춰 입었던 아침에도 똑같은 말을 당부하듯 한 번 더 했다. 나의 교복 블라우스를 장식하는 리본을 반듯하게 고쳐 매면서. 그리고 엄마는 덧붙였다. "엄마는 걱정 안 해." 나는 그 말이 주는 무거움을 알고 있었다. 배치고사에서 전교 1등을 했다는 이야기를 엄마에게 전했던 날, 엄마는 나에게 물었다. "실수로 틀린 것은 없겠지?" 가난한 집의 맏딸로 여러 동생들을 돌보며 성장한 엄마는 실수를 용납하는 법이 없었고, 자신을 포함해 모두에게 엄격했다. 대상포진에 걸려도 새벽기도에 빠지는 법이 없고, 십수 년 동안 한결같이 매주 금요일, 주일에 헌금할 돈을 은행에서 신권으로 바꿔 오던 엄마. 엄마는 친구들이 집에 놀러오면 목깃을 뒤집어 때가 있는지를 확인했고, 나의 학창 시절 내내, 다른 학부모들이 학기 초에 사다놓은 후 방치해둔 철쭉이나 벤자민 화분 같은 것들을 분갈이하기 위해 학교에 찾아왔다. "누군가는 해야 하는 일이니까." 나는 엄마를 사랑했지만, 그런 엄마 앞에서는 쉽게 주눅이

들었다.

봄의 시작이라는 말이 무색하게 그해 3월은 몹시 추웠다. 교복 차림으로 버스를 타고 달리다 보면 같은 교복을 입은 아이들이 하나둘씩 올라탔다. 버스 안에선 언제나 도시락 냄새가 났다.

차창 밖으로는 아카시아나무들이 늘어선 하천.

하천의 양옆으로는 논밭이 펼쳐져 있었다. 내가 살던 아파트 밀집 지역에서 조금 벗어났을 뿐인데, 도시 변두리 풍경이 국경을 통과한 것처럼 달라져 있었다. 버스를 타고 가다보면 가끔 누군가 수군대는 소리가 들렸다. "쟤가 입학식 날 선서를 한 애야." 모두 다 똑같은 머리에, 똑같은 교복을 입었는데 어떻게 알아보는 걸까? 나는 뒷머리가 뻗치진 않았을까 신경쓰며 허리를 곧추세웠다.

중학교는 하천을 사이에 두고 논밭과 단층집들이 모여 있는 주거지로 나뉜 지역에 위치해 있었다. 중학교 건물은 삼층으로 이루어졌는데, 일층엔 3학년, 이층엔 2학년, 삼층엔 1학년 교실이 열한 개씩 들어서 있었다. 담장 너머에는 동명의 남자중학교가 있었다. 한 아파트에 거주하는 아이들만 다니던 초등학교와 달리 중학교에는 인접한 네 군데 동네의 아이들—우리 동네 출신은 전교에 단 여섯 명뿐이었지만—이 혼재해 있었다. 그러다 보니 똑같은 교복에 똑같은 머리 스타일로 아무리 감추려 해봤자 아이들 사이에는 생활의 격차가 존재했다. 위생이나 취향, 언어 사용에 있어서 구분되던 아이들은 학기 초부터 본능처럼 자기와 비슷한 친구들을 찾아 무리를 짓기 시작했다. 내가 속한 무리의 아이들—답안지를 걷자마자 서로 정답을 확인하고, 화장실에 다녀올 때면 비누칠을 해서 손을 씻고, 선도부에게 걸리지 않기 위해 양말을 언제나 두 번 접어서 신는 아이들—과 오줌 눌 때 화변기가 놓인 한 칸에 둘씩 들어가 수다를 떨고, 볼일을 보고 나와 씻지도 않은 손으로 빵을 뜯어먹는 아이들 사이에는 일정한 거리가 있었다. 그 아이들은 체육시간 전 옷을 갈아입을 때도 체육복 바지를 교복 치마 아래 입은 후 치마를 벗지 않고, 팬티가 보이든 말든 치마를 홀렁 내리고 바지를 입었다.

"별일 없었니?" 수업을 마치고 집에 돌아오면 엄마는 내게 학교에서 있었던 일을 물었다. 엄마의 부엌에선 언제나 인공 레몬향의 세제 냄새가 났다. 배치고사 성적이 좋았던 탓에 나는 교사들의 특별한 애정을 받았고, 공부를 잘하는 아이들 사이에서도 관심의 대상이 되었다. 학교 생활에는 아무런 문제가 없었지만 나는 엄마에게 학교에서의 모든 일에 대해 말하지는 않았다. 중학교는 그때까지 내가 속해 있던 안락하고 평온한 세계와 완전히 다른 야생의 세계였다. 학교는 학생들을 여러 가지 규율로 통제하려 했지만 이제 막 사춘기에 접어든 아이들의 에너지를 완벽히 통제할 수는 없었다. 뛰어다니고, 소리를 지를 뿐 아니라 언제나 굶주려하던 아이들. 쉬는 시간을 알리는 종이 치는 순간 아이들이 전속력으로 달려가던 학교 내 매점에선 누구도 줄을 서지 않았고 아이들은 아비규환 속에서 초코파이나 크림빵 같은 것들을 악써가며 주문했다. 자그마한 정글. 하지만 정글에도 질서는 있는 법이었다. 3학년 언니들이 매점 안으로 들어서면, 틈이 없을 것처럼 빽빽했던 아이들 사이로 길이 생겼다. 학교 내에서 교사들보다 무서운 것은 선배 언니들이었고, 선배들에게 찍히면 화장실로 끌려가 맞는다든가, 대걸레로 입을 씻긴다든가 하는 무시무시한 괴담도 후배들 사이에 파다했다. 선배들에게 90도로 인사를 하고, 존댓말을 쓰는 것. 그것은 초등학교와는 다른 중학교만의 질서였다. 교칙을 잘 지키는 것은 어린애 티를 벗지 못했단 뜻으로 웃음거리가 될 수 있었지만 야생의 질서를 습득하는 것은 생존을 위해 중요한 일이었다. 위계가 있는 어른들의 세계. 1학년생들은 2학년생들을, 2학년생들은 3학년생들을 선망과 두려움이 뒤섞인 눈빛으로 바라보았고, 얼른 선배가 되고 싶어 했다.

갑작스럽게 변해버린 신체가 낯설고, 넘치는 에너지를 주체하지 못하며,

이제 어른에 한층 더 가까워졌다는 희열감에 과하게 들떠 있던 아이들. 1학년 여자아이들 중 일부는 초등학교 때의 습성을 버리지 못하고 화장실에 우르르 몰려갔다.

"야, 너 거기 털 났어?"

"안 났어!"

화장실 벽에는 누구의 짓인지 'SEX'라는 글자가 날카로운 것으로 새겨져 있었다. 하지만 그 뜻이 무엇인지 아는 아이들은 거의 없었다.

입학한 후 2주쯤 지나자 낯선 분위기에 조금씩 적응이 됐다. 어떤 교사가 무섭고 어떤 교사가 만만한지 아이들은 이미 파악을 끝냈다. 수학시간이나 도덕시간에는 모두 죽은듯 조용했지만 영어시간이나 사회시간엔 순정만화 책을 돌려봤다. 중학교에 입학한 이래로 공부를 열심히 하라는 말 다음으로 가장 많이 들은 말은 옆 학교의 남학생들과 눈도 마주치지 말란 말이었다. 교사들은 여자아이들을 남자아이들과 교류하지 못하게 하려고 안간힘을 썼지만 그렇다고 사춘기 아이들이 지닐 법한 이성에 대한 자연스러운 호기심을 막는 것은 불가능한 일이었다. 순정만화를 빌려오는 것이 누구인지는 확실하지 않았다. 하지만 몇몇이 가방 가득 교과서 대신 만화책을 채워 오면 아이들은 누구라 할 것 없이 교과서 아래 만화책을 숨겨놓고 시간 가는 줄 모르고 읽었다. 남녀가 키스하는 입술을 감추려 거대한 꽃 그림을 그려놓거나 여자의 가슴 위에 얹어진 남자의 손을 가리기 위해 뿌연 얼룩을 덧칠해놓던 해적판 순정만화들. 아이들은 남자와 손을 잡는다거나 입을 맞추는 것은 어떤 기분일까 궁금해했지만 대부분 그뿐, 그 이상엔 관심도 없고, 알지도 못했다. 물론 반에는 그렇지 않은 아이들도 있었다.

"선생님, 섹스가 무슨 뜻이에요?"

그런 아이들 중 누군가, 지각과 결석이 잦고, 벌써부터 교복을 유행하는 스타일에 맞게 수선해 입을 줄 알며 귀를 뚫거나 머리카락을 염색해서 학생주임에게 출석부로 뒤통수를 얻어맞는 아이들 중 누군가가 영어시간에 손을 들더니 물었다.

"뭐라고? 그런 말 어디서 들었어?"

이제 막 임용고시에 합격한 듯 보이는 젊은 여자 교사는 당황해 얼굴을 붉혔다.

"화장실 벽에 써 있어요. S, E, X."

"그건, 성별이란 뜻이야. 남자, 여자 할 때 성별."

교사의 목소리가 떨렸고, 손을 들고 질문한 아이의 친구들은 키득거리며 웃었다.

수업이 끝나면 오후 시간은 자유였다. 친구들은 거의 다 학원에 갔지만 엄마는 사교육에 반대했고, 그런 것을 하지 않아도 좋은 성적을 거둘 수 있도록 내가 자율적으로 계획을 세워 공부할 줄 알아야 한다고 생각했다. 엄마가 기다리고 있었으므로 대부분의 날들에 수업을 마치면 나는 집으로 곧장 돌아갔다. 이따금씩은 일부러 친구들과 버스 정류장에서 헤어질 때도 있었다. "엄마 심부름이 있어." 하지만 심부름 같은 것은 없었고, 사실은 그저 혼자의 시간이 필요했을 뿐이었다. 친구들과 헤어지면 나는 혼자 둑방 길을 따라 걸었고, 그러다 마음에 드는 장소가 나오면 자리잡고 앉아, 등교 전 거실 책장에서 한 권씩 꺼내온 책을 읽었다. 그것들은 내가 초등학교를 졸업할 때 엄마가 할부로 사서 거실에 꽂아놓은 세계문학전집이었다. 엄마는 소설을 읽는 사람이 결코 아니었지만—엄마가 규칙적으로 읽는 것은 엄마가 쓴 가계부와 성경책밖엔 없었다—엄마에겐 중학교에 올라갈 딸을 위해 전집을 마련해주는 일이, 평생 읽지도 않던 신문을 구독 신청하고 매일 아침 논설란을 오려 딸의 책상 위에 올려놓아주는 것과 같은 맥락이었다. 단 한 철뿐이지만, 아카시아가 만개하면 어지러울 정도로 달콤하게 향기로워지던 그곳을 나는 『빨간 머리 앤』에 나오는 '자작나무 숲'을 본떠 아카시아 숲이라 부르며 좋아했다. 『빨간 머리 앤』의 세계에 여전히 머물면서도 『마농 레스코』나 『마담 보바리』 같은 책들을 뜻도 모르며 읽던 시절. 아카시아나무 아래서 그런 책들을 읽으면 정신이 아득해졌고, 가슴이 뛰었다. 낯선 풍경이 머릿속에 그려졌고, 나는 치명적인 매력을 지닌 마농이나 격정을 가누지 못하는 엠마가 되어 열정적인 사랑에 빠지는 상상을 했다. 학교 근방에 바바리 맨이 출몰한다는 소문이 있었으므로 인적이 드문 곳에 혼자 있는 것이 신경이 쓰이긴 했지만, 그래도 나는 그곳에서의 시간을 포기할 수 없었다. 학교 생활엔 무난히 적응했고 친구들과도 사이가 나쁘지 않았지만, 같은 초등학교를 졸업한 아이들을 중심으로 이미 형성된 무리 속에 섞여들기 위해서 나는 어떤 면에서든 유달라 보이지 않으려고 애썼고, 그러는 일은 피곤했다.

간혹, 엄마의 허락을 사전에 받은 후 학교에서 멀지 않은 선주네 집에 놀러 갈 때도 있었다. 선주네 집은 시장 근처에 위치한 연립주택이었는데, 선주 어머니가 보험회사에 다니고 있었기 때문에 하교할 즈음엔 그곳에 아무도 없었다. 선주네 집에 가면 우리는 책가방을 아무렇게나 부려놓고 냉장고 가득 들어 있던 야쿠르트에 빨대를 꽂아 마시며 십자수를 하거나 선주가 스크랩해놓은 잡지 기사들을 같이 읽었다. 선주의 방은 당시 인기를 끌던 아이돌의 포스터로 도배되어 있었다. 한번은 선주가 초등학교 앨범을 바꿔서 보자고 해서 선주의 집에 가져간 적이 있었다. 졸업 앨범을 구경하다가 우리는 무슨 이유에선가 서로의 초등학교 앨범 속에서 마음에 드는 남자아이를 하나씩 고르기로 결정했다. 선주는 내 초등학교 동창 남자애에게, 나는 선주의 초등학교 동창 남자애에게 전화를 걸어볼 생각이었다. 특별한 목적 같은 것은 없었고, 남자아이에게 전화를 한다는 것이 그때의 우리에겐 중요했다. 신호가 가기 전에 두근거리던 심장. 안녕하세요. ○○ 초등학교 친구인데요. ○○랑 통화할 수 있을까요? 잠시 후, ○○가 전화를 받으면 우리는 아무 말 없이 숨을 죽인 채 남자아이의 목소리를 들었다. 변성기가 지나버린 목소리. 우리와는 완전히 다른 목소리.

선주는 중학교 1학년 때 나의 가장 친한 친구로, 스튜어디스가 되고 싶어했고, 그러기 위해선 영어를 잘해야 한다는 이유로 영어 교과서의 본문을 언제나 통째로 암기했던 아이였다. 순정만화 속 주인공을 똑같이 베껴 그릴 줄 알았던 선주. 선주는 나를 좋아해주었고 나 역시 선주를 정말 좋아했다. 하지만 선주에게 나의 모든 속마음을 털어놓을 수는 없었다. 우리는 같은 만화책을 읽었고, 언제나 주인공의 마음을 뒤흔들어놓는 흑발과 금발의 남자 인물 중 누구를 응원해야 할지 열 올리며 대화를 나눴지만, 나는 선주와 내가 아주 깊은 곳에선 완전히 다른 사람들이란 걸 언젠가 어렴풋이 깨달았다.

어느 오후, 선주와 하교를 하는 길에 우리는 우리 반의 '노는 아이들'이 남학교 교복을 입은 아이들과 어울려 있는 것을 보았다. 버스 정류장에서였는데, 여자아이들이 남자아이들의 무릎 위에 앉아 있었다. "저런 건 좀 더러워, 그치?" 더럽다는 말은 욕을 할 줄 모르던 선주가 할 수 있는 가장 나쁜 말이었다. 누군가 학교 앞에서 바바리 맨을 보았다고 말했을 때도, 선주는 더럽다고 말했다.

그때 우리는 이미 브래지어를 착용해야 할 만큼 가슴이 부풀어 있었고 생리를 하고 있었다. 우리는 생리를 왜 하는지 대략 들어 알았지만 구체적으로 그것이 임신과 어떻게 관련되어 있는지는 알지 못했다. 그 무렵 나에게 가장 커다란 미스터리는 남자의 몸에서 나온 정자가 여자의 몸에 정확히 어떤 방식으로 들어가는가 하는 것이었다. 나는 대부분의 친구들이 생각하는 것처럼 남자와 여자가 나란히 누워 자거나 키스를 하는 것만으론 임신이 되지 않는다는 것을 알았다.

"그러면 티브이에 나오는 배우들은 다 임신을 하게?"

"엄지손가락으로 입술을 가리겠지."

실제로 드라마에서 배우들이 진하게 키스하는 장면은 보여주지 않던 시절이었고, 배우들을 찍는 카메라 각도상 배우들은 얼마든지 속일 수 있었다. 하지만 나는 이미 엄마가 사다 놓은 세계문학전집 중 한 권인『채털리 부인의 사랑』을 읽었고, 어른들에겐 키스 이상이 있다는 것을 알았다. 어떤 밤, 엄마와 아빠가 잠든 것을 확인하면 나는 침대 옆 협탁의 램프를 켜놓고 『채털리 부인의 사랑』속의 구절을 찾아 읽었다. 눈을 감으면 개암나무가 우거지고 앵초꽃이 핀 들판이 펼쳐졌다. 그곳에는 여자의 젖가슴을 애무하며 젖꼭지를 빠는 남자가 있었다. "당신 같은 여자를 만지면 참을 수가 없어. 죽을 것 같아."[1] 여자의 허리와 엉덩이의 살결을 만지고, 배와 허벅지에 뺨을 문지르는 남자. "아아, 좋아, 당신은 너무 좋아!"[2] 남자가 여자의 몸을 만지며 말했다. 나는 애무라든가 섹스라든가, 절정이라는 단어의 뜻을 몰랐고, 남자의 몸이 여자 안에 들어갔다는 말이 무슨 뜻인지 조금도 짐작하지 못했다. 하지만 나는 남자와 여자가 느낀다는 황홀감이 무엇인지 궁금해 견딜 수가 없었고, "종소리가 허공으로 울려퍼지며 그 절정에 도달하는 것"[3]이 어떤 느낌인지 알고 싶었다. 엄마, 아빠도 그런 짓을 할까? 당시 주말 부부였던 아빠가 집에 오는 날이면 나는 그런 생각을 떨칠 수 없었다. 벌거벗은 남자와 여자의 몸은 내 머릿속에서 계속 떠다녔고, 나는 낯선 열기에 자주 휩싸여 잠을 잘 수 없었다. "너무 더러워." 그럴 때마다 나는 나 자신이 이상한 사람일까 봐 무서웠고, 마농이나 엠마처럼 비참한 최후를 맞이하게 되는 것은 아닐까 하는 두려움에 시달렸으며, 죄책감에 자주 사로잡혔다.

1   D. H. 로런스, 『채털리 부인의 사랑』, 강만식 역, 청목사, 1989, 200쪽.

2   같은 책, 272쪽.

3   같은 책, 211쪽.

중간고사가 막 끝난 4월의 마지막 주 수요일이었다. 선주는 학원 때문에 먼저 집에 갔고 주번이었던 나는 학교에 남아 담임의 심부름을 한 날이었다. 출석부와 학급일지를 챙겨 교무실로 내려갔을 때 우리 반 아이 중 하나가 어떤 이유에서인가 담임에게 야단을 맞고 있었다. 그 아이의 이름은 다미. 우리 반에 있던 노는 아이들 중 하나였는데, 그중 가장 체구가 작고 예쁘장한 얼굴을 가지고 있었다. 새하얀 피부에 눈이 아주 컸고, 웃으면 귀엽게 보조개가 패었는데, 무표정할 땐 기묘할 정도로 농염한 분위기가 풍겼다. 다미는 엄마가 술집을 한다는 둥, 아빠가 집을 나갔다는 둥, 온갖 소문을 달고 살던 아이였다.

그날 우리가 같이 하교를 하게 된 것은 갑작스럽게 내린 비 때문이었다. 다미에게 우산이 없어 우리는 내 우산을 나눠 쓰고 버스 정류장까지 걸어갔다. 같은 반이었으니까, 심부름 같은 것 때문에 말을 섞은 적이 있긴 했지만, 제대로 대화를 나눠본 것은 그날이 처음이었다. 바바리 맨에 대해서 내가 이야기를 꺼낸 것은 공통의 화젯거리가 거의 없었기 때문이었다.

"지난번에도 이 시간쯤 이 길 끝에서 본 애가 있다던데. 너도 본 적 있어?"

"아니." 다미가 고개를 저으며 덧붙였다. "사실 봐도 상관없어. 퇴치하는 법을 알거든."

다미는 새끼손가락을 내밀더니 "에계, 이러면 끝이야" 말하곤 웃었다. 나는 그 말이 무슨 뜻인지 알아들을 수 없었지만 그냥 따라 웃고는 물었다.

"넌 겁 안 나?"

"응, 시시해. 나는 이미 많이 봤거든."

다미의 표정은 태연했고, 나는 눈을 커다랗게 뜨고 다미를 쳐다봤다. 놀라움. 두려움. 섬광처럼 짧게 스치고 지나갔을, 감출 수 없는 호기심.

"너도 보러 갈래?"

버스 정류장에 도착했을 때, 다미가 장난스러운 표정으로 나를 보며 물었다.

그래서 우리는 다미의 동네로 갔다. 동네는 버스를 타고 우리집과 반대쪽으로 20분을 더 간 곳에 있었다. 다미는 내가 정말 자기를 따라 동네까지 갈 거라고는 생각지 못한 것 같았다. 아마도 다미는 내가 거절할 줄 알았을 것이다. 나에게도 나의 행동은 예상 밖의 일이었으니까. "생긴 건 범생이지만, 네가 사실은 좀 웃긴 애라는 걸 난 그날 알았지." 다미는 그 후 그렇게 내게 자주 말했다. 남루했던 집들. 비는 어느새 그쳐 있었다. 비에 젖은 좁은 골목 길바닥마다 깨진 유릿조각, 연탄재 같은 것들이 널브러져 있었다. 벽에 그려져 있는 '짭새 조심' 같은 스프레이 낙서들. 그것은 그때까지 한번도 본 적이 없는 풍경이었기 때문에 나는 조금 무서웠다. 다미는 작은 들고양이처럼 재빨랐고, 나는 다미의 뒤를 부지런히 밟았다. 다미가 그날 나에게 보여준 것은 그녀가 졸업한 초등학교 근처에 상주하다시피 한다는 미친 노인이었다. 초등학생들이 하교를 할 때면 기다리고 있다가 남자아이들에게는 대통령이 되라며 손을 내밀고 여자아이들에게는 성기를 꺼내어 보이던 노인.

"저기 봐봐."

다미는 공터 뒤의 나무에 숨어서 손으로 노인을 가리켰다. 꼬마 여자애들 앞에서 노인이 꺼내놓은 처진 성기가 덜렁거렸다. 그것은 내가 처음으로 본 성인 남자의 성기였다. 볼품없고, 우스꽝스러운 살덩이.

우리는 키득거리며 왔던 길을 다시 되돌아갔고, 나는 골목이 더이상 두렵지 않았다. 다미와 나는 버스 정류장에서 헤어졌고, 나는 이날 본 것을 아무에게도 말하지 않았다.

그 후로 나는 다미와 제법 가까워졌다. 학교 안에서 우리의 관계는 별반 달라진 것이 없었다. 인사를 주고받긴 했지만 다미는 다미의 친구들과, 나는 나의 친구들과 도시락을 나눠 먹고 운동장을 같이 걷고 화장실에 갔다. 일부러 그런다기보다는 그러는 게 학교의 질서에 맞는다는 것을 우리는 둘 다 본능적으로 알았던 것이다. 하지만 우연히 학교 밖에서 마주치면 우리는 짧게라도 이야기를 나눴고 가끔씩은 내가 좋아하던 아카시아 길을 따라 걷기도 했다. 이제 막 꽃망울이 맺히기 시작하던 아카시아나무 아래서 한 번은 다미가 말했다. "체육, 말이야." 다미가 학교 안에 있는 사람 중 가장 관심을 갖는 것은 총각인 체육교사였다. "저번에 수업 때 보니까 섰더라." 나는 '섰다'라는 것이 무슨 의미인지 알지 못했고, 다미는 그런 말을 이해하지 못하는 나를 귀엽다는 듯이 바라봤다. 또 한 번은 다미가 나에게 혀를 내민 후 동그라미를 최대한 빨리 그려보라고 시킨 적도 있었다. "와, 너 오빠들이 진짜 좋아하겠다." 다미는 깔깔거리며 고개를 젖히고 웃었다. 혀로 체리 꼭지를 묶을 수 있으면―우리는 그때까지 체리라는 열매를 실제로 본 적도 없지만―키스를 잘하게 된다는 말 같은 것을 알려준 것도 다미였다.

학교 밖에선 생기가 넘치던 다미는 학교 안에선 그저 말썽을 일으키는 아이들 중 하나에 불과했다. 운동회 때만 빼고. 개교기념일을 맞이해 매해 열리던 봄 운동회 때, 다미는 반 대표 계주 선수로 출전했다. 그것도 청군의 마지막 주자. 새파란 하늘 위로 만국기가 펄럭이고, 다미는 앞서 달려온 선수가 건네는 바통을 받자마자 총알처럼 빨리 달렸다. 짧은 반바지. 새처럼 가벼운 몸. 열중하기 위해 인상을 쓴 얼굴.

백군 선수보다 뒤늦게 바통을 연결받은 다미가 마침내 역전을 하자 반 아이들은 열광하기 시작했다. 언제나 다미를 혼내던 담임도 목소리를 높여 다미의 이름을 불렀다. 우리 모두는 다미가 점점 더 격차를 벌리며 나아갈수록 흥분했다. 공기의 저항을 받지 않는 듯 달리던 다미. 반 아이들이 모두 다미를 둘러쌌고, 왁자지껄 떠들었다. 나는 멀찍이 서서 다미가 상기된 얼굴로 숨을 헐떡이며 웃는 모습을 바라보았다.

"너, 걔랑 친하지?"

운동회를 마치고 뒷정리를 할 때, 수돗가에서 내게 그렇게 말한 사람은 선주였다. 선주는 나를 쳐다보지 않았다.

"걔랑 놀지 마. 걔 이상한 애잖아."

"그런 것 같진 않은데."

"너 걔 잘 모르잖아."

선주가 걸레를 짜면서 입을 삐죽였다. 선주는 그런 말을 하는 애가 아니었다. 나는 선주가 나를 좋아하기 때문에 질투를 한다는 것을 알았고, 그렇게 생각하니까 기분이 좋았다.

"걱정 마. 난 네가 제일 좋아."

나는 선주의 팔짱을 꼈다.

다미는 나에게 무엇이었을까? 다미를 나의 단짝이라고 말할 수는 없었다. 나와 다미는 서로의 집 전화번호도 몰랐고, 생일이나 혈액형, 별자리를 공유하는 사이도 아니었다. 나는 다미보다는 선주와 훨씬 가까웠고, 진로라든가 엄마와의 갈등을 둘러싼 고민거리들이 생길 때마다 다미가 아니라 선주를 찾곤 했다. 나에게 무슨 일이 닥쳤을 때 날 위해 울어줄 수 있는 사람은 내게 선주밖에 없다고 나는 믿었다. 비극적인 이야기 속 주인공처럼 선주에게 큰 병이 생기면 나는 나의 신장이나 피를 선주에게 기꺼이 나눠줄 거라고 비장하게 다짐하기도 했다. 우리가 주고받는 교환일기장은 영원한 우정에 대한 맹세로 가득차 있었다. 하지만 나는 오로지 다미에게만 아무에게도, 선주나 엄마에게도 물어볼 수 없는 것들을 물었고, 할 수 없는 말들을 했다. 이를테면, 샤워를 하다가 물줄기가 아랫도리에 닿았을 때, 기분이 야릇했다는 그런 말. 그러면 다미는 "오줌이 마려운 것 같기도 하고 간지러운 것도 같고 막 찌릿찌릿하지?" 마치 모든 것을 이미 다 알고 있는 사람처럼 태연한 얼굴로 말하곤 했다. "섹스를 할 때는 개구리 자세를 해야 해." 시범을 보이겠다고 풀밭 위에서 우스꽝스러운 자세를 잡던 다미.

다미는 우리의 비밀스러운 대화를 누군가에게 폭로할 수도 있었다. 실제로 나는 전교생이 내 본성에 대한 추문을 주고받는 악몽을 꾸기도 했다. 하지만 다미는 내가 그렇듯 우리의 대화에 대해서 아무에게도 말하지 않았다. 다미는 나에게 뭔가를 가르칠 수 있다는 것에 희열을 느꼈던 걸까? 그러니까, 학교 안에선 자신보다 성적이 월등히 뛰어나 교사들의 칭찬을 받는 나에게. 우리는 누구든 이 세계에 자신의 효용을 확인할 때 비로소 존재하는 법이니까. 하지만 나는 그것만은 아니라는 것을 알았다. 그것뿐이었다면 다미가 나에게 자신의 연애담을 들려줄 필요는 없었다.

다미는 그녀가 사귀었거나, 사귀고 있는 오빠들에 대해서 내게 끊임없이 들려줬다. 어린 연인들에 대해 말하던 다미의 상기된 얼굴. 나는 다미가 이야기를 시작하면 그녀의 옆에 앉아 끝날 때까지 묵묵히 들었다. 선선한 바람이 불면 가지런히 빗어 넘겼던 우리의 머리카락이 기분좋게 뒤엉켰고, 잔물결이 일렁이는 수면 위로 새하얀 아카시아 꽃잎들이 떨어지곤 했다. 새털처럼 가볍게 부유하던 꽃잎들. 연두색 나뭇잎 사이로 너울대던 초여름의 빛. 바람이 불면 나뭇잎들이 밀어를 주고받듯 서로 속삭였고, 순백의 아카시아 꽃송이들이 흔들릴 때마다 사방은 향기로 가득 차올랐다. 그렇게 달콤한 향에 혼곤히 취해 있다 보면 오후는 더없이 느리게 흘렀고 나는 쉽게 무한 같은 것들을 떠올렸다. 우리의 맨종아리를 간지럽히던 싱그러운 연초록빛의 풀들. 햇살에 투명하게 반짝이던 나비들. 유속이 느린 수면 가까이에서 천천히 날다가 순식간에 저만치 솟구치던 작은 새들. 다미의 말에 얼마만큼의 진실과 거짓이 섞여 있는지 같은 것은 나에게 중요하지 않았다. 다미가 들려주는 것은 내가 상상할 수 없는 일들로 이루어진 매혹적인 서사였으니까.

"내가 오빠의 손을 끌어다 내 엉덩이에 올리면 오빠는 천천히, 부드럽게 내 허리 쪽으로 손을 옮겨가. 그러곤 한 손으로는 나를 꼭 껴안고 다른 한 손은 옷 속에 집어넣지."

학교에 떠도는 소문들이 얼마나 믿을 만한 것인지는 알 수 없었다. 다미가 나를 모르는 만큼 나 역시 다미에 대해 알지 못했고, 그런 이유에서 나는 다미의 이야기에 그토록 빠져드는 것에 얼마간 죄악감을 느껴야 했던 것은 아닌가 가끔 자문할 때가 있었다. 만약 한순간이라도 다미가 주저했다면 나는 틀림없이 다미의 이야기를 탐닉하는 것에 수치감을 느꼈을 것이다. 하지만 다미는 단 한 번도 망설임이 없었고, 내가 그녀의 이야기를 들어주길 원했다. 그리고 다미가 이야기를 하고, 내가 그것을 듣는 동안만큼은 다미는 부모의 돌봄을 받지 못하는 비행청소년이 아니라 황홀한 서사의 주인공이었다. 음탕하고, 야만스럽고, 위엄 있는 여왕.

"내 입안의 오빠 혀에서는 커피우유 냄새가 나. 그럴 때 오빠의 바지 속으로 손을 집어넣어보면 말랑했던 오빠의 거기는 이미 단단해져 있어. 그러면 나는 한 손으로 그걸 움켜쥔 채 오빠의 귓바퀴를 핥기 시작하고, 천천히 핥다가, 갑자기 거칠게 빨아. 그리고 오빠의 귓구멍에 내 혀를 쑥 집어넣는 거야."

단 한 번, 나는 다미의 친구들과 함께 외출을 한 적이 있다.

그때 우리는 이미 2학년이 되어 있었고, 선주도, 다미도 나와 반이 갈려 나는 둘 중 누구와도 예전만큼은 볼 수가 없었다. 2학년이 된 후 선주에게 새로운 친구들이 생겼고, 선주가 그 친구들과 보내는 시간이 많아져 우리는 자꾸 다퉜다. 선주는 "너도 소중하지만 새 친구들도 똑같이 소중해"라고 나한테 말하곤 했는데, 나는 '똑같이' 소중한 것은 세상에 없다는 것을 알았고, 그래서 우리가 조금씩 멀어지고 있음을 받아들이느라 봄을 온통 허비했다.

그해는 이상고온 탓에 일찍부터 뜨거웠다. 2학년이 되고 나서는 나 역시 학원을 다녔기 때문에 다미와 하굣길에 마주치는 일조차 거의 없었다. 내가 다미를 버스 정류장 근처에서 우연히 만난 것은 여름방학 직전의 어느 오후였다.

"노래방에 같이 안 갈래?"

강렬한 햇살 탓에 눈이 부신 다미가 실눈을 뜨며 나를 향해 물었다.

"학원에 가야 해."

"어차피 내일 또 가잖아."

딸기맛 막대사탕을 빨아먹는 다미의 입술이 새빨갰다.

그날따라 다미가 나를 그녀의 무리에 초대했던 진짜 이유가 무엇이었는지는 지금도 모른다. 우리가 자주 만나던 1학년 때에도 우리가 다른 친구들과 함께 본 적은 없었으니까. 노래방에 도착하고 나서야, 남녀 숫자를 맞춰서 놀기로 했는데 여자아이 한 명이 못 오게 되어 대타가 필요했을지도 모른다는 사실을 나 혼자 어렴풋이 짐작했을 뿐이다. 다미는 나에게 그날이 남자친구랑 200일이라고 말했다. 아니면 생일. 무엇이 되었든, 그날은 다미를 축하해줘야 하는 날이었고, 나는 망설인 끝에 다미를 따라 노래방에 갔다.

물론 다미를 축하해주려는 마음에서만은 아니었을 것이다. 그로부터 며칠 전, 선주가 다른 친구와 교환일기를 쓰고 있다는 것을 알게 되어 나는 조금 외로웠다. 게다가 그날 아침에 나는 엄마가 내 일기장을 훔쳐본다는 사실을 눈치챘고 엄마와 말다툼을 했다. 2학년이 되었는데도 엄마가 말로만 나를 어른 취급할 뿐이라는 사실에 나는 화가 나 있었고, 그래서 아마도 한 번쯤은 학원을 빠지는 정도의 반항을 해도 괜찮을 것 같다고 생각했을 것이다.

노래방에 가기 전, 다미는 나의 얼굴에 베이비파우더를 발라주었고, 살구색 립글로스를 칠해줬다. 나는 다미를 따라서 교복 치마를 두 번쯤 접어 입었다. 다미가 시키지도 않았는데 내가 치마를 알아서 접자, 다미는 "역시 너는 하나를 가르쳐주면 열을 아는구나" 하며 키득키득 웃었다. 다미의 친구들은 이미 노래방에 도착해 있었다. 낯선 교복을 입고 있던 남자애들도.

노래방 주인은 우리에게 관심이 없는 듯 모터 소리가 요란한 선풍기 앞에서 하품을 했고, 우리는 널따란 노래방 안으로 들어가 자리를 잡고 앉았다. 자연스럽게 섞여 앉던 남녀의 아이들.

대부분 이미 커플이던 아이들을 제외하고, 나처럼 짝이 없던 여자아이들 옆에도 남자아이들이 앉아서 말을 걸었다. 내 옆에는 작고 조금은 숫기 없어 보이는 남자애가 앉았다. 얼굴이 하얗고 이마 선을 따라 분홍색의 여드름이 돋아 있던 아이. 우리는 다른 아이들이 노래하는 틈을 타 통성명을 했고, 유행하는 노래를 같이 불렀다. 남자아이의 목소리는 조그만 체구와 어울리지 않게 낮았고, 남자와 노래를 같이 부르는 게 처음이라 나는 조금 수줍어졌다.

내가 이러고 있다는 걸 알면 엄마가 얼마나 기겁할까? 노래방을 빠져나왔을 때는 이미 저녁 시간이 다 되어 있었다. 나는 슬슬 집에 가야 한다고 생각했지만 한껏 흥이 오른 아이들 앞에서 먼저 가겠다는 말을 하기가 싫었고 마음 한구석으로는 내가 드디어 엄마의 통제 밖에서 일탈을 하고 있다는 사실에 흥분해 있었다. 그리고 무엇보다, 증명하고 싶은 욕구. 나 역시도 그들처럼 규범이나 제약 같은 것쯤은 가뿐히 뛰어넘을 수 있는 존재임을 증명하고 싶은. 결국 나는 라면을 끓여 먹자는 아이들을 따라서 누군가의 빈집까지 같이 가기로 했다. 부모님이 늦게 들어온다던 누군가의 그 집은 반지하라 어두웠고, 창밖으로는 사람들의 더러운 신발이 보였다.

그 비좁은 집에 그 많은 아이들이 도대체 어떻게 다 들어갈 수 있었을까? 하지만 우리는 들어갔고, 밀도가 높아진 탓에 집안은 바깥보다 더욱 후텁지근했다. 아이들은 다닥다닥 살을 맞대고 앉아 뜨거운 라면을 먹은 후 가방에서 봉지과자들을 꺼냈고, 그것들을 안주 삼아 소주를 마시기 시작했다. 누군가 나에게도 소주를 따라 건넸는데, 내가 마실지 말지 망설이자 줄곧 내 옆에 앉아 있던 남자아이가 "싫으면 억지로 마시지 마"라고 말했다.

먼지에 뒤덮인 푸른 날개의 선풍기가 계속 돌아갔지만, 더위를 식히기엔 역부족이라 집은 더워도 너무 더웠고, 나는 러닝셔츠가 젖어 등에 들러붙는 걸 느꼈다. 술에 조금씩 취한 아이들은 서로를 끌어안았고, 잠깐 딴생각을 하는 사이 박수 소리가 들려 고개를 들어보니 다미와 남자친구가 혀를 써서 키스를 하기 시작했다. 나에게 억지로 술을 마실 필요가 없다고 말했던 남자아이는 내 옆에 조금 더 가까이 다가와 앉아 있었다. 나는 그애가 나에게 관심이 있다는 것을 이제 분명히 자각했고, 누군가가 나에게 매력을 느낄 수 있다는 사실이 신기했다.

내가 집에 가기 위해 먼저 일어섰을 때 남자애에게 나를 버스 정류장까지 바래다주라고 한 것은 다미였다.

"얘는 우리랑 달리 반장이니까 함부로 대하지 말고 조심히 바래다줘야 해."

술에 조금 취해 있던 다미가 내 옆의 남자아이를 향해 웃으면서 말했다. 반장인 것과 함부로 대하지 않는 것이 무슨 상관인지 모르겠고, 다미가 그런 식으로 말할 때마다 나를 세상 물정 모르는 어린애 취급하는 것만 같아서 서운하긴 했지만, 나는 다미의 말이 나를 위해 하는 말이라는 것쯤은 알았다.

그리고 우리는 나란히 걷는다. 시큼한 맥주 냄새 같은 것이 풍기는 지저분한 골목길을. 이미 해는 기울었고, 남자아이와 나 사이엔 사람 한 명이 더 들어갈 만큼의 거리가 있다.

"조심해."

오토바이가 우리 옆을 지나갈 때, 남자아이는 내 어깨를 살짝 잡아서 안쪽으로 끌어당기고, 나는 내 몸에 닿는 남자아이의 손의 감촉, 내 어깨뼈를 강하게 짓누르다가 서둘러 떨어지는 감촉을 생생히 느낀다.

남자아이의 몸에서 나던 땀냄새. 남자아이에게서는 나의 것과는 다른 냄새가 났고, 그가 침을 삼킬 때마다 굵은 울대뼈가 움직였다. 남자아이가 느닷없이 내 손을 잡고, 그러자 불을 집어삼킨 것처럼 몸이 뜨거워진다.

남자아이는 긴장한 듯 앞만 보고 걷는다. 나는 술을 한 방울도 마시지 않았는데도 눈앞이 아득했고, 술을 마신 탓인지 남자아이의 입술은 탐스럽게 빨갛고 윤기가 흘렀다. 그 남자아이를 좋아했냐면 그것은 아니었다. 시간이 흐른 후, 나의 연인이 되었던 남자들은 조금도 그 남자아이와 닮은 구석이 없었다. 그때는 미처 깨닫지 못했지만, 지금 생각해보면 나에겐 그와 사귈 마음이 조금도 없는데 그가 나를 온몸으로 의식하고 있다는 사실이, 서로 속한 세계가 다르므로 우리가 두 번 다시 만날 일이 없으리라는 사실이 나를 자극했던 것 같다. 틀림없이 부드럽겠지? 나는 내 손끝으로 남자아이의 입술을 만져보는 상상을 한다. 청포도 과즙이 든 젤리같이 말랑말랑할, 그 아이의 귓불을 지그시 문질러보거나, 비칠 듯 얇은 셔츠 아래 젖어 있을 뜨거운 등을 손바닥으로 천천히 쓸어내리는 상상을. 나는 남자아이의 붉고 살짝 벌어진 입술 사이에 내 검지를 밀어넣으면 어떤 느낌일까 궁금하고, 순정만화 책에서 본 것처럼 그가 나를 벽에 밀어붙이고 키스를 퍼부어도 받아줄 수 있을 것 같다는 생각을 하지만 그는 손을 꼭 잡고만 있을 뿐 아무런 행동도 취하지 않는다.

저 멀리 내가 타야 하는 버스가 다가온다. 내 손을 잡고 있는 남자아이의 손이 뜨겁고, 저녁의 공기가 숨막힐 듯 무덥고, 브래지어의 와이어 부분이 이미 땀으로 흥건하다. 버스의 앞문이 열리고, 남자아이가 내 손을 놓는다.

"또 만날 수 있어?"

남자아이가 묻지만 나는 그런 것엔 조금도 관심이 없고, 내 정신은 오로지 한 가지에만 꽂혀 있다.

"학생, 안 타?" 버스 기사가 묻고, "타요".

올라타려던 나는 다시 이런 기회가 없을 거라는 생각에 몸을 돌린다. 당황하는 남자아이의 미지근한 입술에 재빨리 내 입술을 포갠다.

지금은 그 남자아이의 이름이 무엇이었는지 조금도 기억나지 않는다. 나이도 알고 있었겠지만 그것 역시 떠오르지 않는다. 나보다 몇 살 더 많지 않았을까 싶지만, 동갑이거나 한 살 더 어렸을지도 모르겠다. 우리—나와 그를 '우리'라고 부를 수 있다면—의 관계는 더이상 아무런 발전도 없었다. 표면적으로는, 그날 학원까지 빼먹고 너무 늦게 왔다는 이유로 엄마가 내게 한동안 외출 금지령을 내렸기 때문이지만 진실은 그것과는 아무런 상관이 없었다.

여름방학은 빠르게 지나갔다.

그해 여름 내내 폭염의 날들이 이어졌고, 모든 것은 습기에 납작하게 짓눌려 있었다. 선풍기를 틀어놓은 채 러닝셔츠와 팬티 차림으로 가까스로 잠들어도 온몸이 금세 끈적해져 자꾸 잠을 설쳤다. 다미가 임신을 해서 퇴학을 당했다는 소식을 들은 것은 여름방학이 끝나고 한 달쯤이 지난 뒤의 일이었다.

그 후로 나는 다미를 한 번도 본 적이 없다. 다미의 엄마가 다미를 외할머니가 있는 시골로 보내버렸다는 소문을 듣긴 했지만, 다미를 둘러싼 대부분의 소문이 그랬듯 확인할 길은 없었다. 내가 노력을 했다면 다미와 연락할 방법을 찾을 수 있었겠지만 나는 다미의 연락처를 수소문하지는 않았다. 다미에게 무슨 말을 해야 할지 몰랐고, 무엇보다 내 안의 무언가가 꺼져버렸기 때문이었다. 나는 그런 일을 겪은 것이 내가 아니라는 데 안도했고, 그렇게 안도하고 있다는 사실에 미안함과 부끄러움을 느꼈다.

다미를 제외한 우리는 일 년 반 후 중학교를 졸업했고, 나와 선주는 같은 여자고등학교에 입학했다. 세일러복을 입는 공립학교로, 2학년이 되면 전교생이 모두 순결 서약을 하는 전통이 있는 곳이었다. 고등학교 시절은 정신없이 지나갔기 때문에 나는 다미를 거의 잊고 살았다. 다미를 다시 떠올린 것은 언젠가 첫 섹스를 할 때였다. 세상에, 정말 개구리 자세였어!

그리고 오늘. 한참의 세월이 흐른 이제 나는 명동에 있는 한 은행에서 직장 생활을 하고 있다. 한낮 기온이 36도까지 치솟는 여름이고, 나는 직장 선후배들과 점심을 사먹은 후 인근 카페에서 막 아이스 아메리카노를 테이크 아웃해 나오는 중이었다. 햇볕이 너무 뜨거워 고개를 푹 숙인 채 걷고 있는데 갑자기 누군가가 "어머나, 개가 왜 저기 있지?" 하고 말하는 소리가 들렸다. 고개를 들어 직장 동료가 눈으로 가리키는 곳을 보니 바로 앞에 정말, 커다란 개가 한 마리 있었다. 래브라도레트리버를 닮은 잡종견. 믿을 수 없게도, 어디에서 나타난 것인지 알 수 없는 커다란 개는 목줄도 없이 명동 시내 한복판을 혼자 어슬렁거리고 있었다.

"불쌍해라. 주인을 잃은 건 아닐까요?"

"저러다 차에 치이면 어떻게 하죠?"

같이 일하는 부하 직원들이 내 곁으로 다가와 걱정스러운 말투로 대화를 나누기 시작했다. 선량하고 성실한 사람들.

아, 저 불쌍한 개를 어떻게 하면 좋지? 유기견인가?

그 순간, 개가 자세를 바꿨고 그와 동시에 개의 커다란 성기가 나의 눈에 들어왔다. 축 늘어진 개의 성기. 그러자 느닷없이 웃음이 터져나왔다. 오랫동안 봉인해두었던 무언가가 실바람에 들썩이는 느낌.

"왜 웃어요?"

옆에 서 있던 직장 동료가 영문을 모르겠다는 표정으로 나에게 물었다.

"아니에요, 아무것도요."

나는 왜 웃는지 영영 설명할 수 없으리라.

다미가 중학교를 그만둔 이후 딱 한 번 다미와 통화를 한 적이 있었다. 대학교 2학년이거나 3학년 때였고, 친구들의 성화에 처음이자 마지막으로 동창회에 갔을 때의 일이다. 중학교 시절 친하게 지냈던 친구들과 어울려 맥주를 마시고 있는데, 다미와 연락을 주고받던 누군가가 "다미가 너랑 통화하고 싶대"라며 갑자기 나에게 휴대전화를 건넸다.

"유나니?"

수화기 너머의 다미 목소리.

"어떻게 지냈니?"

다미의 목소리는 밝았고, "야, 난 벌써 애가 둘이야. 심지어 애들 아빠가 서로 달라. 놀랍지?"라고 말하며 다미가 가볍고 경쾌한 목소리로 웃어서, 나의 코끝으로 어디선가 아카시아 꽃향기가 불어왔다. 높이, 높이 날아오를 것처럼 끝없이 부풀어오르던 달콤한 향기. 공모. 공감. 햇볕 아래 발가벗고 투명한 몸을 말릴 수 있는 아이들만의 천진한 교감. "너무너무 반갑다! 유나야, 네 소식 궁금했어." 행복에 가깝게까지 들리던 목소리.

"차장님, 빨리 오세요!"

어느새 일터로 돌아가기 위해 저만큼 가버린 직장 후배들이 나를 불렀다.

문득 나는 내가 교복을 입고 그 교실 창가 자리에 앉아 있던 날들로부터 그리 많이 멀어지지 않은 것 같은 기분에 사로잡혔다. 논밭을 가로질러 바람이 불어오면, 창가의 커튼이 우리를 어디로든 데려다줄 수 있는 범선의 돛처럼 부풀던 교실. 하지만 학교 앞에 펼쳐져 있던 푸른 논밭은 이미 사라지고 그 자리엔 아파트 단지가 들어선 지 오래다. 지금의 나는 아직 늙진 않았지만 더 이상 젊지만도 않다. 스튜어디스로 일했던 선주는 지금 미국에 살며 세 아이의 육아에 전념하고 있고, 엄마는 지난해 한쪽 유방을 잃었다. 나는 무엇이든 선택을 할 때면 그 대가로 미래를 지불해야 하는 줄 몰랐던 날들이 이미 가마득히 멀어졌음을 안다.

"금방 가요."

그렇게 외치고 나는 잠시 그대로 서서, 명동 한복판을 겁없이 어슬렁거리던 개, 커다란 성기를 늘어뜨린 채 걷던 그 개가 천천히 몸을 돌리는 것을 바라보았다. 저 개는 대체 여기에서 무얼 하는 걸까? 이윽고 느리게 걷던 개가 차도 위를 달리기 시작했다. 차들의 요란한 경적 소리.

개는 눈 깜짝할 새 달려갔다. 멀리, 저 멀리로.

그리고 나는 무사히 차도를 건너길 바라는 마음에서 눈으로 개를 좇다가, 그 개가 마침내 반대편 도로에 무사히 닿자 고개를 돌렸다.

나의 아카시아 숲으로 들어온 개[1]

박인성 문학평론가

1. 책 속의 세계와 내러티브적 참조

근대문학의 남성적 계보에 있어서 섹슈얼리티란 텍스트 내부에 존재하는 본질적이며 우회적인 대상이다. 마치 섹슈얼리티가 세상의 진리이자 육체의 비밀인 것처럼 탐색하고 탐닉해온 남성적 시선[2]은 내러티브 체계와 재현의 논리 자체에 깊숙이 각인되어 있다. 문제는 진리나 비밀이라는 숭고한 대상에 도달하기 위하여 개발된 우회로가 정당화되는 과정 중에 여성의 섹슈얼리티는 대상화되고 손쉬운 매개물로 전락해왔다는 사실이다. 이 도착적인 과정을 보편화하면서 구성된 세계문학전집이란 세계 자체에 대한 이해가 아니라, 그러한 이해를 방편 삼아 스스로의 욕망을 정당화하는 내러티브적 유희의 모음집이라는 사실은 분명하다.

---

1   이 글의 제목은 기형도의 시 「나의 플래시 속으로 들어온 개」에서 빌려왔다.
2   자세한 내용은 피터 브룩스의 『육체와 예술』(문학과지성사, 2000)에 수록된 「시각 영역에서의 육체」를 참고하라.

그렇다면 백수린의 「아카시아 숲, 첫 입맞춤」이 세계문학전집의 섹슈얼리티에 대한 접근 방식을 참조하면서 시작된다는 사실은 중요하다. 이 텍스트는 노골적인 수준은 아니지만 그래도 명시적으로 남성적 문학과 여성적 섹슈얼리티의 비대칭적인 관계를 새롭게 환기하고 재구성한다. 20세기 초입 섹슈얼리티에 대하여 수행한 문학의 억압적 재현 양상들이, 1세기 이전의 과거가 아니라 여전히 오늘날 여성적 삶의 국면이기도 하다는 사실을 가리키면서 말이다. 빅토리아 시대의 영국 남성 문학들이 그러하듯, 위선적인 성적 억압은 오늘날의 현실에도 여전히 존속할 뿐 아니라 섹슈얼리티를 육체에서 소외시키고 재배치한다.

이 소설의 도입부에서 이미 주인공–서술자에 의하여 언급되듯 '아카시아 숲'이란 어머니에 의해서 거실에 배치된 세계문학전집을 가리킨다. "그곳을 나는 『빨간 머리 앤』에 나오는 '자작나무 숲'을 본떠 아카시아 숲이라 부르며 좋아했다."(192~193쪽) 자작나무 숲이 앤과 다이애나의 놀이 공간이었다는 사실을 환기한다면 '나'에게 있어 아카시아 숲은 '독서'라는 행위 속에서 인간과 세상을 이해하는 내러티브 놀이의 공간이었다는 사실은 분명해진다. 문제는 "중학교에 입학했고 어른이 됐다"(188쪽)는 소설의 첫 문장처럼, '나'가 더 이상 책 속의 세상에만 머물 수 없다는 것이며, 한편으로는 엄마가 규정한 '어른'으로서의 자기통제와 씨름하며 또 어수선한 중학생 사회에 적응해야 한다는 사실이다.

사실 이 모든 것은 총체적인 시간의 뒤섞임이다. 흔히 '사춘기'로 요약되는 과도기가 더욱 혼란스럽게 제시되는 셈이다. '나'에게는 어머니의 기대이기도 한 과도한 어른스러움이 요구될 뿐 아니라, 성장한 육체적 긴장 속에 성적 호기심도 존재한다. 동시에 그러한 호기심은 책 속 세상, 그 우회적이고 비유적인 언어를 통해 해답을 찾기는커녕 더욱 자극될 뿐이다. 실제로 혼란스러운 시간의 뒤섞임은 본질적으로 육체에 깃든 섹슈얼리티의 성격이기도 하다. 마치 미성년자에게 주어진 성적자기결정권이라는 개념의 모순처럼 육체의 앎, 경험과 재현 사이에서 분열되어 있다. 그와 같은 분열을 더욱 억압하는 엄마와의 수직적 관계성을 완화하는 것은 두 명의 친구들, 선주와 다미와의 수평적 방향성이다.

우선 선주와의 관계는 잘 포장된 책 속의 세계와 멀리 떨어져 있지 않을뿐더러, 느슨한 절충과 타협 속에 있다. 선주와 주고받는 교환일기가 그렇다. 어디까지나 '진심'과 '비밀'들은 일기라는 형태의 언어에 있다고 여겨지며, 여전히 '나'가 타인을 이해하거나 세상에 다가가는 방식은 여전히 책속 세계를 참조하고 있다. 다만 그것이『빨간 머리 앤』에서『마농 레스코』나『마담 보바리』로의 이행,『채털리 부인의 사랑』으로의 이행 속에서 섹슈얼리티에 대한 상상력이 더 크게 부풀어 오를 따름이다. 그것은 섹슈얼리티에 내재한 '더러움'에 대한 인식, 더 나아가 죄악감과 처벌에의 위기감으로 이어진다. 선주의 관계가 제공하는 안전함이란 그러한 위험성에 대한 소외와 배제에 의해서만 가능하기 때문이다.

동시에 선주와의 관계는 이제 책 속에서 제공해주는 정돈된 동질적일수 없다는 사실에의 이해로 이어진다. "우리는 같은 만화책을 읽었고, 언제나 주인공의 마음을 뒤흔들어놓는 흑발과 금발의 남자 인물 중 누구를 응원해야 할지 열 올리며 대화를 나눴지만, 나는 선주와 내가 아주 깊은 곳에선 완전히 다른 사람들이란 걸 언젠가 어렴풋이 깨달았다."(194쪽) 이러한 '구별짓기'의 순간들에서 '나'의 섹슈얼리티는 본질적으로 분열을 경험하는 것이기도 하다. 책 속의 세계라고 할지라도 온전히 같은 이야기일 수 없으며, 여성의 섹슈얼리테에 대한 이해는 더욱 그렇다. 여전히 세계문학전집에서 학습된 몸의 비밀과 죄책감의 환기는 이처럼 내러티브적 놀이를 통해서 세상에 대한 이해와 관점을 형성한다. 죄책감에 의해서 훈육되고 억압되는 여성의 섹슈얼리티에 대한 매혹에 저항하면서 말이다.

결과적으로 『마담 보바리』에서 엠마가 당대의 로맨스 소설에 의해 영향 받듯, 표면적으로 「아카시아 숲, 첫 입맞춤」의 주인공과 여성의 신체 역시 내러티브 영향의 연쇄 안에서 재현 안에 붙잡혀 있다. 그렇다면 다음 문제 는 육체 및 섹슈얼리티의 분열과 그에 대한 환기다. 이 소설이 과거의 회상 일 수밖에 없는 이유, 그리고 결말에 이르러 "저 개는 대체 여기에서 무얼 하는 걸까?"(208쪽)에 대한 응답도 여기에 있다. 「아카시아 숲, 첫 입맞춤」 은 단순히 사춘기 여성의 섹슈얼리티를 둘러싼 모호한 분위기를 재현하기 위한 것만이 아니다. 이 소설은 그러한 모호한 분위기 때문에 가능했던 도 발적이고 이질적인 순간들로 향한다. 과거에 대한 단순한 노스텔지어가 아 니라 여전히 닫히지 않고 작동하고 있는 섹슈얼리티에의 질문들을 현재화 하기 위해서 말이다.

2. 책 바깥의 세상과 완결 없는 주체성

선주와의 관계가 교환일기라는 책 속의 세계와 기술적 언어로 매개되어 있다면 다미와의 관계는 좀 더 경험적이고 구술적인 이야기 형식으로 매개 되어 있다. "다미의 말에 얼마만큼의 진실과 거짓이 섞여 있는지 같은 것은 나에게 중요하지 않았다. 다미가 들려주는 것은 내가 상상할 수 없는 일들 로 이루어진 매혹적인 서사였으니까."(200쪽) '나'에게 있어 다미는 단순히 섹슈얼리티에 대한 지식과 경험의 소유자가 아니라, 탁월한 이야기꾼의 역 할을 수행한다. "다미가 이야기를 하고, 내가 그것을 듣는 동안만큼은 다미 는 부모의 돌봄을 받지 못하는 비행청소년이 아니라 황홀한 서사의 주인공 이었다. 음탕하고, 야만스럽고, 위엄 있는 여왕."(201쪽)

이제 '나'는 책 속의 세계가 아니라, 책 바깥의 이야기가 가진 매혹을 안다. 문제는 여전히 이야기의 주인공은 다미일 뿐, '나'가 아니라는 사실이다. 하지만 다미와의 관계를 통해서 '나' 또한 점점 주인공이 되고자 하는 욕구를 경험한다. 선주가 말하는 '더러움'에 대한 경멸만큼이나 세계문학전집 속 여성 주인공들이 받게 되는 처벌을 환기한다. "나는 나 자신이 이상한 사람일까 봐 무서웠고, 마농이나 엠마처럼 비참한 최후를 맞이하게 되는 것은 아닐까 하는 두려움에 시달렸으며, 죄책감에 자주 사로잡혔다."(195쪽) 하지만 그와 동시에 그보다 더한 욕구가 다미에 대한 선망 속에서 작동한다. "증명하고 싶은 욕구. 나 역시도 그들처럼 규범이나 제약 같은 것쯤은 가뿐히 뛰어넘을 수 있는 존재임을 증명하고 싶은"(203쪽) 욕구 말이다. 세계문학전집과는 달리 완결되지 않은 이야기 바깥으로 삐져나와 있는 섹슈얼리티란 안전지대를 벗어나 맹목적으로 주체성을 나아가게 한다.

미래의 내가 과거를 어떻게 생각하는지를 살펴보면 이는 분명해진다. "나는 무엇이든 선택을 할 때면 그 대가로 미래를 지불해야 하는 줄 몰랐던 날들이 이미 가마득히 멀어졌음을 안다."(208쪽) 사춘기는 단순히 성장을 위해 지나쳐야만 하는 미숙함의 그늘이 아니라, 오히려 어떠한 대가에 대한 고려 없이 질주할 수 있는 주체성이자 특수성의 시기임이 분명하다. 비유하자면 그것은 근대문학 이전의 문학, 혹은 근대문학 이후의 문학이 그려내는 맹목적이고 무질서한 시간성의 영역이기도 하다.[3] 따라서 사춘기라는 시기는 그 자체로 세계문학전집과 상충하는 맹목성을 띤다. 허울뿐인

3 "초기 피카레스크 소설을 읽으면 삶이라는 것이, 뭐라 말하면 좋을까요, 어떤 후회도 없이 앞을 향해 질주하는 것처럼 느껴집니다. 『라사리요 데 토르메스의 생애Lazarillo』에서처럼 말이죠. 어떤 의미로 이러한 소설은 노스탤지어 이전의 소설이며, 동시에 개인의 형성 이전의 소설인 것입니다." 피터 브룩스, 『정신분석과 이야기 행위』, 박인성 역, 문학과지성사, 2017, 176쪽.

진리에 접근하기 위하여 오히려 섹슈얼리티를 도구화하는 것이 아니라 섹 슈얼리티 자체를 이미 도달해 있는 진리로 경험하는 순간이기 때문이다.

이렇게 말할 수 있다면 「아카시아 숲, 첫 입맞춤」은 여성의 섹슈얼리티 라는 관점에서 세계문학전집을 비판적으로 재구성한다. 선주와의 관계가 여전히 책 속의 세계를 매개로 완충되는 위선과 도덕의 관점이라면, 다미 와의 관계는 그러한 절충을 넘어서는 성적 긴장감으로 구성된다. 더욱이 다미를 통해 뻗어 나가는 욕구를 통해 만나게 되는 남자아이와의 관계가 그렇다. 이 또한 흥미로운 대조를 이룬다. 과거 선주의 초등학교 남자 동창 에게 전화를 거는 행위가 '졸업 앨범'이라는 책 속의 대상과 연결되기 위해 전화라는 간접적 수단을 활용하는 것이라면, 다미의 모임에서 만나게 된 남자아이는 노골적인 성적 긴장감과 신체적 징후로 다가온다. 그런데도 그 러한 감정들이 결코 이 소설에서는 '첫사랑' 등의 숭고한 로맨스적 대상으 로 격상되지 않는다.

이 소설에서 남자아이와의 첫 키스는 순간의 접촉에 불과하며 그와의 관계가 지속되지 않는다. 오히려 '나'는 다미의 임신과 퇴학, 그리고 그 이 후 다미에게 애써 연락하지 않은 나의 무사안일함에 관심을 집중한다. 실 제로 '나'에게 있어 섹슈얼리티의 위력과 매혹은 이성과의 신체적 접촉이 아니라 다미와의 대화와 교감 속에 있었기 때문이다. 이브 세지윅의 통찰 에서처럼, 근대문학 내부의 로맨스가 실제로는 여성을 둘러싼 라이벌 관계 로 묘사되지만 실제로는 남성적 유대를 구성하기 위하여 여성을 파이프로 활용해왔다.[4] 그렇다면 반대로 「아카시아 숲, 첫 입맞춤」에서 이성애적 접 촉 역시 여성의 섹슈얼리티를 위한 매개물에 불과하다. 여성적 동성사회성

4 Eve Kosofsky Sedgwick, *Between Men: English Literature and Male Homosocial Desire*, Columbia University Press, 1985, p.25.

을 그려내기 위한 한 가지 미러링의 방식이라고 말할 수 있을 것이다. 따라서 남자아이의 이름이나 이후의 관계는 중요하지 않다. 남성은 이 텍스트에서 섹슈얼리티의 매혹에 다가서기 위한 매개물에 불과하다. 그것은 바바리 맨의 축 처진 성기와 마찬가지다. "볼품없고, 우스꽝스러운 살덩이."(197쪽) 그러나 결국 다미는 '나'에게 여성적 섹슈얼리티의 욕구가 남성적인 사회 일반에 의해 처벌될 수 있다는 위험성을, 세계문학전집으로부터 아직도 연장되어 있는 현실의 성적 비대칭성을 환기시킨다. 그것이야말로 "아직 늙진 않았지만 더 이상 젊지만도 않"(208쪽)은 '나'의 현재와 연결되어 있기 때문이다.

강조하자면 「아카시아 숲, 첫 입맞춤」가 세계문학전집에서부터 출발하지만 그것을 해체적으로 재구성한다. 핵심은 섹슈얼리티란 단순히 생물학적인 육체의 그릇에 담기는 내용물이 아니라는 점이다. 그것은 오히려 완벽하게 읽히지 않는 매듭이며 분열 자체다. 책-이야기-육체라는 세 가지 범주에 걸쳐 있는 보로메오의 매듭인 동시에, 그것들이 결코 온전히 하나로 합쳐질 수 없다는 의미에서 분열을 표시하는 유일한 고임목이기도 하다. 어떤 의미에서든지 간에 섹슈얼리티는 주체성의 완결을 막는다. 그것이 과거의 모습으로 현재의 풍경에 끼어 들어온 개의 모습일지라도 마찬가지다. "축 늘어진 개의 성기"(207쪽)는 아카시아 숲에 끼어 들어온 날것의 살덩어리, 온전한 욕망의 대상이 되지 못하는 남근의 실재다. 물론 다미와의 전화 통화를 통해 한순간 회복되는 유대가 존재하지만, 이 소설은 과거를 통해서 현재를 구원하는 방식으로 봉합되지 않는다. 역설적으로 이 소설은 섹슈얼리티를 둘러싼 고전적인 우회로를 넘어서, 여전히 지속적인 분열 자체를 현재화하는 텍스트가 된다.

밤이 지나면

손보미

2009년 『21세기문학』 신인상, 2011년 『동아일보』 신춘문예에 당선되어 작품 활동 시작. 단편집 「그들에게 린디합을」 「우아한 밤과 고양이들」, 중편소설 「우연의 신」, 장편소설 『그들에게 린디합을』, 그리고 짧은 소설집 『맨해튼의 반딧불이』가 있음.

밤이 지나면

정신 나간 여자. 외숙모는 그 여자에 대해 그렇게 말했다. 아니, 처음에는 그저 맞장구를 친 것에 가까웠다. 하지만 결국에 외숙모는 좀더 과격한 단어를 사용하기로 한다. 맞아, 완전 정신이 나가버렸다니까. 미친 여자야. 미친년. 그러고 나서야 외숙모는 혼자 거실에서 TV로 〈그림 명작 동화〉나 〈소공자 세디〉 같은 만화영화를 보고 있던 내 존재를 기억해내고는 큰 소리로 이렇게 묻곤 했다. "아이쿠, 너 내 말 들었니?" 내가 고개를 가로저으면 외숙모는 다시 부엌 식탁에 앉아 있는 '정신이 나가지 않은' 동네 아주머니들과 '정신 나간' 여자—혹은 기타 등등—에 관한 대화로 돌아갔다. 나는 TV를 보는 척하며 싫증이 날 때까지 그녀들의 대화를 엿듣곤 했다. 외삼촌 부부와 함께 살기 시작한 이후로 나는 TV를 보는 것에 제약을 받은 적이 없었다. 만약 우리 부모님이었다면 그 시간에 어린이를 위한 과학책 같은 걸 읽으라고 했을 것이다.

그해에, 그러니까 열 살이었던 그해 7월 말쯤에 나는 경기도의 작은 마을에 사는 외삼촌 부부에게 맡겨졌다. 몇 년 동안 외숙모는 가끔 내가 그 집에 있다는 사실 자체를 잊어버린 사람처럼 굴곤 했다. 식탁 위에 밥 두 공기만 놓은 적도 종종 있었다. 내가 부엌에 들어가면 외숙모는 나를 빤히 바라보다가 밥그릇을 하나 더 꺼내 밥을 담아주었다. 외숙모는 그런 것 때문에 내게 미안해한 적이 없었다. 내가 열두 살쯤 되었을 때 외숙모는 이렇게 말했다. "네 밥 정도는 니가 담는 게 어떻겠니?" 나는 깜짝 놀랐는데, 외숙모의 말투에 이루 말할 수 없는 위엄이 서려 있었기 때문이다. 외삼촌 부부에게 맡겨지기 전, 그러니까 열 살이 되기 전에는 내게 외삼촌이 있다는 사실조차 알지 못했다. 외삼촌은 작은 키에 몸이 아주 딴딴했고 피부는 얼룩덜룩했으며 사투리를 썼다. 나는 그가 너무 늙어 보인다고, 엄마의 오빠가 아니라 아빠 정도로 보인다고 생각했다. 하지만 그게 그렇게 부당한 판단은 아니었을 것이다. 엄마와 외삼촌의 나이 차는 열다섯 살 정도였기 때문이다. 외숙모는 외삼촌과 키가 비슷했고 몸통은 작은 편이었지만, 딱 벌어진 어깨에 언제나 위풍당당하게 걸었고 가끔은—위풍당당한 걸음에 걸맞지 않게—입술을 삐쭉거렸다. 외삼촌만큼 나이 들어 보이지는 않았는데 실제로 외숙모는 외삼촌보다 열 살가량이나 어렸다.

외삼촌 부부에게 맡겨지고 나서 처음 몇 주 동안 나는 밤에 잠을 잘 이루지 못했다. 잠에 들더라도 한밤중에 불쑥 눈이 떠지기 일쑤였다. 그럴 때면 온몸은 땀으로 젖어 있고, 나는 방금 전까지 꾼 꿈을 전혀 기억하지 못한다. 그리고 혼란스러워진다. 여기가 어디지? 그 당시 나는 부엌에 딸린 조그만 방을 혼자 썼다. 방이 두 개 더 있었는데 하나는 외삼촌 부부가 함께 썼고, 다른 하나는 아무도 사용하지 않았다. 얼마 지나지 않아서 나는 그 방이 외삼촌 부부의 아들—나의 외사촌—이 쓰던 방이라는 걸 알게 되었다. "걔는 서울에 있는 대학을 다니고 있어. 방학에도 공부하느라 바빠서 못 오지만 언제 갑자기 올지 모르니까 방을 청소해두는 거야." 외숙모는 정기적으로 청소를 하러 그 방을 들락날락했지만 외삼촌은 절대 그러는 법이 없었다. 외숙모는 언제나 외삼촌이 집에 있을 때만 그 방에 들어갔고, 외삼촌은 그걸 못 본 척했다. 두 사람의 그런 태도에는 뭔가 웃기면서도 처량맞은 느낌이 있었다. 처량맞은 코미디. 두 사람 다 내게 뭐라고 한 것도 아닌데, 그 당시 나는 어쩐지 그 방에—몰래라도—들어갈 엄두를 내지 못했다.

부엌에 딸린 방을 썼다고 해서 내가 부당한 대우를 받았다거나 그런 건 아니었다. 내가 쓰는 방은 좁을지언정 누추하지는 않았다. 외삼촌 부부는 나를 위해 어린 왕자가 프린트된 벽지를 새로 발라줬고, 기린이 그려진— 나는 그게 유치하다고 생각했다—침구와 싱글 침대를 준비해뒀으며, 스탠드가 딸린 그럴듯한 책상도 사주었다. 밤에 잠을 잘 이루지 못한다는 점, 그리고 외숙모가 아침식사 준비를 하는 소리 때문에 일찌감치 잠에서 깨어 나야 한다는 점을 제외한다면 거의 모든 게 완벽했다.

그해 여름, 오전 동안 TV에서 방영해주는 어린이용 프로그램이 다 끝나면, 나는 해가 아주 뜨거워지기 전까지 마당 한쪽 그늘에 의자를 놓아두고 앉아서 꾸벅꾸벅 졸곤 했다. 그런 나를 발견하면 외숙모는 이렇게 말했다. "병든 닭 같아, 너." 나는 잠을 잘 이루지 못한다는 사실을 외숙모에게 알려 줄 수는 없다고 느꼈다. 내가 어둠을 무서워한다는 사실은 더더군다나. 물론 나는 '밤'이 불가해한 것이 아니라는 걸 이미 알고 있었다. 어둠을 비정상적으로 두려워하는 나를 염려한 엄마가, 밤은 아무것도 아니라고, 그저 지구가 자전한 결과로 나타나는 자연스러운 우주의 이치라고 몇 번이나 설명해줬기 때문이다. "지구 반대편의 사람들은 지금 환한 햇빛 아래에서 점심도 먹고 공원에서 산책도 하고 있어." 그 후로 나는 가끔 밤에 깰 때마다 지구 반대편의 사람들을 떠올리려고 애썼지만, 그런다고 해서 어둠에 대한 두려움이 완전히 사라지는 건 아니었다.

그 집에 간 지 얼마 안 되었을 때, 오줌이 마려워서 잠에서 깬 적이 있었다. 불과 몇 주 전에는 한밤중에 잠에서 깨면 엄마를 불렀었다. 엄마! 엄마! 엄마! 서너 번쯤 부르면 엄마가 내 방으로 와서 전등 스위치를 올리고 나를 화장실로 데려다주었다. "우리 공주님, 언제 어른이 될래?" 하지만 이젠 엄마를 부를 수 없다는 사실이 떠올랐다. 외숙모나 외삼촌을 부를까? 그건 말도 안 되는 생각 같았다. 어둠 속에서 혼자 화장실까지 가는 건 더더군다나 불가능한 일이었다. 나는 참을 수 있을 때까지 참아보자고, 그러다 보면 아침이 올 거라고 생각했지만, 오줌을 누고 싶은 생각이 어찌나 간절하던지 내 몸에서 빠져나간 다른 내 몸이 화장실에 가서 팬티를 내리고 변기 위에 앉는 환각까지 볼 지경이었다. 변기 위에서 오줌을 누기 바로 직전에야 나는 가까스로 환각에서 빠져나올 수 있었다. 팬티에 오줌을 지린 것도 같았다. 선택을 해야만 했다. 나는 더이상 어떤 종류의 수치심도 느끼고 싶지가 않았다. 어둠 속에서 이불 아래를 더듬거려 침구가 젖지 않은 걸 확인하고는 새 팬티를 움켜쥔 후 눈을 질끈 감은 채—대체 눈은 왜 질끈 감았던 걸까?—살금살금 걸어가기 시작했다. 그러다가 문득, 나는 외삼촌 부부의 방문 밖으로 새어나오는 목소리를 듣게 된다. 방문 아래 틈으로 비쳐 나오는 희미한 불빛. 외숙모는 이렇게 말한다. 외상후 스트레스, 그러니까 트라우마를 겪고 있는 거라고. 외숙모의 말투에 걱정이나 우려, 공모의 감정 같은 건 깃들어 있지 않다. 다만 나는 그 말투에서 어떤 종류의 몰이해를, 그리고 그 단어에 스며 있는 불길한 기운을 어렴풋이 알아차린다. 나는 있는 힘을 다해 다리를 꼬고 오줌을 참으며 외삼촌의 대꾸를 기다린다. 외삼촌은 대답이 없다. 고개를 끄덕이고 있을까? 아니면 고개를 저었을까? 정적. 더이상 오줌을 참을 수 없게 된 나는 화장실로 달려가는데, 너무나도 소란스러웠던 바람에 외숙모가 나와서 이렇게 묻는다. "뭘 하고 있니? 손에 든 그건 뭐야?"

얼마 전 외삼촌의 장례식에서 나는 그 당시 외삼촌이 외숙모가 하는 말의 의미를 알아차리지 못했을 가능성에 대해 겨우 생각해보게 되었다. 아, 외삼촌이라면 분명히 그랬으리라.

외삼촌은 공장에서 가구 만드는 일을 했다. 그는 사시사철 피부를 벅벅 긁어댔고 가끔은 피도 났다. 그래서 여름이 되면 반소매 티와 반바지 아래로 드러난 상처와 딱지를 볼 수 있었다. 매일 저녁 외숙모가 보습 크림을 건네주었지만 외삼촌은 그걸 제대로 바른 적이 없었다. 옆에서 이렇게 해라 저렇게 해라 잔소리를 하던 외숙모는 결국 직접 외삼촌의 다리와 팔뚝에 보습 크림을 발라주기 시작했다. 그 일은 내가 그 집에 사는 동안 거의 매일 저녁 반복되었는데, 그때를 제외하고 두 사람이 서로를 만지거나 다정하게 이야기를 나누는 모습을 본 적은 거의 없었다. 가끔씩 외숙모는 내게 크림을 내밀며 "너가 발라드려볼래?"라고 물었고 나는 고개를 흔들었다. 외삼촌은 말수가 많지 않았다. 다른 사람들과의 교류도 별로 없어서 언제나 일터가 아니면 집에 머물렀다. 외숙모에게 무엇을 질문하거나 대답을 요구하는 법도 별로 없었다. 엄마는 수다쟁이는 아니었지만 질문을 많이 하는 편이어서 아빠를 쫓아다니며 이런저런 질문들을 던졌지만—특히 내가 외삼촌 집으로 오기 한두 달 전에—내 기억에 아빠가 속시원하게 대답한 적은 별로 없었다. 그 기억이 어찌나 강렬했던지 한동안 나는 어른 남자들은 말하는 걸 싫어하는 부류인 게 틀림없다고 결론을 내렸을 정도였다. 엄마는 말로 내뱉을 수 없는 생각이라면 머리와 마음속에서 영원히 지워버려야 한다고 말했다. "그게 양심이라는 거야!" 외숙모는 수다쟁이였지만 외삼촌의 과묵함 때문에 상처를 받지는 않는 것 같았다. 나는 그 이유를 찾아냈는데 외숙모가 엄마처럼 질문을 던지는 타입이 아니었기 때문이다. 외숙모는 진정한 수다쟁이였다. 그건 외숙모가 마치 독백을 하듯 혼자서도 어떤 이야기든 술술 해낸다는 의미이기도 하지만, 동시에 다른 사람들로 하여금 외숙모가 자기 내장에 있는 것까지 다 *끄집어내고* 있다고 착각하게 만든다는 점에서도 그랬다.

　외삼촌은 일요일에는 하루종일 잠을 자다가 저녁을 먹을 즈음이 되어서야 슬슬 방밖으로 나왔다. 온몸을 벅벅 긁으면서. 그리고 나를 발견하면 시간대에 맞지 않는 인사를 했다. "잘 잤나?" 하지만 애초에 내 대답을 기대하는 건 아니었다. 외삼촌은 그냥 나를 지나쳐서 뉴스 채널로 TV를 돌렸다. 뉴스를 보다가 외삼촌이 종종 불같이 화를 낼 때가 있었다. 그때만큼은 외삼촌도 과묵하지 않았다. 외삼촌은 요즘 애들은 국가에 대한 충성심이 없고 어른에 대한 공경심도 부족하며 진짜 무서운 게 뭔지 모른다고, 저런 애들은 감옥에 가는 걸로도 부족하다고 말했다. "공부하라고 새빠지게 돈 벌어서 대학에 보냈더니 저런 빨갱이 짓이나 하고 다니나!" 그는 그게 설사 자기 자식이라도 용서하지 않을 거라고 말했다. 그래도 분이 안 풀리면 옆에 앉아 있는 나를 쳐다보며 말했다. "니는 나중에 절대 저래 하지 말거라." 그러면 부엌에서 저녁식사를 준비하던 외숙모가 꾸민 듯한 큰 소리로 말했다. "애, 외삼촌한테 물 좀 갖다드려!"

외삼촌이 종일 잠만 잤기 때문에 일요일 아침이나 점심 식사는 나와 외숙모 둘만 할 때가 많았다―그럴 때는 종종 식탁 위에 밥 한 공기만 올려져 있었다. 밥을 먹는 동안 나는 외숙모의 말을 듣고 있다는 표시로 고개를 끄덕거렸다. "너네 외삼촌은 훌륭하신 분이야. 가구를 만드는 게 보통 힘든 일이 아니거든. 항상 피곤하시지……. 게다가 만성습진에 걸렸어. 그건 나라에 충성을 다했다는 증거이기도 하단다. 애, 근데 너 습진이 뭔지 아니?" 나는 고개를 흔들었다. 외숙모는 그다음 문장을 이어가기 전에 잠깐 망설였다. "외삼촌이 병에 걸렸기 때문에 나를 만나서 결혼을 할 수 있었던 거야. 내가 간호대학을 나와서 바로 취직한 병원에 너네 외삼촌이 입원을 했거든." 두 사람이 만난 건 1969년 겨울의 일이었고, 그들은 일 년 후 결혼했다. '병'이라는 게 만성습진을 지칭하는 건 아니었다. 물론 그것도 포함했겠지만, 그것보다는 좀더 심각한 부상이 있었다. 그때 외삼촌은 베트남에서 돌아온 직후였다고 했다. "나중에 기회가 되면 외삼촌에게 가구 만드는 걸 구경시켜달라고 말하자꾸나―외숙모는 외삼촌에게 한 번도 그런 말을 해준 적이 없었다.―너네 외삼촌은 기술자야. 기술자는 절대 안 굶어죽거든."

물론, 외숙모도 기술자였다. 그녀는 외삼촌과 결혼한 후 병원을 떠났지만 그 기술은 계속 써먹었다. 그게 바로 외숙모네 집에 사람들이 복작대던 이유였다. 어떤 경로로 그런 게 가능했는지 모르겠지만 외숙모는 부엌 싱크대 서랍 안에 병원에서 사용할 법한 온갖 약품과 주사기 같은 걸 넣어두고 자물쇠로 걸어 잠근 후 열쇠를 항상 몸에 지니고 다녔다. 외삼촌에게 발라주던 크림도 거기에서 꺼낸 것이었다. 동네 아줌마들은 단체로 거실에 주르르 누워 외숙모의 '집도'—여자들은 눈을 감고 죽은 듯이 누워 있다가 아주 가끔씩 아야, 아야, 하고 신음 소리를 냈다—를 받았다. 외숙모는 집도가 끝날 때까지 내게 방에 들어가 있으라고 했는데, 나는 방으로 들어가는 척하면서 부엌에 숨어 그 장면을 엿보곤 했다. 그녀들의 팔에 링거를 꽂거나 혹은 얼굴에 주사기로 무언가를 주입할 때 외숙모의 표정은 진지하고 열성적이었다. 몰입. 나는 외숙모의 그런 표정에 완전히 넋을 잃곤 했다. 집도가 끝나고 나면 아주머니들은 얼이 빠진 표정으로 일어나 앉았고, 정신을 차린 후에는 모두 부엌으로 몰려가 다과를 먹으면서 수다를 떨기 시작했다. 그러면 방금 전까지 집 안을 메웠던 진지하고 심각한 분위기는 온데간데없이 사라져버렸다. 나를 처음 봤을 때 아주머니들은 내게도 관심을 기울였는데 그건 그녀들이 다른 온갖 사람들—특히 정신 나간 여자—을 대하는 그런 방식은 아니었다. 그녀들은 비유적인 단어를 몇 마디 던졌을 뿐이었다. "아, 쟤가 걔구나." 외숙모는 구슬리듯 내게 말했다. "소리 내서 인사 좀 해봐라." 나는 그냥 고개만 꾸벅거렸다. 그녀들은 그런 나를 약간은 안됐다는 표정으로 바라보다가 외숙모에게 말했다. "자기, 정말 대단하다. 남이나 다름없잖아." 나는 그렇지 않다고 속으로 생각했다. "엄마의 오빠라면 너에게도 가족이나 마찬가지야." 엄마는 언젠가 내게 그렇게 말했었다.

그해 8월 말에 나는 새로운 초등학교로 전학을 갔다. 교무실에서 담임 선생을 만난 외숙모는 내게 잠깐만 복도로 나가 있으라고 말했다. 나는 외숙모가 무슨 이야기를 하려는지 알고 있었다. 우리 엄마와 아빠에 대한 이야기. 그 당시 어른들은 내 앞에서 절대로 내 부모에 대한 언급을 하지 않았다. 그런 걸 시도하는 사람은 전혀 없었다. 외숙모는 이런 말도 덧붙였을 것이다.

"여름에 우리집에 온 후로 한마디도 하지 않았어요. 하지만 말을 못 알아 듣는 건 아니에요."

내가 다시 교무실로 돌아갔을 때, 선생과 외숙모 사이에는 조금 어색한 기류가 흘렀다. 선생은 자신의 스커트 자락을 만지작거리며 나를 내려다보았다. 이윽고 외숙모가 약간 언짢다는 말투로, 그렇지만 이 말을 꼭 해야 한다는 투로 입을 열었다.

"책도 많이 읽었고, 산수도 잘하고, 똑똑한 애예요."

선생은 나와 외숙모를 잠시 교무실에 남겨두고 밖으로 나갔다. 그리고 조금 시간이 지난 후 돌아와서 나를 데리고 교실로 갔다. 교실 분위기는 어수선했다. 그녀는 반 아이들에게 나에 대해 간단하게, 새로 전학 온 친구라고 소개했다. 그런 후 내게 두 번째 분단 맨 앞자리에 가서 앉으라고 말했다. 가방을 책상 고리에 걸고 교과서와 필기구를 꺼내는 동안 나는 옆에 앉아 있는 여자애의 시선을 계속 느꼈다. 성비 불균형 때문에 남자애들끼리 짝을 이룬 경우는 있었지만 여자애들끼리 앉은 건 그애와 내가 유일했다.

─안녕, 나는 영예은이라고 해. 앞으로 잘 도와줄게.

그애는 이렇게 적힌 쪽지를 내게 내밀었다. 나중에 안 사실이지만 그애는 선생에게 특명을 받은 직후였고, 원래 사귀고 있는 남자애 옆에 앉아 있다가 내가 교실로 들어오기 직전에 자리를 옮긴 것이었다. 그애는 학급위원 중 한 명이었고, 그중에서도 유일하게 떠드는 사람을 칠판에 적을 자격이 있었다. 아침마다 자신의 엄마에게 머리카락을 어떤 식으로 묶어달라고 요구할 줄 알았고 색깔 있는 스타킹을 신고 등교했으며 방과후에는 피아노 학원이나 영어 학원에 다녔다. 때때로 심술궂은 남자애들이 그애의 권력에 도전했지만 남자애들은 그애의 집요함과 악착같음에 결국 굴복하고 말았다. 나는 그애의 쪽지를 읽고 아무런 반응도 하지 않았다. 쉬는 시간에 그애가 말을 걸었을 때에도 아무런 반응도 하지 않았다. 그애는 나 때문에 자존심이 상했고 며칠 후에는 내게 말을 거는 걸 그만두었지만 나를 공개적으로 미워하거나 밉상스럽게 굴지도 못했다.

왜냐하면 나는 언제나 선생의 시야에 있었기 때문이었다.

주시.

선생이 나에 대해 가지는 관심은 나로서는 좀 놀라운 것이었다. 학교에서 선생을 만난 후로 외숙모는 집도를 받으러 오는 아줌마들에게 그녀에 대한 정보를 은근슬쩍 물어보곤 했다. 외숙모가 개인적인 궁금증 때문에 '고객'들에게 다른 사람의 정보를 얻으려고 교묘하게 애쓴 적은 단 한 번도 없었다. "얘, 그런 게 직업윤리라는 거야." 외숙모는 그해 여름 자신의 직업윤리를 완전히 배반한 셈인데, 만약 세월이 흐른 후에 내가 그것을 언급했다면 이렇게 대답했을 것이다. "딱 한 번이야. 딱 한 번은 안 한 거나 마찬가지지." 어쨌든 외숙모는 선생이 30대 후반이라는 것, 그리고 결혼을 하지 않았다는 것을 알게 되었다. 나는 얼마 지나지 않아 외숙모가 왜 선생에 대한 정보를 얻으려고 애를 썼는지 알게 되었다. 저녁식사를 하다가 외숙모가 갑자기 분통이 터진다는 식으로 이렇게 말했기 때문이다. "아니, 글쎄 그 선생이 뭐랬는지 알아요? 우리가 애를 잘못 대하고 있다는 거예요. 애가 말을 안 하는 게 우리 탓이나 마찬가지라나? 얼마나 딱딱거리던지." 그리고 이렇게 덧붙였다. "성격이 그러니까 노처녀가 됐지." 하지만 만약 선생이 내게 기울이는 노력을 알았다면 외숙모는 뭐라고 했을까? "너무 헌신적인 여자들은 인기가 없어." 이렇게 말했을까? 그때는 '비혼'이라는 단어조차 없던 시절이었다. 선생은 전혀 차갑지 않았다. 오히려 나를 돕고 싶어서, 그러니까 내 말문을 트이게 하고 싶어서 안달이 나 어쩔 줄 모르는 사람 같았다. 그녀는 쉬는 시간마다 나를 불러서 이런저런 질문을 던졌다. 나는 그녀의 책상 옆 조그만 의자에 불편한 자세로 앉아서 질문에 고개를 젓거나 끄덕거렸다. "어떤 책을 좋아하니?" "여기 오기 전에 어디에 살았니?" "햄버거 좋아하니? 선생님이랑 햄버거 먹으러 갈래?" 내가 고개를 내저으면 선생은 이렇게 메뉴를 바꿨다. "아니면 치킨? 그것도 아니면 피자? 그것도 아니면 떡볶이?" 나는 메뉴 나열이 영원히 끝나지 않을까 봐 아찔한 기분이 들기까지 했다. 언젠가 선생은 어색하게 웃으며 말했다. "나는 어릴 적에 할머니랑 함께 살았어. 그건 불행한 일이 아니야. 그러니까 나는 너가 빨리 말을 했으면 좋겠구나. 세상에, 넌 병에 걸린 거나 마찬가지인데, 왜 니네 외삼촌은 너를 그냥 두는 걸까?" 선생이 그런 말을 할 때마다, 나는 전학 온 첫날 나를 잠깐 교무실에 남겨둔 선생이 교실에서 아이들에게 이렇게 말하는 모습을 상상해보곤 했다. "오늘 전학 오는 친구는 병에 걸렸어요. 여러분이 잘 도와줘야 해요." 하지만 그러지는 않았을 것이다. 그렇게까지 극적으로 말하지는 않았을 것이다. '병'이라는 단어를 사용했을 리도 없다.

어쨌거나—불행까지는 아니더라도—나를 곤란하게 만드는 건 바로 그녀가 내게 보이는 관심, 그것 자체라는 걸 그녀는 전혀 모르는 것 같았다. 영예은은 내 태도에 자존심이 상할 대로 상했고, 내가 선생의 관심을 독차지했기 때문에 자신이 아주 곤란한 처지가 되었다고 느끼고 있을 게 분명했다. 게다가 내가 말을 하지 않는다는 사실—내가 아무런 요구도 하지 않는다는 것, 불만이나 슬픔이나 분노, 혹은 기쁨을 표시하지 않는다는 것—이 반 아이들 사이에서는 좀 이상한 방식으로 받아들여지고 있는 것 같았다. 영예은은 결국 나를 미워하거나 괴롭히거나, 심지어 좋아하는 것조차 최종적으로는 소용없는 일이라고 느끼게 될 터였다. 그건 내가 예상하거나 소망한 일은 아니었지만, 적어도 그 당시 내가 그 상황을 즐기고 있었다는 사실을 부인하기는 어렵다.

한번은 이런 일이 있었다.

10월 말 무렵의 체육 시간이었다. 체육은 남자 선생이 따로 가르쳤는데 때때로 그는 우리들에게 운동을 시켜놓고 어디론가 사라져버리곤 했다. 그날도 그는 주전자에 든 물로 운동장에 거대한 사각형을 그려주고 피구를 하라고 지시한 후 사라져버렸다. 분위기가 이상하게 흘러간 건, 내가 수비 팀에 속하게 되었을 때였다. 공격팀에 있던 영예은과 그애의 무리들이 나에게만 공을 던지기 시작했다. 영예은이 머리를 굴린 것이었다. 신체적 고통을 받은 내가 만천하에 감정을 드러내고 입 밖으로 소리를 흘리는 것, 그게 바로 영예은의 목표였다. 나는 그걸 알 수 있었다. 그래서 나는 어금니를 꽉 깨물고 아무 소리도 내지 않으려고 노력했다. 마치 그애들 앞에서 소리를 내면 내가 죽어 없어지기라도 하는 것처럼. 아, 내가 정말로 그런 생각을 했었을까? 지금 돌이켜보면 그때 나는 어떤 욕구를 느끼고 있었다. 마음속 깊은 곳에서부터 부추김당한 충동. 아무런 소리도 바깥으로 흘리지 않을 수 있다면 다른 사람이 될 수 있으리라는 막연한 소망. 하지만 대체 어떤 다른 사람? 시간이 지나자 공격팀에 있던 거의 모든 아이들이 나만 공격하기 시작했다. 영예은의 마수 때문이 아니었다. 그건 그애들의 자발적인 행동이었다. 다른 아이들도 내 입에서 소리가 흘러나올지, 아니면 그런 일이 절대로 일어나지 않을지 순수하게 궁금했던 것이다. 나는 입을 앙다물고 공을 피해 다녔지만 결국에는, 얼마 지나지도 않아서, 누군가가 던진 공에 얼굴을 정통으로 맞을 수밖에 없었고 악 하는 외마디 비명과 함께 그 자리에 주저앉았다. 이마가 찢어져서 피가 뚝뚝 떨어졌다. 신체는 통제를 벗어난다. 그 장면을 떠올리면 이 문장이 자연스럽게 따라온다. 신체는 결국에는 통제를 벗어난다. 마치 이 문장이 세계의 온갖 진실을 담고 있다는 듯이, 약간은 오만하고 건방지게.

　나는 두 손으로 이마를 부여잡고 울지 않으려고 애썼다. 하지만 울음소리가 내 입에서 자꾸 새어나왔다. 나는 패배감을 느꼈지만, 그렇다고 나를 둥글게 둘러싸고 있는 반 아이들에게서 승리감의 기색을 찾을 수 있는 것도 아니었다. 나는 이런 식으로 말하고 싶은 충동을 느낀다. 그 당시 그애들 역시 나와 마찬가지로 패배감을 느꼈을 거라고. 영예은의 무리를 제외한 다른 애들은 내가 일종의 시험에 들었다고 판단했고 내가 그 시험에서

통과하기를 간절하게 바랐다고 말이다. 영예은 역시 승리감을 느끼지는 못
했을 것이다. 피를 흘린 건 너무 과도한 반응이었다.

어딘가에서 농땡이를 부리고 있던 체육 선생이 아이들을 제치며 내게 다
가왔다. 그는 얼빠진 표정으로 내 이마를 살펴보며 괜찮으냐고 물었다. 나
는 새어나오는 울음을 틀어막으려 노력했고, 여전히 말은 하지 않음으로써
최소한의 자존심을 지키려고 애썼지만, 반 아이들은 내가 시험에 통과하지
못했다고 도장을 꽝꽝 찍은 후 하나둘씩 멀어져갔다. 나는 이제 완전히 위
엄을 잃어버린 아이, 고통에 굴복한 그저 그런 아이가 되어버렸다.

피구 사건이 있고 나서 외숙모는 일주일 정도 나를 학교에 보내지 않겠
다고 선언했다. 이마를 꿰매준 의사가 그다지 심한 상처도 아니라고 말했
을 때―"애들이 뭐 이 정도는 다칠 수 있죠."―그 말에 불쾌해진 외숙모는
학교로 찾아가서 이런 일이 벌어진 것에 대해 담임선생에게 항의했다. 그
러니까 이 사건에서 유일하게 승리감을 느낀 사람이 있다면 그건 바로 외
숙모였으리라. 집에서도 외숙모의 대응은 신속하게 이루어졌다. 피구 사건
에 대해서 내게 일절 묻지 않았고―어차피 나는 아무 대답도 안 했겠지만
―외삼촌에게도 내게 대답을 강요하지 말라고 주의를 주었다. 외숙모는 아
침마다 내가 좋아하는 코코아를 만들어주었고 식사는 침대로 가져다주었
다―놀랍게도 이 시기에 외숙모는 한 번도 내 존재를 잊어버린 적이 없었
던 셈이다. 심지어 매일 밤 내 이마에 크림―외삼촌에게 발라주던 것과는
다른 종류의―을 발라주기까지 했다. "여자애 얼굴에 흉이 지면 안 되는데.
쯧쯧." 외삼촌이 내게 호통을 친 적이 있긴 했다. "말 안 할 거가? 니 평생
그렇게 입 다물고 살 거가? 아가 왜 저 모양 저 꼴이고?" 그 당시 어른들은
그런 내 태도에 대해 이런 식으로 말했다. "유별난 애야." 그래서 말도 하지
않고 감정도 표출하지 않는 거라고. 어쩌면 태어날 때부터 비정상적으로
심약했던 건지도 모른다고. 세상에는 그렇게 태어나는 사람들이 있는데 그
런 건 어쩔 수가 없다고. 그들은―외숙모를 포함해서―내 앞에서 트라우마

라는 단어는 절대로 쓰지 않았지만 비정상이라는 말은 시도 때도 없이 사용했다.

피구 사건이 있고 얼마 지나지 않아서, 그러니까 11월 첫째 주에 내가 그 여자—동네 아줌마들이 정신 나간 여자라고 부르는—를 따라나섰을 때, 어떤 사람들은 그 여자가 나의 '비정상적으로' 약한 마음을 이용한 거라고 말했다.

좀더 과격하게 표현하는 걸 좋아하는 사람들은 그 정신 나간 여자가 말도 '못하는' 나를 '납치'했다고 말했다.

사람들이 잘 몰랐던 것은—'잘 몰랐다'는 표현은 너무 평이하다. 어떻게 해야 더 극적으로 말할 수 있을까?—내가 완전히 입을 다물고 있었던 시기는 그해 여름 한두 달뿐이었다는 사실이다. 입을 다물고 있던 시간을 보상이라도 받겠다는 듯이 폭포수처럼 문장들을 뱉어냈던 것까진 아니지만 그래도 나는 하고 싶은 말을 충분히 했다. 나와 대화 상대가 되었던 게 바로 그 여자였다. 정신 나간 여자, 미친 여자, 그러니까, 미친년. 내가 그녀를 처음 만난 건 9월 중순쯤의 일이었다. 방과후 집으로 돌아가는 길에 음료수를 사 마시려고 들어선 작은 식료품점에서였다. 2학기가 시작되고 처음 몇 번은 외숙모가 나를 데리러 왔고, 길이 대충 익숙해진 이후부터는 혼자 하교를 했다. 같은 동네에 사는 아이들과 어울려서 집으로 돌아가기도 싫었고 그렇다고 나만 떨어져서 멀뚱하게 걷고 싶지도 않아서 나만의 길을 찾아내려고 애쓰던 중이었다. 집에 조금 늦게 돌아가도 외숙모는 별로 신경 쓰지 않기 때문에 나는 이 골목 저 골목을 찾아다니며 일부러 멀리멀리 돌아가곤 했다. 그 덕분에 그즈음에는 지쳐서 잠에 들었고, 한밤중에 깨어나는 경우도 거의 없었다.

그 마을의 한쪽에서는 고층 아파트를 올리는 공사가 한창이었다. 그전에 그곳은 논밭이었고 개울이 흘렀으며 소를 키우기도 했다고 외숙모는 말했다. "예전엔 여름마다 아들을 데리고 개울물에 수영을 하러 갔단다." 외숙모에게 집도를 받으러 오는 아줌마들 중에 그 아파트로 이사 예정인 사람들이 있었다. 그런 아줌마는 선망의 대상이었다. "화장실이 두 개야." 그런 주제가 나올 때마다 외숙모는 부루퉁한 표정을 지으며, 부러운 티를 내지 않으려고 노력했다. 지금은 그 지역 일대가 모두 고층 아파트 단지가 되었다. 물론 외숙모와 외삼촌이 살던 곳도 시간이 많이 흐른 후 고층 아파트로 변했고 외삼촌 부부는 그 아파트에서 살았다. 그 여자는 그 당시 아파트 공사가 이루어지던 곳 근처에서 식료품점을 운영하고 있었다. 이리저리 돌아다니던 그녀가 동네에 정착한 건 3년 전의 일이라고 했다. 외숙모네 식탁에 앉아 있던 아줌마들 중 한 명은 꼭 이렇게 말을 했다. "그전에 어디서 뭘 했는지 알 게 뭐야?"

그녀의 가게는 너무 조그마해서 계산대와 물품 진열대를 제외하면 성인 세 사람이 똑바로 서 있기조차 어려울 지경이었다. 가게 안에는 아이들이 먹을 만한 과자나 병음료, 그리고—다른 곳에서는 구하기 어려운—각종 레토르트 식품과 스파게티 소스, 향신료 들이 있었다. 그래서 뒤에서는 그녀를 정신 나간 여자라고 비웃으면서도 그것들을 사러 그녀의 가게를 방문하는 사람들이 있었다. 새로운 삶의 형식을 바라는 사람들, 이를테면 고층 아파트로 이주할 사람들. 그렇게 구입한 식재료로 만든, 이국에서나 볼 법한 초록색 파스타나 올리브 오일을 곁들인 토마토 요리 같은 게 차려진 식탁에 빙 둘러앉은 사람들은 그녀의 존재 같은 건 눈곱만큼도 떠올리지 않았을 것이다.

나는 그녀에 대한 정보를 몇 가지 알고 있었는데, 그 여자가 이혼을 했고, 자식이 죽었는데, 그 여자가 죽인 거나 마찬가지라는 것—대체 어떻게?—이었다. 그리고 동네 남자들을 '꼬시려 든다'는 것. 외숙모는 자신이 욕설을 할 때는 내게 그 말을 들었냐고 되묻곤 했지만, 그런 말—꼬신다든가, 바람을 피운다든가—을 할 때에는 별로 거리끼는 기색이 없었다. 내가 그 의미를 파악할 나이가 아니라고-잘못-판단했기 때문이었다. 게다가 외숙모는 그런 주제에 그다지 흥미를 느끼는 것 같지 않았다. "우리 남편은 그럴 걱정이 없어." 딱 한 번 외숙모가 그런 말을 한 적이 있었는데, 다른 아줌마들이 까르르 웃었고 외숙모는 얼굴이 빨개져서 고개를 숙이고 절레절레 흔들기만 했다. 외숙모가 대화에 적극적이 되는 순간-그래서 미친년이라는 말을 내뱉게 되는-은 따로 있었다. 그건 그 정신 나간 여자가 예지몽을 꾼다는 이야기가 나올 때였다. 자주는 아니었지만 사람들은 그녀의 가게에 찾아가서 예지몽에 대해 물어보거나 혹은 예지몽을 꿔달라고 부탁했다. 그것에 대해 아줌마들은 언제나 두 편으로 갈렸다. 그녀가 진짜로 예지몽을 꾼다는 쪽과 거짓말에 불과하다는 쪽. 외숙모는 당연히 후자였다.

"비과학적이야. 난 학교에서 의학을 공부했잖아. 꿈이라는 건 원래 그냥 자신의 소망이 나타나는 거뿐이야. 예지몽이라는 거 자체가 있을 수가 없어. 그 여자는 거짓말쟁이야."

그러고 나면 다른 편의 누군가가 지지 않겠다는 듯이 그녀가 맞힌 꿈의 내용이라며 이런저런 이야기를 늘어놓았다.

"아니, 예지몽을 꾼다면 본인은 왜 그러고 산대? 꿈으로 로또 번호라도 좀 보든가."

외숙모의 말에 다른 아줌마들은 고개를 끄덕였고, 그러고 나면 아줌마들은 다른 주제로 넘어갔다. 그리고 그 주제는 다음번에 다시 식탁 위에 올라와서 똑같은 식으로 반복되었다. 그런 이야기들을 들으면서 나는 그녀의 모습을 상상해보곤 했다. 나는 그녀가 라푼젤처럼 길게 기른 머리를 뒤로 땋아내렸을 거라고 생각했다. 아랫단이 치렁치렁한 스커트를 입고 손가락마다 반지를 끼고 있으며 아주 마르고 약간 신경질적인 아름다움을 품고 있을 거라고 생각했다. 입술은 붉게 칠하고 눈썹은 아주 새까말 거라고도. 하지만 실제로 본 그녀는 상상과는 완전히 달랐다. 그녀는 약간 통통한 체형에 머리카락은 남자아이처럼 아주 짧았으며 신경질적으로 보이지도 않았다. 입술에 붉은색 립스틱을 발랐지만 눈썹이 새까맣지는 않았다. 쇄골이 드러나는 튜닉 상의에 무릎 바로 위까지 덮는, 딱 달라붙는 반바지를 입고 있었는데 그런 걸 입은 어른 여자를 그 이전에는 본 적이 없었다. 담임선생보다 나이가 많은 것처럼 보이기도 했고, 어떻게 보면 훨씬 더 어린 것처럼 보이기도 했다.

내가 냉장고에서 오렌지주스를 하나 꺼내 좁고 먼지가 쌓인 계산대 위에 올려놓자, 그녀가 이죽거리는 말투로 물었다.

"너 그 집 애구나. 말을 안 한다는."

그때가 내가 그녀가 그 여자라는 사실을 깨달은 순간이었다. 나는 그녀가 어쩌면 나에 대한 예지몽을 꾼 건지도 모른다고 생각했다. 그런 생각을 하자 가슴이 콩닥거렸다. 비과학적인 생각, 거짓말쟁이.

"외삼촌네 집에는 왜 왔어?"

이번에는 실망했는데, 왜냐하면 그녀가 만약 나에 대한 예지몽을 꿨다면 내가 외삼촌네 집에 온 이유를 응당 알고 있어야 했기 때문이었다. 나는 아무런 대답을 하지 않았지만 그녀는 별로 상관도 없다는 듯이 계산도 하지 않은 오렌지주스의 뚜껑을 따서 내게 건네주었다.

"니네 엄마랑 아빠는 어디에 있는데?"

나는 건네받은 오렌지주스를 단숨에 입안으로 털어 넣은 후 대답했다.

"돌아가셨어요."

"둘 다?"

나는 고개를 끄덕였다.

"너도 장례식에 갔었니?"

"네."

내가 대답하자 그녀가 씩 웃었다.

아주 찰나에 불과했지만 그녀는 그 순간, 분명히 씩 웃었다. 그 웃음은 즐거움이나 난처함과는 거리가 멀었고, 무언가 얕잡아보거나 업신여기는 것에 가까웠다. 혹은 비열함에.

그날 집으로 돌아온 나는 외숙모의 얼굴을 보자마자 죄책감을 느꼈다. 외숙모를 배신한 것 같다는 생각이 들었기 때문이었다. 그녀를 만난 것과 그녀에게 내 목소리를 들려준 것, 둘 다. 나는 다시는 그 여자를 만나지 않을 생각이었다.

하지만 불과 며칠 후 나는 그 여자를 다시 찾아갔다. 외숙모와 외삼촌이 싸운 다음 날이었다. 그 전날 밤에 외삼촌은 소리를 질렀고―"그 자식한테 또 연락하면 가만 안 둔다 했나 안 했나!"―외숙모는 울었다. 싸우고 나면 며칠 동안 집안일은 중지되었다. 나는 아침밥을 굶은 채로 학교에 갔고 저녁에는 외삼촌이 끓여주는 라면을 먹었다. 외삼촌에게 크림을 발라주는 건 말할 것도 없이 중지, 세탁기를 돌리는 것도 중지, 설거지도 중지. 하지만 집도를 해야 하는 날이 되면 외숙모는 설거지를 하고, 세탁기를 돌리고, 청소를 하고, 다과를 준비했다. 아줌마들은 그 집에서 누군가 소리를 지르거나 울었으리라는 느낌은 전혀 받지 못했을 것이다. 나중에 안 사실이지만, 외삼촌 부부가 아들과 그런 식의 불화를 겪는다는 것 역시 동네 사람들은 전혀 몰랐다. 사람들은 내 외사촌이 공부를 너무 잘해서―이건 사실이었다―외국 대학에 유학 갔다고―물론 이건 거짓말이었다―알고 있었다. "그래서 내가 돈을 많이 벌어야 한다니깐." 외숙모는 그렇게 너스레를 떨었다. 몇 년 후에 나는 두 사람의 다툼이 내 외사촌의 생일 즈음마다 일어나는 연중행사라는 것을 알게 되었다. 나중에는 익숙해져서 그런 일이 일어날 때면 그저 할일을 찾아 하면서 그 분위기가 끝나기만을 기다렸다. 언제부터인가 외숙모는 그런 다툼이 있을 때마다 내게 하소연을 하기 시작했다. "내가 꿈꾸던 결혼 생활은 이런 게 아니야." 외숙모가 보기에 내가 '여자'가 되어간다고 느꼈을 즈음―열다섯, 혹은 열여섯 살 무렵―일 것이다. 외숙모는 내게 동질감을 느끼고 있었는데, 그걸 깨달았을 때 나는 수치심이 들었다. 외숙모가 나에게 동질감을 느낀다는 사실만큼 나를 수치스럽게 만들었던 건, 바로 나 자신이 한때 입을 다물고 있던 어린 여자아이였다는 사실과 납치'당한' 적이 있다는 사실이었다. 문득 그 시절이 떠오르면 나는 몸이 부르르 떨렸다. 마치 불시의 침입이라도 받은 사람처럼.

두번째로 그녀를 찾아갔을 때 내가 외숙모와 외삼촌의 싸움에 대해 이야기한 건 아니었다. 잠깐 들러서 오렌지주스를 하나 얻어 마셨을 뿐이었다. 여전히 나는 외숙모에게 죄책감을 느꼈고, 그녀를 방문하는 건 그때가 마지막이 되리라고 생각하고 있었다. 하지만 그게 마지막이 되기는커녕 그후로 나는 매일은 아니었지만 마음이 내킬 때마다 그녀의 가게에 들러서 한 시간 정도 이야기를 나누다가 집으로 돌아가곤 했다. 그즈음에 나는 가끔 그녀가 내게 이렇게 묻는 상상을 했다. 예의 그 이죽거리는 말투로. "니네 엄마랑 아빠는 왜 돌아가셨어?" 그러면 나는 이런 식으로 대답할 생각이었다. "엄마랑 아빠가 대판 싸우셨거든요. 저는 밤마다 자는 척을 했지만 사실은 엄마랑 아빠가 싸우는 걸 다 듣고 있었어요. 그날 엄마는 내가 깰 것 같다고 하면서 아빠에게 밖에 나가서 이야길 하자고 했어요. 두 사람은 차 안으로 들어갔어요. 거기에서는 아무리 소리를 질러도 다른 사람들이 듣지 못할 테니까. 그러다가 아빠가 너무 흥분해서 차를 운전한 거예요. 그러다가 사고가 났고요." 그런 대답을 떠올리면서 나는 어두운 밤, 텅 빈 도로를 질주하는 아빠의 코발트색 차를 머릿속으로 그려보곤 했다. 무언가에 부딪히고, 에어백이 터지고, 뒤집어진 차에서 엄마의 머리카락이 아래로 흘러내리는…… 하지만 그런 이야기를 털어놓을 기회는 없었다. 그녀는 내게 그런 걸 묻지 않았다. 그녀는 다만 이런 질문을 던졌다. "애들이 너 싫어하지?" "부모님한테 맞아본 적이 있니?" "커서 되고 싶은 게 있어?" 그녀는 나와의 만남을 다른 누구에게 발설하지 않았고 내가 가면 가게 문을 닫고 '잠시 외출 중, 곧 돌아옵니다'라고 적은 종이를 붙여놓았다. 그리고 계산대 뒤편에 있는 작은 방으로 나를 데려갔다. 작은 화장대, 그 위의 얼룩들, 개지 않은 이불과 무질서하게 걸려 있는 옷가지들. "아휴, 정신없어." 엄마라면 그렇게 말했을, 정신없는 여자.

내가 그녀에게 외숙모와 외삼촌이 싸웠다는 사실을 털어놓은 건 10월 중순쯤이었다.

"그러니까, 니네 외삼촌이랑 외숙모가 싸웠단 말이지? 외삼촌이 외숙모를 때렸니?"

"아니요."

그녀는 내게 병에 든 자몽주스를 따라주며 약간 실망한 듯한 표정을 지었다.

"그럼 별일도 아닌 거야. 나는 맞은 적도 있어."

"누구한테요?"

"남편한테."

"그래서 이혼한 거예요?"

"그래서 그런 건 아니고. 너 그거 묻고 싶지? 내 자식이 죽었냐고."

"아닌데요."

나는 고개를 저었다.

"난 아기를 낳아본 적이 없단다."

그녀가 약간 우쭐거리듯이 말했기 때문에 나는 어리둥절해졌다.

"어쨌든, 니네 외삼촌이랑 외숙모는 아들에게 버림받았어. 그래서 서로를 미워하는 거야."

나는 그녀가 뭔가를 잘못 알고 있다고, 두 사람은 서로를 미워하지 않는다고 말하고 싶었지만 어쩐지 그러면 안 될 것 같은 기분을 느꼈다.

"왜 버림받았는데요?"

"니네 외사촌은 정신이 똑바로 박혔는데, 니네 외삼촌은 좀 이상한 사람이거든."

"외숙모는 외삼촌이 나라를 위해서 베트남에 가서 싸웠다고 했어요. 훌류하신 분이라고요."

"그래? 하지만 니네 외숙모는 불법 시술자잖니."

지금의 나라면 그녀의 말이 논리에 어긋난다고 지적했을 것이다. 외숙모가 불법 시술자인 것과 외숙모가 외삼촌이 훌륭하다고 말한 것 사이에는 아무런 연관이 없다고. 그런 식으로 손쉽게 어떤 사실관계들이 성립하는 건 아니라고. 아, 정말로 내가 그런 식으로 말을 하게 될까? 논리에 어긋나는 것은 진실이 아니라고? 어쨌든 그 당시의 나는 그녀가 그런 말을 했을 때 낙담한 기분이 들었고, 속이 상했다. 무언가 잘못되었다고 느꼈지만, 그걸 지적할 수가 없어서 답답했다. 내가 입을 다물고 있자 그녀가 나를 슬쩍 바라보았다.

"말 안 할 거야?"

나는 고개를 숙이고 입을 다문 채로 가만히 있었다.

"나한테도 말을 안 할 거니? 다른 사람들에게 하듯 나를 대할 거야?"

이제 그녀의 말투에서 이죽거림은 사라져 있었고, 심지어 약간 애원하는 듯한 느낌까지 들었다.

"너를 곤란하게 하거나 마음 상하게 하려는 게 아니야. 하지만 생각해봐. 내가 어떻게 이런 사실들을 다 알고 있겠니? 니네 외숙모네 사정을 아는 사람이 이 동네에, 아니, 이 하늘 아래에 나 말고는 아무도 없는데. 알겠어? 니네 외숙모가 나를 찾아왔었다고. 자기 아들이 공부는 안 하고 온갖 데모에 참여하다가 구치소에 들어간 것만 몇 번째인지 모르겠다고, 앞으로 어떻게 될지 좀 알고 싶다고 나를 찾아왔었단 말이야. 나에게 예지몽을 부탁하러 여기에 왔었다고."

"외숙모가 그랬을 리가 없어요. 외숙모는 의학을 공부했단 말이에요."

내가 소리치듯 말하자 그녀는 심술궂은 말투로 말했다.

"뭘 그럴 리가 없어? 내가 꿈 내용을 니네 외숙모한테 말해줬는데? 당신들 아들은 당신들을 떠날 거고, 죽기 직전에나 다시 볼 수 있을 거라고."

그 당시 나는 겨우 열 살에 불과했지만, 외숙모의 말—"아니, 예지몽을 꾼다면 본인은 왜 그러고 산대?"—에 간명하면서 누구도 거부할 수 없는 진실이 포함되어 있다는 걸 알고 있었다. 다른 모든 의견들은 얼씬거리지 못하게 만드는 강력한 진실. 그리고 나는 가끔 그녀의 가게, 그 작은 방에서 새어나오는 불길하면서도 들뜬 기운—섹스와 관련된—을 느끼고 있었다. 무신경한 단어 선택과 이죽거리는 말투, 균형이 맞지 않는 화장과 옷차림과 정신없는 방과 여러 번의 이주가 그녀의 삶을 대변하고 있다는 것을 알고 있었다. 그럼에도 불구하고 나는 그녀를 찾아가는 걸, 그녀에게 내 목소리를 들려주는 걸 멈출 수 없었다.

그 후로 외숙모를 볼 때마다 나는 그런 장면을 떠올렸다. 외숙모가 그 여자—자신의 입으로 미친년이라고 명명한—앞에 무릎을 꿇고 앉아서 "제발 예지몽을 꿔주세요. 부탁입니다" 하고 애걸복걸하는 장면을. 나는 그런 장면을 상상하는 게 몸서리치게 싫었지만, 한번 떠올리면 그 상상에서 빠져나오기가 어려웠고 그럴 때면 가슴께가 무지근해지는 느낌에 사로잡혔다. 그리고, 이유를 꼭 집어 말할 수는 없었지만 외숙모의 집도가 내가 학교에 있는 동안 이루어진다는 게, 내가 그 장면을 보지 않아도 된다는 게 크나큰 행운처럼 느껴졌다. 역시 이유는 알 수 없었지만, 나는 외숙모가 내 몫의 밥그릇을 챙기는 걸 잊어버리고, 부엌에서 영문을 모르겠다는 듯이 나를 쳐다볼 때마다 마음속 깊이 안도감을 느꼈다. 하지만 피구 사건이 일어난 후, 매일 아침 외숙모가 코코아를 타줄 때, 식사시간마다 죽 같은 걸 만들어서 방으로 가지고 올 때면, 혹은 매일 밤 내 이마에 약을 발라줄 때면, 그리고 그 말—"여자애 얼굴에 흉이 지면 안 되는데. 쯧쯧"—을 할 때면 나는 속이 울렁거렸고 괴로운 마음이 들었다. 괴로움은 학교로 다시 돌아갈 날이 다가올수록 강력해져서 거의 나를 잡아먹을 지경이었다. 나는 또다시 밤에 잠을 잘 이루지 못했고, 어둠 속에서 두려움에 벌벌 떨었다. 나는 더 이상 외숙모를 대면하고 싶지도, 학교로 돌아가고 싶지도 않았다.

그게 바로 내가 그녀—정신 나간 여자, 미친 여자, 미친년—를 따라나선 이유였다. 그녀를 따라나섰다. 이렇게 말하는 게 적절할까? 그녀가 나를 납치하도록 내버려두었다? 이 표현은 본질에서 훨씬 멀어진 듯한 인상을 준다. 그렇다면 이 표현은 어떤가? 내가 그녀를 부추겼다. 그런 일이 가능했을까? 하지만 그게 바로 실제로 일어난 일이었다. 학교로 돌아가기 며칠 전 오후, 몰래 집에서 빠져나간 나는 그녀의 가게를 찾아갔다. 그리고 그녀 앞에 무릎을 꿇고, 제발 나를 데리고 어디론가 떠나달라고, 사라지게 해달라고, 외삼촌과 외숙모와 담임 선생과 영예은으로부터 멀어지게 해달라고 애걸복걸했다. 그때 그녀는 뭐라고 말했더라? 알았어, 내가 그렇게 해줄게. 그렇게 말했던가? 그건 범죄야, 라고 했던가? 후회할 거야, 라고 했던가? 아, 아니다. 그녀는 내게 그렇게 말했다. "알았으니까 그만 울고 화장실 가서 얼굴 좀 씻어. 못 봐주겠다."

내가 경찰에 의해 외삼촌과 외숙모의 품으로 돌아간 건 그러고 나서 열 시간도 채 지나지 않아서였다. 외삼촌은 약간 붉어진 눈으로 나를 내려다보며 이마를 긁적였고, 외숙모는 다른 누구도 듣지 못하게 내 귀에 대고 속삭였다. 불안정하고 신경질적인 목소리로. "그 여자가 너를 만졌어?" 나는 그게 무슨 의미인지 몰랐고, 곧 잊어버렸다. 최근에 나는 아무 맥락도 없이 외숙모의 그 질문을 다시 떠올리게 되었는데, 처음에는 놀라웠고 그다음에는 너무 당혹스러워서 웃음이 나왔다. 대체—다른 사람도 아닌—외숙모가 그런 식의 생각을 어떻게 할 수 있었단 말인가?

그녀는 내게 어두워질 때까지 가게 뒷방에서 기다리라고 말한 후, 문을 닫고 짐을 꾸리기 시작했다. 간단한 세면도구와 빵이나 초콜릿 같은 간단한 먹을거리, 속옷과 두꺼운 스웨터,—의아하게도—커다란 욕실 타월 여러 장, 그리고 약간의 현금. 그녀는 그것들을 챙기는 동안 아무 말도 하지 않았다. 때때로 엄청나게 화가 난 사람처럼, 가슴속에서 활화산이라도 터진 것 같은 표정을 지었지만 그런 순간을 제외하면 대체로 감정을 찾아볼 수 없었다. 그녀는 내가 막연하게 예상했던 것보다 훨씬 더 차분했고, 침착했으며, 계획적이었다. 마치 이런 일을 예상하고 있기라도 한 사람처럼. 예지몽을 꾼 걸까? 아닐 것이다. 그녀는 자주 이곳저곳을 떠나 다녔기 때문에—그리고 때때로 야반도주를 해야 했기에—짐 싸는 일에 능숙한 것뿐이었으리라. 그녀가 차분하고 침착하고 계획적이라는 사실이 어떤 면에서는 나를 두렵게 만들었지만 그렇다고 떠나고 싶다는 생각이 흐려지는 건 아니었다. 나는 떠나야 한다고, 그 어떤 것도 무를 수 없다고 느꼈다. 왜냐하면 내가 무릎을 꿇고 애걸복걸했기 때문에. 게다가 내가 사는 곳을 떠난다 한들 그게 뭐가 그렇게 큰일이겠는가? 외숙모와 외삼촌은 우리 엄마와 아빠가 아니고, 거기는 우리집도 아닌데. 나는 그냥 '여기'에서 '저기'로 옮겨가는 것뿐인데. 그녀는 커피포트에 물을 데워서 컵라면을 끓여주었다. 당분간 차에서 생활해야 하니까 따뜻한 국물을 먹을 수 없으리라고, 그러니까 든든하게 먹으라고.

비가 내리고 있었다.

"비가 오는 건 좋은 징조야. 하늘이 너를 돕나 보다." 하지만 그녀의 말투—이죽거리는 듯한—때문에 그 말이 희망적으로 들리지는 않았다. 해가 완전히 지고, 근처 아파트 공사장의 인부들이 모두 다 퇴근한 걸 확인한 후에 그녀는 커다란 가방을 들었고 내게도 배낭을 하나 메게 했다. 그녀는 두꺼운 점퍼에 청바지 차림이었고, 나는 잠옷 위에 초록색 카디건을 입고 있었다. 슬리퍼가 아닌 운동화를 신고 있다는 게 그나마 다행이었다. 불과 몇 시간 만에 대기는 아주 차가워져 있었다. 그녀와 나는 우산도 쓰지 않고 비를 맞으며 가게 뒤쪽으로 걸어갔다. 놀랍게도 거기에는 자동차가 있었다. 빨간색 티코.

"아줌마 차예요?"

그녀가 고개를 끄덕였다.

"그럼 누구 차겠니?"

그녀는 나를 조수석에 태운 후 안전벨트를 매라고 말했다.

그녀가 차를 출발시키자, 갑자기 엄청난 긴장감이 느껴지기 시작했다. 불확실한 설렘, 약간의 흥분감, 그리고 어쩌면, 자기기만적인 감정. 나는 낡은 와이퍼가 끼익거리며 움직이는 소리를 듣다가 꾸벅꾸벅 졸았다. 그리고 무슨 일이 있었더라? 내가 잠에서 깼을 때 주위는 완전히 깜깜했고, 우리는 넓은 도로─나중에 알고 보니 거기는 고속도로의 나들목 부근이었다─위를 달리고 있었다. 비는 그쳐 있었고, 도로에는 우리가 탄 차를 제외하고는 차가 한 대도 없었다. 그리고 또 무슨 일이 있었더라? 덜컹거림, 무언가가 못마땅하다는 듯한 그녀의 신음 소리, 그리고 고무줄을 끝까지 잡아당겼다가 놓아버린 것 같은 느낌. 나중에 들은 바로는, 빗물에 미끄러진 차가 중앙분리대를 받았다고 했다. 한 가지 분명하게 기억하는 건 자동차가 중앙분리대에 부딪혔을 때 내가 시간을 감각했던 방식이다. 시간은 순차적으로 흐르지 않았다. 부딪히기 전에 나는 이미 우리가 부딪혔다고 느꼈고, 그러고 나서 진짜로 부딪힘이 일어났다. 마치 예지몽처럼. 그건 착각이 아니었다. 인식 다음에 꽝 하는 충돌, 그리고 반동. 순간적으로 나는 내가 상상했던 아빠와 엄마의 사고 장면을 떠올렸다. 진짜 사고는 그런 식으로 일어나지 않는다. 그럼 어떤 식으로 일어나는 걸까? 나중에 사람들은 차가 충돌한 것에 대해 '경미하다'고 표현했다. 그럼에도 불구하고 주위에서는 무언가 소진되어버린 것 같은 지독한 냄새가 났다. 체액, 축축한 느낌, 경미하지만 분명한 신체적인 훼손. 나는 그녀가 사고가 나는 순간 브레이크를 밟는 동시에 나를 꽉 끌어안았다는 사실을 깨달았다. 잠시 후 그녀가 손을 풀었다. 나는 그녀의 얼굴을 바라보았다. 전조등에서 뻗어나온 빛이 차 안으로 희미하게 비쳐 들었다. 체액은 내 것이 아니라 그녀의 것이었다. 그녀의 콧구멍에서 피가 흘렀고, 눈가의 핏줄도 터진 것 같았다. 그리고 눈물. 그건 누구의 눈물이었던가? 나는 가슴께가 뻐근하고 등이 아팠지만 놀랍게도 피는 한 방울도 나지 않았다. 긁힌 부분도 거의 없었다. 나는 울음을 터뜨렸다. "울지 마." 그녀는 이 정도 일은 아무것도 아니라는 듯이 글로브 박스에서 휴지를 꺼내 내 눈물과 자신의 피를 슥슥 닦았다. 그리고 한 손을 들어 자신의 짧은 머리카락 속에 손을 넣어 몇 번 긁고 아주 잠시 동안 생각에 잠긴 것 같았다. 그녀는 자기 가방을 메고는 차에서 내렸고 조수석의 문을 열었다. "내려. 가방은 그냥 두고."

범퍼가 완전히 찌그러졌지만 그 외에는 괜찮아 보였다. 반쯤 깨진 한쪽 전조등에서 나온 기다란 빛이 어둠을 관통하고 있었고 주위는 믿을 수 없을 정도로 고요했다. 도로에는 군데군데 빗물이 고인 웅덩이가 있었다. 차가운 공기가 얼굴을 철썩철썩 때리는 것 같았고 몸이 벌벌 떨렸는데 추위 때문인지 아니면 다른 이유인지 알 수가 없었다. 그녀는 내게 다친 곳이 있는지는 묻지 않았고, 그저 따라오라고만 말했다. 가드레일을 넘어간 그녀는 훌쩍거리고 있는 내가 넘을 수 있도록 도와주었다. 그녀와 나는 발아래로 잡초의 축축하고 거친 촉감을 느끼며 나란히 걸었다. 그녀는 내 손을 잡아주지 않았다.

저 멀리서 무언가 충돌하는 소리가 났기 때문에 그녀와 나는 잠깐 걸음을 멈추고 뒤를 돌아보았다.

무언가가 보일 리가 없었다. 이것 역시 나중에 들은 말인데, 우리가 떠난 후 거기에 있던 티코를 채 발견하지 못한 차들이 추돌사고를 일으켰다고 했다—그 사고로 죽은 사람은 없었지만 심하게 다친 사람은 있었다. 그녀와 나는 말없이 어둠 속에 서서 서로의 얼굴을 바라보았다. 이윽고 거칠게 숨을 내쉬던 그녀는 절뚝거리며 다시 걸었고 나는 그녀를 따라가기 시작했다. 도로에서 멀어지면 멀어질수록 어둠의 농도는 짙어졌다. 입안에 얇은 막이 생긴 것 같았고 집중력이 흐트러지는 것 같았다. 눈이 먼 것 같았고 방향감각이 사라지는 것 같았다.

그렇게 한참을 더 걷다 우리는 좁은 비탈길 위에 다다랐다. 오른쪽으로는 공터가 펼쳐져 있었다. 나무도 몇 그루 없었다. 여기가 어디지? 문득 그 방, 어린 왕자 벽지로 둘러싸인 그 방에서 밤중에 깨었을 때처럼 두려움이 나를 엄습했다. 여기가 어디지? 누구를 불러야 하지?

"아줌마."

그녀가 약간 쉰 목소리로 대답했다.

"왜?"

"어둠은 무서운 게 아니라고 우리 엄마가 그랬어요. 밤은 아무것도 아니라고."

"뭐라고?"

"몰라요? 밤은 지구가 자전하니까 생기는 거예요. 그러니까 지구 반대편에서는 사람들이 깨어 있어요. 거기는 낮이거든요. 여기는 밤, 거기는 낮."

"그걸 누가 몰라."

나는 그녀가 여전히 이죽거리고 있지만 발음이 미묘하게 뭉개져 있다는 사실을 알아차렸다. 잠시 후 그녀는 진심으로 놀랐다는 듯이 덧붙였다.

"아, 너 지금 무서운 거구나?"

하지만 그녀의 그런 반응은 얼마나 이상한 것인가? 나는 살고 있던 곳을 충동적으로 뛰쳐나온, 교통사고를 당해서─피 한 방울 안 흘렸다 해도─울음을 터뜨린, 겨우 열 살짜리 여자애였는데.

"근데 그게 무슨 소용이니. 너는 거기가 아니라 여기에 있는데."

그녀가 한숨을 쉬며 말했다.

"아무래도 잠깐 쉬었다 가야겠다."

그녀는 가방에서 커다란 욕실 타월을 몇 장 꺼내서 나무 앞에 깔았다. 그런 후, 신음 소리를 내면서 아주 천천히 그 위에 앉았다. 그리고 내게도 앉으라고 말했다.

"차에 두고 온 가방에 초콜릿이랑 빵이 들어 있었는데."

그녀는 내가 그 가방을 들고 걷기 힘든 상태라는 걸 질책이라도 하는 듯이 말했다.

"저게 뭔지 아니?"

그녀는 아까까지는 우리 오른쪽에 있었고, 이제는 우리가 마주 보게 된 공터를 가리켰다.

"공동묘지야. 엄청나게 많은 사람들이 죽어서 묻혀 있는 곳. 무섭지?"

나는 무덤들을 보지 않으려고 애썼다. 그리고 저 멀리 탁한 하늘과 잿빛 구름, 그리고 머리 위로 멀리 뻗어 있는 기다랗고 마른 나뭇가지를 바라보았다. 숨을 쉴 때마다 입에서 입김이 나왔다.

"저 소리 들려? 들개가 우는 소리야. 들개는 너를 죽일 수도 있어. 너가 죽게 된다면 그건 지금이 밤이라서가 아니야. 그건 너가 바로 지금 여기에 있어서야."

그 말을 하는 동안에도 그녀는 힘이 부치는지 계속 숨을 몰아쉬었다. 나는 침을 꿀꺽 삼켰다. 그리고 슬금슬금 움직여서 그녀의 옆에 딱 달라붙었다. 그녀의 심장박동이 느껴졌다. 너무 빨리 뛰는 게 아닐까 하는 생각이 들었지만 판단할 수 없었다. 그리고 열기. 바닥에 두꺼운 타월을 깔았지만 젖은 흙의 차가운 촉감이 고스란히 온몸에 전달되고 있는데도, 그녀에게서는 쇠약한, 그러나 사방으로 마구 분출되는 듯한 열기가 느껴졌다. 그녀는 가방을 뒤져서 보풀이 일어난 커다란 스웨터를 몇 벌 건네주었고 나는 그걸로 상체를 둘둘 말았다. 흘러나오는 콧물을 스웨터로 쓱쓱 닦았다. 이가 딱딱 부딪쳤고, 몸이 아픈데 어디인지 콕 집어 말할 수가 없었다. 나는 벌을 받고 있는 걸까? 하지만 무엇에 대해? 나는 그녀의 계획을 몰랐다. 우리는 계속 떠나갈까? 아니면 나를 집으로 데려다줄까? 그렇다고 그녀에게 어디를 갈 거냐고 물어볼 수도 없었다. 그녀가 어디론가 멀리 떠날 거라고 대답하든, 아니면 나를 외삼촌네 집으로 데려다줄 거라고 하든, 어쨌든 그 모든 대답이 나를 궁지에 몰아넣을 거고, 모욕스러운 감정 속으로 밀어넣을 거라고 느꼈기 때문이었다. 내가 뭘 원하는지도 잘 알 수가 없어서 그녀가 나에게 그런 걸—"너 어떻게 하고 싶니?"—물어볼까 봐 두려운 마음까지 들었다.

"무섭지?"

나는 고개를 숙인 채로 고개를 가로저었다.

"무서우면 무섭다고 말해도 되는데."

나는 그녀가 무언가를 망설이고 있다는 인상을 받았다. 내게서 무언가를 원하는 듯한 느낌도.

"뼈가 부러진 것 같아요."

"안 부러졌어. 엄살 좀 부리지 마."

그녀는 무언가 실망한 사람처럼 대답했다.

"그걸 어떻게 알아요?"

나는 너무 애처롭게 들리지 않기를 바라며 물었다.

"그냥 다 알아."

"나에 대한 예지몽을 꿨으니까요?"

그녀가 고개를 돌려 나를 내려다보았다. 내 입에서 그런 말이 나온 게 아주 의외라는 듯이. 어둠 속에서 그녀의 부푼 코가 마치 그녀의 얼굴에 속하는 게 아닌, 기괴하고 독자적인 생명체처럼 보였다.

"그래."

그녀가 대답했다.

"어떤 꿈을 꿨어요?"

"당연히 너에 대한 건 모두 다."

나는 그녀가 자신만만해하고 있다는 인상을 받았다.

"그럼 우리 엄마랑 아빠가 죽은 적이 없다는 것도 꿈에 나왔어요?"

그 순간 왜 나는 그런 말을 했던 걸까? 엄마와 아빠가 이혼을 했고 두 사람 다 나를 키우기를 거부했다는 사실이나, 두 사람이 서로에게, 그리고 내게 했던 말들—"당분간은 너와 같이 살 수가 없어" "엄마의 오빠라면 너에게도 가족이나 마찬가지야"—을 그녀가 이미 알고 있다고, 그 당시의 나는 믿었던 걸까? 아니면 정반대로, 그녀가 그런 걸 전혀 모르고 있을 거라고, 그래서 그녀에게 창피를 주고 싶다고 생각했던 걸까? 어쩌면 나는 그녀가 내 말을 듣고 그저 씩 웃어주기를 바랐던 걸까? 비열하게, 무언가를 업신여긴다는 듯이?

"아."

그녀의 반응은 그게 전부였다. 그녀는 웃지도 않았고, 깜짝 놀랐다거나 혹은 무언가를 확증받고 싶어한다는 듯한 느낌도 주지 않았다. 하지만 단조롭고 낮은 목소리에는 어떤 감정이 묵직하게 남아 있었다. 나는 그녀가 아무 말도 하지 않을까 봐 두려운 마음이 들었다. 잠시 후 그녀가 다시 입을 열었다.

"당연히 알고 있었지. 하지만 안타깝게도 너에게 뭔가를 얘기해줄 수는 없겠구나."

"왜요?"

"너가 나한테 처음에 거짓말을 했잖아? 그래서 너에겐 아무것도 알려줄 수가 없어. 그게 규칙이야."

그녀의 대답을 들었을 때, 나는 처음으로, 아주 명백하게 그녀를 상처 입히고 싶다는 생각을 했다. 그게 마치 내게 주어진 가장 급박한 임무인 것처럼. 그녀가 애초에 내 부탁을 들어주지 말았어야 했다고, 아무리 내가 애걸복걸했더라도 그래서는 안 됐다고, 따지고 보면 사고를 낸 건 명백하게 그녀의 실수이므로 어떤 수치든, 모욕감이든 그녀만 감당하면 되는 것이라고, 나는 생각했다. 지금 돌이켜보면 그건 참 이상한 일이었다. 초겨울의 차갑고 어두운 밤에, 교통사고—비록 경미하지만—후, 어딘지도 알 수 없는 산속 공동묘지 근처에 앉은 채로, 의지해야 하는 단 한 사람을 그토록 순식간에 미워할 수 있게 된다는 것이. 어둠에 대한 두려움이 그토록 순식간에 아무것도 아닌 게 되어버린다는 것이.

"우리 외숙모는 아줌마가 진짜로 예지몽을 꾼다면 그렇게 엉망으로 살지 않을 거라고 말했어요."

그녀는 한동안 아무 말도 하지 않았다. 그녀는 숨을 한 번 크게 들이마셨다가 잠시 동안 그 숨을 간직했다. 드디어 숨을 내뱉은 그녀가 말했다.

"그러언 사람들이 있어."

나는 그녀의 말투에서 어느새 이죽거림이 완전히 사라졌다는 것을 깨달았다. 그녀는 마치 꿈을 꾸는 사람처럼, 공중으로 흩어져가는 것을 애써 낚아채려는 사람처럼 말하고 있었다. 나는 더이상 그녀의 말에 대꾸하지 않겠다고 다짐했지만, 결국은 이렇게 물어볼 수밖에 없었다.

"어떤 사람이요?"

"특별하안 재능으 가진 사람으을 질투하느 사라암."

"우리 외숙모가요?"

"아아니 니네 외숙모가 그렇다느은 건 아니고오. 대부부은 사람들이 그래애. 나르을 두려워하거드은……."

"사람들이 아줌마를 두려워한다고요?"

"혹시이라도 너가아 죽으며언 니네에 엄마나아 아빠가 후회하알 거라느은 생각은 하지도오 마아. 너어가 그러케 되더어라도 니네 엄마라앙 아빠느은 너어를 결국엔 잊어버리이고 말 테니까아."

그녀의 말투는 완전히 뭉개져버렸다. 마치 모래성 주위를 살살 긁는 게임을 하다가 갑자기 모래성 전체를 무너뜨린 것처럼. 그녀가 나를 바라보았다. 여전히 무언가를 망설이는 사람처럼. 나는 덜컥 겁이 났다. 그녀가 갑자기 오른손으로 내 왼손을 꽉 잡았다. 그녀의 손은 너무 뜨거웠다.

"얘…… 너느은…… 아아프로…… 상상도오…… 하지이…… 못하한…… 그러언…… 삶으을…… 살…… 게…… 될 거어야…… 그으러니까……."

갑자기 그녀의 몸이 짐짝 무너지듯 내 쪽으로 기울어졌다. 나는 너무 깜짝 놀라 숨도 제대로 쉴 수 없을 지경이었다. 겁에 질린 채로 주위를 둘러보았다. 그녀가 죽었을지도 모른다고 생각했지만 지금 돌이켜보면 내가 그 상황을 완전히 실감하지는 못했을 것이다. 하지만 내가 무엇을 실감했어야 하는 걸까? 그녀의 딱딱한 몸, 희미한 숨결, 습기를 품은 차가운 공기와 어디선가 들리는 정체를 알 수 없는 소리…… 내 손을 잡고 있던 그녀의 악력이 점점 약해졌다. 어느새 비구름은 완전히 사라져 있었고, 어두운 하늘에는 별이 하나둘씩 보이기 시작했다. 우주의 이치. 내 앞에 펼쳐진 수많은 묘지들. 문득 그런 생각이 들었다. 그녀가 죽으면 누가 그녀의 묘지를 만들어줄까? 누가 그녀의 시체를 가지고 갈까? 나는 내가 움직이기만 하면 그녀에게 끔찍하고 잔인한 일이 일어나기라도 할 것처럼, 마치 그게 전적으로 나의 권능에 달려 있는 양, 꼼짝하지 않기로 결정했다. 비과학적인 생각, 거짓말쟁이. 나는 그녀에게 거짓말을 했다. 엄마와 아빠가 교통사고로 죽었다고. 나는 그들이 어쨌든 어떤 의미에서는 죽은 거나 마찬가지라고 생각했다. 아, 하지만 이 얼마나 어리석은 생각인가? 그들은 죽지 않았는데. 엄마 아빠와 함께했던 마지막 몇 달은 엉망진창이었다. 대부분의 사람들은 이해하지 못하리라. 모든 것이 부스러지듯이 망가지던 시기와 엄마가 내게 "우리 공주님, 언제 어른이 될래?"라고 다정하게 말을 건네던 시기가 일치한다는 것을. 감당하기 어려울 정도의 증오와 믿을 수 없을 만큼의 사랑이 같은 공간을 차지할 수도 있다는 사실을. 그날 밤, 아빠는 코발트색 자동차 안에서 잠이 들었고, 잠옷 차림으로 따라 나간 엄마는 아빠를 깨워서 조수석으로 밀어넣은 후 차를 출발시켰다. 그리고 얼마 가지 못하고 가로등을 들이받았다. 에어백 덕분에 크게 다친 사람은 없었지만, 그들은 그 일로 서로가 서로를 공격할 수도 있다는 사실을 깨달았다. 그건 마음과 관련된 문제가 아니었다. 신체와 관련된 문제였다. 서로에게 신체적인 위해를 끼치는 게 그렇게까지 어려운 일은 아니라는 것, 그건 한쪽 발로 자동차

액셀을 밟는 것만큼이나 손쉬운 일이었다. 그들이 나를 외삼촌 집으로 보내기로 했을 때 나는 수치심을 느꼈다. 아직까지도 나를 놀라게 하는 건 내가 엄마와 아빠가 차라리 죽은 거라면 좋겠다고 생각했다거나, 혹은 그녀에게―즉 가족이 아닌 다른 사람에게―그들이 죽었다고 천연덕스럽게 거짓말을 했던 것이 아니다. 지금도 나를 깜짝 놀라게 하는 건, 내가 엄마와 아빠의 장례식에 갔었다고 말했다는 사실이다.

어둠.

갑자기 어둠에 대한 나의 비정상적인 두려움이 되살아나는 것 같았다. 어둠 속에 도사리고 있는 사악한 기운이 금방이라도 나와 그녀를 공격―그리고 어렴풋이 나는 그 공격이 정신적인 것에 국한되지 않는다고 생각했다―할 것만 같아서 몸이 덜덜 떨렸지만, 그래도 나는 움직이지 않고 그 상황을 견디기로 했다. 그게 내가 그녀를 위해, 그녀를 살아 있는 상태로 남게 하기 위해 할 수 있는 최선의 일이라고 느꼈기 때문이었다. 전혀 몸을 움직이지 않았기 때문에 내 손은 여전히 그녀의 반쯤 풀린 손 안에 있었다. 나는 눈을 감은 채로―도대체 왜 이럴 때마다 우리는 눈을 감는 걸까?―엄마의 말을 떠올리기로 했다. 선택의 여지가 없었다. 지구 반대편의 사람들은 지금 환한 햇빛 아래에서 점심도 먹고 공원에서 산책도 하고 있어. 곧이어 내 머릿속에서 그녀의 목소리가 들려왔다. 이죽거리는 목소리로. 근데 그게 무슨 소용이니. 너는 거기가 아니라 여기에 있는데. 나는 소스라치게 놀랐다. 왜냐하면 그녀가 '우리'라고 말하지 않고 '너'라고 말했다는 사실을 새삼스럽게 깨달았기 때문에. 나는 눈을 떠야 할지 말아야 할지 모르겠다고 생각하며, 한쪽 어깨로 여전히 그녀의 묵직한 무게를 느끼고 있었다. 서서히 몸의 감각이 사라졌다. 차가운 공기 때문에 볼이 얼다 못해 불에 덴 듯 뜨거워지는 것 같은 기분을 느끼며, 하지만 여전히 눈을 감은 채로 나는 거의 흐느꼈다. 그러면서도 나는 그녀의 손이 내 손을 놓치지 않기를 간절하게 바랐다. 무언가가 다가오는 느낌이 들었다. 부스럭거리는 소리, 감은 눈

속으로 비쳐 들어오는 환한 빛. 죽은 사람들이 다가오는 걸까? 눈을 뜨자, 내 앞에는 휴대용 랜턴을 든 경찰들이 서 있었다.

"애, 괜찮니?"

그들이 내 얼굴에 랜턴을 비추었다. 여전히 내 손은 그녀의 손 안에 있었다. 나는 거의 소리를 지르듯이 말했는데, 지금 돌이켜보면, 그건 한 치의 거짓도 섞이지 않은 완전한 진실이었다. 우연히 발설되고야 만 진실.

"길을 잃었어요!"

부모님은 그 사실을 아주 나중에 알게 되었다. 나는 고등학교 2학년 때부터 엄마와 함께 살기 시작했고, 엄마는 입버릇처럼 이렇게 말하곤 했다. "나는 결혼이랑은 잘 맞지 않았어. 알잖아, 여자들이 결혼하면 어떻게 되는지. 너는 절대로 결혼하지 마." 하지만 엄마는 내가 대학교에 입학하던 해에 재혼을 하겠다고 통보했다. 나는 아빠와 엄마에게 그냥 혼자 살고 싶다고 말한 후 이렇게 덧붙였다. "제가 납치당한 적이 있다는 걸 알고 있어요?" 그때가 바로 내가 그 일을 처음으로 입에 올린 순간이었다─외삼촌과 외숙모는 나를 발견한 초기를 제외하면 그 일을 언급한 적이 거의 없었는데, 마치 그들은 그런 일이 일어난 적이 없던 것처럼 굴었다. 그 이야기 속에서─그 당시 마을 어른들이 떠들어댔던 것처럼─나는 속임수에 넘어간 가련한 아이였고, 그녀는 말 그대로 미친 여자였다. 아빠는 자신이 그런 일을 알지 못했다는 걸 창피하게 여겼고, 엄마는 외숙모가 그 이야기를 전달해주지 않은 걸 못마땅하게 생각했다. 마치 나와 자신 사이에 생긴 미묘한 긴장감이 외숙모 탓이라도 된다는 듯이. 최근에 엄마는 이렇게 말했다. "난 정말 몰랐어. 내가 왜 그런 이야기를 안 해줬냐고 물었더니 니네 외숙모 말로는 너가 진짜 이상할 정도로 멀쩡했다는 거야." 어쨌거나 외숙모가 엄마에게 한 말은 사실이었다. 나는 뼈가 부러지지도 않았고, 약간의 타박상과 미열이 있었을 뿐이었다. 그다음 날, 나를 진찰해준 의사는 별 상처가 없다고, 외숙모가 아이를 너무 과잉보호한다고, 호들갑을 떤다는 식으로 말했고, 외숙모는 완전히 폭발하고 말았다. "애가 어떤 일을 당했는지 아세요?" 의사는 이런 보호자는 징그러울 만큼 많이 봐왔다는 듯이 태연하게 대답했다. "모르겠는데요." 하지만 결국 의사는 내가 어떤 일을 '당했는지' 알게 되었고, 외숙모에게 정중하게 사과했다. 외숙모는 기어코 나를 입원시켰다.

퇴원하기 사흘 전쯤에, 선생은 같은 반 아이들을 몇 명 데리고 병실을 찾아왔다. 선생은 드디어 '병'이라는 단어를 사용했으리라. "그애는 병에 걸렸어요. 문병을 가야 해요." 반 아이들 중 몇 명은 편지를 써 왔고 누군가는 자신이 직접 만든 것이라면서 털실로 만든 열쇠고리를 선물로 주었다. 그 애들 중 영예은은 없었다.

"고마워."

애들은 내 목소리를 듣고 슬며시 웃었다. 업신여기거나 얕잡아보는 웃음이 아니라, 천진하게 나를 용인하는 듯한 웃음. 나는 나중에 그게 선생의 작품이라는 것과 그애들이 그렇게 웃음지었을 때 가장 기뻐했을 사람도 뒤에서 우리를 지켜보던 선생 자신이라는 사실을 알게 됐다. 그리고 이제 나도 그애들의 세계로 흘러가게 되리라는 것을 깨달았다. 함께 고무줄놀이를 하고, 다투고, 질투하고, 눈물을 흘리고, 억지를 부리는 세계로.

영예은이 찾아온 건 이틀 후였다. 그애는 외숙모에게 잠깐만 나가주시면 안 되겠느냐고, 나와 단둘이 이야기를 하고 싶다고 말했다. 외숙모는 별일도 다 있다는 듯이 못마땅한 표정을 지었지만, 결국은 그애가 원하는 대로 해주었다.

"난 선생님이 시켜서 온 거야. 선생님한테 내가 왔었다고 말해줄 거야?"

나는 이불을 목 부근까지 끌어당기고, 링거액이 투약되고 있는 팔이 영예은에게 잘 보이도록 한 후 애매모호하게 대답했다.

"글쎄."

영예은은 아마도 내가 말을 한다는 사실은 이미 알았겠지만, 그래도 좀 놀랐다는 듯이 나를 바라보았다.

"그럼 선생님한테 내가 병문안을 안 왔었다고 말할 거야?"

"모르겠어."

"너 정말 못됐다. 완전 못돼처먹었어. 여기까지 오는 게 얼마나 어려운 일이었는지 알아?"

나는 이불로 얼굴을 덮었다. 잠시 후 내가 이불을 내렸을 때 영예은은 여전히 거기, 내 침대 앞에 앉아 있었다. 나는 다시 이불로 얼굴을 덮었다. 그래도 나는 그녀가 내게 못됐다고 말해주었기 때문에 약간은 속시원한 느낌이 들었다.

"너 알아? 내가 너 때문에 얼마나 슬픈 일을 당했는지? 너가 전학을 오기 전에 난 내 짝이랑 잘 사귀는 중이었는데, 너랑 짝이 되면서 걔랑 헤어졌어. 알겠어? 아웃 오브 사이트, 아웃 오브 마인드! 알아듣겠냐고!"

나는 이불을 슬쩍 내리고 영예은을 바라보았다. 자신의 불이익, 고통을 주장하는 그애의 목소리는 자신만만했지만, 나와 눈이 마주치고, 내 이마의 꿰맨 흔적을 보자 그애는 약간 양심의 가책을 느끼는 것 같았다. 그애는 결국 패배를 인정한다는 듯이, 들릴락 말락 한 목소리로 말했다.

"미안하다."

그녀의 그 말을 듣자, 이상하게도 갑자기 눈물이 났다. 눈물을 흘린다는 사실을 숨기고 싶은 기분조차 들지 않았다. 얼굴을 타고 내려간 눈물이 내 목을 적셨다. 눈물은 그치지 않았고, 배꼽 근처에서 뜨거운 무언가가 부글부글 끓어올라서 가슴속을 헤집어놓는 것 같았다. 누군가의 뺨을 때리고 싶다는 생각이 들었다. 나는 울면서 그애에게 말했다.

"괜찮아, 너는 앞으로 상상도 하지 못한 그런 삶을 살게 될 거야."

영예은은 얼떨떨하지만, 무언가 아주 무서운 말을 들은 사람처럼 한동안 나를 내려보았다.

외삼촌은 말년에 당뇨병으로 고통받다가 얼마 전에 합병증으로 돌아가셨다. 외숙모는 그게 전쟁에 참전해 얻은 병 중의 하나라고 말했다. "그래도 너네 외삼촌은 참전했던 걸 후회한 적이 없다니까." 그건 사실이었다. 내가 그 집에 사는 동안 외삼촌에게 가장 많이 들었던 말은 이것이었다. "너네들—외삼촌은 이 말을 할 때마다 언제나 복수형을 사용했다—은 그때 베트남에서 무슨 일이 있었는지 모른다 아이가. 내는 거기서 너네들은 상상도 못할 것들을 맨날 봤다. 그래서 그걸 후회하느냐고? 아니다, 내는 내가 그런 일을 겪었다는 걸 다행이라고 생각한다. 내는 진짜 무서운 게 뭔지 아니까. 그런 시절이 없었으면 내 인생은 아무것도 아니었을 거다." 그 집을 떠난 이후로 나는 외숙모와 가끔 연락을 했는데, 통화를 할 때마다 외숙모가 전화를 끊으려고 하지 않아서 애를 먹곤 했다. 외숙모는 외사촌과 몇 년 전부터 왕래를 시작했다. 외숙모의 말에 의하면 외사촌은 이미 결혼을 해서 아들이 두 명이나 있다고 했다. "고아도 아니고 무슨 결혼을 그렇게 한다니?" 그래도 손자들을 보는 건 좋은 일이라고 했다. "니네 외삼촌은 아직도 아들이랑은 말을 안 해. 손자들만 가뭄에 콩 나듯 만나는 거지 뭐." 외삼촌은 죽기 직전에 자신들이 살던 아파트를 아들에게 상속했다. 외숙모는 계속 그곳에 거주할 예정이지만 미리 상속을 한 게 잘한 짓인지는 모르겠다고 했다. 나는 그 이야기를 장례식장에서 들었다. "네 외삼촌은 나한테 한마디 상의도 없이 그렇게 한 거야. 아들 없는 셈 치고 살겠다고 큰소리칠 때는 언제고." 그리고 외사촌은 군말 없이 외삼촌의 결정에 따랐다고 했다.

나는 장례식장에서 외사촌을 처음 만났다. 외삼촌이 늘 했던 말—내 자식이라도 절대 용서하지 않겠다던—이 떠올랐다. 나는 외사촌이 자신의 아버지에 대해 어떻게 생각하고 있는지 궁금했지만 그런 걸 물을 만큼의 배포는 없었다. 결국 나는 그에게 이렇게 말했다.

"외삼촌이 돌아가셔서 슬프시겠어요."

그러자 그는 내가 마치 무척 큰 결례를 저지르기라도 한 것처럼 한동안 나를 바라보았다.

"가족이니까 그런 거야. 넌 우리 가족이 아니니까 잘 모르겠지."

가족이 아니니까.

요즘도 나는 문득 한밤중에 잠에서 깰 때가 있다. 더 이상 어둠을 무서워하지는 않지만, 여전히 어리둥절한 기분으로 이렇게 생각할 때는 있다. 여기가 어디지? 시간이 좀 지나면 나는 내가 어디에 있는지 정확하게 알아차리게 된다. 돌이킬 수 없는 실수나 후회가 떠오를 때도 있다. 하지만 아침이 되면 그런 것들은 깡그리 잊어버리게 되리라. 마치 어떤 잘못이나 실수도 저지르지 않은 사람처럼.

지금 이 글을 쓰는 동안, 나는 약간 참담한 기분이 든다. 내가 그 시절의 일에 대해 그녀의 입장에서는 단 한 번도 생각해본 적이 없다는 사실이 떠올랐기 때문이다. 우리가 함께 길을 떠났던 날 밤, 그녀 역시 갈팡질팡했고 두려웠지만 자존심을 세우고 있었을 가능성 같은 것에 대해. 그녀 역시 자신이 무엇을 하고 있는지 전혀 알지 못했을 가능성에 대해. 아, 하지만 이 순간에도 나는 여전히 그런 식으로는 생각하고 싶지가 않다. 엄마와 아빠에게 내가 납치'당했었다'는 이야기를 한 후, 나는 내가 불리한 상황에 놓여 있다고 느낄 때면 언제 어디서든 거리낌없이 그 이야기를 꺼내곤 했다. 부모님에게 말한 버전대로. 그러면 얼마간은 내가 원하는 대로 상황이 돌아갔다. 그러니까, 지금 이 세상에 그 시절의 일에 대해 제대로 알고 있는 사람은 그녀와 나밖에 없는 셈이다. 문득 그런 궁금증이 든다. 그녀는 지금 어디에서 누구에게 그 시절의 일에 대해 뭐라고 말을 하고 있을까?

외삼촌의 장례식에 다녀온 후 나는 그동안 잊고 있던 그녀와 관련된 기억들을 우후죽순처럼 떠올리게 되었는데—그게 바로 내가 지금 이 글을 쓰고 있는 이유 중의 하나다—그중에는 어떻게 그런 걸 잊어버릴 수 있었을까 싶은 것도 있다. 이를테면 이런 것. 그때, 그녀는 경찰에게 나를 집으로 돌려보낼 생각이었다고, 그저 나에게 멀리 떠나고 있는 것 같은 착각을 주려고 했을 뿐이라고 말했다. 물론 이건 그 당시 외숙모에게 전해들은 것이었고 나는 그 후로 그녀를 만나지 못했다. 그녀는 그 일이 있은 후 동네를 떠났다―외숙모네 식탁에서 그녀가 화제에 오르는 일도 점차로 사라졌고 종내에는 아무도 그녀에 대한 이야기를 꺼내지 않게 되었다. 그때 나는 외숙모가 자신의 비밀을 알고 있는 유일한 사람이 동네를 떠나서 홀가분해한다고 느꼈다. "너 때문이 아니야. 그런 사람들은 한곳에 정착할 수가 없어." 너 때문이 아니야. 아마도 그 당시의 나를 상처 입힌 말은 바로 그것이었을 것이다.

물론 그녀와 나 사이에 있었던 자질구레한 일들도 떠올랐다. 어떻게 보면 여태까지 기억하고 있는 게 오히려 이상한 일들. 그중 하나는 이것이다. 그녀를 두 번째로 찾아간 날―외숙모와 외삼촌이 싸운 다음날―나는 가게 뒷방에 앉아서 과자를 먹으며 새로 생기는 아파트에 대해 이야기했었다. "화장실이 두 개래요." 그녀는 이죽거리며 대답한다. "내가 그런 걸 모를 것 같아?" 그리고 이렇게 덧붙인다. "화장실이 왜 두 개씩이나 필요한 거야? 가족이면 같은 변기를 사용해야지." 나는 '변기'라는 단어를 듣고 웃음이 터진다. 엄마와 아빠는 '변기'라는 단어를 사용한 적이 없었다. 엄마와 아빠는 언제나 '양변기'라는 단어를 사용했다. 거기서 고작 한 글자를 뺐을 뿐인데, 객관적인 용도를 설명하는 단어가 무언가 지저분하고 오염된 것, 우스꽝스러운 것으로 전락해버린 것 같았다. 그녀가 놀랍다는 듯이 내게 말한다. "너 그렇게 웃을 줄도 아는구나." 그리고 나서 그녀는 '변기'라는 단어를 몇 번이나 반복한다. 변기, 변기, 변기…… 지저분하고 오염된 것, 우스꽝스러운 느낌도 점점 퇴색되고 아무런 특색도 지니지 못한 것이 되어버려서 더이상 내가 웃지 않을 때까지, 그녀는 경솔하고 무자비하게 그 단어를 반복한다. 기어코 그 단어에 거대한 구멍이 뚫리고 텅 비어버려서 우리 모두 ―나, 그, 그녀, 그리고 당신들 모두―가 그녀를 외면하고 눈을 감아버리게 될 때까지.

소설의 이유와 작가의 운명을 묻다

송주현 한신대학교 교수

1.

어둠이 내리는 밤, 평범한 삶을 살아가는 일상인들에게 이 시간은 지친 하루의 쉼과 휴식을 주는 시간, 혹은 새로운 일상을 위한 도약의 시간이다. 예술가들에게는 어떠할까? 불멸의 화가 고흐는 별도 달도 사이프러스 나무도 불타는 듯한 환상과 격정의 푸른 밤을 화폭에 담아냈고, 부끄러움의 시인 윤동주는 아픈 이 세상을 '병원'이라 칭하면서도 스치우는 바람 속에서 별을 헤었다. 그렇다면 손보미의 밤은 어떠한가?

> 나는 소설가가 굉장히 좋은 망원경을 가지고 있는 우주인과 비슷한 게 아닐까 하고 종종 생각한다. 저 멀리 낯선 행성의 작은 불빛을 응시하고 마침내 그 속에서 그(혹은 그녀)의 얼굴-표정을 발견하게 되는 게 아닐까하고 말이다.(『디어 랄프 로렌』 작가의 말 중에서)

먼저 손보미의 소설은 평범한 삶 뒤에 가려진 삶의 잔잔한 무늬들을 고요히 응시하게 만든다. 지금까지의 손보미의 많은 소설들이 '그' 혹은, '그녀'를 담아내는 3인칭의 서술이었다면 「밤이 지나면」은 1인칭의 고백적 서술로 이전보다 한 발 더 내밀해진 이야기의 세계, 침묵의 밤으로 독자를 인도한다. 타인의 삶을 가만히, 그리고 집요하게 들여다보면서도 고양이처럼 능청스럽고도 유연하게 그 장면을 풀어나가는 손보미의 소설은 또한 우리를 아연 긴장하게 만든다. 일상적 질서가 와해된 손보미의 밤에는 평범한 일상, 낮의 시간과 시선이 포착하지 못한 세밀한 삶의 우연과 비의들이 숨어 있기 때문이다. 손보미가 초대하는 밤의 시간으로 들어가 보자.

2.

열 살짜리 한 소녀('나')가 있다. 소녀는 부모의 이혼으로 무심하게 살아가는 외삼촌 댁에 맡겨져 있었으며, 자발적 실어(失語) 상태다. 어둠에 대한 공포로, 불가해한 삶을 견디는 중이다. 그런데 이 소녀의 입을 열게 한 존재가 있었으니, 동네 고층 아파트 공사판 주변 구멍가게의 '정신 나간' 여자다. 이혼 후 혼자 가게를 꾸리며 살아가는 그녀는 무성한 소문의 중심에 서 있었는데 예지몽을 꾼다고도 했고 자식이 죽었다고도 했다. 소녀는 삶이 버겁다. 이혼한 부모, 자신을 대신 키우는 외삼촌 내외, 소녀를 길들이려는 학교 선생님, 혹은 이용하려는 친구들까지. 견디기 힘들었던 소녀는 그 '정신 나간 여자', '미친년'에게 자신을 어디론가 데려가달라고 애원한다. 결국 비가 내리는 어느 밤, 둘은 짧은 외출, 혹은 도피를 공모한다. 그러나 그 사건은 정신 나간 그 미친년의 아동 납치극으로 정리된다.

먼저, 작품 속 세계는 크게 둘로 나뉜다. 하나는 우리가 정상이라 부르는 제도권 안의 삶과 그것의 산물들이다. 가령 결혼, 병원, 학교, 고층 아파트, 통제와 규율의 언어 등이다. 이것은 '낮'의 세계다. 그런데 '밤'은 이러한 시간 반대편에 서 있다. 그리고 이 밤은 우리가 질서를 붙이고 정돈해놓았던 한낮의 모든 것을 와해시킨다. 이일상적 삶의 질서 그 이전의 시간으로 우리의 시간과 시계(視界)를 돌려놓는 것이다. 그렇기에 밤은 우리가 정상이라고 믿어왔던 모든 명징한 것들을 의심케 한다.

열 살의 소녀는 이 정상과 비정상의 경계에 서 있다. 부모의 이혼, 외삼촌 내외의 적당히 속물적인 가치관, 학교라는 제도와 거기에 순응하는 삶속에 강요된 질서, 한낮의 질서를 견디기가 힘들다. 그렇다고 밤을 즐길 수 있는 것도 아니다. 도리어 소녀는 밤이 너무나 두렵다. 하지만 역설적이게도 소녀는 그 밤, 두려움의 세계에 본능적으로 끌린다. 그 끌림의 대상이 바로 미친년이다. 주변에서는 나를 신경증 환자로, 병자로 규정한 채 아무도 나를 이해하려 들지 않을 때 그녀는 나의 말동무가 되었고, 나의 막무가 내 도피 애원을 거리낌 없이 들어주었다. 그리고 교통사고의 급박한 현장에서 자신을 피를 뚝뚝 흘리면서도 나를 꽉 끌어안아 지켜주었다.

작품 속에서 밤은 제도, 정상, 상식, 안정과 질서, 법칙과 규율 등 그 모든 것의 실체를 지워버린다. 밤은 어둠과 혼돈, 불가해의 영역이다. 그렇기에 두려움의 대상이기도 하다. 하지만 그것은 또한 이끌림의 대상이기도 하다. 왜냐하면 그것이 바로 삶의 본질이기 때문이다. 그러면서도 밤이 온통 공포의 대상만이 아닌 것은 제도와 규율의 삶에 적응하지 못한 작고 약한 존재를 끌어안아주는 또 다른 존재가 있기 때문이다.

3.

근대로 통칭되는 과학과 합리적 세계, 그 이전의 세계에서 정신분열과 착란, 광기 등은 종교적 신화 속에서 하나의 징벌이자 마성(魔性)의 소산으로 취급되었다. 그러나 근대 이후 이제 '정신분석'이라는 이름의 과학은 그것을 '합리'의 영역에서 설명한다. 그리고 그것은 '신경증'이라는 이름으로 불리게 되었다. 「밤이 지나면」의 소녀 역시 타인의 명명과 규정으로써 '트라우마'라는 신경증과 마음의 '병'을 얻었다.

그러나 정신분석이라는 합리적 과학이 잃어버린 것이 하나 있다. 분석의 대상 이전, 광기와 혼돈의 시기에 그것이 함의하고 있던 신비와 비합리성, 그리고 잉여와 충만의 세계. 소설 속 밤은 과학과 합리의 세계 이전의 시간으로 우리의 시간과 의식을 돌려놓는다. 그리고 그 불가해의 두려움의 시공간 속에 잉여와 충만으로 가득한 신비한 존재, 광기의 존재를 불러들인다. 이의 화신이 바로 '미친년'인 것이다. 예지몽을 꾸는 그녀, 모습도 행동도 늘 예상을 빗나가는 그녀는 파악도 규정도 하기 힘든 여자다. 과거도 현재도, 이후의 행방도 묘연한, 정착할 수 없는 이 여자는 들뢰즈식으로 말한다면 앙띠 오이디푸스화의 유목민이다. 동네 사람들에게 그녀는 이혼녀, 자식을 죽인 여자, 동네 남자들을 꼬시는 헤픈 여자, 마침내 아동 납치극을 벌이고 성추행까지 감행한 여자다. 하지만 역설적이게도, 그녀는 소녀에게만큼은 유일한 구원의 존재다. 그리고 우리에게 질문하게 하는 것이다. 우리에게 익숙한 것, 명징한 것은 과연 무엇인가?

한편 이 미친년은 열 살 소녀, 그리고 성인이 된 나에게 또 다른 자아, 혹은 분신이다. 밤은 공포와 불가해의 시간이자 대상이지만 지구 자전에 의해 낮과 함께 자연스레 만들어지는 짝패이기 때문이다. 그녀는 산드라 길버트 · 수전 구바가 이야기했던 '다락방의 미친 여자'들을 연상시킨다. 문학 속 여성작가들의 정치적 반항성을 드러낸『다락방의 미친 여자』에서 저자는 19세기 여성 작가들의 소설에 나타나는 '다락방의 미친 여자'들의 의미들을 분석한 바 있다. 소설을 이끄는 인물들, 혹은 주인공들은 당시 이데올로기에 부합하는 예절 바르고 온순한 여주인공이다. 하지만 기괴하고 괴물 같은 여자 또한 숨어 있다. 이는 마치『제인 에어』에서 다락방에 숨어 울부짖는 버사와 같다. 그런데 이 미친 여자들은 주인공, 혹은 정상인과 분리된 존재가 아니라, 주인공의 또 다른 자아다. 결국 이 미친 여자들은 정상적 삶이 주는 억압과 고통이 만들어낸 산물이자, 고통 받는 자아의 분신인 것이다. 「밤이 지나면」의 어린 날의 소녀인 내가 그녀를 두려워하면서도 끊임없이 이끌렸던 것은 이 때문이다. 소녀의 외숙모 역시 그 여자를 정신 나간 미친년이라 욕하면서도 사실은 남몰래 그녀의 예지몽을 믿고 의지했던 것도 같은 이유다.

    4.

    작품의 제목처럼 밤은 '지나'갈 것이다. 그럼에도 불구하고 나는 그 밤을, 그 밤의 화신인 미친년을 기억하며 끊임없이 그녀를 반추한다. 그리고 그녀에 대한 그 기억이 지금 이 이야기를 쓰는 이유이자 동력이 되기도 했다. 그리고 나는 그녀에 관한 수많은 기억 중에 그녀가 쓰던 단어 '변기'라는 말을 떠올린다. "무언가 지저분하고 오염된 것, 우스꽝스러운 것으로 전락해버린 것 같"은 그녀의 언어가 처음에는 우스꽝스럽다. 하지만 반복하면 할수록 모든 의미와 느낌은 사라진다, 마침내는 그 단어에 구멍이 뚫리고 텅 비어버린다, 마침내는 모두가 그녀를 외면해버리고 눈을 감아버린다.

여기에서 우리는 소설이란 무엇인가라는 질문을 해볼 수 있다. 밤의 시간, 미친년의 언어는 분명 우리의 일상적 사고와 언어를 비튼다. 하지만 그 역시 반복됨으로써 고정된 의미는 다시 사라진다. 이는 결국 우리가 규정한 모든 의미들을 무의미하게 만듦으로써 명징한 모든 것을 부정하고 무(無)로 돌리는 행위다. 어쩌면 이것이 바로 소설의 역할이 아닐까. 또한 어느 곳에도 정착할 수 없는 정신 나간 여자, 예지몽을 꾸며 일상 속 허약한 이들에게 주술과도 같은 언어를 구사하며 일상의 언어를 비트는 존재, 무심한 듯 하지만 앓는 누군가를 위해 함께 짐을 꾸려줄 수 있는, 사고 현장에서 정작 자신은 피를 뚝뚝 흘리면서도 누군가를 꽉 끌어안아줄 수 있는 존재는 바로 사제로서의 소설가이기도 하다. 손보미는 말한다, 아무것도 단언할 수 없고 규정할 수 없는 이 세계, 우리가 할 수 있는 것은 끊임없이 그 모든 것을 의심해보는 일임을. 그리고 그 의심이 행위가 소설 쓰기다. 하지만 또 고정된 세계를 비트는 그 언어조차 결국은 아무것도 확신하지 못한다. 그래서 이야기는, 소설은 앞으로도 계속될 것이다.

남은 기억

윤성희

1999년 『동아일보』 신춘문예에 당선되어 작품
활동 시작. 소설집 『레고로 만든 집』 『거기, 당신?』
『감기』 『웃는 동안』 『베개를 베다』, 장편소설 『구경
꾼들』 『상냥한 사람』, 중편소설 「첫 문장」이 있음.
현대문학상, 이수문학상, 황순원문학상, 이효석문
학상, 한국일보문학상, 김승옥문학상 수상.

남은 기억

1

    암이 폐로 전이되었다는 말을 들은 날 영순은 택시 기사에게 욕을 했다. 의사 앞에서는 담담한 척을 했지만 병원을 나서자 다리가 풀렸다. 택시 정류장에는 모범택시밖에 없었다. 영순은 잠깐 고민을 했고, 곧 죽을지도 모르는데 택시비를 걱정하는 자신에게 화가 났다. 기사는 여자였다. "안녕하세요. 날이 더워졌죠?" 상냥한 인사에 영순은 마음이 녹았다. 출발하고 10분쯤 지났을 때 갑자기 끼어든 오토바이 때문에 사고가 날 뻔했다. 기사가 창문을 열고 오토바이 운전자에게 욕을 했다. 인사를 했을 때의 목소리와 사뭇 달라 영순은 조금 놀랐다. 욕을 들으니 한편으로는 통쾌하다는 생각도 들었다. 그래서 영순은 기사에게 여자가 모범택시를 모는 게 멋져 보인다는 말을 했다. 그걸 계기로 기사와 영순은 이런저런 이야기를 하게 되었다. 기사는 작년 가을에 횡단보도를 건너다가 신호를 어기고 달려온 오토바이에 치어 다리가 부러졌다는 이야기를 해주었다. 아들이 삼겹살이 먹고 싶다고 해서 정육점에 갔다 오는 길이었다고. 아들은 친구의 소개로 물류센터에 취직을 했는데 일이 힘든지 저녁마다 밥을 세 공기씩 먹었다. 기사는 아들에게 저녁밥을 지어주기 위해 6시까지만 택시 영업을 했다. 아들이 일을 그만두고 또 백수로 지낼까 봐 상을 차려주면서 수고했다는 말도 잊지 않았다. 지난 10년 동안 아들이 다니다 만 회사가 열 군데도 넘었다. 암튼, 기사는 다리가 부러졌고, 아들은 엄마를 간호해야 한다는 핑계로 일을 그만두었다. "속상하시겠어요." 영순이 위로의 말을 하자 기사가 그래도 착해요, 하고 대답했다. 빨래와 설거지도 잘한다고. 가끔 안마도 해준다고. 교통사고 이야기가 나온 김에 영순은 마을버스가 급정거를 하는 바람에 넘어져 엉치뼈에 금이 간 언니 이야기를 들려주었다. 버스 회사는 빈 의자가 있었는데도 앉지 않았다는 이유로 보상금 지급을 거절했다. "나쁜 놈들이네요." 기사가 말했다. 그러고는 병문안을 다녀오는 길이냐고 물었다. 영순은 그렇다고 거짓말을 했다. 사고가 난 것은 3년 전이었고, 그 사고가 원인은 아니겠지만 어찌 된 일인지 언니는 그 후로 치매를 앓게 되었다. 애기똥풀을 꺾어 동생들 손톱에 발라주는 걸 좋아하던 언니. 평생 고생만 한 언니 생각을 하자 영순은 눈물이 났다. 한번 눈물을 흘리자 멈춰지지 않았다. "언니분이 많이 안 좋으세요? 제 아버지는 척추가 부러져 오래 고생하셨어요. 술 마시고 경운기를 몰다가 그만 뒤집히는 바람에." 기사가 말했다. 기사는 손을 뒤로 뻗어 휴지를 건네주었다. 영순은 코를 풀었다. 코는 풀어도 풀어도 계속 나왔다. 기사는 영순에게 반신불수가 되어 3년이나 자리보전을 한 아버지와 그 아버지의 대소변을 받아내던 언니 이야기를 들려주었다. 아버지가 짜증을 내도 늘 웃던 언니였다고. 그러던 언니가 아버지의 장례식이 끝난 뒤 식구들을 불러놓고 고추밭을 달라고 했다. 어머니가 언니에게 무서운 년이라고 욕을 했다. 남동생은 미친년이라고 욕을 했다. "그 후로 언니가 좀 달라졌어요. 다신 우리에게 말을 건네지 않았죠. 그랬는데, 위암에 걸려 수술을 해야 한다며 병원비 좀 빌려달라고 전화를 했더라고요. 안 줬어요. 저도 힘들고요. 어쨌거나 고추밭을 물려받은 건 제가 아니라 남동생이거든요." 택시 기사는 남동생이 고추밭을 팔아 고깃집을 차렸다가 실패했다는 이야기를 하기 시작했다. 영순은 어디선가 많이 들어본 이야기라는 생각을 했다. 큰오빠가 고향에 남은 마지막 밭을 판 뒤로 막냇동생은 제사에도 오지 않았다. 나 죽으면 그땐 올까? 술에 취한 큰오빠가 영순에게 전화를 걸어 그렇게 말한 적이 있었다. 영순은 택시 안 공기가 답답하게 느껴졌다. 멀미가 날 것 같아서 기사에게 차를 세워달라고 말했다. "돈은 안 주었지만 그래도 매일 언니를 위해 기도해요. 손님도 제가 기도해 드릴게요. 언니분 쾌유하실 거예요." 사거리 앞에서 차를 세우며 기사가 말했다. 영순은 2만 원을 주고 4천 원을 거슬러 받았다. "안녕히 가세요." 기사가 상냥하게 말했다. 영순도 똑같이 인사를 하려 했다. 그런데 생각과는 다른 말이 나왔다. "씨발." 그 말과 동시에 영순은 차 문을 닫았다. 집으로 걸어오면서 영순은 같은 질문을 수십 번 했다. 왜 그랬지? 그 질문에 답을 할 수 없어서 영순은 불면증에 걸렸다. 잠이 오지 않자 밤마다 잊고 있던 사람들이 떠올랐다. 5만 원을 냈는데 5천 원을 냈다고 우기던 생선 가게 사장. 집들이에 와서 상을 뒤집었던 남편의 고등학교 동창. 그런 사람들이 떠오를 때마다 영순은 천장을 향해 중얼거렸다. 씨발년. 씨발놈.

2

"꼭 그런 이유로 언니를 찾아온 건 아니야." 영순은 내게 말했다. 25년 전에 나는 영순의 돈을 떼어먹었다. 영순에게 전화가 온 것은 며칠 전이었다. 강복자 씨 전화인가요? 개명하기 전의 내 옛 이름을 물어봐서 나는 조금 놀랐다. 누구세요? 하고 나는 되물었다. 그러자 상대방이 말했다. 아가페미용실 옆집에 살던 영순이라고. 영순의 전화를 끊고 나는 동생이 꾸었다는 꿈을 생각했다. 동생은 아침마다 전화를 해서는 꿈속에서 엄마를 보았다는 이야기를 했다. 언니랑 나랑 진달래를 따서 화전을 부쳤거든. 그런데 엄마가 그 화전을 다 먹었어. 우리한테 하나도 안 주고. 나는 엄마가 예쁜 걸 드셨으니 좋은 꿈일 거라고 동생을 달랬다. 그런데 다음 날 전화를 해서는 이 번에는 엄마가 수박 한 통을 혼자 다 드셨다고 했다. 다음 날은 쑥떡을 먹 었다고, 그다음 날은 복숭아를 먹었다고, 동생은 아침마다 꿈속에서 엄마 가 먹은 것들을 이야기해주었다. 상추쌈은 안 드셨냐고 물었더니 그건 아 직이라고 말했다. 엄마는 상추하고 된장만 있으면 밥을 두 그릇이나 먹었 다. 동생은 엄마가 배가 고픈 모양이라며 울었다. 나는 죽은 사람은 배가 고프지 않다고 말하려다 말았다. 그러면 동생은 제사를 지내지 않는 오빠 이야기를 꺼낼 테니까. 망할 놈의 새끼. 돌아가시기 전에 엄마는 오빠만 보 면 욕을 했다. 그랬는데 마지막 순간에는 오빠만 찾았다. 오빠가 엄마 손을 잡고 말했다. 저 여기 있어요. 그 말을 듣는 순간 어머니의 얼굴은 평온해 졌고 이내 숨을 거두었다. 오빠만 아니었다면 나는 영순에게 돈을 빌리지 도 않았을 것이다. 나는 영순에게 적금 통장을 주면서 말했다. "미안해. 이 게 전 재산이야." 영순이 적금 통장을 펼쳐 보더니 피식, 하고 웃었다. "언 니, 우리가 자주 가던 통일각. 거기 짜장면이 그때 1천 8백 원이었어." 영 순이 말했다. 그러고는 적금 통장을 내게 도로 주었다. "이건 필요 없어. 곧 죽을지도 모르는데. 그때 부의금이나 많이 해. 우리 아들 안 힘들게." 영순 은 전혀 아파 보이지 않았다. "넌 안 죽어. 나보다 오래 산다고 그랬잖아. 그 연화 도령인가 하는 사람이." 30년 전 우리는 참 많이도 점을 보러 다녔 다. 그즈음 영순의 남편은 집을 담보로 은행 빚을 얻어 마을버스 회사를 차 렸다. 영순의 남편은 열일곱 살에 자전거 대리점의 사원으로 들어갔다가 7 년 만에 그 가게를 인수할 정도로 사업 수완이 좋은 사람이었다. 영순은 용 하다는 점쟁이를 찾아다니며 부적을 썼다. 그즈음 나는 시댁에 우환이 한 꺼번에 겹쳤다. 시아버지가 한여름에 담배밭에서 일을 하다 쓰러지더니 그 대로 자리보전을 하게 되었다. 시어머니는 계주가 곗돈을 들고 도망을 가 서 화병을 얻었다. 점쟁이들은 하나같이 걱정 말라는 말을 했다. 문제는 친 정이라고. 그리고 몇 년 후, 집이 넘어간 후에야 나는 그 말의 뜻을 알게 되었다. 오빠가 사업을 한다며 남편의 직장을 찾아갔다는 것을. 우유부단한 남편이 거절을 못 하고 보증을 서주었다는 것을. 그 집을 사기 위해 나는 콩나물국이랑 두부가 들어간 된장찌개만 먹었다. 어쩌다 고기를 사게 되면 아이들에게만 주었다. 그렇게 악착같이 돈을 모아 산 집이었는데. 하지만 나는 울지 않았다. 넋이 나간 남편 대신 돈을 꾸러 다녀야 했으니까. 그때 영순이 전셋집이라도 얻으라며 빌려준 돈. 1천 5백만 원. 처음부터 안 갚으려던 것은 아니었다. 영순 몰래 야반도주를 하면서 나는 생각했다. 남편이 잘 버니까 지금은 돈이 필요 없을 거라고. 나중에 힘들어지면 그때 갚으리라고. 영순이 나를 빤히 쳐다보더니 말했다. "그때 연화 도령이 뭐라 그랬는지 알아? 돈복 남편복 많다고. 개뿔. 그것도 틀렸는데 오래 살긴." 그렇게 말하고는 영순은 갑자기 웃기 시작했다. 그러고는 다 마신 아이스커피 잔에 손을 넣어 얼음을 꺼냈다. 그걸 입에 넣고 깨물었다. 보기만 해도 이가 시렸다. "8년 전에 죽었어. 난 안 갔지만 그래도 아들은 보냈어." 영순의 남편이 죽었다는 이야기를 듣자 어떤 풍경 하나가 떠올랐다. 아가페미용실에서 노닥이고 있으면 영순의 남편이 밖에서 이렇게 소리쳤다. 어이, 그만 놀고 밥 줘. 그러면 영순은 무릎을 두드리며 일어나면서 혼잣말처럼 중얼거렸다. 밥 안 먹는 남편 어디 없나. 그러면 남은 사람들이 까르르 웃었다. 그게 뭐가 웃기다고. 영순의 남편이 마을버스 하나를 내주어서 미용실 단골 손님들과 단풍 구경을 간 적도 있었는데. 미용실 원장은 아가페가 무슨 뜻인지도 모르고 가게를 인수했다. 원장은 나중에 그게 사랑이라는 뜻인 걸 알고 가게 입간판을 끌어안고 울었다고 했다. 남편의 사고 보상금으로 차린 가게였기 때문이었다. "아직도 연락해?" 내 말에 영순이 고개를 저었다. 영순이 다시 얼음을 꺼내 먹었다. "덥다, 더워. 우리 맥주나 마실까?" 암 환자랑 술이라니. 내가 선뜻 대답을 못 하자 영순이 5년 전에 위암에 걸린 이야기를 하기 시작했다. 위암 3기라고 의사가 말했을 때 영순은 거짓말하지 말라고 대꾸했다. 최근 들어 이상하게 소화가 잘되고 음식이 달았다고. 배속에서 먹을 걸 달라고 재촉을 하는데 위암이라니요. 영순은 의사에게 말했다. 영순은 수술도 항암 치료도 잘 견뎠다. 그리고 하루에 만 보씩 걸었다. 매 끼니마다 브로콜리와 토마토와 양배추를 먹었다. 회냉면하고 아귀찜을 좋아하는데 그것도 끊었다. 김치도 백김치만 먹었다. "그랬는데 재발이라니. 언니, 내가 얼마나 억울하겠어. 5년이나 술도 입에 안 댔는데." 그러면서 영순은 앞으로는 먹고 싶은 것은 뭐든 다 먹을 거라고 말했다. "그래서 찾아온 거야. 암 환자랑 술 마셔줄 사람이 없어서."

우리는 카페에서 나와 길을 걸었다. 영순은 치킨에 맥주가 먹고 싶다고 했는데 문을 연 치킨 가게가 보이지 않았다. 곧 초복이기도 하니 삼계탕에 맥주는 안 되겠냐고 물었더니 그건 싫다고 했다. 오늘은 어떤 일이 있어도 기름에 튀긴 닭을 먹어야겠다고 영순은 말했다. 동네를 한 바퀴 걷다 치킨 가게 앞에서 가방을 뒤지는 여자를 보았다. 영순이 뛰어갔다. 여자가 가방에서 열쇠를 꺼내 가게 문을 열려는 순간 영순이 말했다. "프라이드 되죠?" 여자가 영업은 두 시간 후에 한다고 말했다. 닭을 튀기는 건 자기가 아니라 아들이라고. 자기는 냉장고 청소를 해야 해서 일찍 나온 거라고. 영순이 닭만 한 마리 튀겨주면 조용히 먹겠다고 말했다. 둘이 돌아가며 냉장고 청소도 도와줄 수 있다고 했더니 여자가 위아래로 영순을 흘겨보았다. "다른 곳 가보세요." 여자가 문을 열고 들어가면서 말했다. 문에서 종소리가 났다. "나 암 환자인데 그것도 못 들어주나. 야박하게." 영순이 말했다. 여자가 혼잣말로 별 미친년 다 보네, 하고 중얼거리며 문을 닫았다. 안에서 문을 잠그는 게 보였다. 영순이 손부채질을 했다. "덥다, 더워." 영순이 그 말만 계속 중얼거렸다. 그 모습을 보자 갑자기 괜찮은 생각이 났다. 나는 영순을 데리고 편의점으로 갔다. "여긴 왜?" 영순이 묻자 나는 들어가보면 안다고 했다. 치킨 한 마리를 주문하고 캔맥주 네 개를 샀다. 우리는 그걸 들고 편의점 앞에 있는 테이블로 갔다. 직원이 달려 나오더니 파라솔을 펼쳐주었다. 남편이 걷지 못하게 되면서 우리는 외식을 하지 않았다. 돼지갈비집을 갔다가 화장실 때문에 곤란을 겪고 난 뒤 남편은 도통 밖에서 뭘 먹으려 하지 않았다. 그러던 어느 날 사위가 이렇게 말했다. 집 앞에 있는 편의점에서 외식을 하자고. 야외 테이블이니 휠체어 걱정 안 해도 되고, 화장실이 급하면 집에 와서 해결하면 된다고. 한 번 가봤더니 괜찮아서 그 이후로 딸네가 오면 편의점에 가서 이것저것 사 먹곤 했다. 영순이 치킨을 한 입 먹더니 괜찮네, 하고 말했다. "닭도 5년 만에 먹는 거야?" 내가 묻자 영순이 닭다리를 손에 들고 고개를 끄떡였다. "삶은 거만 먹었지." 영순은 오른손에 닭을 들고 왼손으로 맥주를 들었다. 내가 건배를 하자고 했더니 싫다고 말했다. "언니, 착각하지 마. 아직 용서해준 거 아니야." 나는 영순이 맥주한 캔과 치킨 세 조각을 먹는 걸 지켜보았다. 영순이 트림을 한 번 하더니 자리에서 일어났다. "잠깐만." 편의점으로 들어가더니 한참 후에 무엇인가를 들고 나왔다. "무가 없대. 대신 이거라도." 컵에 망고가 들어 있었다. 영순이 치킨 한 입을 먹고 망고 한 조각을 먹었다. 나도 영순을 따라 그렇게 먹어보았다. 들척지근한 게 별로였다. 나는 새 캔을 따서 영순 앞에 놓아주었다. 나도 새 캔을 땄다.

택시에서 욕을 한 뒤로 영순은 화가 참아지지 않았다. 한번은 식당에서 밥을 먹다 무생채가 맛이 없다며 주인에게 한 소리를 하기도 했다. 무생채도 못하면서 가게 이름이 엄마손백반이라는 게 말이 되냐고. 그렇게 화가 나는 날이면 영순은 학원에서 만난 장영지라는 아이를 떠올려보았다. 그 아이가 내 손녀라면. 그 아이에게 자장가를 불러주는 자신의 모습을 상상하면 화가 조금은 가라앉았다. 영순은 동사무소 문화센터에서 만난 친구의 소개로 몇 년 전부터 학원 청소일을 했다. 2층이 영어, 3층이 수학, 4층이 국어. 청소를 하다 교실을 몰래 엿보면 기분이 좋아졌다. 장영지는 3층에 있는 수학 학원에 다니는 아이. 영순이 바닥을 닦고 있는데 아이가 뒤꿈치를 들고 걸으면서 말했다. 죄송해요, 발자국 남겨서. 그 아이가 예뻐서 영순은 주머니에 사탕을 넣고 다녔다. 사탕을 주면 배꼽에 손을 올려놓고 인사를 했다. 그 아이를 생각하자 영순은 아들 부부가 아이를 낳지 않는 게 섭섭했다. 예쁜 옷을 입히지 않는 아이의 부모한테도 화가 났다. 늘 똑같은 운동화에 검은색 머리끈. 저 아이가 내 손녀라면 매일매일 다른 머리핀을 꽂아줄 텐데. 그러면서 영순은 그 아이를 유괴하는 상상을 해보았다. "그런 생각을 하는 내가 조금 무섭더라고. 그래도 생각이 멈춰지지 않아." 영순이 말을 하다 말고 고개를 들어 건물 위층을 보았다. 피아노 소리가 났다. 그런데 피아노 학원 간판은 보이지 않고 태권도 학원 간판만 보였다. 영순의 아들이 태권도를 해서 별명이 태권브이였던 게 생각났다. 무슨 색이었던 가? 도복을 입지 않을 때도 늘 태권도 띠를 매고 다녔다. 아무 때나 발차기를 하다가 우리 집 간장 항아리를 깬 적도 있었다. 그래서 1년 동안 영순이 네 간장을 퍼다 먹었는데. "언니, 그래서 언니를 찾아왔어. 유괴하는 데 같이 가달라고." 영순이 말했다. "미안하지만 그건 못 하겠어." 나는 영순에게 말했다. 그러자 영순이 맥주 캔을 우그러뜨렸다. "농담이야, 농담. 언니, 내가 미쳤어!" 영순이 웃었다. 깔깔깔. 소리 내어 웃었다. 태권도 학원에서 함성 소리가 들렸다. 맥주 두 캔을 먹고 난 다음 영순은 맥주 한 캔만 더 사주면 나를 찾아온 진짜 이유를 말해주겠다고 했다. 나는 편의점 직원에게 무알코올 맥주가 있느냐고 물어보았다. 그리고 닭꼬치도 두 줄 샀다. 영순은 무알코올 맥주인지 알아차리지 못했다. "얼마 전에 일을 그만두었어. 그 아이 때문은 아니고. 암이 재발했으니 월급을 올려달라고 했거든. 원장이 안 된다 그러더라고." 영순은 학원을 그만두는 날 교실마다 달려 있는 액자를 훔쳤다. '자기 혼자 컸다고 생각하는 녀석은 크게 될 자격이 없다.' 액자에는 그 문구가 새겨져 있었다. 거실에도 달고, 아이가 넷이나 있는 옆집 부부에게도 선물하고, 경비 아저씨에게도 주었다. "그랬는데도 남아서 가져왔어. 언니 주려고." 액자는 하얀색 종이에 싸여 있었다. 나는 액자에 적힌 글을 읽어보았다. "자꾸 읽다 보면 슬퍼져. 그러니 하루에 한 번만 봐." 영순이 말했다. 그러면서 덧붙이기를 자기는 하루에 열 번씩 본다고 했다. 씨발놈. 씨발년. 그렇게 욕을 한 날이면 그 문구를 중얼거리며 마음을 다스린다고. "그랬는데도 욕을 할 사람들이 줄어들지 않아. 하다못해 나보고 세상 물정 모르는 아줌마라고 구박하던 마트 직원도 생각나더라니까." 그중에서 특히 영순을 괴롭힌 사람은 대문 없는 국숫집의 사장 부부였다. 얼마 전 영순은 텔레비전 프로그램에서 문전성시를 이룬다는 국숫집이 나오는 것을 보았다. 도로가 나면서 대문과 마당의 반이 잘려 나갔기 때문에 사람들이 대문 없는 국숫집이라고 부른다는 거였다. 그들 부부를 보다 영순은 어디선가 많이 본 얼굴이라는 생각이 들었다. 그러다 자막에 뜬 이름을 보고서야 알게 되었다. 남편의 내연녀와 공금 횡령을 했던 총무과장. 전국의 국숫집이란 국숫집은 다 가봤어요. 남자가 말했다. 한겨울에도 얼음물에 면을 헹구다 보니 이렇게 되었어요. 남자가 퉁퉁 불은 손을 보여주었다. 그 고생을 한 덕에 이제 연 매출이 5억이 넘는다고 여자가 말했다. 저 둘이 결혼을 하다니. 너무 놀라 영순은 걸레를 깔고 앉았다는 것도 잊었다. "그래서 망했거든, 그 마을버스. 그런데 국숫집이라니. 심지어 맛있어서 손님이 미어터진다니 내 속이 안 미어터지겠어." 영순은 닭꼬치의 나무 꼬치를 반으로 부러뜨렸다. 그리고 맥주를 한 모금 마셨다. "언니, 사실 그래서 찾아왔어. 거기 한 번만 같이 가달라고. 가서 한바탕 욕을 해줘야 마음이 풀리겠어." 그렇게 말하고 영순이 다시 웃었다. "못 가면 대신 빚 갚아. 25년 치 이자까지 합해서."

3

영순이 준 액자를 물고기 어항 옆에 두었다. 손자 녀석이 그 액자에 적힌 글을 읽더니 웃었다. "할머니. 이건 짱구 아빠가 한 말이야." 그러면서 손자는 자기 보라고 사 온 거냐고 물었다. "할머니 친구가 줬어. 할머니 보

라고." 나는 말했다. "할머니는 이미 다 컸잖아요." 손자가 말했다. 나는 손
자에게 아직도 엄마한테 혼나는 꿈을 꾼다고 말해주었다. 손자는 누구한테
혼나는 꿈은 꾼 적이 없다고 대꾸했다. 자기는 꿈속에서도 착한 아이라고.
3년 전 아들 내외가 교통사고로 죽었을 때 손자는 일곱 살이었다. 그 일로
마음을 다친 손자는 6개월도 넘게 말문을 닫았다. 그러다 우연히 텔레비전
에 나오는 만화영화를 같이 보다 손자에게 아들 이야기를 들려주었다. 니
아빠도 엄청 만화를 좋아했다고. 한번은 슈퍼맨인가 하는 만화를 보고는
자기도 날 수 있다며 보자기를 두르고 담장에서 뛰어내렸다가 다리가 부
러진 적도 있었다고. 그 말을 이상하게 손자가 좋아했다. 나는 장롱을 뒤져
보자기를 찾았다. 그리고 손자에게 보자기를 망토처럼 둘러주었다. 그 뒤
로 손자는 늘 망토를 두르고 다녔다. 그리고 조금씩 말을 하더니 어느 순간
부터는 수다스러워졌다. 재잘재잘. 나는 손자의 입을 손바닥으로 톡톡 치
면서 말하곤 했다. 입만 살아가지고는. 손자는 수십 개의 망토를 가지고 있
다. 그중 손자가 가장 좋아하는 망토는 검은색 비닐 망토였는데 우비를 잘
라 만든 거였다. 손자는 그걸 입고 초등학교 입학식에 참석했다. 담임선생
님이 손자를 배트맨이라고 불렀다. 나는 선생님에게 망토를 입고서야 겨우
실어증을 고치게 되었다는 이야기를 해주었다. 그러니 혼내지 말아달라고.
담임은 부임한 지 3년밖에 안 된 젊은 선생이었는데, 내게 자폐를 앓고 있
는 조카 이야기를 해주었다. 그 아이는 후드 티로 얼굴을 가려야만 밖에 나
간다고. 그 선생 덕분에 작년에는 수월하게 학교를 다녔는데 올해는 좀 달
랐다. 학기 초에 담임선생님이 망토를 억지로 벗겼는데, 그 일 때문인지 그
날 수업 도중에 손자가 오줌을 싸고 말았다. 아이들이 놀렸고, 손자는 며
칠 학교에 가지 않았다. 그리고 방에 틀어박혀 종이 박스들로 무엇인가 만
들기 시작했다. 종이로 된 로봇이었다. 손자의 키와 비슷했는데, 손자 말에
의하면 그것은 입을 수 있게 만들어진 거라고 했다. 가슴에는 병뚜껑과 할
아버지 돋보기 렌즈가 붙어 있었다. 그게 뭐냐고 물었더니 병뚜껑은 용기

를 주는 버튼이라고 했다. 돋보기는? 내가 묻자 그것도 모르냐고 손자가 말했다. 그건 레이저라는 것이다. 손자는 그걸 입고 학교에 갔다. 담임선생님이 내게 전화를 걸었고 나는 음료수 한 병 사지 않고 빈손으로 찾아갔다. 나는 선생님에게 말했다. 망토에서 용기가 나오는 거라고. 망토를 못 입으니 무서워서 종이 로봇이 되는 거라고. 담임선생님이 마른세수를 했다. 정욱이 할머니, 전 잘 모르겠어요. 그러다 영원히 극복하지 못하면 어떻게 해요. 선생님이 말했다. 그 말에 선생님을 미워했던 마음이 조금 녹았다. 나는 어항에 손을 넣고 물고기 지느러미를 건드리는 손자를 보면서 여름방학을 하면 바닷가에 놀러 가자고 말했다. "할아버지는?" 손자가 말했다. "할아버지도." "고모도?" "응, 고모도." "정연이도?" "응, 정연이도." 정연이는 딸네 부부가 몇 번의 인공수정 끝에 겨우 얻은 아이였다. 손자는 상어 모양의 망토를 만들어달라고 했다. 나는 알았다고 약속을 했다. 저녁에 노각무침을 했더니 남편이 그거 하나에 밥 한 공기를 먹었다. "반찬 투정을 안 해서 내가 당신 데리고 사는 거야." 나는 남편에게 말했다. 손자가 노각무침을 한 입 먹어보더니 얼굴을 찌푸렸다. 저녁밥을 먹고 남편은 야구 경기를 보았다. 아들 부부가 사고로 죽은 뒤로 우리 부부는 뉴스를 보지 않았다. 손자는 블록을 가지고 놀았다. 뭘 만드냐고 물었더니 비밀이라고 했다. 그러면서 나보고 뭘 가지고 싶냐고 물었다. 블록으로 만들어주겠다고. 나는 텔레비전 리모컨을 가리키며 말했다. "리모컨. 그런데 평범한 리모컨이 아니라 버튼을 누르면 시간이 뒤로 가는 리모컨이야." 30분 후에 손자가 리모컨이라며 블록으로 만든 장난감을 내게 주었다. 핸드폰 크기만 했다. "할머니 여기 노란 버튼은 어제로 돌아가. 파란 버튼은 1년 전으로 가고, 하얀 버튼은 5년 전으로 가고, 빨간 버튼은 9년 전으로 가." 30년 전으로 돌아가려면 어떻게 하느냐고 내가 묻자 자기 실력으로는 그걸 만들 수 없다고 말했다. "내가 아홉 살이잖아. 그러니 9년 전으로 돌아가는 버튼이 최대야." 손자의 말이 그럴듯해서 남편과 나는 웃었다. 새벽에 나는 화장실에 가다 블록 조각을 밟았다. 그 바람에 잠이 달아났다. 소파에 앉아 손자가 만들어 준 리모컨을 만져보았다. 노란 버튼을 눌렀다. 영순이 적금 통장을 돌려주며 비웃던 얼굴이 떠올랐다. 적금 통장이 그것밖에 없는 것은 아니었다. 하지만 거짓말을 한 것도 아니었다. 나머지 돈은 손자 몫이었으니까. 내 것이 아니었으니까. 나는 영순에게 전화를 걸었다. 열 번 정도 벨이 울린 다음 영순이 받았다. "잤어?" 내가 묻자 영순이 아니라고 말했다. 나는 영순에게 같이 욕을 하러 가주겠다고 했다. 하지만 그것은 빚 때문은 아니라고. "아들이 죽었으니 나는 대가를 치렀어. 1천 5백만 원하고는 비교될 것도 아니야. 그래도 같이 가줄게. 니가 우리 아들 어렸을 때 장난감 많이 사줬잖아." 영순이 대답을 하지 않았다. 숨소리도 들리지 않았다. 나는 전화기를 들고 가만히 있었다. 한참 만에 영순이 말했다. "언니, 새벽에 그런 생각 하면 불면증 걸려. 얼른 자." 전화를 끊고 나는 조금 울었다. 그리고 손자가 만들어 준 리모컨을 부쉈다.

4

대문 없는 국숫집은 S시의 외곽에 있었다. 터미널에 있는 안내소에 가서 물어봤더니 버스를 한 번 갈아타야 한다고 했다. 아니면 택시를 타라고 안내소 직원이 말했다. 버스를 타면 한 시간 정도 걸리고 택시를 타면 20분이면 간다고. 영순은 모범택시 기사에게 욕을 한 뒤 다시는 택시를 타지 않기로 결심했다고 말했다. 그래서 우리는 버스를 탔다. 처음 탄 시내버스에는 교복을 입은 고등학생들로 만원이었다. 등교 시간도 아닌데 이 많은 아이들이 어딜 가나 싶었다. 영순도 궁금했는지 앉아 있는 학생에게 물었다. 그랬더니 몇 명 학생들이 이구동성으로 대답했다. "현장학습요." 두 번째로 탄 시내버스는 사람이 한 명도 없었다. "우리가 전세 냈네요." 영순이 요금을 내면서 기사에게 말했다. 국숫집에 간다고 했더니 기사가 웃었다. "뭐

하러 줄을 서서 먹는대요. 그 맞은편에 있는 묵밥집 가세요. 맛있어요." 이렇게 한적한 곳까지 사람들이 올까 싶었는데 국숫집에 가보니 주차장에 차들이 빽빽했다. 대기표를 나눠주길래 받았는데 대기번호가 142번이었다. 세상에나. 국수가 거기서 거기지. 그렇게 투덜거렸지만 막상 기다리는 사람을 보니 맞은편 묵밥집으로 갈 마음이 들지 않았다. 대기실이라고 적힌 안내판을 따라갔더니 비닐하우스에 커피 자판기와 의자들이 있었다. 몇몇 남자들이 담배를 피우고 있었다. 그중 한 남자가 우리에게 말했다. "뒤로 가보세요. 거기 계곡이 진짜 대기실이에요." 남자의 말대로 비닐하우스를 돌아가보았더니 사람들이 바위에 앉아서 발을 담그고 있었다. "보기만 해도 발 시리네. 언니, 우리는 저쪽으로 가보자." 영순이 계곡 옆에 난 길을 따라 걸었다. 나도 영순을 따라 걸어보았다. 그러다 이정표를 보았다. "3백 미터만 가면 절이 있대. 반대로 5백 미터 가면 선녀바위가 있고." 절 이름이 한자로 써 있어서 읽지를 못했다. "마음 심하고 절 사. 이건 알겠는데 첫 번째는 무슨 글자지?" 내 말에 영순이 그럼 땡심사라고 부르라고 했다. "땡심사, 땡심사, 땡심사." 세 번 반복해보았다. 영순이 땡심사에 가서 절이라도 한번 하고 오자고 했다. 그래야 마음 놓고 나쁜 짓을 할 수 있을 것 같다며. 우리는 이정표에 난 화살표 방향으로 걸었다. 계곡 쪽에서 바람이 불어와 그런지 바람 끝이 차가웠다. 나는 손바닥을 펼친 채 하늘을 향해 팔을 벌렸다. "너도 이렇게 해봐. 몸에 좋은 기운이 들어가는 것 같아." 내 말에 영순이 팔을 들어 손바닥을 흔들었다. "이런다고 뭐 암이 없어지겠나." 그러면서도 계속 손바닥을 흔들었다. 한참을 그러고 걷다가 영순이 산딸기다, 하고는 멈추었다. 영순이 산딸기 하나를 따서 먹었다. 나도 하나 따 먹었다. 산딸기는 몇 개 없었다. 누가 이미 따 갔는지 빈 꼭지만 보였다. 영순이 산딸기 덤불을 발로 밟고는 아래로 내려갔다. "여긴 많다." 영순이 산딸기를 따더니 티셔츠 아랫자락을 펼쳐 거기에 담았다. 산딸기를 먹어본 게 얼마만인지. 영순의 옷에 쌓이는 산딸기를 보자 입에 침이 고였다. "이제 그만

해. 뱀 나와." 내 말에 영순이 마지막으로 딴 산딸기 세 알을 입에 털어 넣었다. 그리고 오른손을 내밀었다. 나는 영손의 오른손을 잡고 세게 당겼다. 한 발. 두 발. 세 발을 디딜 때 영순이 미끄러졌다. 미끄러지는 영순을 잡으려다 나도 넘어지고 말았다. 발목이 시큰했다. 영순은 크게 다치진 않았는데 덤불에 넘어지면서 잔가시들에 여기저기를 긁히고 말았다. 그리고 산딸기가 뭉그러지면서 티셔츠 아랫자락이 붉게 물들었다. 우리는 아까워서 바닥에 떨어진 산딸기 몇 개를 주워 먹었다. 조금 걸으니 절이 보였다. 입구에서 젊은 여자가 산딸기를 팔고 있었다. 한 바구니에 5천 원이라 했다. "아이고, 여기 범인이 있네. 손 닿는 곳은 다 땄더라고." 그렇게 말하면서 나는 한 바구니를 샀다. 그리고 그늘에 앉아 영순이랑 산딸기를 먹었다. 영순이 여자에게 여기서 팔지 말고 아래로 내려가 팔라고 말했다. "국숫집. 그 앞에서 팔면 잘 팔릴 거예요." 나도 한마디 보탰다. 산딸기를 다 먹고 영순이 여자에게 남은 걸 모두 싸달라고 했다. "제가 불쌍해서 사주는 거면 안 팔래요." 여자가 말했다. "내가 암 환자라 그래. 죽기 전에 맛있는 거 먹으려고." 영순이 여자에게 3만 원을 건네주었다. 여자가 5천 원을 거슬러주면서 사과를 했다. 영순이 비닐봉지를 건네받으면서 한마디를 덧붙였다. "그리고 그딴 생각 하지 마요. 그러면 불면증 걸려."

국숫집에 갔더니 번호가 지났다며 새 번호를 뽑으라고 했다. 나는 우리 동네 은행은 대기 번호가 지나도 받아준다고 말했다가 직원의 비웃음을 샀다. "할머니, 그럼 할머니 동네 가서 드세요." 싸가지 없는 년이었다. 영순이 142번이 적힌 종이를 직원에게 주면서 말했다. "치사해서 안 먹어." 그리고 영순이 내 손을 잡고 가게 안으로 들어갔다. 직원이 어딜 가냐며 우릴 붙잡았다. "화장실 간다. 오줌 마려워서." 직원이 고개를 끄떡였다. 우리는 화장실에서 오래 오줌을 누었다. 손을 씻으면서 영순이 내게 말했다. 자기는 주인 여자를 찾아 욕을 할 테니 나보고 주인 남자를 찾아 욕을 하라고. "두 사람한테 동시에 욕을 하는 방법은 그것밖에 없을 것 같아." 영순은 내게 같이 가달라고 했지 같이 욕을 해달라고 하지는 않았다. 따졌더니 영순이 1천 5백만 원을 생각하라고 대꾸했다. "생긴 것도 모르는데 나 혼자 어떻게 찾아?" "하관이 길고 눈이 좀 작아. 그놈이 족제비상이야." 우리는 일을 마치고 버스 정류장에서 만나자고 약속을 했다. 나는 화장실에서 세 번이나 손을 닦았다. 가방에서 손자의 망토를 꺼냈다. 내가 처음으로 손자에게 둘러주었던 보자기였다. 그걸 머리에 뒤집어쓰니 용기가 조금 생기는 것 같았다. 나는 주방으로 갔다. 안을 살짝 들여다보니 설거지를 하는 여자들 사이에서 국수를 삶고 있는 남자가 보였다. 나는 주방 입구에 쪼그리고 앉아서 전쟁 통에 장남을 잃은 엄마를 생각해보았다. 내 큰오빠. 그때 다섯 살이었다. 그 아이를 충청도 어디에 묻었는데 거기가 어딘지 기억이 안 나. 내가 힘들다고 말할 때마다 엄마는 종종 그 말을 했다. 다 지나간다고. 나는 자리에서 일어나 주방 안으로 들어갔다. 설거지를 하는 여자가 나를 쳐다보았다. 삶은 달걀 껍질을 까고 있던 여자도 나를 쳐다보았다. 남자만이 나를 보지 않았다. "저기, 아저씨." 나는 남자를 불렀다. 그제야 남자가 나를 보았다. 족제비처럼 생기지 않아서 이 남자가 영순이 말한 남자일까 의문이 들었다. 그래서 다시 한 번 불러보았다. "저기, 사장님." 남자가 네, 하고 대답했다. "진짜로 5억 벌어요?" 나도 모르게 다른 말이 나왔다. "뭐야?" 남자가 내 쪽으로 한 발 다가왔다. 나는 침을 삼켰다. 그리고 욕을 했다. 나쁜 새끼. 개새끼. 그리고 뒤도 돌아보지 않고 뛰어나왔다. 가게를 나오면서 머리에 뒤집어쓴 보자기를 벗었다. 버스 정류장까지 뛰다시피 걸었다. 조금 후에 영순이 도착했다. 우리는 아무 말 없이 버스를 기다렸다. 버스를 탔더니 왔을 때 탔던 버스 기사와 같은 사람이었다. "맛있어요?" 기사가 물었다. "맛없어요. 저걸 먹으러 여기까지 오는 사람들이 바보예요." 영순이 말했다. "그럼 할머니들도 바보네요." 기사가 웃었다. "맞아요, 맞아요." 나와 영순이 동시에 말했다. 터미널에 도착했더니 허기가 져서 김밥을 한 줄씩 사 먹었다. 김밥을 먹으면서 영순은 우리가 어떻게 해서 친해지게 되었는지 기억나냐고 물었다. "배추전 배우다가 친해진 거 아니야?" 30년 전 나는 영순이 사는 동네로 이사를 갔다. 그때 이사 떡을 돌렸는데 다음 날 영순이 떡을 담았던 쟁반에 배추전을 해 왔다. 그런 배추전은 처음 먹어보는 거였다. 맛있어서 다음 날 영순이를 찾아갔다. 어떻게 만드는지 알려달라고. 그날 영순이네 마당 평상에 앉아서 배추전을 부쳤다. 그리고 막걸리를 마셨다. 아가페미용실에 머리를 하러 온 사람들도 와서 배추전에 막걸리를 마셨다. 영순의 기억은 조금 달랐다. "삼거리에 철물점이 있었잖아. 왜 거기 공고 나왔다고 으스대던 사장 기억나?" 왜 기억이 안 나겠는가. 그 재수 없던 사람이. "그 사람이 리어카 박 씨를 엄청 구박했어. 맨날 병신이라고 부르면서." 고물을 줍던 리어카 박 씨는 다리를 절었다. 리어카를 몰고 길을 가면 철물점 사장이 큰 소리로 박 씨를 이렇게 부르곤 했다. 어이, 병신, 여기 고물 가져가. 나는 기억이 난다고 영순에게 말했다. "언니가 철물점 사장한테 병신이라고 불렀잖아. 기억 안 나? 병신 아저씨, 두꺼비집 퓨즈 주세요. 병신 아저씨, 형광등 주세요. 언니가 그랬잖아." 영순의 말을 듣고 곰곰 생각해보았는데 그건 기억이 나지 않았다. 막 이사를 간 낯선 동네에서 내가 그런 행동을 했을 리가 없었다. 철물점 사장이 박 씨에게 사과를 했고, 박 씨는 고맙다며 막걸리를 사 왔고, 그래서 그걸 아가페미용실에 모여서 다 같이 마셨다고, 영순은 말했다. "그때 내가 배추전을 해 갔나? 그건 기억 안 나네." 우리는 김밥집에서 나와 요구르트를 하나씩 사 먹었다. 그리고 각자의 도시로 가는 버스를 탔다. 헤어지기 전에 영순이 내게 말했다. "산딸기잼 만들어 한 병 보내줄게. 그래도 용서하는 건 아니야. 병신이라고 호기롭게 말하던 언니는 이제 없거든." 버스 안에서 깜빡 잠이 들었다가 휴대폰 벨 소리에 깼다. 손자였다. 언제 오냐고 묻기에 두 시간 후면 도착한다고 말해주었다. "올 때 돈가스 사 와." 손자가 말했다. 생각해보니 오늘은 목요일이었다. 목요일은 옆 아파트 단지에 장이 서는 날이었다. 손자는 거기에서 파는 돈가스를 좋아했다. 손자의 전화를 끊자마자 세탁소 주인에게 전화가 왔다. 오늘 일해줄 수 있냐고 묻기에 알았다고 했다. 원정에서 오면 새벽 2시는 될 것 같다고 세탁소 주인은 말했다. 세탁소 주인은 18년째 프로야구팀의 유니폼 세탁을 맡아왔다. 원래는 남편하고 둘이 했는데, 남편이 혈압으로 쓰러진 뒤로는 종종 내게 전화를 해서 일을 부탁하곤 했다. 유니폼은 애벌빨래를 해주어야 했다. 흙 때보다 잔디 때가 더 안 지워졌다. 딸은 세탁 일을 하러 가는 걸 싫어했다. 용돈 주면 그만두마. 딸에게 그렇게 말했지만 나는 일을 그만둘 생각이 없었다. 운동복에 밴 땀내를 맡으면 위로가 되었다. 손자가 운동선수처럼 튼튼한 남자가 될 거라고 상상하는 걸 내가 얼마나 좋아하는지 딸은 몰랐다. 터미널에서 내려 집까지 택시를 탔다. 옆 아파트 단지에 가서 등심돈가스 두 개와 치즈돈가스 두 개를 샀다. 그리고 집으로 걸어가는데 놀이터에서 물총 싸움을 하는 아이들을 만났다. 한 아이는 나무 뒤에 몸을 숨겼고, 한 아이는 미끄럼틀 뒤에 몸을 숨겼고, 한 아이는 벤치 뒤에 몸을 숨겼다. 그리고 서로를 향해 물총을 쐈다. 나는 벤치 뒤에 웅크리고 앉아서 물총을 쏘는 아이에게 말했다. "할머니한테 한 번만 쏴줄래?" 아이가 어리둥절해했다. "더워서 그래. 여기에 맞혀봐." 나는 손가락으로 명치를 가리켰다. 아이가 머뭇거리더니 물총을 들었다. 다른 두 아이가 다가와 무슨 일이냐고 물었다. "이 할머니가 물총에 맞고 싶대." 아이가 친구들에게 말했다. 미끄럼틀 뒤에 숨어 있던 아이가 그럼 그러자, 하고 대답했다. 그러고는 내 가슴을 향해 물총을 쏘았다. 차가웠다. 나머지 아이들도 따라서 물총을 쏘았다. 처음에 머뭇거리던 아이가 가장 신나게 총을 쏘았다. 옷이 흠뻑 젖었다. "이제 시원해요?" 아이들이 물었다.

미끄러지는 복수와 성찰적 할머니의 탄생

김영찬 계명대학교 교수

 윤성희의 소설 「남은 기억」은 억울한 할머니들의 복수극이다. 복수극이라니. 늘 선한 인간들만 등장하는 윤성희의 소설에 복수극은 전혀 어울리지 않아 보인다. 그럼에도 이것이 복수극이 아닌 것은 아닌데, 왜냐하면 이 소설은 세상과 주변의 인간들에게 이리저리 치이고 당하며 쌓인 울화를 욕으로 되갚아주는 이야기이기 때문이다. 그런데 이 복수는 어쩐지 좀 이상하고 사소하고 엉뚱하다. 그뿐인가. 슬프기까지 하다. 윤성희는 이렇게 복수에도 자기의 인장을 새긴다.

 암이 폐로 전이되었다는 말을 들은 날 영순은 택시기사에게 욕을 한다. 소설은 그렇게 시작한다. 시종 친절하고 상냥했던 여자 기사가 "안녕히 가세요"라는 인사를 하자 택시에서 내리던 영순은 "씨발"이라는 욕을 뱉으며 차문을 닫는다. 영순은 왜 기사의 상냥한 친절을 느닷없는 욕으로 되돌려주는가? 영문을 모르겠는 건 독자들뿐만이 아니다. 정작 당사자인 영순도 그 이유를 알 수 없다. "집으로 걸어오면서 영순은 같은 질문을 수십 번 했다. 왜 그랬지? 그 질문에 답을 할 수 없어서 영순은 불면증에 걸렸다." 윤성희의 「남은 기억」은 이 "왜 그랬지?"라는 질문에 스스로 답하는 소설이다.

의문에 대한 해답의 실마리는 소설의 첫머리에 놓인 영순과 택시기사와의 대화에 있다. 내용인즉슨 이렇다. 친절하게 말을 거는 기사와 대화를 하던 영순은 기사에게 반신불수가 된 아버지의 대소변을 3년이나 받아냈다는 언니의 사연을 듣게 된다. 기사의 말에 따르면, "아버지가 짜증을 내도 늘 웃던 언니였다고. 그러던 언니가 아버지의 장례식이 끝난 뒤 식구들을 불러놓고 고추밭을 달라고 했다. 어머니가 언니에게 무서운 년이라고 욕을 했다. 남동생은 미친년이라고 욕을 했다." 그러던 언니가 위암에 걸려 병원비를 좀 빌려달라고 했을 때, 기사는 자기도 힘들어서 병원비를 주지 않았다고 말한다. 어쨌든 고추밭을 물려받은 건 남동생이었기 때문이고, 그 뒤 남동생은 고추밭을 팔아 고깃집을 차렸다가 망했다는 것이다. 그리고 기사는 말한다. "돈은 안 주었지만 그래도 매일 언니를 위해 기도해요."

기사가 들려준 이 이야기가 말하는 것은 세상의 억울한 딸들의 사연이다. 세상은 겉보기에 정확한 계산법에 의해 관계가 유지되고 돌아가는 것 같지만 그것은 항상 누군가의 무임 노동과 희생을 요구한다. 기사의 가족들은 반신불수가 된 아버지를 보살핀 언니 덕분에 피해와 고통을 덜었지만 누구도 언니의 희생에 대한 대가를 제대로 지불하지 않는다. 오히려 언니에게 돌아간 건 '무서운 년'이라거나 '미친년'이라는 욕설뿐이다. 게다가 고추밭이 남동생의 차지가 되었듯이, 얼마 안 되는 재산이나마 부모를 위해 희생한 딸에게는 한 푼도 상속되지 않고 아들에게만 상속되는 것이 딸들이 겪는 세상의 불공정한 계산법이다. 그리고 이런 사정은 고향의 밭을 자기 맘대로 팔아버린 큰오빠를 둔 영순의 집안 사정과도 크게 다르지 않다. 영순이 암에 걸렸다는 기사 언니의 사연과 자기의 지난 삶을 겹쳐 보게 되는 것은 당연하다. 그런 와중에 "돈은 안 주었지만 그래도 매일 언니를 위해

기도해요"라는 기사의 말은, 영순에게는 제대로 된 대가를 지불하지도 않으면서 자기는 할 만큼 했다며 '기도'하는 것으로 모든 걸 대신하려는 위선적인 자기중심적 태도로 비쳤을 것이다.

영순의 욕은 이때에 튀어나온다. "씨발." 이 욕은 기사에게로만 향하는 것이 아니다. 거기엔 딸들의 희생과 무임 노동을 당연하게 생각하면서 그에 대해 제대로 된 대가를 지불하지 않고 미안해하지도 않는 세상의 모든 인간들에 대한 분노가 묻어 있다. 또한 남에게 피해 안 주고 오히려 당하기만 하면서 선하게 살았으면서도 암에 걸려 이대로 끝나버릴 것 같은 자기 삶에 대한 억울함도 거기엔 섞여 있다. 영순의 욕설은 이제 더는 그런 불공평한 계산법을 온순히 받아들이지 않겠다는 의지의 발설이다. 그런 측면에서 영순이 품게 되는 '왜 그랬지'라는 의문 자체에 이미 대답이 포함되어 있는 셈이다. 물론 영순은 자기 스스로도 이 모든 것을 분명하게 의식화하진 못한다. 왜 욕을 했는지 자기도 몰라서 영순은 불면증에 걸리지 않는가. 그러나 영순이 "5만 원을 냈는데 5천 원을 냈다고 우기던 생선 가게 사장. 집들이에 와서 상을 뒤집었던 남편의 고등학교 동창" 같은 사람들을 떠올리면서 "씨발년. 씨발놈" 하고 욕을 하기 시작하면서 그때부터 화를 참지 않고 발산하기 시작한다. 그것은 바로 자기에게 잘못한 뻔뻔하고 못된 인간들에게 그 당시에는 하지 못했던 욕설로 되갚아주는 것이다.

그러면서 영순은 '나'를 찾아오는데, '나'는 영순이 빌려준 돈을 떼어먹고 야반도주한 전력이 있던 터다. '나' 또한 억울하기로는 영순에 못지않은 삶을 살았다. 가산을 탕진하고 제사도 지내지 않는 오빠, 그럼에도 죽을 때는 오빠만을 찾던 엄마. '나'는 그 오빠에게 남편이 보증을 서는 바람에 악착같이 돈을 모아 산 집을 날리고 어렵게 살았다.(항상 오빠가 문제다!) 거기에 아들 내외를 교통사고로 잃고 하나뿐인 손자는 그 때문에 한동안 자폐를 앓기도 했다. 그러고 보면 '나' 역시 영순이 겪었던 불공정한 계산법에 똑같이 치이고 희생당한 억울한 여자다. '나'가 "아들이 죽었으니 나는 대가를 치렀어"라고 말하면서도 같이 욕을 하러 가자는 영순을 따라나서는 것은, 영순 못지않게 고통을 겪은 사람으로서 공감과 고통의 연대의식이 작동했기 때문일 것이다.

욕을 하러 떠나는 '나'와 영순의 모험은 그렇게 시작된다. 그 대상은 바로 문전성시를 이룬다는 맛집으로 알려진 국숫집 사장이다. 우연히 텔레비전에서 그 국숫집을 보게 된 영순은 속이 미어터지는데, 왜냐하면 그 집 사장이 바로 자기 남편 회사의 공금을 횡령한(그 때문에 남편의 회사는 망했다.) 총무과장과 남편의 내연녀였기 때문이다. 문제는 욕을 해주고 오겠다는 야심찬(!) 계획을 실행에 옮기기에는 그들이 지나치게 선한 인간들이라는 것이다. 그래서 그들은 국숫집 순번을 기다리는 사이에 절이라도 한번 하고 와야 마음 놓고 나쁜 짓을 할 수 있을 것 같다며 근처의 절을 찾는가 하면, 도중에 원래 목적을 잊고 산딸기를 먹는 데 집착하기도 한다. 분심(憤心)은 흐트러지고 욕을 해주겠다는 애초의 계획은 지연된다. 심지어 '나'는 자기가 손자에게 둘러주었던 망토를 뒤집어쓰고서야 겨우 욕을 할 용기를 얻게 된다. 따지고 들면 애초에 욕 한마디를 한다고 해서 제대로 된 앙갚음이 될 수도 없을뿐더러, '나'에게는 그마저도 길고 사소한 준비 절차를 거쳐야만 가까스로 할 수 있게 되는 그런 것이다.

그런 측면에서 당한 만큼 되돌려주는 제대로 된 복수란 이들에겐 애초부터 가능하지 않은 프로젝트다. 그들은 당한 만큼 되돌려주지 못한다. 기껏해야 욕을 해주겠다고 마음먹을 뿐이고 영순은 그 욕마저도 자기의 병이 치유 불가능하게 되었음을 알게 된 다음에야 비로소 발설할 수 있게 된다. 게다가 그들의 삶을 고단하게 만든 것의 근원에는 따지고 보면 여자이기에 순응하고 감내해야 했던 세상의 불공정한 계산법이 있지만, 복수는 즉흥적으로 당장 자기를 화나게 하는 이 사람 저 사람을 향할 뿐 정작 정확한 목적지에는 도달하지 못한다. 복수는 마치 농담처럼 치러지고 그마저도 온전히 이루어지지 못한다. 이들이 그 부당함의 실체에 대해 무지해서 그런 것만이 아니다. 그러기에는 이들이 너무도 심성이 여리고 선한 존재이기 때문이다. 자기에게 어울리지 않는 복수극을 자기 방식대로 연출하는 이 할머니들의 엉뚱한 기행에서, 그리고 이를 딴전 피우듯 가볍게 띄워 올리는 소설의 전개 방식에서 역설적으로 무거운 슬픔이 느껴지는 것은 그 때문일 것이다.

국숫집 사장에게 욕을 하러 가는 영순의 기행은, 사기치고 횡령한 사람들은 잘 살고 피해자들은 억울해서 죽고 암에 걸려 죽는 이 세상의 불공정한 계산법에 대해 그나마 할 수 있는 소심한 항거의 방법이었을 것이다. 흥미로운 것은 영순의 삶을 고단하게 만든 인간들에 대한 사후적 징벌이 싱겁게 마무리된 후 곧이어 이어지는 장면이다. 집에 돌아오는 길에 '나'는 물총 싸움을 하는 아이들을 발견한다.

> 나는 벤치 뒤에 웅크리고 앉아서 물총을 쏘는 아이에게 말했다. "할머니한테 한 번만 쏴줄래?" 아이가 어리둥절해했다. "더워서 그래. 여기에 맞혀봐." 나는 손가락으로 명치를 가리켰다. 아이가 머뭇거리더니 물총을 들었다. 다른 두 아이가 다가와 무슨 일이냐고 물었다. "이 할머니가 물총에 맞고 싶대." 아이가 친구들에게 말했다. 미끄럼틀 뒤에 숨어 있던 아이가 그럼 그러자, 하고 대답했다. 그러고는 내 가슴을 향해 물총을 쏘았다. 차가웠다. 나머지 아이들도 따라서 물총을 쏘았다. 처음에 머뭇거리던 아이가 가장 신나게 총을 쏘았다. 옷이 흠뻑 젖었다. "이제 시원해요?" 아이들이 물었다.(280쪽)

언뜻 뜬금없고 엉뚱한 장면처럼 보일지 모르지만, 이 그 뜬금없는 엉뚱한 행동 뒤에 숨어 있는 '나'의 심리는 그리 간단치 않다. 아이들에게 명치에 물총을 쏴달라고 하고 흠뻑 젖어버리는 '나'의 기이한 행동은 일종의 자기 징벌이 아닌가. 그것은 이중의 자기 징벌이다. 그것은 일차적으로는 국숫집 사장으로 짐작되는 사내에게 "나쁜 새끼. 개새끼"라고 욕을 한 자기의 행위에 대한 징벌일 수도 있겠다. 그러나 거기에는 또 하나의 자기 징벌이 있다. 그것은 다름 아닌 "아들이 죽었으니 나는 대가를 치렀어"라고 말한 자기의 편리한 계산법에 대한 사후적 징벌이다. 그리고 거기에는 희생하고 당하기만 하며 살아왔다고 생각했지만 기억하지 못하는 다른 누군가에게 자기도 그런 식으로 잘못을 저지르며 살아왔을지 모른다는 반성이 보이지 않게 숨어 있다.

소설은 이렇게 영순의 복수(타인에 대한 징벌)에서 시작해 '나'의 자기 징벌로 마무리된다. 이 소설은 그렇게 영순의 복수극에 동참하는 걸 계기로 자기의 지난 삶을 되돌아보는 '나'의 이야기다. 이는 이 소설이 단순히 농담 같은 복수극이 아니라 세상의 부당한 계산법에 소심하게 항거하는 영순의 모험에 동참해 그것을 통해 자기를 되돌아보고 반성하게 되는 '성찰적 할머니'의 탄생에 관한 이야기임을 암시한다. 억울하고 화난 여성 노인들의 이야기를 그리고 있는 최근 윤성희의 소설은 여기까지 이르렀다. 윤성희 소설은 이런 식으로 진화한다.

버킷

윤이형

2005년 중앙신인문학상에 당선되어 작품 활동
시작. 소설집 『셋을 위한 왈츠』 『큰 늑대 파랑』 『러
브 레플리카』 『작은마음동호회』, 중편소설 「개인적
기억」 「붕대 감기」, 청소년소설 「졸업」, 로맨스소
설 「설랑」 등을 펴냄.

버킷

비가 내리고 있었다. 용산역에서 서대전을 향해 가는 KTX 열차에 오르며 류미는 태정을 만나기 전에 빵집에 들러야겠다고 생각했다. 대전이라고 하면 모두가 이름을 대는 그 빵집, 거기서 대표 메뉴인 튀김소보로와 부추빵을 사야겠다고.

대전의 다른 부분에 대해 류미는 전혀 정보가 없었다. 무엇이 있는지, 어디가 가볼 만한지. 단지 그 빵집, 류미를 제외한 세상의 모든 사람이 방문해본 듯한 그 빵집의 이름만 생각났고 거기에 가서 빵을 사 먹는 일은 지극히 촌스럽고 평범하면서도 또한 정상적인 일로 여겨졌다. 정상적인 일, 사람들이 많이 하는 일. 10년 전이라면 류미는 그런 일들이 마치 방사능 낙진이라도 되는 것처럼 피해 다녔을 것이다. 그때 류미는 자신이 특별한 사람은 아니어도 평범하다는 말 속에 꾹꾹 눌러 담길 사람은 아니라고 믿었다. 세상의 어떤 통속성과 진부함이 공격해 온다 해도 결코 거기에 굴복해 자기다움을 내주고 함락되지는 않을 것이라고 생각했다. 그러니까 만약 류미가 10년 전에 대전에 갔더라면, 남들이 가보라고 하는 그런 빵집에는 절대로 가지 않거나, 일행이 있든지 해서 마지못해 갔다고 해도 결코 대표 메뉴는 사 먹지 않는 것으로 자기 자신에게 무언가를 웅변하려 했을 것임에 틀림없었다. 그런 자그맣고 거의 소박하다고도 할 수 있는 과잉된 자의식이 류미에게는 자신이 이 세상에서 아무것도 아니라는 불안에 맞서 싸우는 거의 유일한 무기였다. 그때는 정말 어렸어, 류미는 자리에 앉으며 생각했다. 솜털이 보송보송했고, 아무것도 몰랐어. 되새김질을 하는 소처럼 생각에 생각을 거듭했고, 그 생각이란 것도 하나같이 뜬구름 잡는 몽상뿐이었지.

지금 류미는 생각하기보다는 우선 몸을 움직이는 사람이 되어 있었다. 다이어리에 번호를 붙여 하루의 할 일을 적어 넣고 그것을 하나씩 지워나갔다. 한 달의 할 일도, 한 해의 할 일도 마찬가지로 계획을 세우고 지켜나가려고 노력했다. 회사 일이 바빴으므로 그렇게 하지 않으면 도무지 정신을 차릴 수 없기도 했지만, 그렇게 함으로써 얻는 기쁨이 제법 쏠쏠했다. 주말이 되면 자전거를 타고 동네를 천천히 돌았고, 보고 싶은 영화를 기억해두었다가 개봉 첫날 극장에 가서 관람했다. 물론 생각도 했다. 단, 하루의 할 일을 대충이라도 마쳐놓은 다음에 차분하게 자리에 앉아서 하루를 돌아보았다. 초등학교 아이들이 그림일기를 쓰는 것처럼 단순하고 투박한 감상만 남을 때도 있었지만 그 단순함과 투박함이 싫지 않았다. 시간과 에너지를 들여 정말로 깊이 생각하고 고민할 가치가 있는 일들이 세상에 실은 그렇게 많지 않다는 것, 그 놀랍고 씁쓸한 사실이 류미가 어른이 되면서 얻은 가장 중요한 깨달음이었다.

다른 깨달음들도 있었다. 남의 일에 신경 쓰고 걱정하거나 못마땅해하는 일이 대체로 시간 낭비라는 것. 마음보다는 실질적인 일들이 중요하다는 것. 평범하고 진부하다고 알려진 일들 속에 그런 식으로 평가절하될 이유들이 실은 별로 없다는 것. 남의 말을 듣는 일과 무언가를 직접 맞닥뜨리고 손으로 만져보고 코로 냄새를 킁킁 맡아보는 일 사이에는 엄청난 차이가 있다는 것. 그리고 타인의 시선 때문에 어떤 경험과 가능성을 포기하는 것만큼 어리석은 일은 세상에 없다는 것도 류미는 알게 되었다. 정상적인 일, 많은 사람이 하는 일, 그것이 뭐가 나쁜가. 물론 정상이라는 게 허구의 개념이라는 것은 류미도 알고 있었다. 하지만 특이하거나 재미있어 보이지는 않을지 몰라도 그건 나쁜 것과는 거리가 멀었다. 매일같이 발밑이 흔들리는 이런 세계에서는 누구나 기대고 안심할 곳이 필요했다. 다수 속에 있을 때 사람이 가질 수 있는 안정감을 함부로 경멸하는 일이야말로 바보 같은 것 아닌가. 혼자가 된 뒤로 류미는 누구의 눈치도 보지 않았다. 앞으로 남은 생 동안 가능하면 많은 곳에 가보고 다양한 경험을 하기로 마음먹었고, 차분한 자세로 그 다짐을 지켜나가고 있었다. 크게 힘든 일들은 지나갔고 일상은 마침내 평온해졌으며 그 평온함은 류미에게 결코 작은 것이 아니었다.

기차가 천천히 출발했다. 차창에 흘러내리는 빗물을 보며 류미는 태정을 생각했다. 돌아오는 기차는 밤 10시 차였다. 빵집에 먼저 들러야겠다고 생각한 건 돌아오는 길에는 시간이 부족할 것 같아서이기도 했다. 분명히 이야기가 길어질 것 같았다.

*

태정을 처음 본 건 류미가 대학교 4학년 때였다. 2007년, 원더걸스와 소녀시대가 동시에 데뷔한 해였다. 공연 준비를 하다 밥을 먹으러 학교 앞 중국집에 가면 후배들은 넋을 잃고 텔레비전 속 원더걸스와 소녀시대의 무대를 쳐다보았다. '뭐야, 저게 음악이야?' 하는 시선이 반, '헉, 저거 봐. 장난 아니다' 하는 시선이 반이었다. 한 아이가 납작짜장을 시켰고 또 다른 아이는 빨간짜장을 시켰다. 짬뽕을 먹다가 흘리는 바람에 한 아이의 티셔츠가 새빨갛게 물들었고, 머리를 녹색으로 염색한 아이가 하나 있었고…… 류미의 머릿속에 후배들의 기억은 그렇게 단지 몇 장의 스냅사진처럼 남아 있었다. 감정도 활기도 없이, 탈색된 것처럼 중립적인 기억. 그건 그 시간들을, 그때의 그 아이들을 보호하려는 류미의 무의식이 작동한 결과인지도 몰랐다. 그때 학교 공부와 동아리 활동과 아르바이트를 같이 하고 있던 그 아이들은 어떤 마음이었을까, 그 많던 밴드의 곡을 듣고 또 연주하며, 기타를 둘러메고 식당과 편의점으로 일하러 가면서 무슨 생각을 하고 있었을까, 같은 질문이 결국에는 무심하게 몇 번인가 떠올라버리고 말았으나 그럴 때마다 류미는 자책하며 서둘러 그 질문을 지워버렸다.

류미는 류미 자신에 대해서만 또렷하게 기억했다. 2학년 겨울방학 때 기타를 팔았다. 중학교 때부터 올드 팝과 록을 워낙 좋아했고, 고등학교 때는 포크에 빠져서 음악을 정말 많이 찾아 들었다. 하지만 대학에 와 기타를 산 것도, 배운 것도, 포크 음악 창작 동아리에 들어간 것도, 어쩌면 헛짓거리 하지 말고 좋은 회사 들어가 좋은 남자에게 시집가라는 엄마에게 반항하고 싶다는 이유가 더 컸는지 모른다. 기타를 칠 줄은 알게 됐지만 류미에게는 곡을 쓸 능력도, 음악을 할 생각도 없었다. 동아리를 그만두지는 않았다. 정이 너무 들어서, 사람들이 너무 좋아서였다. 하지만 기타는 팔았다. 자신보다 훨씬 더 진지하게 음악을, 뮤지션이 되고 싶다는 꿈을 품고 그 모든 순간을 대하는 아이들 앞에서 들고 있기 부끄러웠다. 그 부끄러움 속에는 다른 아이들과는 달리 집에서 학비를 지원받는다는 이유도 있었다. 절박하지 않다. 나는 다른 사람들처럼 절박하지가 않다. 그런 생각을 지울 수가 없었다, 그때는.

너네 공연할 때마다 맨 앞자리에 앉아 있을게! 기타를 판 이유를 묻는 질문에 류미는 그렇게 짧게 대답하고 잔에 담긴 고량주를 꼴깍 들이켰다. 4학년 때는 동아리 방에서 영어 공부를 하고 자기소개서를 썼고, 매일 취업 사이트에서 각 회사의 정보를 유심히 들여다보고 노트에 옮겼다. 그러면서도 후배들에게 꼬박꼬박 밥은 사고 싶어서 도서관에는 가지 않았다. 소개팅으로 만난 사람과 연애를 하고 있었고 집에서는 매일같이 엄마와 싸우며 영원히 불가능해 보이는 독립 생활을 상상했다.

그해 가을 태정이 학교 공연에 왔다. 밴드 '태정과 두리'로 데뷔 앨범을

낸 직후였다. 태정은 1학년 때 벌써 CD 세 장분의 자작곡을 갖고 있었다고, 그때 이미 데뷔해도 손색이 없을 정도였다고 류미는 다른 졸업생 선배들에게서 들었다. 저런 사람이 일반 대학에 와서 대체 뭘 하고 있는 걸까 싶을 정도로 독보적인 존재였다고 했다. 네 학번 차이라 학교에서는 만날 일이 없던 전설적인 선배이자 현직 뮤지션을 직접 보는 것도 대단한 사건이었지만 그 공연에서 태정이 부른 마지막 노래가 류미에게는 잊을 수 없는 기억이 되었다. 앨범 수록곡을 세 곡 부른 후에 파트너 두리 씨를 무대에서 내려 보내고 태정이 고른 건 너바나의 〈Rape Me〉였다. 객석에서 한두 사람이 작게 환호성을 내뱉었다. 편곡이나 분위기 전환 같은 건 전혀 없이, 태정은 처음부터 끝까지 조용하고 나직한 목소리로 천천히 노래를 불렀다. 원곡에 충실한 커버였다.

그 〈Rape Me〉는 정말 희한했다. 너무 맑았다. 맑으면서도 단단했다. 얼려놓은 눈물 덩어리들이 하나씩 귓속을 파고드는 것 같았다. 그때 류미는 객석에서 막연한 마음으로 생각했다. 저 사람은 싸우고 있다고 말이다. 대체 무엇과 싸우는 건지는 알 수 없었으나 태정은 분명히 분노하고 있었고 싸우고 있었다. 목소리를 높이고 움켜쥔 주먹을 허공에 뿌리고 각목을 휘두르면서 하는 싸움이 아니라, 희미하고 흐릿하지만 절대로 비굴하지 않은 존재가 온 마음으로 하는 우아한 분노의 싸움이었다.

12년이 지난 지금 〈Rape Me〉는 공공장소에서 큰 소리로 부를 수 없는 곡이 되었다. 류미는 너바나를 별로 좋아하지 않았고, 그래서 어떤 사람들이 말하는 것처럼 커트 코베인이 그 곡을 자신들의 음악을 포섭해버린 자본주의를 고발하기 위해 만들었는지 아니면 다른 뜻으로 만들었는지에는 크게 관심이 없었다. 시대와 장소에 따라 보수적인 성적 규범에 대한 저항의 의미로 쓰이기도 했고 페미니스트들의 거센 비판의 대상이 되기도 했던 그 곡은 아무튼 2019년 한국에서는 공연하기에 부적절한 곡이었다. 그게 무언가에 대한 비유였다면, 왜 하필 강간을 비유로 사용해야 했을까. "강간해, 날 강간해, 하고 또다시 하라고" 같은 가사를 지금 이곳의 누가 아무 생각 없이 부르고 또 들을 수 있겠는가. 류미는 기차에 앉아 다소 묘한 기분으로 그 곡에 대해 생각했다. 서른다섯 해밖에 살지 않았는데 자신이 너무 오래 살아 화석이 되어버릴 것처럼 느껴졌다. 그렇다고 해서 그때 류미가 태정에게서 본 싸우는 사람의 모습, 형체 없는 거대한 적에 맞서 쉬지 않고 날갯짓을 하는 한 마리 나비 같은 의연한 인상이 흐려지거나 망쳐지거나 퇴색되는 것은 아니었지만 말이다.

그날 뒤풀이에 온 태정 앞자리에 앉아서 류미가 잔뜩 취한 채 무슨 말을 듣고 또 늘어놓았는지는 기억나지 않았다. 이상하게 센 척을 하고 싶은 마음 때문에 류미는 사인 같은 건 받지 않았고 다음 날 그것을 후회하고 또 후회했다. 그러고는 며칠 뒤 알아낸 태정의 메일 주소로 공연에 대한 감상과 자기소개, 여기저기 울컥거리는 자의식으로 뭉쳐놓은 대학교 4학년의 잡다하고 힘겨운 일상을 함께 써서 보냈다. 오지 않을 거라 생각했는데 일주일 후에 답장이 왔다. 놀라운 것은 그 뒤로도, 류미가 메일을 보낼 때마다 빠르거나 늦거나 하는 차이는 있었지만 한 번도 빠짐없이 답장이 왔다는 점이다.

태정과 류미는 12년 동안 메일을 주고받았다. 자주는 아니어도 두세 달에 한 번씩은 꼭 근황을 교환했다. 처음에는 뮤지션과 팬이었지만, 나중에는 선배와 후배이자 내밀한 일상을 털어놓는 메일 친구가 되었다. 왜? 어째서 나를 무시하지 않아? 가수인데? 어떻게 이런 일이 가능하지? 류미는 자신에게 열심히 물었지만, 답은 돌아오지 않았고, 실은 이메일 주소 뒤에 다른 사람이 숨어 태정 선배인 척 메일을 보내는 것 아닌가? 하는 의심에 빠지기도 했다. 하지만 두 사람은 친구였다. 이유는 알 수 없었지만 그건 사실이었다. 태정은 그저, 약간의 시간을 할애해 류미에게 답장을 쓰지 않을 만한 특별한 이유를 찾을 수가 없었던 모양이었다.

류미는 태정의 공연에 두 번 갔다. 두 번 모두 가볍게 인사를 건네고,

줄을 서 있다가 선물과 꽃을 건네고 도망치듯 자리를 떴다. 그 많은 사람 속에서 사인을 하고 있던 태정은 피로해 보였고, 류미가 무언가 이야기를 건네기에는 시간도 없었고, 쑥스럽기도 했다. 하지만 뉴스에서, 동영상에서, 사람들의 공연 후기에서 내내 보고 목소리를 들으며 지내왔기에 류미는 태정이 남처럼 느껴지지 않았다. 마침내 개인적으로, 오래, 이야기를 나누러 가고 있다는 사실이 믿기지 않았지만 또 한편으로는 매일 보던 동네 친구를 만나러 나가는 것처럼 익숙한 안도감이 밀려들었다.

12년이 흐르는 동안 류미는 졸업을 하고 음악 웹진을 내는 회사에 취직해 몇 년간 일하다가 결혼했다. 그런 다음 이혼과 함께 회사를 그만두었고, 한동안 쉬다가 애견용 통조림을 만드는 회사에 들어가 마케터가 되었다. 태정은 '태정과 두리'로 세 장, 솔로로 독립해 한 장의 앨범을 냈고, 한국대중음악상을 두 번 수상했으며, 3년 전에 모든 활동을 그만두고 고향인 대전으로 내려가면서 사람들의 시야에서 사라졌다.

어느 날 퇴근해 화분에 물을 주다가, 류미는 문득 이제는 태정을 만나러 가도 되겠다는 생각을 했다. 미니 당근 잎이 무성하게 자라 있었다. 흙 밑의 당근은 아직 가늘고 작을 테지만 잎도 뿌리도 살아 있었고, 자라고 있었다. 태정에게 당근 이야기를 꼭 직접 해주고 싶었다.

태정은 흔쾌히 승낙했고 다만 멀리 움직이는 일이 조금 힘드니 대전으로 올 일이 있을 때 연락을 달라고 했다. 류미는 열차표를 예약하고 연차를 냈다.

*

문이 열렸다. 하얀 티셔츠, 긴 보라색 주름치마, 갈색 단발머리, 낙낙하게 살이 붙은 동그란 얼굴. 안녕! 태정이 웃으며 류미를 맞았다. 밝게 웃고 있었지만 류미가 상상한 것보다 조금은 지쳐 보이는 얼굴이었다. 하지만 세월의 무게가 조금 덧입혀졌을 뿐 그 얼굴은 지극히 태정 선배처럼 보이는 얼굴이기도 했다. 태정은 한쪽 팔에 깁스를 하고 있었다.

―아니, 팔은 어쩌다 다치셨어요?

―넘어졌어, 집 욕실에서.

―제가 안 좋은 때에 찾아왔나 봐요.

―그렇지 않아! 왼팔이라서 별로 불편하지도 않아. 얼른 들어가자.

태정의 집은 살림 공간이라기보다는 멋진 카페 같았다. 누구라도 앉아서 커피를 마시고 싶어 할 암록색 대리석 식탁과 누워서 책을 읽다 잠들고 싶어 할 긴 가죽 소파, 무슨 작업이든 밤새 열중해서 할 수 있을 것 같은 세련된 디자인의 검은색 책상이 있었다. 그리고 여기저기에 책이 아주 많이 쌓여 있었다.

류미가 빵집 앞에서 전화를 걸었을 때 태정은 택시를 타고 집으로 오라고 했다. 그러고는 주소를 찍어주었다. 자신이 멀리 오긴 했지만 태정이 집으로 초대까지 해줄 줄은 몰랐기 때문에 류미는 조금 놀랐다. 식당이나 카페에서 만나게 될 줄 알았다. 류미가 그렇게 말하자 태정은 잠깐 동안 말이 없더니 내가 사람 많은 곳이 좀 힘들어서, 하고 대답했다. 태정이 한 손으로 차가운 말차 두 잔을 만들려고 하는 것을 류미가 도왔다. 말차 가루가 날리면서 도자기 잔 밖으로 조금 쏟아졌다.

―밥은 시켜 먹고 필요한 물건도 시키고, 가끔 요 앞에 운동하러 나가긴 하는데 더 멀리는 아직 잘 못 가겠네.

―아.

더 물을 수가 없었다. 류미는 다만 그 말을 하는 태정의 눈을 피하지 않고 몇 초쯤 똑바로 들여다보는 것으로 걱정과 존중을 표했다.

문득 회사 후배가 생각났다. 류미는 자기보다 세 살 어린 그 후배의 책상 옆을 지나가다가 기획안 한 귀퉁이에 검은 볼펜으로 휘갈겨진 낙서를 우연히 본 적이 있다. "이렇게까지 해서 살아야 하나." 평소에는 누구보다 밝은 얼굴로 농담을 즐겨 하는 사람이었다. 몇 달 뒤에 그 후배가 혹시 자낙스 같은 게 있느냐고 물어왔다. 약이 없었던 류미가 대신 건넨 민트 향 껌을 입에 밀어 넣으며 후배는, 별일은 없고요, 좀 불안해서요, 그냥 요즘은 다들 먹어요 그런 약, 하고 중얼거렸다.

류미도 한동안 그 약을 복용해본 적이 있었지만, 그 얘기를 하다 보면 자기도 모르게 이혼이라는 단어까지 꺼내게 될 것 같았다. 그러고 싶지는 않았다. 안전하지 않았고, 자신 안에서 이미 '극복'이라는 카테고리에 들어간 일을 다시 말로 하고 싶지도 않았다. 그래서 후배에게도 아무것도 묻지 않았다. 사연도 비밀도 교환되지 않았고, 후배의 말에 대한 공감만 남았다. 요즘은 다들 정신과 약을 먹는다. 먹지 않는 사람이 드물다. 모두들 죽고 싶다는 말을 입에 달고 다닌다. 자해를 한다. 그것이 너무 일반화되어 특별한 일로 느껴지지 않을 뿐이다.

하지만 태정은 달랐다. 지금 류미는 태정에게 희미하지만 분명한 배신감을 느끼고 있다. 태정에게 무슨 일인가 생겼던 3년 전부터 지금까지, 태정은 밖에 나가지 못하고 있다는 이야기를 한 번도 한 적이 없었다. 류미는 그 모든 이야기를, 메일에 눈물과 콧물을 묻혀가며, 태정에게 했는데 말이다. 음악을 대체 왜 그만둔 거냐는 질문에도 태정은 나중에 말해줄게, 지금은 못 하겠어,라고만 대답했었다. 류미가 태정을 찾아온 건 미니 당근 이야기를 하기 위해서이기도 했지만, 이제는 태정의 이야기를 좀 들어도 되지 않을까 하는 생각에서이기도 했다.

—당근이 많이 자랐어요.

—그래? 샐러드에 넣어 먹으면 맛있겠다.

—싹이 나지 않을 줄 알았는데요, 나더라고요.

태정은 류미를 보며 희미하게 웃었다.

서류를 작성하고, 법원에 가고, 이혼이 성립되었다는 말을 듣고, 집과 집 안의 모든 물건을 정리하고, 새 보금자리를 구하고, 이사를 하는 그 모든 과정 동안 류미는 밥을 제대로 먹고 운동을 하고 똑바로 서 있으려고 애를 썼다. 하지만 쉽지 않았다. 최초의 충격과 분노가 지나가자 불안이 찾아왔 다. 오랫동안 함께 살던 사람으로부터 배신당하고 거부당한 놀라움과는 별 개로 결혼 생활이라는 안정적인 구조에서 뜯겨 나간다, 혼자가 된다, 사회 가 그토록 백안시하는 이혼한 여자라는 신분이 된다는 공포가 밀려들었다. 지금 생각해보면 코웃음이 쳐졌다. 대체 무엇 때문에 그렇게 무서워했나. 정말 아무것도 아니었는데. 거기 그대로 있었으면 어쩔 뻔했나. 정말이지 잘된 일이었다. 하지만 그때는 웃음이 나오지 않았다.

류미는 전남편이나, 그와 사귀었다는 사람에 대해서는 신기하다 싶을 정 도로 감정이 빨리 정리되었다. 궁금하지 않았고 처음부터 끝까지 캐묻고 싶지도 않았으며 빨리 그 사람들에게서 벗어나고 싶다는 환멸만 얼음처럼 싸늘했다. 그래선지 아프지 않았다. 하지만 결혼은 그들 두 사람만의 일이 아니었다.

류미, 전남편, 그의 연인, 그리고 류미가 친구라 믿은 그 많은 사람은 모 두 같은 모임에 속해 있었다. 음악 전문 기자인 류미와 음악평론가인 전남 편이 번갈아 진행했던 대중음악 강의가 끝나던 날 뒤풀이에서 모임이 결성 되었고, 몇 번의 번개를 거치며 각자가 아는 사람을 한둘씩 데려와 합류시 키면서 모임의 구성원은 제법 수가 많아졌고, 정기적으로 만나 어울리게 되었다. 각자 직업은 달랐지만 그런 모임이라고 하면 흔히 예상되는 것처 럼 자신의 사회적 신분을 내세우며 거들먹거리거나 진상 짓을 하거나 속물 처럼 구는 사람들은 없었다.

다름 아닌 그 모임에서 그런 일이 은밀하게 일어났기 때문에, 그리고 모두가 그 세 사람과 친했기 때문에, 모임 사람들은 류미의 이혼 과정에 자연스럽게 개입하게 되었다. 그들을 차례로 만나 사정을 얘기하고 공분의 말을 듣고 위로를 받으면서, 류미는 결혼식 날 했던 폐백을 떠올렸다. 본식을 치르는 것만으로도 온몸이 후들거릴 정도로 피곤했는데, 폐백실로 옮겨 한복을 입고 연지 곤지를 찍고 대추와 밤을 던지고 받아야 했다. 그때는 대체 그런 걸 왜 하는지 이해할 수 없었다. 하지만 모임 사람들을 앞에 두고 같은 이야기를 되풀이하는 동안 류미는 결혼이라는 단어에는 생각보다 많은 일이 포함된다는 것, 결혼에서 빠져나오면서 인간관계를 정리하고 재정비하는 일 역시 결혼의 일부라는 사실을 깨달았다. 본식에 딸려 있는 폐백처럼 제도적 결합의 끝에는 그 끝을 알리는 일이 딸려 있었다. 그 일은 청첩장을 주는 일과도 비슷했다. 묶었던 매듭을 하나하나 푸는 기분으로, 그리고 혼자 남은 자신을 그들 한 명 한 명에게 다시 묶는 기분으로, 류미는 그들을 만났다.

그들은 류미를 선택하지 않았다. 류미와 함께 분노하고, 눈물을 닦아주고, 술을 따라주고, 토하는 류미의 등을 두드려주고, 배신자들을 류미 앞에서 그토록 욕했지만, 결국에는 류미만 빼고 모임을 유지했고, 아무 일 없다는 듯 예전처럼 지내는 쪽을 선택했다. 류미가 먼저, 그리고 전남편이 나중에, 이별을 알리는 과정의 순서가 그래서였는지도 몰랐다. 류미가 했던 말들을 그가 모조리 번복했으리라는 사실 정도는 짐작할 수 있었다. 하지만 양쪽의 이야기를 듣고 나서 그들은 곧 혼자가 될 류미보다는 비난을 받으면서도 행복에 젖어 있던, 금지된 사랑을 하는 연인의 편에 서기를 최종적으로 택했다.

류미는 전남편의 직업을 떠올렸다. 여러 매체에서 활발하게 활동하는 그가 가진 영향력과 네트워크를 생각했다. 그의 연인이 한국과 일본을 오가며 화가이자 모델로 활동한다는 사실도 생각하지 않을 수 없었다. 류미보다는 그들의 친구로 남는 편이 모두의 앞날에 유익했을 것이다. 그런 사람들을 계속 알고 지내는 것이 유명하지 않은 류미를 모임에 남기고 그들을 밀어내는 것보다 나았을 것이고, 모임 분위기도 훨씬 활기찼을 것이다. 그러니까…… 그 모임 사람들은 거품이었다. 실은 류미의 사람들이 전혀 아니었던 거품 같은 사람들. 처음부터 관계 맺지 않는 편이 나았던 사람들. 그렇게 생각해야 했다. 그게 아니라면 류미 자신에게 뭔가 잘못이 있었을 거라고 생각해야만 했는데—그러니까 그게 뭔지는 모르겠지만 배신을 당한 데다 모두로부터 따돌림까지 당해 마땅할 정도의 어떤 큰 잘못이 말이다—류미는 자신을 끝없이 갉아먹을 것 같은 그런 생각을 도저히 견뎌낼 수가 없었다. 류미는 그들을 깨끗이 잊기로 했다.

그러나 이혼 절차가 완전히 끝나고 몇 달이 지났을 때, 류미는 그 모임에 참석하는 꿈을 꾸었다. 사람들도, 분위기도, 심지어 그들이 매번 가던 경리단길의 술집도 예전 그대로였고 단지 전남편이 류미가 아니라 새로운 연인의 옆자리에 앉아 있다는 사실만 달랐다. 류미는 테이블 끝자리에 앉아 아무렇지 않게 옆 사람과 웃으며 얘기를 나누다가 소스라치며 꿈에서 깨어났다. 그 꿈에서 자신이 분노가 아니라 행복에 가까운 기분을, 어딘가에 속해 있다는 든든한 기분을 느꼈다는 사실을 용납할 수가 없었다. 그러니까 실은 류미가 잃어서 슬펐던 건 사람들 한 명 한 명이 아니라 그 자리, 셀럽이나 인플루언서라고 할 만한 사람들이 드문드문 섞여 앉아 있던 그 모임의 테이블 어딘가에 끼어 앉음으로써 생기는 소속감이었던 것일까. 그 두 사람이 있는 모임은 참을 수가 없지만, 음악평론가와 화가 겸 모델이 멤버로 있는 모임에는 남아 있고 싶었던 것일까, 류미는 생각했다.

류미는 혼잣말을 하기 시작했다. 도마에 채소를 올리고 썰다가, 세탁기에서 빨래를 꺼내다가 정신을 차려보면 혼잣말로 누구에게 하는 것인지 알 수 없는 험한 말을 중얼거리고 있었다. 그 말들로 부엌과 거실과 방이 가득 차고 창문으로 시커먼 기운이 흘러넘칠 것 같았다. 류미가 간신히 새로 마련하고 공들여 닦아놓은 보금자리가 또다시 상해버릴 것 같았다.

태정에게서 양철로 만들어진 작은 버킷이 배송되어 온 건 류미가 그 이
야기를 메일에 쓰고 며칠이 지난 뒤였다. 지름이 15센티미터쯤 되는 조그
맣고 앙증맞은 버킷이었다. 태정은 메일에 이렇게 썼다.

"그런 말들은 그 버킷에만 모으렴. 그러면 괜찮을 거야. 누구한테도, 나
한테도 할 수 없지만 자꾸만 쏟아지려는 말들이 있을 거야. 그 말들이 곧바
로 멈춰지지는 않을지도 몰라. 그래도 괜찮아. 속에 담고 있는 것보다는 나
아. 하지만 너를 힘들게 하는 그 말들과 너 자신을 분리해야 해. 분리해야
살 수 있어. 류미야, 너의 분노는 정당해. 하지만 그 말들을 너무 오래 들여
다보지는 마. 그게 너 자신을 향하게 하지는 마."

그 뒤로 류미는 혼잣말을 하는 자신을 알아차릴 때마다 버킷에 대고 말
을 했다. 말이 끝난 뒤에는 책이나 전단지로 버킷을 덮어두었다. 그것은 일
종의 종교적 의식 같은 것이 되었다. 한 1년쯤 그렇게 살았던 것 같다. 마음
은 곧바로 나아지지 않았지만, 시간이 지나면서 아주 조금씩 나아졌다.

더 이상 혼잣말을 하지 않게 되고 몇 달이 지난 어느 날, 류미는 버킷을
욕실로 가져가 여러 번 깨끗이 닦았다. 물기를 말린 뒤 거기에 입을 대고
말했다. 나는 달라질 거야. 다른 사람이 될 거야. 건강해질 거고 괜찮아질
거야.

그러고는 그 안에 배양토를 눌러 담았다. 흙 속에 씨앗을 떨어뜨렸다. 베
란다 한쪽 햇빛이 잘 드는 곳에 놓아두고 아침저녁으로 물을 주었다. 단순
히 식물을 키우고 싶었다면 화분을 새로 사면 되었을 텐데 왜 굳이 그 버킷
에 당근을 심었을까.

그 말들을 품고 있었던 건 나였으니까, 류미는 생각했다. 류미는 버킷에
대고 말을 하는 그 모종의 의식을 거치면서 자신과 자기 안의 미움을 분리
한다고 생각하면서도, 한편으로는 그 일이 불가능할 거라고 믿었다. 버킷
은 곧 자신이고, 아무리 닦아내도 마음의 원한을 완전히 지워낼 수는 없을
것만 같았다. 그러면서도, 저는 한번 비틀려버린 사람이니까 영원히 비틀

린 채 살아야 합니까? 제가 왜요? 그 사람들이 아니고 왜 전데요? 하고 허공에 항변하고 싶은 마음이 여전히 남아 있었다.

버킷 바닥에는 여전히 독기가 배어 있을 텐데 과연 저기서 생명이 자랄 수 있을까? 씨앗부터 썩어 죽는 게 아닐까? 류미는 기도하면서 불신했고, 체념하면서 믿었다. 어떻게 되나 한번 보지 뭐, 그렇게 반신반의하는 마음이었다. 그리고 얼마 지나지 않아 조그만 싹이 나왔다. 독기가 조금 남아 있을지 몰라도 식물이 살 수 없을 만큼 많이는 아니었던 모양이었다. 싹이 나오던 날, 류미는 베란다에 앉아 조금 울었다. 그러고는 눈물을 닦고 구인 구직 사이트에 들어가 새 직장을 알아보았다.

*

근처 중국집에서 저녁을 배달시켜 먹었다. 태정은 짜장면을, 류미는 마라탕을 먹었다. 하필 팔이 이렇게 되어 맛있는 걸 해줄 수 없어서 미안하다고 태정은 말했다.

ㅡ너랑은 특별한 걸 만들어서 먹고 싶었는데.

ㅡ저 마라탕 진짜 좋아해요. 모든 마라탕은 특별해요.

그릇을 치우고 나서 류미는 서울에서부터 담아 온, 마음속에 오래 넣어 둔 말을 꺼냈다.

ㅡ선배가 아니었으면 전 이겨낼 수 없었을 거예요. 들어줄 사람이 정말 없었는데요, 그 말들을 저한테서 분리했기 때문에 살 수 있었어요. 지금은 행복까지는 아니더라도 밝고 즐겁게 지내요. 혼자라는 게 되게 좋아요. 그래서 말하고 싶었어요. 정말 고마워요, 선배.

ㅡ그래, 그 말을 들으니까 나도 기뻐. 정말 다행이네.

ㅡ선배도 빨리 괜찮아지셨으면 좋겠어요.

ㅡ응, 나도 그랬으면 좋겠어.

─이제 말해주시면 안 돼요?

─뭘?

─음악을 왜 그만두신 건지…….

태정은 웃으며 식탁으로 눈길을 떨궜다.

─무슨 일이 있으셨던 거예요, 그때?

─특별히 '그때' 무슨 일이 있었던 건 아니야.

─그럼요?

태정은 한참 후에야 입을 열었다. 아주 오랫동안 많은 사람에게 괴롭힘을 당해왔다고. 무언가를 바라고 접근해 그것을 요구하고는, 태정이 그 무언가를 줄 능력이 없거나 주지 않을 거라는 사실을 깨닫고 나서 당신은 이기적이고 오만하며 특권 의식에 젖어 있다고 욕을 퍼붓고 사과하라고 요구한 사람이 너무 많았다고. 나는 돈을 내고 당신의 노래를 들었고, 앨범을 샀고, 다른 가수들도 많은데 유독 당신에게 애정을 품어주었는데, 당신이 감히 나를 이렇게 대할 수가 있느냐고 그들은 말했다고 했다. 누군가에게는 한 달쯤 손 편지를 쓰기도 했고, 누군가에게는 여러 번 선물을 보냈고, 누군가에게는 무릎을 꿇고 빌었다고, 그런데도 결국 끝은 같았다고 태정은 말했다.

─한번은 고향 친구가 연락을 해왔어. 아주 오랜만에 연락이 된 친구라서 너무 반가웠고, 한동안 연락을 주고받았어. 어느 날 그 친구가 대학에 다니는 자기 사촌 동생이 뮤지션으로 데뷔하고 싶어 하는데 데모 CD를 음반사에 소개해줄 수 없겠느냐고 부탁을 했어. CD를 받았고, 내가 아는 음반사 대표에게 그걸 전했어. 거기까지는 할 수 있는 일이었거든. 그런데 그 음반사에서는 그 학생의 음악 콘셉트가 자신들과는 맞지 않는다고 판단했나 봐. 다른 음반사 두 곳에 더 보내봤어. 잘 안 됐어. 그래서 그 말을 전했는데, 그 친구는 도저히 참을 수 없었나 봐. 내가 고등학교 때부터 준 모멸감과 상처를 사람들에게 다 말하고 다니겠다고 하는 거야. 걔랑, 고등학교

1학년 때 같은 반이었어. 2학년 때부터는 반이 달라져서 사이가 멀어졌고, 난 그 애가 반에서 왕따를 당했다는 사실도 몰랐어. 그런데 그 애는 내가 자기와 쭉 같은 반이었고, 소외되는 걸 보면서도 방관했다고 기억하고 있었어.

―……

―어떻게 그럴 수가 있느냐고, 자신은 그런 대우를 받을 사람이 아니라고 하더라. 너무 힘들다고. 나도 힘들고 더 이상 말도 통하지 않아서 전화를 받지 않았더니, 커뮤니티 게시판에 모든 얘기를 올리겠다고 문자가 왔어. 매니저가 더 이상 참을 수 없었는지 전화를 걸어 계속 그러면 스토킹으로 신고하겠다고 통보했어. 그 전화를 거는 매니저한테도 난 빌었어. 제발 그런 전화 하지 말라고 팔을 붙잡고. 너무 무서웠거든.

태정은 몇몇 사람의 이야기를 더 했다. 류미는 믿을 수가 없었다. 태정이 이야기를 시작할 때만 해도 그저 성공한 여성이 치르게 마련인 어느 정도의 유명세, 각다귀처럼 들러붙는 악플러들, 때로는 자랑처럼 들리기도 하는 그런 흔한 이야기일 거라고 생각했다. 그런데 그 정도가 아니었다.

―선배, 대체 얼마나 그렇게 끌려다니면서 사셨던 거예요? 그 사람들, 왜 신고하지 않았어요?

―그럴 수가 없었어. 그 사람들, 다들 너무 힘든 사람들이었어.

―어떻게 힘든데요? 집이 가난해요? 몸이 아파요? 아니면 마음이 아파요? 자기가 고등학교 때 왕따를 당한 일이 선배와 대체 무슨 상관인데요?

―모르겠어. 그 말들 속에 있을 때는 그 사람들 말이 다 맞게 느껴지더라. 내가 아주 오만하고, 입으로는 바른말을 하지만 속으로는 사람을 업신여기는 사람이라는 생각이 들었어.

―휴…… 그런 사람들을 부르는 말이 따로 있어요. 심리 조종자. 자신이 가진 약자성 하나를 무기로 사람을 마음대로 조종하려 드는 건데……. 전혀 관계없는 일로 극도의 죄책감을 자극해서 남들을 나쁜 사람들로 만들면

서 원하는 걸 얻어내요. 그 사람들이 약자라는 생각 때문에 당하는 사람은 방어를 할 수가 없어요. 직접 경험해보기 전에는 알기 어려워요. 저는 마케터가 돼서 현장에 나가면서 그런 사람을 많이 봤어요. 통조림 하나가 찌그러져 배송되어서, 사과를 하고 다른 통조림 세트로 바꿔 보내주었는데 백만 원의 손해배상을 해달라고 하는 사람도 있었어요. 그럴 수는 없다고 하니까 그 사람이 뭐랬는지 아세요? 자기 시어머니가 암이어서 자기가 지금 간병을 하고 있는데, 마음의 상처가 너무 크다고, 주위 사람 모두에게 불매를 하라고 알리겠다고요. 그러시라고 했어요. 암 환자의 가족이 다 그럴까요? 우리가 그 사람 끊어낸 게 암 환자를 차별한 거예요? 아뇨, 아니잖아요. 그냥 블랙 컨슈머인 거예요. 세상에는 정말 별별 사람이 다 있어요. 좋은 사람들도 물론 있죠. 많죠. 하지만 아닌 사람들도 있어요. 그런 거, 선을 그어야 돼요. 방어를 하고 도망쳐야 한다고요. 안 그러면 영원히 끌려다니면서 살게 돼요.

류미가 어이없어하자 태정은 말했다.

─하지만 류미 너도 메일에 쓴 적 있지 않니. 옛날에 학교 다닐 때, 집에서 등록금 지원받고 있다는 이유 때문에 다른 아이들에게 미안했다고. 너는 그 아이들처럼 절박하지 않고, 힘들지 않고, 진지하지 않은데 너무 쉽게 살아가고 있는 것 같아서, 부끄러워서 기타를 팔았다고 말이야. 너는 그때, 왜 그랬니? 사실 나는 이해가 가지 않았어. 네가 부끄러워할 이유도 미안할 이유도 없었잖아. 하지만 그때 네 마음은 분명히 그랬지 않아? 나도 그 비슷한 마음이 시작이었어. 어쨌든 저 사람들이 나보다는 절박하지 않느냐는 생각이 들었어. 내가 더 가진 게 있다면 주고, 도울 수 있는 게 있다면 돕고 싶었어. 여유가 되는 한에서. 나중에는 여유가 되지 않는데도 줄 수밖에 없었고, 그러다 멈췄더니 계속 주지 않는다는 이유로 이미 내가 한없이 나쁜 사람이 되어 있어서, 그제야 상황이 잘못되었다는 걸 알게 됐지만. 처음에는 단순했어. 어려운 사람은 도와야 한다는 생각.

—그래요, 그건 알지만. 선배, 너무 세상을 모르시네요.

—이런 이야기는 다른 누구에게도 할 수가 없었어. 이해해줄 사람이 없을 것 같았어. 그리고 내가 힘들어진 뒤에는, 이런 생각이 들기 시작했어. 아, 힘들다. 세상에서 내가 제일 힘들어! 다른 사람들은 당신 같은 위치에 있는 사람이 대체 그 정도로 뭐가 힘드냐고, 무슨 자격으로 그런 말을 하느냐고 하겠지. 하지만 나는 지금 내가 세상에서 제일 고통스러운데? 그 사람들도 지금의 나와 같았던 게 아닐까? 세상 모두가 자기를 부당하게 대하는 것 같고 자기만 서럽고 괴로운 일을 당하는 것 같고, 친절하지 않은 사람에게 화가 나고, 말할 데도 딱히 없고 말이야.

—그렇지만 고통을 옳고 그름의 기준으로 삼으면 안 되죠. 더 고통스러워하는 사람이 항상 옳지는 않잖아요.

—그래, 하지만 그게 그렇게 쉽게 떼어낼 수 있는 걸까? 사람이라는 생물이 자기 고통 밖으로 걸어 나가 공정한 판단이라는 걸 할 수 있을까? 감정이라는 요소를 완벽히 배제하고 행위 자체의 의미를 알아낼 수 있을까? 너는 내 이야기를 듣고, 그 사람들이 나쁘고 내가 억울하다고 생각하게 되었겠지. 내가 밖에도 나가지 못하고, 팔에 깁스까지 하고 있으니까 더 그렇게 느껴졌을 거야. 일까지 그만두었으니 불쌍하다고 생각할 테고. 내가 조금 더 비참하고 힘든 모습을 하고 있었으면 아마 그 사람들이 악하다고 생각하는 마음도 더 커졌을 거야. 하지만 내가 실은 아버지에게서 제법 되는 유산을 상속받아서 앞으로 최소한 10년은 아무것도 하지 않아도 먹고살 수 있고, 다른 사업을 준비하며 룰루랄라 잘 지내고 있다고 말한다면 어떨까? 조금 덜 불쌍하게 느껴지지 않니? 그리고 그 사람들도 좀 덜 나쁘게 생각되지 않아? 사람은 상대가 가진 것, 자기 눈에 보이는 상대의 고통, 자기 몸에 느껴지는 고통 같은 것들로 가치판단을 하게 되어 있어. 그 사람들 자신이랑, 그 주변에 있는 사람들한텐 자기들의 고통이 절대적으로 크겠지. 여기서 보이는 게 거기서는 안 보일 거고.

왜 저렇게 모든 인류를 선한 쪽으로 이해하고 싶어 하는 걸까. 왜 군이 보편 정의 같은 걸 찾으려 하고, 남을 먼저 생각하려 하지? 그러니까 뜯기고 털리고 빨아먹히는 거잖아. 류미는 속으로 생각하며 태정에게 위화감을 느꼈다. 그러고는 자신의 그런 감정에 놀랐다.

─그 사람들에게 가서 그들의 고통을 저울에 달고 자로 재서, 자 보십쇼, 당신의 고통은 별로 큰 게 아니에요, 다른 사람들도 다 힘들어요, 자신을 객관적으로 보세요, 말한다고 해서 납득이 될까? 그 사람들이 옳다는 게 아니야. 다만 정말 극심한 고통이나 절박한 상황 속에 있는 사람에게 객관화라는 건 단순히 불가능한 일이 아닐까, 그런 것을 요구하는 일이 맞는 걸까, 그런 생각이 들었어. 내가 정말 상태가 안 좋아지니까 그런 생각이 들더라.

─네, 불가능하죠. 그러니까 도망쳐야 한다는 거예요.

─도망쳤어. 그리고 너한테 보낸 버킷 말이야, 사실 나한테도 똑같은 게 있어. 나는 오래전부터 그걸 쓰고 있었거든. 살아야겠어서.

태정은 책상 쪽으로 고갯짓을 했다. 류미는 자리에서 일어나 책상으로 다가갔다. 류미 것과 똑같은 버킷이 놓여 있었다. 속에는 아무것도 들어 있지 않다는 게 달랐을 뿐.

─속에서 커져가는 날 선 마음을 견딜 수가 없는데 계속 노래를 불러야 해서, 속마음은 거기에 대고 토해내고 계속 곡을 쓰고 노래를 했어. 그래서 너에게도 말한 거야. 그런 식으로 분리를 하니까 한동안은 견딜 만했거든. 너에게는 효과가 있었다고 했지? 나도, 내가 괜찮아진 줄 알았어. 그런데 시간이 지나니까 어느 순간부터 내가 너무 이상하게 느껴지는 거야. 아름다운 노랫말로 된 노래를 사람들에게 들려주기 위해 저 버킷에 마음을 꾸역꾸역 토해내는 내가. 그렇게 해서까지 아름다운 노래만 하고 누군가를 위로하려고 하는 내가. 나는 계속 뭔가를 보여주고 들려줘야 하는 사람이잖아. 미움을 품은 채 무대에 서기 싫었어. 그런 마음으로 노래를 부르고

싶지가 않았어. 사람을 믿는 것도 힘들어져버렸지만, 의심하는 게 나한테
는 훨씬 더 힘들었어. 옛날에 내가 힘들고 어려울 때 아무것도 묻거나 따지
지 않고, 의심도 하지 않고 기꺼이 도와준 사람이 많았거든. 그 사람들 생
각이 자꾸 나더라. 그 사람들이 있어서 나는 살 수 있었어.

류미는 텅 빈 버킷 속을 들여다보았다. 태정이 말을 이었다.

─그래서 의심을 몸 밖으로 다 밀어내 쓰레기통에 버리려고 했어. 그런
데 그러다 보니 내가 나를 미워하게 되더라. 버려도 버려지지 않는, 엄연
히 존재하는 감정들을 억지로 잘라내고 내가 만든 그 노래들은 대체 뭐였
을까? 나의 좋은 부분? 하지만 그게 나는 아니었어. 내게 노래는 언제나 나
자신과 같은 것이었는데, 그래서 진심으로 내 일을 사랑했는데, 어느 순간
부터 그러지 못하게 됐어. 내가 거짓말쟁이라는 생각이 들어서.

류미는 한숨을 쉬었다. 선배, 그래서 음악을 포기한 거예요? 저는 선배
노래를 정말 좋아했는데? 그런 사람들 때문에 그만뒀어요? 예쁘고 좋은 노
래를 부르면서 나쁘게 살면 안 되는 거예요? 사람을 좀 미워하면 왜 안 되
죠? 목구멍까지 밀려 나오는 말들을 삼켰다. 류미라면 견딜 수 있었을까?

류미가 뮤지션 유태정의 노래를 좋아하는 건 그 노래들이 맑고 투명하고
아름다워서였다. 자신 속에 없는 감정들을 느끼게 해주고, 좀더 나은 자신
이 되고 싶다는 마음을 가질 수 있게 해주어서 류미는 태정의 노래를 좋아
했다. 그러면서도 지금 류미는 태정과 자신 사이에 어느새 보이지 않는 기
름 막 같은 게 끼어들었다고 느꼈다. 이질감을 느꼈다. 이 이중적인 마음은
무엇일까?

아니, 실은 삼중적인 마음이었다. 류미는 태정이 예술가로서는 한없이
투명하고 맑기를, 선배로서는 강인하고 흔들림 없기를, 동시에 친구이자
인간으로서는 적당히 탁하고 오염돼 있어서 류미 자신의 오염된 부분과 너
무 선명한 대조를 이루지는 않기를 바랐다. 류미는 사람을 믿지 않았다. 이
해하기 힘든 사람들을 더는 이해하려 애쓰지 않았다. 모든 사람을 선하게

만 보고 무슨 사정이 있을 거라고만 믿어서는 언젠가 된통 당하게 된다. 경계하고 조심해야 했다. 약자 중에 나쁜 사람들이 있다는 사실을 인정할 수가 없고, 그런 생각을 하는 자신이 나쁜 줄 알고 끙끙 앓다가 노래를 그만두었다고? 류미라면 동네방네 떠들고 다녔을 것이다. 필요하다면 욕을 하고 싸움도 했을 것이고, 그쪽에서 거짓말을 한다면 류미 역시 상대의 약점을 잡아 크게 부풀렸을 것이다. 아무도 미워하지 않으려고 애쓰기만 하면서 태정처럼 살아서는 가진 것을 다 빼앗기게 된다.

하지만 태정이 조금이라도 사납게 자기방어를 하는 모습을 보였다면, 누구를 미워하는 것 같은 기미라도 보였다면, 그런 여자 뮤지션을 사람들이 가만히 놓아두었을까? 그리고 그런 상황에서 태정 자신은 행복했을까? 아무도 알아차리지 못해도 자기 안에 적대감이 있다는 이유만으로 노래를 못 만드는 사람도 세상에는 있다. 류미는 사실 알고 있었다. 태정에 대한 이질감이 자신이 언젠가 잃어버린 약하고 여린 부분에 대한 기억에서 왔다는 것을. 류미가 잃어버린 것을 태정은 여전히 지니고 있다는 사실이 애증을 만들어냈다. 하지만 태정은 험한 일을 겪지 않을 만큼 안전한 곳에 있는 사람, 울타리 안에서 좋은 것만 보며 살아온 그늘 없는 사람이 아니었다. 일찍부터, 오랫동안 겪었지만 바보처럼 참아온 것일 뿐이었다.

한창 힘들 때, 자신의 입에서 자꾸만 저절로 흘러나오던 욕설들이 류미는 듣기 싫었다. 어떤 사람들이 혐오스러웠지만, 그들에 대한 혐오 속에 푹 빠져 있던 자신도 혐오스러웠다. 자신이 괴물이 되어가는 것 같았다. 인간 전체를 혐오하게 될까 봐 두려웠다. 태정의 말들에서 벽이 느껴지긴 했지만, 태정이 있어서 류미는 어떤 시간들을 건너왔고, 어둠에 먹히지 않을 수 있었다. 간신히 상처와 불신과 경계심 정도에서 멈췄다.

─나는 언제나 너무 우아하게 살려고 했어. 어떤 상황에서도 어떤 사람에게도 해 끼치지 않는 사람이 되려고 했어. 너에게 쓴 그 메일들에도, 내가 힘든 얘기는 별로 하지 않았던 것 같아. 남에게 걱정 끼칠 말들도, 누구

에 대한 험담조차 문자로 남겨놓고 싶지 않았어. 왜 그랬을까? 그게 옳아서? 내가 원하는 것이어서? 그게 세상이 어른스럽고 성숙하다고 여기는 방식이어서? 단지 사랑받고 싶어서가 아니었을까, 내가 세워놓은 원칙을 지키는 거라고 생각했는데 사실은 남의 눈을 의식하며 살아온 게 아닐까, 지금은 그런 생각만 드네. 그게 잘못이었던 것 같아. 그래서 음악을 잃어버렸어.

문득 옛날의 그 공연에서 태정이 불렀던 〈Rape Me〉가 떠올랐다. 그때 류미는 태정이 혼자서 무언가와 힘겹게 싸우고 있다고 생각했다. 너무 가녀린 사람이 부르는 거친 노래. 감당하기 힘겨워 보이는 노랫말. 나직하지만 강하게 울리는 목소리. 아름답고 선하게 싸우는 약자의 이미지. 그때는 멋지다고만 생각했다. 주위 사람들도 모두 그런 이미지를 좋아했던 것 같다. 강한 무언가와 싸우는 사람의 얼굴이 말갛고 여리면서 의연할수록 감동적이라고 생각했다. 지금 생각해보니 그건 그야말로 이미지, 불가능한 어떤 것에 대한 강요, 페티시에 가까운 환상처럼 느껴졌다.

— 이제는 그렇게 살지 않을 거야. 어떻게 살아야 할지는 모르겠지만.

태정이 다짐하듯 말했다. 류미는 무슨 말을 해야 할지 알 수 없었다. 어떻게 살아야 할지 모르겠는 건 류미도 마찬가지였다. 선배, 선배는 그냥 단순하게, 좋은 선배가 되고 싶었던 게 아닐까요. 다른 사람들한테는 몰라도, 적어도 저한테는. 그리고 좋은 선배였고요. 그렇게 말하고 싶었는데 어째선지 말이 나오지 않았다. 계속 좋은 선배로 있어주세요, 제발 자신을 의심하지 말아주세요, 류미는 속으로만 그렇게 생각했다.

시계를 보니 밤 9시였다. 12년의 시간 끝에 역사적인 하루가 지나가고 있었다. 그토록 기대하고 바랐던 대로 태정과 속 얘기를 나누고 한층 가까워졌는데, 마음이 그렇게 간단하지 않았다. 류미는 누군가가 필요했다. 이 정글에서 자신이 쓰러지지 않게 도와줄 사람, 믿고 따라갈 만한 사람, 단단하고 성숙하면서도 기품 있는 사람. 그러나 실은 꼿꼿이 서 있으면서도 땅을 움켜쥔 발톱은 드러나 보이지 않는 사람, 기품을 지녔지만 그 기품을 유지하기 위해 쳐야 하는 발버둥은 바깥으로 드러나지 않는 사람들만을 류미는 찾아 헤매온 것인지도 몰랐다. 강하지도 못한데 못되지도 못한 태정 같은 사람들을 위선이나 허영 같은 말로 비난하면서, 가진 게 없는 사람들이 악할 수 있다는 사실을 모르는 것도 가진 게 많은 사람들만의 특권이라고 쉽게 생각하면서, 그들이 부서지고 망가지도록 방치해온 것은 아니었을까.

류미는 문득 생각이 나 가방 속에 있던 튀김소보로를 꺼냈다. 반을 갈라 태정에게 내밀었다.

—샀는데 지금까지 깜빡하고 있었어요. 선배는 지겹게 먹어봤겠지만. 부추빵은 좀 심심하더라고요, 제 입맛에는.

—나 이거 처음 먹어보는데.

—정말요?

—응. 여기가 고향인데 아직까지 안 먹어봤어.

—어떻게 그럴 수가 있지? 저도 오늘 처음 먹어봐요.

태정이 한입을 베어 물었다. 류미도 빵을 베어 물고 천천히 씹었다. 태정이 일어나 냉장고에서 우유를 꺼내 왔다.

—맛있다. 좀 달긴 한데, 나는 단 거 원래 별로 안 좋아하는데, 네가 사다 준 거라 그런지 맛있네.

이번에는 정말이냐고 묻지 않았다. 빵은 달았고, 태정의 웃는 얼굴을 보니 좋았다. 웃지 않는 것보다는 훨씬 좋았다. 아무에게도 들리지 않게 한숨을 쉬며 우유 잔에 손을 뻗었다. 자신은 발견하지 못했지만 이 집 안 어딘가에 태정의 기타가 아직 보관되어 있었으면 좋겠다고 류미는 우유를 마시며 생각했다.

차이의 페미니즘과 연대의 조건

이만영 고려대학교 민족문화연구원 연구교수

1. 목소리들

여기, 두 여성이 있다. 한 여성은 "혼자가 된다, 사회가 그토록 백안시하는 이혼한 여자라는 신분이 된다는 공포가 밀려들었다"라는 말을 되뇌는 것으로 보아, '이혼녀'라는 사회적 낙인에 대한 공포에 시달리고 있는 듯하다. 그렇다면 다른 여성은 어떠한가. "나는 언제나 너무 우아하게 살려고 했어. …(중략)… 단지 사랑받고 싶어서가 아니었을까, 내가 세워놓은 원칙을 지키는 거라고 생각했는데 사실은 남의 눈을 의식하며 살아온 게 아닐까"라고 인식하고 있는 바, 그녀 또한 여성에게 부과된 일종의 '도덕 코르셋'에 짓눌려 있는 상태라고 봐도 무방할 것이다. 이렇듯 윤이형의 「버킷」은 사회문화적 프레임에 포박된 두 여성을 서사의 전면에 내세우고 있다. 고로 이 소설에 대해서 일단 이렇게 말할 수 있지 않을까. 페미니즘 리부트 이후 **분화된 여성**들의 목소리를 포착하는 범례적 텍스트 중 하나라고 말이다.

내가 '분화된 여성들'이라는 문구에 방점을 둔 이유는, 이 소설에서 두 여성의 대화가 하나의 목소리로 수렴되는 것이 아니라 공전을 반복하고 있다는 느낌을 주고 있기 때문이다. 이는 하나로 수렴될 수 없는 페미니즘의 이론적 난관을 보여준다기보다는, 페미니즘이라는 자장 안에서도 차이를 인정해야 한다는 작가적 결의를 보여준 것이라 할 만하다. 그러니까 페미니즘에 관한 다양한 목소리들을 포획함으로써 '리부트' 이후의 길을 새롭게 모색해보자는 것, 그것이 바로 작가가 우리에게 던지는 메시지인 셈이다. 따라서 류미와 태정 각자가 가진 언어를 소모적이고 과잉된 췌사로 치부할 수는 없다. 이 글을 읽는 우리에게 필요한 작업은, 이들이 교환하는 언어의 더미 속에서 충돌과 연결의 지점이 무엇인지를 읽어내는 것이다.

2. 분리와 치유, 그 (불)가능성

분노를 표현하기 위해서는 누구나가 승인할 수 있는 공적 통로가 확보되어야 할 텐데, 이 소설에 등장하는 두 인물에게는 분노를 표출할 만한 그 어떤 공간도 마련되지 않는다. 그들에게 있어서 분노는 누군가에게 발화되거나 분출되어서도 안 되며, 죄의식과 수치심 등의 정동이 버무려진 상태로 각자의 내면에 잠복해 있어야만 한다. 이들에게 허용된 표출 공간은 고작 한 뼘의 버킷 하나뿐이다. 그런 의미에서 버킷은 그들이 가진 소통 능력의 극한, 극점, 임계점을 시사한다. 그런데 우리는 이 지점에서 다음과 같은 질문을 제기할 수 있다. 대체 말과 자신을 분리한다는 게 가능한가. 그리고 그러한 분리를 통해서 치유가 가능한가. 이는 이 소설의 서사 전반을 지탱하는 동시에 두 사람의 인식이 충돌하는 근본적인 문제이다.

이 소설에서 류미와 태정은 모두 내면의 분노를 스스로 해결해야만 했던 존재로 그려진다. 먼저 류미는 이혼한 이후, 남편이 속했던 셀럽과 인플루언서의 모임으로부터 철저하게 배제된 삶을 영위해왔다. 남편이 가진 영향력과 네트워크가 그만큼 강고하다는 사실을 확인한 이후, 그녀는 소통의 출구를 마련하지 못한 채 '자낙스'와 같은 우울증 치료제를 복용하고 혼잣말을 되뇌는 등의 행위를 반복하게 된다. 류미가 꾼 꿈에서도 확인할 수 있듯, 그녀에게는 이혼이라는 개인사적 사건 그 자체보다 "그 모임의 테이블 어딘가에 끼어 앉음으로써 생기는 소속감"을 잃는다는 것이 더 큰 공포로 다가왔다. 그랬던 그녀에게 태정이 보내준 버킷 하나가 도착한다. "너를 힘들게 하는 그 말들과 너 자신을 분리해야 해. 분리해야 살 수 있어"라는 태정의 말대로, 류미는 끓어오르는 분노를 버킷에 쏟아냄으로써 비로소 새 삶을 살아가게 된다. 류미가 정상성을 회복했다는 것을 보증이라도 해주듯, 그 버킷에 심은 미니 당근은 건실하게 자란다. 이는 류미가 새로운 삶의 동력을 갖게 되었다는 일종의 문학적 메타포이기도 하다.

그에 반해 태정은 버킷에 온갖 원한과 분노를 쏟아내더라도 결코 치유되지 못한 삶을 살아간다. '여성 뮤지션'으로서 제법 성공한 삶을 살아온 태정은 주변 지인들로 인해 음악 활동을 중단하게 된다. 류미와 마찬가지로 그녀는 버킷에 분노를 쏟아냄으로써 치유될 수 있을 것이라 믿었지만, 실상 그녀가 내리게 된 결론은 다음과 같았다. "버려도 버려지지 않는, 엄연히 존재하는 감정들을 억지로 잘라내고 내가 만든 그 노래들은 대체 뭐였을까? 나의 좋은 부분? 하지만 그게 나는 아니었어. 내게 노래는 언제나 나 자신과 같은 것이었는데, 그래서 진심으로 내 일을 사랑했는데, 어느 순간부터 그러지 못하게 됐어. 내가 거짓말쟁이라는 생각이 들어서." 요컨대 태정에게는 말을 분리하는 행위가 곧장 치유나 극복이라는 결과로 이어지지는 않았다. 오히려 그 행위를 통해 발견한 것은 분열되어 있는 자기 자신이었다.

이쯤에서 우리는 라캉이 말한 "저는 심리학에서 말하는 자아, 즉 종합 기능을 수행하는 자아를 말하는 것이 아니라 정신분석에서의 자아, 바로 동력학적 기능으로서의 자아를 말하고 있는 것입니다"[1]라는 구절을 떠올릴 필요가 있다. 라캉의 말대로 '자아심리학'은 환자가 사회적으로 공인될 삶을 살아갈 수 있도록 안정화시키는 것을 지향하는 반면, 정신분석은 환자 자신이 불안정하고 요동치는 존재임을 인정하고 자기만의 의미를 찾는 것을 그 목적으로 삼는다. 이로 볼 때 자아심리학의 지향점은 분노의 언어를 자신과 분리시킴으로써 '치유'받았다고 믿는 류미의 태도와 맞닿아 있다. 그녀는 분노라는 감정을 분리하여 새로운 '나'로 거듭났다는 점에서 자아 심리학이 지향하는 주체의 자리를 배당받았다(미니 당근의 싹이 나오던 날 구인 구직 사이트에 들어가 새 직장을 알아보는 그녀의 행위도 바로 이 맥락에서 해석될 수 있다). 그에 반해 태정은 그 분리 작업을 반복했음에도 불구하고 자기 스스로를 '거짓말쟁이'로 인식하게 된다. 아무리 버킷에 분노를 쏟아붓는다고 해도 분노의 잔재가 사라진다고 볼 수도 없으며, 그 정동은 자신의 몸속을 배회하다가 급작스레 출몰할 수 있는 그 무엇으로 남아 있다. 그래서 태정은 "속에서 커져가는 날 선 마음을 견딜 수가 없는데 계속 노래를 불러야" 하는 그 현실에 절망하게 되는 것이다. 이처럼 류미와 달리 태정에게는 의식의 거짓말이 통하지 않는다. 괜찮은 척, 아무 일 없는 척 노래를 하지 못하는 이유도 바로 거기에 있다.

이와 같이 태정이 '치유된 자기'가 아니라 '분열된 자기'를 발견할 수밖에 없었던 이유는 무엇일까. 태정 스스로가 고백하고 있듯 그녀는 "어떤 사람에게도 해 끼치지 않는 사람"이 되고자 노력했고, "우아하게 살려고" 애를

---

1   자크 라캉, 『자크 라캉 세미나 01권—프로이트의 기술론』, 자크-알랭 밀레 편, 맹정현 역, 새물결, 2016, 98쪽.

써왔으며, "단지 사랑받고 싶어서" 타인의 시선을 의식하면서 살아왔다. 아니나 다를까 류미 또한 태정에 대해 "페티시에 가까운 환상"을 품어왔는데, 그 환상이란 "아름답고 선하게 싸우는 약자의 이미지"를 가지면서 "우아한 분노의 싸움"을 수행하는 여성에 대한 상(像)을 말한다. 이처럼 태정은 분노마저도 우아해야만 하는 여성적 이미지에 결박된 존재였다. 젠더화된 주체가 선험적/선천적으로 주어진 것이 아니라 역사적 · 문화적 · 정치적 접점 속에서 구성된 것이라고 할 때,[2] 또 코르셋의 억압이 여성들 자신의 신체와 내밀하게 결합되어 있는 특정한 감각과 정서 · 관념들에 의해 여성들 스스로가 행하지 않으면 안 될 어떤 감정적 질서의 형태로 주어진다고 할 때,[3] 태정이 느끼는 일종의 '도덕 코르셋'은 여성 뮤지션으로서 감내해야만 하는 사회문화적 조건이자 질서임에 틀림없다.

그런 태정에게 류미가 내린 처방은 두 가지이다. 하나가 타인과 자신을 분리하는 것("좋은 사람들도 물론 있죠. 많죠. 하지만 아닌 사람들도 있어요. 그런 거. 선을 그어야 해요. 방어를 하고 도망쳐야 한다고요.")이라면, 다른 하나는 언어와 자신을 분리하는 것("예쁘고 좋은 노래를 부르면서 나쁘게 살면 안 되는 거예요?")이다. 하지만 태정의 입장에서는 이 두 가지의 분리 전략을 모두 받아들일 수 없다. 그녀의 관점에서 볼 때 고통의 경중을 따져가면서 타인의 선악을 판가름하기란 불가능하다. 이처럼 선 그을 대상을 선별할 만한 근거가 마땅치 않기에, 나쁜 사람과 선을 긋고 살아야 한다는 류미의 처방은 납득되지 않는 것이다. 또한 그녀는 자신의 삶과 언어를 완벽하게 분리해서 살아가는 것조차 불가능하다. 그렇기에 아무렇지 않은 척 '예쁘고 좋은 노래'를 부르면서 살 수도 없다. 그 결과 태정은 류미가 제

2　주디스 버틀러, 『젠더 트러블』, 조현준 역, 문학동네, 2008, 86~94쪽.
3　윤지선 · 윤김지영, 『탈코르셋 선언』, 사월의책, 2019, 55쪽.

시한 처방을 모두 기각할 수밖에 없었던 것이다. 그렇다면 대체 이 둘의 대화의 끝은 어디를 향할까. 이제 우리는 그에 관해 이야기를 해야 한다.

3. 차이와 연대

이 소설이 가진 독특성은, 류미와 태정의 견해가 각자의 궤도를 유지·길항하는 방식으로 전개되었다는 데 있다. 류미는 이혼으로 인해 가졌던 분노의 감정을 버킷에 배설하고, 약자임을 호소하는 타인과는 철저하게 절연하는 삶을 살아왔다. 이러한 분리의 전략은 그녀에게 치유와 극복이라는 결과를 가져왔지만, 태정에게 있어서 그것은 동의하기 어려운 것이었다. 태정은 여전히 타인의 시선과 기대에 결박된 삶을, 그리고 내면의 상처를 어디에도 분출할 수 없는 삶을 살아가고 있다. 이처럼 두 사람은 모종의 합의나 화해의 자리에 도달하지 못한 채, 돌연 대화를 중단하고 서로 빵을 나눈다.

류미가 태정에게 빵을 건네는 이 장면은 대체 무엇을 의미하는가. 이는 류미가 태정에게 정상적이고 평범한 삶으로의 귀환을 종용한다거나, 류미가 태정의 견해를 전적으로 동의한다는 의미 등으로 해석되어서는 안 될 것이다. 이 장면을 해독하려면 대화의 말미에서 류미가 무엇을 깨닫는지를 읽어내야 한다. 류미는 태정과의 대화를 통해 중요한 성찰의 지점에 가닿는데, "아무리 알아차리지 못해도 자기 안에 적대감이 있다는 이유만으로 노래를 못 만드는 사람도 세상에는 있다"라는 차이에 대한 감각, 그리고 자신이 태정에게 부과했던 이미지가 어디까지나 "불가능한 어떤 것에 대한 강요, 페티시에 가까운 환상"에 불과했다는 자각이 바로 그것이다. 이것은 "타인의 시선 때문에 어떤 경험과 가능성을 포기하는 것만큼 어리석은 일은 세상에 없다"고 생각했던 류미에게는 놀라운 윤리적 도약이다. 그간의 대화에서 감지되었던 미묘한 불화와 갈등과 오해는 이제야 비로소 하나의 가능성, 즉 '대칭적 겹침'으로 나아갈 수 있는 가능성이 열린다.

서로가 빵을 나누는 이 투명한 장면은 작가가 말하고자 하는 윤리적 목소리를 보다 선명하게 보여준다. 여성이라는 공통의 조건 속에서 각자의 고통을 감내하고 치유하는 방법이 상이할 수 있다고. 그런 의미에서 류미와 태정의 대화는 서로 간의 차이와 존재를 확인하는 일종의 거리(距離)의 체험이자 공존의 체험이라고. 그리하여 이 소설의 결말은 다음과 같은 서사적 목표에 도달하게 된다. 둘의 관점을 하나의 관점으로 수렴하려는 '동일자적인 사유 방식'이 아니라 두 관점이 교호할 수 있다는 '차이의 사유 방식'을 통해 비로소 새로운 진리와 윤리가 창출될 수 있다, 라는 그 목표 말이다. 이 목표는 궁극적으로 하나의 연대가 아니라 둘로 남는 연대, 그러니까 바디우식으로 말하자면 "타자를 있는 그대로, 당신과 함께 존재하기 위해"[4] 맺는 연대를 말한다. 이것이 바로 「버킷」에서 말하고자 하는, 페미니즘 리부트 이후 여성적 연대의 지향점이다.

---

4 알랭 바디우, 『사랑 예찬』, 조재룡 역, 길, 2010, 29쪽.

내일의 연인들

정영수

1983년 서울 출생. 2014년 창비신인소설상에
단편소설 「레바논의 밤」이 당선되어 작품 활동 시
작. 소설집 『애호가들』이 있음. 2018년, 2019년
젊은작가상 수상.

내일의 연인들

  내가 한때 머물렀던 남현동 산자락의 조용하고 아늑한 빌라의 소유주는 선애 누나와 그녀의 남편으로, 두 사람은 그곳에서 5년 정도 결혼 생활을 한 뒤 파경을 맞이했다.

  그 시기 나는 20대 후반의 대학원생이었고, 만에 하나 잘되면 이렇게 될 수도 있겠다, 싶은 미래에 대한 그럴듯한 전망도 없이 그저 온전한 현재자(現在者)로서 존재하고 있었다. 말하자면 오늘만 살고 있었다는 뜻이다. 내가 그 집에 들어가게 된 이유는 뭘까, 부동산 시장의 침체 혹은 서울 사람들의 다세대 주택 비선호 현상 때문이라고 해야 할까? 오 년 만에 내게 전화를 걸어온 선애 누나는 형식적으로 안부를 좀 묻는가 싶더니 본론에 들어가기 전에 난데없이 이렇게 말했다. "정안아, 너는 빌라 말고 꼭 아파트 사……." 나는 밑도 끝도 없는 그녀의 말에 이 누나가 회사 관두고 아파트 분양사무소라도 차린 건가, 요즘 떴다방 같은 거라도 하나, 같은 생각을 하고 있었는데 그녀는 곧이어 다음과 같은 말을 해서 나를 혼란에 빠뜨렸다.

  "나 이혼해…… 아니, 이미 했어."

  지금의 나라면 연관성이 별로 없어 보이는 두 문장에서 연결점을 찾아내 그녀가 말하고자 하는 바가 무엇인지 바로 알아차렸을지 모르겠지만, 아직 세상 경험이 일천했던 그때의 나는 도대체 무슨 소리인지 이해를 하지 못했다. 내가 뜻을 캐치하지 못하자 그녀는 조금 머뭇거리면서 자초지종을 설명했다. 결국 하고자 하는 말은 급히 집을 팔아야 하는데 아무래도 빌라라서 안 팔리는 것 같으니 팔릴 때까지 집을 대신 봐달라는 것이었다. 이혼 신청 후 재산 분할을 위해 곧바로 집을 내놓았지만 숙려 기간이 다 지나도록 팔리지 않았다고 했다. 선애 누나는 먼저 방을 구해 나간 (전)남편을 대신해 그동안 혼자 집을 지켰는데 얼마 지나지 않아 그들이 공유했던 삶의 흔적이 그대로 남아 있는 그 집에 머무는 일에 지쳐버렸고, 결국 본가로 들어가기로 했다는 말이었다. "그런데 안 그래도 안 나가던 집이 사람까지 안 살면 어디 나가겠니?" 그러니까 매수자가 나타날 때까지 화분에 물도 주고, 누가 집을 보러 오면 문이라도 열어주고 할 만한 사람이 있었으면 좋겠는데 마침 그 집이 내가 다니는 학교랑도 가깝고……

"너희 어머니한테 들어보니 너 요즘…… 공부한다며?"

그다음에 그녀가 하고 싶었겠지만 생략한 말은 듣지 않아도 충분히 짐작할 수 있었는데, '그러니까 요즘 특별히 바쁜 일은 없을 거 아니니'였을 것이다. 사람들은 소속을 가진 인간 중에 대학원생이 가장 한가하고 하찮은 부류라고 생각하는 경향이 있으니까(아주 틀린 생각은 아니지만). 어쨌든 오 년 전 결혼식 이후로는 완전히 감감무소식이어놓고는 느닷없이 그런 부탁을 한다는 게 좀 괘씸하긴 했지만, 그 무렵 막 지원과 연애를 시작해 나(우리)만의 공간이 절실했던 나에게는 썩 나쁜 제안은 아니었다. 나쁜 제안은 아니라니? 사실 오래전부터 지긋지긋한 집구석에서 벗어나고 싶어 안달이 나 있던 나에게는 그 정도가 아니라 거의 기적 같은 일이었다. 거기다 그렇게 되면 경기 남부에서 서울까지 통학하던 나는 길바닥에 내버리던 이동 시간을 매일 한 시간씩은 단축할 수 있었다. 그래서 나는 그녀가 혹시 제안을 취소할세라 전화를 받고 일주일도 채 지나기 전에 옷가지 몇 벌과 필요한 책들만 챙겨서 재빨리 그 집으로 들어가게 된 것이다.

그 집은 경사로에 위치한 작은 빌라촌의 끄트머리에 있었다. 그 말은 선애 누나의 집이 가장 높은 곳에 있었다는 뜻이다. 그곳에 도착할 때까지 나는 '그린힐'이니 '힐사이드'니 '동양힐스빌'이니 하는 이름이 붙은 빌라를 백 개쯤 지나쳐야 했다. 그래도 도착하고 보니 때마침 집 주변에 몇 그루 있는 목련이 만개해 보기에는 그럴듯했다. 집 옆에는 산으로 들어가는 길이 있었는데 그때는 몰랐지만 나중에 알고 봤더니 이 부근에서는 꽤 인기가 있는 등산로가 시작하는 곳이었고, 반 시간 정도 들어가면 규모는 크지 않지만 나름 분위기 있는 사찰까지 있었다. 그곳은 그때까지 내가 평생을 살아왔던 곳과는 영 딴판의 동네였다. 나는 지저분하고 번잡스러우며 좁은 골목들이 버려진 그물처럼 엉켜 있는 곳에서만 살아왔던 것이다. 그곳은 작은 동네치고는 길이 널찍했던 데다가 일정한 간격으로 플라타너스가 심겨 있기까지 했다. 나는 금세 그 동네가 마음에 들었다. 그곳까지 올라오는 지옥 같은 경사로가 없었다면 더 좋을 뻔했지만……

메모해온 비밀번호를 눌러 현관문을 열고 그 집에 들어섰을 때 나는 조금 놀랐는데, 집안의 풍경이 예상한 것과는 달랐기 때문이다. 구체적으로 어떤 모습을 상상했던 것은 아니지만 막연히 황량한 느낌을 주는 공간을 기대(혹은 각오?)하고 있었던 것 같다. 그런데 마침 오후의 노란 햇빛이 거실에 한가득 쏟아져들어와 있어서였는지 집은 아늑했고, 잠시 산책나간 집주인이 금방이라도 돌아올 것처럼 생활의 온기를 고스란히 품고 있었다. 두 사람이 집을 나갈 때 그곳에서 사용하던 물건을 전혀 챙겨가지 않은 모양이었다. 육인용은 되어 보이는 커다란 우드슬랩 식탁이며 드럼세탁기는 물론이고 전기오븐, 무선청소기, 블루투스 스피커, 헤어드라이어(덕분에 내가 챙겨온 것까지 드라이어는 두 개가 되었고)…… 필요한 건 뭐든지 다 있었다. 심지어 서재로 사용됐을 것으로 보이는 방에는 적어도 수백 권쯤 되는 책들이 원목 책장에 가지런히 꽂혀 있었다.

선애 누나는 전화로 거실과 베란다에 있는 화분들(생각보다 많았다)을 어떻게 관리해야 하는지(물은 대야에 하루 이상 받아놔야 하고, 그것도 그냥 주기적으로 주는 게 아니라 잎이나 흙을 만져보고 식물들의 상태를 가늠해봐야 하며……), 부동산에서 연락이 오면 어떻게 해야 하는지(집을 깨끗이 유지하는 것도 그렇지만 누군가 왔을 때 집안의 모든 전등을 켜두는 게 더 중요하다고 했다), 그리고 집안에 있는 각종 전자기기들의 사용법 등등을 알려주었다. 나는 그녀에게 여기 있는 물건들은 다 이대로 둘 거냐고 물었다. "응. 아무것도 안 가지고 나올 거니까 그냥 네 집이라고 생각해." 선애 누나는 이렇게 대답했고, 그렇게까지 말하니 일단 안심하고 정말 내 집처럼 생활하기로 했다.

나는 며칠간 집안에 틀어박혀 시간을 죽이며 나름의 적응기를 보냈다. 막 새학기가 시작된 무렵이었기 때문에 느슨해진 몸과 마음을 가다듬어둘 필요가 있었다. 그 집에서 지낼 때 나는 익숙한 느낌과 생경한 느낌을 동시에 받았는데 그건 그 집이 절반은 선애 누나의 것이었고, 절반은 오 년 전 결혼식 때 멀찌감치서 잠깐 얼굴을 본 것 외에는 아는 바가 없는 남자의 소유였기 때문이었던 것 같다. 결혼한 뒤로는 어쩌다 보니 연락 두절과 다름없는 상태로 지내긴 했지만 대학에 들어가기 전까지만 해도 나는 선애 누나의 집을 내 집처럼 드나들곤 했던 것이다.

그녀는 내 어머니의 친한 친구의 세 딸 중 하나로 나보다 여섯 살이 많았으며 우리 형제와 그들 자매를 통틀어 가장 연장자였기 때문에 어린 시절에는 그녀가 우리의 보모나 다름없었다. 그녀는 키가 크고 똑똑했으며 때때로 또래 아이답지 않은 카리스마를 발휘해 우리를 휘어잡아 부모들의 신뢰를 한몸에 받았고, 그래서 어머니들은 우리 모두를 그녀의 지휘 아래 한 집에 몰아넣고 편히 외출하곤 했다. 우리는 내 형과 선애 누나가 각자의 가정을 마련해 분가하기 전까지 한 동네에 살았는데, 몇 년간은 담 하나를 사이에 두고 나란히 놓인 집에 살기도 했을 정도였다. 그런 이유로 그녀와 나는 의도치 않게 서로의 일생을 지켜봐온 셈이 되었다. 그러니까 나는 선애 누나의 어린 시절 꿈이 영부인이었던 것, 학창 시절에는 일본의 비주얼록 밴드에 미쳐 전국 팬클럽 회장까지 했던 것, 대학생 때에는 연극배우가 되고 싶어했으나 중요한 순간에 대사를 잊어 공연을 망친 이후로 무대공포증에 걸려 연극 이론 쪽으로 방향을 틀게 된 일 등을 알았고, 고등학생 시절 PC통신 동호회에서 알게 된 첫번째 남자친구 이후로 어떤 남자들을 만나왔는지도 세세히 알고 있었다. 특히 결혼 전 그녀가 만난 마지막 남자친구와는 우리 가족들 모두 꽤 가깝게 지낸 편이었는데, 다른 게 아니라 선애 누나가 사고로 병원에 입원했을 때 그가 항상 그녀의 곁을 지켰기 때문이었다. 그 사고로 말하자면……

……정말이지 끔찍한 사고였다. 그 일을 떠올릴 때마다 나는 어김없이 실제로 몸에 소름이 돋곤 하는데 어쩌면 내가 실제로 겪거나 목격한 게 아니라 전해들은 이야기여서 더 유별나게 반응하는지도 모르겠다. 나는 마치 옆에서 직접 목격이라도 한 것처럼 그 장면을 머릿속에 생생히 그려낼 수 있었다. 그건 내가 아는 사람이 겪은 일 중 가장 황당한 사고였고, 선애 누나를 아는 사람이라면 그 누구도 그녀가 그런 실수를 할 수 있으리라고 상상조차 해보지 못했을 일이었다. 아니, 그녀가 아니더라도, 누가 자기 방 창문에서 옆 건물 옥상으로 뛰어넘어 가려다 추락하는 바보 같은 짓을 저지를 수 있으리라고 생각하겠는가. 그녀는 그 순간에는 아무 문제 없이 쉽게 넘어갈 수 있을 것만 같았다고 했다. 실제로 그렇게 생각할 만큼 두 건물이 가깝긴 했다. 거기다 선애 누나는 중학생 때 학교 대표로 육상대회에 나갈 만큼 운동 능력이 좋기도 했고…… 그런데 문제는 그녀가 그날 술을 너무 많이 마셨다는 데 있었다.

선애 누나가 그런 무모한 짓을 하게 된 연유는 너무 사소해서 (상황의 심각성에도 불구하고) 웃음이 나올 정도였다. 이미 친구들과 한잔을 하고 머리끝부터 발끝까지 취해 자정을 넘겨 집에 들어온 날 또 다른 친구들이 그녀를 호출했는데, 그녀는 나가고 싶기도 했지만 거실에서 곤히 자고 있는 어머니를 깨우고 싶지도 않았다고 했다. 효심에서 비롯된 세심한 배려가 선애 누나를 두 빌라의 좁은 틈 사이로, 무려 사층 높이에서 곧장 바닥으로 떨어지게 한 걸 생각하면 운명의 잔인함에 겸허해지지 않을 도리가 없는 것이다. 어쨌든 그녀는 그 사고로 두 다리에 심각한 복합골절상을 입어 일 년간의 입원 치료 끝에 퇴원을 하고도 몇 년 동안 외출할 때마다 목발을 이용해야 하는 처지가 되었다.

그때─이건 선애 누나도 분명히 인정한 사실인데─우리 가족이 '조인성'이라고 불렀던 그녀의 전 남자친구가 아니었다면 선애 누나는 그 시기를 훨씬 더 불행하게 기억하고 있었을 것이다. 실제로 조인성을 닮았던 건 아니었고(공통점이라면 키가 컸다는 것 정도?), 그 청년이 규모는 작았지만 어쨌든 대학로에 소극장을 보유한 극단에 정식으로 소속된 배우였다는 점, 그리고 성이 조씨인 데다가 같은 병실에 있던 다른 환자들과 그들의 보호자들도 인정할 만큼 출중한 인성……의 소유자였다는 점을 고려한 일종의 예우 차원이었다고나 할까? 날카로워 보이는 첫인상과는 다르게 유난히 당근주스를 좋아하는 순박한 청년으로 내게 기억되어 있는 그는, 제삼자가 보기에도 앞날이 걱정될 정도로 매일같이 선애 누나를 보살피러 왔다. 그래서 종종 병문안을 갔던 나도 자연스럽게 안부도 주고받고 세상 사는 이야기와 연애 이야기도 종종 나누는…… 그런 사이가 되었던 것이다.

그런데 그 이후에 주변 사람 모두를 경악시킨 일이 일어나게 되는데, 선애 누나가 병상에서 일어나고 (적어도 우리가 느끼기에는) 얼마 지나지 않아 조인성과 헤어졌으며, (역시 우리가 느끼기에는) 그리 오래지 않아 다른 남자와의 결혼 발표를 했던 것이다. 그 충격이 어느 정도였느냐면 선애 누나의 어머니도 자신의 딸이 한 선택에 실망한 나머지 결혼을 반대하며 앓아 누웠을 정도였다. 거기다 공교롭게도 그녀가 새로 만난 남자가 조인성에 비해 경제적으로 여유가 있었던 탓에, 그렇게 자신을 아끼고 보살펴준 착한 남자를 차버리고 돈 많은 남자한테 간 피도 눈물도 없는 년이라는 내

어머니의 험담까지 들어야 했다(실제로 그 말을 듣는 것은 나였지만). 잠시 속도 위반 혐의가 수면에 오르기도 했는데 곧 그건 아니라는 것이 밝혀졌고(끝까지 남아 있었던 의혹의 잔불은 그녀가 결혼식 때 우아한 머메이드 드레스를 입고 입장함으로써 완전히 사그라들었다), 그녀는 주변 사람들의 의구심 혹은 호기심에 내 알 바 아니라는 태도로 일관했다. 선애 누나는 누가 뭐라든 자신의 결정을 거침없이 밀어붙였고, 결국 그녀의 부모도 뜻을 따를 수밖에 없었다.

내 눈에 그 시기 선애 누나는 어쩐지 스스로도 제어할 수 없는 인생의 급행열차에 올라탄 사람처럼 보였다. 나로서는 이해할 수 없는 어떤 강력한 동기가 그녀를 추동하고 있는 것 같았다(그즈음에는 그녀를 거의 만나지 못했지만 몇 번의 짧은 통화와 어머니를 통해 지속적으로 전해져오는 그녀의 행보에서 그런 기운을 강하게 느낄 수 있었다). 나는 그녀와 연락이 거의 닿지 않게 된 것이 그녀의 결혼식 이후였다고 생각했는데, 돌이켜보면 우리 사이에 어떤 거리감이 생기게 된 건 그 무렵부터인 것 같기도 하다. 그전에는 꽤 큰 나이 차에도 불구하고 거리감을 전혀 느끼지 못할 만큼 친숙했는데 어느샌가 그녀가 훌쩍 나와는 다른 세상을 살고 있는 어른이 되어버린 듯 느껴졌던 것이다. 그런데 집을 맡기기 위해 내게 전화를 했을 때는 왠지 모르게 목소리에 장난기가 서려 있어서 나는 잠시나마 예전으로 돌아간 듯한 기분을 느꼈다. 그건 드러내고 싶지 않은 어떤 감정을 숨기기 위해 연출된 것이었을지도 모르지만 확실히 효과는 있었는데, 나는 어느새 전화통을 붙잡고 그녀에게 지원에 대한 쓸데없는 이야기들을 늘어놓고 있었던 것이다. 그녀가 바로 얼마 전에 이혼을 했다는 사실을 고려하면 그 순간 새로 사귀게 된 사람에 대해 신나게 떠드는 것은 결코 커먼센스를 지닌 지성인으로서 취하기에 적절한 행동이었다고는 볼 수 없을 터였다. 그러나 하해와 같은 마음을 가진 선애 누나가 오히려 반색을 하며 그 집에 혼자 있으면 외로울 거라 생각했는데 마침 잘됐다고 얼마든지 같이 머물러도 괜찮다고 얘기해줘서 나는 더 부끄러워졌다…….

꼭 선애 누나가 그렇게 말해서는 아니지만, 내가 남현동 빌라에 들어간 이후로 지원은 그 집에 거의 살다시피 했다. 그녀는 구로에 있는 무역회사를 다녔는데 집은 강남 쪽이었기 때문에 안 그래도 매일같이 그 부근을 지나야 했다. 남현동 빌라는 학교를 가기 위해 서울의 남북을 가로지르던 나에게나, 동에서 서를 오가며 출퇴근을 하던 지원에게나 최적의 위치에 놓인 안식처였다. 처음에 그녀는 선애 누나가 갑자기 찾아올지도 모른다는 생각에 조금 불안해하는 것 같더니, 나중에는 그럼 또 어떠냐 하는 마음가짐이 되어 심지어 내가 없을 때도 그 집에 와서 시간을 보내는 게 자연스러운 일이 되었다. 그녀와 나는 그곳을 조금 뻔뻔스러울 정도로 제집처럼 이용했는데, 휴일이면 창을 열어놓고 산에서 불어오는 바람을 맞으며 낮잠을 자다가 일어나 밥을 지어 먹고, 집 앞 골목에서 연식공으로 캐치볼을 하곤 했다. 지원은 전철이 끊기기 전에 집으로 돌아가야 했지만 적어도 그 집에 같이 있을 때에는 마치 우리가 신혼부부라도 된 듯한 기분이 되었고, 그게 나쁘지 않았다.

이런 말까지 할 필요가 있을까 싶지만, 심지어 우리는 첫 섹스도 그곳에서 했다. 내가 남현동 빌라에 들어간 게 연애를 시작하고 거의 두 계절쯤 지났을 무렵이었다는 걸 생각하면 좀 의외라고 생각될지 모르겠다. 그러나 우리는 그 일을 지연시키는 데서 나름의 재미를 느끼고 있었다. 그동안 그런 일이 일어날 뻔한 적이 없었던 건 아니다. 가볍지만 서로의 마음을 확인하기에는 충분했던 처음의 스킨십 이후, 그러니까 우리가 서로를 독점적 연애 상대로 인지하게 된 직후에 그런 시도를 한 적이 있긴 했다.

어느 날 지원과 나는 신촌 어디쯤에 있는 이자카야에서 사케를 두 병 정도 나눠 마신 뒤 거리로 나왔다. 우리가 실체를 가진 존재로서 한 발짝 더 가까워져도 될 만큼 이미 정신적인 면에서는 꽤나 친밀한 사이가 되었다는 무언의 합의를 이룬 뒤였다. 우리는 조금 어색한 침묵 속에서 모텔이 즐비한 거리를 걷기 시작했다. 그러나—그날 꽤나 추웠던 것으로 기억하는데—오들오들 떨면서도 둘 중 누구도 어디 한 군데를 얼른 정해서 들어갈 생각을 하지 않고 있었다. 같은 골목을 몇 군데쯤 돌다가 그녀가 조심스럽게 모텔은 우리가 처음으로 사랑을 나누기에 적당한 장소가 아닌 것 같다는 취지의 말을 꺼냈다. 나는 그 말에 재빨리 동의했다. 우리 둘 다 같은 생각을 하고 있었던 것이다.

"그래, 꼭 오늘 해야 하는 건 아니니까……."

"그래그래, 다음에 더 좋은 데서 하자."

우리는 이런 식의 이야기를 나누며 그곳을 빠져나왔다. 그다음부터 우리는 그런 주제의 대화를 피하는 대신, 반대로 유희 수단으로 이용하곤 했다. 우리의 대화는 아직 육체적 관계를 맺지 않은 사람들치고는 꽤 과감한 편이었다. 아무 때나 "눈 오는 날 난로 켜놓고 이불 속에서 귤 까먹다가 너랑 하면…… 너무 좋겠다, 그치?" 같은 소리를 한다거나, 감자탕을 먹다가 갑자기 그녀가 "그런데 너는 뭘 믿고 그렇게 섹시해?"라고 하면 내가 "그래서 나랑 자고 싶니? 그래, (도로 맞은편의 부티크 호텔을 가리키며) 마침 저기 근사한 호텔이 보이네……" 하고 대답한다거나 하면서도 정작 그 일을 실행에 옮기지는 않고 있었다. 우리는 그런 대화를 할 때마다 서로의 눈에서 상대를 향한 강렬한 애정과 갈망을 확인할 수 있었고 그것이 실제로 관계를 맺는 것보다 더 즐겁다고 생각했던 것 같다. 그러고 나서 집에 돌아오면 나는 그녀를 너무 사랑해서 어쩔 줄 모르겠다는 생각에 잠을 설치곤 했다. 그렇다고 그녀와 실제로 같이 자게 되었을 때 환상과 실제의 괴리로 인해 실망감을 느끼게 된 것도 아니었다. 오랫동안 지연시킨 쾌락을 향유했을 때 느낄 법한 허탈감 또한 느낄 수 없었다. 우리는 처음으로 사랑을 나눈 뒤, 남현동 빌라의 햇빛 드는 침실에 함께 누워 충만한 기쁨에 사로잡힌 채 그때까지 그 일을 미뤄두길 잘했다고 서로를 대견해했다.

우리가 처음 만난 곳은 회현동에 있는 알리앙스 프랑세즈 2층의 소강의실이었다. 나는 어쩌면 파리에서 박사 과정을 하게 될지 모른다는 허황된 희망을 스스로에게 각인시키기 위한 수단으로서 프랑스어를 시작한 참이었고, 그녀 또한 언젠가 외국계 기업으로 이직해 본사에서 근무하게 될지도 모른다는 막연한 기대감을 품은 채 공부를 하고 있었다. 둘 다 얼마 지나지 않아 그런 부질없는 희망을 품는 것을 그만두기로 하면서 쓸데없이 수강료만 비쌌던 프랑스어 수업도 함께 그만두게 되었지만 지원과 나는 그곳에서 서로를 만났다는 사실만으로 만족할 수 있었다.

다른 사람들이 어떤 식으로 연애를 시작하는지는 잘 모르겠지만, 우리의 경우는 강의실에서 처음 만난 순간부터 서로에게 끌리게 되리라는 걸 알 수 있었다. 그녀와 나는 수업 시간에 교재에 적힌 기초 예문을 응용해 불완전한 언어로 대화를 나눌 때부터 각별한 감정을 느꼈으며, 수업이 끝난 뒤 학생들끼리 모여 맥주를 한잔 하면서 처음으로 우리말로 대화하게 된 이후에는 단 한 번의 엇갈림이나 망설임도 없이 서로를 향해 직행했다. 우리의 표현에는 막힘이 없었다. 문자메시지로든 전화로든 서로의 감정을 여과없이 전달했고, 둘 중 한 사람이 다른 한 사람을 보고 싶어할 때면 그때가 언제든 바로 상대를 찾아갔다. 그리고 한번 만나면 언제나 더이상 같이 있을 수 없는 시간까지 집에 돌아가지 않았다. 우리는 둘 다 이전에 몇 번 연애를 해본 적이 있었지만 이런 방식의 만남은 처음이었고, 자유로움과 소속감이 완벽하게 공존하는 전혀 새로운 연애의 세계에 들어오게 된 것을 기뻐했으며 또 종종 그것을 믿기지 않아 했다.

그때 우리는 사랑한다는 말 대신에 다른 말로 서로에 대한 애정을 표현하곤 했다. "넌 정말 대단해." 지원과 나는 어느 순간 그 말이 다른 어떤 말들보다 서로를 감동시킨다는 사실을 깨달았다. 그녀가 나와 식탁에 마주 앉아 밥을 먹다가 내 얼굴을 빤히 쳐다보며 정말 감탄스럽다는 표정을 하고는 조용히 "넌 정말 대단해" 하고 말하면, 나는 "아냐, 네가 더 대단해"라고 대답하곤 했다. 우리는 같이 자고 난 뒤에도 그런 소리를 잘도 했다. 심지어 우리는 엄지손가락까지 치켜세우며 이렇게 말했다. "넌 정말 대단해." "아냐, 네가 더 대단해……"

지금은 물론이고, 당시에도 나는 그녀의 그런 말들이 나를 어떻게 그토록 감동시켰는지, 그런 말을 들을 때마다 왜 더욱 열렬히 그녀를 사랑하게 되었는지 잘 알고 있었다. 그녀가 나를 대단한 사람으로 여겼던 것이, 아니면 적어도 그렇게 여기고 있다고 내가 믿게 만들어주었던 것이, 내가 정말로 그러해서가 아니라 오로지 나에 대한 그녀의 애정으로 인한 왜곡된 시선 혹은 배려였을 뿐이라고 하더라도 어쩔 도리가 없었다. 나는 그 시기에 그 말이 필요했고, 그녀가 그 말을 제공해주었다는 사실만으로도 충분했기 때문이다.

내가 대학원에 들어가게 된 것도 아주 사소한 말 한마디 때문이었다고 할 수 있다. 나는 학부 졸업 후 어쩌다가 입사하게 된 승마 전문 잡지사에서 일하며 조금씩 자존감을 잃어가고 있었다. 책상에 앉아서 종일 하는 일이라고는 구글을 검색해 무료로 쓸 수 있는 말 사진들을 찾는 게 전부였다. 캡션에 적힌 말의 품종이 사진의 품종과 같은지 수도 없이 확인해야 했는데, 말의 품종에 대해 전혀 아는 바가 없던 나는 혹시라도 잘못된 이름을 적어넣을까 봐 늘 조마조마했다. 나중에는 구약을 방불케 하는 말의 계보를 거의 외울 지경이 되긴 했지만(트라케너는 홀슈타인을 낳고, 홀슈타인은 비엘코폴스키를 낳고, 비엘코폴스키는……). 그때 내가 거기서 일 년이 넘게 버틸 수 있었던 건 나보다 두 해 먼저 입사한 선배 덕분이라고도 할 수 있다. 우리는 대화가 잘 통해 퇴근 후에 지하철 입구까지 걸어가는 동안 떠오르는 아무 주제든 잡고 토론하기를 좋아했는데, 가끔은 거리에 서서 한 시간이 넘도록 이야기를 나누다가 마지못해 헤어지기도 했다. 그러다 어느 날 그녀는 이렇게 말했다.

"정안 씨 같은 사람은 공부를 해야 되는데."

그녀는 스쳐 지나가듯 한 이야기였겠지만 그 말은 나를 오랫동안 사로잡았다. 어쩌면 나의 부족함을 채우기 위해 공부가 필요할 것 같다는 뜻이었을지도 모르겠는데, 그때의 나에게는 내가 더 높은 지식의 세계로 들어갈 자격이 있는 사람이라는 승인처럼 들렸던 것이다.

그러나 내 회사 생활이 아주 엉망이었던 것은 아니었다. 몇 번의 실수가 있었고, 몇 번의 모욕적인 말을 들었으며, 몇 번 정도는 모멸감을 느끼긴 했지만 그런 생활에도 조금씩 익숙해지고 있던 참이었다. 그것보다 나를 괴롭히는 문제는 오래전에 시작되었지만 그때쯤 절정에 달했던 아버지와 어머니의 불화였다. 차라리 회복 불가능한 불화로 인해 서로 완전히 모르는 사람으로 살아가기로 했다면 더 나았을 것이다. 그러나 그들은 싸움과 화해를 반복했고, 언제나 끊임없는 별거와 재결합의 과정에 있었다. 형이 결혼해서 집을 나간 뒤에 그들의 무력분쟁을 고스란히 목격해야 할 사람은 나였고, 나는 그들이 치르는 전쟁의 유일한 민간인 희생자이자 그들이 벌이는 희비극의 단 하나뿐인 관객인 셈이었다.

아버지는 성격이 급했고, 섣불리 어떤 결정을 내렸다가도 곧 그것을 번복하곤 했다. 그럴 때면 그는 다른 사람의 말이 전혀 귀에 들리지 않는 것처럼 행동했다. 그러나 어머니를 특히 힘들게 했던 것은 아버지가 말할 때의 태도였다. 그는 습관처럼 어머니에게 비아냥 섞인 말로 응수했는데, 제삼자에게는 아주 가끔 그것이 재치 있는 말처럼 들릴 때도 있었지만 불행하게도 대부분은 그저 어머니를 고통스럽게 하는 데에 그치고 말았다. 내가 젊은 시절의 아버지에게서 목격했던 조금 폭력적인 성향이 나이가 들면서 점점 언어적인 쪽으로 방향을 튼 결과가 바로 그것이 아니었나 싶다. 그러나 내가 아들로서 평생을 살아본 경험에 비추어보면, 어머니에게도 사람을 견딜 수 없게 하는 면이 있었다. 때때로 그녀는 스스로의 과잉된 감정을 주체하지 못해 주변 사람들을 당황스럽게 했다. 내가 잡지사에서 일하기 시작한 직후에만 해도, 과격한 언쟁 후에 아버지가 (또다시) 집을 구해 나가버리자 어머니는 신경안정제 수십 알을 한 번에 털어 넣고 시위에 가까운 자살 시도를 했으며, 나는 응급실에서 의사들이 어머니가 삼킨 약을 토해내도록 하기 위해 목구멍에 식염수를 투입하고 있는 동안 아버지에게 전화를 걸어야 했다. 어머니는 십수년간 우울증과 불안증세로 정신과 치료를 받았는데, 나를 비롯한 다른 가족들은 물론이고 어머니 스스로도 자신이 여전히 치료가 필요한 사람인지, 아니면 오랫동안 치료를 받았기 때문에 어느 누구보다 정상이라고 봐야 하는지 헷갈려했다. 그러나 말다툼 도중 코너에 몰린 아버지가 제정신도 아닌 사람과 무슨 이야기를 하겠냐는 식의 말로 대화를 중단하려고 하면 어머니는 금방이라도 눈앞에서 숨이 넘어갈 것처럼 억울해했다. "이 사람이 이제 나를 미친 사람 취급하네. 진짜 미친 사람 취급해."

화해를 하고 싶을 때면 아버지는 나를 그가 머물고 있던 양재동의 원룸으로 불러 오만 원짜리 스무 장이 든 돈봉투를 쥐여주며 어머니에게 전달해달라고 했다. 어머니는 아버지가 화해의 제스처를 취할 때 그것을 거절하지 못했다. 그녀는 종종 내게 반나절 동안 아버지에 대한 분노와 인생의 덧없음을 토로하다가 난데없이 "그래도 니 아빠만 한 사람 없다"라고 말해서 나를 미치게 만들었다.

무엇보다 나를 힘들게 했던 것은 내가 그동안 보아온 그들의 견딜 수 없는 점들이 나에게도 분명히 존재한다는 사실이었다. 나는 나 자신에게서 아버지의 성급함과 무신경함, 어머니의 불안과 자기연민을 발견할 때면 바닥을 알 수 없는 깊은 절망감에 빠져들곤 했다. 내가 대학원에 들어간 것도 어떤 거리감을 획득하기 위해서였던 것 같다. 충분한 교육을 받지 못한 그들에게서 멀어지기 위해, 나는 그들과 다른 사람이라는 알리바이를 성립시키기 위해. 나는 좀더 나은 사람이 되고 싶었다. 그러나 그렇게 되려면 무엇을 해야 하는지 알지 못했고, 매달려볼 것이라고는 그 선배의 사소한 한마디 말 정도였다.

　　지원의 가족은 내 경우처럼 부모의 불화로 자식들이 괴로움을 겪는 흔한 노동자 계층 가정은 아니었지만, 지나치게 엄격한 아버지로 인해 나머지 가족들의 삶이 힘겨워진 케이스라는 점에서 보면 전형적이기는 마찬가지였다. 그녀는 늘 모든 것이 정돈되어 있어야 하며, 정해진 일정에 맞춰 가족 구성원 전체가 하나의 유기체처럼 어긋남 없이 움직여야 하는 집에서 자랐다고 했다. 공군 중령을 지내다 전역하고 법무부에서 행정관으로 일하던 그녀의 아버지는 집안에도 셀 수 없이 많은 기준과 규칙들을 세워두었는데, 지원은 자신도 그 틀에서 한 발짝도 벗어나지 못한 채 평생을 숨 죽이며 살아온 어머니처럼 될까 봐 두렵다고 했다. 어머니처럼 누구에게도 이해받지 못한 삶을 살면서 어딘가로 떠날 수도 없는 약한 사람이 되어버릴까 봐 겁이 난다는 것이었다.

　　"딱 한 사람, 온전히 내 편인 딱 한 사람만 있으면 되는데 어째서 그게 그렇게 힘든 일일까? 우리 가족도 남들만큼 살 수 있는데, 특별히 부족한 것도 없는데, 아버지가 어머니를 사랑하기만 하면 모든 문제가 해결될 것만 같은데 왜 그러지 못하는 걸까?"

　　딱 한 사람, 이라는 그녀의 말 때문이었을까. 그 집에서 지원과 함께하는 동안 나는 어쩐지 구원이라는 단어를 종종 떠올렸던 것 같다. 당시에 우리의 관계가 어떤 성분으로 이루어져 있었는지 깊이 생각했던 것은 아니었다. 나도 막 연애를 시작한 수많은 다른 사람들처럼 TV 드라마 속 연애 이야기에 쉽게 나를 대입하기도 하고, 다양한 갈래의 복잡다단한 정서를 단 하나의 위대한 단어, 그러니까 누구도 그 뜻을 정확히 알지 못하지만 강력한 편의성으로 인해 빈도 높게 사용되곤 하는 사랑이라는 단어로 단순화해 그것에 몰두하기도 했다. 그럼에도 어쩐지 구원이라는 단어는 어느 순간 느닷없이 머릿속에 희미하게 떠올랐다가 사라지곤 했다. 그런데 한 사람이 다른 한 사람을 구원해줄 수 있을까? 그런 게 정말 가능할까? 그때의 나는 다소 희망에 찬 내면의 목소리를 들었던 것도 같지만, 이제와 돌이켜보면 내가 그 단어를 떠올렸던 이유는 실은 지원과 내가 서로를 구원해줄 수 있는 능력을 가졌던 것이 아니라 그저 서로가 어떤 식으로든 구원이 필요한 사람들이었다는 증거였을 뿐이었는지도 모르겠다는 생각이 든다. 우리는 서로에게 특별한 사람들이었던 게 아니라 마침 구원이 필요했던 두 사람이었을 뿐이라고.

우리는 구원까지는 아니어도 남현동 언덕 위에 있던 조용하고 아늑한 빌라가 적어도 우리를 구조하긴 했다고 여겼던 것 같다. 삶의 지난함에서, 무기력함에서, 희망 없음에서. 학교나 회사에 있어야 할 때를 제외하고, 우리에게 허락된 '진정한' 삶의 시간의 대부분을 그곳에서 보내게 된 지 얼마 되지 않아 그곳은 우리에게 서로의 존재만큼이나 중요한 무언가가 되어가고 있었던 것이다.

그러면서, 어떻게 보면 당연한 순서였겠지만 지원과 내가 서로의 존재에 안도하고 기뻐하느라 조금 늦게, 그 집의 원래 주인인 선애 누나 부부에 대해 생각하게 되었다. 남현동 빌라에 머무는 시간이 길어지고 그 집에 친숙한 공간과 익숙한 물건들이 늘어가면서 원래 그것들에 누구보다 애착을 가졌을 이들이 점점 궁금해졌다. 그곳에서 우리가 이용했던 놋수저와 일본풍 식기들, 서재에 놓여 있던 이인용 가죽 소파, 그리고 배드민턴채, 야구 글러브, 프리스비 등 둘이서 즐길 수 있는 다종다양한 운동용품들…… 나는 사용한 흔적들이 남아 있는 그 물건들을 볼 때마다 그것들을 살 때 그들이 어떤 마음이었을지 상상해보곤 했다.

나는 잘 몰랐지만 지원의 눈썰미에 의하면 선애 누나는 안목이 꽤 좋았던 것 같다. 그 집에 있는 물건들을 사용할 일이 있을 때마다 그것들이 어떠한 역사와 전통과 의미를 지니고 있는지 알게 되었는데, 거실에 있었던 작은 나무 스툴은 소박해 보였지만 현지에 직접 가야만 구할 수 있는 일본 장인의 수제품이었고, 서재에 있던 플로어스탠드는 북유럽의 이름 있는 디자이너 제품이었으며…… 그 외에도 그 집을 채우고 있는 물건들은 단지 필요에 의해서만이 아니라 누군가의 취향에 의해, 고심에 고심을 거듭해 엄격히 선택된 것들이었던 것이다. 커튼부터 발매트까지, 그 집에 있는 어떤 것도 아무 데서나 대충 고른 것들이 아니었다.

집 안을 채우고 있는 물건들도 그렇지만 그곳을 발견했을 때의 그들에 대해서도 생각하지 않을 수 없었다. 끝나지 않을 듯한 언덕길을 올라 지상의 번잡스러움을 뒤로하고 높은 곳에 고요히 자리하고 있는 그 동네를 목격했을 때 그들은 기뻤을까? 그곳에서 자신들의 안식처가 되어줄 소박하지만 아름다운 빌라를 발견하고, 그것을 자신들의 소유로 하기 위해 계약서를 작성할 때 그들은 설렜을까? 그렇다면 그들은 왜 헤어지게 되었을까. 어떤 일들이 그곳을 그대로 둔 채, 마치 낙원에서 쫓겨난 사람들처럼 아무것도 품에 지니지 못한 채 그곳을 떠나게 했을까. 나는 그 집에 머무는 시간 중 꽤 많은 시간 동안 그런 의문에 빠져 있었고, 그녀를 만나게 된다면 그에 대한 이야기를 들어야겠다고 생각하곤 했다.

선애 누나와 만난 것은 내가 그 집에 들어간 지 세 달쯤 지났을 때였다. 그런데 그날 내가 들은 것은 그들이 왜 헤어지게 되었는지가 아니었다. 그보다 조금 더 과거의 이야기였다. 선애 누나가 집에 있는 몇 가지 물건을 챙겨달라고 했는데, 집까지는 올라오지 않고 아래에서 받겠다고 했다. 평일 저녁 나는 언덕을 내려가 번화가가 시작되는 곳에서 그녀를 만났다. 버스 정류장에는 경기도로 향하는 광역버스를 타기 위한 사람들이 줄을 지어 길게 늘어서 있었다. 나는 그녀에게 그동안 집을 보러 온 사람들에 대해 자세히 이야기해주었다. 사실 부동산을 통해 사람들이 올 때마다 매번 그녀와 연락을 주고받았기 때문에 이미 대강 들려준 내용이긴 했다. 세 달 동안 집을 보러 온 사람이 그리 많지도 않았다. 노부부가 오래된 차를 몰고 온 적이 한 번 있었고, 직장인으로 보이는 마흔 정도 되는 여자가 여러 차례 약속을 변경하다가 어렵게 시간을 맞춰 평일 늦은 시간에 집을 보러 오기도 했고, 내 또래쯤 되어 보이는 젊은 여자가 다녀가기도 했다. 그녀는 신혼집을 보러 다니는 것 같았는데, 신랑 될 사람과 다시 한번 보러 오겠다고 하더니 그 후로 연락이 없었다. 나는 그들이 집을 보러 와서 주로 어디를 살폈는지, 얼마나 머물다 갔는지, 어떤 표정으로 어떤 질문을 하고 그 말에 내가 어떻게 대답했는지를 그들이 머물다 간 시간과 거의 동일한 러닝타임으로 재연해주었다. 그리고 선애 누나가 굳이 물어보지도 않았는데 애써 그들이 집을 보러 왔을 때 얼마나 집안의 정돈에 신경을 썼는지 열심히 어필했다. 내가 너무 그 집에 오래 머물고 있다는 생각이 들었기 때문이었다. 내가 그런 눈치를 보이자 선애 누나는 신경 쓰지 말라고 말해주었다. "금방 나갈 것 같았으면 내가 더 있었겠지." 그녀는 그렇게 말하고는 잠시 있다가 이렇게 덧붙였다. "우리는 그 집 보자마자 한눈에 반했는데." 그 말을 듣고 선애 누나에게 나는 그 집이 너무나 마음에 든다고 얘기했다. 돈만 있었어도 내가 제일 먼저 샀을 거라고 말이다(적절한 말이었는지는 모르겠다).

선애 누나는 그 집을 샀을 때의 이야기를 들려주었다. 그녀는 그날 약간 감상에 빠진 것처럼 보였다. 그녀가 내게 가져다달라고 부탁한 물건들은 그리 중요해 보이지 않는 소품들이었는데, 그 물건들이 그녀의 마음을 감상에 빠지게 만든 것인지 아니면 그녀가 감상에 빠질 준비가 되었기 때문에 나에게 그것들을 가져다달라고 했는지는 알 수 없었다. 선애 누나는 결혼 준비를 할 때 그동안 살아왔던 곳과 가능한 한 다른 곳에 살고 싶었다고 했다. 그녀는 매일 퇴근 후에 혼자 새로 정착할 곳을 찾아다녔고 어느 날 땀을 비 오듯 흘리며 오른 언덕에서 그 빌라를 발견했을 때 바로 그곳이 자신이 오랫동안 찾아 헤맨 그 집이라는 확신을 얻었다는 것이었다. 선애 누나는 태어나서 처음으로 온전히 자신이 선택한 것들로만 채운 공간을 가질 수 있다는 것이 가장 기뻤다고 했다. 그리고 그녀가 그 공간에 가장 먼저 들인 것은 다른 무엇도 아닌, 그녀의 (전)남편이었다. 그녀는 다음날 날이 밝자마자 그와 함께 그 집을 다시 보러갔던 것이다.

"사람들이 내가 돈 때문에 가난한 배우였던 정훈이(조인성의 본명이다)를 버리고 번듯한 직장에 다니던 그 사람을 택했다고 수군거렸던 거 알아. 나는 차라리 그 사람이 가난했으면 했어. 어딘가에 장애라도 있었다면, 하는 생각까지 했다니까. 그러면 남들한테 괜한 소리를 듣지 않았을 테고, 정훈이한테 느낀 죄책감이 조금이라도 덜했을지도 모르지. 처음에는 사람들을 납득시키려고 했어, 내가 그 일에 대해 스스로를 납득시켜야 했던 것처럼. 나중에는 굳이 그럴 필요가 없다는 사실을 깨달았지만. 그게 다 무슨 소용이야? 내가 끝까지 미안하게 생각했던 건 정훈이뿐이었어. 그런데 나도 어쩔 수가 없었어. 그애가 날 보살펴줬던 일 년 동안에는 나도 그애를 사랑한다고 생각했거든. 말로 한 적은 없었지만 병상 옆 간이침대에서 불편한 자세로 자고 있는 그애를 보면서 평생 보답하는 마음으로 살아야겠다고 다짐까지 했어. 내가 그 사람을 만날 거라는 걸 알았다면, 그 사람을 사랑하게 될 거라는 걸 알았다면 그애에게 미안할 일은 하지 않았을 거야. 그걸 알았다면 나는 그 자리에서 바로 그애를 깨워 집에 돌려보냈을 거야("알지? 이건 일종의 은유적인 표현이야." 그녀는 여기서 이렇게 부연했다). 그런데 나는 당연히 알지 못했어. 나도 어떻게 그런 일이 일어났는지는 몰라. 정훈이에게 느낀 고마움이나 애정과는 별개로 그냥 그 사람을 사랑하게 된 거야. 그건 거부할 수 있는 종류의 감정이 아니었어. 살다 보면 결코 거부할 수 없는 것들이 찾아오곤 하니까. 내가 가진 모든 것들이 그 사람을 선택하는 방향으로만 움직이고 있었는데, 내가 달리 어쩔 수 있었겠어."

실제로 그녀가 이렇게 쉬지 않고 한 번에 말한 것은 아니었다. 그러나 거의 이렇게 말했다. 그녀는 마치 그 말들을 오랫동안 참아왔던 것처럼, 누구에게든 쏟아내지 않고는 견딜 수 없다는 듯이 내가 끼어들 틈도 없이 계속해서 그와 같은 이야기를 이어나갔다. 우리는 저녁을 먹고 자리를 옮겨 차가 끊길 시간이 다가올 때까지 카페에 앉아 있었지만 그날 내가 그녀에게 들은 이야기는 그게 전부였다. 그들이 어쩌다가 헤어지게 되었는지는커녕 나는 그녀가 어디서 무엇을 하며 살고 있는지도 제대로 듣지 못한 채 막차 시간에 맞춰 지하로 내려가는 그녀를 배웅하고 다시 언덕을 올라왔다.

　나는 애초에 예상했던 것보다 훨씬 더 오래 그 집에 머물렀다. 처음에는 너무 금방 집이 나가버릴지도 모른다고 내심 걱정을 했지만 그건 세상 물정 모르는 순진한 생각이었다. 벚꽃이 모두 지고 기온이 올라가기 시작하자 가끔씩이나마 집을 보러 오던 사람들의 발길도 뚝 끊겨버렸다. 학기가 끝나고 나는 자주 학교에 나갈 필요가 없어져서 대부분의 시간을 집에서 보냈는데, 주로 사찰까지 산책을 가거나 책을 읽었고 그 외에는 그냥 침대에 누워서 지냈다. 한여름이 되자 지원은 야근이 잦아졌고 남현동에 들를 틈도 없이 집으로 가야 할 때가 많았다. 나는 선애 누나와 만나고 들어온 날 이후로는 어쩐지 그 집이 이전만큼 아늑하지만은 않다는 느낌을 받았다. 혼자 남아 거실을 물끄러미 바라보고 있자면 왠지 쓸쓸해졌고, 때로는 그곳에 남은 물건들과 함께 버려진 듯한 기분까지 들었던 것이다. 물론 지원이 있을 때는 완전히 다른 분위기가 되었지만 그녀가 돌아가고 나면, 마치 폐장 시간이 지나 모두가 떠난 유원지처럼 집은 순식간에 적막에 잠겼다. 그녀를 지하철 입구까지 배웅하고 다시 언덕을 올라 빈집의 문을 열면, 닫아두지 않은 창문에서 풀벌레 소리가 유난히 크게 들려왔고 그 소리에 나는 조금 더 외로운 기분이 되곤 했다.

　그래서였던 것 같은데, 지원이 처음으로 그 집에서 온전히 밤을 보낼 수 있게 된 날 나는 그녀에게 조금만 더 자주 와줬으면 좋겠다고 말했다. 그녀와 나는 그동안 서로의 마음을 숨기지 않았고, 보고 싶을 때는 보고 싶다고, 상대를 필요로 할 때는 네가 필요하다고 곧바로 말했지만, 어쩐지 그때 내가 한 말은 그 말들과는 조금 다른 느낌이었다. 그러나 그렇게까지 진지하게 말한 건 아니었고 우리가 처음으로 한 침대에서 아침을 맞을 수 있는 날이었기에, 약간은 들뜬 기색을 보이며 그렇게 말했던 것이다. 그녀는 그러겠다고 했다가, 잠시 후 그러고 싶다고 말을 바꾸었다. 그녀가 뜻밖에 진지하게 대답해버려서 우리는 왠지 모르게 잠시 서먹해졌다. 그러나 곧 지원과 나는 식탁에 앉아 내가 차린 음식을 함께 먹으며 평소처럼 이야기를 나누었다. 그녀가 아버지의 해외 출장으로 하루 정도는 빌라에서 자고 갈 수 있다고 며칠 전부터 예고를 해서 내가 미리 준비해둔 것들이었다.

우리는 그날 선애 누나에 대한 이야기를 나누었다. 나는 그전에도 지원에게 선애 누나를 만났을 때 들었던 이야기들을 들려주었었는데, 내 기대와는 달리 그녀는 큰 인상을 받지 못한 것처럼 보였다. 나는 그런 반응에 조금 실망했지만 생각해보면 그건 그저 단순한 이야기일 뿐이었다. 누군가가 누군가를 사랑하게 된 이야기. 그래서 누군가가 누군가를 떠나게 된 이야기. 흔한 이야기였다.

그날 밤 우리는 사랑을 나눈 뒤에 속옷만 대충 걸치고 침대에 누웠는데, 나는 한동안 잠에 들지 못해 뒤척였다. 우리는 처음에 몸을 포개어 누웠다가 곧 자신만의 공간을 찾아 조금 떨어져 누웠다. 그렇게 꽤 오래 시간이 지났고, 나는 그녀가 잠든 줄 알았는데 아니었던 모양이다. 그녀는 몸을 틀지 않고 혼잣말처럼 이렇게 말했다. "그런데 그 사람들은 정말 어쩌다 헤어졌을까?" 나는 그 말에 대답하려다, 곧 딱히 대답을 바라고 한 말은 아니라는 사실을 알아차리고 그냥 눈을 감고 누워 있었다. 다시 찾아온 침묵 속에서, 나는 새삼스레 내가 낯선 곳에서 잠을 청하고 있다는 사실을 실감했다. 창가에서 들려오는 풀벌레 소리가 점점 아득해졌고, 나는 문득 끝나지 않을 시간에 갇혀서 텅 빈 공간을 떠다니고 있는 사람이 된 듯한 기분에 사로잡혔다. 왠지 그 밤은 영영 지나가지 않을 것만 같았는데, 그것은 내게 앞으로 다가오거나 다가오지 않을 무수히 많은 행복한 시간들과 외로운 시간들의 징후처럼 느껴졌다. 나는 비스듬히 누운 채 아직 잠들지 않았을 지원의 윤곽을 오래도록 바라보고 있었다. 우리는 어쩌면 그들의 유령들이 아닐까, 생각하면서.

영원의 기획

정은경 중앙대학교 문예창작학과 교수

'어제에서 오늘로, 오늘에서 내일'이라는 선형적 시간 대신, 과거일지 미래일지 모르는 어떤 착종된 시간의 편린을 퍼즐처럼 손에 쥐게 된 것은 현대인의 인지적 운명일 수 있겠다. 생활세계의 하루가 황혼이나 시침처럼 명확하게 낮에서 밤으로 흘러도, 지난밤 상처입은 어떤 영혼에게 그것은 지난밤에서 조금도 벗어나지 않은 '현재'일 수 있다. 또한 그 '현재'는 과거로도 미래로도 이행할 수 없다는 점에서 '영원'이겠으나 그 영원의 현재에는 언제나 과거의 시간인 기억과 미래의 시간인 기대가 함께 한다.[1] 그렇기 때문에 '현재'는 오롯이 '나의 현재'인 것이다.

객관적 시간과 달리 이질적인 속성을 지닌 이 주관적 시간을 앙리 베르

---

1 아우구스티누스의 『고백록』의 한 구절, "미래도 과거도 존재하지 않으며 또한 세 가지의 시간─과거, 현재, 미래가 존재한다는 것도 옳지 않습니다. 실상 이것들은 마음속에 이른바 세 가지 형태─과거의 현재, 현재의 현재, 미래의 현재─로 존재하는데 나는 마음 밖에서는 어디에서도 볼 수 없습니다. 즉 과거의 현재는 기억이며 현재의 현재는 직감이며 미래의 현재는 기대입니다.("아우구스티누스 고백록』, 김평옥 역, 범우, 2008, 392쪽)"에서 가져왔다.

그송은 '순수한 지속(durée)'이라고 했고, 또 이러한 시간에 대한 인지는 프루스트와 같은 탁월한 모더니스트에 의해 널리 전파된 바 있다. 시간 의식의 새로운 지평은 물리적 시간만이 아니라 공간 의식까지를 아우른다. 단단한 시간과 공간이 쪼개지자 거기에서 무수히 많은 이질적인 복수적 자아와 낯선 경험이 융기했고, 현대 소설은 대개 이 고전적 리얼리티의 세계에서 포스트모던한 하이퍼리얼리티의 세계로 이행하고 있음도 명백하다. 우리의 일상이 SNS와 유투브에서 복수의 아바타를 입고 레트로와 타임슬립을 종횡무진하며 엄연히 일상적 시간과는 다른 '현재들'을 만들어가고 있듯. 그러므로 일상의 경험을 조각난 퍼즐의 시간과 공간 속에서 이야기하는 것은 지금의 소설에서는 크게 놀랄 바도 아니다. 그러나 정영수의 「내일의 연인들」은 이 문제를 다루는 데 있어 각별한 데가 있다.

소설의 배경은 남현동의 한 빌라이다. 이야기는 어떻게 그가 그 집에 들어가게 되었는지로부터 시작하는데, 그러니까 이 작품은 주인공이 한때 머물렀던 빌라에 대한 회상이라 할 수 있겠다. 주인공은 '선애 누나'라는 지인으로부터 그녀가 살던 빌라에 들어가 살라는 제안을 받게 된다. 단 그 집이 팔리기 전까지. 경기 남부에서 서울까지 통학해야 했던 대학원생 화자는 흔쾌히 그 제안을 받아들인다. 마침 프랑스어학원에서 만난 '지원'과 막 연애를 시작한 그에게 독립된 공간은 더할 수 없이 고마운 장소가 되기도 했던 것이다. 처음에는 막연히 '황량한 느낌'을 각오했으나, 생각과 달리 따뜻한 오후 햇살이 비추고 안목 있는 가구들이 갖춰진 아늑한 빌라는 주인공 '정안'의 마음을 사로잡는다. 가파른 경사로 끝에 위치한 동네 분위기 또한 이제 막 피어나기 시작한 그들의 사랑처럼 포근한 정취로 느껴진다. 정안과 지원의 사랑은 그 빌라의 입주와 더불어 시작되고 무르익어간다.

화자인 정안은 남현동 빌라를 중심으로 그들의 사랑이 어떻게 시작되었는지, 어떤 충만의 시간을 보냈는지를 이야기한다. 처음 만난 순간부터 서로에게 끌린 그들은 "단 한 번의 엇갈림이나 망설임도 없이 서로를 향해 직행"했고 "한번 만나면 언제나 더이상 같이 있을 수 없는 시간까지 집에 돌아가지 않"았으며 "자유로움과 소속감이 완벽하게 공존하는 전혀 새로운 연애의 세계에 들어오게 된 것을 기뻐했으며 또 종종 그것을 믿지 않아했다." 요컨대 정안에게 남현동 빌라 시절의 사랑은 첫사랑은 아닐지라도 '특별한 사랑'으로 각인되어 있는 것이다. 정안은 빌라에서의 첫 섹스와 그것을 지연시키는 유희, 그 지연 끝에 만난 환희와 기쁨을 추억한다. 무엇보다 그들의 사랑의 밀어가 어떻게 서로를 특별한 존재로 만들어주었는지를 이렇게 회상하고 있다.

> 그때 우리는 사랑한다는 말 대신에 다른 말로 서로에 대한 애정을 표현하곤 했다. "넌 정말 대단해." 지원과 나는 어느 순간 그 말이 다른 어떤 말들보다 서로를 감동시킨다는 사실을 깨달았다. (…) 지금은 물론이고, 당시에도 나는 그녀의 그런 말들이 나를 어떻게 그토록 감동시켰는지, 그런 말을 들을 때마다 왜 더욱 열렬히 그녀를 사랑하게 되었는지 잘 알고 있었다. 그녀가 나를 대단한 사람으로 여겼던 것이, 아니면 적어도 그렇게 여기고 있다고 내가 믿게 만들어주었던 것이, 내가 정말로 그래서가 아니라 오로지 나에 대한 그녀의 애정으로 인한 왜곡된 시선 혹은 배려였을 뿐이라고 하더라도 어쩔 도리가 없었다. 나는 그 시기에 그 말이 필요했고, 그녀가 그 말을 제공해주었다는 사실만으로도 충분했기 때문이다. (329~330쪽)

'넌 정말 대단해'라는 말이 '사랑해'보다 더욱 강력하게 그들을 애정으로 결속시켰다는 것은, 사랑의 본질을 보여준다. 인용문에서처럼 사랑은 왜곡이고 배려일 뿐이라도 그것을 통해 '존재'는 부풀어 오르고 강해지고 찬란해지며 각별한 의미를 지니게 된다. 그 마술같은 순간들을 정안과 지원은 '선애 누나'가 버리고 간 집에서 신혼부부처럼 만끽했던 것이다.

문제는 남현동 빌라의 추억이 이 작품의 핵심이 아니라는 것이다. 소설에는 또 다른 두 겹의 이야기 층위가 두텁게 자리하고 있다. 하나는 선애 누나의 이야기이고 또 하나는 주인공 정안의 부모 이야기이다. 화자에 의하면, 선애 누나는 어머니의 친한 친구의 세 딸 중 하나로 주인공보다 여섯 살이 많으며, 어린 시절 많은 시간을 함께 보냈다. 선애 누나가 어떤 남자들을 만나왔는지를 세세히 기억하고 있는 화자는 선애 누나가 결혼할 당시의 우여곡절도 알고 있다. 선애 누나에게는 '조인성'이라 불리는 각별한 남자친구가 있었는데, 추락사고로 일 년간 입원해 있는 동안 그녀를 극진히 간호함으로써 그들 가족 공동체에게 순애보로 각인된다. 그런데 선애 누나는 가난한 배우 '조인성'을 버리고 다른 남자와 결혼을 해버린다. 집안의 반대가 컸지만, 선애 누나는 "스스로도 제어할 수 없는 인생의 급행열차에 올라탄 사람처럼" 거침없이 직행해버린다. 그러나 전 남자친구에게 느낀 "고마움이나 애정과는 별개로 그냥 그 사람을 사랑하게 된 거야"라며 운명적 사랑에 빠진 선애 누나의 결혼은 5년 만에 파경을 맞는다. 이혼 신청 후 곧바로 집을 내놓았지만 좀처럼 팔리지 않자 홀로 남은 선애 누나는 그들이 공유했던 삶의 흔적을 감당해내기 힘들어 '정안'에게 입주를 제안했던 것이다.

정안은 남현동 빌라에 입주한 지 석 달 만에 선애 누나를 만났으나, 내내 궁금해하던 "어쩌다가 헤어지게 되었는지"에 대한 답을 듣지 못한다. 그저 어떻게 결혼하게 되었는지, 남현동 빌라를 샀을 때 어떤 확신이 들었는지에 대한 이야기를 들었을 뿐이다. 그러니까 선애 누나의 스토리에는 '어쩌다가 헤어지게 되었는지'라는 결락이 존재하는데, 끝내 이 결락의 실체는 밝혀지지 않은 채 무시무시한 벼랑처럼 이 소설의 무의식으로 깔린다.

또 하나는 정안 부모의 불화이다. 소설에 의하면 대학을 졸업하고 승마 전문 잡지에서 일하던 정안을 괴롭혔던 것은 무의미한 회사일보다는 부모님의 다툼이었다. 모욕적인 태도로 상대를 괴롭히는 아버지, 과잉된 감정으로 우울증과 불안 증세를 앓는 어머니 사이에 반복되는 싸움과 화해, 별거와 재결합을 목격하는 일에 지친 정안은 그들과 거리를 두기 위해 대학원에 진학하게 되었다는 것이다.

이쯤에서 눈치챘을 터인데, '내일의 연인들'이란 위의 이 두 커플을 의미한다. 정념에 사로잡혀 거짓말 같은 결혼을 했으나 끝내 헤어지고 만 선애 누나의 커플, 그리고 그와 크게 다르지 않을 사랑을 하고 결혼을 하고 아이를 낳고 오랜 시간을 보냈음에도 불구하고 끝없이 싸움을 반복하는 정안 부모. 이 두 커플의 불행과 지리멸렬함이 현재 가장 행복한 시간을 보내고 있는 정안과 지원의 커플 앞에 놓인 미래의 모습일 수 있다는 것. 이 두 커플의 보여주는 결락은 '내일의 연인들'이라는 제명과 더불어 이들의 현재에 검은 장막을 드리운다.

작가는 곧장 이 미래의 연인을 현재의 연인들로 이어붙이지는 않지만 이 어두운 예감은 음험하게 정안 커플의 밝은 현재를 회칠하며 그들 사이에 스며든다. "그런데 그 사람들은 정말 어쩌다 헤어졌을까?"라는 지원의 혼잣말은 이들 커플의 앞날에 대한 징후처럼 그들 사이를 헤집고 들어가 잠 못 들게 하고, 외로움을 풀어놓는다. 그리고 끝내는 "우리는 어쩌면 그들의 유령들이 아닐까"라는 생각으로 이끈다. 이 말은 곧 그토록 특별하게 느껴졌던 정안의 사랑도 멀리서 보면, 특별할 게 없는 평범한 사랑이라는 것. "누군가가 누군가를 사랑하게 된 이야기, 그래서 누군가가 누군가를 떠나게 된 이야기, 흔한 이야기" 중에 하나라는 사실일 수 있다는 깨달음이다. 계몽의 이 말은 곧 사랑에 빠진 연인들에게는 마법을 푸는 주문이며, 저주이다. 그러나 중요한 것은 오늘의 연인이 내일에는 그저 그런 환멸의 관계가 될 수 있다는 사실의 계몽과 냉소가 아니다.

딱 한 사람, 이라는 그녀의 말 때문이었을까. 그 집에서 지원과 함께하는 동안 나는 어쩐지 구원이라는 단어를 종종 떠올렸던 것 같다. (…) 나도 막 연애를 시작한 수많은 다른 사람들처럼 TV 드라마 속 연애 이야기에 쉽게 나를 대입하기도 하고, 다양한 갈래의 복잡다단한 정서를 단 하나의 위대한 단어, 그러니까 누구도 그 뜻을 정확히 알지 못하지만 강력한 편의성으로 인해 빈도 높게 사용되곤 하는 사랑이라는 단어로 단순화해 그것에 몰두하기도 했다. (…) 그런데 한 사람이 다른 한 사람을 구원해줄 수 있을까? 그런 게 정말 가능할까? 그때의 나는 다소 희망에 찬 내면의 목소리를 들었던 것도 같지만, 이제와 돌이켜보면 내가 그 단어를 떠올렸던 이유는 실은 지원과 내가 서로를 구원해줄 수 있는 능력을 가졌던 것이 아니라 그저 서로가 어떤 식으로든 구원이 필요한 사람들이었다는 증거였을 뿐이었는지도 모르겠다는 생각이 든다. 우리는 서로에게 특별한 사람들이었던 게 아니라 마침 구원이 필요했던 두 사람이었을 뿐이라고.

우리는 구원까지는 아니어도 남현동 언덕 위에 있던 조용하고 아늑한 빌라가 적어도 우리를 구조하긴 했다고 여겼던 것 같다. 삶의 지난함에서, 무기력함에서, 희망 없음에서. 학교나 회사에 있어야 할 때를 제외하고, 우리에게 허락된 '진정한' 삶의 시간의 대부분을 그곳에서 보내게 된 지 얼마 되지 않아 그곳은 우리에게 서로의 존재만큼이나 중요한 무언가가 되어가고 있었던 것이다.(333~334쪽)

위 인용문에서 주인공은 그들의 관계를 편의상 '사랑'이라는 말로 단순화해버렸으나 사실 '사랑'을 초월한 어떤 것이었다고 회상하고 있다. 사랑이 구원이 되는 관계, 그것이 어떻게 가능한 것인지는 여전한 미스터리이지만, 남현동 빌라 시절의 그들에게는 그것이 가능했다는 것, 또한 그들이 특별한 사람도, 그들의 사랑이 특별한 것이어서가 아니라 마침 '구원'이 절실했기 때문이었다고 성찰한다. 그러니까 사랑은 운명이나 필연 같은 것이 아니라, 흔히 말하듯 타이밍 같이 우연한 '필요'가 만들어낸 '환각'이며 다른 이들처럼 파멸을 맞을 수 있다는 사실을 덤덤하게 이야기하고 있는 것이다.

그러나 앞서 언급했듯, 사랑에 대한 이러한 성찰과 계몽이 이들의 사랑을 비루한 대지의 현실로 추락시키고 있지는 않다. 오히려 '오늘의 연인'의 찬란함은 내일의 연인들의 저 비극과 환멸의 장면에 힘입어 상승과 초월의 높이를 획득하고 있는 듯하다. 그것을 가능케 하는 것은, 정안의 회상이며 태도이다. 소설을 쓰는 화자의 '현재'에 지원과의 관계가 결딴 났든, 그렇지 않든 그 끝이 중요한 것은 아니다. '현재'의 이들 관계는 선애 누나 커플의 결락과 더불어 지속적으로 독자들에게 궁금증을 유발하고 또한 이 트릭이 이 소설을 경쾌하게 이끌고 있지만, 작품이 깊이 품고 있는 것은 따로 있다.

그것은 앞서 강조했듯, 정안이 남현동 빌라 시절을 회상을 통해 '현재화'하고 있다는 것. 정안이 어떤 이유에서든 과거를 '현재'로 끌어당기는 이 힘과 의지에 의해 그들의 사랑 또한 지금의 현실과 무관하게 시간의 덧없음 속에서 '구조'되고 진정한 의미를 획득하게 되는 것이다. '삶의 지난함 속에서, 무기력함에서, 희망 없음에서' 우리를 구원하는 것은 현재의 사랑만이 아니라, 과거의 사랑을 현재화하는 그리움 같은 것이기도 하다. 남현동 빌라가 따뜻한 햇살이 가득 찬, 진정한 삶의 공간이었다면, 그것은 그들 사랑이 만든 마법의 결과이다. 무수히 조각난 '현재'가 어떤 의미를 품고 반짝거린다면, 그것 또한 은총 같은 사랑이 '다시 불려왔기 때문'이며 그 회상에 의해 한때의 사랑은 '결락'과 무관하게 영원히 존재하게 되는 것이다.

보내는 이

최은미

2008년『현대문학』으로 작품 활동 시작. 소설
집『너무 아름다운 꿈』『목련정전(目連正傳)』, 장
편소설『아홉번째 파도』, 중편소설「어제는 봄」
이 있음.

보내는 이

진아 씨를 떠올리면 나는 언젠가 그녀가 소화기를 사야겠다고 하던 게 생각난다. 진아 씨와 많은 날 여러 얘기를 나누었지만 이상하게도 진아 씨 하면 그때가 떠오른다. 휴대전화 화면을 밀어 올리면서 진아 씨는 투척형 소화기로 살까 스프레이형 소화기로 살까 물었다. 식탁에 견과류 껍질들이 흩어져 있었다. 욕실 거울에 붙어 있던 동그란 시계. 변기 안에 떠 있던 참외 씨앗 하나―그건 진아 씨한테서 나온 것일까, 진아 씨 남편한테서 나온 것일까, 진아 씨 아이한테서 나온 것일까?

진아 씨네서 바라보던 내 집 창문도 기억난다. 저 끝은 작은 방 베란다 창. 오른쪽은 중간 방 창. 가운데에 작게 붙어 있는 건 주방 창. 진아 씨네서 건너다보면 20층 외벽에 매달린 내 집은 놀랍도록 왜소해 보였다. 저기가 정말 거긴가? 몇 달 넘게 인테리어를 고민하고 여전히 대출금을 갚고 있는 그 집? 하지만 나는 진아 씨네서 내 집을 바라보는 시간을 싫어하진 않았다. 그 시간을 기다리기까지 했다.

다 지난 얘기다. 이제 나는 두 번 다시 진아 씨가 살던 집에 들어가볼 수 없다. 하지만 나는 오늘도 진아 씨네서 시간을 보내던 때를 떠올린다. 창문 밖이 천천히 짙어지던 저녁을 생각하고 김치냉장고에서 꺼내 먹던 차가운 맥주를 생각한다. 어느 날엔 진아 씨 남편의 것이 분명한 면도기로─진아 씨는 아직 이 사실을 모른다─겨드랑이 털을 재빨리 밀어버리기도 했다. 진아 씨네 식탁 의자는 네 개였고 그중 두 개엔 늘 옷가지가 걸려 있었다. 냉장고 손잡이엔 한참 된 〈겨울왕국〉 스티커. 돌고 또 돌아가는 공기청정기. 나쁨. 상당히 나쁨. 매우 나쁨. 윤이들이 곧 가져올 생활통지표는 잘함. 매우 잘함. 이후 계속 매우 잘함.

하지만 내가 떠올리고 싶은 건 그런 것들이 아니다. 나는 진아 씨가 소화기를 주문하던 것을 생각하고 싶다. 에어컨을 틀 만큼은 아니었지만 더웠다. 방문과 창문을 모두 열어젖혔다. 진아 씨는 싱크대를 등지고 식탁에 앉아 있다. 쇼핑몰 앱을 열어 검색창에 '소화기'라고 친다. 어떤 업체에서 주문할까 잠시 탐색한다. 소방서에 납품도 한다는 업체를 선택한다. 스프레이형 소화기로 결정한 뒤에는 다용도실에서 먼지를 쓰고 있는 분말 소화기를 보고 온다. 거기에 씌울 비닐 커버도 함께 주문한다. 곧 111년 만의 폭염이 찾아올 예정이지만 진아 씨도 나도 우리에게 어떤 여름이 올지 알지 못한다. 나는 다만 진아 씨 맞은편에 앉아서, 저렇게 여분의 소화기를 준비하는 사람이라면 인생의 어떤 순간에 아주 나쁜 선택을 하진 않을 거라고 생각한다.

그날 진아 씨가 주문했던 초기 진압 소화 용구는 택배 상자에 그대로 담긴 채 내 집에 있다. 소화기를 주문하는 마음과 이제는 소화기가 필요 없어진 마음, 진아 씨, 그 사이엔 뭐가 있는지.

*

진아 씨가 떠난 뒤로 내게 과거를 회상하고 현재를 인지하는 기준은 진아 씨가 되었다. 옆 동네로 칼국수를 먹으러 가서는 생각한다. 지난번에 이걸 먹을 땐 진아 씨가 있을 때였지. 미용실에 가서 뿌리염색을 하면서도 생각한다. 지난번 염색 때만 해도 나는 언제든 진아 씨와 연락할 수 있었는데. 아이가 영어학원 할로윈 파티 공지문을 가져왔을 때도 생각했다. 작년 할로윈 때는 진아 씨가 있었지. 우리는 두 윤이—진아 씨의 윤이와 나의 윤이—를 나란히 세워놓고 뺨에 해골 스티커를 붙여주었다. 눈두덩에 펄 섀도우를 잔뜩 얹어주고 입가에서 피도 흘리게 해주었다. 다이소에 할로윈 소품들이 등장하면 이젠 선풍기를 들여놔야 한다. 에어컨에 커버도 씌워야 한다. 하지만 시월이 다 저물어가도 나는 아무것도 하지 않는다. 카페에서 벌써 캐럴송을 튼다는 것에 배신감을 느낀다. 말도 안 되지. 하늘이 저렇게 창창한데 어떻게 벌써 크리스마스를 기다릴 수 있지? 머플러로 목을 가린 사람들을 붙잡고 묻고 싶어진다. 올여름에 정말 더웠잖아요. 안 그래요? 벌써 잊었어요? 떨어져 내리는 나뭇잎들을 보면서 어떻게 하면 진아 씨와 예전처럼 지낼 수 있을까 생각한다. 시간을 되돌릴 지점을 궁리하는 사람처럼 지난여름의 장면들을 불러오고, 뒤섞고, 밀어내고, 다시 불러들인다.

일기예보 앱에 일주일 내내 우산 표시가 그려져 있었다. 이건 7월 초일 것이다. 홈쇼핑에서 전동 발 각질 제거기 두 개를 주문했다. 하나를 진아 씨한테 주었지. 7월 중순엔 젊고 멋진 남자가 내 눈을 보며 말했다. 영수증 버려드릴까요?

건강검진을 받으러 간 병원에서 질문도 받았다. 임신 가능성이 있으신가요? 나는 간호사에게 속삭이듯 답해주었다. 없—어—요—전—혀. 방학 전의 어느 저녁엔 아이랑 둘이 근린공원 옆에 있는 닭갈비집에 갔다. 아이한테 막국수를 시켜주고 옆에서 청하 한 병을 비웠지.

밤새도록 더웠다.

너도나도 한 손에 미니선풍기를 들고 다녔다. 고무장갑의 손가락 끝이 자꾸 녹았다. 밖에서 5분만 서 있어도 살갗이 아렸다. 차 문을 열면 헉 소리가 났다. 에어컨을 틀지 않고는 한 시간도 견디기 힘들었다. 가마솥 더위. 기상 관측 이래 최고의 더위. 1994년을 훌쩍 넘어선 더위.

진아 씨네 집에 가게 된 걸 폭염 때문이라고 해두자. 아니다. 여름방학 때문이라고 하자. 아이들은 폭염 한중간에 방학을 했고 밖에서 노는 건 불가능했으니. 아이가 방학을 하면 개인 시간은 어차피 없었다. 핸드로션 바를 틈도 없이 낮 시간을 보내다 저녁이 되면 우리는 만났다. 그리고 나는 이제 이런 것들을 되짚는다. 더운데도 머리를 풀고 다니던 것. 바닥에서만 부풀던 풍선. 끈 원피스를 입고 나란히 걸어가던 열한 살 윤이들. 앨리스 양산. 창문이 움직이던 소리. 바람이 보여준 것들. 그리고 진아, 진아 씨, 나는 오늘도 당신을 뭐라고 불러야 할지 모르겠다.

*

진아 씨가 이전 글들을 지우지 않았는지 보기 위해 매일 지역 맘카페에 들어간다. 하루에 서른아홉 번, 어쩌면 아흔아홉 번. 새로고침. 새로고침. 한 번 더 새로고침.

새 글을 올리지도 않았고 이전 글과 댓글들을 지우지도 않았다. 지난 두 달, 어디서도 진아 씨가 움직인 흔적을 찾을 수 없다. 나는 진아 씨가 그동안 올린 글 목록을 습관처럼 읽는다. 오늘 문 여는 안과 있나요? 지금 코스트코 주차장 상황. 아이사랑적금 넣고 계신 분. 머리는 몇 살 돼야 혼자 말릴까요. 외부 새시 교체 견적이요. 티벳버섯 효과 어떤가요?

고추청을 담갔다는 게시글도 있다. 나는 그 글을 제일 자주 열어본다. 내가 아는 진아 씨는 그런 걸 담가 먹는 사람이 아니다. 담갔다면 나한테 나눠주지 않았을 리도 없다. 나는 고추청 때문에 그 닉네임─윤이맘7─이 진아 씨가 아닐 수도 있다고 생각했다. 하지만 다른 글들은 진아 씨라고 보지 않기가 더 힘들었다. 무엇보다 윤이맘7이 올린 사진 중엔 진아 씨의 카톡 프로필 사진과 같은 사진이 있었다. 진아 씨네 식탁등 사진이었다.

누군가 매직펜을 든다. 천장에서부터 선 하나를 그어 내린다. 허공에 탐스럽고 둥근 갓 하나를 띄운다. 폭염에 갈 곳 없는 이들을 위해. 무채색으로 가라앉은 진아 씨네 집에서 식탁등은 제일 빛나는 사물이었다. 우리는 그 등 아래에서 얼마나 여러 초저녁 함께 술을 마셨던가. 윤이들은 집 안에서 안전하게 놀고 있고 남편들은 안 오거나 늦었고 우리에겐 술을 마시지 않을 수 없는 많은 이유들이 있었다.

그 등 아래에서 나는 진아 씨한테 이런 얘기를 들었다.

진아 씨는 어느 해 여름에 과 사람들과 MT를 갔다. 야구모자를 쓰고 있었다. "더워도 야구모자는 한번 쓰면 벗기 힘들잖아. 머리가 눌려서 엉망이니까." 과 사람들이 다 모인 자리, 친한 동기가 "장난"을 치다 진아 씨의 야구모자를 확, 벗긴다. 벌겋게 익은 얼굴과 납작하게 엉겨 붙은 머리가 만천하에 드러난다. 몇 초간의 정적이 진아 씨한테로 쏟아진다.

이런 얘기도 들었다.

서윤이는 밤에 잠을 안 자는 아기였다. 두 돌이 막 지난 진아 씨의 윤이는 새벽 3시, 주방놀이 장난감을 펼쳐놓고 거실 한쪽에서 도마질을 한다. 그러다 심심하면 엄마를 부른다. "진아야, 진아야!" 진아 씨는 잠이 쏟아져서 대답을 할 수가 없다. 새벽 4시, 윤이는 주방놀이를 접고 블록을 쌓는다. 그러다 역시 "술 취한 노인네처럼" 집 안이 떠나가라 엄마를 부른다. "진아야. 진아야아아아!" 날이 밝아오기 시작하면 윤이는 난장판이 된 거실 아무데나 누워 잠이 든다.

그런 얘기를 들으며 나는 거실 저쪽에서 도란도란 놀고 있는 윤이들을 아득한 마음이 되어 쳐다보곤 했다. 이젠 다 컸어. 그치? 쟤들 어릴 때 우리 얼마나 힘들었어. 지금은 그때보다 낫잖아. 그렇잖아? 잘 놀다가도 툭하면 싸우고, 식탁으로 조르르 달려와서 한 명이 한 명을 일러바쳤잖아.

윤이들이 같은 어린이집을 다니던 세 살 때부터였으니까 진아 씨를 알고 지낸 시간은 짧지 않았다. 그땐 진아 씨도 나도 직장을 다니고 있어서 아이들을 데리고 자주 보긴 힘들었다. 그래도 마음으론 다른 사람들보다 서로를 각별히 생각했다. 둘 다 외동인 여자아이를 키우고 있었고—이름 끝자까지 같은—같은 단지 안에서도 앞동 뒷동에 살았고—둘 다 꼭대기층인—많은 것들이 불안했지만 적어도 서로 때문에 불안하진 않았다. 윤이들이 다른 유치원에 가게 되면서 자연스럽게 연락이 뜸해졌지만 몇 달 만에라도 불쑥 이런 메시지를 주고받곤 했다. "뒷베란다에 계속 불 켜져 있네, 영지 씨." "이런 깜빡했네. 고마워, 진아 씨."

윤이들이 초등학교에 들어가면서부터는 아이들이 일곱 살이 될 때까지 버텨온 직장 생활을 진아 씨도 나도 포기했다. 그 후에는 놀이터, 단톡방, 투썸 모닝 세트, 그 담임 어때? 그 학원 어때? 그 엄마 어때? 그리고 몇 년이 지나 이제 윤이들은 열한 살이 되었다. 나는 단톡방과 투썸에서 빠져나왔다. 고개를 들어보니 저 건너, 지진이 나면 제일 먼저 흔들릴 꼭대기층, 불이 나면 가장 빠져나오기 힘든 탑층의 플라워팟 펜던트 아래에서, 진아 씨가 나를 기다리고 있었다.

"그래서 그 동기는 어떻게 했어?"

그러니까 진아 씨의 야구모자 굴욕 사건이라든지, 진아 씨의 윤이가 한때 얼마나 엄청났는지 하는 얘기들을 나는 수년에 걸쳐 천천히 알게 된 것이 아니었다. 초등학교에 가서도 4년 만에 같은 반이 된 윤이들이 방학을 한 지난여름의 한 달 동안에 알게 된 것이었다. 진아 씨가 아직 윤이의 배냇머리카락 일부를 보관하고 있다는 것. 자신이 스물두 살에 뽑은 사랑니와 사랑니를 감싸고 있던—피 묻은—거즈까지도 보관하고 있다는 것. 진아 씨네는 칼이 아주 잘 들고, 진아 씨 남편은 주말에만 온다는 것. 그리고 진아 씨는 주걱을 꼭 보온 중인 밥통 속에 넣어놓았다. 진아 씨가 초등학생일 때부터 진아 씨의 엄마는 말했다. 주걱은 밥통 속에 넣어놓으면 안 된다, 진아야. 살아오면서 진아 씨는 엄마의 말대로 하지 않은 게 하나도 없었다. 이제 진아 씨는 엄마의 말을 매일매일 어기기 위해 매일매일 주걱을 밥통 속에 넣는다. 그리고 또…… 8년여를 봐오면서도 진아 씨에 대해서 아무것도 몰랐구나 싶을 만큼 진아 씨는 단기간에 나에게 쏟아져 들어왔다. 나는 성큼성큼 빨아들였다. 진아 씨한테 빠져들어갔다. 정신을 차리기가 힘들었는데, 실은 정신을 차리고 싶지도 않았다. 나는 예전부터 그런 편이었다. 좋아할 만하다 싶으면 쉽게 마음을 주었다. 마음을 먹고, 마음을 주고, 그런 후에는 전력을 다했으며, 다한 만큼 욕구가 충족되지 않으면 상처를 받고, 더 나아가면 남몰래 앙심을 품었다.

나는 알고 있었다. 진아 씨네 식탁등이 아무리 각별해도 여긴 내 아이의 친구 집이다. 진아 씨는 내 아이 친구의 엄마이며, 지켜야 하는 선이 있다. 비슷한 여건과 생각을 가진 사람을 만나 관계를 이어가는 게 쉽게 일어나는 일이 아니라는 걸 나는 이제 아는 나이이므로, 이 관계를 오래 가꿔가고 싶다면 훅 들어가선 안 된다. 우리를 짓누르는 사회 구조적인 것들에 대해선 얼마든지 얘기를 나눠도 좋지만 개인적인 고통을 털어놓는 건 신중해야 한다. 아이들 사이에 문제가 생겼을 경우 내 아이에게 불리한 빌미가 될 수도 있으므로, 내 스트레스 상황 또한 너무 드러내는 건 좋지 않다.

하지만 한낮의 폭염이 조금씩 내려앉고 저 아래 땅에서 식은 김이 올라오는 저녁이 되면, 아이들이 남긴 저녁 반찬을 안주 삼아 한 잔, 또 한 잔 마시다 보면 나는 그 선을 살짝 넘어가보고 싶어지는 것이었다. 펜던트 조명 아래에 있으면 나는 어느 때보다도 예뻤다—그 무렵 내가 건진 셀카는 다 진아 씨네 식탁에서 찍은 것이었다. 나는 그곳에 진아 씨와 마주 앉아 있는 내가 마음에 들었다. 거기로 건너가 있으면 나는 혼자서 마시는 키친 드렁커도 아니었고 사회적으로 고립된 느낌에서도 잠시간이나마 벗어날 수 있었다. 아이한테 뭔가를 해주고 있다는 느낌도 받을 수 있었다. 단짝친구를 만들어주고 있다는 느낌. 아이를 통해 맺는 인간관계의 한계, 그걸 넘어선 친밀감을 갈망하면서도 아이를 포함시키지 않으면 불안했다.

마무리 의식처럼 혼자 진아 씨네 베란다로 나가는 건 대체로 술이 관자놀이 아래까지 차오른 때쯤이었다. 저희들끼리 재미있는 윤이들과 식탁의 그릇을 정리하는 진아 씨를 뒤로하고 거실 문을 닫으면 다른 온도, 다른 소음, 다른 공기가 나를 감쌌다. 나는 일단 숨을 한번 내뿜고, 베란다 외부 창을 드르륵 연다. 에어컨 실외기의 후끈한 바람에 먼저 얼굴을 내준다. 20층 베란다 난간을 짚고 서서 8월의 열대야 공기를 들이켠다. 다시 뱉어내며 몇 초간 더운 바람을 고르고 나면 저 건너 꼭대기 가장자리, 내 집이 보였다. 내가 사는 집. 두세 방울의 불빛으로 겹쳐지면서 아른아른 떠 있는 집. 나는 그 순간의 느낌을 위해 집에 일부러 불을 켜두고 오기도 했다. 내 10여 년이 통째로 담겨 있는 곳을 보려고. 일어났다 사라지고, 솟아났다 흩어지고, 눌리고, 찌그러지고, 터져 나와 천장에 파편처럼 박혀버린 모든 감정, 말들, 욕과 사랑, 애원과 멸시, 체념, 기대, 자책과 비명, 난간을 잡고 비틀, 하면서 그걸 건너다보고 있으면, 하…… 그래 씨발, 뭐 있나, 나의 윤이도, 진아 씨의 윤이도, 진아 씨도, 남편도, 나 자신까지도, 나는 다 사랑할 수 있을 것만 같았다. 어떤 수단으로든 나에겐 그런 감정적 고양 상태에 도달하는 것이 너무나 중요했다. 그런 걸 안 느낀 날은 초조하고 또 초조할 정도로.

아이와 함께 집으로 걸어가는 동안에도 가슴은 식을 줄을 몰랐다.

"하윤아."

나는 아이의 어깨를 힘껏 당겨 안고는 하늘을 올려다본다.

"우리 오래오래 친하게 지내자."

"우리?"

"서윤이네랑 말이야. 하윤아, 너 다른 애랑은 싸워도 서윤이랑은 싸우면 절대 안 돼. 알지?"

엘리베이터 앞에 서서 나는 아이의 머리를 쓸어 넘긴다. 이리 보고 저리 봐도 예뻐서 얼굴을 한참 들여다본다.

"세상에서 제일 예쁜 내 새끼. 나는 니가 좋아서 정말, 가슴이 터질 것 같아."

아이를 으스러지게 껴안는다. 볼에 입술을 대고 빨아 먹을 듯이 비빈다. 코도 부비고 이마도 맞대고 입술에도 뽀뽀, 뽀뽀. 엘리베이터에 타서도 두 손으로 볼을 당기고, 쓰다듬고, 문대고, 다시 껴안고, 터뜨릴 듯이 끌어당긴다. 숨 막혀, 엄마. 엘리베이터 문이 열리자마자 아이는 탈출하듯 달려가 현관 도어록을 누른다. 남편은 귀가 전이다. 내 집 현관에서 신발을 벗는 시간, 나는 알알하고 허망해서 어떻게 해야 할지를 모르겠다. 허망한 채로도 이렇게 차올라서, 이 마음을 이제 어디에 쓰지.

*

당연한 말이지만 내 집에서도 진아 씨네 집이 보인다. 싱크대 앞에서 고개만 들면 주방 창문 저편으로 뒷동의 스카이라인이, 진아 씨네 집 전면이 보인다. 외부 창마다 엑스 자가 그어져 있는 건 지난여름의 흔적이다. 엑스 자는 고층일수록 많고 주로 알루미늄 창인 집들에 집중돼 있다.

진아 씨는 정말로 창호를 새로 하고 싶었을까. 카페에 올린 글을 보면 주기적으로 견적을 알아봤던 것 같다. 아파트 탑층은 여러 가지가 과하게 오는 곳이었다. 빛과 열도 과하게 쏟아졌고 바람도 과하게 통과했다. 지어진 지 20년이 넘은 노후된 아파트로는 창호 광고지가 자주 날아들었다. '지난겨울에 추웠던 창호, 올겨울에는 더 춥습니다.' '창호만 바꿔도 연간 냉난방비 40프로가 절감됩니다.' '태풍은 매해 오고 미세먼지는 매일 옵니다. 건강과 안전을 위해 창호를 바꾸세요.' 그런 광고지가 현관에 붙어 있는 날이면 줄자와 계산기를 품에 안고 창호 교체의 열망에 싸여 밤을 보낸 적이 있었다. 뒷동과 앞동을 훑다 보면 창호를 새로 한 집은 도드라지는 흰 선 안에 안전하게 들어가 있었다. 올수리의 정점이자 핵심은 바로 창호지. 26밀리로이유리로 외부 창을 전부 바꾸고 내부 창은 폴딩도어를 다는 거야. 단열과 방음은 기본, 이젠 강풍이 불어도 집이 덜그럭거리지 않는 거야.

하지만 언젠가부터 나는 창호 생각을 접었다. 그게 언제부터였는지는…… 잘 모르겠다. 그냥 어느 순간 집을 손보고 가꾸는 데 돈을 쓰는 게 의미 없게 느껴졌다. 얘기를 나눠보면 진아 씨도 나와 다르지 않은 것 같았다. 이제 와 새삼. 우리는 에어프라이어에 먹태 껍질을 튀겨 먹으며 그런 얘기를 했다. 윤이들이 여름내 슬라임을 사랑하는 동안 우리는 에어프라이어를 사랑했다. 오늘은 여기다 뭘 해 먹어볼까. 웨지 감자에 닭 윙에 고구마 스틱에 식빵 러스크도 만들고 인스타에서 보니까 막창도 맛있겠더라. 에어프라이어가 돌아가는 동안 윤이들은 슬라임을 직접 만들겠다고 천사점토와 물풀 같은 것들을 가져다 거실에 늘어놓았다. 비율을 따져가며 베이킹소다도 넣고 리뉴도 넣고 셰이빙 폼도 넣어서 섞고 또 섞었다. 그러면 정말로 슬라임이 되었다. 아이들은 그 이물스럽고 차가운 덩어리를 만지고 뭉치고 바닥에 대고 늘여서 풍선을 만들었다. 아이들이 환호를 하면서 엄마들을 부르면 우리는 역할극을 하는 배우처럼 거실로 걸어가 바닥에서 부풀었다 바닥으로 꺼지는 풍선을 묘한 마음으로 내려다보곤 했다. 에어프라이어를 열고 간식을 꺼내놓으면 아이들은 슬라임 한 덩어리씩을 내밀며 엄마들한테도 만져보라고 애원했다. 같이 좀 좋아해줘, 우리 좀 이해해줘, 라고 말하듯이. 그러면 진아 씨도 나도 손사래를 쳤다. "이거 다 안 좋은 성분이야. 그만 만져." "우리가 직접 만든 건 괜찮다니까." 그런 실랑이들. 아이들이 식탁 위로 몸을 숙일 때마다 식탁 저편의 진아 씨가 조금씩 가려졌다. 그때마다 나는 이상하게 조급하고 애틋한 마음이 되어 진아 씨를 건너다봤다. 집에선 늘 냉장고바지를 입고 있는 진아 씨. 눈밑살이 점점 꺼져가는 진아 씨. 수학경시대회만 나가면 탑이었던 진아 씨. 주말에는 거실 블라인드를 한 번도 올리지 않는 진아 씨. 어두컴컴해지면 동 옆 공터에서 혼자 줄넘기를 하는 진아 씨. 윤이맘7이 확실한 진아 씨, 내 앞에선 집 따위에 초연했었는데 뒤에선 계속 창호 견적을 알아보고 있었어. 그렇지?

지역 맘카페에서 진아 씨를 보지 않았다면 어땠을까 생각해본다. 진아 씨가 어떤 얘기들은—'펑 예정'이라는 사전 경고도 없이—올리고 곧 지운다는 걸 몰랐다면 어땠을까. 지역 맘카페에 들락거리는 그 마음을 나 또한 모르지 않았다. 어디에도 말할 수가 없는 마음, 너무 사랑해서 말할 수 없고, 사랑하지 않아서 말할 수 없고, 가까워서 말할 수 없고, 멀어서 말할 수 없고, 구차하고 흔해서 말하고 나면 별게 아닌 게 되어버리는 얘기들. 힘내라는 댓글 딱 하나만 보고 내리려고 올리는 글들. 아무리 억지스러운 얘기를 올려도 수십만의 회원 중에 한 명은 호응을 달아주는 사람이 있었다. 거기선 모두가 거침없었다. 재판관과 상담사와 의사와 친구 역할을 돌아가며 했다. 당장 이혼하세요. 안 봐도 뻔해요. 그런 엄마 그냥 차단하세요. 그걸 왜 참으세요? 얼마나 속상하셨을까요. 에궁. 토닥토닥. 하트를 날리고 눈물을 글썽이며 격하게 껴안는 브라운과 코니. 즉각적인 공감과 위로를 받고 고개를 끄덕이며 글을 내린다. 하지만 매일 얼굴을 보는 사람 앞에선 에어프라이어에 뭘 해 먹을까만 얘기하는 것이다.

하지만 진아 씨, 진아 씨가 5분 만에 내린 글을 읽은 66명의 조회자 중에 내가 있을 수도 있다는 생각은 설마 못 했는지. 게시글이 아니라 무심코 달아놓은 댓글에서 진아 씨에 대한 여러 정보를 얻었다는 걸 알고 있는지. 친정 식구들이랑 가려고 쓰리 베드룸 풀빌라 알아보고 있다며. 진아 씨, 다낭가?—나한텐 그런 얘기 없었잖아. 동파육을 추천한다는 댓글도 달았더라. 진아 씨, 지난 주말에 신랑이랑 이연복 셰프 식당에 간 거야?—나한테 그런 얘기 없었잖아?

어느 순간부터 나는 진아 씨가 어떤 얘기를 해도 서운하고 어떤 얘기를 하지 않아도 서운했다. 겉으로는 티내지 않았다. 진아 씨가 나한테 해주지 않은 얘기를 내가 알고 있다는 걸 진아 씨는 전혀 몰랐다. 지역 맘카페에서 진아 씨를 봤다고 터놓고 말할 수는 없었다. 윤이맘7이 단 댓글에선 남이 알기를 바라지 않을 듯한 진아 씨의 아주 사적인 얘기까지도 유추할 수 있었기 때문이다. 나는 진아 씨에 대해서 몰라도 되는 걸 알게 될 때마다 진아 씨가 더 특별하게 느껴졌다. 그런 마음이 들수록 진아 씨와 나누는 얘기들이 점점 시시해졌다. 전엔 4나 5까지만 가도 즐겁고 흥미로웠지만 이젠 8을 넘어가지 않으면 충족이 되지 않았다. 나는 더 가길 원했다. 시이모가 암인데, 그러니까 무슨 암이냐고, 몇 긴데. 힘든 건 알아. 그러니까 뭐가 어떻게 힘든데. 진아 씨 사정은 뭔데. 너도나도 비슷하게 겪는 그런 거 말고 난 진아 씨만의 질감을 원해. 조금 더 간질간질한 디테일을 나한테 달라고, 진아 씨. 맘카페에서 모르는 여자들이랑 나누지 말고 나랑 나눠. 우리가 특별한 사이라는 걸 조금만 더 느끼게 해줘. 나는 다른 거 안 바라. 무심코라도 하루 안부 물어주는 거. 하루에 10분쯤은 온통 그 사람한테만 집중해주는 거. 남편이랑은 이제 못 하는 거. 남편 때문에 다른 사람이랑도 못 하게 된 거. 그걸 나랑 하자.

당연히 이 모든 건 속으로만 한 생각이었다. 나는 진아 씨한테 대놓고 묻거나 재촉한 적이 한 번도 없었다. 하지만 서운하고 허탈한 마음까지 없앨 수는 없었다. 아이가 잠들고 나면 불을 끈 주방 창문 앞에 서서 원망스러운 마음으로 진아 씨네를 건너다보는 일이 잦아졌다. 진아 씨는 그런 내 마음을 아는지 모르는지 내일은 하윤이가 좋아하는 약단밤을 구워보자느니 하는 메시지를 보냈다. 나는 일이 생겼다거나 피곤하다는 핑계를 대며 진아 씨네로 건너가는 날을 줄였다. 더워서 집에만 틀어박혀 아침을 하고 설거지를 하고 빨래를 널고 다시 점심을 하고 설거지를 하고 청소를 하고 간식을 만들고 다시 저녁을 하고 설거지를 하고 기진맥진해서 혼자 맥주캔을 따고, 왜 잘함이 두 개나 돼, 전부 다 매잘이어야지! 아이한테 취중진담을 하고, 나머지 시간엔 주방 창문에 우두커니 서서 진아 씨네 어느 방에 불이 켜져 있는지를 지켜보곤 했다.

어느 날 점심을 먹다가 윤이가 말했다. "엄마, 어제 서윤이가 고양이카페에 갔는데, 거기 고양이 중에서……." 아이는 고양이 얘길 계속하고 싶어 했지만 나한테 중요한 건 그게 아니었다. "그래서, 누구랑 갔대?"

윤이들을 데리고 같이 고양이카페에 가자고 했던 건 진아 씨였다. 그랬던 진아 씨가 메시지 하나 없이 다른 집이랑 간 걸 알고 나서 나는 거실을 계속 서성였다. 그럴 수도 있지, 생각하다가도 갑자기 배신감에 휩싸였고 환영을 만들었다. 진아 씨네 식탁등 아래에 다른 여자가 앉아 있는 환영. 진아 씨의 윤이가 나의 윤이가 아닌 다른 아이랑 단짝이 되는 환영. 아이가 잠든 뒤 나는 아이의 휴대전화 비번을 풀고 문자메시지 내역을 살폈다. 다른 아이들과 주고받은 메시지는 그대로 남아 있는데 서윤이와 주고받은 메시지만 보이지 않았다.

요 며칠 문제집을 펼쳐놓고 끙끙거리다 숨을 길게 내쉬던 아이 모습이 떠올랐다. 끙끙거린 게 숙제 때문이 아닐 수도 있다는 생각이 들었다. 다음 날 나는 하윤이를 앉혀놓고 물었다.

"싸웠니?"

하윤이가 한참을 그대로 있다 마지못해 고개를 끄덕였다. 메시지도 다 지웠다고 털어놓았다.

"나쁜 말 썼어?"

"서윤이도 썼단 말이야. 근데 우린 벌써 화해했어."

"내가 서윤이랑은 싸우지 말라고 했잖아. 이런 인연이 또 있는 줄 아니?"

아이가 여러 감정이 뒤섞인 표정으로 나를 쳐다봤다. 그러다 다시 고개를 숙이고는 웅얼웅얼 말했다.

"서윤이 좀 짜증날 때 있어."

"짜증? 어떻게 친구한테 그런 말을 써!"

"잘 있다 갑자기 삐친단 말이야. 근데…… 이유를 모르겠어."

표정을 보니 그 문제가 아이를 꽤 힘들고 답답하게 하는 것 같았다.

"니가 뭐 섭섭하게 한 거 없어?"

그 말에 하윤이가 억울하다는 듯 나를 건너다봤다. 곧이어 눈에 눈물이 고여들었다.

"나는 정말…… 모르겠다고. 서윤이가 좋은데 모르겠다고."

하윤이가 잠든 뒤 나는 이쪽 윤이와 저쪽 윤이의 마음에 대해서 한참을 생각했다. 열대야는 계속 이어졌고 언제나 그랬던 것처럼 주말이 되자 진아 씨네 집은 블라인드가 내려졌다. 저녁에도 계속 불이 켜져 있는 걸 보면 외식을 하러 나가지도 않은 것 같았다. 남편이 올라와 있는 주말이 되면 진아 씨네 집은 이상한 고요에 휩싸여 있고는 했다. 다른 집의 움직임들—TV만 튼 거실에서 나오는 푸른빛, 러닝셔츠를 입고 오가는 할아버지, 소파에서 뛰고 있는 아이들, 커다란 화분 실루엣—을 훑다가 진아 씨네 집에 시선을 고정시키면 외부 창에까지 촘촘히 내려진 블라인드 안쪽으로 빨래로 짐작되는 사물이 희미하게 감지될 뿐이었다. 나는 진아 씨가 직접 사고 널고 했을 옷과 수건들을 그려보면서 주말이 지나면 자연스럽게 메시지를 보내보자 생각했다. 얼마 전만 해도 수시로 얘기를 나누었다는 게 믿기지 않을 만큼 진아 씨한테 다시 말을 거는 게 어렵게 느껴졌다. 망설이는 사이 월요일이 지나갔고 하윤이는 서윤이가 학원에 오지 않았다는 말을 전했다. 토요일부터 내려진 블라인드는 화요일 아침이 되도록 그대로였다. 뉴스에서는 온통 붉게 이글거리는 지구, 지열로 들끓는 도시와 기록을 경신한 폭염 이야기였다.

'진아 씨, 집에 있어?' 고르고 고르다 메시지를 보냈지만 진아 씨는 몇 시간이 지나도록 확인하지 않았다. 해가 내리꽂히는 오후 2시, 나는 아이를 학원차에 태워 보낸 뒤 뒷동으로 건너가 꼭대기층으로 가는 버튼을 눌렀다.

*

진아 씨는 흰색 별이 촘촘히 박힌 냉장고바지에 목이 늘어난 것인지 루

즈핏인지 분간이 가지 않는 젖은 티셔츠를 입고 있었다. 계속 거기 앉아 있었던 사람처럼 문을 열어주자마자 식탁으로 터벅터벅 걸어가 앉았다. 모든 문은 닫혀 있었고 집은 지나치게 조용했다. 실내에 항상 깔려 있던 미세한 소음이 사라져 있었다. 그게 집이 이렇게 후텁지근한 이유일 터였다. 묶어 올린 머리가 다 빠져나와서 목에 엉겨 붙은 게 보였다. 진아 씨는 정수리에서부터 땀을 흘리고 있었다.

"할 말이 있으면 해, 영지 씨."

진아 씨는 땀을 훔칠 생각도 안 하고 식탁 의자에 등을 기대며 말했다.

"진아 씨."

"응."

"에어컨 좀 켜줘. 너무 더워."

하지만 진아 씨는 그럴 생각이 전혀 없어 보였다.

"식탁등도 꺼져 있고, 술도 없고, 아이들도 없네."

진아 씨 말대로 등도 없고 술도 없이 진아 씨와 나는 마주 앉아 있었다. 아이들 없이 둘이서만 만나니 생각보다 어색해서 나는 놀라고 있었다. 나는 우리의 관계가 왜 이렇게 되었는지에 대해서 진아 씨와 차근차근 얘기를 나눠보고 싶은 마음이 있었지만—'진아 씨, 내가 뭐 실수한 거 있어?'라고 물어볼 예정이었다—더워서 아무 생각도 나지 않았다.

"이렇게 보니까, 내가 어때 보여?"

진아 씨가 나를 건너다보며 물었다.

"더워 보여. 그 티셔츠 진짜 더워 보여."

진아 씨가 픽, 하고 웃더니 냉장고 쪽으로 걸어갔다. 낮에 온 게 처음은 아닌데도 한낮에 보는 진아 씨네 집은 왠지 모르게 낯설었다. 시트지가 일어난 싱크대 문짝과 욕실 스위치 주위의 얼룩덜룩한 손때. 수화기가 사라진 인터폰. 식탁 펜던트 전구 주위로는 먼지가 촘촘하게 내려앉아 있었다.

진아 씨가 냉동실에서 비닐 팩에 싸인 뭉치를 꺼내더니 식탁 위에 올려놓았다. 덥다는 느낌이 점점 차올랐다. 목 뒤와 겨드랑이로 땀이 본격적으로 배어 나오는 게 느껴졌다. 진아 씨는 옷을 껴입고 사우나에 들어간 사람처럼 이미 몸 전체가 땀범벅이었다. 그 모습이 말할 수 없게 후줄근하게 느껴졌다.

"선풍기라도 좀 꺼내 와, 진아 씨!"

나는 치밀어 오르는 뭔가를 숨기지 않고 말했다. 진아 씨가─마치 닥치라는 듯이─의자를 확 빼며 몸을 일으키고는 내 쪽으로 상체를 숙였다.

"야구모자 벗긴 그 동기 애, 내가 어떻게 했는 줄 알아?"

"어쨌는데."

"……"

"죽였어?"

"결혼했어."

진아 씨가 냉동실에서 꺼낸 비닐 뭉치를 펼치기 시작했다. 나는 이마로 흘러내리는 땀을 쳐내면서 입을 벌리고 진아 씨를 보았다.

그러니까, 장난삼아 그냥 벗겨본 거라는 그 남자랑, 아이 앞에서 자기 와이프를 진아야, 진아야아아아! 하고 소리쳐 부르는 그 남자랑, 발기만 되고 사정을 못 해서 할 때마다 사람 진을 다 빼놓는다는 남자, 항문이 아니면 하기 싫다고 졸라대는 남자, 자기 뜻이 안 받아들여지면 이상한 장막을 치면서 주말마다 온 가족을 불편한 분위기로 몰아넣는 남자, 서윤이 아버지인 남자, 자기 면도기로 겨드랑이 제모를 하면 개정색을 한다는 그 남자랑 살려고, 질 타이트닝 시술 후기에 정보 좀 달라고 댓글로 구걸을 했어?

"숨 막혀서 더 못 있겠어, 진아 씨. 에어컨 틀 거 아니면 다음에 얘기하자."

"그냥 있어."

식탁 의자에 젖은 솜뭉치처럼 웅크리고 앉아서 진아 씨가 말했다. 웅크리고 웅크리다가 한 계기만 생기면 몸을 부풀리며 터져버릴 것 같았다. 나는 그때 진아 씨를 보며 분명 그런 느낌을 받았다.

"이거 다 녹을 때까지만, 그때까지만 있어."

나는 식탁 위를 보았다. 진아 씨가 펼쳐놓은 건 언젠가 가래떡을 꺼내다 진아 씨가 지나가듯 말해주었던, 냉동을 시켜놓은 모유였다. 손바닥만 한 유축 팩이 여섯 개였다. 그 위로 수성펜으로 쓴 글씨가 보였다. 2008년 8월 21일 100ml, 2008년 8월 26일 130ml, 2008년 9월 3일 80ml, 2008년 9월 10일 150ml. 모유는 우유보다 누르스름한 빛깔로 단단하게 얼어 있었고, 기온차로 생긴 물방울들이 팩 위로 빠르게 돋아 오르고 있었다.

지난 10년간 냉장고 청소를 할 때마다 이 팩들이 녹을까 봐 아이스박스에 넣고 번개같이 청소를 했다고 진아 씨는 말했었다. 처음엔 젖량을 맞추기 위해서 짜놓았던 것들이겠지. 또 어느 날은 외출을 해야 하니까. 젖을 뗄 무렵엔 혹시라도 아이가 다시 찾을 수도 있어서. 그래서 얼려놓았던 것들을 어느 순간엔 버릴 방법을 찾지 못했겠지. 언 떡을 버리듯이 그냥 버릴 수는 없었겠지. 그렇게 10년을 얼어 있던 것들이 그런데 지금, 진아 씨와 내 눈앞에서 실시간으로 녹고 있었다.

실내 온도가 몇 도쯤 되는 걸까. 40도? 45도? 옥상으로 내리꽂힌 태양열이 아무런 여과 없이 꼭대기층을 달구는 게 느껴졌다. 나는 진아 씨가 저걸 10년 동안 갖고 있었다는 것에 기함을 하면서도 저것이 녹고 있다는 것이 안타까웠다.

"진아 씨, 이러다 정말 다 녹겠어."

진아 씨는 꼼짝을 하지 않았다.

"난 오늘 이걸 녹일 거야. 녹여서 흘려버릴 거야. 싱크대 개수대에 남은 물을 버리듯이 그렇게 버릴 거야."

그러면서 진아 씨가 옆 의자에 놓여 있던 종이 다발을 집어 내밀었다. 한때 만점을 받았던 착실한 학생 같은 표정으로. 모유 수유표였다. 생후 9일, 생후 30일, 생후 56일, 생후 98일, 생후 7개월까지 하루도 빠짐없이 수유

시간과 좌우 수유량, 아이 몸무게에 따른 목표 수유량과 아이의 소변 횟수, 대변 횟수가 기록되어 있었다.

"영지 씨, 아이를 가진 걸 알자마자 그때부터 내 목표는 자연분만과 모유 수유가 되었어. 옆에서 누가 뭐라 한 것도 아닌데 내 달성 목표는 그게 됐어. 정말 열심히 했어. 서윤이를 데리고 소아과에 갔는데, 의사가 아이 몸무게를 보더니 수유를 정말 잘하고 있다고 칭찬해주더라. 기뻤어. 난 말이야 영지 씨, 아이가 돌이 될 때까지 완모를 하는 게 목표였어. 근데 서윤이가 7개월이 됐을 때 더 이상 젖을 먹일 수가 없었어. 젖을 끊어야 했어. 왠지 알아?"

식탁 위의 모유 팩은 이제 고체가 가진 형태가 허물어지고 있었다.

"아이가 먹어선 안 되는 걸 내가 먹어야 했기 때문이야. 그래야 내가 살 수 있었거든."

이게 그 7개월 무렵에 내 몸을 돌던 것들이야. 아이한테 먹일 수 있었던 마지막 모유. 잠든 아이를 보면서 밤새 울다가 짜놓은 모유. 수십 번씩 천장과 바닥을 오가던 그때의 하루, 그때의 나, 그때의 윤이까지도 다 동결돼 있는 여섯 개의 덩어리야. 이제 이게 녹을 거야.

머리칼이 땀으로 뺨에 다 붙어버린 진아 씨가 말했다.

"이게 나야."

그리고 이어 말했다.

"이게 다야."

잘 지내. 진아 씨는 분명히 그렇게 말했다. 잘 지내, 영지 씨.

*

진아 씨가 잘 지내, 라고 했기 때문에 나는 이제 진아 씨가 나를 안 보려나 보구나 생각했다. 내 인간관계는 또 한 번 이렇게 실패하는구나. 다음

주면 아이들이 개학을 할 것이라는 생각을 하자 진아 씨네서 보내던 여름 저녁들이 말할 수 없이 그리워졌다.

하지만 그게 마지막일 리는 없었다. 우리에게 남은 방학 일정이 있다는 걸 예매 알림이 알려왔던 것이다. 폭염이니 저녁에 나가보자며 방학 초, 진아 씨와 함께 야행이라는 이름이 붙은 궁궐 기행 프로그램을 예매해두었던 게 떠올랐다. 나는 하윤이한테 그날이 다가왔음을 슬쩍 흘렸고 하윤이는 서윤이한테 알렸으며 서윤이가 진아 씨를 조른 끝에 우리 넷은 그 방학의 처음이자 마지막 외출을 하게 되었다.

지하철에 나란히 앉아서도 슬라임을 손에서 안 놓던 윤이들의 정수리가 생각난다. 윤이들이 슬라임을 만들 때 넣은 윤이 아빠들의 셰이빙 폼 냄새가 주위를 떠돌던 것도. 아이들은 한 손에는 슬라임 통을 들고 한 손에는 그 여름의 필수품이 되어버린 미니선풍기를 든 채 우리 앞에서 나란히 걸어갔다. 진아 씨와 나는 20년쯤 같이 산 부부처럼 서로 말도 섞지 않고 아이들만 보면서 앞서거니 뒤서거니 걸었다. 도심의 막바지 열기가 내려앉은 보도를 걸어 덕수궁 쪽으로 가는 동안 해가 졌다. 세종대로를 오가는 퇴근 차량들을 보면서 밑도 끝도 없는 외로움에 사로잡혔던 기억이 난다. 궁 입구에서 아이들은 문화유산해설사가 나눠준 모기퇴치제를 엄마들한테 뿌려주고는 서로의 몸에도 뿌렸다.

한여름이라 야간 느낌이 천천히 온다며 해설사는 그날 야행 팀들을 중화문 옆 회랑에 오래 앉아 있게 해주었다. 해설사의 목소리를 배경음처럼 들으면서 나는 궁을 둘러보는 척 고개를 돌려 옆에 앉은 진아 씨를 보았다. 냉장고바지 대신 스키니 청바지에 운동화를 가뿐하게 신은 진아 씨는 무언가가 빠져나간 것 같은 허허로운 얼굴로 중화문 기단을 두른 전구에 불이 들어오는 것을 지켜보고 있었다. 나는 진아 씨가 적어도 지금 이 순간엔 편안해져 있다는 느낌을 받았고 그러자 안도감이 들었다.

전각 몇 개를 지나 석어당 앞까지 갔을 때는 날이 어두워져 모든 전각들이 창살 무늬를 드러내면서 안에서부터 불빛을 밝혀오는 게 보였다. 해설사가 말했다. 중층 건물인 석어당은 살구꽃이 필 때만 개방을 한다고. 윤이들은 그때 꼭 다시 와서 저 안엘 들어가보자고 습관처럼 엄마들을 졸랐다. 해설사가 또 말했다. 이층으로 올라가는 계단은 지금도 볼 수 있다고. 그러자 아이들이 석어당 기단을 뛰어올라 문에 달라붙었다. 해설사가 포토 타임을 주어서 우리는 사진을 찍었다. 고종이 커피를 마셨다는 정관헌을 지나 최초의 유치원이라는 준명당 앞으로 갔을 때는 다리가 아플 타임이라며 해설사가 일행 모두를 다시 계단에 앉아 쉬게 해주었다.

그날의 덕수궁을 떠올리면 넷이서 나란히 준명당 계단돌에 앉아 있던 짧은 시간이 생각난다. 낮 동안의 폭염에 달구어진 돌이 저녁이 되도록 따끈따끈했다. 윤이들이 말했다. 엄마, 엉덩이가 따뜻해.

그러게, 그렇게 더웠는데, 이렇게 또 여름이 가나 보다, 준명당 돌에 손바닥과 종아리를 대보면서 나는 궁을 둘러싼 빌딩 불빛들을 올려다보았다.

윤이들은 금세 계단에서 일어나 서로 잡고 잡히면서 앞뜰을 뛰기 시작했다. 어린 남자아이와 함께 온 부부가 아이한테 막대사탕을 까주는 게 보였다. 내내 손을 잡고 다니던 커플이 얼굴을 맞대고 셀카를 찍었다. 해설사는 태블릿 화면을 넘기며 물을 마셨다. 진아 씨는 윤이가 내려놓은 미니선풍기를 만지면서 오스스하게 감겨오는 저녁 공기에 팔을 맡기고 있었다. 나는 땀을 흘리던 날을 생각했다. 여기 있는 이 사람들 모두 지난 111년 동안 누구도 겪지 않은 더위를 막 겪어낸 사람들이라는 생각을 하면서 몸을 일으켰다.

궁을 나와 돌담을 따라 걸어가면서 나는 진아 씨에게 하윤이가 한 남자아이와 주고받은 메시지 얘기를 해주었다. 하윤이가 남자아이한테 이런 말을 보낸다. '나 오늘 학원 가다 너 봤다.' 어느 날은 그 남자아이가 하윤이한테 보낸다. '나 아까 복도에서 너 봤다.' 또 어느 날은 둘이 이런 메시지를 주고받는다. '어디야?' '치과.' '송곳니 빼?' '아니, 어금니.'

돌담 불빛을 따라 저만치 앞서 걸어가는 윤이들을 보면서 우리는 "아직 유치도 안 빠진 것들이" 하며 조금 웃었다. 비슷한 길이로 자른 두 윤이의 머리카락이 어깨쯤에서 찰랑거리며 멀어졌다. 지금은 유치도 다 안 빠진 저 아이들이 어느 날부터는 영구적으로 써야만 하는 이를 가지고 살아가겠지. 지금보다 기다란 팔다리로 허우적거리면서 누군가한테 다가가고, 멀어지고, 사랑이 가져오는 것들을 모른 채로 사랑하고, 알고도 사랑하면서. 윤이들이 시기마다 겪어갈 상실감의 무늬들을 생각하자 가슴 제일 깊은 곳이 아려왔다.

진아 씨와 나는 그날 이런 얘기도 나누었던 것 같다. 나중에 윤이들이 아이를 봐달라고 하면 봐줄 거야? 한 명은 나는 절대 못 봐줘, 라고 말했다. 다른 한 명은 안 봐주기가 어려울 것 같아, 라고 했다. 이렇게 힘들게 키운 아이들이 이렇게 힘들어하는 걸 어떻게 봐. 우리가 봐주지 않아도 저 애들이 힘들지 않는 때가 올까? 와야지. 그런 얘기를 하는 와중에 윤이들이 몸을 휙 돌리고는 멈춰 서서 엄마들을 기다렸다. 지하철역이었다.

"한 것도 없는데 방학이 다 갔어."

아이들이 울상을 지었다. 한 게 없다니. 아이들의 그 말에 진아 씨와 나는 그제야 눈을 맞추며 방전된 듯 웃었다. 늘 그랬지. 실컷 놀고도 또 놀고 싶고, 더 놀고 싶고, 더 더 놀고 싶어 하는 이 악동들.

*

집으로 돌아오는 지하철에서 우리는 제주 아래쪽에서 태풍이 올라오고 있다는 보도를 보았다. 주말이면 남쪽에 상륙해 주초에 중부지방으로 북상할 거라고 했다. 태풍이 오는 걸 보니 폭염이 꺾이려나 보다고, 우리는 지하철에 앉아서 그런 얘기를 심상하게 주고받았다. 동 사이에서 헤어지면서 윤이들은 월요일 개학날에 보자고 서로 인사했다. 서윤이와 함께 아파트

입구로 들어가는 진아 씨를 보면서 나는 가볍게 손을 흔들었다.

여름이 그렇게 마무리될 줄만 알았다.

다음 날은 토요일이었고 눈을 뜨자 온통 태풍 소식이었다. 비보다 바람이 위험한 태풍이라고 했다. 태풍이 도착한 남쪽 도시에서 강풍 때문에 가로수가 뿌리째 뽑히고 있다는 말이 들렸다. 보도 기사 아래에는 무서워서 아무것도 못 하고 있다는 댓글과 이런 바람 소리를 처음 들어봤다는 댓글이 달리고 있었다. 그런 소식을 듣는 중에도 나는 이 태풍이 나한테 영향을 줄 거라고는 전혀 생각하지 않았다. 대구의 어느 아파트 유리창이 조각나는 영상을 보기 전에는.

아이 실내화를 빨아서 들고 나오다 그 영상을 보고 나는 불현듯 깨달았다. PVC 창호가 아닌 알루미늄 창, 오래된 아파트의 고층, 그중에서도 제일 고층. 내 집은 이 태풍에 타격을 받을 최적의 조건 속에 있었던 것이다. 나는 주방에 서서 마찬가지로 알루미늄 창에 탑층인 진아 씨네를 건너다보았다. 다른 주말 때와 같이 모든 창에 블라인드가 내려져 있었다. 진아 씨는 지금 어떤 상태인 걸까 생각하다가 나는 진아 씨가 아파트 고층 화재로 일가족이 사망한 사건 바로 다음 날 소화기를 주문하는 사람이었다는 걸 생각해내고는 왠지 안심이 되는 마음으로 주방 창문을 닫았다.

태풍 특보가 내려졌고 개학날은 휴교를 한다는 알림이 왔다. "방학이 하루가 더 늘었어." 윤이가 말했다. 나는 뇌를 비상 체제로 작동시키고 모든 촉수를 태풍 소식에 열어놓았다. 지역 맘카페에 들어가니 유리창 파손 대비—테이프 붙이실 거예요, 신문지 붙이실 거예요?—에 대한 얘기가 대부분이었다.

태풍 전야 일요일 밤, 나는 남편과 함께 외부 창에 엑스 자로 테이프를 붙이면서 우리처럼 창문에 무언가를 붙이고 있는 앞동과 뒷동의 사람들을 보았다. 어수선하고 불안한 채로 일요일 밤이 지나갔고 태풍 당일이 왔다.

아이들의 개학날이었지만 방학 마지막 날이 된 그날을 떠올리면 분무기로 신문지에 물을 뿌리던 칙칙 소리가 기억난다. 거인이 집을 잡고 흔드는 것 같던 무시무시한 소리도. 정오로 갈수록 바람은 거세졌고 나는 테이프를 붙인 창문 위에 신문을 빼곡히 붙이고는 분무기로 계속 물을 뿌렸다. 마르면 붙인 효과가 없다고 해서 쉬지 않고 뿌렸다. 사거리 신호등이 강풍에 꺾어졌다는 소식을 들으면서 뿌리고 인천대교가 통제됐다는 얘기를 들으면서 뿌리고 옆 단지 어느 집 창이 깨졌다는 소식을 들으면서 뿌리고 식구들 중 누구도 나만큼 집 걱정을 하지 않는다는 것을 이상해하면서 뿌렸다. 이쪽을 뿌리면 저쪽 신문이 마르고 앞쪽 창을 뿌리면 뒤쪽 창이 말라서 울고 싶은 심정이 된 채로 이럴 줄 알았으면 60개월 할부로라도 창호를 바꾸는 건데, 생각하면서 뿌렸다. 괜찮느냐는 메시지를 보내도 확인하지 않는 진아 씨를 야속해하다가 건너다보면 진아 씨네 창 전체가 앞뒤 좌우 위아래로 마구 흔들리는 게 보였다. 그것은 실로 놀랍고 무서운 장면이었다. 내 집을 울리는 이 소리가 창이 저렇게 흔들리면서 나는 소리였구나, 나는 진아 씨네 집을 보면서 실감했다.

동네를 뒤흔들던 태풍은 늦은 오후가 되면서 서쪽 바다로 점차 이동했다. 관리사무소에서 안내방송을 했다. 강풍이 남아 있습니다. 방심하면 안 됩니다. 건물 밖 외출도 아직 하지 마세요. 창문 잠금 장치를 풀지 마세요. 창문을 열지 마세요.

나는 탈진한 듯 싱크대로 걸어가 손을 씻으며 밖을 보았다. 비는 거짓말처럼 그치고 왼쪽 하늘에선 햇빛이 조금씩 새어 나오고 있었다. 아래쪽에서 몸을 뒤채는 나무 우듬지만이 바람이 아직 약해지지 않았다는 것을 알려주고 있었다. 진아 씨네는 어느새 블라인드가 걷혀 있었다. 다행이야, 생각하며 거실 쪽으로 돌아서다가 나는 어, 하고 멈췄다.

어떻게 잊을 수 있을까.

설명할 수 없는 기미에 다시 몸을 돌리고, 진아 씨네 창으로 눈의 초점을 맞추던 순간을. 어, 어, 하는 찰나, 안에서부터의 압력으로 부풀고 부푼 듯

진아 씨네 유리창이 하얗게 터져 나오는 것을 나는 보았다. 집을 감싼 전면
창이 한순간에 산산조각이 나는 것을 보았다. 그걸 본 사람이 나 혼자가 아
닌 듯 비명인지 탄성인지 알 수 없는 소리들이 동과 동 사이를 메아리처럼
메웠다.

　진아 씨…….　멍하게 내뱉으며 나는 그 자리에 얼어붙었다.

　그날 이후로 나는 진아 씨도 서윤이도 보지 못했다. 덕수궁에서 돌아오
며 동 앞에서 인사를 한 게 마지막이 되었다. 서윤이가 전학을 갔다는 말을
하윤이는 담임선생님한테 전해 들었다. 태풍 일주일 후, 진아 씨네의 깨진
창으로 기다란 사다리가 올라왔고 가구와 짐들이 빠져나갔다. 적어도 나한
테는 한마디라도 하고 갔어야 한다는 서운함과 그럴 수밖에 없었을 상황에
대한 걱정으로 나는 한동안 어느 일에도 집중하지 못했다. 붙어 있던 유리
조각까지 다 정리된 진아 씨네 창은 텅 빈 채 아무것도 반사하지 않았다.

　집으로 택배 상자가 하나 배달된 건 은행알들이 막 노랗게 익기 시작하
던 9월 말경이었다. 상자 속엔 스프레이형 소화기가 포장도 뜯지 않은 채
들어 있었다. 보내는 사람 이름이 '김진아'가 아니라 '김지나'인 걸 보고 처
음엔 잘못 쓴 거라고 생각했다. 택배 송장을 뜯어 냉장고에 붙여두고 이틀
이 지난 뒤에야 나는 SNS를 하지 않는 진아 씨의 SNS 계정들을 찾기 시작
했고, 진아 씨의 이름이 '지나'인 것을 알게 되었다. 8년이 넘는 시간 동안
나는 진아 씨의 이름을 잘못 불러왔던 것이다.

　진아 씨는 내가 자신의 이름을 잘못 알고 있는 걸 알았을까? 메시지에도
수시로 진아 씨라고 썼기 때문에 몰랐을 리 없었다. 그렇다면 왜 내 이름은
지나라고 말하지 않은 걸까. 나를 그 정도로밖에 생각하지 않은 걸까? 아니
면 지나라는 이름을 내내 싫어한 걸까? 그렇다면 지금은 왜 김지나라고 써
서 보낸 걸까. 습관대로 그냥 쓴 것일 뿐일까? 다른 뜻이 있는 걸까? 나는
대혼란에 빠져버렸다.

휴대전화로는 연락이 닿지 않는 상태였기 때문에 나는 진아 씨에게 편지를 써서 보내볼 생각이었다. 처음엔 진아 씨, 라고 썼다. 지우고 다시 지나 씨, 라고 썼다. 하지만 지나라고 부르자 아무 말도 써지지가 않았다. 내가 진아 씨한테 갖고 있던 어떤 느낌도 살아나지 않았다. 세 살 윤이들을 어린이집에 들여보내고 출근길 지하철역으로 같이 뛰던 사람, 잠들기 전에 한 번씩 내 집 쪽을 살펴봐주던 사람, 작은 쪽지 하나도 그냥 버리지 못하던 사람, 폭염과 태풍을 함께 겪은 사람이 진아이지 어떻게 지나란 말인가. 하지만 그 사람은 착한 모범생이던 시절에도 김 팀장이던 시절에도 산모님이자 윤이 어머니일 때도 은행에서도 운전면허시험장에서도 지나라고 불리던 사람이었다.

나는 진아라고도 지나라고도 쓸 수 없었기 때문에 진아 씨한테 편지를 보낼 수가 없었다. 그런 채로 이 사람은 대체 뭔지, 누군지, 어떤 사람인지에 대해 계속 생각할 수밖에 없었다.

진아 씨 생각에 골몰하면서도 진아 씨한테 연락을 하지 못하는 상태가 되어 진아 씨한테 시간을 줄 수밖에 없는 처지가 되고 만 것이다.

나는 멈춰 서서 입술을 물었다.

그래, 당신이 원하는 게 그거라면 그렇게 할게.

그래서 나는 쓸쓸한 대로 혼자서 윤이한테 할로윈 분장을 해주고, 에어컨에 커버를 씌우고, 두꺼운 외투들을 꺼내 걸어놓는다. 당신을 기다리기로 한다. 묻고 싶은 말들을 내려놓으면서. 지금은 보낼 수 없는 편지를 쓰면서.

진아 씨, 잘 지내는지. 이제는 고무장갑을 냉장고에 넣지 않아도 녹지 않는 가을이 되었어. 어느 날은 이런 말로 시작하는 꽤 긴 얘기도 쓴다. 진아 씨, 어렸을 때 내 별명은 영지버섯이었어.

식탁에 앉아 써내려가다 보면 저만치에서 여전히 슬라임을 만지고 있는 나의 윤이가 보인다. 그러면 어쩔 수 없이 진아 씨네 집이 떠오르고 나는 달랠 길 없는 마음을 안고 아이 곁에 가서 앉는다.

"윤이야, 너는 서윤이 안 보고 싶어?"

"보고 싶지."

어딘지 의연한 말투로 윤이가 말한다. 이제 슬라임을 만지는 윤이 모습은 숙련된 파티시에처럼 절도가 있고 거침이 없다. 내가 아무 말이 없자 윤이가 자기가 만지던 슬라임을 내민다. 이걸 만지고 있으면 좀 괜찮다는 듯이. 그래서 나는 이제 슬라임까지 만진다. 술을 먹어볼까 하다가도 그냥 슬라임을 만진다. 바닥 풍선도 시도해보지만 대부분 실패한다. 하지만 난 바닥에서 부푸는 풍선보단 하늘을 나는 풍선을 좋아하니까. 식탁에 앉아 한 시간째 슬라임만 만지던 어느 날엔 윤이가 다가와 이런 말을 들려준다.

"엄마. 서윤이가…… 살구꽃이 피면 톡 하겠대."

나는 그 말을 듣자마자 눈물이 그렁그렁해진 채로 고개를 끄덕인다. 기약만 있다면 더 오래도 기다릴 수 있다고, 겨울이 다가온 창밖을 보면서 생각하고 생각한다.

너에게 나를 보내다

박신영 문학평론가

최은미의 소설, 「보내는 이」는 두 여성의 우정을 통해 기혼 여성들이 겪는 관계 맺기의 실재를 그려나간다. 아이를 매개로 한 우리의 관계가 존재와 존재의 만남으로 나아갈 수 있을까. 관계를 향한 소설의 물음은 우정에 대한 조르주 바타유의 사유로 이어진다. 바타유는 우정을 일러 세상으로부터 만들어진 그 모든 규율을 떨친 자리에서 오로지 자기 자신으로 선 두 존재의 동행이라 한다.[1] 타인으로 향해 나아가기 위해 최은미의 인물들은 다시 자기 앞에 선다. 그리고 세상으로부터 온 규범들 가운데 선 자신의 육체를 응시한다. 그 속에서 가족제도를 둘러싼 여성들의 존재 양태가 이들 관계에 침투되는 모습이 드러난다.

---

1   모리스 블랑쇼는 '차이'를 품어내는 관계에 대한 에세이, 「Friendship」으로 우정에 대한 논
    의를 펼치기에 앞서 책의 첫머리에 조르주 바타유의 우정론을 먼저 제시한다. Maurice
    Blanchot, *FRIENDSHIP*, stanford university press stanford, 1997.

1

소설의 주인공은 열한 살짜리 딸을 키우고 있는 엄마들이다. 서사는 말 없이 이사를 가버린 진아 씨를 그리는 영지 씨의 서술로 진행된다. "소화기를 주문하는 마음과 이제는 소화기가 필요 없어진 마음, 진아 씨, 그 사이엔 뭐가 있는지"(349쪽) 떠난 이가 남긴 의문을 풀기 위해 남은 이는 지난 시간을 더듬는다. 이제 소화기를 둘러싼 물음은 서사의 진행 속에서 집과 가족, 그 속에서의 여성 존재의 의미를 파고든다. 그리고 서사가 종착지에 이를 때 소설은 의문에 답하는 존재를 독자 앞에 보내온다.

이 소설에서 사건이 발생하고 종결되는 주요 공간은 집이다. 이때 집은 소설의 배경으로 물리적 공간을 지시하는 역할을 넘어 집을 둘러싼 인물들의 존재양태를 드러낸다. 진아 씨는 재난이 발생하기 전에 소화기를 구비하고, 창호를 점검하며 집의 안전을 위협하는 요소를 차단하는 데 삶을 보낸다. 집을 자기 삶의 터전으로 삼으며 거주자들의 안위와 안락을 구축하는 그의 욕망은 집이 표상하는 가족의 완성에 집약되어 있다. 그녀의 지휘 아래 그들 가정은 이 사회의 전형적 가족형태를 갖추어간다.

그러나 소설은 안정적으로 보이는 그 집의 미세한 균열을 바라본다. 그곳에 부재로서 존재하는 남편의 자리가 있다. "하루에 10분쯤은 온통 그 사람한테만 집중해주는 거. 남편이랑은 이제 못 하는 거. 남편 때문에 다른 사람이랑도 못 하게 된 거."(359쪽) 주말부부라는 진아 씨네의 상황은 남편의 물리적 부재를 넘어 사랑을 상실한 집의 실상을 드러낸다. 이들에게 사랑은 서로의 존재를 바라보는 일이나 그것은 이들에게 과거의 일이 되었다. 사랑이 떠나간 자리에 남편과 아내라는 제도로서의 존재가 들어섰다. 엄마라는 이름을 달고 아이로 대체된 대상에 에너지를 쏟으며 "키친 드렁커"(354쪽)가 되어가는 아내들의 뒷모습이 드러날 때 집은 그들 욕망을 넘어 또다른 의미를 드러낸다.

> 지진이 나면 제일 먼저 흔들릴 꼭대기층, 불이 나면 가장 빠져나오기 힘든 탑층의 플라워팟 펜던트 아래에서, 진아 씨가 나를 기다리고 있었다.(353쪽)

영지 씨와 진아 씨는 동을 달리하여 아파트 꼭대기층에 산다. 더위와 추위, 태풍과 지진에 취약한 탑층은 그곳에 삶을 부린 여성들의 현존을 보여준다. 육아와 일을 가까스로 붙들고 있다가 결국은 직장을 놓고 마는 이 여성들은 지상의 세계로부터 분리된 채 탑층에 갇힌 자들이다. 탑의 존재들은 홀로 선 채 아이에게 시선을 붙들어 맨다. 고립의 상태는 완고해지고 아이를 전제하지 않는 자기 존재는 점차 희미해진다. 이제 그들은 아이를 끼우지 않고서는 타인과 새로운 관계를 맺지 못한다. 무화되어가는 존재로 탑들은 태풍을 버티고 섰다.

최은미는 「라라네」[2]에서 독일 민담 「라푼첼」의 탑을 차용하여 빌라 꼭대기층에서 벌어지는 모녀의 갈등을 다룬 바 있다. 여성적 삶의 고단함에 지친 어머니가 어린 딸의 성장을 막아서는 탑 이야기는 「보내는 이」로 재창조되어 엄마가 된 딸들의 고립을 이야기한다. 그리고 소설은 이제 고립의 주체를 주시한다. 이들은 아이의 필요를 기준으로 관계를 맺고, 엄마라는 신분이 제시하는 선을 가늠하며 타인과의 거리를 조정한다. 관계는 지속되지도 않고, 만남의 기쁨은 없다. 이들을 고립시키는 것은, 그 주체는 누구인가.

---

2 최은미, 「라라네」, 『목련정전』, 문학과지성사, 2015.

2

소설은 사랑을 상실한 집에서 다시 관계의 가능성을 말한다. 서로의 존재를 알아본 영지 씨는 진아 씨의 집, 그 식탁 등 아래에서 이전과는 다른 관계를 경험한다. 그들은 음식을 만들어 먹고, 서로의 잔에 술을 따라주며 이야기를 나눈다. 아이에 대해서가 아니라 자신의 과거와 현재를 이야기하는 동안 그들은 엄마라는 이름을 벗는다. 가족이 부여한 이름 너머로, 그 이름이 만들어내는 규율 너머로, 본래의 자기로 흡입하는 공기, 그것은 자유다. 그러므로 영지 씨에게 진아 씨의 집은 일상의 공간을 초월한 곳, 오롯한 자신으로 숨쉴 수 있는 공간, 헤테로토피아이다.[3] 진아 씨의 주방을 헤테로토피아로 만드는 것은 서로를 바라보는 시선에 있다.

> 내 10여 년이 통째로 담겨 있는 곳을 보려고. 일어났다 사라지고, 솟아났다 흩어지고, 눌리고, 찌그러지고, 터져 나와 천장에 파편처럼 박혀버린 모든 감정, 말들, 욕과 사랑, 애원과 멸시, 체념, 기대, 자책과 비명, 난간을 잡고 비틀, 하면서 그걸 건너다보고 있으면, 하…… 그래 씨발, 뭐 있나, 나의 윤이도, 진아 씨의 윤이도, 진아 씨도, 남편도, 나 자신까지도, 나는 다 사랑할 수 있을 것만 같았다.(355쪽)

영지 씨는 그 전율의 순간에 제 삶이 응축된 공간인 자신의 집을 건너다본다. 가족을 구축하는 동안 그를 관통해 갔던 사건과 감정들의 기억이 그곳에 있다. 한때 영지 씨의 존재를 휘청이게 했던 그 기억들은 이곳 진아

---

3 헤테로토피아는 이형(異型)을 의미하는 헤테로(hetero)와 장소를 의미하는 토피아(topia)가 합성된 용어로 '다른 공간'으로 해석된다. 푸코는 이를 현실에는 없는 이상적 공간을 의미하는 유토피아와 대응하여, 현실적인 장소이면서 그 현실장소를 넘어선 의미를 띠고 있는 장소로 설명한다. 미셸 푸코, 『헤테로토피아』, 이상길 역, 문학과지성사, 2014. 47쪽.

씨의 집에서 응시의 대상이 된다. 사랑의 상실과 고립 속에 있던 영지 씨는 이제 응시의 주체로 일어선다. 그때 자아를 집어삼키던 삶, 집으로 표상되는 현실은 주체가 바라보는 대상으로 의미가 재설정되며 영지 씨는 사랑을 할 수 있는 이, 삶을 품을 수 있는 이가 된다.

3

관계에 있어 상대를 향해 각자가 품은 마음의 결이 같기란 불가능에 가까운 일이다. 두 사람의 관계에 빠져드는 영지 씨와는 달리 진아 씨는 상대와 공유할 수 없는 열망을 품고 있다. 그는 영지 씨 몰래 지역 맘카페에서 집을 구축하기 위한 정보를 모으며 가족이 부여한 이름에 부응하려 애를 쓰고 있다. 소설은 그런 진아 씨를 냉장고 바지와 늘어난 티셔츠에 가려진 육체로 그려낸다. 자신의 온 욕망을 투여하고 있는 집에서 그는 드러나지 않는 육체, 비존재로 존재한다.

> 아이한테 먹일 수 있었던 마지막 모유. 잠든 아이를 보면서 밤새 울다가 짜놓은 모유. 수십 번씩 천장과 바닥을 오가던 그때의 하루, 그때의 나, 그때의 윤이까지도 다 동결돼 있는 여섯 개의 덩어리야. 이제 이게 녹을 거야.
> 머리칼이 땀으로 뺨에 다 붙어버린 진아 씨가 말했다.
> "이게 나야."
> 그리고 이어 말했다.
> "이게 다야."(365쪽)

소설은 타자가 부여한 이름에 흡착되어 분리가 불가능해진 진아 씨의 존재 양태를 드러내기 위해 그의 육체를 한 겹 더 파고들어간다. 출산한 이래 줄곧 진아 씨는 동결된 젖이었다. 또한 그는 남편의 성적 취향에 부응하기 위해 질 타이트닝 시술을 계획하는 생식기이다. 남편의 요구는 일방적이며, 모유수유를 향한 목표는 누구의 욕망인지 알 수 없다. 그의 육체는 제 자신의 존재를 품어내지 못한다. 이 적나라한 육체적 현존의 자각은 삶에 흡착되어 온 타자의 목소리와 주체 사이의 틈을 벌려낸다.

이제 소설은 비존재의 해체를 열망한다. 얼어 있던 젖을 스스로 흘려보내는 인물 행위를 통하여, 태풍이 몰아치는 어느 날 그의 창문이 폭발하는 사건을 통하여 진아 씨의 거짓 정체성은 부서진다. 한 번도 엄마의 말을 어기지 않는 착한 모범생으로 자랐으며, 모유수유를 칭찬하는 의사의 반응 속에서 제 만족을 찾았던 그는 이제 없다. 서사 속에서 이사와 함께 사라진 진아 씨는 맹목의 집을 구축했던 소화기와 함께 '지나'라는 이름을 부쳐온다. 진짜 이름은 '지나'이지만 '진아'라 불려도 정정하지 않던 그가 비슷한 음가의 이름들 속에서 저를 찾아내었다. 제 존재의 일부가 되어버린 타자의 목소리에 죽음을 선포하고 자기로서 다시 태어나는 자, 소설이 우리에게 '보내는 이'이다.

4

바타유는 만남에 대한 열망을 '전염적 우정'이란 말로 표현한다.[4] 세상 속에서 입은 관념과 가치를 벗고 존재와 존재로 마주한 관계, 그 만남에 대한 열망이 누군가에게 가닿기를 바라는 마음은 시공을 넘어 현실과 허구의

---

4 "My complicitous friendship: this is what my temperature brings to other men." Maurice Blanchot, op cit.

경계를 넘어 「보내는 이」의 두 여성으로 이어진다. 아내가 되고 엄마가 되어가는 여성적 삶의 궤적 속에서 그 삶이 그어놓은 선을 넘어 서로의 존재를 바라보는 우정은 가짜 이름의 죽음을 전염시키고, 그 속에서 삶을 건져낸다. 제도가 되어버린 가족 안에서 죽음을 찾아내는 주체적 현존의 응시와 성찰은 이 소설의 집요한 의지일 것이다. 소설의 형식을 입은 이 이야기의 의지는 이제 다시 소설 안에서, 소설 바깥을 향해 나아간다.

아주 희미한 빛으로도

최은영

1984년 출생. 2013년 『작가세계』 신인상으로
에 당선되며 작품 활동 시작. 지은 책으로 소설집
『쇼코의 미소』 『내게 무해한 사람』이 있음.

아주 희미한 빛으로도

그녀의 수업은 금요일 오후 3시 30분에 열렸다.

짧은 커트 머리에 갈색 뿔테 안경을 쓴 그녀의 얼굴은 강사 파일에 적힌 나이보다 대여섯 살쯤은 어려 보였다. 목소리는 낮고 허스키한 편이었다. 영문과 전공 수업은 전부 영강 수업이어서 그녀는 영어로 수업 소개를 하고 있었다.

"이 수업의 목표는 영어로 에세이를 작성하는 것입니다."

그녀는 한국어 억양이 강하게 드러나는 영어로 그렇게 말했다. 나는 원어민처럼 영어로 말할 수 있는 학생들이 섞인 강의실에서 한국어 억양이 강한 영어로 강의하는 것이 얼마나 부담스러운 일일지 어림하면서 그 자리에 앉아 있었다. 그녀는 분명하게 말하려고 노력했고, 자신이 강조하고 싶은 부분에 대해서는 조금 크게 말했다.

나는 그녀가 하는 말을 아무것도 놓치지 않고 이해할 수 있었다.

그녀는 강의 소개를 끝내고, 학생들의 질문을 받았다. 유창하게 말하는 학생들이 가장 먼저 질문을 했다. 그녀는 학생들의 말을 귀 기울여 듣고, 잘 이해하지 못했을 때는 한 번 더 말해달라고 요청하고는 성실하게 답했다. 금요일 오후 수업이어서 수강 여부를 결정하지 못한 채로 강의실에 들어갔지만, 무채색 계열의 옷을 입고 한국어 억양이 강한 영어로 또박또박 자기 생각을 말하는 그녀를 보자, 질의응답이 끝날 무렵에는 내가 그녀의 수업을 좋아하게 될 거라는 희미한 예감이 들었다.

우리는 매시간 그녀가 선정한 영문 에세이를 읽고, A4 용지 한 장 분량의 에세이를 써서 제출해야 했다. 읽어야 할 책의 양이 많은 탓에 수강 신청 정정 기간 동안 많은 학생들이 빠져나갔고, 결국 수강생은 열댓 명 정도로 줄어들었다.

첫 번째 수업 시간에 우리는 조지 오웰이 인도에서 보안관으로 일했을 때 썼던 에세이들을 읽었다. 그녀는 에세이를 한 줄 한 줄 따라 읽어 내려가며 강독했다.

어떻게 말해야 할까. 나는 그 수업의 모든 부분이 마음에 들었다. 시멘트에 습기가 배어 오래도록 그곳에 머문 지하 강의실의 서늘한 냄새, 천 원짜리 무선 스프링 노트 위에 까만 플러스펜으로 글씨를 쓰던 느낌, 그녀의 낮은 톤의 목소리가 작은 강의실에서 퍼져 나가던 울림도 모두 마음에 들었다. 그녀가 과제로 내준 에세이들이 좋았고, 혼자 읽을 때는 별 뜻 없이 지나갔던 문장들을 그녀가 그녀만의 관점으로 해석할 때, 머릿속에서 불이 켜지는 느낌도 좋았다. 나도 마음 깊은 곳에서는 알고 있었지만 언어로 표현할 수 없었던 것을 발견할 때 행복했고, 나는 그 행복이야말로 내가 오랫동안 찾던 종류의 감정이라는 걸 가만히 그곳에 앉아 깨닫곤 했다. 가끔은 뜻도 없이 눈물이 나기도 했다. 너무 오래 헤매었다는 생각 때문이었다.

2009년 2학기, 그때 나는 스물일곱의 대학교 3학년 편입생이었다.

4주 차 수업 날이었다. 그날 나는 사흘째 생리 중이었다. 보통 나는 생리 첫째 날, 둘째 날에 피의 양이 많은 편이었다. 셋째 날이 되면 쏟아져 나오는 느낌은 사라지고, 넷째 날이 되면 피의 양이 미미해지는 수준이었다. 은행에서 일할 때는 일이 몰릴 시간에 화장실에 갈 수 없어 탐폰을 이용했는

데 공중 화장실에서 탐폰을 사용하는 일이 쉽지만은 않았다. 물론 약을 먹
어야 할 정도의 생리통은 늘 있었지만, 피의 양 때문에 생활에 지장을 받을
정도는 아니었다. 문제가 생긴 건 편입을 하고 난 즈음이었던 것 같다. 갑
작스럽게 피가 쏟아져 나오는 경우가 있었다. 늘 조심했지만, 그날은 사흘
째였고, 수업 직전에 생리대를 갈아서 큰 문제는 없으리라고 생각했다.

휴식 시간 없는 세 시간 수업이었고, 나는 청바지에 짧은 남방을 입고 있
었다. 수업이 반 정도 흘렀을 때 나는 바지에 피가 새는 느낌을 받았다. 다
른 학생들과 뚝 떨어져서 맨 뒤쪽에 앉은 탓에 누군가에게 도움을 청할 수
도, 바지를 가릴 외투도 없어서 나는 속수무책으로 나머지 시간을 견뎠다.
바지의 엉덩이 부분이 다 젖어서 차가웠다. 수업이 끝나고 우물쭈물하는
사이 학생들이 전부 바깥으로 나갔고 강의실에는 나와 그녀만 남아 있었
다. 나는 당황스럽고 수치스러운 마음으로, 그렇지만 한편으로는 그녀가
나를 분명히 도와주리라는 믿음을 품고 그녀를 불렀다.

"선생님."

그녀는 처음에 내 목소리를 못 들었다. 몇 번 더 부르고 나자, 그녀는 내
쪽을 봤다.

"저, 갑자기 피가 너무 많이 나와서……."

나는 일어서지 못하겠다는 표시를 했다. 그녀는 내 쪽으로 걸어오더니
자신의 검은 재킷을 벗어줬다.

"우선 이거 둘러봐요."

나는 일어나서 그녀가 준 재킷을 허리에 둘렀다. 일어나 보니 나무 의자
에도 피가 묻어 있었다. 그녀는 가방에서 꺼낸 물티슈를 내게 줬다. 나는
몇 번이나 물티슈로 의자를 닦고, 닦은 휴지를 학교 앞에서 받은 광고 팸플
릿에 말아 가방에 넣었다. 당황스럽고 수치스러운 마음에 나는 그녀에게
고맙다는 말도 하지 못했다.

"집이 어디예요?"

그녀가 내게 물었다.

"이촌동이요."

"그럼 우리 집 가서 옷부터 갈아입어요."

그녀는 나를 보고 그렇게 말하면서 미소 지었다. 그 순간 그녀가 얼마나 가깝게 느껴졌는지 나는 기억한다.

"걸어서 10분 거리, 금방 가요."

가까이서 보니 그녀는 내가 강의실에서 봤던 것보다도 더 왜소했다.

"오늘 셋째 날이어서 방심하다가…… 오늘 오후까지는 괜찮았었거든요."

"희원 씨라고 했죠?"

"네."

"그럴 때가 있잖아요. 신경 쓸 것 전혀 없어요. 나도 한번 그런 적 있었는데……."

그녀의 집으로 가면서 우리는 생리에 대한 경험을 주고받았다. 내가 강의실에서 느꼈던 혼란스러움이 주고받는 이야기 속에서 조금은 녹아 사라지는 것 같았다. 그렇지만 피 묻은 바지를 갈아입기 위해 개인적으로 처음 이야기해본 강사의 집으로 가고 있다는 사실은 불편했다. 그녀의 집에 거의 다 왔을 때, 그녀가 뜻밖의 말을 했다.

"저번 주에 낸 에세이 재미있었어요."

그녀의 말에 나는 어둠 속에서 얼굴을 붉혔다. 그녀가 언급한 에세이는 내가 은행에서 스물넷부터 스물여섯까지 일하면서 느꼈던 인상을 간략하게 스케치한 글이었다.

"그러니까…… 다시 대학에 왔군요."

그렇게 말하고 그녀는 잠시 멈춰 서서 나를 봤다. 마치 우리가 예전부터 아는 사이였다는 듯이, 내가 은행에 들어가기 전부터도 알던 사이였다는 듯이.

"길을 바꾸기 어려웠을 텐데. 멋지네요."

그녀의 집은 5층에 있는 꽤 널따란 원룸이었다. 싱글 침대 하나에 3인용 가죽 소파, 옷장, 싱크대에 붙은 2인용 식탁, 큰 책상을 제외하고는 사방이 책으로 뒤덮여 있었다. 그녀는 옷장에서 운동복 바지와 아직 포장을 뜯지 않은 팬티가 든 상자를 건넸다. "새 팬티라 한 번 세탁해야 하는데, 어쩔 수가 없네요." 그렇게 말하는 그녀 앞에서 나는 어정쩡하게 서서, 그녀가 준 것들을 받고 화장실에 갔다.

옷을 갈아입고 나오자 그녀는 내 쪽을 보더니 "바지가 깡총하구나. 그게 그나마 제일 긴 바지였는데."라고 말하면서 소리 내어 웃었다.

"차 마실래요? 페퍼민트랑 루이보스 있는데. 초콜릿도 있어."

처음에는 사양했지만 그렇게 용건만 보고 나가는 것도 어색하기는 마찬가지여서 나는 쭈뼛거리며 2인용 식탁으로 다가가 앉았다. 한입에 마실 수 없을 정도로 뜨거운 루이보스 차를 마시고 냉동실에서 꺼내 차갑고 딱딱한 다크 초콜릿을 먹으며 우리는 서로에 대해 묻고 답했다. 그곳에서 나는 그녀가 박사 학위를 받은 지 3년 되었으며, 전공 수업은 처음 맡았다는 사실을 알았다.

나도 그녀에게 은행에 다닐 때의 이야기를 했다. 은행에서 일할 때 만났던 다양한 사람들에 대해서. 그녀는 상체를 내 쪽으로 내밀고 앉아서 내 이야기를 들으며 반응했다.

"늘 궁금했어요."

내가 말했다.

"뭐가요?"

"사람이요. 저 사람 왜 저래? 그러면서 혼자 생각하는 거예요. 정말 왜 저럴까. 응대하다 보면 개인적으로 얘기해보고 싶은 사람들도 있었어요."

"호기심이 많군요."

그녀는 그렇게 말하며 웃었다. 앞으로도 몇 번은 더 볼 표정, 그녀를 생각하면 가장 먼저 떠오를 표정으로 그녀는 나를 보고 있었다. 나를 흘겨보

면서 내가 재미있는 사람이라는 듯, 웃기는 사람이라는 듯 짓궂게 미소 짓
는 얼굴.

나는 재미있는 사람도, 웃기는 사람도 아니었다. 누군가에게 나는 비정
규직 은행원이었고, 누군가에게는 다이어트가 필요한 어린 여자애였으며,
누군가에게는 빠른 일 처리가 필요한 기계였고, 누군가에게는 하소연을 들
어줄 사람이었고, 누군가에게는 감정도, 생각도, 느낌도, 자기만의 언어도
없는, 반격할 힘도 없는 인형이었으니까. 나는 얼떨떨한 마음에 웃어 보이
고는 이제 그만 집에 가봐야겠다고 말했다.

"선생님 재킷은 세탁해서 다음 주에 드릴게요."

"그럴 필요 없는데. 그게 마음 편하면 그렇게 해요."

내가 주섬주섬 짐을 챙기고 나갈 채비를 하자 그녀가 물었다.

"원래 이촌 살았어요?"

"아니요. 원래 안양 살다가 고등학교 때부터 용산 쪽에서 살기 시작했어
요."

"그렇군요."

나는 그녀가 내게 왜 그런 질문을 했는지 그다음 날 알게 되었다.

그날 저녁, 나는 인터넷 창에서 그녀의 이름을 검색해봤다. 나는 그곳에
서 그녀의 석사, 박사 논문의 초록을 읽었고, 그녀가 번역한 책들의 정보를
얻을 수 있었다. 그녀 이름으로 나온 에세이집도 발견했다. 한 인터넷 매체
에 주기적으로 글을 올리던 것을 2008년 5월에 한 출판사에서 펴낸 것이었
다. 인터넷 서점으로 들어가니 모두 절판으로 나와서 다음 날 나는 광화문
으로 나갔다.

두 군데 서점에서 허탕을 치고, 마지막으로 간 서점에서 재고 한 권을 발
견했다. 사진 한 장 없는 심심한 디자인의 에세이집이었다.

나는 책값을 계산하고 지하철에 올라 책을 읽기 시작했다. 이상한 기분

이 들어 고개를 들어보니 지하철은 이미 용산을 한참 지나 영등포까지 와 있었다. 다시 반대편 지하철을 타고 집으로 가서 나는 내 방문을 닫고 스탠드를 켠 채로 정신없이 그 책을 읽었다. 카세트 플레이어의 재생 버튼을 누른 것처럼 나는 혼자서도, 그녀 없이도 그녀의 낮고 차분한 목소리를 들을 수 있었다.

자신이 번역한 책과 작가에 대한 감상에서 시작된 에세이는 자연스럽게 그녀의 자전적 이야기로 이어졌다. 그녀는 별다른 과장 없이 자신의 어린 시절과 자신이 겪었던 일들을 서술했다.

감정을 최대한 누르며 쓴 글이었지만 자신이 살았던 장소를 이야기할 때만은 목소리에서 나름의 애정이 묻어 나왔다. 자신이 나고 자란, 손가락으로 셀 수 없을 정도로 자주 이사 다녔던 용산에 대해 쓸 때 그랬다. 그제야 나는 그녀가 내게 이촌에 언제부터 살았는지 물었던 이유를 알 수 있었다. 우리는 용산의 어디에선가 스쳐 지나갔던 사람들이었을 것이다. 그렇게 생각하자 그녀의 글이 더 가깝게 다가오는 기분이었다. 책의 4분의 1을 차지하는 긴 에세이에서 그녀는 그녀가 용산에서 머물렀던 장소들에 대한 기억을 적었다. 그 글은 그녀가 지나온 장소의 세부가 낱낱이 묘사된, 목탄으로 그린 큰 그림 같았다.

나는 그녀의 눈으로 내가 직접 보지 못한 풍경을 볼 수 있었다. 어린 그녀의 눈에는 한없이 높아 보이던 콘크리트 담장, 그 길을 지날 때면 늘 그녀를 쫓아오던 황구, 햇볕이 잘 들던 담장 앞에 쪼그려 앉아 황구의 머리를 쓰다듬어주던 장면, 다시 길을 가려고 하면 졸졸 쫓아오던 황구가 자기 집을 못 찾아갈까 봐 쫓아오지 마, 쫓아오지 마, 소리치며 뒤를 돌아보지 않으려고 애썼던 골목, 동네 아이들이 고무줄놀이를 하던 옥상을 올려다보며 자기도 같이 놀고 싶다고 바라던 마음, 그때 그 건물에 붙어 있던 피아노 교습소 간판, 공사장들, 어린 그녀의 눈에는 어느 날 갑자기 나타난 것처럼 보이던 큰 건물들, 그리고 그녀가 많은 시간을 보낸 지하 전자오락실.

오락실 주인이 돈을 쥐여주면서 이제 그만하라고 할 때까지 그녀는 '죽지 않고' 게임을 이어 나갔다. "나는 홀로 몰두할 수 있는 모든 일을 잘했다. 몰두하면 시간이 가고, 시간이 가면 그곳에서 더 빨리 벗어날 수 있으리라는 걸 알았으니까"라고 그녀는 썼다. 도서 대여점과 상가 건물 3층에 있던 교회, 용산역사와 철길, 기차와 지하철이 오가는 소리와 한강, 밤에 보던 한강 철교, 남자 여럿이 자동차를 타고 '어린애들은 가면 안 된다'라던 골목으로 줄줄이 들어가던 모습 같은 것들, 웃으며 지나가던 그 남자들을 골목 입구에 서서 쏘아보던 일, 장마가 지나가고 난 뒤에 거리에서 나던 냄새, 극장 앞에서 암표를 팔던 상인의 모습 같은 것들. 그녀는 장소에 대해 한참이나 묘사하고 나서 "나는 그곳을 떠나고 싶었다"라고 썼다. 그 문장은 같은 에세이 안에서 여러 번 반복되었다.

영인문고에 대한 이야기가 나온 건 에세이 마지막 부분에서였다. 그곳은 내가 유일하게 알고 있고, 자주 방문했던 장소였다. 영서를 많이 팔던 작은 중고 책방의 풍경이 눈앞에 그려졌다. 그곳에는 천장까지 올라가는 책장이 서점의 삼면에 자리했고, 가운데에는 기다란 평대가 있었다. 책장들이 각자의 주제에 따라 잘 정리되어 있는 것과는 다르게, 평대 위에는 그날그날 다른 책들이 놓였다. 나는 별다른 분류 없이 평대에 놓인 책들을 구경하는 것이 좋았고, 그곳에서 실제로 책을 여러 권 구하기도 했다.

"무슨 이유로 그곳에 가게 되었는지는 모른다." 그녀는 그렇게 쓰고 그 장소에서 보낸 시간들에 대해 이야기했다. 서점에는 다리가 가느다란 식탁 의자가 있었고, 그녀는 그곳에 앉아 책을 읽었다. 구매한 책을 하루에 다 읽는 건 어려웠으므로, 그녀는 책을 산 다음 날에도, 그다음 날에도 서점의 식탁 의자에 앉아서 책을 읽었다. 주인은 그녀에게 별 관심이 없었다. 나는 서점 주인의 모습을 떠올렸다. 계산대에 가만히 앉아서 손님이 오는지 가는지 신경 쓰지 않던 모습을. 그런 주인 덕분에 나는 서점에서 편안함을 느낄 수 있었다. 그녀 또한 그 서점에서 나와 비슷한 경험을 했다는 사실이

나는 반가웠다.

"그곳은 용산에서 갈 수 있는 가장 먼 곳이었다." 그녀는 그렇게 썼다. 영자 페이퍼백 소설들을 읽으며 그녀는 용산으로부터도, 자신의 언어로부터도 멀어질 수 있었다. "영어는 나와 관계없는 말이었다. 나와 가까운 사람들이 쓰던 말이 아니었다. 내게 상처를 줬던 말이 아니었다."

재수를 하면서 그녀는 그곳에서 아르바이트를 하기도 했다. 손님들은 가지각색이었는데, 한국어를 잘 모르는 외국인들도 있었다. 잘 모르더라도 한국어를 쓰려고 노력하던 사람도 있었고, 빠르고 공격적인 영어로 말하면서 그 말을 이해하지 못하는 그녀를 조롱하듯 웃던 사람도 있었다. 그러나 그때 만났던 손님들은 대부분 좋은 사람들이었다고 그녀는 회고했다.

계산대에서 현관문의 유리창을 통해 그녀는 찻길과 가로수들, 차와 사람들이 분주하게 오가는 모습을 볼 수 있었다. 늦봄이 되면 현관문을 열어놓고 영업을 했는데, 큰비가 내리면 문을 닫아야 했다. 그녀는 비가 오던 날들이 오래 기억난다고 적었다. 비에 먼지가 씻기는 냄새를 맡을 때, 빗방울이 세차게 내리쳐 콘크리트 바닥을, 주차된 차를, 가로수를 두드리는 소리를 들을 때, 건물의 홈통에서 빗물이 쏟아져 나오는 모습을 볼 때, 빗방울이 시야를 가려버릴 정도로 내리칠 때 그녀는 책방을 가득 채운 오래된 책 냄새를 맡으며 홀린 듯이 거리를 바라보았다. 그럴 때면 그녀는 그 거리와 도시에 어쩔 수 없는 친밀함을 느끼곤 했고, 그 느낌이 예전처럼 싫지만은 않았다.

그 글의 마지막에서 그녀는 "나는 그곳을 언제나 떠나고 싶었지만, 내가 떠나기도 전에 내가 깃들었던 모든 곳이 먼저 나를 떠났다. 나는 그렇게, 타의로 용산을 떠난 셈이 되었다"라고 썼다.

그녀의 책에는 내가 그때까지 읽어왔던 에세이들과는 다른 결이 있었다. 그녀의 글에서 그녀는 성공한 사람도, 자유로운 사람도, 세상 다른 사람들보다 어딘가 특별하고 특출한 사람도 아니었다. 다만 그녀는 자신을 타인처럼 여기고 있었다. 타인을 바라보는 시선에도 여러 종류가 있겠지만 자신을 바라보는 그녀의 시선은 무심했고, 더 나아가 무정하기까지 했다.

이겨 내기 어려웠을 것이 분명한 비참한 순간에 대해 기록하고는 바로 다음 단락에서 슈퍼 앞 플라스틱 의자에 앉아 태연하게 스크류바를 먹는 장면을 적어 넣는 식이었다. 본인이 의도했든 그렇지 않든 그런 식의 구성이 여러 번 반복되었는데, 그것이 내 마음을 아프게 했다. 그녀에게는 그런 아프고 폭력적이 순간들이 스크류바를 먹는 순간만큼이나 평범하고 일상적인 일이었다는 느낌을 줬기 때문이다.

그녀는 자신이 쓴 글을 읽을 독자의 판단을 신경 쓰지 않는 것처럼 자신이 인간적으로 지닌 약점과 단점, 세상 사람들로부터 비난받을 수 있는 감정의 흐름을 적어 내려갔다. 이 사람 뭐지, 호감 가는 사람이 아니네, 라고 생각할 정도로, 아니, 그런 반응을 기대라도 하듯이 아무것도 미화하지 않고 노골적으로 썼다. 나라면 이런 식으로 솔직하게 쓰지 않았으리라고, 나는 앞으로도 결코 이런 식으로 나에 대해 쓸 수 없으리라고 생각하면서 나는 그녀가 용기 있는 사람이라고 생각했다. 그리고 그 책을 구해 읽었다는 걸 그녀에게 말하지 않는 편이 낫겠다고 판단했다.

강사는 영어로 강의를 해야 한다는 규칙이 있었지만, 토론 수업에서는 모두 한국어로 말할 수 있었다. 내가 그녀의 도움을 받은 바로 다음 주 수업에서, 우리는 어느 4학년 학생이 써온 에세이를 같이 읽었다.

"이것은 내가 서른네 번째 쓰는 자기 소개서다"라는 첫 문장 뒤로 그녀는 자기 소개서에 쓸 수 없었던, 혹은 자기 소개서에 썼으나 사실이 아니었던 내용에 대해 담담하게 써 내려갔다. 아이를 낳고 퇴사한 첫째 언니, 계약직으로 일하면서 서른다섯이 되면 더 이상 고용될 수 없으리라는 불안을 지니고 사는 둘째 언니에 대한 이야기를 하면서 그녀는 자신의 삶이 두 언니들과 어떻게 다를 것인지 궁금하다고 썼다. 면접장에서 전원이 남성인 회사 간부들을 볼 때마다 숨이 막힌다는 말도 있었다. "나의 삶에는 특별할 것이 없다. 특별한 것이 있다면 이런 자기 소개서 같은 건 쓰지 않았을 것이다." 그 글은 그런 식으로 끝났던 것 같다.

나는 그 글이 지닌 거칠고 강한 느낌이 좋았는데, 모두가 그런 느낌을 받은 건 아니었다. 글의 결론이 모호하고, 무슨 말을 하고 싶은 건지 알 수 없다는 지적이 있었다. 발표자는 자신이 평소에 느끼는 자신의 삶에 대한 생각을 적은 것일 뿐, 특별한 주제를 생각하고 쓴 것은 아니라고 답했다.

"불안정한 일자리 문제나 구직의 어려움이 사회적 차별의 결과라고 은근히 주장하는 것 같은데요."

누군가 그렇게 말하자 발표자는 고개를 저었다.

"저는 그저 저와 제 가족에 대해서 쓴 것뿐입니다. 그렇지만……."

발표자는 망설이다 말을 이었다.

"저는 저나 저희 언니들이 겪는 문제를 모두 저희들 탓으로만 생각하지 않아요. 그렇게 생각한다면 미안한 일이죠, 저나 저희 언니들에게나."

발표자가 그렇게 말하자 누군가 의견을 더했다.

"너무 극단적인 상황들만 나와 있으니까, 읽는 사람에게 자신의 생각을 강요하는 걸로 읽힐 수 있을 것 같아요."

발표자는 수긍한다는 듯이 고개를 끄덕였다. 진심으로 수긍해서가 아니라, 빨리 그 시간이 지나기를 바라는 것처럼 보였다.

"저는……."

나도 모르게 말이 나왔다.

"이 글에 나온 내용이 극단적이라고는 생각하지 않아요. 우리도 모두 알지 않나요. 평범한 이야기잖아요. 제가 비정규직으로 일했던 회사도 그랬어요. 비정규직 다수가 어린 여자들, 간부들 다수가 남자들, 그걸 차별이 아니라고……."

내가 말을 마치기도 전에 다른 학생 하나가 내 말을 자르고 자기 이야기를 시작했다.

"중요한 건 그런 게 아니라 노동 유연화 정책, 신자유주의적 경제 개편이거든요. 한국이 97년에……."

"지금 뭐라고 했죠?"

강사가 토론 중간에 끼어든 적이 거의 없었기에 모두가 그녀를 바라봤다.

"노동 유연화 정책이…… 문제라고 말했습니다."

"아니, 그전에 뭐라고 했죠?"

그는 당황하여 귀가 붉어진 채로 기억하지 못한다고 말했다.

"앞서 말한 학생의 의견이 중요하지 않다고 말했죠. 그것도 말을 끊어가면서."

그녀는 거기까지 말하고 웃음기가 걷힌 얼굴로 그를 바라봤다.

"내 수업에서 다시는 이런 일이 없었으면 합니다. 지금 이 자리에서 앞의 학생에게 사과하세요."

그는 온통 붉어진 얼굴로 내게 사과했다. 당황한 건 나도 마찬가지였다. 나는 그가 내 말을 끊었을 때, 그리고 내 발언을 평가절하했을 때 약간 무안했을 뿐 별다른 생각이 없었다. 누군가 내 말을 끊고, 내 의견이 중요하지 않다고 말하는 상황이 내게는 익숙했다.

그녀는 자신이 한 말을 개인적인 일로 받아들이지 말라고 그에게 말하고 수업을 이어 나갔다. 수업이 끝나고, 학생들이 강의실을 다 빠져나가고 나서 나는 그녀에게 다가갔다.

"저번 주엔 감사했어요." 나는 그렇게 말하며 세탁한 재킷과 운동복 바지를 담은 종이봉투를 건넸다. 그녀는 옷을 받아 들더니 안경을 고쳐 쓰고 나를 봤다.

"아까 내가 심했나요?"

나는 그녀가 나를 약하고 어리숙한 사람으로만 생각하는 것이 싫었고 내가 꼭 오늘처럼, 꿀 먹은 벙어리처럼 당하고만 살지는 않는다는 말을 하고 싶었다. 나는 거짓말을 해서라도 그녀에게 잘 보이고 싶었다.

"저도 아까, 한마디할 생각 있었어요."

그녀는 내 말을 듣고 웃어 보였다.

"지금 집에 가요?"

내가 그렇다고 하자, 그녀는 자기도 오늘 용산역으로 갈 일이 있다고 말했다.

"같이 가도 돼요?"

나는 망설이지 않고 그러자고, 같이 가자고 답했다. 그녀와 함께하는 일이 설레면서도 불편했지만 대수롭지 않은 것처럼 연기했다. 나는 그녀가 나를 어린 학생들을 보는 것과는 다르게 바라봐주기를 바랐다. 그녀에 대한 동경과 호기심, 어려움이 섞인 마음을 감추려고 나는 그녀와 눈을 맞추며 이야기하려고 노력했다.

우리는 마을버스 정류장까지 나란히 걸어가서 버스를 탔다. 나는 지하철역으로 가는 길에 그녀에게 저번 주에 도와줘서 고마웠다고 여러 번 말했다. 그녀가 아니었으면 난감했을 일이었다고 말이다.

"그럼 희원 씨가 내 입장이었으면 어떻게 했을까?"

그녀는 그렇게 묻고 나를 바라봤다.

"희원 씨라도 그렇게 했겠지. 그러니 자꾸 고맙다고 하지 마요. 자꾸 고맙다고 하고 미안하다고 하고 그러지 마, 희원 씨."

우리는 버스에서 내려 지하철역으로 걸어갔다.

"용산 어디로 가세요?"

내가 물었다.

"응. 거기 친구들이 있어서 만나기로 했어요."

나는 그녀의 글을 읽지 않은 것처럼, 아무것도 모른다는 듯이 그녀에게 말했다.

"용산 사는 친구 분들이 있으세요?"

"아, 나도 용산 살았어요. 거기서 태어나서 대학원 가기 전까지는 계속 살았어."

그녀는 담담하게 용산에서 살았던 시절에 대해서 이야기했다. 이상하게도 지하철에 나란히 서서 그녀의 이야기를 듣고 있자니 마음이 가라앉았다. 그녀의 이야기를 듣고 나도 내가 살았던 용산에 대해서 이야기했다. 지난겨울의 그 일이 있고 나서부터 더 이상 그쪽 길로 걸어 다니지 않고 버스를 타고 비켜 다닌다고, 그렇지만 가족들에게조차 내 마음을 이야기하지는 못했다고 말했다.

"걸어서 20분 거리에 있어요. 집이. 그 건물에서."

나는 그렇게 말하고 애써 웃으려고 노력했다. 건물주가 나가라면 나가야지, 어디 도시 한복판에서 행패야. 아빠는 그렇게 말했다. 그 사람들 어떻게 됐든 그게 나랑 무슨 관곈데? 우리 먹고살기도 빠듯해 죽겠다. 그렇게 말하는 엄마에게 오빠는 뭐라고 말했지. 태어날 때 가난한 건 죄가 아니지만, 죽을 때 가난한 건 자기 죄야. 나는 아무 말도 하지 않았지만 길을 걸으면서도, 잠들기 전에도 혼자 울었다.

우리는 그 새벽 우리가 무엇을 하고 있었는지 이야기했다. 나는 그 전날 마신 술 때문에 내내 누워 자고 있었다고 말했고, 그녀는 소논문을 쓰고 있었다고 말했다. 우리는 한동안 별말을 하지 않았다. 그녀는 주제를 돌려 내가 알 만한 장소들을 물었다. 나는 가봤다, 아직 못 가봤다, 답을 하면서 그녀가 여전히 그날에 대해 생각하고 있다는 걸 짐작했다. 애써 밝게 말하려 했지만 목소리가 계속 잠기고 있었고 웃어도 웃는 것처럼 보이지 않아서였다. 같은 시간 그런 일이 벌어지고 있을 때 책상에 앉아서 논문을 쓰고 있었다는 사실만으로도 누군가는 자신의 마음에 상처를 낼 수 있다는 걸 나는 그녀의 얼굴을 보며 이해했다. 터놓고 말하면서 내가 괴로웠다, 내가 상처 입었다, 라고 말할 자격조차 없는 건 나도 마찬가지였으므로. 그렇지만 상처받았다는 사실은 사실 그대로 내 마음에 남아 있었다.

지하철이 한강을 건너가고 있었다. 검은 밤하늘과 검은 강이 배경이 되어 차창으로 우리의 모습이 비쳐 보였다. 키가 크고 골격이 큰 편인 나와, 나보다 머리 하나는 작고 왜소한 그녀가 붙어 서 있는 모습이었다. 그렇게 작고 마르고 뼈대가 가는 사람이 그때의 내 눈에는 누구보다도 강한 사람처럼 보였다. 나도 그녀처럼 되고 싶다고 생각했다. 그녀처럼 강한 사람이 되고 싶다고. 나는 고개를 돌려 내 곁의 그녀를 바라봤다. 어깨에 크로스백을 메고 차창을 바라보는 그녀의 모습을 보니 이상하게도 슬프고 그리운 마음이 들었다.

서로의 에세이를 읽고 토론하는 수업이어서 그녀가 강의를 하는 비중보다는 학생들이 말하는 비중이 더 컸다. 상대의 말을 자르거나, 상대의 의견을 무시하는 태도를 지양해야 한다는 원칙은 그때의 수업 이후로 잘 지켜지는 편이었다. 한 학생이 대화를 독점하려고 할 때도 강사의 개입이 이루어졌다. 그런데도 그녀가 따로 지적할 수 없는 부분에서 은근하게 상대를 존중하지 않는 학생들이 있었다. 그들은 상대는 이런 지식을 알지 못하리라고 확신하듯 '~거든요'라는 종결 어미를 즐겨 썼다.

때로는 그녀에게도 그런 식으로 말하곤 했다. 그럴 때면 그녀의 얼굴에 흥미롭다는 미소가 어렸다. 버지니아 울프는 1939년에 죽었거든요. 누군가 그렇게 말하면 흥미롭게 바라보다 아니죠, 1941년이죠, 라고 수정해주는 식이었다. 그녀가 버지니아 울프로 박사 논문을 썼음에도 불구하고, 자신들이 그녀를 가르칠 수 있다고 무의식적으로 믿고 있는 것처럼 보였다. 그들이 정교수의 수업이나 남자 강사의 수업에서는 결코 그런 식으로 말하지 않는다는 것 또한 나는 잘 알고 있었다. 그러나 그녀는 그들의 그런 무례에 대해서 단 한 번도 지적하지 않았다. 그럴 가치조차 없다는 듯이.

학기가 끝날 무렵, 나도 에세이를 발표했다. '통근'이라는 제목의, 내가 은행에 다니던 시절 걸어 다니던 통근 길에 대한 글이었다. 나는 생각이나 판단을 최대한 줄이고, 통근 길에 내 눈에 보이던 것들, 소리, 냄새에 대해 묘사하는 방식으로 글을 써 나갔다. 빛에 따라서, 계절에 따라서, 혹은 내 마음 상태에 따라서 그 거리가 어떻게 다르게 보였는지 묘사했다. 외벽에 직사각형 타일을 붙여 마감한 건물, 아침이나 저녁이나 셔터가 내려가 있던 철물점, 화분을 종류별로 가게 앞에 내다 놓던 백반집, 버스 정류장 옆의 작은 복권 판매소 같은 풍경들을 그렸다. 글의 후반부에서 나는 그 길에서 사라진 것들에 대해서 이야기했다. 비어버린 건물들, 비어버린 상가들에 대해서. 사람들은 어디로 갔을까. 내가 궁금한 건 오로지 그것뿐이었다고. 사람들은 어디로 갔을까. 나는 그 문장을 반복해서 썼다.

발표가 끝나자 글의 구성과 문법상의 오류에 대한 지적이 이어졌다. 필요 없을 만큼 외부 묘사가 구체적이라는 견해도 있었다. 그런 관계로 가독성이 떨어지고 지루해졌다는 평도 있었다. 몇몇은 내 글이 지닌 장점들을 이야기해주기도 했다. 무난하게 발표가 끝나 갈 무렵, 평소에는 별다른 말을 하지 않던 학생 하나가 입을 열었다.

"이 글은 어떤 주장도 하고 있지 않지만, 사실 그 이면에는 어떤 글보다도 분명한 관점이 깔려 있습니다. 도시 개발을 부정적으로 바라보는 시각이죠."

그의 말에 다른 학생 하나가 자기 의견을 더했다.

"저도 그렇게 읽었어요. 사람들은 어디로 갔을까, 라는 문장이 계속 반복되고, 개발이 은유적으로 사람을 죽이고 있다는 생각이 들었고요. 여기 동네가 어디예요?"

"용산이요."

내가 대답하자, 강의실에 한동안 침묵이 흘렀다. 몇몇 학생들이 그때의 일을 기억하면서, 그 일이 남긴 충격에 대해 이야기했다. '희생자들'이라는 단어가 나오자 처음 문제 제기를 한 학생이 다시 입을 열었다.

"많은 언론에서 말하고 있듯이, 그 사건에는 일방적인 피해자가 없었습니다. 폭력적인 시위가 문제였던 거고요."

맞은편에 앉아 있던 학생 하나가 그 말이 끝나자마자 입을 열었다.

"무슨 언론 보셨는데요. 해외 기사도 보셨나요? 그게 경찰 특공대에 철거 용역까지 투입할 상황이었나요. 시위대 폭력이라고요? 고작 이천오백만 원 던져주면서 나가라고 하면 저항도 못 하고 끌려 나가야 하나요. 정말 그렇게 믿어요? 그 정도의 잔인함이 옳다고?"

나는 아직도 그 말을 하던 사람의 얼굴을 기억한다. 그가 잔인함을 잔인함이라고 말하고, 저항을 저항이라고 소리 내어 말할 때 내 마음도 떨리고 있었다. 누군가 내가 느꼈던 감정과 생각을 날것 그대로 말하는 모습을 보며 나는 한편으로는 덜 외로워졌지만, 한편으로는 지금까지 그럴 수 없었던, 그러지 않았던 내 비겁함을 동시에 응시할 수 있었기 때문이다.

"다들 너무 격양된 것 같은데, 발표자 글이 그 사건을 다루는 글도 아니잖아요. 발표자는 그래도 편향되지 않고 균형감 있게 잘 쓴 것 같은데요."

누군가 그렇게 말했을 때, 나는 아무렇지 않은 척했지만 수치스러웠다. 내가 그 글을 쓰면서 남들에게 어떻게 읽힐지 의식했다는 사실을 나도 알고 있었기 때문이다. 내가 하고 싶은 말, 표현하고 싶은 생각이나 느낌을 그대로 담았을 때 감상적이라고, 편향된 관점을 지녔다고 비판받을까 봐 두려워서 나는 안전한 글쓰기를 택했다. 더 용감해질 수 없었다.

"지금 이 발표자의 글이 그렇다는 건 아니지만."

그녀가 입을 열었다. 그녀는 어떤 사안에 대한 자기 입장이 없다는 건, 그것이 자기 일이 아니라고 고백하는 것밖에 되지 않는다고 말했다. 그건 그저 무관심일 뿐이고, 더 나쁘게 말해서 기득권에 대한 능동적인 순종일 뿐이라고. 글쓰기는 의심하지 않는 순응주의와는 반대되는 행동이라고 말했다. 내 글을 지적하는 말이 아니라는 것을 알면서도 나는 그녀의 말을 들으면서 고개를 들 수 없었다. 순응주의, 능동적인 순종. 그런 말들에서 나의 글이, 삶에 대한 나의 태도가 자유롭지 않다는 것을 누구보다도 내가 잘 알고 있었기 때문이다. '지금 이 발표자의 글이 그렇다는 건 아니지만'이라는 말은 나를 모욕하지 않으려는 배려였을 뿐, 그녀가 속으로는 분명 다른 판단을 내렸으리라고 나는 짐작했다. 나는 그때 강의실을 둘러싼 이상한 열기를 기억한다. 그녀의 발언에 대한 지지와, 한편으로는 분명한 반감이 뒤섞인 공기를. 그 학기 내내, 그녀의 수업 시간에는 그런 긴장감이 돌곤 했다.

그 일이 있고 한 달 즈음이 지나서였다. 그날은 금요일이 아니었다. 늦은 오후였고, 지하철을 타려고 플랫폼으로 걸어가는데 그녀와 우연히 마주쳤다. 그녀는 수업 시간에는 입고 오지 않던, 후드가 달린 푸른색 코트를 입고 흰 운동화를 신고 있었다. 모른 척하고 지나갈까 했는데 그녀가 나를 알은체해서 우리는 지하철에 같이 올랐다. 지난 발표 이후, 둘이 따로 이야기한 적이 없어서 조금 어색하고 떨렸지만 잡담을 나누면서 긴장이 서서히 풀렸다. 나는 내 글을 그녀가 진심으로 어떻게 생각했는지 궁금해하면서도 내색하지 않고 별 의미 없는 이야기들을 이어나갔다.

지하철에 한 자리가 나서 나는 그녀에게 앉으라고 하고 그녀 앞에 갔다. 그녀는 무릎 위에 크로스백과 책을 올려놓았다. 그 책은 가즈오 이시구로의 『Never let me go』였다. 회사를 다니던 시절에 영인문고에서 사서 읽었던 책이었다. 반가운 마음에 나는 나도 그 책을 재작년에 재미있게 읽었다고 이야기했다.

그녀도 그 책을 거의 다 읽어간다고 말했다. 우리는 그 책에 대해 많은 이야기를 했다. 인물들의 성격에 대해, 헤일셤이라는 공간에 대해서. 나는 그녀와 책에 대해 이야기할 수 있어 기뻤다. 나는 그녀에게 그런 이야기를 했다. 화자인 캐시가 자신이 어린 시절 전체를 보낸 기숙학교 헤일셤의 위치를 모른다는 점이 의아했다고. 운전을 하고 이곳저곳을 다니면서 어쩌면 저곳이 헤일섬이 아닐까, 추측하며 그렇지 않을 거라고 다시 마음먹는 것이 마음 아팠다고 말이다. 모두를 보내고, 세상에 뚝 떨어져 남은 캐시가 헤일섬을 찾을 수 없다는, 굳이 찾으려 하지 않는다는 설정이 슬펐다고 말했다.

그녀는 캐시가 죽음을 앞두고 계속해서 헤일섬에서의 일을 기억하려 하는 것이 아름다웠다고 답했다. 캐시는 헤일섬을 기억하는 행동으로 자신의 친구 루스와 토미의 영혼을 증명하고 있는 것 같다고. 자기 자신의 영혼조차도. 헤일섬은 그러니까 하나의 장소가 아니라 캐시 자신일 수도, 루스일 수도, 토미일 수도 있다고 말했다. 나는 아직도 그녀가 내게 했던 말을 기억한다. 기억하는 일이 사랑하는 사람들의 영혼을, 자신의 영혼을 증명하는 행동이라는 말을.

나는 망설이다 그녀에게 말했다.

"저, 선생님이 쓰신 책 봤어요."

"출판사가 없어졌죠. 그거 나오고."

그녀는 그렇게 말하고 예의 그 짓궂은 표정으로 웃었다.

"나도 없어요, 그 책. 사람들한테 다 나눠줘서."

"제가 운이 좋았네요."

"글쎄요."

"영인문고에 대해 쓰신 것도 읽었어요. 저 이 책도 영인문고에서 샀었거든요."

"그래요?"

"네."

"그 책 나올 때까지만 해도 있었어요, 영인문고."

"사장님 소식 아세요?"

"아니요."

그녀는 그렇게 말하더니 가만히 책 표지를 내려다봤다.

나는 그녀에게 영인문고에서 보낸 시간에 대해 이야기했다. 책방인데도 늦게까지 문을 열어서 퇴근 후에 둘러보기도 하고, 가끔은 책방에 비치된 의자에 앉아서 잠들기도 했다고. 주인이 철저히 무심한 사람이어서 손님들에게 관여하지 않았고, 그런 이유 때문에 자주 갔던 것 같다는 말도 했다. 주인이 계산대에 앉아서 가게 한쪽에 마련된 작은 텔레비전으로 일일 드라마를 보곤 하던 일이 떠오른다고 말할 때, 그녀는 잠시 소리 내어 웃었다.

"저번 수업 시간에 내가 했던 말 있잖아요."

그녀가 말했다.

"누가, 희원 씨 글 읽고 편향되지 않아서 좋다고 얘기해서 내가 했던 말 있잖아."

그녀는 두 손으로 책을 만지작거리면서 말을 이었다.

"난 편향되지 않아 좋다는 말 자체를 이야기하고 싶었지, 희원 씨 글이 자기 입장 없는 글이라고는 생각 안 했어. 그건 그 친구가 잘못 읽은 거지. 혹시 오해할까 봐 얘기해요."

그녀는 그 자리에서 그간 내가 제출한 에세이들에 대해 좋은 평을 했다. 명료하게 자기 생각을 보여주는 글도 있지만, 한쪽으로 비켜서서 응시하는 글도 있으며, 어떤 방식이 더 좋은 것인지는 분명히 이야기할 수 없다고 했다. 사람들이 어떤 말을 하느냐에 휘둘리느라 자기 목소리를 잃어서는 안 된다고 그녀는 내게 넌지시 말했다. 하나의 글을 놓고 여러 명이 부족한 부분을 중심으로 지적하는 식의 수업이 얼마나 도움이 되는지 모르겠다고 혼잣말처럼 이야기하기도 했다. 나는 그런 말을 하며 책 모서리를 만지작거리는 그녀의 기다란 손가락을 바라봤다.

그녀는 기말고사 주간에 같이 영화를 보자고 했다. 출석 체크는 하지 않을 거고, 같이 영화를 볼 사람만 나오라고 했다. 극장 앞에 가보니 그녀를 포함한 여섯 명이 극장 앞에 모여 있었다. 우리는 극장 가운데 열에 나란히 앉아서 영화를 봤다. 극장에서 나오자 어두운 거리의 노점 불빛이 보였고, 밤 굽는 냄새, 오징어 굽는 냄새가 났다. 우리는 그녀를 따라 극장에서 가까운 닭갈비집에 갔다. 여섯 명이 다닥다닥 붙어 앉아 먹을 수 있는 곳이었다. 연말이고 크리스마스가 가까운 금요일 밤이어서 우리는 밖에서 잠시 기다리다가, 영화에 대한 감상을 나눴다.

은근한 우애가 느껴졌던 밤으로 기억한다. 우리는 한 학기 동안 수업에서 느꼈던 마음을 공유했다. 겉으로 말을 하지는 않았지만 지적인 자극을 주는 젊은 여자 선생님을 만난 것만으로도 그들 역시 나처럼 좋은 시간을 보냈던 것 같다. 그녀는 수업 시간의 진지한 표정을 지우고 우리의 대화에 자연스럽게 참여했다.

닭갈비를 먹고, 밥을 볶아 먹는 동안 우리는 술을 마시지도 않고 기분이 좋아져 서로에 대해 묻고 답했다. 장래에 대해 이야기를 나누기도 했다. 누군가는 은행에, 누군가는 출판사에, 누군가는 외국계 기업에 지원하고 싶다고 말했고, 우리는 서로를 격려했다. 그녀도 그런 꿈들에 대해 긍정적으로 반응했다.

"언니 은행 다녔다고 하지 않았어요?"

은행을 지원한다는 학생이 내게 물었다. 나는 일의 장점과 단점에 대해 이야기했다.

"왜 관둔 거예요?"

나는 재수를 하고 싶었지만 하지 못했던 일, 성적을 맞춰 들어간 학과 공부가 맞지 않아 괴로웠지만 쫓기듯이 취직을 해야 했던 일 같은 것들을 이야기했다.

"근데 다른 곳도 아니고 왜 대학으로 다시 온 거죠?"

은행에 취업하고 싶다던 학생이 내게 물었다. 그 학생 옆에 앉아 있던 그녀도 궁금하다는 듯 나를 쳐다봤다. 따로 몇 번 만나 이야기를 하면서도 그녀는 내게 그 질문을 하지 않았었다.

"대학원 가고 싶어서요."

나는 내 대답에 그녀의 얼굴에서 미소가 사라지는 모습을 봤다.

"오래 생각한 건가요?"

그녀가 장난기 없는 얼굴로 내게 물었다.

"네."

나는 그렇게 말하고 그 짧은 순간, 그녀가 내 말에 긍정적으로 반응하기를 기대했다.

"바로 결정해야 할 일은 아니니까, 희원 씨."

그녀는 그렇게 말하고 잠시 망설이다 말을 이었다.

"공부는 대학원 아닌 곳에서도 할 수 있는 거, 희원 씨도 알죠."

그때 내 표정이 어떠했는지 나는 모른다. 그러나 그녀의 말에 한동안 침묵이 흐르고, 다른 학생들이 그 상황을 불편해했던 것은 분명하다. 나는 당혹감을 숨기지 못했을 것이다. 그때 나는 그녀가 나를 공부할 능력이 부족한 사람으로 판단했다고 생각했다. 다른 사람들이 나의 미래에 대해 비관적으로 말하는 건 괜찮았다. 그렇지만 내가 공부하고 싶은 분야의 선생님이자 선배인 그녀의 입에서 나온 그 말은 나를 슬프게 했다. 다른 학생들의 꿈에 대해서는 응원해줬으면서 왜 나에게만 이렇게 회의적으로 반응하는 것일까. 나는 가라앉은 마음을 모른 체해가며 그 자리에 앉아서 내내 아무렇지 않은 척하려 노력했다. 그렇지만 내가 원하는 만큼 능숙하게 내 감정을 감추지는 못했던 것 같다.

우리는 닭갈비집에서 나와서 뿔뿔이 흩어졌다. 나는 걷고 싶어서, 시청역 쪽으로 가겠다고 했다. 그녀는 자기도 그쪽으로 가야 한다고 말하고 내곁에서 걸었다. 우리는 인파로 북적이는 종로 거리를 헤치며 걸었다. 분식냄새, 튀김 기름 냄새에 겨울 밤 공기가 섞인 냄새가 났다. 우리는 별말 없이 걷다가 보신각 앞까지 왔다.

그녀는 내게 시간이 있느냐고 물었다. 나는 아까 그녀의 말에 상처 받았다는 걸 모른 척하고 싶어 태연히 웃으며 시간이 있다고 답했다. 우리는 길을 건너 카페에 들어갔다. 사람들로 가득 차서, 겨우 한 테이블이 남은 공간에 앉았는데 호프집이라고 해도 믿을 수 있을 정도로 시끄러웠다.

"희원 씨, 아까는 내가……."

그녀는 망설이다 말을 이었다.

"나도 뒤늦게 대학원 갔던 거 알죠. 책에 썼으니까."

"네."

그녀는 나를 한참 바라보다가 입을 열었다.

"지금 내가 무슨 말을 하든, 희원 씨 입장에서는 받아들이기가 힘들 테니까. 가봐요. 그리고 아니라는 생각이 들면 바로 나와요."

"저, 큰 환상 없어요. 이십대 초반도 아니고, 직장 생활도 했어요."

나는 그녀가 나를 세상 물정 모르는 순진한 사람으로 보는 것이 싫어서, 내가 그런 사람이 아니라는 걸 보여주기 위해 애썼다.

"그래요, 그래요, 희원 씨."

그녀는 나를 보고 내 마음을 이해한다는 듯, 희미하게 웃었다. 나는 대화의 주제를 돌려 내가 그녀의 수업에서 얼마나 많은 영향을 받았는지 이야기했다.

"편안한 수업은 아니었지."

그녀는 그렇게 말하고 장난스럽게 웃었다. 무슨 뜻인지 알잖아, 하는 표정이었다. 그 순간, 무슨 이유였는지 나는 그녀에게 토를 달던 학생들에 대해 말하고 싶은 욕구를 느꼈다.

"선생님은 저희한테 과분했죠. 무례한 애들, 선생님이 젊은 여자 강사가 아니었다면 그렇게 하지 않았을 거예요."

"글쎄."

그녀는 엷게 웃으며 말을 흐렸다.

"선생님이 정교수였다고 해도 그러지 못했을 거고요."

거기까지 말하고, 나는 그녀의 얼굴에서 미소가 사라지고 있다는 걸 알
아차렸다. 그런 식으로 그녀의 자존심을 건드려서는 안 됐다고, 나는 내 말
을 끝내는 동시에 깨달았다.

그녀는 시선을 탁자에 두고 자세를 여러 번 고쳐 앉았다. 내가 앞에 있다
는 걸 잊은 것처럼 침묵했는데, 내 말에 대해 곰곰이 생각하는 것처럼 보였
다. 한참의 시간이 흐르고 그녀는 고개를 들어 나를 봤다.

"정말 그렇게 생각하나요."

그녀가 작은 목소리로 물었다. 나는 고개를 끄덕였다.

"기분 나쁘셨다면 죄송해요."

"아니에요. 나는 단지……."

그녀는 망설이다 말을 이었다.

"희원 씨가 앞으로 겪을 일들을 그런 식으로만 생각하지 않았으면 좋겠
어서."

그녀의 말이 내게는, 자격지심이나 피해 의식 갖지 말라는 충고로 들렸
다. 그런 식의 생각이 얼마나 어리고 미성숙한 것인지 왜 모르냐는 채근으
로 들렸다. 나는 내가 그런 어린애가 아니라고 항변하고 싶었지만 어떻게
말해야 하는지 알 수 없어서 그녀의 말에 그다지 타격을 입지 않았다는 듯
이 선선히 고개를 끄덕였다.

우리는 차 한 잔을 다 마시고 밖으로 나왔다. 날씨가 조금 더 쌀쌀해졌
고, 그녀는 버스 정류장 앞에 멈춰 섰다.

"나는 여기서 가요."

그녀가 말했다.

"가시는 것만 보고 갈게요."

나는 그녀 곁에 서서 가방 안에서 지갑을 찾는 그녀의 모습을 바라보고
있었다. 그녀는 가방에서 지갑을 꺼내고 나를 보더니 입을 열었다.

"아까 희원 씨가 했던 말, 내가 여자 강사여서 그랬다는 말 있잖아."

"네."

"나도 모르는 거 아니야. 난 희원 씨가……."

그녀는 거기까지 말하고 망설이다가 긴 숨을 뱉었다. 흰 입김이 찬 공기 안에서 퍼져 나갔다. 그녀가 기다리던 버스가 정류장에 도착했다.

나는 그때 그녀가 무슨 말을 하려던 것인지 종종 상상하곤 했다. 나도 모르는 거 아니야. 난 희원 씨가 세상 탓하면서 해소되지도 않을 억울함 느끼는 것 바라지 않아. 나도 모르는 거 아니야. 난 희원 씨가 어린 여자라는 이유로 무례하게 대하는 사람들, 그냥 무시해버렸으면 좋겠어. 나도 모르는 거 아니야. 난 희원 씨가 상처의 원인을 헤집으면서 스스로를 더 괴롭게 하지 않았으면 좋겠어.

하지만 시간이 지날수록, 그 뒷문장이 어떻게 완성되었을지는 그렇게 중요한 일이 아니라는 생각이 들었다. 그것이 어떤 문장이든, 그녀는 내가 자신보다는 나은 경험을 하기를, 자신이 겪었던 일을 겪지 않기를 바랐을 것이다. 그리고 그것이 그녀의 자존심이자 힘이었으리라는 생각도 한다. 자신의 조건을 탓하지 않고, 자신이 겪는 부당함을 인지하면서도 인정은 하지 않으려는 마음 같은 것 말이다. 그 마음이 그녀를 지켜 주었는지도 모른다. 비록 동의할 수 없지만, 이해할 수는 있는 마음이라고 지금의 나는 생각한다.

대학원을 다니면서, 논문을 쓰면서 나는 그녀를 종종 떠올렸다. 그녀가 더 자주 생각났던 건 강의를 시작하고서부터였다. 나는 그녀가 진행했던 수업과 나의 수업을 견주어보았고, 그녀가 그녀의 위치에서 경험했을 감정들을 조금 더 가까이 느낄 수 있었다. 10년 전 어느 날, 나는 그녀에게 그녀가 여자 강사이기 때문에 겪어야 했던 무례를 이야기했었다. 마치 내게는 그런 일이 아주 멀고 무관하기만 할 것처럼.

시외버스를 타고 강의를 다녀와 피로를 억누르며 책을 펼칠 때, 강사 평가서를 읽으며 내가 누군가에게는 한시도 견딜 수 없는 형편없는 강사임을 확인할 때, 무례한 학생에게 감정적으로 대응하고 후회할 때, 이미 짜인 커리큘럼 안에서 나조차도 지루함을 느끼며 형식적인 강의를 할 때, 성과를 위해 억지로 논문을 쓸 때, 학회 간사로 일하며 교수들에게 전화와 메일을 보내느라 하루가 다 갈 때, 무너지지 않으려고, 아니, 무너지지 않은 것처럼 보이려고 안간힘을 쓰고 있을 때, 현관문을 열기 전까지 울어서는 안 된다고 참으며 집으로 걸어갈 때에도, 나는 어딘가에 있을 그녀에게 묻고 싶었다. 그녀가 어떻게 그 시간을 지나왔는지, 지금 어떻게 살고 있는지.

어느 순간부터 나는 그녀의 이름으로 나온 글이나 번역서를 찾아볼 수 없었다. 10년 전의 내 눈에는 누구보다도 똑똑하고 강해 보였던 그녀가 어디에도 자리 잡지 못하고, 글이나 공부와 무관한 사람으로 살아간다는 사실이 때로는 나를 얼어붙게 한다. 나는 나아갈 수 있을까. 사라지지 않을 수 있을까. 머물렀던 흔적조차 남기지 않고 떠난, 떠나게 된 숱한 사람들처럼 나 또한 그렇게 사라질까. 이 질문에 나는 온전한 긍정도, 온전한 부정도 할 수 없다. 나는 불안하지 않았던 시간을 기억하지 못한다.

그녀가 공부하는 사람이 되기로 마음먹었던 순간에 대해 쓴 글을 나는 아직도 기억한다. 퇴근을 하고 책상 앞에 앉아 책에 밑줄을 긋고 자신의 생각을 정리하는 순간에 투명 망토를 두른 것 같았다고 그녀는 썼다. 세상에서 사라지는 기분이라고. 그녀는 이미 세상에서 사라져버린 사람들과, 그 사람들의 머릿속에서 그려진 세상이 언제나 자신이 살고 있는 세상보다도 더 가깝게 느껴졌다고 썼다. 그럴 때면 벌어진 상처로 빛이 들어오는 기분이었다고, 그 빛으로 보이는 것들이 있다고 했다. "더 가보고 싶었다." 그녀는 그렇게 썼다. 나는 그녀의 문장에 밑줄을 긋고, 그녀의 언어가 나의 마음을 설명하는 경험을 했다.

나도, 더 가보고 싶었던 것뿐이었다.

어쩌면 그때의 나는 막연하게나마 그녀를 따라가고 싶었던 것 같다. 나와 닮은 누군가가 등불을 들고 내 앞에서 걸어주고, 내가 발을 디딜 곳이 허공이 아니라는 사실만이라도 알려주기를 바랐는지 모른다. 어디로 가는지 모르지만, 적어도 사라지지 않고 계속 나아갈 수 있다는 걸 알려주는 빛, 그런 빛을 좇고 싶었는지 모른다. 그리고 나는 그 빛을 다른 사람이 아닌 그녀에게서 보고 싶었다. 그 빛이 사라지고, 나는 아직 더듬거리며 내가 어디까지 왔는지 어림해보곤 한다. 그리고 어디로 가게 될 것인지도. 나는 그녀가 갔던 곳까지는 온 걸까. 아직 다다르지 않았나. 내가 그렇게 생각하는 동안에도 그토록 조급하게 사람들을 몰아내고, 건물을 부수었던 자리는 공터로 남아 있었다. 내가 늦깎이 대학생에서 대학원생으로, 시간강사로 그 시간을 통과하던 기간에, 빛나던 젊은 강사였던 그녀가 더 이상 내가 찾을 수 없는 사람이 되어버리는 동안에도 그곳은 여전히 빈터였다. 나는 이제 그곳을 피해 지나가지 않는다. 건물을 부수고 사람들을 내쫓느라 그렇게도 분주하고 그렇게도 가혹했던 마음이 어디로 가지 않고 여전히 이곳에 머무르고 있다는 사실을 바라보면서.

선생님.

어느 날 퇴근하던 길, 나는 그녀를 마음속으로 부르고 긴 숨을 내쉬었다. 나의 숨은 흰 수증기가 되어 공중에서 흩어졌다. 나는 그때 내가 겨울의 한가운데에 있다는 사실을 알았다. 겨울은 사람의 숨이 눈으로 보이는 유일한 계절이니까. 언젠가 내게 하고 싶은 말을 참으며 긴 숨을 내쉬던 그녀의 모습이 눈앞에 보일 것처럼 떠올랐다.

그 모습이 흩어지지 않도록 어둠 속에서, 나는 잠시 눈을 감았다.

더 가보고 싶었어, 아주 희미한 빛으로도

김혜선 한양대학교 국어국문학과 박사과정 수료

1. 타전

「아주 희미한 빛으로도」는 현재 시간강사로 살아가고 있는 '나'가 나보다 앞서 그 길을 걸었던 "선생님이자 선배인" 그녀를 되돌아보고 그녀를 마음 속으로 불러들이는 소설이다. 이 마지막 '나'의 부름은 "누구보다도 똑똑하고 강해 보였던 그녀가 어디에도 자리 잡지 못하고" "공부와 무관한 사람으로 살아간다는 사실"에 "나 또한 그렇게 사라질까"를 되뇌는 불안한 '나'의 사정과 결코 무관하지 않을 것이다.

그러나 단순히 그녀가 사라졌다는 것을 확인하는 것에 끝나지 않는다. 그녀라는 "그 빛이 사라지고" 남는 것은 상실과 사라짐의 역사가 아니다. "어디로 가지 않고 여전히 이곳에 머무르고 있다"는 확신으로 차곡차곡 쌓여가는 유대와 그 단속(斷續)의 역사다. 최은영 소설에서 여성 간의 관계에 관한 (빈)도수가 나날이 짙어가는 이유에는 이를 하나의 연속체적 흐름과 동력으로 바꾸어내고자 하는 서사적이고도 정치적인 욕망과 무관하지 않을 것이다.[1] 나와는 "아주 멀고 무관"할 것만 같은 이전 세대의 일들이 '나'를 통해 다시 반복될 때 비로소 그것은 개별적 인정투쟁을 넘어선 다른 삶(들)의 기획으로 타전될 수 있기 때문이다.

2. 무례

스물일곱의 늦깎이 편입생인 '나'가 전공 수업에서 그녀를 처음 본 후 "내가 그녀의 수업을 좋아하게 될 거라는 희미한 예감"을 시작으로, 두 사람이 주고받는 관계(의 기울기)에 집중하는 것처럼 보였다. 그러나 이 소설은 더 결정적이고 근본적인 사태를 "그녀의 낮은 톤의 목소리가 작은 강의실에서 퍼져 나가던" 장면 속에 부조해 놓았다.

에세이를 읽고 토론하는 수업에서, '나'는 의견을 말하는 도중에 다른 학생에 의해 "중요한 건 그런 게 아니라"는 노골적인 폄하와 무례를 경험하게 된다. "누군가 내 말을 끊고, 내 의견이 중요하지 않다고 말하는 상황이 내게는 익숙했"기에 정작 '나'는 "약간 무안했을 뿐 별다른 생각이 없었"는데, 그런 '나'를 대신해서 그녀가 사과를 요구하고 나선 것이다. "지금 이 자리에서 앞의 학생에게 사과하세요." (그녀의 목소리를 빌려와) 지금 이 소설은, 누군가에게 한없이 적대적이고 무례하게 구는 이 세계의 화법 자체를 문제 삼고 있다. 누구의 말이 다른 누구의 말에 비해 절대 사소할 리 없는데도, 돌연 이 세계는 차별적 위계를 내보이며, 약자들의 목소리에 눈을 감

---

1 근래 최은영 소설은 여성 선배와 후배라는 구도 속에서 여성 지식인/노동자의 목소리에 귀 기울이며 "마음 깊은 곳에서는 알고 있었지만 언어로 표현할 수 없었던 것을 발견"하면서 서사의 겹을 두텁게 만들어나가고 있다.

고 그들의 말이 중요하지 않다는 듯이 억압하고 홀대한다. 특히, 강의실이라는 공적 영역에서조차 여성의 발언이 은근히 무시당하고 평가 절하하는 현실을 서늘하게 들춰냄으로써, 법적 · 제도적으로 보장되고 있는 평등에 대한 감각이 일상생활 속에서 얼마나 손쉽게 손상될 수 있는지를 보여준다. 이는 한국사회에서 여성이 놓여 있는 자리를 새삼 들여다보게 한다. 여성의 생애주기에 따라 노동시장에서 감당해야 하는 불확실성이 그저 "너무 극단적인 상황들"로만 치부될 때, 무례함은 곧 그(녀)들의 현실이 된다.

그런 의미에서 이 소설의 근간에는 상대의 말을 끊어가면서 상대의 의견이 중요하지 않다고 말하는 일은 다신 일어나서는 안 된다는 원칙이 자리하고 있다. 적어도 "내 수업에서는 이런 일이 없었으면 합니다"라는 그녀의 묵직한 단언에는, 그녀 자신이 통제할 수 있(다고 믿)는 이 강의실에서만이라도 이 원칙이 지켜질 수 있기를, 또는 지켜내고자 하는 굳센 결기마저 느껴진다. 만약 이것마저 지켜지지 않는다면 이 토론 수업의 어떤 것이 와해될지도 모른다는 것. 그리고 이러한 심리적 기원에 '용산'이 있다. 남일당 옥상에 망루를 짓고 채 하루가 가기도 전에, 그들의 목소리는 공권력에 가로막혔고 무너져 내렸다. 강의실과 용산이 같다고 할 수 없다. 다만 누군가의 목소리는 왜 다른 누군가의 무례한 개입에 의해 폭력적으로 묵살되고 묵과되어야 하는 걸까. 만약 이 소설에 미약한 분노가 감지된다면, 여기에는 한국 사회가 구조적으로 배제하고 누락해온 목소리들을 대신해 최소한의 예의마저 상실하고 없는 이 일상의 무례함과 싸우고 있기 때문이다. 폭력적이고 무례한 이 세계의 화법에 맞서 "자기 목소리를 잃어서는 안 된다고" 말하고 싶은 것이다. 소설이 강의실에서 시작해서 용산의 그 "가혹했던 마음"을 바라보고 끝나는 것은 우연이 아니다. 언제 어디서든 자신(들)이 지켜온 자리(장소)로부터 축출될지도 모른다는 불안과 두려움은 유독 특정 주체들의 몫으로 할당돼 감당해왔다는 사실을 참담하게 증언하고 있기 때문이다.

그래서 '나'와 그녀의 기억 속에 "비슷한 경험"으로 남아 있는 영인문고는 더 각별한 데가 있다. 그들이 영인문고에서 느꼈던 "편안함"은 누군가의 삶에 섣불리 개입하지 않(으려)는 어떤 태도를 고집스레 닮아 있다. "무심한 사람이어서 손님들에게 관여하지 않았"던 서점 주인의 무관심이 실은 방치가 아니라 배려일지도 모른다는 것. 이 다정한 무심함에는—서점이라는 장소와 그곳을 드나드는 손님들에 대하여—관계하지 않는 방식으로 관계를 이어나가는 조용한 예의가 배어 있다. 하지만 영인문고 역시 지금은 사라지고 없는 장소상실(placelessness)을 절망적으로 지시한다는 점에서, 이러한 관계맺음이 일상이 되는 장소는 이제 영영 찾아볼 수 없게 됐다는 것. 그들 또한 언제든지 누군가의 부당한 개입과 무례를 상습적으로 견뎌야 하는 세상에 홀로 내쳐질 수 있는 존재임을 상기시킨다. 그렇다면 "상처를 줬던 말"들 사이에서 자신을 지키는 일은 "자신을 타인처럼 여기"며 살아야 하는 그들에게도 "벌어진 상처로 빛이 들어오는" 순간이 남아 있을까.

3. 대화

그들에게 빛이 되는 시간은 강의실과 용산을 오가며 대화를 나눴던 그 순간들에 있다. "생리에 대한 경험을 주고받"는 것으로도 방금 전 강의실에 느꼈던 "당황스럽고 수치스러운 마음"은 녹아 없어지는 것만 같고, 애써 밀어냈던 용산의 시간은 "그 새벽 우리가 무엇을 하고 있었는지"를 이야기하는 것만으로도 제 모습을 드러내기도 한다는 것. 서로를 비추는 이야기 속에서만 온전히 이해받(고 있다)는 느낌은, 상처를 감각하는 누군가의 시선 속에서 더 섬세한 빛으로 번져나간다. 가족들에게조차 있는 그대로의 내 마음을 보여주지 못한 상황에서, "같은 시간 그런 일이 벌어지고 있을 때 책상에 앉아서 논문을 쓰고 있었다는 사실만으로도 누군가는 자신의 마음에 상처를 낼 수 있다는 걸 나는 그녀의 얼굴을 보며 이해"한다. 이는 나와 무관한 자리에서도 발생할 수 있는 상처에 대한 감각이다. 상처에 선불리 다가가지 않으면서("내가 상처 입었다"로 갈음하는 대신에) "그렇지만 상처받았다는 사실은 사실 그대로" 가만히 들여다보고자 하는 이 마음에는, 타인의 상처에 우리가 어떤 식으로 관계해야 하는지를 투명하게 드러내 보여준다. 그리고 이것은 시종일관 조심스러운 태도를 견지하며 '나'의 이야기를 들어주는 그녀로부터 온 것이기도 하다. "나도 모르는 것 아니야. 난 희원씨가……." 거기까지 말하고 망설이다가, 끝내 말하지 못하고 마는 그녀의 태도에는 서로가 놓인 자리까지도 예민하게 분별하면서 말 한마디 함부로 내뱉지 않으려는 사려 깊음이 배어 있다. 소설 속에는 유독 그녀가 '나'를 물끄러미 바라보는 시선이 자주 목격된다. 아마도 둘의 대화에서 가장 중요한 대화는 그저 서로를 바라보는 그 시선 속에서 이미 오고 갔을 것이다.

그럼에도 일순간 찾아드는 대화의 어긋남은 어쩔 수가 없어서, 결국 그녀를 대할 때마다 시시각각 부풀어 오르는 '나'로부터 그 성급한 '말'은 결정적으로 터져 나온다. "선생님이 젊은 여자 강사가 아니었다면 그렇게 하지 않았을 거예요." 하물며 "정교수의 수업이나 남자 강사의 수업에서는 결코 그런 식으로 말하지 않는다는 것"을 그녀에게 말해버림으로써 '나'는 "누구보다도 똑똑하고 강해 보였"던 그녀를 잃어버리고 만다. '젊은 여자 강사'로 그녀를 규정해버린 순간은, 그녀를 그녀로서 걷게 했던 개별성(고유성)을 잃어버린 채, 오히려 그녀를 얼어붙게 만들었던 사회적 시선과 차별이 '나'를 통해 그대로 답습되는 현실을 잔인하게 적시한다. '나'의 섣부른 '말'은 그녀에게 어떻게 받아들여졌을까. 자신의 부당한 조건과 상황을 껴안고서 그럼에도 앞으로 나아가고자 했던 그녀의 삶 전체를 무화하는 말처럼 들렸을까. 나에게 한없이 커 보이는 그녀였지만, 그녀 역시 박사과정을 막 졸업한 30대 여성 시간강사였을 뿐이며, 매순간 "무너지지 않으려고, 아니, 무너지지 않는 것처럼 보이려고 안간힘을 쓰"면서 누구보다도 가장 힘든 시기를 지나는 중이었을지도 모르기 때문이다. 어떤 이해는 여러 개의 시간을 통과하고 난 이후에야 가까스로 맞닥뜨리게 되는 터널 끝의 희부윰한 빛과도 같다. "늦깎이 대학생에서 대학원생으로, 그리고 시간강사"를 거치는 동안, 무엇보다 그녀와 같은 '젊은 여자 강사'가 아니었다면 결코 도착하지 않았을, 이 이해가 무정하고 무참하게 느껴지는 이유는 "앞으로 나아갈 수 있을까. 사라지지 않을 수 있을까"라는 나의 '불안'과 함께 도착한 뒤늦은 이해이기 때문이다. 마침내 '나'는 처음으로 있는 그대로의 그녀를 바라다보고 있다. 있는 그대로의 나를 받아준 그 눈빛으로, '나'는 10년 전의 그녀를 다시 보고 있는 것이다.

4. 부름

그러므로 "선생님" 하고 그녀를 마음속으로 부르는 순간은, 그녀가 사라졌다는 것을 확인하는 것에 멈춰 서지 않는다. '나'의 위치에서 그녀를 다시 복기해내는 이 순간은, 나보다 앞서 그 길을 걸었던 "나와 닮은 누군가"를 떠올리며 "내가 발을 디딜 곳이 허공이 아니라는 사실"을 희미하게 감지하는 순간이다. 홀로 걷는다고 생각한 순간에조차 둘이었(을지도 모른)다는 것. 그녀에게 의지하면서 "그녀가 갔던 곳까지는 온 걸까. 아직 다다르지 않았나"를 가늠하면서 '나'는 계속 나아가고 있었던 것이다. 그녀는 "어디로 가는지 모르지만, 적어도 사라지지 않고 계속 나아갈 수 있다는 걸 알려주는 빛, 그런 빛"으로 여전히 잔존하고 있었다. 이제는 서로가 무관한 자리에서, 서로의 삶에 비켜선 채로, 흘러나오는 이 빛을 감각하는 일은 중요하다. 옅게 흩어질 수는 있어도 결코 사라지지는 않는, 이 미약하고 희미한 연대만이, 지금은 사라지고 없는 존재들과 우리가 어떻게 조우하면서 함께 나아가고 있(었)는지를 깨닫게 해준다. 그녀가 내게 들려준 "기억하는 일이 사랑하는 사람들의 영혼"뿐만 아니라 "자신의 영혼을 증명하는 행동"일 수 있는지를 증명해낸다.

기억하기의 최초의 버전은 "어딘가에 있을" 그 누군가를 생각하는 것. 그 누군가를 부름으로써 "그 모습이 흩어지지 않도록" 간신히 붙잡아두는 데 있을 것이다. "선생님" 하고 부르는 순간에 그녀는 사라지지 않고 있다. 최은영 소설이 서로 다른 시간과 온도차를 통과하며 살아온 그(녀)들의 이야기를 반복적으로 다시 쓰고, 지금 여기에 없는 그(녀)들을 다시 불러들이는 이유이기도 하다. 비슷하지만 서로 다른 이야기들로 조금씩 채워지고 있는 이 겹의 서사들은 이들의 유대와 차이로 인한 실패 속에서도 결코 무화되지 않는 어떤 것을 발견하게 해준다. "그것이 어떤 문장이든" 간에, 결국에는 "자신보다는 나은 경험을 하기를, 자신이 겪었던 일을 겪지 않기를 바"라는 마음으로 다시 쓰이고 있다는 점에서 "은근한 우애"의 문장들로 멀리멀리 타전되고 있다. 그것이 어디에 가닿듯, 그 문장들 덕분에, 우리는 그 빛에 의지해서 더 나아갈 수 있(다고 믿)는 것이다.

더 가보고 싶었어, 아주 희미한 빛으로도.

2020 올해의
문제소설

2020년을 향한 묵직한 경고인 동시에

즐거운 예고인 문제적 소설들